José Luis Sampedro

Der Fluß, der uns trägt

HERDER / SPEKTRUM

Band 4469

Das Buch

„Ich habe meine Erinnerungen wieder erlebt, ich habe die Welt zurückgeholt, wo der Mensch am wahrhaftigsten ist" (José Luis Sampedro):
Realismus und Humor, tiefe Menschlichkeit, das zeichnet die Geschichten Sampedros aus, dessen „Etruskisches Lächeln" viele verzaubert.
Sein neuer Roman erzählt von der Zeit kurz nach dem Ende des Zweiten Weltkriegs und vom Milieu der Flößer Zentralspaniens. Ihr Leben
ist gefährlich, elementar wie der reißende Río Tajo, mit dem sie leben.
Es sind harte Männer, die die Baumstämme auf dem Strom hinunter-
schleusen: eine Gruppe von wilden Außenseitern, Rebellen und Des-
perados, denen sich der irische Soldat Shannon anschließt, um ein neues Leben zu beginnen. So sehr der entwurzelte Akademiker, versucht,
sich zu integrieren, es gelingt ihm nicht. Auch sein Werben um Paula,
der einzigen Frau unter den Flößern, bleibt erfolglos. Intuitiv spürt sie
die Unvereinbarkeit ihrer beider Charaktere. Als Shannon unter höch-
ster Gefahr einem der Flößer das Leben rettet, nimmt sein Weg eine
überraschende Wende.
Ein Roman voll Spannung und elementarer Dramatik, der danach
fragt, wie heute ursprüngliches Leben, wie Selbstfindung und menschli-
cheWürde möglich sind. Er zeichnet den Zauber von Landschaft und
Menschen, um den Wunsch zu wecken „jene hohen Berge kennenzulernen, wo der Fluß, der uns trägt, weiter glasklar ist und wo die Menschen noch immer – ja, noch immer – edelmütig, herzlich und zutiefst
menschlich sind" (José Luis Sampedro).

Der Autor

José Luis Sampedro, geboren 1917 in Barcelona, ehemaliger Professor
für Wirtschaftswissenschaften; schrieb mehrere Theaterstücke und fünf
Romane. Bei Herder / Spektrum erschien in vielen Auflagen sein Best-
seller „Das etruskische Lächeln"(Band 4022) „Der Fluß, der uns trägt"
wurde auch als Film berühmt.

José Luis Sampedro

Der Fluß, der uns trägt

Roman

Aus dem Spanischen von
Ulrich Kunzelmann

Herder
Freiburg · Basel · Wien

Gedruckt auf umweltfreundlichem,
chlorfrei gebleichtem Papier

Titel der Originalausgabe: El río que nos lleva
Alle Rechte vorbehalten – Printed in Germany
Verlag Herder Freiburg im Breisgau 1993
Herstellung: Freiburger Graphische Betriebe 1997
Umschlaggestaltung: Joseph Pölzelbauer
Umschlagmotiv: Otto-Karl Mueller, Mädchen im Grünen
VG Bild-Kunst, Bonn 1995
ISBN 3-451-04469-2

In jedem Menschen, der geboren wird,
ist uns die Wiederkunft des Heilands
verheißen.

FRANZ WERFEL

Alle Menschen
sind eine Minute lang
Gott.

NIKOS KAZANTZAKIS

DIE ÖFFNUNG IN DER FELSWAND

Alles war schon bereit, auch wenn niemand das ahnte, denn das Leben erlaubt keinen Blick in die Zukunft. Manchmal hat es Vergnügen daran, für nichts und wieder nichts laut seine Trompeten zu blasen; manchmal aber vereint sein Strom stillschweigend Wesen und Dinge, und es läßt geschehen, was geschehen muß. Erst viel später erkennt man, wie entscheidend ein bestimmter Umstand, irgendeine Geste waren. Zum Beispiel jene Begegnung und jene Schritte, die Shannon gehen sollte. Warum kam es zu ihr? Warum tat er sie? Es ist sinnlos, darüber nachzugrübeln: Es war eine Laune des Flusses, ein Aufflackern des Instinktes. Vielleicht kennt nur der Instinkt immer die Gründe.

Alles war bereit im kalten Gebirge. Dort warteten sie heimlich – ohne es selber zu ahnen, doch zur rechten Zeit – auf das Erscheinen Shannons. Alle: der Mann, der als Köder dienen würde, die in Schatten gehüllte Frau, das Tier, das dazu bestimmt war, sie von ihrem Weg abzubringen und ihrem Schicksal entgegenzuführen. Während der Tag am Verlöschen war, wartete jenseits des Horizonts der Mond auf den Augenblick, da er aufgehen könnte, um silberne Brücken über die Abgründe der Nacht zu schlagen.

Shannon war auf dem Weg nach Zaorejas. Am nächsten Morgen wollte er den Tajo überqueren und nach Molina weiterziehen.

Nach dem Engpaß von Priego und den kleinen Siedlungen am Río Guadiela kam er sich in Villanueva de Alcorón, jenem Ort mit den großen, balkongeschmückten Häusern, und in jener vollständig flachen Landschaft fremd vor wie jemand, der seinen Weg nicht kennt. Aber während er auf der unendlichen Geraden der Straße weiterwanderte, nahm er die wuchtige Gebirgsmasse stärker wahr als in den Schluchten und an den Steilhängen. Die Hochebene war die Erde, die sich als Ganzes erhebt, als ein mächtiger Block, ohne daß ihre einzelnen Teile auseinanderstreben, wie das gespannte Fell einer geschundenen Trommel. Selbst die Kiefernwälder und die Zedern wurden dort seltener, und an ihrer Stelle blieb nichts als die bloße Erde, die zur Höhe drängte. Hoch oben prallten große aschgraue Wolken aufeinander, von fremden Mächten getrieben, und in der Ebene, unter dem finsteren Winterhimmel, schritt ruhelos der Wanderer wie zwischen den Platten eines kosmischen Kondensators.

Noch ging er am Rand jenes Feldes entlang, das man während des Kriegs zweifellos als Landeplatz benutzt hatte, als er in der Ferne die unbewegliche Gruppe erblickte, die sich gegen den Horizont abhob. Er schenkte ihr nicht allzuviel Aufmerksamkeit. Kaum etwas fesselte ihn noch, seitdem er vor Monaten in Italien seinen verzweifelten Marsch begonnen hatte, um allem zu entrinnen, was ihn umgab. Seitdem er – als die Kämpfe und die Trunkenheit des Waffenstillstandes vorüber waren – jene Welt, an der sie ihn mitschuldig gemacht hatten, in ihrem wahren Licht gesehen hatte: verkrüppelte Kinder, verlassene Frauen, hohle Worte und uniformierte Mörder, die stolz auf ihre Bomben waren.

Seit damals lief er immer weiter, ohne daß es ihm selbst klar wurde, wie jene Figürchen, die sich mechanisch eine schiefe Ebene hinabbewegen. Aber jener Mann, dessen einer Fuß mit einem blutverschmierten Lappen umwickelt war, jene Stellung, die der einer leblosen Puppe glich, und jenes verzerrte, bärtige Gesicht veranlaßten ihn stehenzubleiben. Und vielleicht auch das sonderbare Gefühl, als wären jene Gestalten aus ihrer Erstarrung gerade eben zum Leben erwacht. Er ging zu ihnen und fragte sie, noch ohne daß er zu hoffen wagte, er könne den Schmerz eines Menschen lindern.

Sie antworteten ihm nicht gleich. Nicht der ausgestreckt daliegende Mann und auch nicht die sitzende Frau, die sich ganz in eine dunkle Decke gehüllt hatte. Er gab nicht nach.

«Der Stamm», jammerte der Mann. «Der verdammte Stamm!»

Shannon legte den Wanderstab aus der Hand, nahm den Rucksack ab und kniete neben dem Verletzten nieder. Die Frau kroch in sich zusammen. ‹Als wollte sie mir so besser ausweichen›, dachte Shannon, während er das Hosenbein aus gestreiftem Baumwollzeug hochkrempelte, das in der Märzluft einen ganz absurden Eindruck machte; und langsam legte er die Wunde frei. Der Stamm war ihm nicht auf den Fuß gefallen, sondern hatte ihn seitlich getroffen, dachte er, als er sich den zermalmten Knöchel ansah. Der Verletzte wandte sofort den Blick von der geschwollenen, unförmigen und dunkelblau verfärbten Masse ab.

«Ich habe schon Schlimmeres gesehen», wollte Shannon ihm Mut machen, während er dachte, daß er die Verletzung lediglich ein wenig säubern und den Verband besser anlegen könnte. ‹Du hast Glück gehabt!› hätte er beinahe hinzugefügt, als ginge es hier um einen von jenen Männern, die im Kampf verwundet wurden und denen der Verlust eines Fußes vielleicht das Leben rettete.

Als er den Verband angelegt hatte, war die Sonne schon untergegangen. Der Wind war verstummt, und sein Schweigen verstärkte die erschütternde, ringsum herrschende Trostlosigkeit noch mehr. Zu hören waren nur die mahlenden Kinnbacken des Esels und das Rascheln der kleinen Grashalme, wenn das Tier sie mit einem Ruck abriß. Der Verletzte atmete mühsam; die Frau saß weiter reglos da. Das wirkte, als ginge sie das gar nichts an. Nachdem Shannon erklärt hatte, sie müßten dringend ein Krankenhaus oder einen Arzt aufsuchen, antwortete keiner von beiden, nicht einmal mit einer Geste.

«Sie dürfen hier nicht länger bleiben, verstehen Sie?» betonte er gereizt.

«Er kann nicht mehr, sagt er», äußerte endlich die Frau mit einer fernen Stimme, die aus ihrem tiefsten Inneren kam. «Das ist ihm im Fluß passiert, an der Schlucht von Valdenarros. Auf dem Weg, auf dem sie die Stämme nach Zaorejas zu den Sägewerken schaffen, wollten wir hinkommen, aber wir haben uns im Wald verlaufen.»

«Bis Zaorejas ist es nicht mehr weit», sagte Shannon. «Ich komme mit.»

«Keine Rede davon», grunzte der Verletzte. «Beim Reiten hängt mir's Bein runter, und das ganze Blut läuft rein. Da wird's noch schlimmer.»

«Wenn Sie die Nacht hier verbringen, verlieren Sie den Fuß», entgegnete Shannon.

«Ich hab' meine Versicherung!» erklärte der Mann beinahe stolz. «Die wird's schon zahlen.»

«Wenn der Fuß brandig wird, haben Sie die Versicherung, auf dem Friedhof zu landen», erregte sich Shannon. Und der Frau sagte er: «Helfen Sie mir, Ihren Mann auf den Esel zu setzen!»

«Der ist überhaupt nicht mein Mann. Der ist ein Flößer.»

«Sie ist nach Zaorejas unterwegs, und sie haben ihr gesagt, sie soll mich mitnehmen», erklärte der Verletzte dazu.

Inzwischen hatte Shannon den Esel hergebracht. Der Mann begann zu protestieren. Und da tauchte der Karren auf. Allmählich wurde er im Dämmerlicht größer.

Sie warteten und sprachen den Fuhrmann an. Ja, er werde den Verletzten nach Villanueva de Alcorón mitnehmen, dort wolle er selber hin. In der gleichen Zeit würde Shannon die Frau nach Zaorejas begleiten. Der Verletzte raffte sich auf, als er sah, daß er während der Fahrt auf ein

9

paar Säcken liegen könnte. Sie hoben ihn auf den Wagen, und dieser fuhr los.

Auch dann noch, als die beiden auf der Hochebene allein zurückblieben, fühlte Shannon nicht, daß ihm irgend etwas Neues bevorstand. Er bemerkte lediglich die beinahe feindselige Verschlossenheit der Frau, und sein einziger Wunsch war, sie im Dorf abzuliefern und sich um die ganze Angelegenheit nicht mehr kümmern zu müssen.

Während er den Rucksack festschnallte, schwang sie sich auf den Esel, wobei sie nach Frauenart die beiden Beine auf einer Seite behielt. Zögernd wandte sie sich um:

«Vielen Dank!» brachte sie mühsam hervor. «Adiós, Señor!»

«Wieso ‹adiós›? Ich will auch nach Zaorejas.»

Sie zuckte die Achseln und trieb den Esel mit den Fersen an. Shannon lief ihr nach, weil er sich verpflichtet fühlte, sie zu begleiten. Gleichzeitig aber fühlte er sich von ihrer Gleichgültigkeit herausgefordert.

Selbst die Luft regte sich nun und bohrte sich wie kleine eisige Pfeile in die Wangen. Die Straße machte einen Bogen, und sie sahen ein paar gelbliche Lichter vor sich. Zur Rechten zweigte ein Pfad ab, der sich zu weiteren Kiefernwaldflecken entfernte.

Die Frau hielt an, als wollte sie nachdenken. Auch Shannon blieb stehen, und die plötzliche Stille wurde von einer murmelnden Quelle gestört, die sich in der Nacht nicht erkennen ließ. Überraschend lenkte die Frau ihren Esel auf den Pfad. Shannon rannte zu ihr und hielt sie fest.

«Wohin wollen Sie? Zaorejas ist doch dort!»

«Ich gehe zu den Flößern zurück. Deshalb muß ich auf dem Weg hier weiter.»

«Jetzt? Allein?»

Es war schwer, angesichts einer so unverständlichen Haltung die Ruhe zu bewahren.

«Ja. Ich reite jetzt los.»

«Aber wollten Sie nicht zu Ihrer Familie? Der Flößer hat gesagt...»

«Lassen Sie mich zufrieden! Ich habe keine Familie, und ich gehe auch nicht nach Zaorejas! Machen Sie Platz!»

Und sie trieb den Esel an, so daß sie Shannon zur Seite drängte. Das Tier trabte langsam los.

Shannon, den Wut und Verwirrung überwältigten, blieb wie gelähmt stehen.

«Sind Sie verrückt?» konnte er mühsam rufen.

Und da erreichte ihn der Schrei, den das fliehende schwarze Bündel ausstieß. Lauter als das Rauschen des Wassers, metallischer als das Klappern der Hufe, schriller als der Wind:

«Ja, ich bin verrückt!»

Und er hörte noch, wie sie erstickt wiederholte:

«...verrückt!»

War das dieselbe Stimme, die bisher so ruhig geklungen hatte? Jetzt sprach aus ihr ein solch verzweifelt überschäumender Wille, daß alles Ungeahnte plötzlich möglich schien. Und Shannon rannte los, wobei er vergebens nach ihr rief, um sie zurückzuhalten. Trotz gegen Trotz, das Verlangen, jemanden zu retten, Neugier? Was spielte das für eine Rolle! Als er dem Wald entgegenlief, gehörte das zu der dramatischen Stimmung, die sich in dieser Nacht verdichtet hatte.

Als er wieder nachdenken konnte, war es schon zu spät. Wie sollte er noch umkehren und desertieren, wenn sie ihn gehört hatte? Außerdem, was bedeutete ihm schon dieser oder ein anderer Weg? Und er lief weiter; sein Fuß spürte wieder festen Boden, sein Blick tastete die Schatten ab, sein Geruchssinn erkannte Harz oder Thymian, der Atem ließ seine Brust vibrieren, und das Pochen des Bluts bestimmte den Rhythmus seiner Schritte. Er erstaunte, als er bemerkte, daß sein Körper so voller Sinne war, so voller Spannkraft, voller Impulse, die wie hartnäckige Insekten immer wiederkehrten... Er erstaunte über sein eigenes Lebensgefühl, das sich mit allem ringsum auseinandersetzte, nachdem er sich so lange verweigert hatte und geflohen war. Und als er sich seines Staunens bewußt wurde, zweifelte er nicht einen Augenblick mehr daran, daß ihn jener magnetische Schatten mit der Macht des Schicksals anzog. Sie hatte nicht einmal zurückgeblickt, sie hatte kein einziges Wort mehr gesagt, aber was machte das schon aus? Geheimnisumwoben ist in den Mythen immer der Bote der Götter.

Auch wurde der Weg, wie in den Mythen, rauher. Es war kein Pfad mehr, sondern eine steinige Klamm. Die Kiefern wurden immer zwergenhafter und vermischten sich mit Zedern und Wacholderbäumchen. Ein riesenhafter Mond ging über dem Wald auf und zeichnete mit seinem silbernen Grabstichel die stillen Schatten der Felsen und die lebhaften Schatten der Dahineilenden nach. So ruhig wie nie wieder seit der Krise in Florenz lief Shannon entschlossen allem entgegen, was ihm bestimmt sein mochte.

Endlich erweiterte sich die Klamm zu einer mit zartem Gras bewachsenen Senke, und der Esel hob das Maul den Sternen entgegen und stieß ein wildes Geschrei hervor. Ein weiter leuchtender Spiegel breitete sich in der Senke aus. Das Tier beugte sich hinab, um zu trinken, und ein Zittern lief über das flüssige Silber in diesem klaren Licht, ließ es zu Seide werden, die der Wind kräuselte. Die unbewegliche Frau zeichnete sich in der Luft reiner und gespenstischer ab als je zuvor. Während sich der Esel wieder in Bewegung setzte, erreichte Shannon das Ufer. Gerührt betrachtete er längere Zeit das Wunder des Wassers zwischen den Felsen, ein sanftes Geheimnis in einem Herzen aus Stein. Als er den Blick wieder hob, war die Frau verschwunden.

Und gegenüber gab es keinen Durchlaß! Jenseits des Wassers waren nur ein Landstreifen und eine senkrechte Felswand, die im Mondlicht metallisch glänzte. Er rannte am Ufer entlang, und allmählich, wie ein steinernes Rotes Meer, rückte der Fels auseinander. Einen Moment verblüffte ihn das, bis er begriff, daß von dort, wo er aufgeblickt hatte, der Mond eine glatte und einheitliche silberne Helligkeit vortäuschen konnte und daß, als er weitergelaufen war, die hin und her huschenden Schatten das Trugbild jener mythischen Mauer vorgaukelten, die wie durch einen Schwerthieb oder einen wirkkräftigen Zauberspruch gespalten wird.

Die Öffnung war ein kurzer Hohlweg. An dessen Ende kam schon eine andere Welt: ohne Felsen, ohne Wind, ohne gewaltsame Kontraste. Allein Licht und Nebel, in unbeschreiblichem Einklang und Frieden. Vor seinen Augen lag nur ein unermeßliches Nebelmeer, das den Berghang überflutete, ein strahlendweißes Mondfeld in der klaren Reinheit der Nacht, das sich wegen der geringen Dichte seiner Schwaden in der Mulde zwischen den Bergen geläutert hatte. In der Ferne tauchten ein paar Gipfel hervor, die einem Archipel glichen, bis sie mit der sanften, dunklen Linie der gegenüberliegenden Bergkette verschmolzen. So viele, ins Innere hinabreichende Tiefen und so viele untrügliche, hinaufreichende Abgründe schienen auf einmal den Marsch ins Gebirge zu rechtfertigen, um den Götterboten zu verfolgen.

Dort, in eine Frauengestalt verwandelt, wartete der Bote. Shannon ging verwundert auf sie zu, und da, in dieser neuen, sanften und lichten Welt, offenbarte ihm der helle Mondschein endlich ohne Geheimnis das junge Frauengesicht. Wie war es möglich, daß es sich vorher im Schatten verborgen hatte? Behutsam stellte er eine absurde Frage:

«Sind wir angekommen?»

«Dort unten ist der Fluß», murmelte sie. «Aber... ich weiß nicht...»

Sie äußerte sich schüchtern, als brauchte sie Beistand. Als hätte sie im Hohlweg auch Abneigung und Mißtrauen abgeschüttelt.

«Wenn wir nach unten kommen, finden wir ihn», redete Shannon beruhigend auf sie ein. «Wenn man bergab geht, entdeckt man die Flüsse.»

Er nahm den Esel am Halfterstrick und ging auf den Nebel zu. Sofort wurden sie von der feuchten weißen Liebkosung umhüllt, die sich in feinen Schleiern wand und auflöste, gespenstergleiche Kiefern wie Algen auf dem Grund eines Sees erscheinen und verschwinden ließ. Manchmal zeigte sich der schwache Schimmer des im Nebel ertrunkenen Mondes.

Schweigend gingen sie weiter, wie verirrte Kinder, ohne einen anderen Wegweiser als das ständige Bergab, auf Umwegen, die der steile Hang und einzelne große Felsblöcke erforderlich machten. Endlich wurde die Bergwand weniger abschüssig; und nun bemerkten sie einen rötlichen Glanz. Shannon verspürte einen jähen Schmerz: Das war, als sollte alles – aber was? – dort sein Ende finden.

«Das werden Ihre Leute sein», sagte er. «Ich lasse Sie jetzt wohl besser allein.»

«Warten Sie, warten Sie!» antwortete das Mädchen fast flehend.

«Wer ist da?» riefen sie vom Lagerfeuer aus.

«Der Americano!» jubelte sie. «Ich bin's, die Paula!»

Sie trieb den Esel an, und wieder lief ihr Shannon nach, wobei er den gerade entdeckten Namen murmelte: «Paula, Paula.»

Das Feuer höhlte eine Kuppel in der Nebelmasse aus. Ein Mann löste sich aus einer Gruppe von Schlafenden und ging auf sie zu, um sie zu empfangen. Er war hochgewachsen und hager, hatte knochige Hände. Der Widerschein des Feuers ließ seine Backenknochen hervortreten und beschattete seine schmalen Lippen zwischen den fettig glänzenden, mehrere Tage alten Bartstoppeln.

«Was ist passiert, Paula?» fragte der Mann. «Und der Tejero?»

«Den hat ein Karren mit nach Villanueva genommen.»

«Und du? Wolltest du nicht nach Zaorejas zu deinen Leuten?»

«Nein.» Und sie wiederholte unwiderruflich: «Nein.»

Der Americano blickte zu Shannon hinüber:

«Wer ist der Mann?»

«Der hat den Tejero verbunden. Er hat uns geholfen.»

«Ich heiße Shannon. Roy Shannon. Ich dachte, ich sollte sie nicht allein lassen, da im Gebirge. Aber jetzt ist sie ja angekommen...»

«Bleiben Sie hier beim Feuer, mein Freund. Nachts ist nicht gut wandern.»

Paula, die den Esel abschirrte, drehte sich um und blickte sie an.

«Diese Feuchtigkeit geht einem durch und durch», sagte sie.

Und zum ersten Mal lächelte sie. Ihr vom Feuer rosig gefärbtes Gesicht wirkte jetzt eher wie das einer Frau als vorhin im Mondlicht. ‹Wie schwarz ihr Haar ist!› dachte Shannon, während er dem Mann für die freundliche Einladung dankte.

«Shannon... Sind Sie Engländer oder Amerikaner?»

«Ire.»

Paula band den Esel an eine Kiefer. Dort hüllte der Nebel sie auf der Stelle ein, als wollte er sie mit sich nehmen. Sie breitete eine Decke aus.

«Ich habe einen guten Schlafsack», sagte Shannon. «Wollen Sie den vielleicht haben?»

«Wer? Ich?» lehnte Paula lachend ab.

Aber als sie ihn ansah, ließ sie sich verführen, wie ein Kind von einem neuen Spielzeug.

«Ist das schwierig!» rief sie, als sie Shannons Erklärungen hörte. «Ich bin an so ein Bett nicht gewöhnt», sagte sie, als sie hineingeschlüpft war. Sie schwieg einen Moment und entschloß sich, etwas hinzuzufügen, was sie offenbar große Mühe kostete: «Wenn Sie nicht gewesen wären, da oben... Na ja, gute Nacht.»

Als Shannon zur Feuerstelle zurückkam, sah er, daß ein weiterer Schläfer erwacht war und sich aufgerichtet hatte. Er hatte einen unförmigen, mißgestalteten Oberkörper. ‹Bin ich denn immer noch in der Welt der Sagen?› dachte Shannon. Und die zwei anderen Bündel dort, waren das ganz winzige Zwerge? Er sah wieder das seltsame Wesen an, doch es hatte sich unter der braunen Decke schon in einen Erdhügel zurückverwandelt.

Der Americano erwartete ihn am Feuer.

«Möchten Sie etwas essen?»

«Danke. Ich habe noch Brot aus Villanueva übrig, und eine Dose Fleisch habe ich auch noch.»

«Mehr, als ich Ihnen anbieten könnte», lächelte der Mann und ließ im Widerschein der Flammen einen Goldzahn sehen. «Bei den Flößern gibt es nur Oliven, Zwiebeln, Stockfisch... Nichts für einen wie Sie.»

‹Er hat mich in aller Form willkommen geheißen›, dachte Shannon, ‹wie ein Schloßherr›. Das war immer so in diesem Land, und das um so mehr, je ärmer die Leute waren. Er wollte ihm nicht nachstehen:

«Im Krieg wäre das für mich manchmal ein Festessen gewesen.»

«Ach, der Krieg!»

Mehr sagte er nicht. ‹Wie sollte er das auch verstehen?› dachte Shannon. Die Leute stellen sich den Krieg als Schüsse, Gefahr und Tod vor. Wenn er nur das wäre, könnte er großartig sein. Aber das andere, das Unmenschliche, das... ‹Ich darf nicht daran denken›, hielt er sich mühsam zurück. ‹Ich muß es vergessen. Wie gerade eben, als wir durchs Gebirge liefen. Ich muß so weitermachen.›

«Trinken Sie», lud ihn der Americano ein. «Er ist ein bißchen herb, aber ein ganz reiner Tropfen.»

Er hielt ihm eine von diesen spanischen «Botas» hin, eine kleine lederne Weinflasche mit einem Mundstück aus Horn.

«Daraus kann ich nicht gut trinken», entschuldigte sich Shannon, bevor er es versuchte.

«Das werden Sie schon lernen, wenn Sie länger in Spanien sind.»

«Meinetwegen müssen Sie nicht wach bleiben.»

«Ach was! Ich schlafe wenig.»

Ja, wahrscheinlich schlief er wenig, dieser hagere, fast asketische Mann, der jetzt schwieg, um ihn nicht zum Reden zu zwingen, solange er aß. Durch das Schweigen drangen manchmal, vom Nebel gedämpft, die Flußgeräusche zu ihnen. Der Americano streckte die Füße zum Feuer. Er trug keine Strümpfe, sondern nur Bastschuhe, die unter den Hosenbeinen um die nackten Knöchel festgeschnürt waren. Wie bei dem Verletzten, da oben...

‹Da oben›, dachte Shannon. Aber – waren denn erst wenige Stunden vergangen? Wie weit war jene andere Welt entfernt, die es gegeben hatte, bevor das alles geschah! Und diese Welt des Mädchens, des Nebels, der mißgestalteten Wesen und der Zwerge – was sollte sie ihm bringen? Er wurde wieder neugierig auf sein eigenes Leben.

«Ich habe noch nie gesehen, wie man Baumstämme flößt», dachte er laut.

«Beim Zuschauen macht es Spaß.»

‹Spaß›, sagte sich Shannon, ‹das ist ein seltsames Wort in diesem armseligen Lager mit Leuten, die fast barfuß herumlaufen.› Aber er hatte keine Lust nachzudenken. Eine ungeheure Müdigkeit überkam ihn. Er wünschte gute Nacht.

Ernst erwiderte der Americano den Wunsch, sicherte die Feuerstelle für die Nacht und streckte sich zum Schlafen aus. Auch Shannon wickelte sich in die Decke, er lag mit dem Rücken zum Feuer. ‹Die Decke des Mädchens›, fiel ihm ein, ‹dieselbe, in die sie sich gehüllt hatte, als sie mich in ihre Welt lockte. Vielleicht vollendet sich der Zauber durch diese Berührung.› Aber nichts geschah. Es roch lediglich nach aromatischen Sträuchern und Kiefernnadeln, und eine warme Erinnerung war mit einigen Haaren des Esels zurückgeblieben. Was für ein Leben hatte diese Frau unter den Flößern!

Er war schon beinahe eingeschlafen, als ihn plötzlich etwas wieder aufschrecken ließ. Es war die ganz vorsichtig flüsternde Stimme des Americano:

«Mädchen... Paula... Du schläfst nicht, stimmt's?»

«Nein», antwortete nach einer Weile eine schluchzende Stimme.

«Mädchen... was ist los mit dir? Warum bist du nicht zu deiner Familie gegangen?»

«Ich... ich habe dort niemanden.»

«Was? Dann heißt das, als du mir neulich gesagt hast...?»

Ein stärkeres Schluchzen unterbrach ihn. Shannon hörte, wie der Americano näher zu dem Mädchen rückte, aus dem es in erstickten Schluchzern herausbrach:

«Nirgendwo habe ich einen Menschen... Ach, Señor Francisco, es wäre besser für mich, wenn ich tot wäre!»

«So jung, wie du bist? Schämst du dich nicht? Hör zu...»

Shannon konnte nichts mehr verstehen. Paula schluchzte und ließ ihrem Kummer freien Lauf. Der Mann tröstete sie, allerdings mit einem unverständlichen Gemurmel. Ein weiterer geheimnisvoller Hintergrund für die kommenden Stunden, für die wachsende Müdigkeit, für die flockige Ankunft des Schlafs, der Shannon endlich überwältigte.

Am Anfang schlief er tief. Hierauf schien es ihm – und er wußte nicht, ob er wach war oder nicht –, als bewegten sich die um die Feuerstelle Schlafenden und verschwänden. Dann lief und lief er auf irgendeinem Planeten hinter etwas her, was manchmal ein Schatten und manchmal ein Licht war, bis er plötzlich auf den geheimnisvollen Wegen des Traums zu einer taghellen Vision gelangte: die goldene und blaue Bucht einer Insel im Archipel des Mittelmeers. Ruhig lag sie in der Sonne, mit Pinien, die das felsige Vorgebirge emporkletterten, und ganz oben standen die Säulenstümpfe eines Tempels, der den alten Göttern geweiht war, jenen, die man nach dem Ebenbild des Menschen geschaffen hatte. Angesichts jener vollendeten Welt, die so fest in sich selbst ruhte, verstand Shannon, daß er endlich angekommen war. Und im wohligen Schatten einer Pinie schlief er auf dem goldgelben Sand friedlich ein.

KAN

ist der Berg, der Same,
die Tür, die sich öffnet,
der Vogel mit dem schwarzen Schnabel,
der starke und knorrige Baum.

Ist der Nordwesten,
ist der Winter.

(*Kommentare zum* I KING,
dem «Buch der Wandlungen»)

LA ESCALERUELA

Die Kälte weckte ihn, und er öffnete halb die Augen. Ungläubig riß er sie ganz auf: Ein Mann ging auf dem Fluß entlang. Ja, in aller Ruhe bewegte er sich über das Wasser, inmitten der letzten Nebelfetzen. Shannon richtete sich verblüfft auf, denn er glaubte, noch zu träumen, und dann begriff er sofort: Der Mann trat auf die treibenden Stämme. Shannon schlug die Decke zurück, die der Reif noch mit einem weißen Schimmer überzog, und er stand auf.

Die langen Stämme, ganze entrindete Kiefern, ließen den Fluß so aussehen, als sei er mit Planken bedeckt. Der Mann bewegte sich geschickt von einem Ufer zum anderen, wobei er sich ab und zu auf einen Stock stützte, der mit einem Haken endete. Der Flußlauf war schmal und die Strömung schnell, so daß die Stämme übereinandergeschoben wurden. Ein riesiger, quer liegender Baum hielt die übrigen zurück und ließ vor sich eine brodelnde grünliche Wasserfläche entstehen. Der Mann stemmte den Haken gegen das eine Ende des Stamms; er beseitigte den Stau, und die ganze Baumherde trieb weiter.

«Sie haben verschlafen, was?»

Shannon drehte sich um. Es war Paula. Im graubleichen Licht des Morgens sah das Gesicht sehr jung aus, und der Blick wirkte fast schüchtern. Doch die zusammengepreßten Lippen, die festen Brüste und die Kratzer an den Händen zeigten, daß es sich um eine Frau handelte, die in den Bergen lebte.

«Sind alle gegangen?»

«Sie sind hinter den Felsen dort. Heute haben sie schwer zu tun. Diese Talenge von La Escaleruela ist ganz übel.»

Sie schob ein paar widerspenstige dunkle Haarsträhnen unter das Kopftuch zurück und sprach weiter:

«Sie können Milch zum Frühstück trinken. Der Americano hat ein bißchen für Sie von der übriggelassen, die ihnen gestern ein Schäfer gegeben hat.»

Sie zeigte auf den Topf, der in der glühenden Asche stand. Aus dem Quersack nahm sie einen angeschnittenen Brotlaib. Während Shannon die Decke und seinen Rucksack zusammenpackte, kochte Paula eine Art

Suppe, indem sie schmale Brotscheiben in die dampfende Milch fallen ließ.

«Lassen Sie nur! Machen Sie sich keine Umstände!»

«Pah! Der Americano hat gesagt, ich soll mich um Sie kümmern.»

«Nein, nein. Es lohnt sich nicht, daß man sich mit mir beschäftigt.»

Es entstand ein kurzes Schweigen, das von den zusammenprallenden Stämmen und dem dahinströmenden Wasser gestört wurde, während sie ihn eindringlich anblickte. Dann sagte sie in ihrem ruhigen, aus dem tiefsten Inneren kommenden Tonfall:

«Gerade das haben Sie gestern für mich getan.»

«Oh, aber Sie...!» antwortete Shannon impulsiv. «Sie sind etwas anderes!»

Sie reichte ihm den Teller und ließ ihr Hirtenmesser mit einem harten Schlag zuklappen. Ganz unbefangen steckte sie es sich in den Ausschnitt.

«Sie frühstücken nicht?» fragte Shannon. Und er versuchte, sich vorzustellen, wie jener scharfe Stahl sich mit den Frauenbrüsten vertrug.

«Ich habe mit den Leuten gegessen», antwortete sie, während sie den leeren Topf zum Flußufer trug.

Shannon betrachtete sie vor dem grauen Hintergrund der schroffen Felsen. Oben standen Kiefern, die in der Höhe klein wirkten. Die Luft roch kräftig nach feuchten Sträuchern.

Paula kniete nieder, stieß einen Stamm beiseite und spülte den Topf ab. Das verblaßte schwarze Kleid bildete ihre Körperformen ab. Und dieses Messer, das zwischen den Brüsten der Frau ruhte!

«Beinahe schäme ich mich, allein zu essen», sagte Shannon, als sie zurückkam. «Ich fühle mich wie ein Faulpelz, ein Schmarotzer.»

«Seien Sie nicht traurig», antwortete Paula fast gleichgültig. Aber einen Augenblick später, als sie die Hände in den Schoß legte, den Rükken an eine Kiefer lehnte, den Körper graziös neigte und den Blick auf Shannon richtete, verwandelte sie sich in eine Frau, die sich betrachten ließ und beinahe zugänglich wurde, in einer sehr weiblichen Art, es gleichzeitig zu wollen und nicht zu wollen. An dem Spinnennetz, das sich über ein nahes Gebüsch spannte, hatte der Nebel einige prächtige Perlen zurückgelassen. Vielleicht waren das alles Gründe, die Shannon verleiteten, Worte zu sagen, die zu einer anderen Welt gehörten und in dieser Schlucht absurd wirkten. Oder vielleicht geschah das auch, weil er lange nicht mehr mit einer Frau gesprochen hatte.

«Sind Sie nur hiergeblieben, damit Sie sich um mich kümmern?»

Immerhin hätte sie weniger abweisend antworten können.

«Ich mußte Ihnen dieses Ding da zum Schlafen zurückgeben.»

«Das war nicht wichtig. Meinetwegen hätten Sie es sogar behalten können.»

Ja, so weit war es gekommen, daß er seinen alten Kampfgefährten verriet, der seinen Schweiß und selbst sein Blut kannte. Und Paulas langsame und harte Antwort kam ihm gerecht vor:

«Das geht nicht.»

Vielleicht war ihr Ton zu hart und bestand zu nachdrücklich darauf, daß sie nicht seine Träume teilte.

Shannon wußte nicht, was er erwidern sollte, und er stieg zum Fluß hinab, um seinen Teller abzuwaschen. Am Wasser schüttelte ihn ein Windstoß, und als er den Kopf hob, sah er finstere Wolken vorüberstürmen. Oben wurden die Kiefern von einem kräftigen Wind gepeitscht, den man in der Tiefe nicht spürte. Als er an die Feuerstelle zurückkam, wollte er etwas Belangloses sagen:

«Sind Zwerge bei den Flößern? Heute nacht kam es mir so vor.»

«Zwerge? Wenn das nicht der arme Santiago mit seinem Buckel ist...»

Das also war schon die Erklärung für den mißgestalteten Oberkörper. Und da sich in diesem Augenblick ein paar Zweige auseinanderbogen, setzte Paula hinzu:

«Ach ja! Da haben Sie Ihren Zwerg.»

Zwischen den Weiden war ein ungefähr achtjähriges Kind aufgetaucht. Es hatte kurzgeschorene Haare und ein aufgewecktes Gesicht. Der schmächtige Hals ragte aus einer viel zu großen schäbigen Joppe hervor. Die zu klein geratene Cordsamthose ließ die mageren Knöchel frei.

«Was gibt's, Galerilla?»

«Der Chepa[1] schickt mich, Mädchen«, sagte der Junge mit einer Stimme, die ihn älter erscheinen ließ, als er war. »Ich soll alles mitnehmen, was noch da ist.«

«Nur noch der Quersack ist da. Den bringe ich mit.»

Das Kind verschwand zwischen den Weiden. Auf einmal brach die Sonne durch die Wolken und ließ den oberen Felsrand in winterlichem Gold erglänzen. ‹Wie schön die Kiefern jetzt aussehen!› dachte Shannon. Und plötzlich empfand er Rührung, weil er einsah, daß der Augenblick gekommen war.

«So, jetzt muß ich mich verabschieden, nicht wahr?»

[1] Der «Bucklige» (Anm. d. Ü.).

«Sie wollen gehen? Jetzt?»

War es möglich, daß in dieser Frauenstimme soviel aufrichtiges Erstaunen mitschwang? Shannon zögerte.

«Ich weiß nicht... Ich würde gern wissen, was ich zu tun habe.»

«Und das wissen Sie nicht?»

«Seit Monaten weiß ich das nie. Das stimmt.»

Sie blickte ihn aufmerksamer an. Mit einem ungläubigen, beinahe spöttischen Gesichtsausdruck. Das weckte den Wunsch, sie zu bändigen, doch es machte auch ein wenig angst. Trotzdem klang Paulas Frage ganz unbefangen:

«Sind Sie krank?»

«Kann sein», antwortete Shannon. Und es war ihm, als hätte ihn diese Äußerung dem Mädchen nähergebracht, denn der ungläubige Ausdruck verschwand, und ihre Miene wurde sanfter. Natürlich konnte sie nicht wissen, was er andeuten wollte. Und dennoch fand sie die richtigen Worte:

«Kommen Sie ein bißchen mit. Dann sehen Sie, wie die Flößer arbeiten.»

Sie drängten sich durch das Gebüsch: Shannon mit seinem Gepäck und Paula mit ihrer Decke und dem Quersack. Auf dem Pfad liefen sie einer hinter dem anderen. Flußabwärts, wie in der vergangenen Nacht, die schon so weit zurücklag. Sie kamen zu einer Stelle, wo viele Kieselsteine lagen, und dort erwartete sie der Junge.

«Gib mir den Quersack, Mädchen. Sonst staucht mich der Chepa zusammen, wenn er sieht, daß du ihn schleppst.»

«Das erlaube ich ihm nicht!»

Doch eigentlich hatte der Junge gewartet, um etwas anderes zu sagen. Er brachte es mit Mühe heraus und blickte dabei Paula eindringlich an, mit diesem tiefgründigen und ahnungsvollen Ausdruck, wie ihn manche Kinderblicke haben.

«Ich freue mich sehr, daß du nicht fortgegangen bist.»

Ohne zu antworten, legte ihm Paula die Hand auf den kurzgeschorenen Haarschopf. Die blauen Augen blickten ängstlich zu ihr auf.

«Sie sagen, daß du weiter bei uns bleibst.»

«Wer?»

«Alle eben. Sie reden nur noch darüber.»

Als sie dann an zwei Flößern vorbeikamen, war diesen tatsächlich leicht anzumerken, daß sie gerade über das Mädchen sprachen. Shannon dachte wieder darüber nach, wie ungewöhnlich die Anwesenheit Paulas bei den Männern war, und er erinnerte sich an ihre Tränen und ihr nächtliches Gespräch mit dem Americano.

«Sind Sie denn nicht mit ihnen hergekommen?»

«Nein.»

«Paula hat sich uns in Fuente del Berro angeschlossen, da bei Poveda», erklärte der Junge. «Und wir haben das Floß auf dem Gut Belvalle zusammengestellt, da bei Peralejos. Sie sind der Engländer, nicht wahr?»

«Nein, ich komme aus Irland.»

«Der Americano sagt, das ist so wie England.»

Also, dachte Shannon, hatten sie sich in ihren Gesprächen ein Urteil über ihn und Paula gebildet. Wie es bei den Unterhaltungen der einfachen Leute üblich ist: mit langen Pausen, häufigen Wiederholungen und zusammenhanglosen Äußerungen. Anscheinend war auch Paula ein Ereignis.

Als der Junge stehenblieb, hatte die Sonne schon die Hälfte des Felsens erreicht. Sie standen vor einem schmalen Engpaß, und schnell verschwand der Fluß wieder hinter neuen Felswänden. Mehrere Flößer waren dort angestrengt beschäftigt, wobei sie den Anweisungen des Americano gehorchten.

«He!» begrüßte er sie winkend, als er sie entdeckte. «Kommen Sie, um uns bei der Arbeit zuzusehen?»

Sein Ton war herzlich, die Männer aber warfen Shannon prüfende Blicke zu, die sie hinter scheinbarer Gleichgültigkeit verbargen. Mit den struppigen Bärten, den Taschentüchern, die sie sich unter dem Hut um den Kopf geknotet hatten, den wie Lanzen aussehenden Hakenstangen und den um die Knöchel festgebundenen Hosen wirkten sie auf den ersten Blick wie Reiter, die gleich zum Ritt in ein unheimliches Abenteuer aufsitzen wollten. Einen guten Hintergrund für diese Gestalten bildeten die wilde Landschaft und die Stämme, die wie ein bedrohlich schwankendes Plankenwerk aufeinanderkrachten.

«Guten Tag», grüßte Shannon, während Paula und der Junge zum neuen Lager gingen. «Störe ich nicht?»

«Überhaupt nicht!» sagte der Americano. «Kommen Sie her, und passen Sie auf, was das für eine Arbeit ist. Und in dem Engpaß hier muß man noch zweimal das gleiche machen.»

Sie stiegen etwas weiter hinab. Um eine Stufe des felsigen Flußbetts zu überwinden, hatten die Flößer aus Baumstämmen ein rampenartiges Gerüst aufgebaut. Erstaunlich daran war, daß das Ganze ohne Nägel oder Stricke wie ein Gefüge aus riesigen Zahnstochern zusammenhielt. Das sagte Shannon dem Americano.

«So ist es. Für das Gerüst legt man nur die Stämme aneinander, dabei kommt es allein auf das Geschick an. Die starke Strömung hält sie in ihrer Lage, wie es das Gewicht mit den Steinen eines Bogens macht.»

Shannon war wieder erstaunt, daß der Flößer sich so gebildet ausdrückte, und er erinnerte sich, wie höflich ihn der andere am letzten Abend behandelt hatte. Er war gewiß in der Welt herumgekommen, das konnte man ja auch aus seinem Spitznamen schließen.

«Seco[2], wir müssen jetzt das Holz durchbringen!» rief er gerade. »Danach macht ihr alles an der unteren Stufe fertig. Laß mir Cuatrodedos[3] und den Dámaso hier und dazu den Correa in Reichweite, wenn es hart kommt.«

«Das ist nicht dein Ernst, Americano», antwortete ein Flößer spöttisch. «Der Correa steht da oben, hinter dem Felsen.»

«Lucas, sag ihm, er soll herkommen, und du bleibst dort, für den Fall, daß es einen Stau gibt.»

«Ich gehe», erklärte der Angesprochene, ein beinahe bartloser junger Bursche, und lief stromaufwärts.

«Fertig?» fragte der Americano. «Los, Tuerto[4]!»

Ein Flößer stand breitbeinig auf den beiden Stämmen, die über dem oberen Ende der Rampe als Steg lagen. Er blickte aufmerksam nach unten und stieß einen langgezogenen Ruf aus: «Holz voraaaan!»

Während das Echo widerhallte, das ein paar große und schwarze Vögel veranlaßte, sich mit lautem Flügelschlagen von der Erde zu erheben, stieß der Mann mit seiner Hakenstange in einen Stamm und brachte ihn auf die Rutschbahn. Das Holz glitt weiter, und wie ein Schiff beim Stapellauf bewegte es sich widerstandslos nach unten. Ihm folgten andere, und allmählich zog der schwimmende Wald vorüber.

Der Seco wischte sich den Schweiß ab, als er auf den Americano zuging:

«Verdammich, La Escaleruela, das macht einen fertig! Jedes Jahr wird's schlimmer! Und nicht genug, daß wir zu wenige gewesen sind, da muß es auch noch den Tejero am Fuß erwischen! Ein Mann, das ist nichts, aber wenn du ihn verlierst, merkst du's schon!»

---

[2] «Dürrer» (Anm. d. Ü.).
[3] «Vierfinger» (Anm. d. Ü.).
[4] «Einäugiger» (Anm. d. Ü.).

Er war ein hagerer, ungefähr vierzig Jahre alter Flößer; trotz des kräftigen Körpers wirkte das Gesicht allerdings älter. Der Americano lächelte und ließ den Goldzahn sehen.

«Ach was, Seco, du bist doch keiner, der schlappmacht.»

«Ich mach' nicht schlapp, verdammich. Aber wir sind zu wenige Männer für so einen Fluß.»

«Wie arbeitet der Rubio[5]?»

Der Seco lächelte entzückt.

«Der macht sich prächtig als Flößer, am Ende kann er sogar mich in die Tasche stecken. Aber wir sind zu wenige.»

Da sagte Shannon impulsiv: «Wenn ich in dieser Notlage irgendwie helfen kann...»

Der Seco musterte ihn von oben bis unten. Das von Bartstoppeln bedeckte Gesicht blickte ihn zwar nicht feindselig an, doch es verriet auch keine Begeisterung.

«Danke. Aber wissen Sie, Mann, worauf Sie sich einlassen? Diese Arbeit an der Spitze ist das schlimmste beim Flößen. Hier fällt einer ins Wasser, ehe man sich's versieht.»

«Ich verstehe, daß es nicht leicht ist. Aber ich habe schon Erfahrungen mit Flüssen. Sogar als Schnee an den Ufern lag, in Italien.»

«Also gut; wenn Sie wollen, machen Sie jetzt Erfahrungen mit dem Tajo.»

Nach diesen Worten entfernte sich der Seco flußabwärts, um seinen Männern zu folgen. Der Americano wandte sich zu Shannon:

«Ich danke Ihnen, weil wir wirklich wenige sind. Aber der Seco hat es richtig gesagt; das ist eine anstrengende Arbeit.»

Bevor Shannon antworten konnte, rief jemand mit metallischer Stimme:

«Was überlegst du lange, Chef? Gib dem Mann eine Stange, und dann soll er sich sein Brot verdienen! Zuschauer haben hier nichts zu suchen!»

Das war der Flößer, der den Posten am oberen Ende der Rutschbahn übernommen hatte. Shannon fragte erstaunt:

«Ist es möglich, daß er uns aus dieser Entfernung gehört hat?»

«Das glaube ich nicht. Aber dieser Dámaso, dieser Dámaso...», antwortete der Americano versonnen. «Manchmal scheint es so, als könnte er Gedanken lesen.»

«Also, ich versuche es mit der Stange.»

---

[5] Der «Blonde» (Anm. d. Ü.).

«Na gut; hier haben Sie eine», entschied der Americano. «Wir wollen denen dort helfen.»

Etwas oberhalb der Rutschbahn war ein weiterer Steg über den Fluß gelegt. Auf ihm stand ein Mann, der die Stämme ausrichtete, damit Dámaso sie besser auf die Rampe bringen konnte. Er war ungefähr dreißig Jahre alt und hatte wässerige Augen, die in dem Gesicht mit dem spärlichen Bart halb verborgen waren.

«Guten Tag, mein Freund», begrüßte er Shannon mit übertrieben salbungsvoller Stimme.

«Laß mir den Platz hier, Cuatrodedos», sagte der Americano; «ich gebe die Stämme an den Dámaso weiter. Du bereitest das von dort oben links vor, und der Mann hier wird sie vom anderen Ufer aus zu mir lenken.»

«Du! Wie heißt du?»

Das war wieder Dámasos metallische Stimme. Aus der Nähe entdeckte man in seinem Gesicht, das beinahe dem eines Fauns glich, einen boshaften Ausdruck; er preßte die Lippen zusammen, was wie ein Lächeln wirken sollte, und er hatte unheimliche, kohlschwarze Augen. Dieser Mann schien einen sechsten Sinn zu haben: Verblüffend war, wie treffsicher er die Hakenstange handhabte, während er Shannon unverwandt anblickte.

«Shannon. Roy Shannon.»

«O je, ist das schwierig!» stieß er spöttisch hervor. «Wir werden dich den ‹Engländer› nennen.»

«Ich bin Ire», widersprach Shannon.

«Sie müssen die Stämme zu mir hinüberstoßen, damit sie immer mit der Strömung nach unten treiben», griff der Americano ein. «So kann ich sie besser an den Dámaso weitergeben.»

«Einverstanden. Aber sagen Sie auch du zu mir.»

«Richtig», kommentierte die spöttische Stimme, «sag du zu ihm. Wo man sich freimütig äußert, fühlt man sich wohl. Gute Leute sind die Engländer. Gerade haben sie einen Krieg gewonnen, und sie geben nicht einmal an damit.»

Shannon sagte lieber nichts und machte sich an die Arbeit. Die Stange hatte eine Länge von beinahe zwei Metern. Ein Eisenring umspannte das eine Ende, und aus ihm ragte ein kräftiger Stachel hervor, mit dem sich das Holz zurückstoßen ließ; außerdem krümmte sich dort ein Haken für die umgekehrte Aufgabe: um die Stämme heranzuholen. Doch als er sie festhalten wollte, widersetzten sie sich geradezu boshaft, sie drehten sich

26

im Wasser um die eigene Achse und entwischten dem Eisen. Am übelsten war, daß Shannons Gleichgewicht bei jedem Fehlgriff in Gefahr geriet.

In manchen Augenblicken, wenn die Stämme in der richtigen Position ankamen, konnte er die Tüchtigkeit der übrigen bewundern. Mit einem schnellen und kräftigen Hieb schlug der Americano die Hakenstange in den Stamm, richtete ihn gerade und ließ ihn schneller auf die Rutschbahn zuschwimmen. Dort gab ihm Dámaso den entscheidenden Stoß zur Rampe. Unten prallten dröhnend und spritzend die Stämme ins Wasser und schlugen aneinander, und man hörte das unablässige Rauschen des hinabstürzenden Flusses. Die Sonne versank schon zwischen den Felsen, bis sie schließlich die feuchten Holzrücken überglänzte.

Der als Verstärkung herbeigerufene Mann kam an, und nun überließ ihm der Americano seinen Platz und nahm Shannon flußaufwärts bis zu der Stelle hinter dem Felsen mit, wo sie Lucas entdeckten, der die Stämme geraderichtete und dabei ständig auf dem Fluß hin und her lief.

«Das geht ja gut, Junge», sagte der Americano. «Von heute an gebe ich dir schon den Tagelohn für einen Mann.»

«Danke, Truppführer.»

«Was hat er zu Ihnen gesagt?» fragte Shannon.

«Was ich bin. Ich führe diesen ‹Spitzentrupp›, das ist der erste in der ganzen Flößerei, und er bereitet die Brücken, Rinnen und Rampen vor, damit man die Hindernisse überwinden kann. Als letztes kommt die ‹Nachhut› und reißt das ein, was wir aufgebaut haben, und sie gibt sich Mühe, daß keine verlorengegangenen Stämme zurückbleiben. Dazwischen befindet sich der Hauptteil der Leute, und uns alle führt der Flußmeister, der verantwortlich für den Transport ist.»

«He! Da machen sie ein Zeichen!» rief jetzt Lucas, ohne seine Arbeit zu unterbrechen.

Flußabwärts, neben der Rutschbahn, war der Cuatrodedos zu sehen; er hatte sich auf einen Felsblock gestellt und winkte.

«Sie rufen zum Essen», fand Lucas heraus.

Während sie hinabstiegen, erklärte der Americano, daß sich die Flößer über größere Entfernungen verständigten, indem sie ein altbewährtes Mittel benutzten: so etwas wie einen optischen Telegrafen. Als sie eintrafen, hatte sich der ganze Trupp schon bei den Pappeln, am Fuß der Felswand, versammelt. Sobald ein weißhaariger Alter mit rundem und gerötetem Gesicht sie herankommen sah, rief er:

«Essen wir, Brüder, denn der Abt ist da!»

«Hast du Hunger, Cacholo?» fragte der Americano.

«Ich und Hunger? Wir Flößer haben alles im Überfluß.» Und er setzte hinzu, wobei er Shannon anblickte: «Das ist ein Leben, mein Freund! Du wirst schon sehen. Wenn du es nur ein bißchen kennengelernt hast, rennst du auf und davon.»

«Es gibt Schlimmeres», entgegnete Shannon.

«Ja, und auch Besseres. Aber wo das andere teurer ist und wir's uns nicht leisten können, na, dann rackern wir uns eben ab: Wir müssen in den sauren Apfel beißen.»

Immer, wenn er etwas sagte, ließ er ein Lachen hören, und häufig machten es ihm seine Gefährten nach. Als er sah, daß Shannon von den Sachen aus seinem Rucksack essen wollte, hielt er ihn mit den Worten zurück:

«Laß diese kümmerlichen Brocken, und nimm dir was aus der Pfanne! Wenig haben die Flößer, aber für den Kumpel bleibt immer noch was übrig!»

Der Americano bekräftigte die Einladung, und Shannon nahm an. Er spürte, daß die Blicke schwer auf ihm ruhten, während alle schwiegen. Wenn er es mit Spaniern zu tun bekam, hatte er immer dieses Gefühl, daß die Männer zunächst gegenseitig abschätzen müssen, welches menschliche Format sie haben. Als der Bucklige mit einer Pfanne voller gerösteter Brotwürfel kam, wurde die Aufmerksamkeit abgelenkt.

Jeder holte Messer und Löffel heraus, und der Galerilla machte die Runde und bot Brot an. Der Americano bediente sich mit dem Löffel, und die übrigen folgten der Reihe nach seinem Beispiel. Wie Shannon vom Cacholo erfuhr, waren die gerösteten Brotwürfel mit ihrem Beigeschmack nach kräftigem iberischem Olivenöl die sich beinahe jeden Tag wiederholende Mahlzeit der Flößer. Weiter flußabwärts, wenn das Klima günstiger wurde, kamen grüner Salat, Bohnen oder wilder Spargel hinzu; aber im März und in den Bergen fehlte das alles. Die Leute redeten wenig, sie gaben auf das Essen wie Hunde auf einen Knochen acht. Mit dem Americano waren sie insgesamt zehn Männer und der Lucas; Paula hingegen saß beim Essen ein Stück abseits, zusammen mit dem Buckligen und dem Küchenjungen.

Die Löffel kratzten schon den Pfannenboden ab, als jemand nach dem Trinken verlangte, und nun ging der Wein von Hand zu Hand. Da kam es zu dem Zwischenfall. Dámaso hielt den Kopf zur Seite und hob die Bota so hoch, daß der Weinstrahl ihm über die Schulter spritzte und Shannons Gesicht und Jacke traf. Ein brutales, einmütiges Gelächter erdröhnte, das plötzlich in einem gespannten, erwartungsvollen Schweigen endete. Dámaso murmelte ein paar geheuchelte Worte der Entschuldigung, die der Americano in hartem Ton unterbrach:

«Du hast schon das getrunken, was dir zustand, Dámaso. Gib die Bota weiter.»

Shannon nahm sie jedoch nicht, sondern stand auf. Ihm bebten die Nasenflügel wie in Catania, wie in Sulmona.

«Einen Augenblick», riß er das Wort an sich. «Wenn so etwas im Spaß gemacht wird, lache ich als erster. Aber wenn es etwas anderes ist, müssen der da und ich allein miteinander reden.»

Der Americano griff ernst ein:

«Ich denke, es ist ein Spaß.»

«Gut. Aber was denken die übrigen?»

Er blickte einen nach dem anderen an, und er konnte bei niemandem eine spöttische Miene entdecken. Auch Paula war mit sehr ernstem Gesicht aufgestanden, ohne sich von ihrem Platz fortzurühren.

«Du siehst es ja», erklärte der Americano kategorisch. «Keiner denkt etwas anderes.»

«Dann soll er es sagen», rief Shannon wütend und zeigte auf Dámaso.

«Ärgere dich nicht, Engländer», gab Dámaso nach. «Wir Flößer sind nun mal schlimme Kerle.»

«Das bist du vielleicht. Die anderen haben mir nichts getan.»

«He! Kann sein, daß ich's bin...», gab Dámaso noch einmal nach. Doch sofort schloß er energisch das Thema ab: «Und jetzt reicht es. Übertreib du es nicht mit deiner Wut.»

Shannon zögerte eine Sekunde, weil er sicher sein wollte. Doch schon war das Schweigen weniger gespannt. Cacholo griff ein:

«Bringt euch nicht um, Freunde, bringt euch nicht um! Wir sind schon zu wenige, als daß wir noch zwei verlieren könnten.»

Paula nahm beruhigt Platz. Jemand lächelte, und Shannon merkte, als er in die Augen des Americano blickte, daß alles bereits in Ordnung war. Daher setzte er sich auf den Platz, den er sich soeben errungen hatte.

«Immer wenn ihr trinkt, müßt ihr Streit anfangen, verflucht noch mal, wo ihr doch alle zum selben Trupp gehört», sagte der Tuerto und hob das klägliche, verunstaltete Gesicht; die rötlichen Lider des verlorenen Auges waren über der leeren Augenhöhle zusammengezogen, und eine Narbe setzte den Mundwinkel bis zum Ohr fort. Mit einem schwerfälligen Lächeln fügte er hinzu: «Trink du, Cacholo, damit sie's lernen.»

Seine Einmischung hatte Erfolg, weil Quintín alle zum Lachen brachte, als er deklamierte und dabei das Gesicht zu vielen Grimassen verzog, bevor er einen Schluck nahm:

> «O du guter Saft der Traube,
> der du reifst im grünen Laube,
> wenn ein braver Mann dich säuft,
> er auf allen vieren läuft!
> Du kostest nichts, was gilt die Wette,
> wenn gratis man spendiert dich hätte?»

Der Streit verlor an Bedeutung, und die Stimmung wurde herzlicher, als Shannon, der eingewilligt hatte, seinen Einstand zu geben, dem Chepa ein paar Pesetas in die Hand drückte, weil er alle zum Rauchen einladen wollte, sobald man zu einem Ort käme, wo man etwas kaufen konnte. Wegen des Zwischenfalls blieb der Ire aber bei den Flößern, damit sie nicht glaubten, daß er davonliefe. Und damit er auch nicht durchblicken ließ, daß genau das ihn festhielt, versprach er dem Americano, als sie nach dem Essen wieder an die Arbeit gingen, daß er ihnen helfen werde, durch La Escaleruela zu kommen, denn das sei ja eine ungeheure Arbeit.

Und das war es tatsächlich. Der obere Tajo ist nämlich kein sanfter, zwischen Hügeln dahingleitender Strom, sondern ein reißender Fluß, der sich gewaltsam einen Engpaß in den nackten Fels der Hochebene gegraben hat. Und noch immer zerfrißt er unablässig das harte Gestein und springt in Kaskaden von einer Stufe zur anderen, wie das auch für jene Stufen gilt, von denen dieser Engpaß seinen Namen hat. Ja, der Fluß arbeitet hartnäckig weiter: So zeigt es das chaotische Bild eines halbfertigen Werkes mit dem überhängenden Erdreich am Fuß der steilen Bergwände, mit den riesigen Felsbrocken, die von der Höhe bis in die Mitte des Flußbetts gerollt sind, dem wütenden Tosen des Wassers und seinem fortwährenden Aufschäumen. Der wilde Fluß eilt ständig weiter; am besten gefällt ihm die Einsamkeit inmitten seiner gewaltigen Steinwände, und er schließt sich von den Feldern und den Menschen der Hochebene ab, damit niemand kommt und ihn mit Brücken oder Stauwerken, mit nützlichen oder gewinnbringenden Anlagen bändigt. Die Ortschaften ziehen sich vor ihm zurück, weil sie fürchten, in die Schluchten zu stürzen, und weil sie Angst vor Hochwasser haben. Lediglich die Hirten und Fuhrleute kommen notgedrungen zu ihm. Nur die Flößer wagen es, mit ihm zu leben, und trotzdem scheint er aufzubegehren, um die Stämme abzuschütteln und die Hirten des schwimmenden Waldes noch ingrimmiger anzugreifen.

Sie hatten Shannon eine leichte Stelle zugewiesen, neben Lucas, diesem aufgeweckten Jungen, der trotz seiner sechzehn Jahre nicht sehr groß war.

«Wieso machst du schon dieses Leben mit, wo du so jung bist?» fragte Shannon.

«Na so was! Noch kleiner ist der Galerilla.»

«Aber er arbeitet als Handlanger und ist mit seinem Vater zusammen.»

«Ich habe keinen Vater. Was hätte ich tun sollen?»

Ihr Gespräch wurde wiederholt von Pausen unterbrochen, weil sie auf die Stämme achten mußten. Wenn sich diese einmal wie Schlangen geräuschlos hin und her bewegten, so schoben sie sich bald darauf übereinander und stießen zusammen. Manchmal bedeckte das Wasser sie für einen Augenblick, und dann floß es von ihrem Rücken ab und verlieh ihnen einen helleren Glanz.

«Hast du keinen besseren Beruf gefunden?»

«Wenn jemand im Dorf keine Felder hat, gibt's gar nichts für ihn. Sobald du beim Holz mitmachst, schaffst du's wenigstens, daß sie dich respektieren.»

Shannon wußte schon Bescheid: Der seßhafte Uferbewohner fürchtet den wurzellosen und herumvagabundierenden Flößer, obgleich er so tut, als verachte er ihn.

«Außerdem», erzählte der Junge, «ich war zu jung, um als Holzfäller anzufangen wie mein Vater.»

«Als was?»

«Als Holzhauer, aber bei denen, die Kiefern fällen, nicht bei denen, die Kleinholz schlagen, weil sie's verkaufen oder Holzkohle daraus machen wollen. Deshalb ist er draufgegangen. Ihn hat ein Baum erschlagen, der in die falsche Richtung fiel.»

Es kam ein freier Raum zwischen den Stämmen – ein Fluß-See inmitten des Holzes –, und Lucas konnte zusammenhängender erzählen.

«Das war im vorletzten Winter. Ich erinnere mich: Als er an dem Morgen losging zum Lastwagen, der ihn hoch in den Wald brachte, da wollte er mich wegen irgendwas schlagen... Ständig hatte er's auf mich abgesehen! Sie sagten nämlich, ich wär' nicht sein Sohn, wissen Sie? He, nehmen Sie sich den kleinen weißen dort vor, der bleibt hängen!»

Shannon zögerte einen Moment. Er besaß nicht die Fähigkeit der Flößer, jeden einzelnen Stamm aus einer ganzen Gruppe herauszufinden, so wie die Hirten jedes einzelne Schaf erkennen. Auf der Stelle sprudelten sie den richtigen Beinamen hervor: der starke, der kantige, der kurze, der angeknackste, der kahle, der dickrindige, der knorrige...

Lucas schwieg, während er damit beschäftigt war, einen anderen, gerade entstehenden Stau aufzulösen. Shannon stellte sich vor, wie der Wald unter den schrecklichen Axthieben erzitterte und wie dann die Bäume umstürzten, als hätte sie ein Erdbeben getroffen, bis schließlich der Berghang mit Baumstümpfen bedeckt war, die Kreuzen auf einem Friedhof glichen, mit Stummeln, die in ihrem letzten Atemzug einen Harzduft wie in einem kurzzeitigen, dem Ende vorausgehenden Frühling verströmten.

«Und wann bringt man die Stämme in den Fluß?» fragte er hierauf den Lucas.

«Sie werden den ganzen Winter gestapelt, damit Luft an sie rankommt. Und es hängt von der Schneeschmelze ab, wann man sie ins Wasser läßt. Im März, wie es der Spruch sagt: ‹Wenn im März die Winde wehn, die Flößer auf die Reise gehn.› Die Männer werden eingestellt, man trinkt den Abschiedstrunk, um in Stimmung zu kommen, und los geht's!... Und weil ich mich langweilte, na, da hab' ich mich anwerben lassen... Was sollte ich machen, wo wir nichts haben und meine Mutter als Magd zu den Verwaltern gehen wollte? Im Dorf kann man sie nicht leiden», setzte er zurückhaltend hinzu, «weil sie aus Valencia stammt und eine ganz weiße Haut hat, nicht wie diese dunkelbraunen Frauen in den Bergen! Aber wenn ich als Flößer zurückkomme, woll'n wir mal sehen, wer sich getraut, was zu sagen... He! Was sind das für Zeichen?»

Flußaufwärts, am Beginn von La Escaleruela, hatte sich ein Mann des folgenden Trupps aufrecht hingestellt. Lucas winkte als Zeichen, daß er einverstanden war, und der andere verschwand.

«Der Botengänger kommt», rief der Junge. «Der Felipe!»

Er kletterte auf einen Felsen und gab das Zeichen an die Leute weiter, die flußabwärts standen. Felipe war, wie er Shannon erklärte, der Bote bei den Flößern, ihr Verbindungsmann zu den daheim gebliebenen Familien.

«Man trägt ihm alle Bestellungen auf», sagte er am Ende. «Sogar die Zärtlichkeiten.»

«Das verstehe ich nicht.»

«Die zwischen Eheleuten, Mann. Oder die Liebesgrüße an die Mädchen.»

«Hast du eine Braut?»

«Na klar! Aber bloß zum Schmusen, nichts weiter.»

«Und er bringt euch die Briefe?»

«Wozu? Von uns kann ja kaum einer lesen! Er richtet es persönlich aus, und man muß sich keine Sorgen machen, daß er bei einem irgendwas vergißt... Aber ich würde gern schreiben können wie Sie! Die Arbeit hier gefällt mir nicht», gestand er.

Shannon überlegte, welche Freude es ihm machen würde, diesen aufgeweckten Jungen zu unterrichten; doch dafür reichte die Zeit nicht. Sie arbeiteten weiter. Langsam verschwand die Sonne hinter dem Felsen, und ein melancholischer violetter Farbton schwebte nun in der Luft. Bald teilte man ihnen von unten mit, sie sollten ihr Tagewerk beenden, und gleichzeitig kam an La Escaleruela ein Mann hervor, der ein Pferd am Halfter führte.

Zusammen mit dem Boten liefen sie zur Brücke hinunter. Im Lager war schon der ganze Trupp versammelt. Der Bote begrüßte alle mit einer Förmlichkeit, die Shannon auf die Nerven ging, aber von den übrigen als ganz selbstverständlich hingenommen wurde. Danach schnürte er einen Sack auf und holte Packen heraus, die für die Flößer bestimmt waren; diese nahmen sie und liefen auseinander, um die mit herkömmlichen Zeichen übermittelten Botschaften zu entziffern: Mehrere Steinchen in einem zusammengeknoteten Taschentuch bedeuteten, daß man genauso viele Duro-Münzen erbat; bestimmte Bleistiftstriche teilten Intimeres mit... Sogar Dámaso – warum schien die Vermutung so abwegig, daß er eine Familie haben könnte? – untersuchte ein Paket.

Nicht alle hatten jedoch eine Nachricht erhalten. Außer Shannon bekam der Americano nichts. Und auch nicht Santiago, der «Chepa», der sich um das Abendessen kümmerte. Und Paula.

«Wir sind die Einsiedler», scherzte der Americano. «Obwohl das bei Ihnen sicher nur daran liegt, daß Ihre Angehörigen weit weg sind.»

«In Irland habe ich Familie, aber keine nahen Verwandten. Und Sie?»

Es kostete sie Mühe, das höfliche «Sie» aufzugeben, obwohl Shannon sich schon mit den übrigen duzte.

«Niemand.»

«Der Chepa auch nicht?»

«Der arme Chepa!»

«Und Paula?»

«Ach, die Paula! Diese Kleine... Aber passen Sie auf, passen Sie auf. Das sieht man nicht jeden Tag.»

Der Seco war als zweiter Mann des Trupps an den Boten herangetreten, der in gravitätischer Weltentrücktheit auf einem Stein saß. Beide steckten die Köpfe eng zusammen und flüsterten. Manchmal sah man, wie der Seco eine ausdrucksvolle Geste machte.

«Er ‹beichtet› gerade», sagte der Americano. «So werden die geheimsten Bestellungen ausgerichtet. Ich wette, daß der Seco jetzt die vertraulichen Mitteilungen einer Geliebten anhört, die er in seinem Dorf hat.»

«Aber ist er nicht verheiratet?»

«Der Seco ist ein großer Herzensbrecher. Ihn treibt es immer stürmisch von einer zur anderen; er gefällt dem Frauenvolk ungeheuer... Geben Sie acht, geben Sie acht, wie er mit den Händen redet.»

«Und ob die Frau es schafft, diesem Mann eine Nachricht zu schicken, die sehr... persönlich ist?»

«Eine Nachricht, die selbst einen Zöllner zum Erröten brächte. Die Frau haben sie aus Habsucht zu einer unglücklichen Heirat mit einem Alten gezwungen, und sie muß ein Vulkan sein. Als der Bote das letzte Mal gekommen war, hat mir der Seco erzählt, woran sie dachte, was die beiden beim nächsten Wiedersehen zusammen treiben würden: ein paar tolle Zärtlichkeiten... Was wollen Sie! Für den Seco gibt es nichts anderes, nicht in diesem Leben und nicht im Jenseits, und ich nehme an, daß er seine Freundinnen auf den gleichen Gedanken bringt.»

Der Seco überließ Cacholo seinen Platz und entfernte sich ein Stück, um sich rücklings auf die Erde zu werfen. Er zog sich den Hut über das Gesicht, und in den Hut legte er ein buntes Taschentuch, das in seinem Paket angekommen war. Er faltete die Hände unter dem Nacken zusammen und blieb reglos liegen.

«Ein Duft ist das, ein Duft...», murmelte der Americano und blickte in die Ferne.

«Warum schließen Sie sich nicht den Einsiedlern an?» wurde Paula von Shannon angesprochen.

Die junge Frau kam zu ihnen und setzte sich, wie sie es immer machte; sie preßte die Knie zusammen, beugte die Beine zur Seite und legte sie so aneinander, daß schließlich die Füße unter dem Rock fast ganz verborgen waren. Shannon fühlte sich außerstande, ihren Mund und die dunklen Augen zu beschreiben, die stets einen tiefgründigen Blick hatten. Ihre vollen Lippen wirkten manchmal sinnlich; jetzt ließen sie eine beinahe mürrische Stimmung erkennen, wie sie ein trauriges kleines Mädchen hat.

«Lauf nicht immer allein herum, Frau», sagte der Americano.

«Besser allein als in schlechter Gesellschaft.»

«Das willst du doch jetzt nicht von dem Iren und von mir behaupten.»

«Daran habe ich überhaupt nicht gedacht», widersprach sie ganz aufrichtig. «Ich sage es wegen ... anderer Geschichten.»

Sie schwiegen, und jeder war nur mit den eigenen Grübeleien beschäftigt. Schließlich stellte der Americano, als folgte er einem inneren Gedankengang, Paula eine Frage:

«Denkst du daran, weiter bei uns zu bleiben?»

«Wenn Sie mich hier wollen...», antwortete Paula überaus bescheiden.

Shannon überlegte sorgfältig, was jenes Wort «wollen» bedeutete, bis er nicht mehr daran zweifeln konnte, daß es völlig unschuldig gemeint war. Nun stellten sie ihm die gleiche Frage. Er war unschlüssig.

«Ich werde ja sehen, wenn der Engpaß hier geschafft ist. Das heißt auch», er lächelte, «wenn Sie mich hier wollen.»

«Na, selbstverständlich», fiel Paula sofort ein.

‹Sie hat keinen Augenblick gezögert›, sagte sich Shannon und kostete in Gedanken diese Worte aus. Inzwischen hatten die Männer ihre «Beichte» beendet, und am Lagerfeuer kündigte der Chepa das Abendessen an. Langsam kamen alle näher, nur der Seco nicht, der immer noch mit dem Hut im Gesicht dalag. Dámaso ging zu ihm.

«Los, Seco; wach auf... Soll ich dir einen Löffel voll Brotwürfel herbringen, wenn du dich nämlich nicht rühren kannst?»

«Bring mir deine unverschämte Tochter her, verdammich!» brüllte Seco. «Verfluchtes Hundeleben, daß sie einen nicht mal in Ruhe nachdenken lassen!»

«Komm zur Pfanne und laß das Nachdenken bleiben, das macht den Körper nicht heiß!» rief Cacholo, was Gelächter bewirkte.

«Findet ihr diese dreckige Einsamkeit so lustig?» tobte der Seco weiter, während er herankam. «Na, dann habt ihr wenig von Männern, wenn euch das nicht in Wut bringt!»

Er schaute zu Paula hinüber, die außerhalb des Kreises blieb.

«Und du, Mädchen, du lachst auch?» schrie er sie an. «Fühlst du keinen Kummer wie jeder andere? Wo du so einen Mund hast, daß man ihn dir zerbeißen möchte!»

Shannon bemerkte, daß der Americano augenblicklich die Muskeln anspannte. Alle schwiegen. Paula antwortete nicht einmal mit einer Geste.

«Dir», setzte der Seco mit heiserer Stimme hinzu und musterte sie von Kopf bis Fuß, «werd' ich eines Tages eine schöne Bestellung ausrichten.»

«Die Bestellungen überbringe ich, Mann», witzelte der Bote. «Das ist mein Beruf.»

«Dafür brauch' ich dich nicht, Felipe. Du würdest damit nicht gut ankommen.»

Doch die Spannung war überwunden, und der Seco setzte sich endlich hin. Paula führte den Esel zu der Stelle mit den Kieselsteinen, um ihm Wasser zu geben. Die Männer blieben allein und grübelten alle über das gleiche nach. Der junge Rubio war am offenherzigsten.

«Ehrlich gesagt, so eine Frau hier bei uns...»

Der Americano versuchte herauszubekommen, was in dem nun folgenden Schweigen mitschwang, und schließlich erklärte er:

«Gut, wenn das eure Meinung ist, sage ich ihr, sie soll den Weg durch den Wald nehmen.»

Die anderen schwiegen weiter. Stets schien es, als wären diese Leute gefühllos und hart.

«Wir sind Männer, Francisco, keine wilden Tiere», sagte der Cacholo endlich langsam.

Niemand mißbilligte das, und das Abendessen ließ den Vorfall schließlich ganz vergessen. Paula näherte sich nicht wieder, sondern hielt sich abseits. Als die Leute sich gerade schlafen legen wollten, kam der Galerilla zu Shannon. Er sollte in Paulas Auftrag den Schlafsack zurückgeben und die Decke mitnehmen. Shannon weigerte sich; er nahm selber den Sack und lief zwischen den Weiden zu der Stelle, wo sich Paula befand. Wie er sehen konnte, hatte sie Platz genommen, und sie wirkte noch düsterer als die düstere Nacht. Er stellte sich vor sie und forderte sie nachdrücklich auf, den Schlafsack weiter zu benutzen.

«Hat er Ihnen nicht gefallen?» fragte er.

«O doch!» hörte er die fröhliche Stimme. «Er ist viel anschmiegsamer!... Aber es kann nicht sein.»

«Warum?» fragte Shannon und setzte sich ihr gegenüber. Und als er bemerkte, daß sie eine ausweichende Geste machte, fügte er hinzu: «Wenn Sie das stört, lasse ich Sie allein.»

«Nein, nein, entschuldigen Sie», sagte sie zerknirscht. «So bin ich.»

«Sind Sie so, oder hat man Sie dazu gemacht?»

Er sah, daß sie die Achseln zuckte, und sprach weiter:

«Sie scheinen so einsam, so verlassen... Ich bin auch allein, genau wie Sie; und auch ich trage eine Last in mir, die mich erdrückt... Wir sind gleich; deshalb verstehe ich Sie.»

«Was wissen Sie schon?» sagte sie mit einer Stimme, die vorsichtige Zurückhaltung verriet.

«Sie schleppen einen Kummer mit sich herum. Ich weiß nicht welchen, und ich will es auch nicht wissen, wenn Sie es mir nicht sagen wollen. Aber wenn Sie etwas brauchen... Wenn Sie zum Beispiel von hier fortgehen müßten und dabei in guter Gesellschaft sein möchten. Verstehen Sie mich bitte richtig! Mein einziger Wunsch ist, daß ich einmal helfen kann, jemanden zu retten. Ich würde Sie wie ein Bruder begleiten, glauben Sie mir.»

In Paulas Stimme konnte man den gleichen kindlichen Ausdruck entdecken, der manchmal auf ihren Lippen erschien.

«Das weiß ich schon, Irländer.»

«Nennen Sie mich Roy.»

«Das weiß ich schon, Royo...», formte sie sich den Namen zurecht. «Sie sind anders. Es paßt nicht zu Ihnen, daß Sie bei uns sind.»

«Warum nicht? Wir sind alle Menschen, und ein Mensch zu sein bedeutet nicht viel. Doch wenn ich Ihnen bei etwas helfen könnte, wenigstens einmal...»

«Danke», antwortete sie, bevor sie bekümmert hinzusetzte: «Doch mit meinem Leben muß ich allein fertig werden.»

«Ich sage es nicht noch einmal», drängte er hartnäckig. «Aber merken Sie sich das gut: Ich würde Ihnen so helfen, wie es nötig wäre. Und danken Sie mir dafür nicht; das geschieht aus Egoismus, aus... ich weiß nicht. Aus dem gleichen Grund, weshalb ich Sie gestern abend begleitet habe, weil ich nicht anders konnte. Ich weiß nicht warum, aber ich würde es tun.»

Diese Worte hatten anrührender geklungen. Aus ihnen sprach eine starke Lebenskraft, zusammen mit Fluß und Wind waren sie das einzig Wirkliche in der Nacht ringsum. Paula sagte nichts und hielt den Kopf gebeugt. Endlich blickte sie auf, wie jemand, der einen Entschluß faßt. Selbstsicher und energisch antwortete sie:

«Ich will dir auch etwas sagen», plötzlich duzte sie ihn. «Weich nicht von deinem Weg ab. Ich bin keine Frau für einen guten Mann, für einen Mann wie dich.»

Shannon war betroffen und fühlte sich verpflichtet, einen genauen

Blick in das eigene Innere zu tun. Er entdeckte, was es dort gab, und dachte gründlich über ihre Worte nach. Gern hätte er den Vergleich mit jenem Mädchenmund bestanden, der felsenfeste, lautere Wahrheiten aussprach.

«Wie tief du blickst, Paula!...», seufzte er. «Soviel wollte ich gar nicht wissen. Aber verschließ die Tür noch nicht, wo du es einmal gesagt hast, wo du mich belehrt hast, laß es mich versuchen... Mach dir keine Sorgen, du tust mir nicht weh; es geht mir nicht schlechter als gestern. Jetzt besitze ich etwas.»

«Nein, Royo», beharrte sie ganz leise und sanft, als müßte sie einem Kind die Hoffnung nehmen.

«Doch, Paula. Selbst wenn es Wahnsinn ist, selbst wenn es morgen vorbei ist... Vorher nichts, nichts, nichts... Und wer weiß?» sagte er zu sich selbst. «Vielleicht bin ich gar nicht so anders, vielleicht bin ich deshalb hierher geraten... Aber du brauchst dir keine Sorgen zu machen, kümmere dich nicht um mich. Du kannst beruhigt leben, du hast ja Freunde», sagte er zum Schluß und stand auf. «Und nun schlaf in Frieden.»

Inmitten der Schläfer wartete auf ihn der Americano, der wach geblieben war.

«Ich bedauere, Ihnen das sagen zu müssen», begann er mit einem entschuldigenden Lächeln, «aber es ist besser, daß Sie mit Paula nicht allein bleiben. Sie haben es ja heute nachmittag schon erlebt.»

«Gab es jetzt irgendwelches Gerede?»

«Nein, aber ich kenne die Leute... Und das Problem wird immer schlimmer, je weiter wir nach unten kommen.»

«Warum?»

«Dann haben sie noch länger keine Frau gehabt, und außerdem fängt der Frühling an, dazu die heißen Landstriche... Der Fluß ist ruhiger, die Stämme treiben beinahe von allein hinab, und man hat mehr Zeit nachzudenken...»

Shannon fühlte sich unruhig, als er schlafen ging. Noch stärker war jedoch sein Erstaunen über sich selbst, über seine inneren Wandlungen und Überraschungen. Wer war wohl imstande, die eigenen Empfindungen zu durchschauen?

ALPETEA

Am nächsten Tag weckte sie ein Regenguß. Der Himmel sah wie ein
Bleidach aus, das unmittelbar auf den Felsen ruhte. In den drei Tagen,
die man noch brauchte, um La Escaleruela zu überwinden, schneite oder
regnete es weiter. Der Fluß strömte rötlich und zähflüssig wie Töpfer-
masse hinab, und die schwimmenden Stämme waren in diesem Brei aus
flüssiger Erde nicht zu unterscheiden. Der Wasserspiegel stieg und kündigte bedrohlich eine Überschwemmung an, wenn das schlechte Wetter
andauerte; und manchmal blieb kaum noch genug Raum, um am Fuß der
Felswand zu lagern. Die Männer stießen wüste Beschimpfungen aus und
waren ständig schlechtgelaunt. Das Essen gab es manchmal zu einer un-
passenden Zeit, und dann wieder konnte man überhaupt nicht kochen.
Sie wickelten sich zum Schlafen in ihre durchnäßten Decken, nachdem
sie einen Brotkanten und ein paar Oliven gegessen hatten.

Am Mittag aber trat schließlich die Sonne hervor, als gerade die ersten
Stämme aus La Escaleruela in eine etwas offenere Region gelangten, wo
sich die Trümmer der San-Pedro-Brücke befanden.

«Endlich!» sagte Cacholo. «Das hier ist ein anderes Leben!»

Und da geschah es, daß Shannon in den Fluß stürzte, vielleicht, weil
er sich darauf verlassen hatte, daß es ihm weniger oft mißlang, Stämme
mit der Hakenstange festzuhalten oder abzustoßen. Durch dieses Miß-
geschick wurde die schlechte Laune der Leute endgültig verscheucht.

«Ach du lieber Gott, jetzt bist du schon ein getaufter Flößer!» lachte
Cacholo. «Kommt her, nun hat er sich die Seele im Jordan reingewa-
schen!»

Das Wasser war nicht tief, und er hatte sich lediglich beim Sturz
durchnäßt. Er setzte sich ans Feuer, und es machte ihm Freude, den
kleinen Verrichtungen zuzusehen, die der Chepa und Paula ausführten.
Nach so vielen Strapazen und solch schlechtem Wetter fühlte man sich
wohl wie daheim, wenn man in der Sonne saß, ohne etwas zu tun, und
dem Galerilla zusah, der mit *Loli* spielte, Chepas zimtfarbigem Hündchen.

Hin und wieder näherte sich jemand, um sich einen Spaß mit ihm zu
machen.

«Erleben möchte ich, wenn du ins Wasser fällst, Mädchen», sagte
einmal der Negro. Und er wurde deutlicher: «Nicht, daß ich dir etwas
Böses wünsche, aber ich will deine Arme an der frischen Luft sehen.»

«Wie die sind, kannst du dir schon denken. Genau wie die deiner Schwester.»

«Pah! Du bist anders. Frauen wie dich müßte man enteignen dürfen. Wenn meine Leute gewonnen hätten, wärst du fürs Volk da», schloß er und ging wieder an seine Arbeit.

«Was hab' ich bloß getan, daß sie mich nicht in Frieden lassen, mein Gott?» seufzte Paula.

«Was willst du machen?» platzte der Chepa halb bitter und halb verständnisvoll heraus. «Du bist nun mal, wie Gott dich geschaffen hat! Wo du dich blicken läßt, streunen alle um dich rum wie brünstige Hunde.»

«Santiago! Du auch?» tadelte Paula.

«Warum nicht? Hast du vielleicht geglaubt, daß mit dem Buckel...! Na ja, lassen wir's.»

Und er machte sich konzentriert an die Aufgabe, eine Ecke des Packsattels anzunähen.

Shannon begriff, daß Paula sich nicht der allgemeinen Aufmerksamkeit entziehen könnte, selbst wenn sie es versuchte. Weder das schwarze Kleid mit den bis zu den Handgelenken reichenden Ärmeln noch das Tuch, das die dunklen Haarsträhnen verhüllte, vermochten die vollblütige Frau zu verbergen, die in ihr steckte. In ihrer Sanftmut war sie ein Weib, und sie war auch ein Weib, wenn sie sich der fortwährenden Hetzjagd des Trupps entgegenstellte. Shannon begriff den Chepa.

«Heute gibt's keine Brotwürfel», sagte der Bucklige, als er bemerkte, daß Shannon erstaunt seinen Vorbereitungen zusah. «Stockfisch mit Kartoffeln, um das gute Wetter zu feiern.»

«Bravo!» rief der Galerilla.

Und *Loli* stimmte ein Gebell an.

«Es ist klar, nach wem du kommst, Junge. Dein Vater denkt nur ans Essen. Dir dagegen erlaubt er, daß du dir den Bauch mit soviel Luft vollschlägst, wie du willst.»

«Und er läßt sich alles mögliche einfallen, um was zu essen zu finden!» sagte der Junge bewundernd. «Gestern hat er eine so große Eidechse aufgegabelt!»

«Hat er sie gegessen?» fragte Shannon.

«Es geht um ein Wildkaninchen!» erklärte der Kleine.

«Hier, nimm, Santiago», unterbrach Paula und hielt ihm die Pfanne hin, die sie aus einem Sack gezogen hatte. «Sie glänzt wie die Sonne.»

Jetzt rief Paula nicht mehr Erregung, sondern Rührung hervor, wie sie so dastand und infolge der gesunden Erschöpfung nach Atem rang.

Shannon schämte sich für sich selbst und für alle anderen. Sie bemerkte den Blick und lächelte.

«Wie geht's, Royo?»

Ja, in ihr gab es edle Würde. Er antwortete achtungsvoll:

«Wie im siebten Himmel. Ich weiß nicht, wie lange es her ist, daß ich einen solchen Frieden genossen habe.»

Das stimmte. Die Sonne gab der Berglandschaft ein milderes Aussehen; die gelegentlichen Rufe und Meldungen der Männer verliehen dem Bild menschlichere Züge. In der Nähe ließen das Klappern der Töpfe, das Schaben des Kartoffeln schälenden Messers, die mahlenden Kiefer des Esels und das fröhliche Hundegebell eine Fülle angenehmer Nichtigkeiten an die Ohren dringen, während die riesige Erdkugel unsagbar schnell im Raum kreiste.

Der Chepa ließ ein paar dünne Grashalme fallen, weil er die Windrichtung herausfinden und den Feuergraben an der zweckmäßigen Stelle anlegen wollte, als die Männer herankamen.

«Was ist los?» fragte der Chepa. «Wir haben uns nicht gemeldet.»

«Wir haben früher mit der Arbeit aufgehört», antwortete der Americano. «Wir sind bis zu der steinigen Stelle von San Pedro gekommen, und weil die Zeit nicht mehr reicht, den Übergang vorzubereiten, na, da sind wir hier.»

«Verdammich!» sagte der Seco. «Damit wir das Leben genießen, es wird allmählich Zeit.»

Nach und nach setzten sich alle. Ein paar begannen, sich der bedächtigen Zeremonie des Zigarrenrauchens zu widmen.

«Irländer, siehst du den Berg da drüben, den höchsten von allen, rechts vom Fluß?» fragte Cacholo. «Nun, dort stand die Burg Alpetea, die dem Mauren Montesino gehörte.»

Er meinte einen Berg, der sich über einem riesigen Felsplateau erhob und den Fluß gewiß gute dreihundert Meter überragte.

«Von dort aus», erzählte der Cacholo weiter, «sieht man... Was weiß ich! Die Burg Torre de Aragón in Molina..., na ja, halb Spanien.»

«Schon ist Quintín bei seinen Geschichten», lächelte der Seco und zog den Mund zwischen den großen Ohren breit.

«Halt du den Mund und hör zu, das kannst du ja gut mit diesen Ohren! Weiß Gott, wenn du es zum König gebracht hättest, müßten sie die Geldstücke mit Ohren machen!»

«Erzählen Sie weiter, Onkel Quintín», drängte Galerilla, während alle lachten. «Wer war der Maure?»

«Also, einverstanden, damit wir uns die Zeit vertreiben... Der Montesino war ein ungeheuer tapferer Heerführer der Mauren, und von der Burg aus spielte er den Christen übel mit. Doch eines Tages erschien die Heilige Jungfrau da in der Nähe, in Cobeta, und zwar einem kleinen Hirtenmädchen, dem eine Hand fehlte, und sie ließ ihm die Hand wachsen, und sie gebot, daß der Maure das Mädchen sehen sollte. Kurz und gut, als der das Wunder der geheilten kleinen Hand erblickte, bekehrte er sich zum Christentum und jagte alle Mauren davon, und er machte sich zum König dieses ganzen Landes.»

«He!» ertönte Dámasos metallische Stimme, und er erklärte Shannon: «Der Cacholo ist nämlich Monarchist, und deshalb gibt er allen Geschichten das gleiche Ende.»

«Na klar... Ich will nicht von einer Junta geführt werden und auch nicht von Leuten, die ständig kommen und gehn. Ich bin für eine Persönlichkeit; ich will jemanden, der sein Amt so lange ausübt, bis er stirbt.»

In diesem Augenblick lief der Galerilla vorbei, weil er den Esel zur Tränke bringen wollte. Dámaso schnalzte mit der Zunge.

«Hü, mein König!» rief er.

Der Esel schlug wütend aus und hätte den Galerilla beinahe umgeworfen, während alle sich vor Lachen ausschütteten. Cacholo beruhigte das Tier:

«Ruhig, Admiral; ruhig, Präsident! Haalt!...»

«Auch der Esel ist Monarchist», sagte der Negro.

Der Cacholo erklärte Shannon, der wahre Name des Esels sei *Canalejas*, weil er in dieser Ortschaft geboren wurde, doch lasse er sich jede Anrede gefallen, außer, wenn man ihn König nenne. Das könne er nicht vertragen.

«Hast du den König wirklich kennengelernt, Quintín?» neckte ihn der Negro.

«Wen? Alfons den Dreizehnten?» fragte Shannon.

«Dir werd' ich's erzählen, weil ihr Engländer auch einen König habt, und ihr seid imstande, den nötigen Respekt aufzubringen.»

Shannon zog es vor, ihm nichts von der Republik Eire zu sagen, und ließ ihn weiterreden.

«Das war im Jahr achtundzwanzig, als Don Alfonso nach Molina hinaufkam, um das Denkmal für Hauptmann Arenas einzuweihen, der ein Sohn der Stadt war und den sie in Tistutin getötet hatten während der schlimmen Tage von neunzehnhunderteinundzwanzig. Ich hatte ihm als Offiziersbursche gedient, und sie nahmen mich mit zu den Ansprachen und zu allem sonst, in Uniform. Don Alfonso gab mir die Hand ... Wie ungeheuer sympathisch und freundlich er auftrat! Der Gouverneur war hochmütiger als er.»

«Jetzt erzählt er dir bestimmt auch noch die Geschichte, daß er einmal nach Madrid gefahren ist und der König die Königin angewiesen hat, an diesem Tag zwei Eier mehr auf den Tisch zu stellen, weil Onkel Cacholo zum Essen dableiben würde», trumpfte Dámaso auf.

«Lach nur, lach nur; aber da möchte ich mal deine Republik sehen.»

«He! Hat man unter dem König besser gelebt?»

«Hat man später besser gelebt? Und wenn ich schon arm geboren wurde, dann ist es besser, daß mich nicht ein anderer Hergelaufener kommandiert, nur weil er die Leiter hochgefallen ist... Ach was, ach was... Ich», er drehte sich zu Shannon um, «hab' in der Republik keine Marke auf die Briefe geklebt, wie's sich gehört: alle Pablo Iglesias mit dem Kopf nach unten. Und das ging dem Postboten ganz schön auf die Nerven, denn der schwor auf Lerroux.»

«Laßt die Politik bleiben», griff der Seco ein, «die ist bloß dafür gut, daß sich die Reichen in die Wolle kriegen! Mit uns Armen ist es immer dasselbe.»

«Das kommt, weil in Spanien nie das Volk Politik gemacht hat», sagte der Negro.

«So heißt es schon im Tango Villacampas, den meine Mutter gesungen hat», platzte auf einmal Correa heraus. Und er stimmte das Lied an:

«Was in Spanien passiert,
ist ein Witz, wie man findet:
Wer nicht geschickt das Ruder führt,
verhungert, obwohl er sich schindet.»

Alle lachten und nickten gleichzeitig zustimmend. Doch die Pfanne kam, und man kümmerte sich nur noch um sie.

«Wie das duftet, mein Gott!»

«Hoch lebe der Chepa!»

«Das hat Paula gekocht», stellte Santiago richtig.

«Damit ihr's kapiert, ihr undankbaren Kerle», sagte die junge Frau, als man sie lobte.

«Wir haben dich doch sehr lieb, Mädchen!»

«Viel zu sehr!» entgegnete sie.

43

«Na so was!» stellte der Tuerto fest. «Wieso fehlt der Galera und kommt nicht, wo das so gut riecht?»

Alle wunderten sich. Doch gerade in diesem Augenblick tauchte der Galera auf und hielt etwas in der Hand, das sich hin und her bewegte.

«Da seht ihr!» rief sein Sohn begeistert. «Mein Vater hat sich mit der Eidechse schon ein Kaninchen geholt.»

Quintín erklärte dem erstaunten Shannon, der Galera habe gewiß einen kleinen brennenden Kienspan auf dem Rücken der Eidechse festgebunden und sie am Eingang eines Kaninchenbaus losgelassen. Die Eidechse husche in den Bau, weil sie vor dem Brand fliehen wolle, und das Feuer treibe das Kaninchen hinaus, das man direkt an der Öffnung fange.

Der Galera tötete unterdessen das Tier mit einem Schlag ins Genick, hängte es an einen niedrigen Ast und kam zum Essen.

«Danach zieh' ich ihm das Fell ab», sagte er, «und rein mit ihm... Es ist ziemlich klein geraten.»

«He! Und wenn wir's aufheben, damit wir es morgen zu den Brotwürfeln dazutun?» erkundigte sich Dámaso bissig.

«Und wenn wir deine Mutter in die Brotwürfel stoßen?» warf ihm der Galera an den Kopf.

«Das sind Späße, Lorenzo; laß dich nicht vom Jähzorn verleiten», griff salbungsvoll der Cuatrodedos ein.

«Das sind Späße, mein Bruder», äffte ihn der Dámaso honigsüß nach. *«Karnickulus vobiscum.»*

«Darüber ärgere ich mich nicht», erklärte Cuatrodedos, «aber über solche Sachen darfst du dich nicht lustig machen.»

«Ihr verliert euren Anteil, wenn ihr nicht zulangt!» warnte der Americano.

Und eine Weile waren nur die Eßgeräusche zu hören. Sobald nichts mehr übrigblieb, stand der Galera auf und zog dem Kaninchen das Fell ab.

«Gib mir ein kleines bißchen Salz, Paula!» rief er dann.

«Gib dem Gierschlund da nichts!» widersprach der Rubio. Doch das Mädchen hielt Galera den Beutel hin.

«Mit etwas Asche wäre ich jedenfalls auch zurechtgekommen. Fleisch ist Fleisch», sagte der Galera genießerisch.

«Und Wein ist Wein», erklärte Cacholo. «Her mit der Bota, denn das Tajowasser bläht den Bauch auf und macht den Glockenschwengel schlapp. Durch den Wein dagegen wird selbst der Dummkopf schlau.»

«Das ist besser als die Politik», lächelte der Tuerto. «Erzähle noch eine Geschichte, Quintín.»

«Also... paß auf, in den Zeiten Alpeteas lebte in Guadalajara eine Doña Juana, die wurde Witwe, als sie das Alter Christi hatte, und danach heiratete sie wieder.»

«He! Die hat bestimmt Geld gehabt.»

«Kann sein, weil sie bösartiger war als meine Mariana, nichts für ungut. Nun also, an einem Abend ging der Ehemann mit ein paar Freunden auf einen kleinen Bummel (so was kommt vor, nicht wahr?), und als er am frühen Morgen zurückkehrte, ließ ihn Doña Juana nicht in die Burg. ‹Mach auf, Frau, ich bin dein Juan›, rief der Mann. ‹Nein, eine ehrbare Frau macht niemals in der Nacht auf, wenn der Mann nicht zu Hause ist.› Und das war es dann, sie ließ ihn an der Tür stehen.»

«Recht so», explodierte Paula.

Und Shannon erinnerte sich an das Messer zwischen ihren Brüsten.

«Wenn das mir passiert», sagte der Seco, «dann klopfe ich an eine andere Tür. Ich werd' schon eine finden, na klar. Daran fehlt es nicht.»

«Das ist bestimmt dir selber passiert, Quintín», spottete der Rubio, «und du erzählst das als eine Geschichte».

«Nein, wo das doch in den Büchern nachzulesen ist», griff Shannon ein. «Die Frau hieß Doña Juana de Mendoza, und ihr zweiter Ehemann war ein Neffe des Königs Heinrich des Zweiten.»

Und als er sah, daß alle ihn staunend anstarrten, erklärte er, er hätte spanische Geschichte und Literatur studiert.

«Wer studieren könnte», murmelte der Lucas, der sich hinter Shannon gesetzt hatte, als er mit dem Abendessen fertig war. «Und unsereiner kennt nicht mal die Buchstaben.»

«Später bringe ich dir ein paar bei», sagte Shannon. «Du wirst merken, wie schnell du sie lernst.»

«Von diesen Geschichten hätte ich gern erfahren», seufzte der Cacholo. «Aber was soll ein Armer vom Dorf machen, der einsamer aufgewachsen ist als der Gefangene, dem sie das Vögelchen umgebracht haben!»

«Kennst du diese Geschichte auch, Quintín?» fragte Shannon.

«Das ist keine Geschichte. Das ist eine Redensart in meinem Dorf.»

Doch Shannon widersprach: Das sei in einer von den besten Romanzen zu finden. Und er rezitierte nun die berühmte Romanze vom Gefangenen, bis er zu ihrem Ende kam:

> «...denn ich weiß nur, wann es tagt,
> und wie lang die Nächte dauern,
> weil ein kleines Vögelein
> für mich am Morgen sang.
> Ein Bogenschütze hat es getötet:
> Geb' ihm Gott einen üblen Lohn.»

Alle schwiegen und waren von einer Rührung ergriffen, die – so stellte Shannon fest – ebenso elementar wie wahrhaftig war. Und gerade deshalb war sie noch wahrhaftiger.

«Na so was, Cacholo, man hat dir den Mund gestopft», sagte Dámaso. «Die Engländer sind dir über.»

«Mann, auf Feinheiten versteh' ich mich nicht... Aber wetten, daß er nicht die Lieder der Schnitter kennt?»

Und, von den Männern angestachelt, begann Cacholo:

> «Schon kommen die Schnitter
> zum Mähen aus Kastilien,
> schmutzig, zerlumpt, ohne Geld
> und ohne Fleisch auf den Rippen.»

Shannon fühlte sich in das mittelalterliche Milieu der *Canterbury Tales* versetzt. Dort saß die Zuhörerrunde und lauschte gespannt dem burlesken Erzähler, genoß aufs neue die schon wohlbekannten Worte. Als die derbe Geschichte endete und man sie mit kräftigen Lachsalven gefeiert hatte, löste sich der Kreis allmählich auf. Nur Shannon blieb zurück und brachte Lucas die Vokale bei. Während dieser Funke menschlichen Fortschritts aufleuchtete, nagte daneben der Galera die letzten Kaninchenknochen ab, und erst als sie sauber waren, warf er sie dem Hündchen hin. Der Widerschein des Feuers zuckte ihm über die Kinnbacken und die Hornhaut der Augen, und er gab ihm das Aussehen eines Urmenschen, der kaum dem Tierreich entwachsen war.

Am Morgen brachen sie schnell das Lager ab und bauten es an einer besseren Stelle wieder auf, jenseits von El Campillo, neben den Trümmern der früheren Brücke Puente de la Herrería. Dort wollten sie bleiben, solange die Stämme die ganze Krümmung von La Rinconada, die scharfe Flußbiegung unterhalb von Alpetea, durchquerten.

Die Männer liefen zur San-Pedro-Brücke, und dort bereiteten sie eine neue Wasserrinne vor, um die schwierige Stelle zu überwinden, an der

Felsbrocken über das Flußbett verstreut waren: Mit quergelegten Stämmen stauten sie den Fluß, damit der Wasserspiegel stieg und das Holz besser schwimmen konnte. Die Regenfälle der letzten Tage machten es leichter, die Rinne anzulegen.

Als am Mittag eine Gruppe über Casas del Campillo ins Lager zurückkam, schlug der Seco dem Americano vor, sie sollten am Nachmittag zum Kraftwerk gehen und bitten, daß man sie an der Talsperre durchlasse.

«Du weißt ja, das sind gute Leute. Und wenn Don Clemente da ist, wirst du schon erleben, daß er uns zu einem Gläschen einlädt.»

«Ich möchte nicht hin, Seco. Geh du.»

Seco wollte auf seinem Vorschlag bestehen, denn obwohl die Bitte um Durchlaß eine reine Formsache war und sie lediglich fünf Duros bezahlen mußten, damit man ihnen die entsprechende Genehmigung für das gesamte Flößholz gab, erhoben die Männer diese Vereinbarung beinahe in den Rang einer rituellen Zeremonie, die der Truppführer durchzuführen hatte. Doch er überzeugte den Americano nicht, und nach dem Essen brachen der Seco und weitere Männer zu der ehemaligen Mühle auf, wo der Bürgermeister von Villar de Cobeta ein Kraftwerk eingerichtet und nach dem Krieg wiederaufgebaut hatte.

Auch Shannon blieb im Lager. Er bemerkte, daß im Inneren des Americano, der gedankenversunken *Canalejas* betrachtete, irgend etwas Sonderbares vor sich ging. Immer wenn die Kinnladen des Tieres zusammenklappten, bildeten sich plötzlich zwei Kugeln in *Canalejas'* Augen, sie entstanden und vergingen im Rhythmus des Kauens.

«Möchten Sie einen Spaziergang machen?» schlug unvermittelt der Americano vor.

Shannon begriff, daß sich der andere Gesellschaft wünschte, und er schloß sich ihm an. Sie entfernten sich am linken Ufer flußabwärts, und dann kletterten sie die sanft ansteigende Erhebung hinauf. Der Americano blieb stehen und wies mit einer weit ausholenden, allumfassenden Geste auf jene wilde Landschaft hin, wo sich unterhalb von Alpetea, inmitten der Weidenbüsche einer kleinen Aue, der Río Gallo in den Tajo ergießt. Seine Hand zeigte auf Unebenheiten und Besonderheiten des Geländes; seine Stimme nannte jeden Berg oder jeden Pfad liebkosend beim Namen. Als wollte er die Dinge einer Welt nacherzählen, als stellte er sie, wenn er jede Einzelheit bezeichnete, an ihren richtigen Platz. Shannon schwieg: Jener Mann hatte es zweifellos nötig, sich allein zu fühlen, doch zugleich einen anderen Menschen an seiner Seite zu wissen.

«Ja», sagte er, wobei sich sein Blick und seine Stimme in noch weiteren Fernen verloren, «all das ist El Campillo. Wissen Sie was? Ich bin nicht zum Kraftwerk gegangen, damit mich niemand wiedererkennt... Weil ich in El Campillo geboren wurde.»

Und auf einmal wurde er konkret und genau.

«Meine Eltern waren aus Villanueva de Alcorón, aber hier hatten sie ein Haus, wo sie den Sommer verbrachten. Und in dem bin ich geboren.»

Shannon empfand Rührung, weil es ihm so vorkam, als habe sich dieser kleine Teil des Planeten auf einmal vermenschlicht, da er von Erinnerungen bevölkert wurde, auch wenn sie nicht seine eigenen waren.

«Und jetzt gehen wir», setzte der Americano hinzu und lief wieder los, «dorthin, wo früher die ‹Mühle des Advokaten› stand... Der Advokat war mein Urgroßvater.»

Nur ein Rest der Außenwände war übriggeblieben. Durch die Türöffnung konnte man mit Erde und Unkraut bedeckte Trümmerhügel im Inneren entdecken. In der Mitte verriet ein zugeschüttetes Loch die Stelle, wo sich der Achszapfen des Mahlgangs befunden hatte.

Hinter dem Haus war das kleine Mühlwehr. Durch die Risse im Wehr rann Wasser, doch es hielt noch soviel zurück, daß es einen Teich bildete. Er lag unglaublich ruhig da, war voller Wasserfäden und Moos, und die kalte, tödliche Winterszeit machte seine trostlose Einsamkeit noch schlimmer. Als sie kamen, plumpste kein Frosch ins Wasser, flog kein Vogel von einem Zweig auf, kräuselte sich keine Welle. Sie blieben neben den verfaulten Brettern des Wasserüberfalls stehen. Der Americano starrte unverwandt die düstere Fläche des Teichs an.

«Während ich als Kind meine ersten Streifzüge unternahm, war es so etwas wie der Gipfel der Kühnheit, hierherzukommen. Einmal hat es mir eine Tracht Prügel von meinem Vater eingebracht, und wegen der Strafe wurde das Abenteuer nur noch erregender.»

Er setzte sich auf eine alte umgestürzte Kiefer und erzählte weiter:

«Mein Vater haßte die Mühle, weil sie seinen Großvater ruiniert hatte, denn der gab sein ganzes Geld dafür aus, sie mit dem damals modernsten System zu bauen. Ihn begeisterten die landwirtschaftlichen Maschinen, und er brachte es fertig, in der Ökonomischen Gesellschaft der Landesfreunde stundenlang über die zweckmäßigste Gestaltung eines simplen Streichbretts für einen Pflug zu diskutieren. Aber er blieb hartnäckig dabei, die Mühle als ein Ehrenmann zu betreiben, während die übrigen mit tausend Tricks konkurrierten. Anfangs ging es ihm nicht schlecht, weil die Bauern ihn mehr als andere betrügen konnten, und sie brachten ihm den Weizen zum Mahlen; doch als er das eines Tages merkte und einen von ihnen verprügelte, bekamen sie es mit der Angst und ließen sich nicht mehr blicken.»

«Immer geschieht das gleiche», murmelte Shannon. «Immer stellt es sich am Ende heraus, daß die Leute sich unwürdig benehmen. Der Mensch hat vor langer Zeit seine Würde verloren.»

Er hatte so leidenschaftlich gesprochen, daß der Americano für einen Augenblick aus seinen eigenen Gedanken auftauchte:

«Sie haben sich auch an vieles zu erinnern, was?»

«Nein; nicht erinnern. Mein Problem ist es zu vergessen.»

«Warum vergessen? Wir sind, was wir waren. Ohne Erinnerungen wären wir wie diese Mauern... Und Sie irren sich: Diese Leute hatten Würde. Sie handelten lediglich so, wie es ihrer Rolle entsprach, indem sie sich wehrten, um zu überleben... Jedenfalls verlor mein Urgroßvater schließlich viel Geld, und die Mühle wurde geschlossen; doch in meiner Kindheit gehörte uns noch das Haus, wo wir im Sommer wohnten... Hierher kam auch meine Kusine...»

Während er diese letzten Worte sagte, schien es, als laufe eine Welle über das finstere Wasser wie ein sanftes Licht, das die Stille durchdrang.

«Wie komme ich heute dazu, mich so lebhaft an das alles zu erinnern?... Es war die alte Geschichte: Zuerst nahmen wir uns im Schatten eines Wäldchens an der Hand, und schließlich küßte ich sie, genau hier, an einem Nachmittag, neben diesem stillen Wasser... Nein, das Wasser ist jetzt anders, ganz anders... Sie rannte fort, und ich blieb stehen. Das Herz klopfte mir wie das eines kleinen Kaninchens, das man in der Hand hält!... Am nächsten Tag sagte sie mir, sie hätte die ganze Nacht geweint, sie müsse sich im Tajo ertränken... Aber ich habe ihr geschworen, daß wir heiraten... Das war der letzte Sommer.»

‹Der letzte Sommer›, dachte Shannon. ‹Wie traurig das klingt! Und wie sich scheinbar alles in Luft auflöste, im Unwirklichen entschwand.› Alles erwies sich als absurd, als sinnlos: Dieser harte, aus Holz und Erde geformte Kerl blickte inmitten der kläglichen Ruinen in eine Vergangenheit zurück, die ihm niemand zugetraut hätte: eine aufgeklärte und fortschrittliche Familie, eine romantische Jugendliebe... Doch jeder Mensch hat zweifellos sein Geheimnis; und jene Geschichte gehörte zum innersten Wesen dieses Mannes. Aus der Lehranstalt von Sigüenza, wo er sich auf das Abitur vorbereitete, hatte man ihn hinausgeworfen, nachdem ruchbar wurde, daß eine Waschfrau ihn in eine gehaltvollere Liebe einführte, als es die der Kusine war. Bei seiner Heimkehr hatte er den Ruf, ein Rebell zu sein, und sein Onkel verbot dem Mädchen, mit ihm zu reden...

«Ich bin zu ihr gegangen», erzählte er weiter, «und habe ihr vorgeschlagen, mit mir zusammen durchzubrennen. Wie sie weinte, ohne daß sie den Mut fand, sich zu entscheiden! Ich sah, daß sie eine so unbedeutende, so blutleere Person war, daß sie mich nicht mehr interessierte... Während ich ihrem Vater, meinem Onkel, eine Scheune ansteckte, natürlich. Ja, ich war schon ziemlich gewalttätig, ein guter Sohn meines Vaters. Sie suchten mich mit der Guardia Civil, aber sie kamen nicht auf die Idee, daß ich mich einer Gruppe von Flößern angeschlossen hatte... Dann ging ich nach Amerika...» Verwundert stockte er, stand auf und fuhr sich mit der Hand über die Stirn wie jemand, der aus einem Traum erwacht. «Warum erzähle ich das alles?» Er sah beunruhigt aus, als er sich Shannon freimütig zuwandte. «Ich habe nie zurückgeblickt; aber jetzt fühle ich..., ich weiß nicht..., als wäre der Augenblick da, mit der Vergangenheit ins reine zu kommen...»

Eine lange Pause entstand, die er selber plötzlich mit einer sarkastischen Bemerkung beendete:

«Und wenn ich daran denke, daß wir nur in die Ebene hinaufsteigen müßten, und wir könnten ihr vielleicht auf einer Straße in Villanueva begegnen... Sie hat einen Tierarzt geheiratet; das hat mir vorgestern ein Schäfer erzählt... Es ist zum Lachen; die Gattin des ehrbaren Herrn Tierarztes wollte wegen eines Kusses von mir ins Wasser gehen... Aber nichts ist erstaunlich, wenn man sich vollkommen klargemacht hat, daß sich alles gleichbleibt.»

Er schien sich wieder zu beruhigen. Der Goldzahn blitzte auf, als er lächelte.

«Pah! Nichts ist nichts. Dort in Amerika kam es mir nur darauf an, daß ich lebte, und das übrige war mir egal. Jetzt kümmert mich nicht einmal das, und alles läßt mich weiter kalt... Man begreift allmählich, daß es nur eine wichtige Sache gibt, nur eine sichere Sache...» Er hielt plötzlich inne und staunte in sich hinein. Ganz leise sprach er weiter: «Ob es deshalb ist? Um mich zu erleichtern? Bin ich darum zurückgekehrt?»

Er schüttelte den Kopf, als behielte er seine Gedanken für sich.

«Sie dagegen kehren nicht heim. Sie fliehen. Aus Ihrer Heimat und vor Ihren Erinnerungen.»

«Ja... Jetzt müßte ich auf der Überfahrt nach England sein... Die

Heimkehr der Helden, Sie wissen schon: Musikkapellen, Ansprachen, Fähnchen und das alles. Aber ich könnte so eine Feier nicht ertragen, denn wir waren ja gerade aus einem Krieg zurückgekommen.»

«Gibt es etwas mit dem Krieg?» fragte der Americano erstaunt.

«Nichts mit dem Krieg selbst. Ich habe beinahe froh an ihm teilgenommen: Das waren herrliche Ferien auf dem Lande, ein großartiges blutiges Training in der Natur; und das Schlimme fand mehr oder weniger eine Rechtfertigung. Aber der Frieden... Sobald wir eine Gegend eroberten und die Erregung des Kampfes abebbte, gingen uns die Augen auf, welche Zerstörungen wir hinter uns zurückließen. Wo wir vorher nichts weiter als militärische Ziele gesehen hatten, kamen jetzt die zivilen Katastrophen zum Vorschein: die Ruinen, die verwüsteten Felder, das Leid der Kinder, die Trauer der Witwen. Und kurze Zeit später auch diejenigen, die Geschäfte mit dem Hunger machten, die Profitjäger in der Etappe, die Leute, die ihre persönliche Rachgier befriedigen wollten. Es mag unglaublich klingen, aber ich habe zwei Männer in Uniform gesehen, sie hatten einen Helm auf und die ganze Brust voller Orden, und sie schleppten zu zweit ein Mädchen fort, führten es nackt und mit kurzgeschorenem Haar durch die Straßen, nur weil es einen Freund ‹bei den anderen› hatte... Deshalb schämte ich mich, wenn ich daran dachte, daß sie mich nach meiner Rückkehr aus Italien wie einen Helden empfangen hätten. Und deshalb habe ich an dem Tag, an dem unser Heimkehrerschiff den Hafen Alicante anlief...»

Er hob den Kopf und sah den Americano an:

«Kennen Sie Alicante nicht? Nun, dann werden Sie mich nicht verstehen. Ich war an Bord des Schiffes und sah eine Anhöhe, sie glich einem Löwen, der ein Schloß als Krone trägt, und an ihrem Fuß standen weiße Häuser und die prächtigen Palmen der Promenade. Es schien, als wäre es gar nicht Winter, der letzte Tag des Jahres. Das Meer war ruhig, die Luft mild... Unten, im Zwischendeck, rieb jemand ein Zündholz an und warf es ins Wasser. Es kommt mir so vor, als sähe ich noch den Fisch, der vom Grund nach oben schnellte und enttäuscht davonschwamm! ‹Was machst du danach›, sagte unten eine Stimme, ‹wenn wir ankommen?› Niemand antwortete. Was sollten sie auch antworten? Ich dachte an die Reden, die man uns halten würde; ich empfand Ekel und entschloß mich, nicht mit der Herde zurückzukehren. Später und allein, ja; aber nicht mit ihnen zusammen... Dann bemerkte ich einen Fischer, der auf der Mole saß und die Beine baumeln ließ. Er aß gerade, und von ihm ging eine solche Ruhe aus, daß ich ihn ansprechen mußte.

51

‹Na, schmeckt's?› Er sah mich erstaunt an, als er mich spanisch reden hörte, und antwortete: ‹Sie sehen ja. Brot und Messer.› Ich habe diesen einfachen und bedächtigen Satz nicht vergessen: ‹Brot und Messer›! Die Wahrheit des Brotes und des Stahls; die des Lebens und die des Todes. Und vor allem die Wahrheit des Hungers... Sehen Sie, der Berg, die Sonne, das Meer, der Fischer, diese so heitere, unsagbar heitere Welt bezauberte mich, und ich beschloß, sie kennenzulernen. Den Behörden habe ich schreckliches Kopfzerbrechen gemacht, aber ich schaffte es, an Land zu gehen, und ich hatte den Plan, allein durch Spanien zu wandern, bis ich irgendeinen Hafen im Norden erreichen würde... Ich glaube, sie haben mir die Erlaubnis gegeben, weil sie begriffen hatten, daß ich sonst ausgerissen und heimlich auf die Reise gegangen wäre... Schließlich waren wir ja schon entlassen. Ach, aber sie brauchte die Herde, damit sie selber glänzen konnten!»

Er blickte den Americano an.

«Sie verstehen das nicht.»

«Offen gesagt, das fällt mir schwer. Dort in Amerika haben wir kleine Kriege geführt, das ja», er lächelte. «Aber der Frieden unterschied sich davon nicht allzusehr. Und wenn wir eine nackte Frau erwischten, schleppten wir sie natürlich nicht auf die Straße.»

«Sehen Sie? Das ist etwas anderes. Das mag barbarisch, grausam, primitiv sein; darauf kommt es nicht an. Aber es ist nicht von der Gemeinheit besudelt. Deshalb will ich menschliche Würde atmen, um mich zu retten.»

«Obwohl Sie vielleicht übertrieben haben», sagte der Americano langsam, «glaube ich, daß ich Sie jetzt verstehe... Was ich dagegen nicht verstehe: was mit mir los ist», setzte er leise hinzu. «Warum bin ich heute darauf verfallen, von meiner Kindheit zu erzählen...? Werde ich das eines Tages erfahren?»

‹Werden wir das eines Tages erfahren?› fragte sich Shannon, während sie sich auf den Rückweg machten. Und in dieser Nacht hörte er, daß noch hartnäckiger als sonst die leisen, besessenen Schleifgeräusche des Steins andauerten, mit dem der Americano immer vor dem Schlafengehen die Spitze seiner Hakenstange schärfte.

«Es gefällt mir, daß du bei uns bleibst, Irländer», sagte der Cacholo, während er mit der Hakenstange zustieß. «Du bist ein guter Mensch.»

«Du weißt nicht, wieviel mir deine Worte bedeuten, Quintín. Sie lassen mich besser erscheinen, als ich bin.»

Sie hatten El Campillo und Peña Bermeja hinter sich gelassen. Sie waren an der Furt La Bujadilla, im Gebiet der Gemeinde La Buenafuente, wo die Stämme aufliefen, weil die nötige Wassertiefe fehlte. Deshalb hatten sie ein aus Balken bestehendes Wehr gebaut und so eine schmalere Rinne angelegt, um das Wasser zu speichern und den Wasserspiegel zu heben.

«Das ist Blödsinn. Du bist mehr wert als wir alle zusammen.»

«Da irrst du dich. Ein Mensch ist genausoviel wert wie ein anderer.»

«Zwischen Mensch und Mensch gibt's keinen großen Unterschied, das stimmt. Aber wenige sagen das wie du, und das verdient Dank.»

Shannon rechtfertigte seine Anwesenheit vage mit der unernsten Erklärung, er müsse Lucas das Lesen beibringen, bevor er fortgehen könne. Die übrigen waren zufrieden, daß ihnen bei der Arbeit noch jemand mit der Hakenstange half, und fragten nicht viel. In diesem Augenblick allerdings gab Dámaso, der am anderen Ufer stand, laut zu verstehen, wie sehr er sich darüber wunderte.

«Und was habe ich schon mehr davon, wenn ich nach Molina gehe, als wenn es Medinaceli oder Sigüenza ist?» antwortete Shannon. «Dort gibt es auch Burgen, und ich habe es nicht eilig.»

Sie wußten, daß er sich für historische Bauwerke interessierte.

«He! Hier geht keiner zu dem Ort, wo er hinwollte. Die Paula kommt nicht nach Zaorejas und der Engländer nicht nach Molina.»

«Doch, wir gehen», griff Correa ein. «Nach Aranjuez, das ist sicher. Uns bleibt nichts andres übrig. Den Fluß entlang...»

«Und wenn wir weiter gehen, erreichen wir das Meer, sieh mal an», sagte der Seco.

«Und wenn wir noch weiter gehen», flüsterte der Cuatrodedos, «erreichen wir das ewige Leben.»

«Damit hat's keine Eile», stieß der Seco schnell hervor.

«Und wozu soll man sich auch beeilen?» griff Cacholo ein. «Wir kommen schon in das Haus, wo alle wohnen.»

«Wohin?» fragte Shannon.

«Auf den Friedhof, Mann.»

«Dafür muß man niemals rennen, denn solange man lebt, ist die Hoffnung nicht verloren», sagte Correa. «Das dachte ein Nachbar von mir in Valencia. Auf sein Haus fiel eine Bombe, und als ich ihn im Krankenhaus besuchte, sah ich, daß es ihm die beiden Beine und den halben rechten Arm weggerissen hatte. ‹Wie geht's denn so, Nachbar?› frag' ich ihn, weil ich ihm Mut machen wollte. ‹Ach, Sixto, was für ein großes Glück ich hatte!› sagt er zu mir. ‹Wenn sie mich nicht rechtzeitig rausgeholt hätten, wär' ich auf der Stelle verblutet und gestorben. Du siehst ja, wie zufrieden ich bin, als Bündel mit einer Hand...› Na, und recht hatte er. Sie setzten ihn auf ein Wägelchen, damit er den Kindern Bonbons verkaufte, und er lebte herrlich und in Freuden.»

Ein Haufen zusammengedrängter Stämme kam heran, und die Männer waren einige Zeit still. Es tat gut, sich zu bewegen, weil es an diesem wolkenverhangenen und grauen Tag kalt war. Doch wenn die Füße ins Wasser gerieten – Shannon hatte schon längst Hanfschuhe angezogen und die Stiefel aufgegeben, mit denen er nicht auf den Stämmen laufen konnte –, so erstarrten sie vor Kälte.

«Also, wenn du bis Trillo dabeibleibst, weil du von dort über Cifuentes weiter nach Sigüenza gehen kannst», nahm Cacholo das Gespräch wieder auf, «dann wirst du eine hochberühmte Sache erleben: den Stier von Sotondo... Ein uralter Brauch. Wenn die Flößer in dieses Dorf kommen, gibt's einen Stierkampf und ein Fest wie einen Karneval, mit lustigen Kostümen und allem, was dazugehört.»

«He!» spottete Dámaso. «Bloß wo's keinen Stier gibt, na, da macht ein Kerl den Stier.»

«Merkwürdig, daß ein Ort für die Flößer ein Fest veranstaltet», wunderte sich Shannon.

«Verdammich!» entgegnete der Seco. «Das gefällt denen überhaupt nicht. Später macht es ihnen Spaß, doch am Anfang geht es ihnen ungeheuer auf die Nerven.»

«Aber so ist das schon immer gewesen», berichtete Cacholo weiter, «und niemand ändert das. Wie es heißt, haben sich mal in einem Jahr die vom Dorf zusammengetan und wollten die Flößer nicht durchlassen, aber das haben die übelgenommen und sind mit Stöcken und Dolchen über die vom Dorf hergefallen, bis sie ihren Stierkampf bekamen. Es wird auch erzählt, daß sie früher im Ort das Recht hatten, wenn die Flößer vorbeizogen, ihnen einen Ochsen zum Essen zu geben; und später haben sie daraus ein Fest gemacht, was weiß ich, warum. Jetzt rücken die in Sotondo nichts mehr raus. Sie bringen nur den Wein, um den toten ‹Stier› wiederaufzuwecken.»

«Was?» fragte Shannon.

«Der, der den Stier spielt, wird für tot erklärt, und dann schleifen sie ihn über den Platz bis zu einer Kneipe, die dort liegt, und sie geben ihm soviel Wein, wie er haben will, bis er wiederaufersteht.»

«Es hat immer was Gutes, wenn man Hörner trägt», lachte der Seco.

«Es ist auch nicht schlecht, ein Gespenst zu sein», erklärte Dámaso.

«Spielst du das Gespenst?» fragte Cacholo lächelnd.

«Ich will denen einen Schreck einjagen und ein paar schöne Hühner besorgen, denn die schlimme Stelle bei Tagüenza wird uns viel Kraft kosten.»

Cacholo klärte Shannon auf, es gehe darum, Hühner in einem nahen Gehöft zu stehlen.

«Aber die armen Leute...», begann Shannon.

«Verdammich, Irländer, du kapierst nichts!» fiel ihm der Tuerto mit einer Heftigkeit ins Wort, die bei seiner schweigsamen Art erstaunlich wirkte. «Arme Leute? Die verfluchten Kerle sitzen ganz gemütlich zu Hause, während ihr Land für sie arbeitet, und sie schlafen jede Nacht auf ihrer weichen Matratze mit ihrer guten Frau daneben, und wir quälen uns mit diesem Leben ab, das wir aushalten müssen... Und da hältst du es für eine große Sache, daß sie uns ein paar Hühner abgeben?»

«Mann, ich glaube nicht, daß die Bauern hier am Fluß so ein gutes Leben haben. Ebenso eines könntest du auch haben, nicht wahr?»

«Ich? Wo ich keinen verdammten Fetzen eigenes Land mitbekommen habe?... Mein Vater war Tagelöhner, der hatte keine andere Bleibe in seinem elenden Leben als eine Berghöhle. Wenn ich nur ein Feld so groß wie ein Handtuch hätte, das ich bestellen und bewässern würde, damit ich sehe, wie die Saat aufgeht, dann könnte der Teufel alle Flöße holen!»

«Außerdem», beharrte Dámaso, «falle ich nicht mit Gewalt über sie her, mit Messer und Knüppel. He! Ich mach's als Spaß, ich spiel' ein Gespenst und halt' einen Stock hoch, um den ich eine Decke gewickelt habe, wie bei den Riesenpuppen, und oben steckt ein Licht in einem durchlöcherten Napf... Und sie dagegen können später damit angeben, daß es bei ihnen zu Hause spukt.»

«Nur, irgendwann melden sie's dem Pfarrer», sagte der Seco, «und dann sorgen das Weihwasser und ein Dutzend Kerle mit Stöcken dafür, daß sie dem Gespenst den Rücken wie das Leiden Christi zurichten.»

«Pah! Der Dámaso rennt schnell», erklärte der Angesprochene. «Und den Herrn Pfarrer zu bezahlen kostet beinahe mehr als ein paar Hühner im Jahr.»

Man rief sie zum Essen. Sie hörten mit der Arbeit auf, und am Nachmittag kamen sie auf diese Seite zurück. Von dort aus sahen sie, daß Chepa und Paula die Anhöhe hinaufstiegen. Die beiden wollten Vorräte in dem zwei Wegstunden entfernten Huertahernando kaufen. Die dräuenden Wolken hatten sich aufgelöst, und die milde Wintersonne strahlte.

«La Buenafuente ist näher», erfuhr Shannon von Cacholo, «aber das ist ein Dorf, wo bloß sechs oder sieben Leute wohnen. Das Kloster dagegen – das Kloster ist was Großartiges! Dort sind Bernhardinernonnen, solche, die man nie zu sehen bekommt. Die leben dort schon, was weiß ich, seitdem die Mauren vertrieben wurden. Da gibt's Gräber von Prinzessinnen und alles, was man sich vorstellen kann, und außerdem eine wundertätige Quelle, die entspringt unter einem Kruzifix, gerade in der Klosterkapelle.»

«Also, von diesem Kloster habe ich noch nie gehört», sagte Shannon. «Das hätte ich mir gern angesehen.»

«Zur Außenseite darf man, und in die Kirche auch... Geh heut nachmittag hin; wenn man den Paß hier hinaufsteigt, findet man sich leicht zurecht.»

Sie arbeiteten weiter und ließen sich dabei von Quintíns Geplauder unterhalten.

«Sieh dir die Stämme an», sagte er lustig wie immer, «die laufen wie Schäfchen, wie eine kleine Herde... Gib acht auf den roten dort, der ist verschlagener als der Dámaso, wie der sich dazwischendrängt und festklemmt! Sei ruhig, Roter!» ermahnte er ihn und stieß ihn mit der Hakenstange weiter. «Die sind wie die Leute, wie du und ich... Sieh dir den Gierschlund da an, der hat eine freie Stelle erreicht und will es ausnutzen, wie der Galera... Und der krumme dort, wie der Chepa... Und der da ist spitz wie der Seco.»

«Und ich bin nicht dabei, Cacholo?» fragte Shannon lachend.

«Mann, du bist was andres... Aber schau hin, da kommt einer, ganz gerade, gutes Holz und fast schon fertig behauen; man sieht, daß er ihnen gefallen hat, sie wollten Kantholz aus ihm machen und ihn für irgendwas verwenden, doch dann haben sie's aufgegeben... So ist es besser: Weißt du, daß Flußholz mehr taugt als das andre? Ja, das Wasser wäscht innen alle Säfte aus und macht das Holz davon frei, und wenn es trocknet, ist es reines Holz und nichts weiter. Das hält ewig.»

‹Ja›, dachte Shannon, ‹vielleicht war es besser, ihn nur halb zu bearbeiten. Nicht zuviel, damit man die Erinnerung an die Gestalt des lebenden Baums bewahrt.›

«Andererseits», sprach Cacholo weiter, «dauert es auf dem Fluß sehr lange, bis das Holz ankommt, und heute haben es alle eilig. Wenn sie weiter Lastwagen in die Berge schicken, geht es zu Ende mit der Flößerei. Und was macht dann der Quintín aus Taravilla, der sein ganzes Leben nichts andres gemacht hat? Kann sein, daß ich zu den ganz wenigen gehöre, aber mir gefällt dieser Beruf, wo's so natürlich und frei zugeht... Hör mal», tauchte er plötzlich aus seinen Gedanken auf, «wieso willst du in die Kirche gehn, wenn du kein Christ bist?»

«Natürlich bin ich einer, Quintín.»

«Wo die Engländer alle Ketzer sind...»

«Aber wir Iren sind fast alle Katholiken. Und außerdem sind die Protestanten auch Christen.»

Cacholo schüttelte zweifelnd den Kopf. Da aber nun der Americano herankam, sprach Shannon ihn an und bat, nach Buenafuente hinaufgehen zu dürfen. Der Americano erlaubte es, und Shannon lief auf den Stämmen über den Fluß und kletterte den Hang hinauf.

Der Weg war steil, doch nicht sehr lang. Als Shannon die Anhöhe erstiegen hatte, entdeckte er unten das kleine Dorf. Es bestand tatsächlich nur aus ein paar Häusern, die sich um ein riesiges Gebäude gruppierten, dessen hohe Umfassungsmauern einen Garten einschlossen, in dem sich zwei oder drei weiße Gestalten bewegten. Shannon lief zwischen den Häusern hindurch und kam zur Fassade des Gebäudes, die einige frühgotische Bogen und so gut wie keinen Schmuck hatte. Die Kirchentür war geschlossen, und obwohl Shannon einen wuchtigen, laut knarrenden Riegel zurückschob, ging sie nicht auf. Er stieg eine Außentreppe hinauf, die unmittelbar vom Vorhof der Kirche ausging, und traf auf die Klosterdienerin. Shannon stellte ihr einige Fragen, doch die Frau antwortete lediglich, im Kloster gebe es jetzt dreizehn Nonnen. Nicht einmal während des Krieges hätten sie sich entfernt, obwohl das von den anderen beherrschte Gebiet nahe war; ebensowenig in der Zeit der Karlisten, die auch in der Gegend hier gekämpft hätten. Immer habe das Kloster so weiterbestanden, seitdem sie es gegründet hätten... Nein, sie wisse nicht wann: Das müsse Jahre über Jahre her sein. Und es stimme, daß drinnen zwei Infantinnen begraben seien: Doña Sancha und Doña Mafalda. Sie habe die Gräber gesehen, mit Statuen, die sie leibhaftig darstellten und deren Gesichter zeigten, daß es sehr vornehme Frauen wären.

Shannon betrachtete die Außenseite des Gebäudes, und weil es noch früh war, entschloß er sich, auch die Wallfahrtskapelle der Allerheiligen Jungfrau zu besuchen. Es war ein kleines, reizlos und verödet aussehendes Bauwerk. Durch eine vergitterte Luke in der Tür war das Innere zu erkennen: eine große verwahrloste Rumpelkammer mit Steinbänken an den Wänden und einem Fußboden aus zersprungenen rötlichen Fliesen. Im Hintergrund stand ein einfacher gemauerter Altar, der mit dörflich plumpen Figuren geschmückt war, und die Nische in der Mitte enthielt ein hinter zerknitterten Schleifen und Spitzen beinahe unsichtbares Bild. Einige häßliche Votivgaben aus Wachs und ein paar Frauenzöpfe hingen in einem Winkel. Es roch nach Nässe, Staub und Vergessen; es war trübselig. Und dennoch begann Shannon, wortlos an Gott zu denken.

Seit langem war er nicht mehr fähig, die von den Büchern vorgeschriebenen Gebete zu verrichten, und er vermochte nicht das geringste religiöse Gefühl aufzubringen, wenn er die goldschimmernden, mit Gläubigen gefüllten Kirchen betrat, vor allem wenn gerade eine Predigt gehalten wurde. Diese armselige Kammer hingegen ließ ihn echte Rührung empfinden. Denn Shannon glaubte an die Wirklichkeit des Übernatürlichen; er glaubte, daß die flehentlichen Bitten so vieler Menschen, die jahrhundertelang ihre Hoffnungsträume und Nöte geäußert hatten, dort zurückblieben, als seien sie ein Stoff, der die Wände bedecke, ohne daß dieses Übernatürliche von materiellem Glanz und gesellschaftlichen Konventionen – wie in den Gotteshäusern der Städte – verfälscht werde. Und er fühlte sich klein angesichts dieser Armut; er fühlte sich nur als einer von vielen, als ein Stamm in der Herde Cacholos, als ein Mensch, der sich – endlich – in Gottes Hand befand. Es war nicht notwendig, zu sprechen oder etwas Konkretes zu erbitten. Man mußte nur besonnen warten, sich öffnen und geschehen lassen, daß die eigene Kruste trocknete und aufsprang, während man wahrhaftig an Ihn dachte.

Auf einmal spürte er, daß es kalt wurde. Längere Zeit hatte er sich an die Luke geklammert, und nun ging die Sonne unter. Von dort aus konnte er den Fluß wahrnehmen, der ganz mit kleinen Holzstämmen bedeckt war, und er sah Leute auf dem Weg nach Huertahernando. Ja, das waren der Chepa und Paula, die zurückkehrten. Er stellte fest, daß Paula zur Kapelle abbog, während der Chepa ins Lager hinabstieg und *Canalejas* hinter sich herzog. Er wartete auf Paula.

Paula und Chepa waren ein paar Stunden zuvor nach Huertahernando gekommen. Als sie durch den Ort liefen, traten Frauen an die Tür, die schwarze Kopftücher trugen. Zwei dunkelbraune, magere Jungen und ein kleines Mädchen folgten ihnen bis zum Platz. Dort banden sie *Canalejas* an den Eisenstangen eines Fensterchens fest und betraten den Dorfladen.

Die Kinder blieben stehen und betrachteten den Esel mit ernsten Blicken.

«Das sind Zigeuner», erklärte der größere Junge und kratzte sich am Kopf.

«Das sind Puppenspieler», widersprach der zweite.

Das Mädchen überlegte. Es nahm den Finger aus der Nase und erklärte kategorisch:

«Das sind Diebe.»

«Halt den Mund, dumme Gans», rief der Kleine. «Es gibt keine Diebinnen.»

«Doch gibt es welche», beteuerte das Mädchen mit der gleichen Selbstsicherheit. «Meine Mutter sagt, daß deine Mutter eine Diebin ist.»

Der Kleine gab dem Mädchen einen Stoß. Es verlor das Gleichgewicht und setzte sich auf die Erde. Von dort unten sagte es wieder, ohne sich aufzuregen:

«Doch gibt es Diebinnen.»

«Aber die sind nicht aus den Bergen», bemerkte der ältere Junge. «Das hier sind Zigeuner.»

«Es sind Puppenspieler», beharrte der kleinere.

Sie schwiegen. Endlich hatte der größere einen Einfall:

«Der Esel wird's uns verraten.»

Sie gingen näher an das Tier heran, und der ältere schlug mit einem Stöckchen, das er in der Hand hatte, leicht an *Canalejas'* Vorderbeine.

«Wenn er sich auf zwei Beine stellt», sagte er, «gehört er Puppenspielern...»

«Er tut es nicht», triumphierte der kleinere.

«Es sind Diebe», wiederholte das Mädchen.

«Hoch, hoch...», befahl der ältere dem Esel. «Hoch. Ich scheiße auf die Eselin, die deine Mutter ist!»

Canalejas, der es schon satt hatte, sträubte sich nervös und schlug aus. Die Kinder zogen sich aus der Reichweite seiner Hufe zurück und stießen Freudenschreie aus. Der kleinere Junge und das Mädchen liefen los, um etwas zu holen, womit sie auch zuschlagen konnten. *Canalejas'* Verzweiflung war amüsanter als alle Nachforschungen. Ein alter Mann, der auf der anderen Seite des Platzes saß, lächelte selig.

Im Ladeninneren hörte Chepa, wie die Kinder sich über die Wut des Esels freuten. «Verdammte Rotznasen!» rief er. «Die jage ich weg.»

Der Laden war eine enge Stube mit einem kleinen Ladentisch. In einer Ecke befanden sich eine Waage und leere Säcke, daneben mehrere Besen und ein Packsattel. Von der Decke, rund um die Petroleumlampe, hingen Kerzenbündel, ein Klippfisch, eine verschnürte Packung Sicheln und dazwischen Fliegenfängerstreifen. Neben dem Ladentisch stand ein Ölkanister mit einer schmierigen Pumpe. Kisten ohne Boden dienten als Wandregale und enthielten Seife, Tabak, Hanfschuhe, Konservendosen, Bindfaden, Papiertüten mit Ampullen gegen Zahnschmerzen und die bunteste Anhäufung von Lebensmitteln und Rauchutensilien. Oben standen Flaschen mit Heilwasser aus Carabaña und Laugenwasser. Im äußerst spärlichen Licht des Fensterchens sah alles staubig, armselig, mit Fliegendreck gesprenkelt aus, wie etwas, das schon tot ist, bevor es gebraucht wurde. An dem mit Zink überzogenen Ladentisch gab es einen Schlitz, durch den man Münzen in die Schublade werfen konnte, ohne sie aufzumachen. Die Waage hatte das Gleichgewicht verloren. Paula war dem Ersticken immer näher, je länger sie dort blieb.

Doch das lag nicht an den Erzeugnissen, mit denen die Bauern arbeiten, sich ernähren oder sich betrinken. Das war nicht wegen dieser armseligen Dinge, sondern weil der alte Ladenbesitzer sie ständig anstarrte. In Wirklichkeit war er nicht älter als Dámaso oder der Negro, aber er sah so aus. Er hatte eine Glatze und wirkte wie der ganze Laden, als sei er schon abgenutzt und nur halb am Leben. Allein für die aufdringlich blickenden Augen galt das nicht.

Er machte gerade ein Paket fertig und legte es zu den übrigen, die bereits verpackt waren. Seine Hände waren gewiß ganz anders als die der Flößer! Sie hatten ebenso schwarze Fingernägel, doch sie waren schwammig wie zwei weißliche Kröten. Paula wandte die Augen ab.

«Nichts weiter?» fragte der Mann.

«Nichts.»

«Wirklich?... Ihr hübschen Mädchen braucht doch immer etwas aus einem Laden... Ich habe ein gutes Kurzwarenangebot.»

Seine Versuche zu lächeln waren kläglich. Paula zögerte indes eine Sekunde, als sie sich die kleinen Eitelkeiten vorstellte, die seit langem für sie gestorben waren. Und der Krämer ließ nicht locker:

«Siehst du, daß du etwas vergessen hast?»

«Nein. Ich dachte an Nadel und Faden. Aber ich komme auch ohne aus.»

Der Krämer zeigte zu einer kleinen Seitentür.

«Geh hinein, geh nur, und du wirst sehen, was ich habe. Alles, was du willst.»

«Ich will nichts. Was bin ich Ihnen schuldig?»

«Zweiundsiebzig; aber hab doch nicht solche Eile, Frau.»

«Nehmen Sie, und geben Sie raus.»

Da der Krämer das Geld nicht haben wollte, legte sie es auf den Ladentisch.

«Aber wie heißblütig du bist, Mädchen!... Sieh her, da habe ich Nadeln!... Das steht dir ausgezeichnet, wenn du dich aufregst... Und hier, ganz fabelhaftes Garn... Und Spitzen und Seidenbänder und Gummi für Strumpfbänder... Los, Frau, such dir was aus.»

«Ich hab' kein Geld. Machen Sie schon, ziehn Sie das andre ab.»

Das erfolglose Lächeln wurde deutlicher, und die zwei kleinen weißen Kröten bewegten sich mit ihren schwarzen Fingernägeln nach vorn.

«Ach, Täubchen, und wozu brauchst du Geld! Wo wir uns sehr gut verstehen können! Du wirst schon sehen, ich...»

Die kleinen Kröten rückten näher. Paula streckte die Hand zu einer großen Schere aus, die an einem Nagel hing, bekam sie aber nicht zu fassen.

«Bist du ruhig!» drohte er.

Der Alte bemühte sich, Geringschätzung zu zeigen:

«Spiel nicht das unschuldige Mädchen, denn ein Flößerweib hat bestimmt schon tolle Erfahrungen. Also nimm dir was und sei nicht störrisch.»

«Sind Sie verrückt? Sehn Sie nicht, daß ich nicht allein gekommen bin?»

Die Geringschätzung des Krämers verwandelte sich in Gelächter:

«Los, ruf deinen Mann, ich bekomme gleich Angst vor dem Riesen... Laß den armen Kerl in Ruhe, Dummerchen, daß er sich bei dir nicht noch einen schlimmeren Schaden holt.»

«Dieser arme Kerl hat mehr Mumm als Sie», antwortete Paula. Und mit einem Satz war sie an der Tür, riß sie auf und schrie: «Santiago!»

Auf der Stelle kam der Chepa herein, und sein Gesicht wurde hart.

«Was ist los?»

«Der Herr hier, der will kein Geld von einer Frau annehmen.»

«Na, hier steht ein Mann», sagte langsam der Chepa. «Ist es Falschgeld, oder schenken Sie uns etwa die Ware?»

Unter dem Blick Chepas waren die kleinen Kröten im Dunkeln verschwunden.

«Es ist so, daß ich... Die junge Frau hat gesagt, sie brauchte Nadel und Faden, aber sie wußte nicht... Und ich...»

«Na, wenn sie's braucht, geben Sie's ihr», erwiderte der Chepa. Und weiter sagte er und wandte sich dabei Paula liebevoll zu, während der andere schnell ein Päckchen zusammenstellte: «Kannst du ein bißchen auf den *Canalejas* aufpassen? Die kleinen Kinder sind nämlich richtige Teufel.»

Paula ging hinaus. Chepa entdeckte die zwanzig Duro-Münzen, die Paula auf dem Ladentisch liegengelassen hatte, und steckte sie ein. Er nahm das Päckchen, das ihm der Mann hinhielt, und stopfte es sich in die Tasche. Dann hob er die großen Pakete hoch.

«Das macht zweiundsiebzig Pesetas», getraute sich der Krämer zu sagen, als er merkte, daß nichts passierte.

Der Chepa blickte ihn längere Zeit eindringlich an.

«Sie hat dir das Geld gegeben, und du hast es nicht genommen, Bruder. Und wir Männer bezahlen nur mit Eisen... Möchtest du das haben?»

Der andere schluckte und verstummte.

«Fehlt etwas?» beharrte der Chepa.

Verneinend schüttelte der andere leicht den Kopf.

«Na, dann vielen Dank im Namen des Trupps. Und noch mal, denk dran, daß du's nicht mit 'nem Flößer aufnehmen kannst, du Strauchdieb. Wenn du jemand rufst, schlitz' ich dich auf.»

Er ging auf den Platz hinaus, verteilte die Pakete in den Tragkörben, band *Canalejas* los und entfernte sich zusammen mit Paula. Jetzt wurden sie von viel mehr Kindern umringt. Diese folgten ihnen bis zu den Hühnerhöfen am Ortsrand, und dort blieben sie zurück. Sobald die beiden in einigem Abstand von ihnen waren, schwoll das Geschrei an:

«Diebe! Puppenspieler! Zigeuner!»

Eine lautere Stimme überschrie die übrigen, während *Canalejas* von einem Stein ins Kreuz getroffen wurde:

«Hurenweib!»

Chepa wollte umkehren, aber Paula hielt ihn zurück.

«Laß es sein, Santiago. Was macht es schon, was die Leute sagen?»

«Du hast recht.»

Er hielt Paula das kleine Päckchen mit Nadel und Faden hin, doch sie widersetzte sich:

«Ich kann es nicht bezahlen, Santiago.»

«Das ist ein Geschenk von diesem Schwein. Sonst hätten's dir die Flößer geschenkt.»

«Danke», sagte Paula und nahm das Päckchen.

«Wie tapfer du bist! Du hast nicht mal einen Schreck bekommen.»

«Vor dem? Wenn ich die Schere zu fassen bekommen hätte, hätt' ich ihm ein Zeichen ins Gesicht geschnitten. Aber wo ein Mann bei mir ist, wär's nicht richtig gewesen, daß ich mich selber verteidigt hätte.»

Der Chepa blieb so plötzlich stehen, daß *Canalejas* erst anhielt, als er ihn schon beinahe mit dem Maul anstieß. Und gerührt sagte der Mann:

«Gott segne dich, Mädchen. Das werd' ich nie vergessen.»

«Was?»

«Was du gesagt hast: daß du jetzt mit einem Mann zusammen bist... Denkst du, einmal möchte eine Frau, eine Frau wie du, aus Freude mit mir zusammen sein?»

Paula wollte etwas erwidern, als er ihr das Wort abschnitt:

«Los, sag es mir frei ins Gesicht, wie's sein muß! Glaubst du das?»

Und er musterte sie mit den hellen Augen, mit den traurig zusammengezogenen Brauen und den hervortretenden Mundwinkeln. Sie durfte ihn nicht anlügen.

«So, auf der Stelle..., nein», antwortete sie leise.

Der Chepa lief wieder los und zerrte *Canalejas* hinter sich her. Einen Augenblick später fand er die Sprache wieder.

«So redet man mit einem Mann: ohne Mitleid. Deshalb segne ich dich; weil du vorhin gedacht hast, dich hätte ein Mann wie alle andern begleitet. Selbst wenn er so kaputt ist wie der Chepa, selbst wenn er ein Nichts ist.»

«Und was bin ich, Santiago? Für viele bin ich bestimmt das, was dieses Mädchen aus dem Dorf mir nachgerufen hat... Sogar du hast das sicher schon gedacht... Wenn ich mir das überlege, werd' ich traurig...»

«Das hab' ich nie gedacht, Mädchen.»

«Rede offen mit mir. Wie ich vorhin mit dir.»

«Nie, das sag' ich dir. Du bist nicht so was, du bist keine Frau für viele. Du bist bloß für einen Mann da. Nicht für eine ganze Familie oder sonst jemanden. Dein Mann und du, der Himmel und die Erde.»

«Was weißt du?»

«Ich bin älter. Außerdem, wenn du wüßtest, was einem ein Buckel alles vom Leben beibringt!... Wovor würdest du sonst in die Berge flie-

63

hen? Warum wärest du sonst traurig? Es geht um einen Mann und nichts weiter.»

«Das ist wahr», gab Paula langsam zu. «Aber ich hatte mich geirrt. Als es ernst wurde, war er gar kein Mann.»

«Darauf kommt's nicht an. Immer wirst du wegen einem Mann leiden; und wenn's nicht so ist, bist du wie tot, wie Erde ohne Wasser. Das ist deine Bestimmung. Wie der Fluß seine Bestimmung hat oder der Wolf... Wir alle sind, wie wir sind. Du siehst ja», schloß er bitter, «und ein paar von uns sind bucklig.»

«Und was für eine Schuld habe ich? Alle sehen mich an, als wäre ich schlecht. Wie der Kerl in dem Laden, der sich sofort gedacht hat, ich wäre leicht zu haben.»

«Du bist nicht schlecht. Wärst du's, hätte es im Trupp schon irgendwas gegeben. Aber du bist auch nicht gut: Du bist imstande, jemanden so schnell umzubringen, wie ich ein Stück Brot esse... Sieh mich nicht so an, ich bin kein Zauberer; das wissen wir im Trupp alle. Hast du nicht gehört, was der Seco in der Nacht gesagt hat, als der Bote kam? Merkst du nicht, wie sie über dich reden, wie sie dich ansehen? Du mußt doch spüren, wenn sie dich ansehen...; alle, alle träumen von der Paula... Sogar ich; das siehst du ja. Lachst du nicht darüber?»

«Santiago... Warum soll ich lachen?»

«Na, so ist es...; alle haben Feuer gefangen, alle. Und du bist nicht für alle da; du bist für einen einzigen. Das wirst du schon merken, wenn du ihn triffst.»

So war es, mehr gab es darüber nicht zu sagen. Sie hingen ihren Gedanken nach, als sie weiterzogen und die Anhöhe überquerten, um schließlich den Abstieg zum Fluß zu beginnen. Da wurden sie von Shannon entdeckt. Er sah, daß Paula sich nach links wandte und auf die Kapelle zulief, während Santiago weiter zum Fluß hinabkletterte. Er entschloß sich, das Mädchen nicht zu stören, und versteckte sich zwischen den Wacholderbäumchen. Diese waren alt und hatten einen Stamm, der im Vergleich zu den spärlichen, hellgrünen, spitzen und kräftigen Zweigen übermäßig dick war.

Paula hatte die Kapelle erblickt, und nach dem Vorfall in Huertahernando brauchte sie Trost. Das sagte sie ihrem Begleiter, und sie bog zu dem kleinen Pfad ab, während von den Wacholderbäumchen aus ein unsichtbares Augenpaar sie betrachtete. Es wurde vom Rhythmus der weiblichen Schritte und den anmutigen Bewegungen des Frauenkörpers auf dem steilen Abhang magnetisch angezogen. Paula lief an Shannons

Versteck vorbei, ohne ihn zu sehen, Shannon jedoch nahm die verkrampften Gesichtszüge wahr, als befürchte die Frau, sie könne diese letzten Meter bis zur Tür der Zufluchtsstätte niemals bewältigen. Er beobachtete, wie sie stehenblieb und die Hände an die Brust legte. Wie sie dann weiterlief, vor der Tür niederkniete und das Gesicht an sie preßte, das Gitter der Luke mit den Händen packte.

Shannon hielt sich immer noch versteckt und schämte sich beinahe, daß er sich in diese vertrauliche Einsamkeit eindrängte. Die Sonne ging hinter dem Horizont unter, und der ganze Himmel wurde violett. Nach längerer Zeit sah er, daß Paula sich umdrehte und fast hingestürzt wäre, als sie sich auf die Erde setzte, mit dem Rücken zur Tür, dem verlassenen Weg gegenüber. Er konnte ihr Gesicht im Schatten des Eingangs nicht genau erkennen, doch die resignierte Haltung und der schlaff auf der Schulter ruhende Kopf bewogen ihn, sich zu zeigen.

Er kam ziemlich nahe heran, ohne daß sie ihn bemerkte, wie er feststellte – als unterschiede er sich überhaupt nicht von der Erde oder den Bäumen. Dann, während er schon neben ihr stand, nahm er wahr, wie sonderbar die von Schatten umgebenen Augen blickten, die wohl nicht deshalb so wirkten, weil sie geweint hatten, sondern weil sie dem eigenen Inneren zugewandt waren.

«Ich bin auch gekommen, um zu beten», erklärte er.

«Du, wo du so gut bist? Du?» lächelte Paula.

«Das haben wir alle nötig.»

«Ja, aber andere haben es noch nötiger. Wir, die keinen Ausweg finden.»

«Für alles gibt es einen Ausweg.»

«Nein, bei mir nicht... Du meinst bestimmt, daß ich verrückt bin, nicht wahr?... Aber ich bin schon genauso gezeichnet wie der Dámaso.»

«Ich meine, daß du sehr unglücklich bist und daß du dich dem nicht anvertrauen willst, der eine Stütze für dich sein könnte.»

Am Rocksaum lugte ein Fuß hervor und ließ die beinahe abgelöste Hacke des Hanfschuhs sehen.

«Sobald ich ankomme, bringe ich das in Ordnung», sagte sie und strich mit den Fingern darüber. Und mit kindlichem Stolz setzte sie hinzu: «Jetzt habe ich Nadel und Faden.»

Das war, als befände sie sich in ihrem eigenen weiblichen Bezirk. Daß sie die häuslichen Gegenstände beim Namen genannt hatte, ließ die Atmosphäre ringsum noch reiner und schlichter erscheinen. Shannon konnte dem Drang nicht widerstehen, diese Hand zu küssen, deren Fin-

ger die Hacke befühlten, dieselbe Hand, die ein Messer in den Brustaus-
schnitt gesteckt hatte, diese gezeichnete Hand. Das Mädchen verhinderte die Bewegung, indem es so schonend sagte, daß es nicht verletzte:
«Das darf nicht sein.»

Auf einmal stand die Luft unglaublich still, als gäbe es sie überhaupt
nicht. Als gäbe es auch die Kälte nicht. Und die violette Seide des Däm-
merlichtes brachte eine Stimmung voll pathetischer Schwermut und
Entsagung. Etwas schien in der Schwebe zu bleiben; etwas war auch
bereit. Jedes Wunder konnte geschehen, wie in den Erzählungen der
Legenda aurea. Und diese Atmosphäre inspirierte Shannon zu ungewöhnlichen Worten, die auf seinen Lippen den Aschegeschmack eines mystischen Textes zurückließen, als er sie aussprach:

«Ich weiß schon, daß es nicht sein darf. Besser gesagt: Es geht nicht
darum, daß es nicht sein darf, es ist nicht.»

Nichts geschah. Allenfalls wurde der Mädchenmund sanft und der
Blick tief, als sie antwortete.

«Ich verstehe nicht.»

«Darauf kommt es nicht an. Auf einmal weiß man, daß etwas so ist.
Und die Gewißheit beruhigt, selbst wenn sie zum Leiden führt.»

Es folgte ein Schweigen, das sich so deutlich wahrnehmen ließ, als
verharrte es leibhaftig vor ihnen. Und dann stimmte eine Eule, die Hüte-
rin der Kapelle, ihren musikalischen Ruf an.

«Der Vogel der Weisheit», dachte Shannon laut. Und verzweifelt
setzte er hinzu, obwohl seine Stimme ruhig klang: «Wenn es möglich
wäre, daß wir uns nicht von hier fortrührten, daß wir nicht aufständen,
daß wir für alle Ewigkeit hier blieben!... Wenn das möglich wäre!...»,
schloß er und richtete sich mit großer Mühe auf.

Und in der ruhigen und mystischen Atmosphäre, in der jedes Wunder
stattfinden könnte und in der nichts geschah, begannen Shannon und
Paula, von der Höhe hinabzusteigen. Als sie zu den ersten Kiefern kamen, umringte sie ein ganzes Heer von Schatten. Die Kälte drang ihnen
in die Haut. In der Ferne, über den schroffen Bergen, tauchte ein riesiger
blutroter Mond den Himmel in ein dramatisches Licht.

Vergebens, daß Shannon sein eigenes Ich prüfte und ergründete...
Diese Wunder verheißende Atmosphäre, in der nichts geschehen war!
Bestand das Wunder gerade darin? Daß nichts geschehen sollte? Und da
in diesem Augenblick ein Distelfink vor dem Einschlafen beharrlich sei-
nen Lockruf «Tiglitt-tiglitt» ertönen ließ und Paula an das Lied vom
Gefangenen erinnerte, dem man sein kleines Vögelchen umgebracht

hatte, wurde Shannon plötzlich von einem grausamen Mut beseelt, der ihn zu bitterem Spott verleitete:

«Ja, ich kenne viele Romanzen. Jetzt fällt mir gerade eine andere ein. Sie erzählt von einer französischen Infantin, die zusammen mit einem Ritter auf dem Lande unterwegs ist, und er benimmt sich allzu wohlgesittet, und als sie den Königspalast erreichen, sagt sie spöttisch: ‹Ich lache über den Ritter und seine große Schüchternheit: Da hat er das Mädchen auf dem freien Feld und behandelt es mit Respekt!›»

Sie sagte nichts. Doch sie blickte ihn mit plötzlich schmerzerfüllten Augen an, mit Augen, die nicht mehr Legende und stille Luft, sondern Weg und Dornicht spiegelten. Shannon bereute seine Worte sofort.

«Mach dir nichts aus dem, was ich sage», berichtigte er sich. «Es gibt andere Romanzen, die angenehmer sind und die besser zu dir passen.»

«Und zu dir auch», sagte Paula nachdrücklich.

«Zu mir?»

«Du bist nicht der Seco.»

«Das ist ja das Schlimme... Aber es stimmt... Weißt du, was ich in Italien erlebt habe?... Wir hatten gerade ein kleines Dorf eingenommen; mehrere Häuser brannten noch. Meine Abteilung durfte ausruhen, und ich entfernte mich ein Stück. Ich setzte mich an eine Ruine, die ein Heim gewesen war, und machte eine Fleischbüchse auf. Auf einmal entdeckte ich einen Schatten in der Nähe und hob den Kopf. Eine schwarzgekleidete Frau kniete neben mir nieder. Sie war noch nicht alt, aber auch nicht mehr jung, und das würde sie nie wieder sein. Im Arm hielt sie ein schmächtiges Mädchen, das riesengroße Augen in dem abgezehrten Gesicht hatte; ein Mädchen, das ein schicksalsergebener Protest gegen alles war. Sie sprach mich in einem halbbarbarischen Italienisch an: ‹Pane..., Bambina›, sagte sie und hielt mir die Hand hin. Und sofort fügte sie hinzu, während sie mir herausfordernd und zugleich teilnahmslos direkt ins Gesicht sah: ‹Ich Haus in der Nähe..., ich mit dir.› Ich drückte ihr mein Essen in die Hand und stand auf. Sie küßte das Kind, legte es auf die Erde und stand ebenfalls auf. Sie hatte mich nicht verstanden. Ich streichelte das Kind und fragte es: ‹Woher kommst du, meine Hübsche?› – ‹Tresanco, *Signore*›, antwortete das Stimmchen. ‹Sicilia›, ergänzte die Mutter und sah mich schon verblüfft an. Ich warf ihr einen lächelnden Blick zu, drehte mich um und entfernte mich.»

Shannon schwieg und beschwor den Schatten der Erinnerung. Nur die rhythmischen Schritte waren zu hören.

«Nach ein paar Metern», erzählte er weiter, «holte sie mich ein und hielt mich zurück. ‹Santo, Santo!› rief sie. Sie legte mir etwas in die Hand, während sie sagte: ‹Das bringt viel Glück.› Es war ein Korallen-amulett, eine zur Faust geballte Hand, deren Daumen zwischen Zeige-finger und Mittelfinger steckte. ‹Aber was für Glück hat es Ihnen ge-bracht?› wollte ich wissen. Sie zeigte auf das kleine Mädchen und rief: ‹Es ist am Leben!... Verstehen Sie? Es lebt!› – ‹Und der Vater?› fragte ich. ‹Ach, nein, nein... Tot. Aber nicht jetzt. Vorher, in unserem Haus. Gestorben in Gott.› Ich wollte ihr das Amulett wiedergeben. Sie ließ das nicht zu. Sie blieb zurück, und sie warf mir einen Blick zu, einen Blick...»

Sie waren dem Fluß nahe. Der Mond schimmerte im Wasser und überglänzte die feuchten Rücken der Stämme mit einem zarteren Licht, ließ den Strom hell zwischen den ganz undurchdringlichen Schatten der Bäume hervortreten.

«Die Romanze hat mich an die Frau erinnert», lächelte Shannon bit-ter. «Als ich nämlich einem Kameraden von diesem Erlebnis erzählte, lachte er mich aus. ‹Dummkopf›, sagte er, ‹was sie wollte, war Brot für das Mädchen und einen Mann für sich selbst, und außerdem wollte sie sich als unschuldiges Opfer fühlen.› Das sagte mir mein Freund, ein guter Soldat. Kurze Zeit gab ich ihm recht... Aber dann dachte ich, daß es nicht so war, denn sie hatte mir ja das hier gegeben... Was denkst du, Paula?»

Er machte die an einer kleinen Schnur hängende Korallenfaust vom Gürtel ab. Paula hielt sie einen Augenblick in der Hand. Ihre bewe-gungslose Silhouette zeichnete sich im Widerschein des Mondes ab.

«So würde ich mir niemals einen Mann suchen, Royo. Niemals, da kannst du sicher sein», bekräftigte sie, während sie ihm das Amulett zurückgab.

Shannon küßte die kleine Korallenfaust und band sie wieder fest. Hierauf entfernte er sich, weil er einen Umweg machen wollte, damit sie nicht zusammen im Lager ankamen. Er überlegte, ob dort auf der Höhe, in jener beinahe andächtigen Atmosphäre, etwas Unsichtbares, etwas noch nicht Offenbartes geschehen war... ‹Wer weiß?› fragte er sich.

Paula sah ihm nach.

«Ach!» Ihr Seufzer kam aus dem tiefsten Inneren. «Wenn ich ihn lieben könnte!»

LA TAGÜENZA

La Bujadilla und die Brücke von La Tagüenza sind auf dem Fluß kaum acht Kilometer voneinander entfernt, doch diese Strecke beanspruchte beinahe zehn Tage wegen der schlimmen Engpässe Las Huelgas, El Pie Labro und Portillo Rubio. Außerdem kehrte das schlechte Wetter zurück und brachte einen kalten Nieselregen; und wenn dieser aufhörte, tropfte es ständig weiter von den Bäumen und Felsen. So überraschte sie der erste April «mit dem freudigen Anblick des Friedhofs von Huertapelayo», wie der Cacholo sagte. Am Tag darauf erreichten sie La Tagüenza, wo die Brücke aus einem einzigen Bogen in dreißig Metern Höhe besteht, der auf dem nackten Felsen ruht. Mühsam arbeiteten sie sich hindurch; dabei stellten sie sich auf die Stämme selbst, weil jede Böschung fehlte, die ihnen den nötigen Platz gegeben hätte, um die Hakenstangen zu gebrauchen. Nicht viel weiter unten lagerten sie, und erschöpft streckten sie sich zum Schlafen aus.

Etwas ließ Shannon noch im Schlaf erschrocken hochfahren, so daß er die Augen aufschlug und den grauen Morgen entdeckte. Zum Glück regnete es nicht. Shannon beobachtete erstaunt, daß der Americano einen Nachzügler brutal, beinahe mit Fußtritten, weckte. Der neben ihm stehende Seco hatte seine Selbstsicherheit eingebüßt und rief unaufhörlich:

«Das kann doch nicht sein, Mann, das kann doch nicht sein. Die hab' ich selber festgebunden, zusammen mit dem Cuatrodedos. Und ich hab' mein ganzes Leben als Flößer gearbeitet.»

«Wie haben die sich dann losgerissen?» widersprach wütend der Americano.

«Ich weiß nicht... Ist der Fluß angestiegen?»

«Er sinkt, genau wie gestern.»

«Das kann nicht sein.»

«Na, dann sieh's dir an.»

«Und das hab' ich mein ganzes Leben gemacht», wiederholte der Seco fassungslos.

Als Shannon die Bestürzung der Flößer sah, konnte er bereits ahnen, daß etwas Ernstes vorgefallen war.

«Dem besten Schmied geht mal ein Hammerschlag daneben», brachte der Dámaso als spöttische Rechtfertigung vor.

Der Seco blickte ihn starr an, während er widersprach:

«Besser konnte man sie überhaupt nicht festgebunden haben, stimmt's, Cuatrodedos?»

«Die waren in Ordnung, ganz in Ordnung», antwortete dieser und setzte mit seiner aufreizenden Ruhe hinzu: «Wenn der Dámaso sich gestern abend dort nicht rumgetrieben hätte, wär'n sie vielleicht immer noch zusammengebunden.»

«Fang nicht so an, Hurensohn!»

«Lassen wir die Mutter aus dem Spiel», sagte Cuatrodedos, «lassen wir sie in Frieden.»

Der Seco näherte sich Dámaso bedrohlich.

«Wenn du's gewesen bist, schlag' ich dir den Schädel ein.»

«Genug mit dem Streit», unterbrach der Americano, «und sehn wir nach, was daraus geworden ist.»

«Wenn sie bis zur Furt gekommen sind», sagte Cacholo, «ist es nicht so schlimm. Dort laufen sie auseinander, und dann fällt's nicht schwer, sie wieder geradezurichten.»

«Ja, aber vor der Furt kommt La Quebrada», erinnerte sie der Tuerto.

Inzwischen waren schon alle fertig, um den Truppführer an den Fluß zu begleiten.

Als Shannon zum Ufer kam, sah er, daß das Floßholz sich nicht bewegte. Wenn man es jeden Abend planmäßig festband, legte man jedoch die ersten Stämme so zurecht, daß es am nächsten Tag leicht war, sie loszumachen und den Weg fortzusetzen; wenn die Stämme hingegen von allein steckenblieben, konnten sie einen Stau bilden, der nur schwer aufzulösen war.

Aus den Gesprächen der Flößer ging hervor, daß es jetzt zwei Möglichkeiten gab: Entweder war das Holz bis zur Furt La Parrilla gelangt, wo die geringe Wassertiefe – die sogar niedriger als der Tiefgang der Stämme war – ausreichte, um ein Weitertreiben ohne ernste Folgen aufzuhalten, oder sie hatten sich vorher gestaut, im Engpaß La Quebrada. Und diese zweite Möglichkeit war die schlimmere und die wahrscheinlichste.

Als sie eintrafen, stellten sie tatsächlich fest, daß sich die Stämme dort quergelegt hatten, wo zwei große Felsen so eng zusammenrücken, daß sie das Flußbett auf lediglich vier oder fünf Meter eingrenzen. In diesen Einschnitt stürzte sich der Strom mit einer solchen Heftigkeit hinunter, daß es ihm gelungen war, während der ganzen Nacht Stämme auf Stämme zu häufen, sobald sich die ersten quergelegt hatten. In diesem dichten Gewirr schwoll das gestaute Wasser an, schäumte und riß sprudelnd zwischen dem Holz auseinander.

Die Männer sahen schweigend und bedrückt die Katastrophe an.

«Das hast du toll hingekriegt, toll», seufzte Cuatrodedos.

«Wer?» sagte Dámaso grob und packte Cuatrodedos an der Gurgel. «Sag meinen Namen, und du landest kopfüber im Fluß!» Er drehte sich zu den übrigen um und setzte hinzu: «Glaubt ihr vielleicht, ich hab' was davon, daß wir uns hier abschinden müssen?»

«Und wie ist es dann passiert?» fragte der Rubio.

«Was weiß ich? Einer aus Huertapelayo, von diesen verfluchten Bauern am Fluß... Schwer zu sagen.»

«Ich sag' nichts, weil ich dich nicht gesehn habe», der Seco verschluckte die Worte, «aber um was Schlimmes anzustellen, mußt du nie was davon haben.»

«He! Dann wär' ich ja der Teufel.»

«Gott allein weiß, ob du's bist!» seufzte Cuatrodedos und wandte die Augen zum Himmel.

«Ich und der Teufel?» lächelte Dámaso zufrieden. «Ach was!»

Der Americano beendete den Wortwechsel. Wichtig war, weiter heranzukommen und vor allem festzustellen, was dort geschehen war. Er rannte um die Steinblöcke, stieg flußaufwärts zum Wasser hinab und lief über die aufeinandergeschobenen Stämme, bis er zwischen die beiden Felsen gelangte. Er untersuchte den Stau, und danach wollte er umkehren, doch er rollte den Haufen hinab, stürzte ins Wasser und erreichte das Ufer weiter stromabwärts; er war voll blauer Flecke und hatte eine Schramme am Arm, die leicht blutete. Das sah sehr böse aus, wie er erklärte. Ein riesiger Stamm hatte sich durch den Druck des ganzen zusammengedrängten Holzes derart zwischen die Felsen geklemmt, daß man ihn unbedingt «kappen», das heißt mit Axthieben zerkleinern mußte, damit er sich bewegte und den Durchlaß freigab.

Die Männer warfen einander Blicke zu, die noch finsterer waren. Den Stamm zu kappen, indem man sich an einem Seil hinabließ, war sehr gefährlich. Wenn er nachgab, konnte die losgerissene Holzlawine den Mann mit der Axt zerquetschen. Viel weniger hatte genügt, daß jener Flößer, den Shannon zusammen mit Paula auf der Straße nach Zaorejas getroffen hatte, wahrscheinlich den Fuß verlieren würde.

Den Traditionen des Flößerhandwerks zufolge mußten sich gerade jene hinablassen, die am letzten Abend das Holz festgebunden hatten, da sie vermutlich für das Geschehene verantwortlich waren. Der Seco machte den Gürtel auf und schnallte ihn enger. Dann sagte er zu Cuatrodedos, der sich bei seinen Worten bekreuzigte:

«An die Arbeit.»

«Warte», hielt ihn Dámaso zurück. «Cuatrodedos, denkst du wirklich, daß ich's gewesen bin?»

«Mann, ich hab' gesehn, daß du aufgestanden bist, als ich betete... Natürlich weiß ich nicht, was du gemacht hast, aber wo du so einer bist...»

«Also, du weißt überhaupt nichts... Ich bin los, um die Hose runterzulassen, Mann, denn bei dem Wetter in den letzten Tagen hab' ich mir den Bauch verkühlt... Aber auf alle Fälle geh' ich allein nach unten, damit ihr's wißt.»

Der Seco erklärte sich nicht damit einverstanden. Schließlich einigten sie sich, gemeinsam hinabzusteigen und vorher auszulosen, wer die letzten – die gefährlichsten – Axthiebe übernehmen sollte.

«Die werden nicht nötig sein», kündigte der Americano an.

«Nein? Na, dann sag du, wie es geht.»

«Gerade hab' ich den Lucas ins Lager geschickt, Dynamit holen. Wußtet ihr nicht, daß ich welches dabeihabe? Vorhin hab' ich mit dem Messer eine Kerbe in den querliegenden Stamm gemacht, damit ihr genau an der Stelle ein Loch für die Patrone hackt. Dann drückt ihr sie ganz hinein, bindet sie fest, zündet die Lunte an und kommt hoch, und... wir werden ja sehen.»

Über diese so einfache Möglichkeit, jegliche Lebensgefahr auszuschließen, staunten die Flößer mit offenem Mund wie über ein Wunder. In der gesamten tausendjährigen Geschichte der Flößerei war niemand irgendwann auf den Gedanken gekommen, Sprengstoff zu benutzen, um einen Stau aufzulösen.

«Wie ist dir das eingefallen, Americano?» fragte der Tuerto.

«An Dynamit hab' ich immer viel Freude gehabt.»

«Das glaube ich», lächelte der Negro. «Wir hatten Sprengstoffexperten aus Asturien, die machten die feinsten Sachen mit den Patronen.»

Das zufriedene Lächeln des Americano ließ Shannon erraten, daß der Sprengstoff mit alten Abenteuern in Verbindung stand. Sogar der Goldzahn glänzte offenbar heller. Inzwischen war der Lucas zurückgekommen. Äußerst behutsam trug er ein Paket. Von der Felsenspitze ließ man Dámaso an einem Seil hinab, denn er wollte es auf keinen Fall einem anderen überlassen, dieses Feuerwerk in Gang zu setzen. Es war auch zu erkennen, was für ein glückliches Gesicht er machte, als er sich am Felsen nach unten bewegte, gegen den er Füße und Hände stemmte, um einen Aufprall zu vermeiden.

«Sei vorsichtig», sagte Quintín, «flieg nicht durch die Luft.»

«He!» lachte der Dámaso.

«Siehst du die Messerkerbe?» fragte der Americano, als das Seil erschlaffte.

«Ich seh' sie», antwortete die Stimme aus der Tiefe.

«Na, dann schlag ein Loch für die Patrone.»

Sie standen schweigend da, während von unten rhythmische Axthiebe zu hören waren.

«Paß auf», sagte der Dámaso und beendete die Arbeit, «das ist schon erledigt. Aber an die Patrone wird Wasser kommen.»

«Macht nichts. Die ist wasserdicht. Binde sie mit dem Draht ganz fest, und sobald du die Lunte anzündest, rufst du hoch zu uns.»

«Keine Sorge, Truppführer. Ich komme heil und gesund zurück, daß ich weiter alle nerven kann.»

Alle warteten ungeduldig und hielten das Seil gepackt, damit sie den Dámaso in wenigen Sekunden hinaufziehen konnten. Die Zeit wurde qualvoll lang.

«Chef!» kam endlich der Ruf von unten.

«Gibt's was?»

«Nichts. Es ist schon soweit. Diese Lunte brennt, daß es eine Freude ist!»

«Hoch! Sofort hoch!»

Alle zogen. Und gerade als der Dámaso über den Felsen kletterte, wurde die Luft von einer schrecklichen Explosion zerrissen, die lange in den Bergen widerhallte. Zwischen den beiden Steinblöcken wirbelten große Holzstücke empor. Ein paar fielen auf die Erde, und andere tauchten im Fluß unter.

«Du konntest in die Luft fliegen, du blöder Kerl!» schrie der Americano wütend.

«Ich? Bei dem kleinen Schwärmer da? He!»

Flußabwärts schwammen ungehindert die ersten Stämme, ohne daß ihnen das ganze Floß folgte, weil der Americano vorher den Correa und den Galera angewiesen hatte, etwas weiter oben den Rest festzubinden, um einen neuen Stau zu verhindern. Der Seco stieg zusammen mit dem Rubio hinab und lenkte die schon freigekommenen Stämme, während sich die anderen Männer mit der mühsamen Aufgabe beschäftigten, den Wasserweg vorzubereiten, damit das übrige Holz nun ohne Schwierigkeiten durchkommen könnte.

Der Americano und Dámaso sahen einander glücklich an.

«Jetzt steh' ich wirklich nachts noch mal auf, um so eine Vorstellung wie die hier zu organisieren», sagte der Dámaso.

«Dann verbrennst du dir die Pfoten, weil ich keine Patronen mehr habe.»

«Das glaub' ich dir nicht, Chef. Wo die so großartig sind! Und du bist auch ein toller Kerl. Einer von denen, die den Teufel im Leib haben, wie so ein kleiner Dorfsakristan sagen würde.»

«Früher vielleicht», gab der Truppführer zu.

Den ganzen Morgen machten sie unter Dámasos Leitung den Durchlaß fertig. Und da das Lager sich nun gerade unterhalb der Arbeitsstelle befand, wohin es der Chepa verlegt hatte, amüsierte sich Dámaso damit, ständig den Galerilla zu beschuldigen, er wäre in der Nacht aufgestanden, um das Holz loszubinden und so den Stau herbeizuführen. Zuerst wies der Junge das zurück, er wurde böse, weinte hierauf wütend und zog sich am Ende in ein grimmiges Schweigen zurück. Auf einmal sah Shannon, daß er sich bückte, einen Stein ergriff und ihn nach Dámaso warf. Dieser hörte, wie er neben ihm ins Wasser fiel. Der Flößer drehte sich um, und in diesem Augenblick traf ihn ein zweiter Stein, der besser gezielt war, ins Gesicht und schlug ihm Wange und Ohr blutig.

Der Kleine, den die eigene Heldentat erschreckte, rannte davon und rief nach seinem Vater. Von der Baustelle im Fluß sprang Dámaso an Land und nahm die Verfolgung auf. Da Angst nur in Paulas Augen zu sehen war und niemand sonst sich beunruhigt zeigte, lief auch Shannon los, um den Galerilla zu beschützen. Er drang in das dichte Gestrüpp aus Zistrosen und Wacholdersträuchern ein, und plötzlich blieb er stehen.

Dámaso hatte gerade den Jungen eingeholt und hielt ihn so fest mit den Armen gepackt, daß er sich nicht rühren konnte. Doch er schlug ihn nicht, sondern sagte ihm statt dessen mit durchdringender, beinahe einschmeichelnder Stimme:

«Dummkopf, wo ich dir überhaupt nicht weh tun will. Wo der Stein mich ganz zu Recht erwischt hat. Ich will ja gerade, daß du so bist, daß du siehst, wie böse alles ist, und daß der, der keine Steine wirft, lieber sterben sollte, weil sie ihn mit Steinen eindecken werden... Die Welt ist Gift, Gift ist dein Vater, der dich nicht verteidigt hat, und der Americano und die Paula und...»

«Nein, die Paula nicht», reagierte der Junge, der bisher verdutzt dagestanden hatte, als er die für sicher gehaltenen Prügel nicht bekam.

«Doch, die Paula auch, weil sie uns allen gefällt, und wenn etwas gefällt, ist es das schlimmste Gift. Dir gefällt sie auch, streite das nicht ab... Und Gift ist sogar der Fluß hier, den wir entlangziehen, weil das Elend uns treibt. Alles Gift... Sag mal, Kleiner, was ist die Welt?»

«Gift!» stieß der Junge hervor, der wütend wie ein Mann war. «Gift! Gift! Und du bist das schlimmste Gift und das tollste und das übelste auf der ganzen Welt!»

«Genau das, genau. So gefällt's mir», lächelte der Dámaso und ließ den Jungen los, der einen Satz machte und sich vor ihm aufpflanzte. «Allmählich redest du schon wie ein Mann.»

Er wischte sich mit dem Taschentuch das verletzte Ohr ab, und dann brachte er seinen Kopf ganz nahe an das Gesicht des Kleinen.

«Na, der Stein hat gut getroffen!» sagte er vergnügt. «Das gefällt dir, stimmt's? Du wirst schon noch mehr Steine werfen, Junge. Weißt du was?» setzte er hinzu. «Wenn wir nach Aranjuez kommen, kauf' ich dir ein Messer. Damit du dich an den Dámaso erinnerst und daran, was er dir immer gesagt hat.»

Shannon hörte sie, ohne daß sie ihn sahen. Gern hätte er eingegriffen, um den Geschehnissen eine andere Wendung zu geben und etwas zu verhindern, was nach seiner Meinung ein niederträchtiges Verbrechen an einem Kind, beinahe ein Mordanschlag gegen dessen Seele war. Doch welches Argument hatte er nach seiner Erfahrung in Italien, nach seiner darauffolgenden Verzweiflung? Seine neue Hoffnung, wenn er überhaupt eine hatte, war noch so schwach! Wie sollte er sie der unermeßlichen Kraft entgegensetzen, die der Dámaso war?

Daher wich er schweigend zurück. Vielleicht später, wenn er mit dem Galerilla allein wäre..., vorausgesetzt, er selber könnte die verlorenen Worte wiederfinden.

OTERÓN

Kein Schäfer oder ein paar Jäger, wie sie manchmal an den Fluß kamen, sondern ein ungewöhnlich großer Zug tauchte mitten in den Bergen auf. Beinahe eine ganze Karawane aus Fußgängern und Reitern stieg einen Pfad hinab. Es waren auch zu viele, als daß sie zu einer einzigen Familie gehört hätten, obwohl sich Frauen und Kinder unter ihnen befanden.

«Was die wohl sind?» sagte der Americano zum Seco.

In einer weiteren langen Woche hatten sie die Furten La Parrilla und

Las Estacas und die Schleuse Las Juntas hinter sich gelassen. Sie waren zwischen der Klamm des Río Ablanquejo und den Salinen von La Inesperada.

«Guten Tag», sagte ein Alter, der auf einem Maultier voranritt. Die schwarze Sonntagskleidung verlieh ihm wie allen übrigen ein feierliches Aussehen. «Wie ist die Furt?»

«Guten Tag», antwortete der Americano. «Die ist in Ordnung. Daß man sich nicht mal die Füße naß macht. Wohin geht's?»

«Zur Prozession nach Oterón.»

«Na, so was!» rief der Seco. «Da haben wir heute Karfreitag!»

«In den Einöden hier», sagte Cacholo, «verpassen wir selbst den Tod des Herrn.»

«Ich nicht», widersprach Cuatrodedos und dachte an seine heimlichen Bußübungen und Gebete in den letzten Tagen.

Die übrigen freuten sich über diese Neuigkeit. Karfreitag und Fronleichnam waren die einzigen Ruhetage. Und als sie sich gerade wunderten, daß der Flußmeister nicht daran gedacht hatte, erschien dieser stromabwärts auf seinem Maultier, und sein Gehilfe lief vor ihm. Der Flußmeister war ein rüstiger alter Mann, der Kalbslederstiefel, eine Uhrkette über dem Gürtel und einen fast neuen Hut trug. Als er alle begrüßte, gebrauchte er einen übertrieben feierlichen Ton. Er unterhielt sich mit Shannon, und dieser bemerkte wieder einmal, daß die Gespräche der einfachen Leute in Spanien den Verhandlungen zwischen zwei Großmächten ähneln, die zwar miteinander befreundet sind, jedoch nicht vergessen, was eine jede sich selber schuldig ist.

Die Männer blickten sich weiter gegenseitig an, während am entgegengesetzten Hang, am Rand der Anhöhe, die Leute des Zugs nacheinander verschwanden.

«Verdammich! Wo wir schon hier sind, müßten wir nach Oterón zur Prozession gehen und an diesem Tag unter Christen sein!»

«Sag nichts Schlechtes, Seco, denn heute ist der Herr gestorben», wies ihn Cacholo zurecht.

«Wenn wir das Heilige Grab besuchen, könnten wir einen Ablaß gewinnen», setzte Cuatrodedos hinzu.

«Na klar, wir sehen ja wirklich toll aus, um irgendwohin zu gehen», sagte der Dámaso.

Als sie sich gegenseitig anschauten, war der Eindruck tatsächlich nicht sehr erfreulich... Sie hatten struppige Bärte, die Füße steckten in Bastschuhen, die Kleidung war schmutzig und zerfetzt, und ihr ganzes Aussehen bildete einen unverkennbaren Gegensatz zu den äußerst sorgfältig gekleideten Wanderern, die zur Prozession unterwegs waren.

«Wir sehn aus wie Räuber», gab der Rubio das allgemeine Bild wieder.

«Darauf kommt's nicht an», erklärte der Seco beruhigend. «Das sagen die sowieso schon zu uns.»

«Ich geh' hin», entschloß sich der Americano. «Wer will, kann mitkommen.»

«Na klar. Und wenn wir uns eine Jacke anziehn und uns rasieren, ist das gleich was andres.»

«Genau! Und sonst müssen sie's eben aushalten!»

«Aber der Chepa hat nicht genug Zeit, uns allen den Bart zu schaben.»

«Den lassen wir uns im Dorf abnehmen.»

«Ob der Haarschneider arbeitet?»

«Wenn sich's um einen Notfall handelt...!»

Sie gingen ins Lager zurück und erklärten sich einverstanden. Der Chepa bot an, bei den Sachen zu bleiben, weil das Laufen ihn anstrengte. Auch der Negro blieb da. Sie sattelten den *Canalejas* für Paula, und selbst der Galerilla schloß sich der Expedition an.

«In früheren Zeiten», erfuhr Shannon unterwegs von Cacholo, «waren die Flößer in der ganzen Gegend dafür berühmt, daß sie aus zwei gekreuzten Stämmen ein Kruzifix zusammenzimmerten und auf so was wie eine Bahre legten. An das Kreuz banden sie einen jungen Burschen von den Flößern, der den Christus machte, und so kamen sie in das Dorf, bei dem sie gerade waren, und haben eine Prozession veranstaltet.»

«Hast du das noch kennengelernt, Quintín?» fragte der Tuerto.

«Nein. Aber das hab' ich oft gehört. Ich glaube, der Brauch hat sich verloren, weil einmal die Bahre umgekippt ist und der Christus sich schlimm verletzt hat. Genau weiß ich's nicht.»

«Und warst du schon mal bei dieser Sache in Oterón dabei?»

«Das hab' ich vor vielen Jahren erlebt», mischte sich der Americano ein. «Es war ärmlich, natürlich, aber es kam aus tiefstem Herzen. Am Karfreitag begruben sie Christus, sie trugen ihn zur Kapelle des Heiligen Grabes, und die ganze Nacht hielten sie für ihn dort die Wache. Und wenn die Glocken den Ostersamstag einläuteten, brachten sie ihn wieder zurück.»

Oterón war nicht so weit vom Fluß entfernt wie beinahe alle anderen

Ortschaften. Nach einer knappen Wegstunde erblickten sie schon die graubraune Siedlung. Als sie mit der Paula auf dem Esel im Dorf einzogen, war das ein Ereignis. Ein kleiner Junge führte sie zum Friseurladen, und sie fanden ihn verschlossen, wie sie es vermutet hatten. Doch der Haarschneider sah, welch günstige Gelegenheit sich ihm bot. Obwohl Karfreitag sei, werde er an diesen armen Leuten vom Fluß ein Werk der Barmherzigkeit üben, unter der Bedingung, daß sie im voraus bezahlten. Nicht, daß er ihnen mißtraue, nein; aber er wolle keinen Streit mit Flößern haben.

«Mal sehn, ob wir dich rasieren müssen, du Bartkratzer», protestierte der Seco.

«Bitte keinen Ärger, meine Herren. Das ist ein Brauch des Hauses.»

Er ließ sie eintreten und bat sie, auf den Bänken Platz zu nehmen. Paula lief zur Kirche, und Shannon kam mit hinaus, um ihr Gesellschaft zu leisten und dann einen Rundgang durch den Ort zu machen. Der Seco setzte sich bequem in den Strohsessel. Der Friseur holte aus der Küche seines Hauses eine Kanne mit heißem Wasser und bereitete Schaum im Rasiernapf vor. Hierauf schnitt er mit der Schere den Bart so kurz wie möglich und öffnete das Fenster, damit mehr Licht eindrang. Er nahm das Messer heraus und tauchte es feierlich in ein Flakon mit einer rosa Flüssigkeit.

«Was ist das?» fragte der Galera.

«Das Desinfektionsmittel.»

«Sieh mal an, Klasse!»

«Klasse ist das hier», griff der Rubio ein, der allen den Rücken zugedreht hatte und die Wand anstarrte. «Ist das eine Verwandte von dir, Haarschneider?»

«Bloß eine Bekannte.»

Weitere Flößer kamen heran und sahen es sich an. Das war ein aufreizender Farbdruck, der ein Mädchen in einem ziemlich durchsichtigen Hemd zeigte.

«Das wird die Schutzpatronin des Ladens sein.»

«Genau. Die heilige Freudenmadonna.»

«Und wie können sich manche Frauen dafür hergeben, daß man solche Bilder von ihnen macht?» fragte der Lucas.

«Das ist kein Bild, du Blödmann. Das ist ein Farbendruck.»

«Na, wer so was malt, spielt ja eine feine Rolle.»

«Wieso?»

«Mann, wo er die andern scharfmacht...»

«Aber schau dir den Seco an!»

«Seh' ich hübsch aus?» fragte der Angesprochene.

«Bewegen Sie nicht den Kopf, mein Herr, sonst schneide ich Sie.»

«Deine Backe ist glatt wie ein Mädchenpopo.»

«Daß man sie dir küssen könnte.»

«Wenn ich's dir erlaube, mein Schatz.»

Doch als der Seco aufstand, betrachtete er sich zufrieden im Spiegel und fuhr sich mit der Hand über das Gesicht.

«Wie sich 'ne Visage ändert, wenn man sich rasiert.»

Nach und nach erlebten alle die gleiche Verwandlung, und sie schauten sich gegenseitig beinahe so an, als wären sie Unbekannte. Sie gingen auf die Straße, verscheuchten die sie neugierig angaffenden kleinen Kinder und spazierten wie Leute, die sich selber fremd waren, in einem ebenfalls fremden Ort umher. Auf den Straßen fehlte alles geschäftige Treiben, die Männer hatten ihre Sonntagssachen an und standen in kleinen Gruppen zusammen, die Atmosphäre wirkte eigentümlich weihevoll und unzugänglich. Als gäbe es hier kein Leben . . . Plötzlich begann ein kleiner Junge zu singen, und einer von den Männern versetzte ihm einen Schlag ins Genick.

«Sei still, du Rindvieh, heut ist der Herr gestorben.»

Und der Kleine fiel wie alle übrigen wieder in die feierliche Starre dieser Welt zurück. Selbst die dicken bleigrauen Wolken verharrten reglos über den Häusern.

Diese erwartungsvolle und gelangweilte Stimmung, diese Geistesabwesenheit, mit der man sich für etwas erkenntlich zeigen wollte, hatten sich am Mittag auch der Flößer bemächtigt. Sie gingen zur Schenke, doch sie war geschlossen.

«Der Herr ist gestorben», antwortete die Frau, an die sie sich gewandt hatten.

«Wir sind nicht hier, um viel zu trinken oder Krach zu schlagen», erläuterte der Americano; «wir brauchen bloß einen Schluck, damit das Essen rutscht.»

«Wir dürfen nichts ausschenken. Der Herr ist gestorben.»

In diesem Augenblick kam der Dorfpfarrer über den Platz. Der Americano blickte kurz zu jenem hochgewachsenen und kräftigen, grauhaarigen und energischen Mann hinüber.

«Und wenn der Herr Pfarrer es erlaubt?» fragte er.

Die Wirtin antwortete nicht, und der Americano sprach den Pfarrer an. Von nahem konnte man sehen, daß der Priester feingliedrige, jedoch

79

sonnengebräunte Hände hatte. Einen schüchternen Mund und kluge Augen. Der Americano erklärte ihm die Lage. Der Pfarrer ging mit ihm zu der Frau und sagte dabei:

«Der Ausschank ist nicht meine Sache, sondern die des Gemeinderats. Ich persönlich habe in diesem Fall nichts dagegen.»

«Nicht einmal, wenn der Bürgermeister es mir befiehlt, mache ich heute auf», erwiderte störrisch die Frau, die zugehört hatte. «Der Herr ist gestorben.»

«Na klar, das wird ein tolles Essen», stellte der Galera fest. «Wo es dem Chepa eingefallen ist, uns Stockfisch in den Sack zu stecken, und das ohne Trinken...»

«Kommen Sie mit», sagte der Pfarrer.

Er führte sie in sein Haus und ließ sie in eine weißgekalkte und schmucklose Diele eintreten, wo lediglich eine Steinbank stand, deren Sitz mit roten Fliesen ausgelegt war. Sie gingen an der Wohnungstreppe vorbei und gelangten zu einem winzigen Gärtchen, das kaum fünfzehn Schritt im Quadrat hatte und an dessen hinterem Rand sich ein Brunnen und eine kleine Zypresse befanden. Auf den sorgfältig angelegten Furchenhügeln standen in gerader Reihe die dunkelblauen Kohlköpfe, und darüber rankten sich die Bohnen an ihren dreibeinigen, wie Gewehrpyramiden aussehenden Gestellen empor.

«Das ist mein Garten», sagte der Pfarrer. «Nehmen Sie Platz, so gut das geht.»

Am Haus zog sich ein unbepflanzter Streifen entlang, der im Schatten einer großen Weinlaube lag. Einige Männer setzten sich auf eine Bank, andere blieben stehen.

«Ich weiß nicht, ob genug Stühle da sind», murmelte der Priester. «Eugenia!»

«Machen Sie sich keine Umstände, Herr Pfarrer. Wir setzen uns auf die Erde.»

Eine Alte mit schneeweißem Haar ließ sich an der Tür sehen.

«Mach meine Jagdflasche mit Weißwein voll, mit dem guten, den Don Jacinto geschenkt hat.»

«Mit dem guten, Don Ángel? Wollten Sie den nicht aufheben für...?»

«Für Gelegenheiten wie heute, Eugenia.»

«Wenn ich die Flasche mit dem vollmache, was noch da ist, wird er alle.»

«Na, dann mach sie voll.»

«Das lohnt sich nicht, Herr Pfarrer», sagte der Americano. «Wir sind an alles mögliche gewöhnt.»

«Aber ich bin es nicht gewöhnt, Gäste von außerhalb zu haben», lächelte der Priester, «und das muß gefeiert werden. Brot kann ich Ihnen auch besorgen und Öl, oder was es sonst noch gibt.»

«Wir haben genug mit, vielen Dank. Nur der Wein hat gefehlt, weil wir wenig im Lager hatten und dachten, wir könnten hier welchen kaufen.»

«Nachher schicke ich Eugenia hin. Vielleicht verkaufen sie ihr etwas, und das nehmen Sie mit.»

«Ist der Herr für Sie nicht gestorben?» fragte Dámaso vielsagend, was die übrigen mißbilligend aufnahmen.

«Unser Herr ist auch für mich gestorben», erwiderte der Pfarrer und sah den Americano fest an. «Vielleicht hat die Wirtin es ausgenutzt, daß heute ein heiliger Tag ist, um Ihnen nichts zu verkaufen. Die Flößer, und nehmen Sie das bitte nicht übel, haben keinen guten Ruf in diesem Dorf.»

«Und in allen anderen auch nicht», brüstete sich der Seco.

«Kann sein. Hier haben sie vor zwei Jahren ein paar Hühner mitgenommen. Und im letzten Jahr ist etwas Merkwürdiges passiert, als sie im Gemeindegebiet über den Fluß kamen. Da ist ein Gespenst aufgetaucht, das hat auch Hühner verspeist... Ich hoffe, daß es in diesem Jahr nicht kommt.»

«Bestimmt nicht», sagte zutiefst überzeugt der Cacholo.

«Das freut mich, weil sie mich beim letzten Mal gerufen haben, ich sollte es mit Weihwasser verscheuchen, und ich habe eine gute Flinte mitgenommen, bei der kommt kein Gespenst mit heiler Haut davon. Ich war damals ein bißchen zu spät dran.»

«Und war es das, was Sie zu sagen hatten?» fragte schneidend der Dámaso und stand von der Bank auf.

Der Priester schwieg. Als wollte er einen Strich unter alles Gesagte ziehen. Sobald er meinte, er hätte das erreicht, antwortete er:

«Nein. Entschuldigen Sie. Ich habe Sie nur hergebracht, damit Sie hier bequemer essen und etwas Wein trinken können. Ich lade Sie nicht nach oben ins Eßzimmer ein, weil es für alle zu klein ist. Und ich hole auch keinen Happen herunter, den ich mit Ihnen zusammen essen könnte, weil..., nun ja, ich möchte über meine Predigt nachdenken.» Er wandte sich zum Americano: «Sie werden das verstehen. Und ich bitte Sie um Nachsicht, daß ich nicht länger bei Ihnen bleibe. Ich werde mich bis zum Nachmittag zurückziehen. Wenn Sie etwas brauchen, rufen Sie Eugenia.»

«Vielen Dank für alles», antwortete der Americano. Doch der Priester hatte sich schon entfernt.

«Der wird jetzt sein knuspriges Festtagshühnchen essen», knurrte der Galera. «Und für uns Brot und Stockfisch.»

«Ich möchte meinen Kopf wetten», behauptete der Americano, «daß dieser Mann heute überhaupt nichts ißt.»

«Und wieso wissen Sie das?» fragte in sanftem Ton die Alte, die mit der Flasche in der Hand an der Tür erschienen war. «Denn das ist die Wahrheit.»

«Ich kann die Menschen durchschauen.»

«Er hat Sie auch durchschaut, Señor. Er hat mich angewiesen, daß ich alles tun soll, was Sie sagen. Jetzt weiß ich, daß es seinen guten Grund hatte, den Wein hervorzuholen. Trinken Sie ihn aus, und daß er Ihnen gut bekommt. Und wenn Sie etwas haben wollen, brauchen Sie mich nur zu rufen. Sie müssen nicht laut werden, denken Sie daran. Ich bin hier gleich nebenan und höre es durchs Fenster.»

Der Americano ging der Frau nach und sprach sie an der Küchentür an.

«Hören Sie, Señora. Wie heißt der Pfarrer?»

«Don Ángel Ponce.»

«Ist er viele Jahre hier?»

«Neunzehn.»

«Sind Sie eine Verwandte von ihm?»

«Nein. Aber mein Sohn ist seinetwegen Pfarrer geworden.»

«Und warum sind Sie nicht...? Ich verstehe. Ihr Sohn ist gestorben.»

Die Greisin nickte wortlos. Die Küche lag im Halbdunkel; nur ein Sonnenstrahl wurde von einem kleinen Kupferkessel zurückgeworfen, und ein heller Fleck zeichnete sich in den Haaren der Frau ab.

«Entschuldigen Sie, Señora; aber ich habe nicht aus reiner Neugier gefragt. Ich weiß nicht, was es ist, doch Neugier ist es nicht.»

«Das kommt, weil Sie ihn gekannt haben. Darum antworte ich Ihnen. Er war mein einziger Sohn, ich war Witwe, und er hat mich verlassen und ist Pfarrer geworden. Seinetwegen. Ich wollte nicht, aber das war ein Fehler von mir. Seitdem ich niemanden mehr habe, bin ich darum bei diesem Heiligen und vergelte ihm das Glück und den guten Tod meines Sohns.»

«Ich verstehe.»

Die Flößer aßen weitere Schnitten und tranken den Wein aus, den sie auf das Wohl jenes sonderbaren Pfarrers leerten. Auf einmal lockte lautes Bretterknarren sie zur Kirche. Den Lärm brachte eine riesige Klapper hervor, die im Turm angebracht war. Wie Ameisenreihen strömten die Leute von zwei oder drei Straßenenden zum Gotteshaus. Die Flößer traten ein und bildeten die letzte Gruppe, weit vom Altar entfernt, den Rücken an die Außenmauer gelehnt, so daß ein freier Raum zwischen ihnen und den Dörflern blieb. Dort schloß Shannon sich ihnen an. Er hatte mit Paula im Vorhof der Kirche gegessen und sie dann bei den Frauen in der Nähe des Altars zurückgelassen.

Der Priester erschien und betete einige Augenblicke. Als er hierauf zur Kanzel ging, wurden die Stühle und Betschemel geräuschvoll hin und her gerückt. Die alte kleine Kanzeltreppe knarrte, und Stille schwebte über den Köpfen, als stiege sie von oben herab. Als die Stimme ertönte, bewirkte das eine beinahe angsterregende Überraschung.

«Brüder und Schwestern», begann der Priester, «ihr alle wißt, was ich sagen werde, ihr alle wiederholt es seit gestern. Ihr alle sagt: ‹Still, der Herr ist gestorben.› ‹Singt nicht, der Herr ist gestorben.› Doch sobald wir es gesagt haben», er hob die Stimme, «machen wir alle genauso weiter wie immer, und trotzdem gibt es keine schrecklicheren Worte. Gott ist gestorben! Was ist da noch mehr zu sagen? Alles andere ist überflüssig. Ich sollte jetzt lediglich rufen: ‹Gott ist gestorben!›, diese abschließenden Worte in der Luft verklingen lassen und dann selber in Schweigen versinken.»

Vom ersten Augenblick an fühlte sich Shannon im Bann jenes Mannes: seitdem er begonnen hatte, ohne sich auf lateinische Formeln zu stützen: indem er unmittelbar sein Herz sprechen ließ.

«Aber die Worte haben sich in unserem Mund abgenutzt und erfüllen ihren Zweck nicht. Wenn man uns sagt, daß jemand gestorben sei, so fühlen wir den Tod nicht am eigenen Leib. Gottes Barmherzigkeit muß dies bewirken, weil unser Leib nicht den Schlägen der wirklichen Dinge anstelle der Worte standhalten könnte. Aber Gottes Tod muß uns verletzen! Wir dürfen ihm nicht ausweichen, er ist da! Darum werde ich die demütige Rolle jener Frau übernehmen, die liebevoll ihr Silber putzt, damit es glänzt; ich werde, wenn ich das vermag, die Worte feilen, damit sie uns wie reines Silber blenden, damit uns dieser schreckliche Schrei, daß Gott gestorben ist, tief verletzt.»

‹Es ist wahr›, dachte Shannon, ‹daß die Worte etwas ganz Armseliges sind. Wir sprechen in aller Ruhe von «Liebe», ohne daß es uns das Herz bricht.› Deshalb hörte er begierig zu, weil er kein Buch, sondern einen Menschen entdeckte, der so sprach, als sei er allein auf freiem Feld. Und er war beinahe allein: Shannon bemerkte, daß die Rührung, die ihn selbst und offensichtlich auch den Americano ergriffen hatte, rings um ihn nicht geteilt wurde, sondern daß die Leute lediglich verwirrt und über jene einsame Predigt erstaunt waren, bei der die üblichen lateinischen Brocken, die Wehklagen, die Erwähnungen der «inniggeliebten Mutter» und der «ins Herz gestoßenen Dolche» fehlten.

Oben erklärte der Priester weiter, wie das erste Wort dieses Rufs – Gott – unserer Leichtfertigkeit wegen das am meisten abgenutzte von allen sei; ebenso wie das Wort «Fahne» sich bei Versammlungen und Festakten abgenutzt hätte, bis man ganz vergessen habe, daß sie jenes sei, was ein Mann im Kampf bis zum Tode hochhalte und woran er sich selbst nach dem Tode festklammere, bis man ihm die starren Finger abschneide. Und von der Leichtfertigkeit dem Wort gegenüber komme es zur Leichtfertigkeit Gott gegenüber: Darum sei das zweite Gebot, das dringlichste nach dem, ihn zu lieben, die Ehrfurcht gerade vor seinem Namen.

«Nun, ich sage euch», predigte er weiter, «wenn wir das Wort ‹Gott› aussprächen und ganz tief in der Seele und im Blut so daran dächten, wie wir uns das Wasser vorstellen, wenn wir durstig sind und spüren, daß es im Munde zusammenläuft, dann könnten wir an nichts anderes denken: nicht an Hunger oder Liebe oder Stolz. Denn die Wirklichkeit Gottes würde alles wie ein Fluß fortschwemmen, und man bliebe vernichtet und geblendet zurück. Aber wir haben nicht den Mut zu einem solchen Glauben!» rief er. «Wir sind glücklich, weil wir vergessen; durch die Feigheit fühlen wir uns wohl wie der Fisch im Wasser, indem wir tausend Möglichkeiten erfinden, wie wir feige sein und tapfer scheinen können. Ach! Früher war der Heilige stark, und der Sünder war stark. Beide fühlten Gott; beide erschauerten vor Ihm; beide waren der Hoffnung würdig. Jetzt führen wir unsere Papiere, unsere Worte, unsere Bücher, unsere Organisationen ins Feld, und Gott haben wir säuberlich archiviert, wir verwalten Gott, wir benutzen Gott, ohne ihm jemals gerade ins Gesicht zu schauen, damit er unser bequemes, feiges Leben nicht unmöglich macht.»

Seine Stimme schluchzte beinahe, als er bekannte, daß er vollkommen unfähig sei, eine Vorstellung von dem Basalt zu geben, der Gott sei, von dem Meer und der Gewalt, die Gott sei, von der Sanftmut und dem Sehnen, die Gott sei. Allein die Heiligen seien einer Ahnung würdig

gewesen, sie wären in Verzückung geraten und hätten sich selbst vergessen. Deshalb wolle er über das Wort «Tod» sprechen, über den Staub
und das Vergessen, was aus den Geschlechtern geworden sei, die in
demselben Dorf hier, gerade in diesen Häusern, aufeinanderfolgten.
Jene Menschen hätten gelebt, einander geliebt und bekämpft, Lust und
Besitz genossen und sich für den Mittelpunkt der Welt gehalten. Und
was bleibe von ihnen?

«Und nun», sprach er sie an, «fügt diese zwei Worte zusammen, die
schon an sich schrecklich sind, und sagt gemeinsam mit mir: ‹Gott ist
gestorben.› Seid ihr nicht entsetzt, ruft ihr nicht: ‹Unmöglich!› Und
wenn so etwas doch geht, wie kann man erwarten, daß ein Gott, der
stirbt, das ewige Leben gibt? Wie kann man an Ihn glauben?... Führt
euch jenes Bild deutlich vor Augen, dessen wir heute gedenken! Seht
den toten Gott auf einem Hügel, während die vernünftigen Bürger, die
es als geschmacklos ansehen, den für die gute gesellschaftliche Ordnung
unerläßlichen Hinrichtungen beizuwohnen, über Geschäfte reden oder
sich an ihren Sklavinnen erfreuen! Seht seinen verunstalteten, herabhän-
genden Leichnam, wie ihn Kriegsvolk und Neugierige und seine elenden
und entmutigten Freunde umringen, all jene Leute, die in Jerusalem am
wenigsten Achtung verdienen! Seht, daß Gott gestorben ist, und er-
schauert!... Denn dies ist das anrührendste Geheimnis, das am meisten
erschreckt und einschüchtert, wenn man darüber nachdenkt; jenes, daß
Gott neben allem übrigem auch den harten und bitteren Samen des Sterbens in sich getragen hat. Ich aber denke so: Daß es mir leichter fallen
würde, an einen Gott zu glauben, der des Sterbens unfähig wäre; aber es
fiele mir schwerer, ihm meine Hoffnung anzuvertrauen. Denn sein Tod
ist das schöne Tor zur Auferstehung; und durch die Auferstehung Gottes kann ich auf meine Auferstehung hoffen. So, und nur so, Brüder,
habe ich die Kraft, um allein meinen Weg weiterzugehen, und nur so
vermag ich mein Leben, obwohl es das eines Sünders ist, während des
Wartens würdig zu bestehen.»

Die Stimme des in der eigenen Einsamkeit redenden Mannes war zu
persönlichen Abgründen hinabgestiegen, dorthin, wo unser unbekanntes Leid und unser unerwartetes Samenkorn sind. Und so lang war
darum auch das Schweigen. Während seiner Dauer mußte wohl einiges
von dem Geraune und der Geistesabwesenheit der anderen zur Kanzel
gedrungen sein. Und der Priester erkannte, was man von ihm erwartete;
er sah ein, daß dies der Augenblick war, in dem er eine Amtshandlung
vornehmen und nicht ein Selbstgespräch aus der Tiefe seines Inneren

führen mußte. Er seufzte, machte sich Vorwürfe wegen seines Egoismus und gab deshalb seinen Worten jählings eine andere Wendung, wie es seiner Pflicht entsprach:

«Und wenn dieses Mysterium, inniggeliebte Brüder und Schwestern», sprach er in förmlicherem Ton weiter, «für uns schmerzlich und unbegreiflich ist, so stellt euch vor, was es für die Heilige Jungfrau sein mochte, die sich in jenen unsagbaren Abendstunden der Geschichte gleichzeitig ihres Gottes und ihres Sohns beraubt sah! Darum ist ihre Einsamkeit die tiefste Einsamkeit aller Zeiten; darum...»

Shannon konnte das allgemeine Aufseufzen beinahe deutlich vernehmen, und als er den neuen Ton und die neuen Worte hörte, erriet er deren Ursache. Dies bestätigte sich ihm, da er die glückselige Erleichterung der Gläubigen bemerkte und fast körperlich spürte, wie sich die geistige Bequemlichkeit wieder in den kurzgeschorenen oder verschleierten Köpfen festsetzte. Er wurde wütend, doch er vermochte nicht dem Priester die Schuld zu geben, als er sah, daß jene Köpfe zustimmend nickten, daß Frauen ihre Taschentücher an die Augen führten, und als er demütig verstand, daß auch dies Achtung verdiente. Ja, selbst wenn schließlich zu hören war, wie Cuatrodedos – der kniend und mit gekreuzten Armen der Predigt folgte – hysterisch schluchzte.

Shannons Gedanken hingegen gerieten auf Abwege, bis er die Stufen der alten Kanzeltreppe knarren und die Gläubigen geräuschvoll hin und her rücken hörte. Der Priester trat an den Altar, verrichtete einige Gebete, und hierauf kamen sechs Männer und zwei Frauen zu ihm. Die beiden Frauen trugen ein großes, weißes und spitzenbesetztes Tuch.

Die ganze Gruppe, der sich noch der Ministrant und der Sakristan angeschlossen hatten, ging zu der im Schatten liegenden Kapelle. Sie war nahe bei dem Winkel, wo die Flößer standen. Im Hintergrund, von ein paar Kerzen beleuchtet, sah man eine lebensgroße Christusfigur, ein plumpes, aber eindrucksvolles Schnitzwerk; und der übersteigerte Realismus, mit dem es die Wirklichkeit wiedergab, machte selbst vor Verunstaltungen nicht halt. So etwa das Menschenhaar, das schwer und düster ins Gesicht hing, so auch die Lederhaut, die mit Ausnahme des Gesichts die ganze Statue bedeckte und besonders verstärkt war, um gewissermaßen als ein Biegegelenk die Schultern mit dem Körper zu vereinen. Mit einem Wort, es war eines von jenen so typisch spanischen heiligen Christusbildern wie das von Orense oder das von Burgos, die erschrecken und faszinieren, die den religiösen Drang in eine Sphäre voll tragischer und dunkler Geheimnisse lenken. Es scheint, daß die lichtvolle Gestalt, die in Palästina die Liebe und nichts als die Liebe predigte, in diesen keltiberischen Bildwerken sogar mit noch wilderer Grausamkeit als auf dem Gipfel von Golgota gekreuzigt wurde. Das erinnert nicht an ein Liebesopfer, sondern an etwas Magisches, an einen Pakt mit düsteren Gewalten, als Weihgabe an die Finsternis. Denn keine schwarze Messe könnte Jesu Leib mit mehr Wundmalen übersäen, als es diese schrecklichen unbekannten Bildschnitzer taten. Und Shannon fragte sich vor diesem Christus, wie weit sich der Bildhauer von der Frömmigkeit leiten ließ und wie weit ihn ein barbarisches Gefühl bestimmt hatte; und er war sich nicht sicher, ob der Gläubige, der zu solchen Bildwerken aufblickt, sich an den liebevollen Prediger des Evangeliums wenden will, oder ob er nicht – verworren und unbewußt – viel eher mysteriöse und verborgene Kräfte anruft, solche, die nur mit Blut besänftigt werden.

So war der Christus, den schweigend, angstvoll und zugleich von einer beinahe priesterlichen Würde beseelt die schwarzgekleideten Bauern vom Kreuz abnahmen. Die verrosteten Nägel, die nur einmal im Jahr bewegt wurden, wehrten sich knirschend und saßen in den Löchern des Holzes fest, was den weißhaarigen Alten keuchen ließ, der auf eine Leiter geklettert war. Er mühte sich so lange ab, bis er die drei Nägel herausgezogen hatte, und der Leib des Herrn wurde auf das Schweißtuch gelegt. Zwei Frauen hatten es in dem Sarg ausgebreitet, den man auf den Boden gestellt hatte. Hingebungsvoll hielten sie das Tuch fest, und ehrfürchtig ließen die Männer den Leib hinab; damit man ihn aber ganz in den Sarg legen konnte, mußte man ihm die Arme anwinkeln, und nun ging die weihevolle Stimmung verloren. Denn das ausgetrocknete Leder, das wie ein Rohr die Arme mit dem Körper verband, widersetzte sich den Bemühungen, es zu knicken, und es ächzte durchdringend, ohne nachzugeben. Schließlich gerieten die Männer in Wut und griffen zu beinahe grausamen Mitteln, um die Arme des Bildwerks an den Leib zu drücken, wobei sie diesen schon ohne Ehrerbietung packten und keuchend ihrem Willen unterwerfen wollten. Alle beugten sich über die heilige Figur und verdeckten sie mit ihren schwarzgekleideten Körpern, und diese Plackerei im Schatten der Kapelle, die nach Atem ringenden Kehlen, die hartnäckigen Anstrengungen, die erstickten Rufe, mit denen sie versuchten, ihre Bewegungen aufeinander abzustimmen, machten aus dem Geschehen beinahe einen Mord. Die beiden Helferinnen, die das Schweißtuch ausspannten, als wollten sie die Untat verbergen, ließen an eines von jenen barbarischen Dorfverbrechen denken, bei denen sich eine ganze Familie aus schmutzigen Motiven verschwört, um einen Störenfried zu töten, und nachdem sie ihn wie Schlachtvieh zerstückelt haben, verscharren sie den Körper nachts im Hof, unter dem Misthaufen, damit selbst der Geruch nicht die Leiche verrät.

Endlich, unter lautem Ächzen, ergab sich der Christus seinen Nötigern; sie wickelten ihn in das Schweißtuch und legten ihn in den Sarg, wobei sie nur das Gesicht unverhüllt ließen. Handklappern schnarrten und begleiteten die Klapper im Turm, und inmitten dieses Lärms, ohne daß ein Wort gesprochen wurde, öffneten sich weit die Türen. Die Sonne war hervorgetreten, und das Licht überglänzte Steine und Gesichter. Hinaus in die Helligkeit liefen die Schulkinder, die glattgeschoren und gelbgesichtig wie der Galerilla waren, und die größeren Mädchen – sie trippelten unsicher, da sie nicht an die Schuhe mit den Absätzen gewöhnt waren, die sie an diesem Tag angezogen hatten – mit ihren Schleiern und ihren Medaillen, die man ihnen als Marientöchtern gegeben hatte; es folgten das Kirchenkreuz, das der Sakristan zusammen mit einem Chorknaben trug, und der Priester selbst, neben dem ein weiterer Chorknabe lief. Dann kam der Sarg, den die sechs Männer schleppten; hierauf erschienen zwei oder drei Herren mit schiefsitzender Krawatte und endlich die schweigende und schwarzgekleidete Menschenmenge. Allmählich leerten sie so die Kirche. Je weiter sie aus dem Schatten ins Licht kamen, desto mehr, so schien es, lösten sie sich aus ihrer Starre und nahmen eine alltäglichere Haltung an. Denn die Sonne ließ die roten Gewänder der Chorknaben verblassen, stellte die Risse im Spitzenbesatz bloß, gab der schwarzen Trauerkleidung die Farbe von Fliegenflügeln, brachte die Augen, die sich vorher in der Dunkelheit weit geöffnet hatten, zu einem lustigen Zwinkern; mit einem Wort, sie hob den dunklen Schleier, der während der Zeremonie die Gemüter belastet hatte.

Die Flößer schlossen sich dem Zug an. Nur der Americano blieb in der leeren Kirche. Zunächst betrachtete er eine Weile das einsame Holz des Kreuzes, das dort voller Staub war, wohin der Staubwedel wegen des darüberhängenden Christus nicht gelangen konnte. Und angesichts dieses aufgerichteten Sinnbilds, das auf ihn oder jeden anderen mit seinen ausgebreiteten Armen zu warten schien, staunte er über jene kraftvolle Empfänglichkeit des Spaniers für das Religiöse. Dies galt für den Heiligen und auch für den Sünder, wie der Pfarrer in seiner Predigt gesagt hatte. Welche Männer waren jene Bildschnitzer, die zu dieser Menschenrasse gehörten! Welche Barbaren, welches menschliche Format! Und wenn es ein Heiliger in der Ekstase war, welch liebevolle Verzückung gaben sie ihm! Stets fühlte man, daß die Hohlbeitel nicht nur von einem ungestümen Glauben, sondern auch von ungestümem Fleisch und Blut getrieben wurden. Vielleicht im Übermaß, doch im Grunde verlangte man unbewußt gerade das von ihnen. Ja, das war Kraft, das war Wahrheit. Und als sein Blick über die Bronzefarbe und das Zinnoberrot am Fußgestell eines modernen Bildwerks glitt, das unter dem violetten Tuch hervorsah, drehte er ihm den Rücken zu und verließ die Kirche.

Im Vorhof der Kirche, im Schutz der frommen Mauern, waren ein paar gebrechliche alte Leute in der Sonne sitzen geblieben, und sie debattierten, wer von ihnen immer noch am besten sehen könne, wie die Prozession auf der Anhöhe vorrückte. Der Americano nahm sie ganz deutlich wahr, wie sie sich den steilen Pfad zur verfallenen Wallfahrtskapelle entlangschlängelte. Beinahe konnte er alle seine Leute unterscheiden, und natürlich hob sich Shannons helle Jacke von den schwarzen Kleidern ab.

Ja, dort lief Shannon und fühlte sich dieses eine Mal mit der menschlichen Gemeinschaft vereint. Vielleicht lag das an dem aufrichtigen inneren Anstoß, den ihm die Predigt gegeben hatte, oder vielleicht auch an der Dramatik jener rohen Einsargung in der dunklen Kapelle der Kirche. Möglicherweise lag es weiter daran, daß das religiöse Empfinden felsenfest im Gemüt jener Leute verankert war, und zwar nicht als gesellschaftliche Konvention oder als erworbene oberflächliche Gewohnheit, sondern als grundsätzlicher Bestandteil ihres Lebens. Selbst wenn seine Vernunft hartnäckig analysierte und Unstimmigkeiten entdeckte, sein Körper jedenfalls bewegte sich weiter vorwärts, reihte sich gehorsam in die langsame Kette jener Galeerensklaven ein, hatte sich deren Schritten angepaßt, empfand die Trauer und den Aschegeschmack des Tages mit, dessen einzige Musik die Hirtenklänge der «Carreñuelas» waren, einer Art Xylophon aus Knochen: Sie hingen am Hals eines jungen Burschen, der mit kleinen Holzschlegeln kurz und kräftig an ihnen entlangschabte. Die Sonne, die kurze Zeit geleuchtet hatte, als sie aus der Kirche kamen, hatten die dunklen Wolken wieder besiegt. So ergab sich gleichsam eine kosmische Harmonie im Winterlichen und Toten, und es schien, als senkte sie sich aus dem Himmel herab und hüllte die Körper und Seelen, die Klänge und die Kerzenflammen in Nebel. Shannon fühlte sich in jenem erdrückenden Pfuhl versunken und durchquerte ihn im gleichen Tempo wie seine Schicksalsgefährten. Ja, dieses eine Mal hatte er sich mit anderen Menschen identifiziert, wenn es auch nur zur feierlichen Erinnerung an den Großen Tod geschah.

Und danach – obwohl man den Christus in der Wallfahrtskapelle zurückgelassen hatte, wo eine Gruppe von Gläubigen bei ihm wachte, so daß er nicht mehr auf den Schultern der Träger lastete – erhielt sich während des Abstiegs von der Höhe weiter die Gemeinschaft im Schweigen und im Kummer, in der Abendluft, die aus kalter unfühlbarer Asche bestand. Als die Leute den Ort erreicht hatten, liefen sie schweigend auseinander, und die Flößer machten sich auf den Weg zu ihrem Lager. Nur der Americano nicht, mit dem der Pfarrer in der Sakristei zusammentraf.

«Haben Sie mich gesucht? Wollten Sie etwas?» sagte er herzlich, während er sich umzog.

«Ich habe Sie gesucht, ja... Aber ich wollte nichts. Eigentlich», er lächelte, «weiß ich nicht, ob ich etwas wollte.»

Der Pfarrer sah ihn an, ohne etwas zu äußern. Er hatte sich angekleidet und sprach mit dem Sakristan einige Entscheidungen ab. Danach blickte er wieder den Truppführer an und fragte:

«Begleiten Sie mich nach Hause?»

Der Americano antwortete nicht, doch als der andere hinausging, schloß er sich ihm an. An seiner Seite spürte der Priester die Gegenwart jenes gedankenversunkenen Mannes.

Sie kamen bald an und gingen zur Diele weiter, die dem kleinen Garten gegenüberlag, wo die Flößer gegessen hatten.

«Mann, Sie sollen einen guten Weißwein probieren, den man mir geschenkt hat», sagte der Pfarrer lebhaft.

Der Americano lächelte:

«Ich fürchte, Sie haben nichts mehr übrig. Wir Flößer haben ihn heut morgen ausgetrunken.»

«Das ist wahr», lachte der Pfarrer.

«Aber machen Sie sich deshalb keine Sorgen. Ich möchte nichts.»

Die alte Frau war an die Tür gekommen:

«Don Ángel...? Ach! Guten Abend, Señor. Brauchen Sie etwas?»

«Warum bleiben Sie nicht zum Abendessen bei mir? Gewiß gibt es wenig, aber...»

«Ich brauche wenig. Und ich würde gern bleiben, ja »

«Ich habe Gemüse und ein paar schöne Kartoffeln», erklärte die alte Frau. «Auch Oliven und Eier sind da. Und ein Streifen Stockfisch... Ich mache Ihnen das Abendbrot zurecht... Wenn wir schon Nelken hätten, könnte ich Ihnen einen feinen Salat machen!»

«Nelken?»

Der Pfarrer lachte laut.

«Sie meint Tomaten. Dieses kleine Gemüsefeld nenne ich nämlich meinen ‹Garten›. Eugenia und ich sagen Nelken zu den Tomaten, Rosen zu den Kohlköpfen, und deshalb... Mach schon, Eugenia, bring ihm, was wir haben, und sieh nach, ob Wein da ist.»

Die Frau ging hinaus. Der Americano sah den Pfarrer eindringlich an.

«Sie haben heut mittag nichts gegessen, und jetzt essen Sie auch kein Abendbrot.»

«So halte ich es an einem Tag wie heute. Ich möchte nicht gern, daß es bekannt wird; aber bei Ihnen macht es mir nichts aus.»

Der Americano bot Tabak an, und der Pfarrer drehte sich eine Zigarette, wozu er sagte:

«Sehen Sie? Darauf kann ich nicht verzichten. Und dann glaubt man noch, daß man zu irgend etwas imstande ist!»

«Ich habe auch keine Hemmungen, mit Ihnen zu sprechen», nahm der Americano das Gespräch wieder auf. «Und seit fast zwei Jahren möchte ich mit jemandem reden, jemandem zuhören... Sie verstehen mich schon. Manchmal fehlt mir das so sehr, daß ich beinahe ersticke. Deshalb habe ich wirklich auf Sie gewartet, deshalb bleibe ich bei Ihnen und esse Ihr Abendbrot.»

«So geht das uns allen, Sohn. Ja, das geht uns allen so. Es ist ein unermeßliches Glück, wenn man sich mitteilen kann!»

«Was Sie vorhin gepredigt haben, was Sie über den einsamen Menschen sagten... Erklären Sie mir, wenn es Ihnen nichts ausmacht, warum haben Sie Ihrer Predigt plötzlich eine andere Richtung gegeben?»

Der Priester dachte einen Augenblick nach.

«Weil man gerade die zweite Predigt von mir erwartet hat.»

«Wer? Ich habe nach der ersten verlangt, habe sie verschlungen.»

«Ich auch», bekannte der andere. «Aber nicht meine Gläubigen. Nicht einmal Ihre eigenen Leute.»

Der Americano erinnerte sich an Cuatrodedos' Schluchzen und selbst an Cacholos Augen, die sich mit Tränen füllten, als er den Gemeinplätzen lauschte. Und er mußte dem Pfarrer recht geben. Nur für Shannon galt das natürlich nicht. Aber der war etwas anderes.

«Und warum soll man den Leuten immer geben, was sie erwarten? Warum soll man sie nicht überraschen, ihnen keinen Stoß versetzen? Haben Sie nicht die Pflicht, die Leute aufzurütteln, ihnen in ihren Gewohnheiten keine Ruhe zu lassen?»

«Sind Sie sicher?»

Der Americano zögerte. Tatsächlich hatte er jetzt mehr als einmal das sichere Gefühl, daß das Gegenteil zutraf.

«Erstens», sprach Don Ángel weiter, «wohin soll man sie stoßen? Es gibt ganz wenige lohnende Ziele, zu denen man die Leute stoßen könnte; und dann versetzt man ihnen auch nicht so sehr einen Stoß, wenn man sie überrascht, sondern ohne daß sie es merken, indem man ihnen mit dem kommt, was sie erwarten... Jedenfalls war heute nicht die richtige Zeit, sie zu überraschen. Tatsächlich habe ich die Versuchung gefühlt; vielleicht», setzte er sehr leise hinzu, «weil Sie mit Ihren Männern gekommen waren. Aber Gott hat mich gedrängt, meine Pflicht zu tun. Alles, nur nicht bestürzen und verwirren. Ein Gottesdienst ist nicht der geeignete Augenblick für Neuerungen, weil er dann nicht seine Aufgabe erfüllt, uns in unserer Unsicherheit aufzuhelfen, uns zu trösten und innere Festigkeit zu geben.»

Ungeheures Geschrei erfüllte den Platz. Als wäre das ganze Dorf verrückt geworden.

«Jetzt verbrennen sie den Judas», sagte der Priester. Und er erklärte dem Americano, hier gebe es den Brauch, auf dem Platz eine Strohpuppe zu erhängen, die den verräterischen Apostel darstelle, und ihn dann auf einem großen Scheiterhaufen zu verbrennen.

«Wie drüben in Amerika», kommentierte der Americano.

Unterdessen stellte die alte Frau einen niedrigen, mit einer weißen Serviette bedeckten Holztisch vor den Gast. Hierauf brachte sie einen Teller mit schwarzen Oliven, Zwiebeln und in kleine Stücke geschnittenem Stockfisch, und sie schob ihm Öl und Essig hin, damit er nach seinem Geschmack würzen konnte. Daneben stellte sie einen weiteren Teller mit drei großen Kartoffeln, die sie kurz zuvor gebraten hatte, und einem Häufchen Salz. Schließlich kamen ein schöner, knuspriger Laib Brot und eine nicht allzu volle Bota hinzu.

«Hier haben Sie auch eine kleine Knoblauchzwiebel», sagte sie noch, bevor sie hinausging, «wenn Sie den Salatteller damit einreiben möchten.»

Langsam verschmolzen alle Dinge in der Dämmerung. Das Geschrei entfernte sich in der Luft und drang wieder näher heran; es bewegte sich in Schlangenlinien, wie es dem Verlauf der Straßen entsprach, durch die der Volkshaufen die schuldige Puppe schleppte. Vom Tageslicht war nur sehr wenig übriggeblieben, und sie konnten kaum noch das Gemüse im Gärtchen erkennen. Der Americano begann zu essen.

«Soviel hätte ich nicht gebraucht», sagte er.

Der Pfarrer sah ihn an und rauchte schweigend. Hin und wieder warf er einen Blick zu den dampfenden Kartoffeln, und auf einmal wurde ihm bewußt, daß sein Gast es bemerkte.

«Ich gebe es zu; ich habe Hunger. Ich bekomme schrecklichen Appetit, wenn ich Sie essen sehe», seufzte er. «Heute wäre ein guter Tag, um gemütlich mit einem Freund Abendbrot zu essen. Nicht zu ändern!»

Der Americano lächelte und ließ den Goldzahn sehen.

«Jetzt haben Sie mich an einen Mann erinnert, der viel für mich bedeutete. Zweimal hat er mir das Leben gerettet, und ich habe das nur einmal für ihn getan. Er war auch Pfarrer. In Tamaquile, dort in Yucatán. Natürlich haben Sie beide keinerlei Ähnlichkeit, überhaupt keine. Und trotzdem... Ich weiß nicht... Vielleicht war er ein großartiger Seelenhirt, und Sie sind es auch.»

«Glauben Sie?»

«Man braucht Sie nur anzusehen. Und jetzt denke ich, daß Sie recht hatten. Sie haben die angemessene Predigt gehalten... Es erstaunt mich, daß Sie in diesem Dorf sind, daß man keine bessere Verwendung für Sie hat. Warum sind Sie hier?»

«Wegen des Dorfes», antwortete er entschieden. «Wegen der Leute. Jemand muß mit ihnen zusammen sein. Sie brauchen es am meisten... Oh! Aber das ist kein Opfer. Niemand entspricht meinen Erwartungen besser. Niemals finde ich größeren inneren Frieden als bei ihnen.»

«Sie sind nicht immer hier gewesen?»

«Nein. Ich stamme aus der Provinz Soria, aus einer Gegend, die einen der hübschesten Namen in Spanien hat. ‹Das Land der Belohnung›[6]. Der Grund für diesen Namen ist weniger hübsch als er selbst, denn die ‹Belohnung› war ein Geschenk, das Don Enrique de Trastamara dem Franzosen Duguesclin gemacht hat, weil dieser ihm bei der Ermordung Don Pedros des Grausamen geholfen hatte. Zuerst war ich Hirtenjunge, aber das Lernen machte mir Freude, und der Lehrer brachte mir nachts das Lesen bei. Der Pfarrer interessierte sich für mich, er machte mich zum Chorknaben, damit ich ein bißchen Geld nach Hause bringen und in der Sakristei ruhig lernen konnte. Ich fühlte die Berufung zum Priesteramt, ich beendete die Ausbildung im Seminar, und meine Leistungen waren ganz hervorragend, das ist wahr. Als ich zum Priester geweiht wurde, hatten sie gerade den bisherigen Direktor des Seminars zum Bischof ernannt. Ich hatte immer an eine Landgemeinde gedacht, doch der

---

[6] «La Tierra de la Recompensa» (Anm. d. Ü.).

Direktor überwand meinen Widerstand, vielleicht, weil meine Neigung im Grunde nicht wahrhaftig war. Denn ich hatte, das bekenne ich, einen großen Tatendrang und ein ausgeprägtes Sendungsbewußtsein. Kurz und gut, ich nahm an, bei ihm zu arbeiten. Und da entschied sich mein Leben.

Ich entdeckte», sagte er nach einer Pause, «daß von der Sendung, die ich erträumt hatte, im Grunde nichts als Sozialarbeit übrigblieb. Da war ein Raum, wo junge Männer auf der Schreibmaschine schrieben und wo Karteikästen wie in einem Büro standen. Dort redete man über Decken, Mahlzeiten, den Einkauf von Medikamenten, über Stipendien und zu bestimmten Zeiten sogar über Wählerlisten. Es erschienen einige Herren und diskutierten über Haushaltsposten und über Möglichkeiten, wie man Geld sammeln könne. Wir hatten ein Sekretariat für Propaganda... Es stimmt zwar, daß man vor dem Beginn der Beratungen betete, aber mir kam alles übrige wie reiner Materialismus vor. Ich erinnerte mich daran, daß die Apostel sich keine Sorgen um die Zukunft machten; und ich sah, daß dort niemand an etwas anderes als an organisatorische Maßnahmen dachte. Als am Jahresende eine statistische Erhebung auswies, daß sich die Zahl der Kommunionen und der Messebesucher erhöht hatte, wurde das wie ein Triumph gefeiert... Entschuldigen Sie, daß ich so offen meinem Herzen Luft mache: Gern möchte ich mich in aller Demut äußern, gern möchte ich wie damals glauben, daß die niedrige Sünde des Hochmuts an meiner Haltung schuld wäre. Doch unverrückbar blieb die Tatsache bestehen, daß derartige Systeme für mich beinahe körperlich unerträglich waren, denn in meinen Augen bedeuteten sie, daß man den Kampf in den materiellen Bereich des Feindes verlegte, den des Essens und des bloßen Wohlergehens... Wenn politische Probleme bei einer Frage berührt wurden, so ging man an sie mit kämpferischem Geist heran, ohne Liebe zum Feind, und ich konnte mich des Gedankens nicht erwehren, daß die Christen in Rom sich niemals zusammengeschlossen hatten, um anzugreifen, sondern um zu sterben. Ich konnte nicht von dem festen Glauben ablassen – und ich glaube weiter daran, möge Gott mir verzeihen –, wenn die Christen in Rom Sekretariate für Propaganda gehabt hätten, so hätten sie sich nicht durchsetzen können. Ihr Zeugnis brachte ihnen den Sieg. Immer wenn einer von ihnen starb, schwebte sein Blut unsichtbar weiter in der Luft; und die Heiden atmeten dieses Blut, sogen es mit den Adern ihrer Seele ein, und schließlich gingen ihnen die Augen auf, und sie erkannten, daß ihre Götter tot waren... Ja, ich glaube an die Gemeinschaft der Heiligen. Deshalb konnte ich nicht an die Propaganda glauben, deshalb machte es mich krank, wenn ich hörte, wie man sie als Rückhalt empfahl.»

Der Americano nickte zustimmend.

«Sie werden verstehen, daß ich nicht so weitermachen konnte. Aber der Herr Bischof beruhigte mich, er sprach von jugendlichem Ungestüm und versetzte mich nicht. Ich versuchte, mich zu überwinden, was lediglich bewirkte, daß ich in Verzweiflung geriet; und ich wußte nicht, was ich tun sollte. Da hörte ich von einem Amtsgefährten, der Pfarrer in einem der elendesten Vororte der Hauptstadt war. Ich ging zu ihm, um ihn kennenzulernen, und ich entdeckte einen rechtschaffenen Mann, und vom ersten Tag an fühlte ich mich in dieser Umgebung wohl. Er hatte keine Karteikästen, aber er kannte alle Menschen. Er kämpfte gegen niemanden; er nahm all seine Kräfte zusammen, um gegen sich selbst zu kämpfen. Und ich begann, gemeinsam mit ihm die tiefe Freude zu genießen, die mein menschliches Inneres in der Berührung mit den Dingen empfand, ohne daß sich Vorhänge aus Papier dazwischenschoben, und vor allem in der Berührung mit den Menschen. Mit dem Besten dieses Landes, nämlich mit dem Volk. Glauben Sie mir; wir übrigen sind ihm nicht gewachsen.»

«Ich weiß nicht, was ich dazu sagen soll», gab der Americano seine Zweifel zu verstehen. «Manchmal ist das Volk...»

«Ach, natürlich!» sein Gegenüber geriet in Erregung. «Das soll nicht heißen, daß ich idyllische oder von Rousseau inspirierte Vorstellungen über den Menschen habe. Doch ganz abgesehen von der Tatsache, daß das Volk immer mehr Entschuldigung als die gebildeten Leute verdient, ist seine Art zu leben wahrhaftiger, der Wirklichkeit näher. Seine Haßgefühle und sein Glaube riechen immer noch nach Schweiß und Blut; seine Gewohnheiten und Konventionen gehen aus der Natur oder dem Wesen des Menschen hervor. Weiter oben hingegen haben die Leute ihre Wurzeln verloren, sie leben ohne inneren Halt, ohne wirklich an etwas Tiefes zu glauben. Ihre Probleme sind Stürme im Wasserglas ihrer Interessen: Sie haben mit Ämtern zu tun, mit sozialen Vorrangstellungen, erotischen Abenteuern, Luxus; fast nie mit Hunger, Liebe oder Instinkt. Der Bauer, der mit dem Dolch zustößt, wenn es um das Wasser eines Kanals geht, spürt jeden Tag das Wasser und die trockene Erde an seiner Hand; der Unternehmer, der eine Million verdient, weil er mit Getreide spekuliert, hat nichts weiter als Papiere gesehen, und natürlich kann er unreifen Weizen nicht von Roggen unterscheiden... Nein, glauben Sie mir; die Leute aus dem Volk sind auch schlecht und gut, aber sie sind es wahrhaftiger.»

«Der Heilige war stark, und der Sünder war auch stark», erinnerte der Americano an die Predigt.

«Jedenfalls fühlte ich mich zu den Armen hingezogen, und das war eine Wahrheit in meinem Blut, die ich nicht unterdrücken konnte. Gewiß wird mancher das Gekünstelte vorziehen, wobei er es ‹Zivilisation› nennt, und dazu die guten Umgangsformen, die als Tarnung für erbärmliche Laster dienen; aber ich fand nur noch in diesem Vorort meinen Frieden. Ja, trotz meiner Kenntnisse in modernen Sprachen, meiner Klassiker und all meiner geistigen Anstrengungen... Außerdem – wie empfänglich sie für meine Solidarität waren! Weil sie in einer solchen Isolierung lebten, gab es einen derartigen Graben zwischen der lebendigen Wirklichkeit, die sie waren, und der offiziellen Verwaltung des Landes... Zwei unterschiedliche Welten, zwischen denen nur der Staatsbeamte und die Ordnungskräfte als Bindeglied dienten. Gewiß kam hin und wieder von oben das Geschenk einer Brücke oder einer neuen Schule, wie auch die Steuern und Gebühren von oben kamen; im allgemeinen wurde das von der Rede eines Stadtrats oder eines stellvertretenden Bezirksbürgermeisters begleitet; aber das war wie Regen oder Hagel, etwas aus einer uns unzugänglichen Welt. Wenn ich von einem Besuch bei meinem Freund zurückkam und im Sekretariat pflichtgemäß die *Gaceta* las, faßte ich mir mit den Händen an den Kopf, als wäre ich verrückt... Und tatsächlich, die Zersetzung meiner inneren Gewißheiten machte mir schließlich angst. Ich bekenne es: Es machte mir angst, als ich sah, daß einige meiner Überzeugungen ins Wanken gerieten, die zwar nur untergeordnete Bedeutung hatten, deren Verlust aber wie abgebröckelter Putz ein aus Wahrheiten bestehendes Gebäude entstellte, das man mir als vollkommen vom Fundament bis zur Wetterfahne geschildert hatte. Am Ende ertappte ich mich, daß ich in der Lehre schon zwischen dem unterschied, was beständige Wahrheit war, und dem, was unwesentliche Zusätze oder dem historischen Augenblick entsprechende menschliche Anpassungen waren; und nun entsetzte ich mich. Ja, ich fühlte mich feige, und ich beschloß, diesen Weg nicht fortzusetzen. Meinem Gönner trug ich diese Zweifel vor, und auch er erschrak und gab nach. Er erlaubte, daß ich mich aus dem offiziellen Leben zurückzog und Zuflucht in der lebendigen Welt dieses Dorfes fand.»

Auf der Straße, jenseits der Gartenmauern, breitete sich eine ungeheure Lohe aus und stieg prasselnd empor. Der weiße und dichte Rauch des brennenden Strohs warf rötliche Reflexe zurück und erfüllte die Luft mit einem beißenden Geruch. Das Stimmengewirr erreichte seine größte Lautstärke: Schon brannte der verräterische Apostel.

Im Glanz dieses Feuers sah der Americano den grauhaarigen Kopf und den schwarzgekleideten Körper des Pfarrers, der gebeugt auf dem armseligen Baststühlchen saß, die Ellbogen auf die Knie stützte und unverwandt den dunklen Garten betrachtete. Die den Judas umgebenden Feuerzungen wurden allmählich kleiner. Die rötlichen Reflexe verschwammen auf dem angespannten Gesicht. Auf einmal erschien ein schüchternes Lächeln, und er blickte sein Gegenüber an.

«Mein Sohn, verzeihen Sie mir... Sie haben mich gesucht, aber ich fürchte, daß Sie mich zu sehr gefunden haben... Entschuldigen Sie einen armen alten Mann, der ständig Selbstgespräche führt.»

Die Hand des Americano erreichte die des Pfarrers und legte sich einen kurzen Augenblick auf sie, während sich die letzten, vom Judas emporsprühenden Funken am Goldzahn spiegelten, den ein Lächeln entblößt hatte.

«Ich verstehe Sie sehr gut. Mir geht es genauso... Auf meine Art habe ich auch verzichtet und mich zu meinen Wurzeln zurückgezogen, zu meinen Leuten, hier bei den Flößern. Aber ich glaube, daß Sie sich einige Illusionen machen, entschuldigen Sie. Dort in Amerika sah ich, wie das Volk mit der Revolution nach oben gelangt war, ein noch ursprünglicheres und wahrhaftigeres Volk als dieses hier, und die Wahrheit ist, daß es damit kein gutes Ende nahm... Ja, ich weiß schon», hielt er den anderen zurück, «sie waren nicht vorbereitet, man darf noch nicht über sie urteilen; alles, was Sie wollen. Aber für mich traf es doch auch zu, daß meine Illusionen zusammenbrachen. Die meisten Führer dort waren nur auf das aus, was sie verurteilten: Geld, Freundinnen und Macht. Und diejenigen, die anders waren, machten es wie ich: Sie traten den Rückzug an. Nur, daß ich bequemer und feiger war als Sie; ich beschloß, an mich selbst zu denken und meine Zukunft zu sichern. Nun ja», setzte er ironisch hinzu, «Sie wissen schon, was das heißen soll: Geld machen. Oh, es ist leicht, Geld zu machen! Man muß nur an das Geld glauben, mehr Interesse am Geldmachen als an allem anderen haben. Aber tatsächlich interessierte es mich nicht so sehr; und als ich es satt hatte, Geld zu machen, geriet ich unter die Leute, von denen Sie gesprochen haben; die ohne inneren Halt, mit den egoistischen und feigen guten Umgangsformen. Daß man sie mit Peitschenhieben davonjagen möchte! Es widerte mich an, einer wie sie zu sein; weil ich das nämlich war. Und ich war etwas anderes gewesen, glauben Sie mir, als ich über die Felder von Tamaquile galoppierte... Nach und nach, ich weiß nicht wie, wandte ich mich von allem ab, hielt ich mich von den Leuten fern, kümmerte ich mich nicht mehr um die Dinge und suchte nach dem Einfachsten: einem Spaziergang, dem Plätschern einer Quelle, ein paar Worten, die ich mit dem indianischen Gärtner oder mit seinen Freunden wechselte... Aber mir fehlte etwas, als ich mit ihnen redete: der Tonfall meiner Leute, ihre Redewendungen, ihr Auftreten... Nennen Sie es Heimweh, nennen Sie es Neurose, wie es mir die Ärzte sagten, die ich zuerst um Rat fragte, nennen Sie es Klarsicht; jedenfalls kam ich her, und hier bin ich und schlage mich einigermaßen durch... Mehr weiß ich nicht; ich weiß nichts.»

Sie schwiegen. Endlich äußerte sich der Priester:

«Auch ich weiß nichts... Möglich, daß Sie recht haben, möglich, daß es auch das Volk nicht ist. Doch wie sollte dann die Zukunft der Geschichte aussehen? Denn die da oben haben sie heute nicht in der Hand. Was hält die Vorsehung für uns bereit?... Trotzdem glaube ich», setzte er hinzu, «daß das Volk wahrhaftiger ist.»

«Sicher. Der Stein ist immer wirklicher als das Papier.»

Sie redeten noch weiter, während schon dunkle Nacht war, diese beiden Männer, deren Leben sich in den eigenen Winter zurückgezogen hatte. Als der Americano sich verabschiedete, sagte er auf einmal:

«Ach! Ich möchte ein Mädchen zu Ihnen schicken, es soll mit Ihnen reden. Es ist zusammen mit uns gekommen.»

«Mit dem Floß? Nie habe ich eine Frau bei den Flößern gesehen.»

«Sie ist nicht mit uns losgezogen; wir haben sie beinahe aufgelesen... Sie wird es Ihnen erzählen, und Sie können ihr sehr helfen.»

Als er ins Lager kam, war Paula wach.

«Francisco!» sagte sie sanft. «Ich dachte, Ihnen wäre etwas zugestoßen.»

«Ja, mir ist etwas zugestoßen. Und morgen wird es dir zustoßen.»

«Mir?»

«Morgen gehst du nach Oterón hinauf. Besuch den Pfarrer, grüß ihn von mir und rede mit ihm. Er heißt Don Ángel.»

«Ich? Worüber?»

«Über dich. Über alles. Was du willst... Rede mit ihm, wie du es machst, wenn du Selbstgespräche führst. Du wirst schon sehen, wie du es anstellst, sobald du ihm begegnest. Glaubst du nicht, daß du es nötig hast?»

Paula senkte den Kopf, und hierauf dankte sie dem Truppführer. Die beiden brauchten lange, bis sie einschliefen.

Am Morgen schien es, als ziehe ein Jubelruf durchs Land: Die Glocken läuteten den Ostersamstag ein. Die Männer gingen energisch an die Arbeit. Cuatrodedos bekam die Erlaubnis, an der morgendlichen Prozession teilzunehmen, bei der man den Christus zurückbrachte; und er begleitete Paula, die auf *Canalejas* ritt, damit sie zugleich etwas Proviant einkaufen und herbringen konnte. Als die Leute von der Wallfahrtskapelle zurückkamen und Paula die Besorgungen erledigt hatte, betrat sie zaghaft die Kirche und suchte den Pfarrer. Sie fand ihn in der dunklen Kapelle, wo die Träger den Sarg abgestellt hatten. Er nagelte gerade den Christus wieder ans Kreuz, wobei ihm der Sakristan und ein paar alte Frauen halfen, die Paula argwöhnisch ansahen.

«Gleich kümmere ich mich um dich, Tochter. Du siehst ja, für Christus bedeutet es, wieder zu leben, daß er am Kreuz hängt... So!» Er strengte alle Kräfte an. «Annageln muß ich ihn. Die guten Leute im Dorf wagen es nicht, ihn zu kreuzigen. Wenigstens nicht sein Bild.»

Sie gingen beide in die Sakristei und von dort zum Pfarrhaus.

«Du hast Glück. Weil ich solchen Hunger habe, hat Eugenia bestimmt ein gutes Mittagessen gekocht, und das sollst du dir auch schmecken lassen.» Im Tageslicht musterte er sie eingehend und fügte hinzu: «Du bist sehr hübsch... Nun ja, nicht gerade hübsch, du bist... ganz Frau. Nimm es nicht übel, daß ich dir so etwas sage, Tochter. Schlimmer wäre es, wenn ich meinen Eindruck für mich behielte. Heimlichkeiten gefallen mir nicht.»

«Mir auch nicht, Herr Pfarrer. Und ich nehme es nicht übel», sagte sie und blickte den Mann ehrlich an. «Mir ist schon klar, wie Sie das meinen.»

Gerade betraten sie das Haus, und in der Diele entstand für die beiden vorübergehend so etwas wie eine geteilte Einsamkeit. Paula hatte Vertrauen, sorglos gab sie ihre angespannte unablässige Verteidigungshaltung auf. Die ersten Worte sprach sie, ohne daß sie es wagte, dabei den Priester anzusehen; sie blickte unverwandt auf die Blechverkleidung der Tür, die eine Lithographie des Herzens Jesu trug.

«Ach! Was Sie gesagt haben, gerade das ist mein Unglück, Pater», sprach sie weiter. «Ich kann es nicht ändern.»

«Es ist ja zu sehen, daß du es nicht ändern kannst», griff der Priester behutsam ihre Worte auf, «und ich sehe auch, daß du es ändern möchtest.»

In Paulas Stimme klangen Tränen der Dankbarkeit mit, während sie durch den kleinen Flur zur Gartentür lief.

«Sehen Sie das wirklich?»

«Ich ja. Aber ich begreife schon, daß die Männer... haltmachen, bevor sie auf den Grund gelangt sind.»

Eugenia erschien und betrachtete erstaunt die zum Mittagessen eingeladene Besucherin. Danach verschwand sie, bis die Essenszeit gekommen war. Paula und Don Ángel unterhielten sich. Vor ihren Augen wiederholten die Sonne und die Schatten der Dinge ihren täglichen Weg. Unmerklich streckten die Pflanzen ihre Blätter aus, um die Sonnenstrahlen einzusaugen; einige Knospen schwollen an; die Insekten spürten die Sonne in ihrem kalten Blut. In jenem vollkommen reglosen Garten, wo sich nur Sonne und Schatten bewegten, lebten unendlich viele Herzen von Pflanzen und Tieren voller Überschwang und kamen dem Tod ein Stück näher.

Kurz bevor Eugenia einen Tisch brachte, damit die drei zusammen essen konnten, kniete Paula nieder, und Don Ángel machte über ihrem Kopf das Kreuzeszeichen. Nun gab es das Essen, und danach stand der Pfarrer auf und ging ins Haus. Eugenia räumte die leeren Teller ab. Paula begleitete sie und half ihr beim Abwaschen. Die Frauen sprachen miteinander, als wären sie immer im Haus zusammen; sie fragten sich gegenseitig über die häuslichen Verrichtungen und Probleme aus. Der Pfarrer kam mit einer billigen Zigarre nach unten, er setzte sich wieder in den Garten und steckte sie sich an. Von der Küche aus hörten ihn die zwei Frauen.

«Eugenia! Du machst uns beiden Kaffee.»

«Ich habe ihn schon aufgesetzt, Don Ángel.»

«Sie trinken keinen?» fragte Paula.

«Nein. Ich fühle mich nicht wohl», sagte die alte Frau. «Das Herz, Mädchen, das Herz.»

Schließlich kamen die zwei mit allem nach draußen. Aus der kleinen Maschine tropfte langsam die schwarze Flüssigkeit ins Glas. Der Pfarrer ließ sich sehr wenig einlaufen, und dann gab er den Apparat an Paula weiter. Sie schwiegen. Einen Augenblick lang wirkte die Luft vollkommen. Lieblich, nach Pflanzen duftend, voller Frieden. Paula trübten sich die Augen: «Ach, mein Gott, wer für immer hierbleiben könnte!»

Der Pfarrer sah sie melancholisch an:

«Das könntest du nicht, Tochter. Und nicht ich wäre daran schuld oder Eugenia... Nicht wahr, das ist unmöglich?»

«Nein, das könnte ich nicht; Sie haben recht. Warum bin ich nur so?»

«Du bist im Frühling des Lebens, Tochter, und du mußt ihn spüren. Nun ist es aber ein Gottesgeschenk, daß man ihn spürt. Und dieses Haus ist die Herberge des Winters, nicht wahr, Eugenia?»

Sie unterhielten sich noch kurze Zeit, bis Paula ankündigte, daß sie fortgehen wolle. Sie stand auf, sagte der alten Frau auf Wiedersehen und dankte ihr. Doch Eugenia ging zu ihr, und sie küßten sich mehrmals. Paula konnte nicht sprechen. Sie beschränkte sich darauf, abermals durch den kleinen Flur zu laufen und die Tür mit dem Herzen Jesu zu schließen; dann blieb sie in der Diele stehen und blickte den Pfarrer mit feuchten Augen an.

«Warum die Dinge wohl so sind?» sagte sie wieder, wie sie es so viele Male während des Gesprächs im Garten gefragt hatte.

«Weil Gott es will. Er möge dich begleiten, Tochter, und dir Frieden geben.»

Das Mädchen ergriff die Hand des Priesters und küßte sie.

«Adiós», brachte sie ganz leise hervor.

Der Pfarrer sah, wie sie sich entfernte und um die Ecke bog...

Da vergingen Jahre über Jahre, ohne daß etwas geschah; und auf einmal, in achtundvierzig Stunden... ‹Ja›, dachte er, ‹es ist nur natürlich, daß diese Frau eine Spur wie ein dunkles Licht zurückläßt, wie verborgene Glut.› An einem Abend, als der Pfarrer in einem Revier am Fluß jagen wollte, hatte er gesehen, wie sich zwei männliche Kaninchen mit unglaublicher Grausamkeit um ein Weibchen stritten. Ja, das Kaninchen, das Sinnbild der Furchtsamkeit und der Flucht. Und ein anderes Mal... und viele andere Male, in den weiter zurückliegenden Jahren seines Lebens... Er begann nachzudenken und sich zu erinnern; er vertiefte sich in seine Grübeleien. Als er sich dessen bewußt wurde, saß er immer noch dort, auf der Bank in der Diele.

Er erhob sich. Doch der Pfarrer von Oterón ging nicht in den Garten oder in sein Zimmer hinauf, sondern betrat die Kirche und kniete vor dem Christus nieder, dessen Nägel er selber gerade an diesem Morgen in das Kreuz geschlagen hatte, als er die hölzernen Handflächen durchstieß. Und er betete lange für eine Frau, die er einen Tag zuvor nicht gekannt hatte, und für einen alten Priester, den er seit fünfzig Jahren kennenlernen wollte, ohne daß es ihm jemals ganz gelungen war. Dort blieb er, bis das Angelusläuten wieder an den Ostersamstag erinnerte.

Dieses Glockengeläut gelangte nicht zu Shannon. In der schweren Winterluft konnte es nicht die geschützte Schlucht erreichen, in die er vom Fluß hinaufgestiegen war, da ihn ein paar Ruinen interessierten, die vom Ufer aus zu sehen waren. Und dort blieb er stehen: Ihn hielt das Erstaunen über den unerwarteten Garten fest, den unglaublichen Garten, der sich seinen Augen offenbarte, sobald er um die Mauerreste herumgegangen war. Denn dort, in einer trockenen Schlucht der iberischen Hochebene, ließ eine ganz ungewöhnlichen Gemeinschaft von Pflanzen eine orientalische und mediterrane Stimmung entstehen, obwohl auch die üblichen wilden Sträucher nicht fehlten und alles seit sehr langer Zeit verwahrlost war. Dort befand sich nicht nur die Heimstatt des uralten Ölbaums, der in den Bergen schon ein Fremdling war, sondern auch des gekrümmten Johannisbrotbaums, der dunklen Myrten, der Palmen und sogar eines Granatapfelbaums – ja, eines Granatapfelbaums wie im Hohenlied – inmitten anderer exotischer Pflanzen, die der Kargheit ringsum trotzten und gemeinsam einen grünen und lebhaften, wegen des Kontrastes zu Felsen und Ödland beinahe sinnlichen Schmuck bildeten.

Das schien unmöglich, das mußte ein Traum sein. Doch geschmeidig bogen sich die Pflanzen, und mit der Hand konnte man über die dicht zusammenstehenden Blättchen der Myrten streichen. Das Rinnsal der Quelle war keine Täuschung; es staute sich einen Augenblick, bevor es in einem maurischen Wassergraben zum Fluß hinabströmte. Ach! Es war keine Täuschung, es hatte jedoch eine unerwartet laue Wärme. Vielleicht milderte das Wasser dieser Thermalquelle, wie das in der Gegend durchaus nicht selten vorkam, in einem kleinen Umkreis die Strenge des Winters und erklärte zum Teil, warum der orientalische Garten überlebt hatte. Aber wie waren die Johannisbrotbäume und die Myrten, die Palmen und der Granatapfelbaum der Psalmen hierhergelangt?

Als Shannon die spärlichen Ruinen genauer betrachtete, fand er eine Antwort, da er den runden Grundriß der kleinen Kirche bemerkte, denn genauso hatten gewöhnlich die Templer ihre Gotteshäuser gebaut. Er stellte sich die weißen Ritter vor, wie sie diese Pflanzen aus Palästina in das strenge und karge Hochgebirge brachten und neben dem Tempel aus Stein einen anderen – pflanzlichen und lebendigen – Tempel für die Sehnsucht und die Sinne bauen wollten, ein Heiligtum aus Farben und Wohlgerüchen, ein sich ständig erhaltender Lebenskreis des Gelobten Landes: jene Erde, wo der Orden gesiegt und gebüßt hatte, das Reich der Sonne und des Meeres, der Sandwüsten und der Oasen, des Heiligen Grabes und der Auferstehung.

Während der geruhsamen Betrachtungen Shannons verwandelte sich sein ungläubiges Staunen in Zuversicht. War dieses Wunder nicht im

Grunde etwas Alltägliches, wie es die Samenkörner sind, die man beim Tod jedes Jahres vergräbt, damit sie für die Auferstehung des folgenden Jahres dienen? Beschränkte sich dann die Verzweiflung nicht auf eine bloße Verblendung des Menschen, die ihn nicht erkennen läßt, daß er in die Fortdauer der Schöpfung einbezogen ist?

Ja, den stolzen Orden hatten Monarchen und Päpste vernichtet; sein steinerner Tempel war zerfallen. Doch weiter bestanden dort das dichte Grün der Myrte, die wogende Anmut der Palme, die sichere Verheißung des Granatapfels. Und ihre lautlosen Stimmen verkündeten die Kraft des Lebens, die unbesiegbare Macht der Gewalten, die unter der winterlichen Hülle wirken und wieder einmal die Tore zum Wunder eines jeden Frühlings aufstoßen.

OCENTEJO

Von seinen Hirten geleitet, trieb der schwimmende Wald weiter stromab. Immer durch die enge Gasse aus grauen und rötlichen Felsen, zwischen den überhängenden Wänden, die mit Wacholderbäumchen und kleinen Steineichen bedeckt waren. Immer begleiteten sie das Wasser, das am Morgen hell, nachmittags trübe und abends meerfarben war. Flaschengrün, graugrün, gelbgrün, je nachdem, ob es Sandflächen, Kieselsteine oder Schlamm im Flußbett gab, ob das Wasser vom Schatten der Bäume oder der Felsen erreicht wurde, ob die Luft sich nicht bewegte oder der Wind wütend zwischen den nahe zusammengedrängten Felswänden blies. Immer inmitten der unwegsamen Berge, in den Engpässen, über die Stufen und die Untiefen des Flusses; immer durch eine starre Welt aus Stein und Winter.

Doch eines Morgens war Shannon überrascht, als er aufwachte. Es schien, als sei in der Frühe ein riesiger, wilde Düfte verströmender Flakon in der Luft zersprungen. Sogleich erinnerte er sich an den Garten der Templer, denn es kam ihm so vor, als wolle der in jenem Garten verheißene, unbegreifliche Granatapfel schon aufplatzen und seine rubinroten Tropfen wie ein Feuerwerk über die ganze Welt ausstreuen. Die Augen nahmen nichts Ungewöhnliches wahr; da waren die gleichen Felswände, die gleichen wirren und düsteren Wolkenhaufen, das gleiche schäumende Wasser. Dennoch sanken unsichtbare und dicke Tropfen in der

Luft herab; und geheimnisvolle Blasen wollten anscheinend aus der Erde hervorquellen. Dieses Gefühl hielt an, bis die harte Arbeit, bei der sich die Arme mit Schweiß überzogen und die Füße im kalten Wasser standen, das Empfindungsvermögen abstumpfte.

Nein – wie könnte das schon der Frühling sein! Nicht einmal auszusprechen vermochte man dieses Wort unter einem solch düsteren Himmel. Überdies verraten ja die Kiefern, diese unerschütterlichen Bäume, den Winter durch keine Blöße und den Frühling durch kein neues Grün, und dem Herbst unterwerfen sie sich nicht mit Gold- oder Kupfertönen. Die Jahreszeiten gleiten an diesem Baum ab; und nur, wenn man ganz nahe, sehr geduldig hinsieht, bemerkt man, wie er heimlich Früchte ansetzt. Nein, nicht den Frühling konnte man wahrnehmen, wohl aber seine Anstrengungen, jenes Trommelfell zu durchstoßen, das die harte Haut der Erde ist. Im verborgenen geschah etwas, und es bewirkte, daß die unbeweglichen Ästchen knackten, daß grundlos das Wasser erbebte und sich ein paar Steine aus der Felswand lösten. Plötzlich galoppierte das Hündchen der Flößer wie wahnsinnig durch die Sträucher davon und rannte hastig zu seinem Herrn zurück, am ganzen Leib zitternd, keuchend, mit heraushängender Zunge.

«Spürt ihr das nicht?» sagte der Tuerto, während er vom Mittagessen aufstand, nach oben blickte und tief einatmete: «Wo es einem doch so vorkommt, als wollte sich überall neues Leben bilden!»

Auch dieser treue Sohn der Erde hatte es gewittert, und Shannon begriff, daß er sich keiner Täuschung hingab. Genau das geschah: Im Inneren regte sich drängend der Lebenssaft. Nicht nur jener der Bäume, sondern auch jener der Tiere und der Menschen, den wir Blut nennen. Ja noch mehr: selbst jener der Steine, der durch ihre Adern und ihr geheimes Dunkel zieht, der so fein, so fest und so langsam ist, daß wir ihn nicht vom Stein selbst unterscheiden. Denn natürlich lebt ja auch der Stein, nimmt am Leben des ganzen Universums teil.

In diesem Augenblick erschien auf dem Pfad ein Mann, der ein graues, fast weißhaariges Eselchen ritt. Durch das fratzenhafte Gesicht und die kleine, unschöne Gestalt erinnerte er an einen Affen. Dámaso wollte sich einen Spaß mit ihm machen, und als Antwort auf den Gruß rief er ihm zu:

«Wohin des Wegs, stolzer Reiter?»

«Nach Ocentejo, Señor. Ich bin der Kastrierer aus Armallones, wenn ich Ihnen damit dienen kann.»

Alle brachen in Lachen aus, auch Dámaso selbst.

«Nehmen Sie», sagte er und hielt ihm die Bota hin. «Sie haben sich einen Schluck verdient. Aber bedienen Sie Ihren Vater, ich brauch' mein Gerät nämlich noch... Na und, viel zu tun?»

«Jetzt bin ich unterwegs, damit ein paar Spanferkel dick und fett werden können, nichts für ungut. Aber ich mach's bei allen: Hähnen, Hengsten... Auch bei einem Kater, den hab' ich für die Haushälterin von unserm Herrn Pfarrer zurechtgestutzt, weil er sie im Januar nicht schlafen ließ mit seinem vielen Miauen.»

Die Leute krümmten sich vor Lachen. Das war nicht nur wegen seiner Worte, sondern auch, weil er das Gesicht zu hundert verschmitzten Grimassen verzog.

«Und ist es gut gegangen?»

«Für die Haushälterin ja, denn sie wollte keinen richtigen Mann im Haus. Und der Kater bekam einen so fetten Bauch und ein so glänzendes Fell, daß es eine Freude war, ihn zu sehen. Er ist nachts nicht wieder fortgelaufen; jetzt führt er ein sehr anständiges Leben.»

«Ist das ein harter Beruf, guter Mann?» fragte Cacholo.

«Schlimm ist er für einen, der ihn sich gefallen lassen muß, aber nicht für mich. Am schwersten fällt es, Frösche zu kastrieren.»

«Und was bekommen Sie dafür?»

«Ach was, irgendein kleines Geschenk. Ich kastriere, weil's mir Spaß macht, nötig hab' ich's nämlich nicht. Ich bin Witwer und leb' bei meiner Tochter, die ist verheiratet und hat ein paar schöne Felder. Darum nehm' ich wenig: Wenn man um eine bescheidene Spende bittet, läßt man die Kirche im Dorf, glaub' ich.»

Ein stimmgewaltiges Iahen war zu hören, und sie blickten sich um.

«Passen Sie auf, passen Sie auf», warnte das Männchen; «mal sehn, ob ich Ihr Eselchen gratis bedienen muß. Bekommen Sie nicht mit, wie der Kleine sich mit meiner Eselin einläßt?»

«Na, die ist so strahlend weiß, daß man Appetit auf sie kriegt», sagte Cacholo. «Hören Sie, Freund, legt sie Puder auf?»

«Nein. Das sind weiße Haare, weil sie soviel Erfahrung hat.»

«So viel, so viel?» fragte Correa.

«Soviel wie ich, und da gibt's kein Wenn und Aber mehr. Außerdem hat sie genau denselben Beruf wie ich.»

«Verdammich! Sie wolln doch nicht sagen, die Eselin ist Kastrierer!» kommentierte der Seco unter allgemeinem Gelächter.

«Soll ich's nicht sagen, wo's stimmt? Fragen Sie den Tadeo, einen aus Oter, dem Dorf da unten. Er hat sie geärgert und geärgert, und meine

Romana hat ihm einen Hufschlag versetzt, der war so gut gezielt, daß sie ihn unfähig gemacht hat, irgendwas zu leisten.»

«Also», sagte Cacholo, als er das Lachen bezwingen konnte, «na, mit meinem *Canalejas* soll sie's nicht probieren. Der Junge hat nichts weiter, den bringt bloß das tolle Wetter hoch, das wir jetzt haben.»

«Wo ich schon gesagt habe, daß sich überall neues Leben bilden will...», erklärte der Tuerto noch einmal nachdrücklich.

«Der wird nicht viel brauchen, nein», gab der Kastrierer vergnügt zu. Und da er ein paar Leute am anderen Ufer entlangkommen sah, grüßte er sie mit lauten Rufen und schwenkte dazu den Arm. «Das sind Köhler», erklärte er. «Die haben einen schlimmeren Beruf als ich. Ständig laufen sie pechschwarz herum!»

«Was für viele Leute heute vorüberkommen», urteilte der Rubio. «Das ist ja wie eine Straße in der Hauptstadt.»

«Wer hier vorüberkommt, das sind Sie», entgegnete der Kastrierer. «Wir sind in unserer Heimat.»

«Ja», sagte der Americano, «aber Sie sind keine Leute vom Fluß; Sie kommen manchmal her, wenn Sie nach drüben wollen. Nur wir bleiben ständig beim Fluß.»

«So ist das Leben», schloß der Cacholo. «Jeder Zustand hat seine eigene Würde.»

Und da die Flößer wieder an die Arbeit gehen mußten, nahm der Mann mit dem Fratzengesicht einen letzten Schluck, kletterte auf die Eselin und verabschiedete sich:

«Also, wenn niemand meine Dienste haben will..., bis zum nächsten Mal, Freunde.»

Shannon stieg mit seiner Gruppe zum Fluß hinab und dachte gründlich über Cacholos bedeutungsschwere Worte nach. Unterdessen setzte der Kastrierer seinen Weg fort, und etwas später begegnete er einem Wanderer, den selbst er nicht kannte: einem jungen Mann, der Schirmmütze, Pelzjacke und Stiefel trug, wie sie in den größeren Landstädten, in Molina oder Priego, üblich waren. Es kam ihm merkwürdig vor, daß der junge Mann, wie er sah, keinen Lederbeutel oder Rucksack bei sich hatte und nur einen – erst vor kurzem abgeschnittenen – Wanderstab in der Hand hielt, während das Gesicht jedoch den Staub und die Strapazen langer Tagesmärsche zeigte. Erschöpft, aber auch trotzig lief er weiter. Wenn er auf diesem Weg blieb – dachte der Kastrierer –, würde er am Abend auf die Flößer treffen.

Diese waren inzwischen mit ihrer Arbeit beschäftigt.

«He, Galera! Gleich bleiben sie bei dir hängen!» rief der Negro zu Lorenzo hinüber, der allein arbeitete.

Dieser antwortete jedoch nicht. Er hatte sich gebückt und prüfte eingehend das überhängende Erdreich am Fuß der Felswände. Sie beobachteten, wie er sich aufrichtete und stürmisch gestikulierte:

«Kommt her, kommt!» schrie er und bückte sich erneut.

Der Negro und Shannon sahen, daß sie die Arbeit einen Augenblick unterbrechen konnten, und rannten zu ihm. Bevor sie ankamen, richtete sich der Galera wieder auf und warf etwas in den Fluß.

Er stand an einer Bodenvertiefung, die ein Bergrutsch freigelegt hatte, wie sie in diesen Tagen so häufig waren, als wollte auch die Erde zerreißen und aufbrechen. Das Loch sah aus wie ein kleiner Brunnenschacht, wie ein im Sandstein ausgehöhlter großer Tonkrug, und im Inneren ließ sich ein schon zerfallenes Gerippe erkennen. Die drei Männer musterten es neugierig. «Ein vorgeschichtliches Grab», erklärte Shannon.

«Gott sei seiner Seele gnädig!» sagte Cuatrodedos, der gerade herangetreten war.

«Aber wo dort nicht mal ein junger Bursche hineinpaßt!» rief der Galera.

«Man hat sie in Hockstellung begraben», erläuterte Shannon weiter. «Was hast du in den Fluß geworfen?»

«Ach! Bloß ein altes Messer.»

«War es lang, hatte es eine nach vorn gekrümmte Klinge, und bestand es zusammen mit dem Griff aus einem Stück?»

«Ja, ganz rostig war's, nicht zu gebrauchen.»

«Was für eine Dummheit! Das war ein prähistorisches Schwert.»

«Wieso eine Dummheit, wieso, das will ich wissen! Was wolltest du damit anfangen?»

«So etwas hat große Bedeutung. Es kann zeigen, aus welcher Zeit und von welchem Volk das Grab stammt.»

«Und was geht das mich an? Wo der schon längst mausetot ist!» entgegnete der Galera geringschätzig und schob mit dem Fuß etwas Erde zu dem Loch.

«Hohlkopf, das ist Geld wert! Das kaufen die Museen.»

«Was, dafür gibt's Geld?» wunderte sich der Galera und stotterte beinahe.

Und plötzlich warf er sich auf die Erde, steckte den Arm ganz tief hinein und wühlte zwischen den Knochen. Er holte ein paar kleine Bronzeplättchen heraus, die oxydierten Reste eines Schmuckstücks.

«Und das hier?» fragte er begierig.

«Ich fürchte, das ist nichts wert…» Als Shannon sah, wie bestürzt der Galera war, setzte er hinzu: «Vielleicht gibt es in der Nähe noch mehr Gräber. Gewöhnlich haben sie so etwas wie Friedhöfe angelegt… Wenn wir in einen Ort kommen, melde ich es den Behörden, für den Fall, daß sie Nachforschungen anstellen wollen.»

«Ja; ich hab' hier in der Gegend gehört, es soll alte Steine und Sachen geben, die aus der Maurenzeit stammen.»

«Das hier ist viel älter als die Mauren.»

«Von den Römern?» warf der Negro ein.

«Noch viel älter. Dreitausend, zehntausend Jahre.»

«Zehntausend kann nicht sein», erklärte Cuatrodedos kategorisch. «Damals war Adam noch nicht geschaffen.»

Sie mußten zurück an die Arbeit, und Shannon wollte dieses Problem nicht diskutieren. Während der Galera mit der Hakenstange zustieß, suchte er mit den Augen neugierig das Gelände ab und bemühte sich, nahe bei dem Seco und dem Rubio zu bleiben, die wie gewöhnlich als erste vorrückten. Wenig später machte er Shannon wieder auf sich aufmerksam.

«Das hier ist sicher nichts wert, stimmt's? Das steht schon all die Jahre hier…»

Er zeigte auf einen Stein, der wie ein Kilometerstein in den Boden gerammt war, jedoch eine leserliche, allerdings sehr grob ausgehauene Inschrift trug. Shannon entzifferte den Text:

«Am 11. Juli 1849 ißt dahier im Alter von 27 Jahren der arme Miguel Guijarro ertruncken. RIP. Seine liebe Dochter widmet ihm diesen Stein zum Gedechtnis.»

Shannon zerstörte Galeras Illusionen:

«Nein, das hat keinen Wert; nur, daß es eine Erinnerung ist.»

«Das hab' ich mir schon gesagt… Wo niemand es mitgenommen hat!»

«Vielleicht war das auch ein Flößer.»

«Das war viel zu spät, im Juli, als daß noch ein Floß durch die Gegend hier gekommen wäre… Hör zu, das Schwert, wieviel kann das wert gewesen sein?»

«Das soll einer wissen. Ohne daß ich es gesehen habe…»

Sie machten sich wieder an die Arbeit, während Paula und die übrigen Flößer an ihnen vorbeikamen, weil sie das Gepäck zum neuen Nachtlager hinuntertrugen.

Sie richteten das Lager am Ende der Bergenge ein, beinahe schon in der Schlucht von Ocentejo. Sie legten das Gepäck auf die Erde und nahmen *Canalejas* den Sattel ab. Während Santiago und der Galerilla alles aufräumten, lief Paula einen kleinen Bach hinauf, um seine nahe Quelle zu suchen.

Sie entdeckte diese zwischen eng zusammenstehenden Kiefern, und sie stellte den Krug unter den Wasserstrahl. In einem solchen, mit Kiefernnadeln bestreuten Winkel, im Helldunkel zwischen den Bäumen, wird der Abend mild. Auf einmal begann die erste Grille des Jahres zu zirpen, als wäre sie das pulsierende Herz der Dämmerung. Paula atmete auf; sie fühlte ein unbestimmtes Glücksgefühl, und ohne daß es ihr klar wurde, hörte sie, wie das Wasser ins Gefäß rann und dabei immer lauter plätscherte. Sie hatte das Kopftuch abgenommen und wollte es sich neu binden, als sie plötzlich spürte, daß jemand in der Nähe war. Und sie drehte sich um.

Der Mann lehnte an einer Kiefer und betrachtete sie, wobei er an einem kleinen Grashalm knabberte. Wie jung und gutgewachsen er war! Wie aufrecht, trotz der Erschöpfung und dem Staub, womit ihn der Weg gezeichnet hatte! Das erste, was Paula entdeckte, waren die prahlerisch selbstsicheren Augen und die strahlendweißen Zähne, die aus dem dichten und tiefschwarzen Bart hervorleuchteten.

«Hallo», sagte er lediglich und legte dabei die Hand an den Mützenschirm.

«Was machen Sie da?» erwiderte abwehrbereit Paula.

«Ich hab' dein Haar angesehen», antwortete er lebhaft.

Die entschlossen blickenden Augen machten Paula unsicher, und eilig streifte sie sich das Kopftuch über.

«Und die Schultern. Und die Taille», erklärte der junge Mann weiter.

Er sagte es auf eine Art, die nicht kränkend, wohl aber sehr beunruhigend wirkte. Paula fühlte im Inneren eine Erregung, die überhaupt nichts mit Zorn oder Furcht zu tun hatte.

«Na und?» wollte sie ihn stehenlassen. Aber er verlor die Ruhe nicht.

«Weißt du das noch nicht?... Du gefällst mir», setzte er dann hinzu.

«Na schön, also jetzt haben Sie mich schon angesehn, und Schluß.»

«Nein. Ich muß dich weiter ansehn. Ich hab' dich nicht gesucht, aber jetzt muß ich dich ansehn.»

Sie zuckte die Achseln und antwortete nichts. Ruhig, ohne Spott teilte ihr der Mann mit:

«Dein Wasser läuft über, Mädchen.»

Paula, die auf sich selbst wütend war, weil sie nicht die richtige Art fand, mit ihm fertig zu werden, bückte sich und hob den Krug hoch.

«Soll ich dir helfen?» fragte er und kam etwas näher.

Paula versuchte, die Situation zu beherrschen:

«Lassen Sie mich in Frieden! Adiós.»

Sie lief die Schlucht hinab, den Krug in die Hüfte gestemmt. Der Mann ging ihr nach. Sie drehte sich wütend um.

«Ich habe ‹adiós› gesagt. Lassen Sie mich in Frieden, oder soll ich um Hilfe rufen?»

«Ach, Mädchen!» seufzte der Mann tief. «Wie soll man dich in Frieden lassen!... Aber ärgere dich nicht», sagte er dann, «wir haben denselben Weg.»

«Nein. Ich bleibe genau hier, im Flößerlager.»

«Und ich bleibe bei dir.»

Wegen der Überraschung zögerte Paula unschlüssig. Wer war dieser Mann? Was wollte er? Er war kein Flößer, nein; mit seiner Felljacke und seinen Stiefeln wirkte er eher wie ein junger Bursche aus der Hauptstadt. Sie lief schneller, ohne etwas zu sagen, doch der Mann holte sie ein und setzte ernst hinzu:

«Ich hab's dir schon gesagt: Wir haben denselben Weg... Mich schickt der Floßführer. Den hab ich dort oben getroffen, und er hat mir Arbeit bei dem Trupp hier gegeben. Ist der Americano nicht da?»

«Doch», flüsterte sie erstickt, als würde sie von diesem Mann umarmt, wenn er nur neben ihr lief.

«Du siehst ja...», und nach einer Pause wiederholte er: «Du siehst ja; ich mußte dich treffen... Ich bin Antonio», schloß er und sah sie an. Doch sie wich seinem Blick aus. «Und du...? Und du?» drängte der Mann, ohne daß er sich ihr weiter näherte oder daß sich seine männliche Stimme erregte, und trotzdem übte er auf sie einen gewaltigen Druck aus.

«Paula», gab sie nach.

Shannon, der sich im Lager gerade mit dem Americano unterhielt, war betroffen, als Paula zusammen mit diesem Mann ankam. Er sah, wie sie zum Lagerfeuer ging und ihre gewohnten Tätigkeiten wiederaufnahm, dabei aber den Unbekannten nicht aus den Augen ließ und ihn immer wieder anblickte. Dieser erklärte dem Truppführer, er hätte den Flußmeister um Arbeit gebeten, und der habe ihn zum Spitzentrupp geschickt, bei dem ja ein paar Männer fehlten. Nein, er sei kein Flößer, aber ein guter Arbeiter. Er stamme aus Torremocha, und er komme...

«Mann, aus Torremocha!» fiel ihm Correa ins Wort. «Dort hab' ich eine verheiratete Schwester. Womöglich kennen Sie die.»

Es war deutlich zu erkennen, daß der Mann zögerte. Also, bestimmt nicht; tatsächlich lebe er schon lange in Molina... Ob sie nicht eine Zigarette für ihn hätten?

Er zündete sie sich an und machte mit offenkundiger Gier ein paar Züge. Ja, er sei weit gelaufen. Er wollte Arbeit suchen in..., in Trillo oder Sacedón, aber dann hätte er das Floß gesehen, und..., na ja, nun sei er schon hier. Nein, er habe nichts bei sich. Er wäre in einer Schlucht ausgerutscht, und bei dem Sturz wäre alles in den Fluß gerollt: die Decke, der Rucksack... Ja, er sei sehr müde.

«Na, jetzt essen wir zu Abend, in einem Moment», sagte der Americano, ohne auf diese Erklärungen einzugehen.

«Nein, ich möchte nichts essen, danke. Bloß schlafen... Höchstens, höchstens einen Schluck.»

Er trank lange und lehnte noch einmal das Abendessen ab. Es war zu sehen, daß ihn nach dem Ende eines langen Marsches schlagartig die Müdigkeit übermannte. Er ging zu einer Felsöffnung, und dort hockte er sich hin. Als sie begriffen, was er vorhatte, war er schon eingeschlafen.

«Dieser Mensch tut mir leid», erklärte der Americano. «Kleiner, leg ihm wenigstens *Canalejas'* Decke drüber, wo es am Morgen noch so kalt ist!»

Aber Paula hielt den Galerilla zurück; wortlos lief sie zu dem Mann, und sorgfältig breitete sie über seinen Körper jenen armseligen, noch von den Ausdünstungen des Tieres warmen Schutz.

So schloß sich dieser Mann dem Trupp an. Es zeigte sich, daß er kräftig bei der Arbeit zupackte und ein guter Kamerad war, jedoch ziemlich schweigsam und zurückhaltend auftrat. Die übrigen gaben ihm auf der Stelle den Spitznamen «der Findling», als glaubten sie nicht einmal, daß er Antonio hieß. Wenige Tage später, an einem Morgen, sprach Paula darüber. Sie war mit dem Chepa allein im Lager geblieben, und nachdem sie eine Weile dem Neuen zugesehen hatte, der an der Flußbiegung Stämme kappte, sagte sie:

«Dieser Mann, Santiago, wer mag das sein?»

«Was weiß ich, Mädchen!... Nie im Leben war ich bei einem andern Trupp, wo's so seltsame Leute gab: einen ‹Amerikaner›, ein Mädchen, einen ‹Engländer› und jetzt den da.»

«Was er alles gesagt hat...», Paula ließ nicht locker, «ob das wahr ist? Was er wohl in den Bergen gemacht hat?»

Der Chepa hörte mit dem Holzhacken auf und verschnaufte einen Augenblick, um sich von der Arbeit zu erholen, die ihn als Buckligen besonders anstrengte. Der Galerilla war hinabgestiegen, weil er Wasser holen wollte. Sie lagerten in der kleinen Flußaue zwischen Ocentejo und Valtablado, bevor sie zu der Brücke kommen und dann wieder in die Engpässe von Arbeteta und Oter eindringen würden, deren schon sichtbare Felswände daran erinnerten, daß man noch nicht aus den Bergen hinausgelangt war.

«Und was weiß ich, Frau? Was willst du wissen?»

«Alles», entschlüpfte es ihr hastig. «Na ja, ich weiß nicht... Was er gemacht hat, wer er ist...»

Der Chepa blickte Paula aufmerksam an, und sie war wieder einmal überrascht, wie tief jene Augen in dem armen, zwischen den Schultern eingesunkenen Kopf blickten. ‹Ich muß mich in acht nehmen›, dachte sie.

«Sind das viele Fragen... Der Mann hat bestimmt sein Geheimnis, wie alle... Wir haben ihn gefunden, und zusammen ziehn wir weiter... Das ist nicht der einzige, den man in der Gegend hier trifft.»

Paula entschied sich, ihr Interesse lieber nicht weiter zu zeigen. Nein, er war nicht der einzige, und das kam, weil sie jetzt dichter besiedelte Gebiete erreichten. Man sah, daß Leute über die Brücke liefen, und am letzten Abend konnten sie sich mit ein paar Fischern unterhalten, die heimlich mit dem Netz arbeiteten und – um der Guardia Civil zu entgehen – zu der List griffen, das Netz während der Messe in einer Flußkrümmung auszuwerfen, denn von dort aus sahen sie, wie die Gendarmen in die Kirche von Valtablado gingen. Sie zählten nacheinander die Eintretenden, und wenn alle in der Kirche waren, hatten sie genug Zeit, um ein paar Barben und Hechte an den Kiemen zu packen und herauszuholen. Und der Galera brachte es natürlich fertig, ihnen einen ganz prächtigen Fisch abzunehmen.

Ja, wie der Cacholo sagte, im Vergleich zum Gebirge gab es dort soviel Leute, als wäre es die Calle Carretería in Cuenca. Auf den urbar gemachten Äckern in der kleinen Flußaue, von deren Fruchtbarkeit und günstigen Bedingungen der Tuerto ständig mit Hochachtung sprach, waren schon Landarbeiter zu sehen. Und einmal, als er sich über einen Tagelöhner entrüstete, weil dieser nicht richtig umgraben konnte, geschah es sogar, daß er ihm die Hacke entriß und kräftig mit ihr hantierte, so daß bei jedem Schlag ein großer Erdklumpen umgewühlt wurde. Das verdiente Bewunderung.

«Und dabei ist die Hacke hier nicht mal gut», erklärte er, als er sie fallen ließ. «Sie bohrt sich zu tief ein, der Stiel sitzt falsch... Siehst du das, du blöder Kerl? So gräbt man um!»

«Aber ich will mir doch nicht dermaßen den Arsch aufreißen für den gnädigen Herrn», entgegnete der junge Bursche.

«Was hat das mit dem gnädigen Herrn zu tun! Umgegraben wird für die Erde, damit sie Wasser aufsaugt und es nicht wieder hergibt, damit sie den Samen schützt, ohne daß sie ihn erdrückt.»

«Bravo, Donato!» applaudierte Cacholo. «Wer will haben, muß viel graben. Du hättest es verdient, daß sie dir ein Glasauge kaufen, damit du hübsch aussiehst.»

«Das haben sie mir schon mal gekauft», sagte der Tuerto und wischte sich den Schweiß ab. «Nämlich mein Herr, weil er keinen so häßlichen Kerl sehen wollte, als ich bei ihm war. Aber er hat's mir von einer andern Farbe gekauft», erzählte er lachend weiter, «und das war noch schlimmer. Ich mußte es wegwerfen!»

Das Land war Tuertos Zwangsvorstellung. An diesem Tag besprachen sie beim Mittagessen, was besser wäre, das Gebirge oder die flachen Auen weiter unten. Cacholo verteidigte die Berge, weil sie seine Heimat waren, und Dámaso auch, weil sie wilder und rauher waren.

«Wozu soll das gut sein!» widersprach der Tuerto. «Dort kann niemand den Boden bestellen. Auf einem ganzen Bergrücken gibt's kaum ein Stück Land, mit dem sich was machen läßt, während man in einer kleinen Aue bloß zwei Handbreit braucht. Mir gebt eine schöne, flache Aue mit langen, geraden Furchen! Das hübscheste auf der Welt ist, wenn man sieht, wie das Wasser dort schön langsam fließt, so ganz allmählich, und wie es in die Furche läuft und die helle und staubige Erde dunkelbraun färbt, bis es nach und nach höher steigt.»

«Das ist was Rechtes, sich das Wasser in den Gräben anzuschauen», sagte Cacholo. «Mehr Wasser hat der Fluß.»

«Der Fluß strömt vorüber; das Wasser in den Gräben bleibt. Ach, wenn ich erst ein Stück Land habe!»

«Das ist ja bald, he! Wenn du die Witwe heiratest.»

«Aber klar heirate ich. Na und?»

«Mann, bildschön, wie man so sagt, ist sie gerade nicht.»

«Das ist nicht nötig. Ich bin's auch nicht. Aber ein Bauer braucht eine Frau im Haus. Fünfzehn Jahre spare ich schon Geld zusammen.»

«Darum läufst du zu Fuß ins Dorf zurück, wenn das Flößen vorbei ist, verdammich!»

Ja, gab der Tuerto zu, er müsse sehr viele Opfer auf sich nehmen, aber wo er nun mal nicht als Landbesitzer geboren sei ... Sein Vater habe nur soviel Erde bekommen, wie sein Körper einnahm, als sie ihn begraben hätten. Das sei nicht gerecht, bestimmt nicht, so viele Reiche mit Land im Überfluß, die es brachliegen lassen, damit sich die Rebhühner dort vermehren können. Der Negro habe recht, man müßte das Land verteilen, Gerechtigkeit für das Volk einführen.

Und nun erzählte der Correa von der besten Gerechtigkeit für das Volk, die er im Leben gesehen hätte: das Wassergericht von Valencia. Ohne Herrensöhnchen als Richter, die Bauern selber verteilten das Wasser, was dort so sei, als verteile man Land, denn ohne Wasser könne man nichts anfangen. Und das gehe ohne Stempelpapier.

«Ohne Papiere?» wunderten sich alle.

Correa erklärte es ihnen. Er selbst hätte es gesehen. Das wäre wirklich in Ordnung; so müßte die Gerechtigkeit sein: von Mann zu Mann, weil... In diesem Augenblick sahen sie, daß Paula am Abhang ausrutschte und den Topf fallen ließ, den sie getragen hatte. Sie stürzte in den Fluß.

Sie rannten hin, doch sie stand schon wieder auf den Füßen, und das Wasser reichte ihr bis zur Hälfte des Oberschenkels. Sie halfen ihr, als sie aus dem Wasser kletterte. Sie kam ins Lager, nahm eine Decke und verschwand hinter ein paar Felsen, während die Männer wieder einen Kreis bildeten, als wäre nichts geschehen. Doch sie warteten begierig, bis Paula schließlich auftauchte. Sie hatte sich in die Decke gehüllt und ließ lediglich die Knöchel und den weißen Arm sehen, der einen schwarzweißen Haufen nasser Wäsche an den Körper drückte. Die Blicke der Männer folgten begehrlich der neuen und faszinierenden Silhouette.

«Wer eine Decke sein könnte!» murmelte der Rubio, der das gleiche wie alle dachte.

«Wer eine Eidechse sein könnte, verdammich!» explodierte der Seco, «daß man heimlich mit den Beinen voran reinkriecht.»

Niemand setzte das Gespräch fort. Paula, die sich dem Feuer näherte, blieb einen Augenblick stehen, und dann bog sie zu der Sandfläche ab, die flußabwärts lag.

«Komm ran zu uns, Mädchen», rief ihr der Cacholo nach.

«Nein. Ich will mich in der Sonne trocknen», erwiderte sie in entschiedenem Ton.

Nachdem alle eine Zeitlang geschwiegen hatten, beendete der Americano die Mahlzeit und stand auf.

«Kleiner», sagte er zum Galerilla, «nimm einen Armvoll Holz und komm mit.»

Er holte ein paar lodernde Äste aus der Glut und entzündete damit ein Lagerfeuer für Paula. Sie saß im Sand, bei ein paar Felsen, auf denen sie ihre Wäsche zum Trocknen ausgebreitet hatte. Vom Lager aus beobachteten die Männer jene drei Silhouetten, die Wäsche und den Rauch des Lagerfeuers. Schließlich kam der Americano zusammen mit dem Kleinen zurück.

«Paula geht fort», sagte er lediglich.

Ein tiefes Schweigen folgte.

«Im Grunde», begann der Cuatrodedos, «ist es vielleicht das beste. Es ist Sünde.»

«Und warum?» sprang der Cacholo hoch. «Warum sollte das arme Mädchen weggehen? Weil zwei oder drei von euch geile Böcke sind? War es denn nicht schön, sie bei uns zu haben! Für mich war das, als hätte ich eine Tochter, als wäre ich ganz zu Hause... Bei so vielen Flößen hätten wir gern eine Frau dabeigehabt, bloß um sie anzusehn und die Einsamkeit loszuwerden, und jetzt, wo wir eine haben, grault ihr sie weg... Ihr Tiere! Ihr hättet es nicht mal verdient, eine Mutter zu haben!»

Die Männer schwiegen. Ängstlich meldete sich der Galerilla:

«Und Sie lassen sie fort, Chef?»

«Verdammter Blödsinn, ob sie fort soll oder nicht!» richtete sich der Seco hoch. Und er lief zu Paula, wobei ihm die übrigen folgten.

«Vielleicht bin ich ein Esel, Paula», rief er, als er bei ihr war; «aber ich schwöre dir, daß du weiter hierbleiben kannst, als wärst du meine Tochter. Geh nicht fort und kümmere dich nicht um diesen Haufen von rohen Kerlen, wie wir's sind.»

Paula, die den weißen Arm unter die Decke zurückgezogen hatte, als die übrigen Männer kamen, sah demütig auf.

«Wo ihr doch recht habt, Seco; wo ich doch störe. Ständig gieße ich Öl ins Feuer... Ihr Männer seid so; da läßt sich nichts machen.»

«Die Männer und – verdammich! – die Frauen auch... Aber von jetzt an machst du einen dicken Strich, und wer zu weit geht, dem schlag' ich den Schädel ein. Und wenn's der Seco selber ist.»

Paula konnte ein Lächeln nicht unterdrücken. Als der Cacholo sie ansah, bekam er neuen Mut:

«Wohin wolltest du gehen, Mädchen? Wo wir dich gern haben!... Wohin wolltest du gehen?» drängte er.

Paula machte eine vage, noch unschlüssige Geste. Doch ihr Mädchen-mund bekam einen sanfteren Ausdruck.

«Also, ich werd' ja sehen», sagte sie.

«Bleib hier, Paula, bleib hier!» rief der Galerilla.

«Du kannst hierbleiben, wenn du willst», versprach der Americano. «Die Sache ist erledigt.»

Paula betrachtete die bittende Gruppe. Sie sah zu Dámaso hinüber, der das Zerrbild eines Lächelns zeigte, und sie nahm die Herausforde-rung an. Sie sah zu Antonio hinüber, und ihr Herz entschied sich.

«Ihr meint es alle sehr gut», lächelte sie. «Aber laßt mich jetzt allein.»

«Bravo!» schrie der Seco. Und alle stimmten in seinen Ruf ein.

«Wie eine Schwester, he?» warnte Paula.

«Ja», bestätigte der Seco den Pakt. «Aber hör zu! Das gilt für alle. Daß ihr das richtig begreift. Wenn du einen ansiehst, wenn du nur einen einzigen ansiehst, wo ein Mann ist, da kommt zuerst der Seco. Das gilt für alle... Einverstanden?»

Lächelnd nickte Paula.

«Also dann – los, ihr Esel! Habt ihr nicht gehört? Laßt sie allein!»

Paula blieb dort im Sand sitzen und fragte sich besorgt, was wohl der Grund für Secos Worte war. Die Männer bildeten wieder einen Kreis.

«Woran denkst du, Seco?» fragte Correa.

Langsam kam die Antwort aus dem Faunsmund, als hätte man sie überraschend den Tiefen einer Zwangsvorstellung entrissen.

«Ihre Wäsche... Habt ihr auf ihre Wäsche achtgegeben?»

Er fuhr sich mit der riesigen Hand durch den struppigen Bart. Es gab keine Antwort – wozu auch? Trotz ihres Verlangens, ihres wahrhaftigen Wunsches, Paula keine Schwierigkeiten mehr zu machen, hatten sie die weibliche Wäsche mit den Augen verschlungen.

«Verdammt noch mal!» sagte der Rubio. «Wenn man erzählt, daß so eine Frau die vielen Nächte bei uns geschlafen hat, ohne daß wir was mit ihr angefangen haben... Da wird es heißen, daß wir überhaupt keine Männer sind oder so was.»

Unmerklich spannten sich Antonios Muskeln an. Doch bevor er etwas sagen konnte, stand der Seco auf, wobei ihn der Americano lächelnd beobachtete:

«Schluß damit! Haltet den Mund! Sind wir nicht schon alle einver-standen? Also, dann schnallt den Gürtel enger und haltet den Mund!»

Sie gingen einzeln an die Arbeit. Shannon erklärte dem Americano, als sie gemeinsam zu ihrem Platz liefen, er sei immer noch besorgt.

«Vorläufig ist das geregelt», der Americano lächelte. «Der Seco ist leicht zu lenken: Er hat viel Temperament, aber ein sehr gutes Herz. Was er gesagt hat, dafür steht er ein. Übermorgen denken außerdem alle an etwas anderes, wenn es den Stierkampf und das Fest in Sotondo gibt. Aber danach muß man aufpassen, das hab' ich ihr schon gesagt... Wir kommen aus dem Gebirge hinaus, und wenn wir weiter unten die Ebene erreichen, bricht der Frühling über uns herein, den man hier nicht spürt. Ach, der Frühling! Ich erinnere mich, wie herrlich es dort in den heißen Ländern war, sich im Schatten auszustrecken, wenn die Hitze kam... Und wenn ein Freund sich eine Gitarre nahm oder ein hübsches Mädchen zu singen anfing, dann...»

Ja, der Frühling drang für die Flößer schneller als für die Bauern herein, denn zur normalen Abfolge des Kalenders kam der Abstieg aus den Bergen hinzu. Nicht nur der Frühling näherte sich ihnen, vielmehr eilten sie ihm entgegen, um sein kraftvolles Wirken zu erleben.

Auch Paula nahm wie alle übrigen den tiefen Wandel der Welt wahr. Der Stamm wurde weich und sanft, auf dem sie kniete, um im Fluß abzuwaschen; das Wasser wurde wohlig warm, die Luft erregend, der Abend lieblich... Auf einmal fühlte sie das gleiche wie an dem Tag, da ihr der Mann begegnete. Es war nicht der Frühling. O ja, o ja, es war der Mann, denn dort stand er.

Dort, hinter ihr, auf die Flößerstange gestützt. Als sie an die Ereignisse dieses Tages dachte, fuhr sie erschrocken zusammen:

«Geh fort, du, geh fort, sie können uns sehen.»

«Hab' ich keinen Namen?»

«Antonio...», sie kostete das Wort aus, ohne daß sie sich beherrschen konnte. Dann hatte sie sich wieder in der Gewalt. «Antonio, du mußt gehen! Sie fallen über dich her!»

«Die woll'n zum Essen...», erklärte er geringschätzig. Und er lächelte, als er hinzufügte: «Sind wir so deutlich zu sehn?»

«Du hast ja gehört: ganz gleich, wer es ist», antwortete Paula ausweichend.

Aber Antonio kniete neben ihr nieder und raunte ihr ins Ohr:

«Vor allem, wenn's nicht irgendwer ist.»

«Bleib ruhig, Antonio... Überleg doch, dann müßte ich fort, und das will ich jetzt nicht.»

«Besser wär's. Du gehst nach Hause und wartest auf mich.»

«Ich hab' kein Zuhause.»

Der Mann stellte keine Fragen, als er die gerührt und ängstlich blik-

kenden Augen sah, in denen jedoch keine Erklärung zu lesen war. Er
sagte lediglich:

«Das ist Schicksal: Wir sind gleich... Ich freue mich, daß du weiter
dabei bist; es geht schon alles vorüber. Dazu bin ich da und auch andere.»

«Genau. Francisco, Quintín, Correa, Chepa, sogar der Seco und...
der Royo.»

«Wer?»

«Der Irländer.»

«Warum hast du ihm diesen Namen gegeben?»

«Sieh mich nicht so an. Das ist sein Name.»

«Der schafft es nicht, dich mir wegzunehmen, ach was! Aber mir
geht's auf die Nerven, wie er dich anstarrt. Ich will, daß du nicht mal an
ihn denkst.»

‹Lieber Gott, ob er eifersüchtig ist?› fragte sich Paula glücklich. Und
diese Freude weckte ihre Lust wieder, mit dem Mann zu spielen.

«Weil du es sagst?» provozierte sie.

«Na klar!»

«Und wer bist du schon, wo wir nie über irgendwas geredet haben?»

«Reden!» wehrte er geringschätzig ab. «Wozu reden! Was müssen ein
Mann und eine Frau reden, wenn sie Blut in den Adern haben und wissen, was man wissen muß! Haben wir uns nicht schon am ersten Tag tief
ins Herz geschaut?... Oder hab' ich was Falsches in deinem Gesicht
gelesen, immer wenn ich's angeschaut habe?» sagte er schließlich wütend. Und heftig zwang er sie, sich umzudrehen und ihn anzusehen.
Allmählich erschien ein Lächeln auf seinen Lippen. «Reden, ach was!»

«Was bleibt mir übrig», bekannte Paula nachgiebig, «wenn es so kommen mußte... Und danach machst du mit mir das gleiche wie alle, sobald ihr eine Frau soweit habt: Ihr werft sie weg... Ach, Antonio, denk
dran, ich bin nicht so eine! Es zerreißt mir das Herz, diesmal bringe ich
mich um, Antonio, ich habe nichts mehr!»

Sogar dieser selbstsichere Mann ließ sich von der Wahrheit rühren, die
tief in diesem Ruf steckte. Sein Lächeln verschwand, und ernst erklärte
er:

«Diesmal ist es, damit du leben kannst.»

Ein Seufzer und Schweigen. Ein Schweigen, in dem man das schnell
dahinströmende Wasser, die bebenden Zweige, die lauten und durch-
dringenden Vogelrufe hörte. Der Mann wiederholte beinahe wörtlich
einen Satz, den er bei ihrer ersten Begegnung gesagt hatte:

«Dein Krug läuft über, Mädchen.»

Erschrecken und Rückkehr zur Erde, zu ihren Gefahren. Die scharfe Schneide der Furcht.

«Aber nun geh, geh endlich, mein Gott!»

Ruhig steht Antonio auf und entfernt sich. Und selbstsicher verkündet er:

«Die sind blind. Wenn sie's nicht wären, he, dann wär' ich zu spät gekommen!»

Aber nein, sie waren nicht blind. Nach dem Abendbrot wurde Antonio vom Seco beiseite genommen:

«Zwei Worte, Bruder... Wozu bist du so lange zurückgeblieben, als wir ins Lager gegangen sind?»

«Mann, Seco, willst du mir die Zeit vorrechnen?»

«Deine Rechnungen wisch' ich mir am linken Hinterbein ab..., aber die Paula war am Fluß, und wenn du dort rumläufst, bist du auf Abwegen, mein lieber Junge. Wenn ich mich zusammennehme, dann nehmen sich hier alle zusammen.»

«Aber, Seco...»

«Damián heiß' ich, wenn von so was geredet wird... Und hör genau zu: Paula ist hier für alle da. Im guten, wenn wir's alle gut meinen; und im bösen, wenn wir was Böses vorhaben. Kapierst du das? Aber für alle.»

«Schon gut, das weiß ich ja.»

«Na, wenn du's weißt, dann benimm dich auch so, als wenn du's weißt. Das ist die Melodie, nach der hier getanzt wird, und die Musik dazu mache ich. Sollte jemand nicht einverstanden sein, können wir uns gleich mit der Gitarre die Köpfe einschlagen.»

«Paß auf, Damián; ich will nicht behaupten, daß mir das Mädchen nicht gefällt; aber...»

«Sonst würd' ich dir auch ins Gesicht sagen, daß du lügst!»

«Aber ich bin ganz einverstanden mit dem, was du gesagt hast.»

«Na, dann vergiß es nicht.»

Gleichmütig kamen sie zurück, doch alle konnten sich vorstellen, was die beiden besprochen hatten. ‹Ja, das ist der Frühling›, dachte Shannon. Er raubte diesen aus Holz und Stein geformten Männern die Ruhe, selbst nachdem sie erschöpft eingeschlafen waren. Was man kaum erwartet hätte: Manchmal hörte man sogar einen Seufzer. Und das kam, weil es in der Nacht etwas gab, das zugleich erregte und bedrückte. Shannon konnte es nicht aushalten, ohne sich zu bewegen. Er warf die

Decke zur Seite und entfernte sich langsam, um einen Spaziergang zu machen.

Er gelangte zum Fluß, dann ließ er das Ufer hinter sich und lief um das Wasserbecken eines aufgegebenen Mühlwehrs. Und wieder irrte er ziellos über die Felder... Unglaublich: Selbst die Erde bewegte sich zuckend. Sie sprang tatsächlich nach oben. Die Augen täuschten ihn nicht: Trotz der Dunkelheit war zu erkennen, daß die kleinen Erdbrokken zwischen den Grasbüscheln hochhüpften. Hier und da spritzten die Klumpen empor, wie Tropfen aus kochendem Wasser, wie fortwährende Schläge im nächtlichen Schweigen.

Nein, es war nicht die Erde, es waren Frösche! Das stellte er fest, als er zu einem Häufchen kam, das gerade lossprang. Ein Frosch, Dutzende Frösche hüpften ringsum. Nicht in großen Gruppen, sondern jeder für sich. Manchmal trafen sie sich, und gleichgültig entfernten sie sich voneinander, doch alle in derselben Richtung.

Ja, auch die Frösche ließen wie die Menschen den Winter hinter sich und eilten dem neuen Leben entgegen. Sie durchbrachen den Schlamm, in dem sie sich vergraben hatten, um apathisch die Kälte zu überstehen; und mit den duftenden Strömen des Frühlings erwachten sie wieder, gehorchten der ewigen Ordnung der Gestirne. Mitten im Morast hatten sie wahrgenommen, wie das Wasser mit den neuen Binsen, den neuen hastig dahinhuschenden Wasserläufern und den neuen, dicht über dem Wasser schwebenden Libellen erbebte. Vielleicht wurden sie auch von den tiefer dringenden Wurzeln der Schwertlilien gekitzelt, oder die sich ausdehnende Erde selber stieß sie nach draußen. Und die Frösche lösten sich aus ihrer klebrigen Hülle, noch mager und blaß kamen sie an die Oberfläche der wiedergeborenen Welt. Weit sperrten sie das groteske Maul auf, sie atmeten die Luft in tiefen Zügen ein, ließen die Glotzaugen hin und her wandern. Nach und nach erinnerten sie sich an die zielsicheren Zungenschläge, mit denen sie Insekten fangen, und an die federnden Muskeln, die das ganze Geschöpf in freudigem Sprung emporschleudern. Dann ließen sie den Schlamm hinter sich, um nach einem anderen Leben zu suchen. Sie witterten, orientierten sich und begannen die Wallfahrt zum neuen Naß des Jahres, zum neuen Universum.

Rund um Shannon rückten sie vor, ohne ihn zu sehen, ohne einander zu sehen, ohne zu sehen, allein darauf achtend, daß sie sich dem Magneten des neuen Wassers immer weiter näherten. Sie fielen ins Gestrüpp, in ein Loch, auf einen Erdklumpen. Einerlei. Unermüdlich sprangen sie abermals hoch, blind und taub für alles, was nicht der magische Ruf war.

Shannon paßte seine Schritte dem phantastischen und stummen geheimnisvollen Galopp an. Gemeinsam mit den Fröschen gelangte er zum Stauwasser des Mühlwehrs, und er sah, wie sie dort ekstatisch innehielten, von den silbern schimmernden Strohhälmchen fasziniert, die über die schmale Mondsichel gestreut waren. Ein paar tauchten im Wasser unter; andere verharrten und genossen den Augenblick. Vor sich hatten sie die reichliche Nahrung, die Feuchte und das Glück des Sommers.

Nun beobachtete er, wie ein Frosch sich einem anderen näherte und dabei ein sanftes, beinahe liebliches Quaken hervorbrachte, das in einer leidenschaftlichen Schwingung ausklang, und wie beide sich in einem komischen, beinahe grotesken Tanz zu drehen begannen. Andere Paare machten das gleiche, und dieses Ufer wurde zu einem Hof von Troubadouren, einem Feld der Liebe, einer Lagerstatt voller Umarmungen. Shannon stellte sich vor, wie im Verlauf der Tage allmählich unzählige, zusammenklebende Pakete aus kleinen Eiern im Wasser auftauchen würden. Sie würden zum Grund hinabsinken, und dort, im Schlamm, sollten sie gleich den ersten Lebewesen vor Jahrmillionen aufquellen. Monströse Wesen, die halb Fisch und halb vierfüßiges Tier waren, würden ebenso wie damals den gierigen Angriff auf Insekten und Larven eröffnen, um sich Nahrung für seltsame Metamorphosen zu verschaffen. Und so würde es weitergehen, bis die Sonnenglut endete und sie in Schlamm und Lethargie zurücksänken, dem ewigen Zyklus der Jahreszeiten gehorchend.

Shannon blickte auf, er atmete die feuchte, mit Gerüchen einer fruchtverheißenden Fäulnis gesättigte Luft, und oben erblickte er den makellos reinen Bogen des Mondes. Beinahe hätte er ihm wie einer Muttergöttin, einer unsterblichen Isis sein Gebet gewidmet, um ihm für die Lebenskräfte zu danken, die sich durch die Liebe auf immer erhalten. Doch das war unnötig; diese Wesen machten es bereits an seiner Stelle. Zuerst waren es ein paar, hierauf schon viele, und schließlich durchlief die Kehlen der Lurche ein rhythmisches Zucken wie ein unermeßlicher nächtlicher Trommelwirbel. Und das Lärmen der wiedergeborenen Frösche, in dem noch die Liebesspiele nachhallten, wiederholte den ewigen Dankesritus, der den Göttern von den Seen des Ursprungs – im Zeitalter des Feuers und der Sintfluten, bevor Pferd und Menschen kamen – gewidmet wurde. Rauh, einförmig, mißtönend, aber präzise und zwanghaft bis zum Sinnenrausch waren sie die echteste Stimme, mit der sich die winterliche Lethargie des Planeten durchbrechen ließ.

Ja, das Ende des Winters war gekommen. Am nächsten Tag rückten die Männer an einem Fluß vor, der sich seinen Weg schon nicht mehr durch so viele quälende Felsen bahnen mußte, und sie atmeten eine Luft, die gleichsam von einer neuen und fremden Art war. Das Wasser vollendete seinen Sieg über die Steinmassen des Gebirges. An diesem Nachmittag – nur noch einen Tag vor der Ankunft in Sotondo – erblickten sie die Fähre zwischen Morillejo und Carrascosa, und sie entdeckten die weiten, dort beginnenden Felder, die niedrigen Erhebungen und Abhänge, die von den Tetas de Viana beherrscht werden, den beiden Zwillingsgipfeln von La Alcarria. Und sie empfanden die Rührung, wie sie alle Wallfahrer der Geschichte empfinden, wenn sie endlich das Land der Verheißung schauen.

TSCHAN

ist der Drache, der Ungestüme,
die Heerstraße, der Gelbe,
der Starke und der Lüsterne,
der junge Bambus, die Trommel.

Ist der Nordwesten,
bringt den Frühling.

(*Kommentare zum* I KING,
dem «Buch der Wandlungen»)

SOTONDO

Und auch in dieser Nacht wirkten die laue Luft, die von der Erde aufsteigenden Dünste und der Sternenglanz so beunruhigend auf Shannon, daß
er sich am Ende entschloß, aufzustehen und einen Spaziergang zu machen. Langsam lief er auf einem Pfad den Hügel hinauf. In der Dunkelheit war das Bett des Tajo an dem sich verdichtenden Nebel zu erkennen, der bereits den Morgen ankündigte.

Noch bevor Licht und Farben erschienen, begann der Tag mit dem
ländlichen Brodem, der den Geruchssinn reizte. Bald breitete sich indes
die Morgendämmerung in tausend unsagbar fein abgestuften Tönen
– von Indigoblau bis Goldgelb – über den Himmel aus. Plötzlich lief ein
Rebhuhn wippend los und erhob sich mit ein paar Flügelschlägen. Voller Wonne ließ es einen Augenblick den schweren Körper ruhig in der
Luft schweben. Ein dicker, hellgefärbter Hase und auch einige lebhafte,
dunkle Kaninchen sprangen beinahe vor Shannons Füßen verängstigt
aus ihrem Lager auf. An einem Gebüsch waren Kampfspuren, aufge-
wühltes Erdreich, ausgerissene, ja sogar blutbefleckte Haare und Federn
als Zeichen eines grausamen Opfers zu sehen, mit dem die Wiedergeburt
des Jahres beschworen wurde.

Und da stieg eine Melodie empor, als wäre auch sie ein lebendiges
Wesen. So rein und so beschwingt, doch zugleich so archaisch und so
tiefgründig, daß sie der erste Seufzer der erwachenden Erde zu sein
schien. Dieser schwache Klang erfüllte das Universum. Es waren nur
drei Noten, sie enthielten aber ein ganzes flehentliches Gebet zum auferstandenen Lebensstrom.

Etwas weiter oben entdeckte Shannon den Musikanten: einen uralten
Hirten, der einige Schafe hütete. Shannon ging zu ihm und knüpfte mit
ihm ein mühseliges Gespräch an, bei dem er nahezu alles erraten mußte,
denn der Mann sagte kaum etwas. Er konnte seine Gedanken schwer in
Worte fassen, weil er in der Einsamkeit fast ganz aus der Übung gekommen war. Ausgezeichnet verstand er sich hingegen mit dem Hund, indem er ihm kurze kehlige Anweisungen zurief, um die Herde zu leiten.
Neben ihm, auf einem Stein, lagen seine Hirtentasche und das schönste
Trinkhorn, das Shannon in seinem Leben gesehen hatte; es war aus

einem weißen und sauberen Stierhorn gefertigt und mit sorgfältigen Zeichnungen geschmückt, und es trug einen genau passenden Deckel aus Wacholderholz.

Der Hirt bemerkte, daß Shannon es bewunderte. Er zeigte Shannon den aus Sternen bestehenden Schmuck, der mit dem Grabstichel eingeschnitten war, und die einfachen, mit dem Messer geritzten Ornamente. Der schwarze Finger des Alten deutete auf ein paar Anfangsbuchstaben und ein Datum – *L. S. 1885* – und daneben auf ein ungewöhnliches Motiv, das wie ein verschlungenes Herzmuster aussah.

«Das Herz des Lebens, das Herz des Lebens», sagte der Greis. Und er wiederholte es noch einmal: «Das Herz des Lebens.»

Dann führte er die Rohrflöte an die Lippen und spielte wieder seine altvertraute Melodie. Der Himmel vor ihnen hatte die Indigofarbe verloren, er war nicht einmal mehr azurblau. Nach ein paar flüchtigen grünlichen Pinselstrichen nahm er deutlich gelbe Töne an, die zuerst blaß waren und später kräftiger leuchteten. Wie sich die glühende Kugel weitet, wenn Glas geblasen wird, so wuchs das himmlische Gold unter der Beschwörung der Flöte und ließ die Kammlinie der Berge messerscharf hervortreten. Auf einmal verstummten die Klänge, und alles schien ekstatisch innezuhalten. Der Hund hob die Augen, in denen sich das Erstaunen des Tiers spiegelte. Doch jener Hirte der Welt steckte die Flöte in den Beutel, und als er die Hand herausnahm, zeigte er Shannon eine andere Flöte; sie war nicht aus Rohr, sondern aus Knochen.

«Von einem anderen Hund…», sagte er. «Der war mutiger!… Ein Wolf hat ihn getötet.»

Fast inbrünstig setzte er sie sich an die Lippen, und er blies auf jene Stelle, wo sich das Mark des Lebens befunden hatte. Es erklangen dieselben Noten, doch in einem anderen, schärferen, ungestümeren und magischeren Ton. Sogleich antwortete die Sonne und ließ ihre blendende Scheibe über dem Schmelztiegel des Horizonts erscheinen.

Schweigend wartete Shannon, bis er sah, daß sich die Sonne ganz von der Erde löste. Dann kehrte er zum Fluß zurück, wo sich der Nebel schon zerstreut hatte und eine Lichtspur durchscheinen ließ. Im Wäldchen brachen gerade die Knospen der Pappeln, Erlen und Weiden auf. Aus Wunden in den Stämmen einiger Bäume tropften zähe und dunkle, halb geronnene Säfte. Doch vielleicht waren es vor allem die Vögel, die mit ihrem dem Luftreich verhafteten Empfindungsvermögen am tiefsten in die Wiedergeburt des Universums eintauchten. Der Kiebitz rief hartnäckig, der Distelfink sang sein inbrünstiges «Tiglitt-tiglitt», und eine

Bachstelze flog dicht über dem Wasser hin und her, von dieser Balkendecke verwirrt, die es ihr nicht einmal erlaubte, sich eine Flügelspitze zu benetzen. Ja, vielleicht waren es die Vögel: An irgendeinem anderen derartigen Morgen würde schon das verblendet eigensinnige Lied der Feldlerche zum ersten Mal erklingen. Einige Vögel begnügten sich nicht mit dem Gesang; so etwa eine Haubenlerche, die Material für ihr Nest suchte und zusammentrug. Ja, die Vögel; doch im Wasserreich wimmelte es auch von Libellen, Wasserläufern und jungen Larven. Und welches Wunder waren diese zwei graziösen, faszinierenden Wasserschlangen, die in gleichlaufenden Windungen, in beinahe vollkommenen Wellenbewegungen dahinglitten und keine Furchen zogen, weil sie so geschmeidig wie das Wasser selbst waren!

Ach! Nun begegnete ihm Paula, und sie schien ihm anmutiger und fröhlicher als je zuvor. Er sah sie so merkwürdig an, daß sie erstaunt fragte:

«Ist irgendwas mit mir?»

Was war mit ihr? Sie war angezogen wie immer, trug dasselbe Kopftuch und dieselben Bastschuhe. Aber erwuchs die sie umgebende Aura der Grazie nicht ebenfalls aus der geheimnisvollen Melodie des Hirten? ‹Das Herz des Lebens!› erinnerte sich der arme Shannon. Und mit zusammengeschnürter Kehle grüßte er sie mit einer ohnmächtigen Geste und unterwarf sich ganz dem kraftvoll aufbrechenden, siegreichen Frühling. In dieser Stimmung kam er zum Lager, wo lebhaftes Treiben herrschte, weil man sich auf das Fest in Sotondo vorbereitete.

Für den Ort war der traditionelle Stierkampf ein zwiespältiges und einzigartiges Fest, dem man halb freudig und halb besorgt entgegensah. Manche alten Leute versteckten für alle Fälle sorgfältig ihr Geld, doch die kleinen Kinder sprangen aufgeregt hin und her. Bei den jungen Mädchen vereinten sich solch widersprüchliche Gefühle am besten. Schon seit Tagen sprachen sie auf dem Weg zum Brunnen über jene übel beleumundeten Männer, und sie spürten, daß sie im Innersten aufgewühlt waren, ein bißchen so wie beim Hinabstürzen auf einem Schaukelbrett oder in einer Schiffsschaukel. Sie äußerten sich geringschätzig über die Männer vom Fluß, doch dabei überlegten sie, welche Trachten ihre Blicke am stärksten auf sich ziehen würden, ohne daß sie sich der Kritik des Ortes aussetzen wollten, natürlich. Verlobte junge Burschen warnten mit ernster Miene ihre Bräute, falls sie sich nicht tadellos benehmen würden, müßten sie als ganze Männer ihnen den Laufpaß geben. Den größten jugendlichen Maulhelden hatte man dafür ausersehen, das Narrenkostüm zu tragen: Er sollte die Flößer nach altem Brauch willkommen heißen. Das Kostüm sah wie ein Kittel aus, und dazu gehörten eine grobe Teufelsmaske, Schellen an den Knöcheln und am Gürtel sowie eine Klapper in der Hand.

Unverhofft erklangen die Glocken in der morgendlichen Luft. Als der Herr Pfarrer sie läuten hörte, sprang er vom Stuhl hoch und ließ beunruhigt das Brevier fallen, bis er sich schließlich der Ankunft der Flößer erinnerte. Er unterbrach seine Gebete, seufzte und stieg zur Flußseite hinab, während er sah, daß dort, wo Onkel Gabinos Hütte für das trächtige Vieh lag, eine Gruppe von Männern herankam. Mit den wie Lanzen geschulterten Stangen ähnelten sie Pikenieren aus alten Zeiten. Der ganze Ort erwartete sie schon, die Leute hatten sich bei den ersten Häusern zusammengefunden.

Die Flößer erblickten die dichtgedrängte Gruppe der Dörfler: den braunen und schwarzen Cordsamt der Männertracht, die hellen, schmalen Gesichter der Kinder, die Soutane des Pfarrers. Nicht nur der vom Americano geführte Spitzentrupp traf ein, es kamen auch drei oder vier andere Trupps aus dem mittleren Abschnitt. Der Flußmeister sollte später erscheinen, zusammen mit den Nachzüglern. Insgesamt ein halbes Hundert Männer.

«Gibt's keine Mädchen im Dorf?» wurde der Seco vom Rubio gefragt, als dieser keine bunten Frauenkleider entdeckte.

«Die werden schon unter den Rockschößen ihrer Mütter hervorkommen... Und die Mütter kommen auch hervor, mach dir keine Sorgen. Da gibt's für jeden was.»

Benigno Ruiz, der Dorfgewaltige, der mit den Landleuten zusammenstand, entdeckte etwas Merkwürdiges bei den Flößern.

«Aber haben die etwa eine Frau dabei, Baldomero?»

«So sieht es aus, Señor Benigno. Das wird ja kein Flößer in Weiberröcken sein.»

Inzwischen kamen die Fremden näher, während die Glocken weiter läuteten. In Shannons Vorstellung erschien ein ganz und gar städtisches Gedankenbild: das von Menschengruppen, die sich auf beiden Straßenseiten gegenüberstehen und auf grünes Licht warten, damit sie auf die andere Seite gelangen können.

«He, ihr guten Leute!» rief der Americano. «Hier kommt wieder einmal das Schlimmste, was es auf dem Lande gibt.»

Der Bursche im Narrenkostüm rückte zu den Flößern vor, er klimperte lebhaft mit den Glöckchen und ließ die Klapper fürchterlich schnarren. Die kleinen Kinder umringten ihn; und zwei oder drei Hunde, die eher verwundert als erschreckt waren, bellten die Spottfigur an. Diese bewegte sich einen Augenblick mit großen Sprüngen hin und her, als wäre sie ein böse Geister abwehrender Wilder.

«Wir kommen in Frieden, und wir halten Frieden», sagte der Americano, nachdem er dem Maskierten genug Zeit gelassen hatte, seine Drohgebärden auftragsgemäß vorzuführen. Und er brachte den traditionellen Versöhnungssatz zu Ende: «Wir wollen das Lamm bringen und den Stier töten.»

Da verbeugte sich der Kostümierte, er stellte sich an die Spitze der Flößer und lief ihnen voraus, als sie im Dorf einzogen. Der Americano sprach ein paar Worte mit dem Bürgermeister und dem Pfarrer; die Leute vom Fluß erkannten einige von den Dörflern wieder, doch es kam nicht zu einer wirklichen Vermischung der beiden Gruppen. Die sich über den Köpfen erhebenden spitzen Haken der Holzstangen gaben dieser Truppe weiter ein angriffslustiges Aussehen.

Mehrere Flößer fanden gleich die Schenke wieder, und sie fragten sogar die Wirtin nach ihrer Tochter, die nun schon eine richtige Frau sein müsse. Andere gingen zum Platz weiter. Benigno Ruiz, der keine Baskenmütze, sondern einen Filzhut und außerdem eine Kette und einen großen Ring aus Gold sowie eine Weste trug, wandte sich laut an den Americano, neben dem Paula lief:

«Wie weit ihr es gebracht habt! Früher habe ich nie gesehen, daß die Flößer ein Mädchen dabeihatten.»

«Sie hat sich uns nur bis Trillo angeschlossen, dort bleibt sie», erklärte der Americano. «Die Eltern sind Freunde von uns.»

«Wenn sie meine Tochter wäre, würde ich es nicht erlauben, daß sie mit euch geht», entgegnete Ruiz. «Ihr seid viel zu schlimme Kerle, und sie sieht viel zu gut aus... Wirklich, das würde ich ihr nicht erlauben.»

Mehr als die Worte ließen der scharfe Blick und die Hängelippe, an der ein Zigarrenstummel festklebte, dieses Kompliment zweideutig und abstoßend wirken. Auf dem Weg zum Platz starrte Ruiz das Mädchen weiter begehrlich an.

«Wer macht in diesem Jahr den Stier?» fragte Cuatrodedos den Negro.

«Irgendeiner. In dem Dorf hier haben alle das Zeug dazu.»

Der Platz lag auf einem leicht ansteigenden Gelände. Auf dem höheren Teil war an der halben, den Kirchenvorhof umgebenden Mauer so etwas wie eine Tribüne aufgebaut, die drei oder vier Stufen in der Mitte hatte. Dort saßen schon viele Frauen, junge und alte, und hinter ihnen standen einige ernste und würdevolle Männer, die Basken- oder Schirmmützen trugen. Im Winkel dazu, bei einem Haus, das als einziges am Platz mit einem Balkon geschmückt war, hatte Ruiz auf zwei Wagen ein Podest vorbereitet, so daß er zusammen mit seinen Gefolgsleuten dem Schauspiel beiwohnen konnte und sich dabei in gebührender Höhe über dem gemeinen Volk befand. In einer widerwärtig zuvorkommenden Haltung führte er Paula und den Americano dorthin. Shannon entschloß sich, beim Podest stehen zu bleiben. Antonio der Findling stellte sich neben ihn. Die übrigen Leute verteilten sich um den Platz, und die Dörfler hatten sich bereits etwas mehr mit den Flößern vermengt. Auf den Tribünenstufen am Kirchenvorhof bildeten schließlich der Dorfbürgermeister, der Herr Pfarrer, der Gemeindediener und noch ein alter Mann die Gruppe, die den Vorsitz übernahm.

Auf einmal blies der Gemeindediener in das Horn, mit dem er seine öffentlichen Bekanntmachungen einleitete, und schlug dazu die Handtrommel. Lärmend stürmte der Bursche im Narrenkostüm auf den Platz; mit seinen Sprüngen bedrohte er die Kinder, und er erreichte, daß diese zurückwichen und die kleinsten sogar weinten. Nachdem er den Platz umrundet hatte, verschwand er in der Schenke, und der Gemeindediener stieß wieder ins Horn. Tiefes Schweigen senkte sich auf den Platz herab, was ihn nun größer scheinen ließ. Deutlich nahm Shannon bestimmte Einzelheiten wahr: einen Kopf, der sich an einem Fensterchen zeigte, einen großen Vogel, der ganz hoch am Himmel schwebte und sich vor die blendende Sonne schob.

«Der Stier, der Stier!» kreischte hysterisch ein junges Mädchen.

Der Stier sprang aus der dunklen Türöffnung der Schenke auf den Platz, als hätte der tausendjährige Schrei ihn heraufbeschworen. Es war jemand, der sich in eine braune Decke hüllte und einen zerfaserten Strick als Schwanz benutzte. Um einen echten Stier nachzuahmen, lief er gebeugt, und vor den Körper hielt er sich ein Holzgestell mit zwei ungeheuren Hörnern. Die Sprünge und Läufe verrieten, daß es sich um einen gewandten jungen Burschen handelte.

«Den machen wir auf der Stelle fertig», sagte schnell ein Flößer.

Doch der Kampf war erst für den Nachmittag vorgesehen. Jetzt sollte man nur das rassige Aussehen des Tieres bewundern, und die Leute lobten es mit Späßen oder groben Komplimenten. Das war ein günstiger Moment, um Beziehungen anzuknüpfen: Einige Flößer fragten die Mädchen, ob dies ihr Bräutigam sei. Die Mädchen lachten und taten, als seien sie beleidigt, und die Unterhaltungen, die Sticheleien und die Erklärungen, mit denen man ins Gespräch kommen wollte, flogen auf dem ganzen Platz umher. Schon erhob sich das Stimmengewirr einer erregten Menge: Schreie erklangen, weil der Stier losstürmte, als wollte er die ringsum stehenden Leute angreifen.

«Ein stattliches Tier, was? Gefällt Ihnen der Stier?» wurde Paula von Benigno gefragt.

«Der ist so weit weg...», sagte das Mädchen, um einer Antwort auszuweichen.

Ruiz stand auf.

«Stier!» brüllte er. «Komm her und sei ruhig!»

Der Stier, der bei dem Schrei zunächst erstarrt war, näherte sich fügsam.

«Kannst du ihn gut sehen, Mädchen?» Und dann wandte er sich an das Tier und fragte weiter: «Was denn, stören dich die Hörner?»

Das klobige Holzgestell bewegte sich verneinend von einer Seite zur anderen, wozu die Leute lachten.

«Sie haben dir nämlich reichlich große aufgesetzt.»

Das Holzgestell gestikulierte bejahend, während man die Späße des Führers der Ruiz-Sippe von Sotondo noch lauter rühmte.

Dieser bekundete nun schon seine absolute Macht, als er sich geringschätzig wieder vernehmen ließ:

«Scher dich fort und zeig deine Sprünge, du elender Kerl!»

Mit einer Kapriole entfernte sich der Stier.

«Der macht mit den Leuten, was er will», sagte nun zu Paula eine Schwester Benignos, eine Frau, die so ausgedörrt war, als wäre sie in Salzlake eingepökelt. «Fast alle schulden ihm Geld.»

Ruiz nickte zufrieden mit dem massigen Kopf, während er eine Zigarre aus der Tasche holte. Er wollte sie anzünden, doch da fiel ihm plötzlich eine höfliche Floskel ein, die er in Madrid gehört hatte, als er dort einmal im Theater war.

«Stört dich der Rauch?»

«Nein», antwortete Paula.

«Genau so gefallen mir die Frauen.»

Unterdessen war ein Haufen Kinder auf den Platz gerannt, und wie Hunde bei den Kampfrunden in den früher üblichen Stiergefechten hetzten sie das Tier. Und der Stier bedrohte sie zwar weiter mit plötzlichen Angriffen, doch er ließ sich zu der im Dunkel liegenden Tür treiben, aus der er hervorgekommen war.

Nun war der Augenblick gekommen, in dem man die Stierkämpfermannschaft bewundern konnte, deren einzelne Rollen die Flößer zuvor unter sich aufgeteilt hatten. An der Spitze lief einer aus dem mittleren Abschnitt, dem sie den Spitznamen «Coleta»[7] gegeben hatten, weil er sich rühmte, er habe in seiner Jugend zum Toreronachwuchs gehört. Ihm folgten mehrere Gehilfen, unter denen Shannon den Negro und den Seco erkannte, und hierauf kamen die Picadores, die von drei Flößern gespielt wurden – einer war der Rubio –, sie saßen auf den Schultern weiterer Flößer und hatte ihre Hakenstangen wie Lanzen eingelegt. Jetzt begriff Shannon, wie nützlich das kleine Kissen sein würde, das sich der angebliche Stier unter die Decke gesteckt hatte, und er befürchtete sogar, daß es kein ausreichender Schutz wäre, wenn diese wilden Kerle zustießen. Alle in der Mannschaft hatten ihr möglichstes getan, um sich zu kostümieren, sie hatten den Hüten mit aller Gewalt die Form von Stierkämpfermützen gegeben und die Hosen und Jacken so zurechtgemacht, daß sie wenigstens kein alltägliches Aussehen boten, wo es schon ausgeschlossen war, sie wie Galakostüme wirken zu lassen. Ihre Stierkämpfermäntel waren Umhänge, die keine allzu scharlachrote Farbe hatten, ausgenommen der des Seco, der blutrot leuchtete und wer weiß woher, von welcher Dulcinea stammte, die seinen betörenden Reden auf den Leim gegangen war.

So drehte die Mannschaft mehrere Runden. Die Männer im Publikum zeigten sich weiter kühl, beunruhigt und eher feindselig, doch die freudigen Äußerungen der Kinderschar erlaubten es, daß ein paar Mädchen applaudierten, ohne allzusehr aufzufallen, und ihnen schlossen sich andere an. Ein Betrunkener wagte es sogar, laut zu rufen:

«Ein Bravo für deine Mutter und deine und deine!»

Es war nicht zu erfahren, woher die Nelke kam, die auf den Platz fiel. Und ihr lebhaftes Rot hob sich von der braunen Erde ab, inmitten der braunen Häuser, und es wurde von den braunen Leuten angestarrt, bis der Coleta, der einen eleganten Eindruck machen wollte, sie aufhob und sich hinters Ohr steckte. Ein Beifallssturm begrüßte diese galante Geste.

Nachdem der erste Teil des Festes mit dem Umzug der Stierkämpfermannschaft beendet war, wollten die Leute gerade auseinanderlaufen, als ein Mann auf den Platz stürmte. Er hatte keine Kopfbedeckung und machte einen verzweifelten Eindruck. Verblüfft bestaunten die Dörfler

---

[7] «Stierkämpfer(zopf)» (Anm. d. Ü.).

den Unbekannten. Nur ein paar Flößer erkannten in dem bäuerlich gekleideten Mann einen Gefährten wieder, der in einem Trupp des mittleren Abschnitts arbeitete.

«Hilfe, Hilfe!» rief er. «Ist kein Arzt da für einen Notfall? Mein lieber
Schatz liegt im Sterben, er stirbt mir weg!»

Einige argwöhnten, daß es ein Spaß wäre; bei vielen erregte der Mann
jedoch Mitleid. Der Gemeindediener trat vor.

«Im Dorf gibt es keinen Arzt, guter Mann...», begann er. Doch als er
dessen spöttischen Gesichtsausdruck erkannte, sprach er in anderem
Ton weiter: «Hören Sie, was gibt es?»

«Meine Frau ist in die Wochen gekommen, und gerade haben die We-
hen bei ihr angefangen. Ach, mein liebes kleines Frauchen! Ach, mein
Lämmchen!»

Die Leute brachen in lautes Gelächter aus. Aus der Tür der Schenke
schleppte man auf einer Bahre, die man aus zwei Hakenstangen und
einer Decke zusammengestellt hatte, den sich wild krümmenden Cacholo. Er hatte sich einen Kittel angezogen, der am Bauch stark aufge-
bläht war.

«Ach, du Heilige Mutter!» schrie er. «Ach, du Heilige Jungfrau von
der Schlimmen Viertelstunde! Wenn du mir hilfst, stifte ich dir eine
Kerze, so groß wie die Hörner des Stiers von Sotondo!»

Der Gemeindediener zog sich würdevoll zurück. Der Dorfbürgermeister wußte nicht, wie er sich bei dieser Erweiterung des traditionellen
Programms verhalten sollte. Er blickte zu Ruiz' Podest hinüber, um zu
sehen, ob er die groben Spaßvögel wegjagen müßte. Benigno war aufgestanden und lachte unflätig:

«He, Leocadio! Behandle du die Frau, wo es keinen Arzt gibt!»

Aus der Menge kam ein Alter hervor, der schelmisch blickte, schlecht
rasiert war und dessen Nase zeigte, daß er sehr gern dem Wein zusprach.
Da die Leute sahen, daß der Witzbold des Ortes ins Geschehen eingriff,
versprachen sie sich einen großen Heiterkeitserfolg. Der Cacholo lamen-
tierte unterdessen weiter.

«Ach! Wie recht meine Mutter hatte, welchen Schaden die Männer
anrichten! Ach! Wenn sie die Kinder bekommen müßten, wär's bald zu
Ende mit der Welt!»

Die gravitätischen Dorfmatronen wippten zustimmend mit den Haar-
knoten. Als der Cacholo an einer besonders lustigen Alten vorübergetra-
gen wurde, sprach er sie an und bekundete mit einer Geste, ein wackerer
Trinker zu sein:

«Señora, haben Sie nicht aus Barmherzigkeit ein bißchen Weihwasser für jemanden in einer üblen Lage? Haben Sie Mitleid, denn genau so was kann morgen Ihnen passieren!»

Die zahnlose Greisin lachte sich halbtot. Ein Alter warf dem Cacholo eine Bota zu, die dieser im Flug packte. Und nach einem alles andere als maßvollen Schluck sprach er weiter und zeigte dabei auf seinen angeblichen Ehemann:

«Sehn Sie sich den an, gute Frauen, und wie seelenruhig der ist! Das macht dem überhaupt nichts aus, was er mich aushalten läßt. Ach, und da hat er behauptet, daß er mich liebt!»

Inzwischen war er zum Podest der Ruiz-Sippe gelangt, wo Leocadio auf ihn zuging, fest entschlossen, gewissenhaft seiner ärztlichen Pflicht nachzukommen. Die ungeheuer derbe Parodie dauerte längere Zeit, und bei ihr wurde keine Einzelheit ausgelassen. Und schließlich zogen Leocadios Arme aus Cacholos aufgeblähtem Kittel ein lebendes Zicklein hervor, das verzweifelt meckerte. Cacholo bat, man solle es ihm geben, und als er es im Arm hielt, rief er:

«Mein Herzblättchen! Du siehst genauso aus wie dein Vater!»

Und er tat so, als hole er sich eine vermeintliche Frauenbrust hervor und säuge das kleine Tier.

Cacholo wurde der Held des Augenblicks. Ihm galten die schallenden Lachsalven, die Schläge auf die Schenkel und die unflätigen Lobreden; auf ihn konzentrierten sich die weit aufgerissenen Augen der nach Atem ringenden Mädchen und der keuchenden Kinderschar. Nachdem der Pfarrer zunächst vergebens auf Benigno eingeredet hatte, die Parodie zu verbieten, war er vor einiger Zeit fortgegangen, und sein erstes Messeläuten begann gerade, als der grobe Spaß endete. Großzügig gab ihm Benigno einen krönenden Abschluß, indem er den Witzbolden Wein spendierte, und er drehte sich zu Paula um, weil er mit seiner Freigebigkeit protzen wollte.

Aber Paula lachte nicht. Sie hatte die Fäuste so zusammengepreßt, daß ihr die Knöchel weiß anliefen; und sie war ganz erstarrt, hatte ein verkrampftes Gesicht und feucht glänzende Augen.

«Ach was, Mädchen, nimm es dir nicht zu Herzen. Das machen alle Frauen ohne große Umstände mit. Außerdem», setzte er ganz leise hinzu, «wenn der Mann Bescheid weiß in der Welt und sich im Leben auskennt, dann treibt man, was man will, und es passiert überhaupt nichts.»

Der in der Nähe stehende Shannon begriff, daß Paula nicht zuhörte. Paula war nicht dort, vielmehr hielt sie der seltsame Wirbel einer geheimnisvollen und schrecklichen Gefühlsregung gepackt. Und sie befand sich immer noch in weiter Ferne von allem in ihrer Umgebung, als sie sich von der Menge in die Kirche mitziehen ließ.

Auch der Flußmeister trat ein; er war gerade zusammen mit weiteren Flößern eingetroffen. Diese brachten die Lämmer, die schon für den Bratofen bereit waren. Die vornehmsten Herrschaften würden im Rathaus speisen, und auf Anweisung des Americano sollte Shannon zu ihnen gehören. Die übrigen Flößer und die Dörfler würden sich auf mehrere Häuser sowie einige im Freien stehende Tische verteilen; dabei gab es einige Ausnahmen, so etwa den Seco, den eine begüterte Witwe persönlich eingeladen hatte – ihr gehörte der rote Mantel, den er während des Aufzugs der Stierfechter zur Schau gestellt hatte. Paula wurde mit der besonderen Auszeichnung bedacht, daß man sie in Benignos Haus einlud, wo sie mit dessen Schwestern essen sollte, während er bei den Honoratioren des Ortes wäre. Paula wollte ablehnen. Aber – wie Benigno sagte – sie durfte nicht allein unter all den Männern bleiben.

Das prachtvoll weißgekalkte Haus der Ruiz-Sippe mit seinem langen Balkon – in einem Ort voll kleiner Fenster und kümmerlicher Luftziegelfassaden – hatte dicke und starke Mauern. Wie es angebracht war, stand dieses Haus deutlich von den anderen abgesondert, damit nicht in seine Zimmer die Echos der Verwünschungen gelangten, die in jeder Hütte der Schuldner murrte oder der Bedrängte ausstieß, ohne daß es einer wagte, sie laut zu äußern. Überdies hatte es heimliche Winkel in einem Ausbau, der sich nach einem kleinen Hinterhof zum Berg hin erstreckte. Auf diese Weise konnten die vorderen, für das öffentliche und das Familienleben bestimmten Wohnzimmer mühelos die im Bergwald versunkenen Nebenräume ignorieren, die für den Schwarzhandel, den nicht bei den Behörden gemeldeten Weizen und die Nachtseite des Lebens bestimmt waren. Einer solch klugen Architektur war es zu verdanken, daß Benigno und seine Schwestern ruhig aus dem Vorderhaus zur Messe gehen und dabei ohne allzu große Mühe das übersehen konnten, was die geschickte Anlage des Hauses verbarg.

Auch deshalb war am Tisch der Ruiz-Sippe, an dem nur die beiden Schwestern und Paula saßen, alles von Besonnenheit und Wohlanständigkeit geprägt. Mit jeder Speise, jedem Wort wurde Benignos Macht gepriesen.

«Mein Bruder», erklärte Jesusa, die Ältere, in höchst würdiger Haltung, «kann machen, wozu er Lust hat, wenn man aber versteht, ihn so um etwas zu bitten, wie es gottgefällig ist, dann ist er ein wahrer Engel!»

«Er muß sich verteidigen und seinen Platz behaupten», bekräftigte und ergänzte Cándida die Worte ihrer Schwester, «denn sonst würde uns das Gesindel wie auf freiem Feld ausrauben; aber er ist auch barmherzig wie ein Samariter. Und wenn jemand sein ganzes Vertrauen gewinnt, oh! Dann ist er die Liebenswürdigkeit in Person.»

Der Name Benignos lief wie ein Weberschiffchen von einer Schwester zur anderen. Die Leute seien dermaßen neidisch, sie hätten so viel auszusetzen! Deshalb zerrissen sie sich das Maul über Benigno und irgendein Mädchen; aber wenn er auch seine Geschichten hätte, wie jeder Mann, so sei es doch auch wahr, daß alle danach höchst zufrieden gewesen wären. Aber ganz und gar; sie hätten sehr gute Stellungen bekommen und seien voll Dankbarkeit für den, der sie aus dem Elend erlöst hätte. Ein solcher Wohltäter sei der Benigno! Wenn man sich ihm gegenüber gut benehme, natürlich, denn um zu empfangen, müsse man geben.

Während die beiden Frauen über den Bruder sprachen, fragten sie Paula allmählich auch nach Einzelheiten aus, obwohl diese sehr zurückhaltend reagierte. Um ihr Ziel zu erreichen, umgaben sie Paula liebevoll mit ihrem zuvorkommenden Verständnis und ihrem Mitleid. Wie hart müsse das Tagewerk bei den Flößern sein! Hatte sie keine Verwandten, die sie auf einem guten Weg begleiten könnten? Wie bitte? Ach ja, die Ärmste, so einsam und verlassen! Und sie habe nicht einmal ein Zuhause oder etwas Ähnliches? «Nun denn..., also, Jesusa, meinst du nicht?» («Und ob ich meine, Cándida.») Warum bleibe sie nicht hier? Gerade heute morgen habe ihnen Benigno gesagt, daß sie schon zu alt seien, um den Haushalt zu führen und die Kranke zu pflegen! Eine bessere Stellung könnte sie nicht finden und auch keine gottesfürchtigeren Leute, die Dienstboten rücksichtsvoller behandelten, wie unsere Brüder und Schwestern, denn das seien sie ja auch, ein jeder an seinem Platz... Nichts, nichts, sie dürfe jetzt nicht nein sagen; sie müsse mindestens darüber nachdenken. «Das glaub' ich schon, Zeit ist genug!» Wo sie doch heute nacht wenigstens in einem Haus schlafen könne und nicht in Wald und Feld wie eine streunende Katze, denn schließlich gebe es noch Mitgefühl in der Welt.

«Nein, nicht wie eine streunende Katze, Frau. Mit was für einem Vergleich du kommst!» entsetzte sich Jesusa.

«Oder wie irgendein anderes Tierchen, das der liebe Gott geschaffen hat, wollte ich sagen... Wie eine Taube.»

«Genau das, genau; wie eine Taube, denn das ist ja das Mädchen.»

Da wurde das Gespräch von einer erschreckenden und leiderfüllten anderen Stimme unterbrochen. Unverhofft kam sie aus dem dunklen Schlafzimmer, das mit dem Speisesaal durch einen Bogen in Verbindung stand, dessen Vorhänge halb zurückgezogen waren. Paula hatte geglaubt, dort befinde sich niemand, bis sie die Stimme hörte, die eher wie die eines Schattens als eines Menschen klang.

«Wer ist da...? Wer ist gekommen?»

«Das ist meine Schwägerin», erklärte Cándida leise, bevor sie lauter antwortete: «Es gibt nichts, Felisa; ruh dich aus.»

«Aber, wer ist da?»

«Eine Freundin», teilte Jesusa kurz angebunden mit.

«Wird er dann kommen?» fragte die Stimme und ließ einen Hoffnungsschimmer erkennen, wenn Schatten überhaupt hoffen können.

«Nein. Er hat ein Essen im Rathaus, das weißt du doch.»

Dort in der Dunkelheit erstarb die Stimme, wurde die Finsternis noch dichter. Doch sie brauchte nur kurze Zeit, bis sie sich lebhafter, beinahe herrisch wieder vernehmen ließ:

«Ich will sie sehen.»

«Was hast du davon? Du kennst sie nicht.»

«Ja, Señora. Sehr gern», sagte nun Paula.

Und sie lief zum Bogen.

Auf einer Seite des Zimmers, die vom Speisesaal aus nicht zu sehen war, stand ein altes, hohes Bett, das mit allerlei Kupferzierat und gedrechselten Holzkugeln geschmückt war, wie der hohe Rang der Ruiz-Sippe sie erforderte. Auf dem Nachttisch stand ein Wachslichtchen, das vor einem Bild brannte. Im Kissen versunken war ein abgehärmtes Gesicht, das von wirren, unschönen Haaren umgeben war. Ein magerer Arm tauchte empor, und der Oberkörper richtete sich auf.

«Wie hübsch du bist!» sagte die Stimme. «Komm her, ich sehe dich nicht gut.»

Paula näherte sich. Die Kranke nahm deren Hand und streichelte sie einen Augenblick, und hierauf umklammerte sie mit Krallenfingern verzweifelt Paulas Arm. Dann sprach sie, als denke sie nach, während der Druck nachließ, den die beinahe wie in der Agonie verkrampften Finger ausgeübt hatten:

«Natürlich, natürlich... Wie damals ich...»

Auf einmal sah sie Paula fest an und warnte sie:

«Sie werden dir sagen, daß du hierbleiben sollst... Haben sie es schon gesagt?»

Aus dem Speisesaal war Jesusas näselnde Stimme zu hören:

«Was für Einfälle du hast, Frau!»

«Sie sagen es dir noch, sie sagen es...», beharrte die Kranke. «Was willst du ihnen antworten?»

«Laß sie in Frieden, Felisa!» unterbrach Cándida und näherte sich. «Los, Tochter, komm in den Speisesaal.»

«Nein, wo es mir egal ist», die Stimme der Kranken wurde schwächer. «Aber...»

Cándida hatte Paulas Arm gepackt und zog sie fort. Sanft, doch unnachgiebig.

«Gute Besserung, Señora», wünschte ihr Paula mitleidig.

«Das ist schwierig», entgegnete die Kranke, die schon wieder zusammengesunken war. «Das Sterben kostet mich Mühe. Es kostet Mühe.»

«Du hast gewiß bemerkt, daß sie nicht ganz richtig im Kopf ist», sagte Jesusa.

«Was mein armer Bruder gelitten hat», erläuterte Cándida. «Den Himmel hat sich dieser Benigno verdient, den Himmel, mit seiner Geduld!»

«Ist sie sehr krank?» fragte Paula, nur um etwas zu sagen.

«Ach was, das sind alles die Nerven.»

«Die Nerven und nichts als die Nerven. Da liegt sie im Bett und genießt das Leben, ohne daß sie einen Finger rührt in einem Haus, wo es so viel zu tun gibt.»

«Nicht einmal Kinder konnte sie ihm schenken... Einem Mann, der so sehr ein Mann ist wie unser Benigno!»

In diesem Augenblick erklang das Horn des Gemeindedieners, und die drei Frauen sahen auf den Balkon hinaus. Der Stierkampf begann. Gerade war die Mannschaft in der heißen Maisonne vorbeimarschiert. Der Stier kam aus der Schenke; in schnellem Lauf erreichte er die Mitte des Platzes; und dort wartete er, bewegte die Hörner hin und her und scharrte mit den Füßen auf dem Boden. Die Leute sahen ihn an, das ungewöhnlich schwere Essen und der Wein im Magen hatten sie noch etwas mehr abgestumpft.

Dreist ging der Coleta auf das Tier zu und reizte es. Der Stier griff an, und rechtzeitig, mehr oder weniger elegant, wurde der Mantel hochgerissen. Zwar versuchte der Stier, als er vorbeistürmte, einen merkwürdigen Flankenangriff, doch das überraschte den Künstler der Arena nicht im mindesten, und er wich ihm mit einem angemessenen Sprung zur Seite aus.

Das wiederholte sich zwei- oder dreimal, wobei auch andere Matadore eingriffen. Ein paar Zuschauer aus dem Dorf liefen spontan auf den Platz und reizten den Stier ebenfalls. Sogar die ringsum aufgestellten Leute wagten es, wenn der Stier an ihnen vorbeirannte, ihn mit einigen Figuren anzustacheln. Schließlich erklang wieder das Horn und kündigte den nächsten Gang des Kampfes an. Der Stier befand sich jetzt an der Tür der Schenke; und auf einmal verschwand er, ohne daß man sich dies erklären konnte. Ganz plötzlich, als wäre der Eingang des vorgeblichen Stierzwingers eine Falltür.

Betroffenes Schweigen folgte. Dann kam es zu lautstarkem Protest, doch gerade als der Gemeindediener einschreiten wollte, sprang der Stier hoch und erschien wieder in der Arena. Dennoch war irgend etwas geschehen. Etwas, was aus der Spottgestalt des Stiers eine bedrohliche, finstere Gefahr machte. Denn nun konnte man Spitzen an den Hörnern sehen, die mit ihren langen Stahlklingen fest angebunden waren: Jedes Horn trug ein Klappmesser aus Albacete mit einer beinahe spannenlangen Klinge.

Der Gemeindediener wollte dazwischengehen, doch ein heftiger Angriff des gefährlichen Stiers schlug ihn in die Flucht. Und durch die Decke hörte man eine boshafte, herausfordernde Stimme:

«He! Hier kommt der Flößerstier. Laßt Männer auf ihn los!»

Im Wagen kam es zu einem großen Durcheinander, als die Frauen und Kinder sich in größere Sicherheit bringen wollten. Ein paar Männer liefen in die erste Reihe vor, sie fuchtelten mit Stangen und Stühlen herum, die wie durch einen Zaubertrick aufgetaucht waren. Der Bürgermeister stand auf und zeigte sich bereit, auf zwei oder drei Alte zu hören, die Ordnung verlangten; Ruiz jedoch fand die Geschichte viel eher amüsant:

«Laß sie, und wenn auch einer draufgeht, Ambrosio!» sagte er dem Bürgermeister.

Der Coleta glaubte nun, er sei verpflichtet, mit dem neuen Stier zu kämpfen. Dieser vertrieb sich die Zeit damit, die Zuschauer zu bedrohen und den Hieben auszuweichen, die man ihm mit Stöcken und Stühlen versetzen wollte. Als der Stier den Künstler der Arena erblickte, stürmte er mit einer solchen Wut auf ihn los, daß der Bogen des Umhangs einen Schnitt abfing und der Stoff sauber in zwei Teile getrennt wurde.

«Verdammt!» schrie der Matador. «Was ist das für ein Hurenkerl?»

Zufrieden machte der Stier ein paar Freudensprünge. Sein Schwanz rollte sich an der den Leib schützenden Decke hoch, als sei er lebendig. Und da der Coleta, den das Ehr- und Schamgefühl des Toreros überwältigte, den Stier aufs neue reizen wollte, drehte sich dieser unerwartet um und stürzte sich auf den Matador, ohne ihm Zeit für standbildartige Herausforderungen zu lassen, so daß er sich nur durch die Flucht retten konnte. Der Stier blieb als Sieger auf dem Kampfplatz zurück, und er wurde von einem wilden Gelächter geschüttelt. Es schien, daß die Decke sich in seine Haut verwandelt hatte; die Lachsalven erschütterten sie wie den Bauch eines Possenreißers.

Der Seco geriet in Wut und wollte in die Arena stürmen. Aber der Coleta hielt ihn mit den Worten zurück:

«Warte, sie sollen ihn erst mal vorbereiten. He, stecht diesen Hund bis ins Mark! Der soll auf die Knie gehn, verdammt noch mal!»

Der Stier reagierte freudig auf die Drohung und nahm Anlauf, um über eine Zuschauergruppe herzufallen. Da legten jene Männer, die auf die Schultern von anderen geklettert waren, die Lanze ein, doch ihre Reittiere machten keinen Schritt. Nur ein Pferd, auf dem ein kräftiger junger Bursche saß, fragte seinen Reiter:

«Zwingst du den wirklich in die Knie?»

«Keine Sorge.»

«Na dann, ran an den Stier!»

Und beide rückten gegen die Bestie vor – denn als sich die Sonne in den Stahlklingen spiegelte, war das bereits eine Bestie –, während diese in vollem Lauf angriff. Aber der Picador konnte den Stachel fest in das kleine Kissen rammen. Einen Augenblick lang spannten die drei Männer alle Sehnen an und stützten sich aufeinander wie die Seiten eines Gewölbebogens, um sich das Gelände streitig zu machen. Das vereinte Gewicht von Pferd und Reiter schien die beiden gegen die Bestie zu begünstigen, und schon verkündeten die Zuschauer laut den Sieg, so daß der Coleta neuen Mut faßte, als der Stier unerwartet zur Seite wich und Picador und Pferd auf den Boden stürzten. Nun lief das Tier auf sie zu, was die Leute in Schrecken versetzte, der Picador aber streckte ihm die Hakenstange entgegen. Der Stier näherte sich dem, der das Pferd spielte und umgefallen war; jedoch gab er sich damit zufrieden, ihm den Fuß auf den Leib zu setzen und über ihn hinwegzuspringen.

Der Coleta, der sich vorgewagt hatte, solange die Lanzenstiche erfolgreich waren, wich zusammen mit den Vertretern der Obrigkeit zurück.

«Ihr Haufen Feiglinge!» sagte Ruiz und stand auf. «Jetzt sollt ihr sehn, wie man diesem Kerl angst macht.»

Er stieß einen Pfiff aus, und ein ungeheurer Fleischerhund, der ein mit vielen Stacheln besetztes Halsband trug, tauchte auf und wedelte mit dem Schwanz vor dem Dorfgewaltigen. Dieser wies auf den wilden Stier und gab mit einer Geste zu verstehen, daß man ihm den Garaus machen müsse.

«An den Hals, *Terrón*! An den Hals!»

Der Hund schob die Lefzen hoch, zeigte die Zähne und stürzte auf den Stier los. Als er ihn erreicht hatte, sprang er ihn an. Einen Augenblick lang bemitleideten die Leute den Vermummten und fühlten einen angstvollen Freudenschauer. Aber Ruiz' triumphierendes Lächeln war von sehr kurzer Dauer. Auf den plötzlichen Zusammenprall folgten lediglich ein kurzes Gelächter und ein im Todeskampf hervorgestoßenes Geheul; dann zappelte der plumpe Hundeleib in der Luft: Er war auf die beiden Messer gespießt, die der Stier geschickt zur Seite gedreht hatte. Der Hund bewegte sich immer noch, bis das eigene Gewicht bewirkte, daß sein Fleisch zerriß und er zu Boden stürzte, wo er mit rasch schwindenden Kräften ein kleines Stück weiterkroch und jaulte. Aus dem Bauch quollen ihm die zerfetzten Eingeweide hervor; aus Hals und Maul sprudelten blutige Blasen. Bald blieb er regungslos liegen, und der Staub löschte sofort das kräftig in der Sonne leuchtende Scharlachrot aus. Da war eine unförmige Masse aus Därmen, Blut und Erde, die sich schon in Tod und Schweigen verwandelt hatte.

Überstürzt prasselten aus Ruiz' Mund die Flüche und Drohungen hervor. Der Seco, der voller Wut sah, daß der Stier sich als Herr des Kampfplatzes behauptet hatte, lief auf die Bestie zu; den Umhang hatte er sich um den Arm gewickelt, und er schwang eine Flößerstange wie einen Jagdspieß. Die komisch wirkende Stimme der Witwe war zu hören.

«Meine Tischdecke! Meine seidene Tischdecke!»

Aber diesmal lachte niemand. Die von Ruiz erteilten Befehle wurden hingegen immer eindeutiger:

«Alle auf ihn drauf! Schlagt ihn mit Stöcken tot! Dem reiß' ich die Eingeweide aus dem Leib, diesem Hurensohn!»

Und während Ruiz' Stimme vor Wut überschnappte und der Seco weiter vorrückte, tauchten Heugabeln und Sicheln in den Händen einiger Zuschauer auf. Ein Wunder war es, daß eine einzige Stimme, so metallisch und energisch sie auch war, im letzten Moment einen Mord verhindern konnte:

«Halt! Seid alle ruhig, zum Teufel!»

Es war der Americano. Er sprang in die Arena, nachdem er Ruiz mit einem Stoß auf den Sitz zurückbefördert hatte, damit der Schreck dessen Wut erstickte. Unbeweglich verharrten die Leute rund um die sonnenbeschienene Kreisfläche, und es gab so etwas wie ein gemeinschaftliches

Atemanhalten. In der Mitte befanden sich nur der Stier – der wilder und weniger verkleidet war als je zuvor – und die Hundeleiche, die Fliegen anlockte. Der Americano verfolgte den Seco, erreichte ihn von hinten, entriß ihm die Hakenstange, die er auf die Erde warf, und befahl ihm zu warten.

«Der Teufel da ist verrückt geworden», sträubte sich der Seco.

«Warte, hab' ich dir gesagt, Mann.»

Mit gleichmäßigen, beeindruckend kraftvollen Schritten ging er vorwärts. Übermäßige Eile oder Langsamkeit hätten so gewirkt, als käme da ein Mann wie alle anderen. Doch aus der Gangart des Americano sprach reine Gewalt, wenn sie auch zuweilen wie spöttisches Hüftenwiegen aussah – oder vielleicht gerade deshalb, da ihm dies noch mehr Sicherheit verlieh. Er gelangte bis auf zwei Schritte an den Stier heran, bis schließlich zwischen beiden als blutige Grenze nur noch der Hund mit dem aufgeschlitzten Bauch lag.

«Laß das fallen, Dámaso.»

Es war ein Befehl wie ein Peitschenhieb, obwohl kaum ein anderer ihn hören konnte.

«Wenn du das Dynamit mitgebracht hättest... He!»

«Laß das fallen, oder ich nehme es dir weg.»

Heiser entgegnete der Stier:

«Drohe nicht, sonst sehe ich rot.»

«Das ist keine Drohung. Laß es fallen.»

Eine abgrundtiefe Pause am Rand des Todes. Ganz langsam, ganz, ganz langsam löste sich die Haut der Decke von seinem Körper, gleich der einer Schlange, die sich soeben gehäutet hat. Die auf den Hörnern steckenden Messer fielen zu Boden, und es erschien Dámasos glückliches Teufelsgesicht. Die Leute sahen lediglich einen Menschen und gerieten plötzlich in Wut. Ruiz hetzte wieder zum Morden auf:

«Auf ihn drauf, auf ihn drauf!... Er soll für meinen Hund bezahlen!»

Doch unverhofft pflanzte sich der Negro vor Benigno auf und rief noch lauter:

«Halt den Mund, Bonze!»

Diese Stimme war eine Waffe, und das wußte der Negro. Mit ihr hatte er auf Dutzenden von Versammlungen den Sieg errungen. Auch diesmal durchschnitt sie die Lüfte, drang in die Schädel ein, gewann unverzüglich die allgemeine Aufmerksamkeit. Schon war der Negro auf einen Stuhl gestiegen.

«Er soll für einen Hund bezahlen? Ein Mensch für einen Hund?»

Den letzten Satz wiederholte er und hob ihn durch eine Pause hervor. Er kannte seine Leute. Er wußte, wie lange sie brauchen, bis sie etwas anderes aufnehmen können, weil man sie seit Jahrhunderten mit demselben Holzhammer bearbeitet hat.

«Wollt ihr ins Zuchthaus gehen für einen Hund, der dem gehört, der euch ausplündert, der euch borgt, um euch zu berauben, und der das Land für sich behält, wenn ihr nicht bezahlen könnt? Wollt ihr einen Armen für den Hund eines Reichen töten? Bezahlen soll der Reiche! Er soll bezahlen, und nicht für einen Hund! Er soll bezahlen für eure Knochenarbeit, für euer Land, für eure Töchter!»

Jetzt hatte er nicht nur allgemeine Aufmerksamkeit auf sich gelenkt. Er hatte unumschränkte Gewalt errungen. Er wandte sich an einen buckligen Alten, der in seiner Nähe stand:

«Du, wieviel schuldest du diesem Blutsauger?»

Der Greis antwortete nicht. Aber ein Junge neben ihm meldete sich tapfer:

«Alles. Er schuldet ihm alles.» Und gleich einer Glocke, gleich einem Amboß war seine Stimme auf dem ganzen Platz zu hören.

«Und deine Tochter ist bestimmt seine Dienstmagd», versicherte der Negro.

«Genau das ist sie gewesen», antwortete der Junge mit noch kräftiger widerhallender Stimme, während der Alte den Kopf senkte.

Und durch die Reihen lief eine Woge wie durch ein Weizenfeld im Sonnenglast. Triumphierend richtete sich der Negro auf:

«Und du, und du, und du... Und ihr, und der ganze Ort! Alle!...»

Unerbittlich klagte er weiter an. Niemand rührte sich. Seine Stimme war magnetisch, sie erlaubte keinen Widerspruch. Sie gab allem Wahrhaftigkeit, was er vorbrachte. Er war verwandelt.

«Nun reicht es, Negro», befahl ihm der Americano.

Er als einziger hatte Reaktionsvermögen gezeigt. Er kannte die Situation. Er hatte Männer gesehen, die diese Gabe besaßen und die eine Indioschar in Raserei versetzten, ihr Buschmesser in die Hand drückten, sie zum Wahnsinn trieben.

«Nein! Jetzt gehören sie mir!» murmelte der Negro und setzte seine Schmährede fort.

Der Americano wußte, daß den Negro keine Rücksicht zurückhalten würde. Deshalb stieß er ihn vom Stuhl, und bevor der andere Widerstand leisten konnte, gab er ihm einen Fausthieb, der ihm die Besinnung raubte. Er sah, daß der Cacholo und der Correa in der Nähe standen. Er zeigte auf den am Boden liegenden Negro und ordnete an:

«Ins Lager mit ihm. Schnell.»

Sie hoben ihn hoch und liefen um die Kirche, damit sie nicht den Platz überqueren mußten. Die Menge sah nichts. Sie bemerkte lediglich, daß sich auf einmal, als der Bann gebrochen war, eine unermeßliche Leere auftat: So muß es einem Stier ergehen, der nach seinem Angriff erstaunt feststellt, daß sich ihm das faszinierende Rot im Handumdrehen entzogen hat. Eine Zaubermacht hatte sie für einige Augenblicke in eine uneindämmbare Energie verwandelt, die stärker als der Dorftyrann war und sich von Demütigungen geläutert hatte, die hart wie die Berggipfel und rein wie das Meer war, eine unendliche Kraft, eine von Blitzen erfüllte Wolke, mit Gerechtigkeit richtend wie ein Gott. So hatte man sich zu heiliger Ekstase bereit gemacht, die hundert Jahrhunderte aufwiegen sollte. Und plötzlich gähnte ein Abgrund: Sie waren nichts.

Könnte sich alles auf diese Weise verflüchtigen? Sollte es nicht etwas geben – den Funken einer Feuersbrunst, einen Schuß, Dolch oder Schrei –, was ihnen weiter jene Kraft einflößte, die sie früher nie genossen hatten und die so göttlich war?

Das verhinderte der Flußmeister: Er stieg auf den Stuhl, und den Blitzstrahl verdrängte er mit seiner schwarzgekleideten und ruhigen, statuenhaften Gestalt, mit seiner ausgeglichenen Stimme; er verkörperte, was diese Welt immer gewesen war und was sie auch immer sein würde:

«Das Fest ist zu Ende. Allen vielen Dank.»

Diesmal sagte Ruiz nichts, er war bleich und verriet physische Angst, wie sie so viele befällt, die Macht nur durch ihr Geld besitzen; und es schwieg auch der Dorfbürgermeister, dieser bürokratische Hampelmann, dessen Aufgabe es war, die Gewalt zu legalisieren. Es sprach, was als unwandelbar anerkannt war: ein Flußmeister, der Menschen führte, seitdem sich der Berg mit Kiefernwäldern bedeckte und Wasser im Tajo floß. Eine Obrigkeit, deren Wesen sich im geistigen Labyrinth der Generationen unabweisbar festgesetzt hatte. Und sogar das, was bei einem anderen an Ausbeutung erinnert hätte – die goldene Kette auf dem runden Bauch –, erhöhte bei ihm das Ansehen einer im Laufe der Zeiten hartnäckig eingebleuten Ordnung.

Das Fest hatte geendet: Das war eine Anordnung. Ein jeder hatte nach Hause zu gehen. Hinter Mauern, die sie in ihrer persönlichen Schwäche absonderten, sollten sie sich verstreuen und atomisieren. Zurück in die Zelle, wo sie Armenkost und Gedanken, Schulden und nachbarliche

Zwistigkeiten wiederkäuten. Wo sie geboren wurden, sich plagten, zeugten und starben. Noch schwebte in der Luft ein Nachhall: ‹Wenn dieser Mann weiter geredet hätte...› Und eine dunkle Ahnung von den barbarischen Heldentaten, mit denen sie es vermocht hätten, sich selbst und ihre Kinder zu erschrecken. Aber das löste sich rasch auf; der Tag wurde wie alle Tage. Bald würde nichts übrigbleiben. Außer vielleicht einer Erinnerung in den Gesprächen vieler Jahre: «War das ein Draufgänger! Ich weiß nicht, was er gesagt hat, aber geredet hat er, und...!»

Langsam zogen sie an dem Hund mit dem aufgeschlitzten Bauch vorbei. Die Stacheln des Halsbandes, die sich machtlos gegen die harte Erde gekehrt hatten, hielten den Hals hoch, und dadurch war der herunterhängende Kopf noch stärker abgewinkelt, der zeitlebens so bedrohlich gewirkt hatte. Mit trüben Augen, blutverschmierter Zunge, schon rein mineralischen Zähnen, schmutzigem Fell, weitverstreuten, gallengrünen und braunen Därmen war das alles gerade zu einem Aas geworden, das für die plumpen Schmeißfliegen bereitlag... Wenn sie vorüberkamen, krampfte sich ihnen leicht das Herz zusammen; das war alles, was ihre bedrückte Seele zu fassen vermochte. Morgen würden sie die Flößer als gemeine und schlechte Menschen bezeichnen; morgen würden sie auf die vernünftigen Worte der Ordnungsvertreter hören. Heute aber hatten die schlechten Menschen zumindest einen winzigen Teil der Ruiz-Sippe vernichtet: diesen hochmütigen Hund, der im Dienst der Schikane gestanden hatte, diese Zähne, die das Lamm eines armen Mannes gemordet hatten, diese Grausamkeit, die Furcht und Schrecken unter den Kleinsten verbreitet hatte. Ja, sie hatten ein wenig den Herrn getötet. Doch allmählich erholte sich der Herr bereits von seiner Leichenblässe, während er über die erforderlichen neuen Drehungen des Schraubstocks nachdachte, mit denen er sich rächen wollte. Diese undankbare Horde würde schon begreifen, daß sie ihm das Essen schuldete! Und in einem anderen Jahr könnte man ja sehen, ob dieser verdammte Brauch des Stiers von Sotondo fortdauern sollte oder nicht.

An der Ecke erschienen zwei Schutzleute mit geschultertem Karabiner. Befehlsgemäß kamen sie am späten Nachmittag, wenn der angestaute Wein gewöhnlich zu ersten Verwicklungen auf den Festen führt. Als Benigno sie entdeckte, fühlte er, daß die Ordnung gesichert war, und mit den beiden Riesenhänden, die wieder ihre Ringe zur Schau stellten, zog er sich die Gürtelschärpe über dem Bauch fest. Herrisch blickte er den Flußmeister und den Americano an.

«Jetzt landen diese Kerle im Gefängnis, jetzt sollen sie was erleben...

Hundert Zeugen haben es gesehen, das mit dem Hund und das mit der Versammlung... Jetzt sollen sie was erleben...»

«Hören Sie zu, Nachbar», unterbrach ihn der Americano mit einem Lächeln, das bedrohlicher als ein Schrei war, «Sie bekommen es mit der Angst zu tun, wenn Sie jemanden anzeigen und sich Zeugen suchen wollen. Sie werden sich überlegen, daß es besser ist, die ganze Angelegenheit zu vergessen.»

Aber Benigno hatte nicht mehr zugehört, als er auf einmal sah, daß Jesusa ihn vom Balkon seines Hauses aus mit einer alarmierenden und ängstlichen Geste gebieterisch zu sich rief. Und der Dorfgewaltige rannte nach Hause und fragte sich besorgt, was an diesem unseligen Nachmittag noch passiert war und seine stets so resolute Schwester offenbar aus der Fassung gebracht hatte.

In diesem Haus hatten sich tatsächlich andere Dinge zugetragen, während man von den Ereignissen auf dem Platz nichts mitbekommen hatte, denn sobald die Klappmesser in der Sonne aufblitzten, hatten die beiden Schwestern den Balkon geschlossen und sich zusammen mit Paula ins Innere zurückgezogen. Das war nichts für Frauen ihres Standes, sondern die barbarische Sittenlosigkeit von Wilden, die es nicht verstanden, die Tageszeitungen und jeden Sonntag das Kirchenblatt von Cifuentes zu lesen. Von diesem Augenblick an waren die Ruiz-Schwestern ausschließlich damit beschäftigt, das unglückliche Los des armen Mädchens zu erleichtern, das so gut war, so anständig...

Denn Paula verhielt sich ganz und gar gefügig. Seit dem rohen Mummenschanz Cacholos, der an diesem Morgen mit einem Zicklein niedergekommen war, lebte Paula in der Schwebe, von allem abgehoben. Das war nicht dieselbe Frau, die dem Seco und den übrigen Flößern trotzte, die im Dickicht des Gebirges ihre Unabhängigkeit verteidigte. Sie gab kaum eine Antwort, sie nahm kaum zur Kenntnis, wo sie sich befand und was vor sich ging. Bis sie, als die beiden mit besonderem Nachdruck auf etwas bestanden, plötzlich gezwungen war, sich ihnen gegenüber zu behaupten... Was sagten sie da? Nein, hier schlafen wolle sie nicht.

«Warum, Töchterchen? Wo wir beide doch hier sind... Schlimmer geht es dir in den Bergen, allein unter so vielen Männern.»

Da sich das Mädchen jedoch zum erstenmal hartnäckig weigerte, wollten sie es ablenken, bis die Zeit für ein Gläschen Dessertwein und ein paar Biskuits gekommen wäre. Nichts sei dafür besser geeignet, als wenn sie ihr das Haus zeigten. Sie würde sich schon zum Bleiben entschließen, wie man es ihr vorgeschlagen habe, wenn sie sehen könne, wieviel Überfluß und Frieden es hier gebe. Daher machten sie einen Rundgang durch den Saal mit der goldenen Uhr unter einer Glasglocke und dem heiligen Antonius mit dem Jesuskind unter einer weiteren Glasglocke, dann durch einen zweiten Saal und die Küche und die Speisekammer, die schon viele Herrschaften aus der Hauptstadt gern haben wollten. Sie warfen einen Blick in die oberen Speicher, die Pferdeställe und die unteren Gesinderäume. Und hierauf gingen sie zu einem kleinen Innenhof weiter, dessen Umfassungsmauer schon in den Bergen endete und der unheimlich und mysteriös wirkte, weil Brennholz, Tiere oder Waschtröge fehlten, weil er für einen Hinterhof außerordentlich sauber war, weil er sofort den Schutz des Bergabhangs suchte und sich auf ihm weiter ausdehnte. Sie überquerten ihn und gelangten zur entgegengesetzten Wand, die beinahe auffällig blau- und weißgetüncht war. Sie kamen zu einer neuen und sorgfältig in diese Wand eingesetzten Tür, und dort gab es auch ein Fenster mit Wolkengardinen hinter einem verschnörkelten Gitter.

Sie machten auf und schoben Paula sanft hinein.

«Siehst du, Mädchen? Hier würdest du wie eine Königin leben, wenn du eine Stellung im Haus annimmst. Überschlaf es heut nacht, und denk darüber nach.»

Paula sah alles – alles – in einem einzigen Augenblick: den Schrank aus Furnierholz mit der Spiegeltür, das Doppelbett mit den kleinen Fußmatten auf jeder Seite, das elektrische Entlangstreichen des Lichtes auf der roten Seide der Bettdecke, den mit Schleifen geschmückten Lampenschirm, die überaus vulgäre und ekelerregende Sorgfalt, die für die Kleinodien in diesem Schmuckkästchen vorgesehen war. Die trotzige Paula, wie es sie in den Bergen gegeben hatte, ging auf die beiden alten Weiber los:

«Gut, Señoras, damit ist jetzt Schluß. Es fällt mir nicht ein, mit diesem Kerl ins Bett zu steigen, also gehn wir.»

Die Alten gestikulierten erschrocken. Ach, das arme Mädchen war verrückt geworden! Natürlich, bei dem Leben! Unterdessen hatten sie sich vor der Tür aufgestellt und so mit der Unerschrockenheit echter Ruiz-Frauen den Ausgang versperrt. Paula verlangte, die beiden sollten sie durchlassen, und weil diese sich nicht von der Stelle rührten, griff sie in den Ausschnitt und holte das Messer hervor. Die Alten wollten hinauslaufen und die Tür hinter sich abschließen, doch – und das geschah alles blitzschnell – da fiel auf sie ein Schatten von der Umfassungsmauer, verdeckte kurz das Fenster und zeigte sich wieder an der Tür hinter den beiden Schwestern, die zur Seite wichen. Der so plötzlich auftauchende

Schatten war der Findling, der erneut und mehr als je zuvor seinem Namen gerecht wurde. Der Mann stürzte zu dem Mädchen, das aufseufzte und es ihm überließ, alle Probleme zu klären.

«Hast du dir weh getan, Paula?»

Mit einer Kühnheit, die ihrer Sippe angemessen war, nutzten die Schwestern den Augenblick. Rasch rannten sie hinaus und schlossen die Tür ab. Jesusa hatte schon ihre Sicherheit wiedergewonnen und übertraf sich selbst. Durchs Fenster rief sie dem eingesperrten Paar zu:

«Jetzt werden wir ja sehen, was herauskommt, wenn man sich solche Verleumdungen erlaubt und über Mauern springt, um in ehrbare Häuser einzudringen. Bei den Behörden mußt du jetzt Rechenschaft ablegen, du und dein Freund, du Undankbare!»

Und würdig lief sie zum Balkon des Vorderhauses, um ihren Bruder zu rufen, während Cándida den beiden Eingeschlossenen mitteilte, sie könnten ja das Schlafzimmer nutzen, bis man komme und sie ins Gefängnis bringe.

Aber Paula hatte keine Angst mehr. Wie jemand, der eine Geiferspur abwischt, fuhr sie sich mit der Hand über die Stirn, und sie blickte den Mann an.

«Ist das ekelhaft!...» rief sie. «Wie hast du's geschafft, gerade rechtzeitig zu kommen?»

«Von Anfang an hab' ich diesem Schweinekerl nicht getraut. Daß er so sehr um dich herumscharwenzelt ist mit seinen hinterhältigen Komplimenten... Ich bin nahe bei dem Haus geblieben, seitdem du hineingegangen warst, und ich hab' auf irgendwas gewartet... Vorhin hab' ich an einem Fenster hinten gehört, wie zwei Dienstmädchen sich unterhalten haben. ‹Die Neue läßt sich schon einwickeln›, hat die eine gesagt. ‹Wie sollte die auch den beiden Alten entgehen! Jetzt werden sie ihr schon das Haus zeigen!...› Da hab' ich die Beherrschung verloren, ich bin durch den Wald rund ums Haus gerannt und hab' einen Eingang gesucht, und ich bin genau am Hof rausgekommen.»

«Ich hab' dich in eine dumme Geschichte reingezogen», beklagte sie sich zögernd.

«Diesen Leuten mußte sich ein Mann in den Weg stellen... Sieh dir das an!»

Und er zeigte auf das Zimmer. Paula zuckte zusammen.

«Wir müssen raus», sagte sie. «Ich ersticke.»

Antonio ging zum Fenster und fuhr Cándida an. Im Schutz der Gitterstäbe kommentierte diese ironisch:

«Gleich, gleich mache ich auf, du kleiner Hofdieb. Dir und deinem Täubchen. Gleich, sobald sie mit dem Netz kommen.»

«Ihr Bruder ist nicht der richtige Mann, um mich zu fangen.»

«Der ist mehr ein Mann als du, du sauberer Vogel; du wirst schon sehen.»

Die zum Hof führende Haustür ging auf, und Antonio wich mit verzerrtem Gesicht zurück.

«Was ist los?» fragte Paula.

«Die Polizei... Ich hab' keine Papiere, und ich werde gesucht, Paula.»

Nein, an Widerstand war nicht einmal zu denken. Paula erstarrte. Auf einmal erinnerte sie sich:

«Papiere! Ich habe Papiere! Da, nimm!»

In der Rocktasche über dem Unterrock fand sie das kleine Bündel. Erstaunt nahm Antonio es an.

«Paula! Von wem hast du das?»

«Das sag' ich dir dann... Vorsicht!»

Es klopfte an die Tür.

«Die Alten haben den Schlüssel», rief Paula am Gitter.

Während sie aufschlossen, prüfte Antonio die Papiere. Dazu gehörte ein abgegriffener Personalausweis, der auf den Namen Miguel Cofrentes Agudo – Tagelöhner, achtundzwanzig Jahre, geboren in Checa – ausgestellt war. Und auch ein Gewerkschaftsdokument, das ihn als Flößer auswies. Er steckte die Papiere ein, als die Tür aufging und man ihnen befahl herauszukommen. Im Hof waren die beiden Schwestern, Benigno und eine Zweierstreife der Landpolizei.

«Haben Sie Waffen?» fragte ein Polizist.

«Nein, Señor. Haben sie Ihnen erzählt, ich hätte welche?»

Er ließ sich durchsuchen. Es fand sich nur ein Klappmesser Girodias 108, wie man es auf dem Lande allgemein benutzte.

«Die Papiere, Schutzmann, die Papiere», drängte Ruiz. «Die Ausweise.»

Der Polizist las sie aufmerksam durch, während sein Kollege die Paulas prüfte.

«Her damit, her!» befahl Benigno und streckte die ringgeschmückte Hand aus.

Aber der Polizist war ein junger Wachtmeister, und er hatte an der Front gedient. Er kannte seine Pflicht und ließ sich nicht leicht einschüchtern. Er warf Ruiz einen festen Blick zu, während er Antonio die Papiere zurückgab.

«Die habe ich schon geprüft, Don Benigno. Also, was ist hier vorgefallen?»

«Das hab' ich Ihnen doch gesagt, Schutzmann», sprang die ältere Schwester hoch. «Dieser Dieb ist von der Mauer in den Hof eingedrungen und hat uns bedroht. Der steckt sicher mit dieser Schlampe unter einer Decke und...»

«Lüge!» unterbrach Paula.

Der Polizist befahl ihr zu schweigen.

«Soll sie sprechen», rief die Alte herausfordernd. «Soll sie sprechen. Mal sehen, was für Verleumdungen die beiden gegen ehrliche Leute ausgeheckt haben, die nichts weiter getan haben, als ihr Obdach und Brot anzubieten.»

«Verleumdungen? Obdach und Brot? Da, das hier war das Obdach!» richtete Paula sich auf und wies mit einer unerbittlichen Handbewegung auf die Schlafzimmertür. «Gehn Sie hinein, gehn Sie alle hinein, und sehn Sie, was für ein Bett ein Dienstmädchen in diesem Haus hat.»

Die Polizisten, die Paulas Geste beeindruckte, warfen einen kurzen Blick in das Zimmer. Benigno erhob die Stimme, während Paula und die beiden Schwestern laut schrien; die Polizisten bemühten sich, Klarheit über die Anklagen beider Parteien zu gewinnen; und das Wortgefecht dauerte noch eine ganze Weile. Doch sie verhafteten Antonio nicht. Gewiß, er war über die Mauer gesprungen, aber weil das Mädchen – mit oder ohne Grund – um Hilfe gerufen hatte. Zu Benignos Ärger forderten sie Antonio lediglich auf, sich nicht von den Flößern zu entfernen, für den Fall, daß sie ihn noch einmal verhören müßten. Denn sie hatten, als sie durch die kleine Tür ins Zimmer blickten, genau wie Paula den zweideutigen Glanz der billigen Damastdecke gesehen, die über das ganze Bett gebreitet war. Selbstverständlich verbietet es das Gesetz nicht, an der Rückseite von Häusern ein schön eingerichtetes Schlafzimmer zu haben. Vergebens ging Benigno zum Gegenangriff über, indem er den Einbruch in seinem Haus mit dem Tod seines Hundes und den Hetzreden vermengte, in denen der Negro zu Gewalttaten aufgerufen hätte. Vergebens sprach er von Ordnung, von ehrlichen Bürgern, von falsch aufgefaßtem Mitleid und von der Sicherheit des Landes. Der junge Polizist sagte lediglich noch einmal, er werde schon seine Meldung machen, und falls jemand festzunehmen wäre, so gebe es für den kein Entkommen. Paula und Antonio durften gehen, und vergebens versuchte Benigno auch noch, den Polizisten vorsichtig eine Entschädigung für ihre Mühe anzubieten, bevor sie ebenfalls gingen.

Der Ruiz von Sotondo spähte auf den prächtigen Balkon hinaus, ohne daß er es wagte, die Fenster aufzumachen und sich zu zeigen; und er sah, daß der Americano den Platz überquerte und zur Schenke ging, wo sich schon mehrere von seinen Kumpanen befanden. Der Bandit und die Schlampe hatten wohl den Weg zum Fluß eingeschlagen und waren unbemerkt unter dem Balkon vorbeigekommen. Und ebenso die Zweierstreife der Landpolizei. ‹Einen rechten Schutz haben die ordentlichen Leute bei solchen Polizisten›, dachte er. Aber das sollten sie ihm alle gründlich büßen. Benignos gerunzelte Stirn kündigte einen Entschluß an, den die Leute nicht vergessen sollten, während er den Platz betrachtete, der sich schon in sich selbst zurückgezogen hatte, wieder ein seelenloses Etwas und bloße Erde war, wie seit Hunderten und aber Hunderten von Jahren.

Trotzdem, so war es nicht. Der Platz war nicht derselbe. In der Mitte ruhte mit zerfetztem Gedärm eine riesige und zugleich unscheinbare Hundeleiche. Eine Männergruppe umringte sie und grübelte mit bedeutungsschwerer Hartnäckigkeit über das Geschehene nach. Dort stand auch der Junge, der dem Negro geantwortet hatte, als verkörpere er die Stimme des ganzen Ortes.

Durch das andere Fenster betrachtete Ruiz' Schwester ebenfalls den Platz. Ihr wurde es zur gleichen Zeit wie ihm klar.

«Man muß dieses Tier fortschaffen, Benigno. Aber auf der Stelle.»

«Auf der Stelle, ja. Juan soll hingehen und den Hund holen, damit er begraben wird.»

Cándida entfernte sich, um die Anweisung weiterzugeben. Als ihre Schritte verklungen waren, breitete sich aufs neue Schweigen im Raum aus.

Auf dem Platz rührten sich die im Kreis stehenden Männer nicht. Und es war merkwürdig: Kein anderer schloß sich ihnen an, aber es ging auch keiner fort, keiner desertierte von seinem Posten. Benigno zählte sie: Sie waren acht. Unbeweglich starrten sie den Hund an, als erfüllten sie eine Pflicht. Nur hin und wieder schaute jemand zum Haus der Ruiz-Sippe hinüber, und danach beugte er abermals den Kopf, um diesen Haufen aus Gedärm und Fell zu betrachten, der lächerlicherweise immer noch das schreckliche Halsband mit den Stahlspitzen trug. Sie sahen auf dieses Etwas, sie sahen auf diesen gestürzten Turm, und sie sahen hin, weil es so sein mußte: Es mußte diese acht Männer geben, die den Tod der furchtbarsten Kraft im Gedächtnis behielten und ihn nicht vergessen würden, die sich sogar daran erinnerten, wie leicht es gewesen war. Und obwohl sie nicht wußten, daß sie dort als Zeugen standen, sahen sie hin; und wenn sie auch vor dem Sprechen zurückschreckten, sahen sie hin. Sie wagten es nicht, ein einziges Wort zu sagen, und später, ganze Monate, würden sie ebensowenig etwas sagen. Sie würden selbst davor zurückschrecken, über das Geschehene allein nachzudenken; doch das Bild des zusammengebrochenen Hundes würde sich in ihrer Vorstellung erhalten. Und solange acht eingeschüchterte Männer diese Offenbarung bewahrten, würde in Benignos Macht ein Riß klaffen, den sie zuvor nicht hatte. Acht verängstigte Männer, die in ihrem Geist ein Bild hüteten, waren nichts; und dennoch war das alles, was diese Männer tun konnten. Und dennoch: Dieses geistige Bild, das sich nicht verbieten oder austilgen ließ – denn selbst wenn man tötete, um es auszutilgen, würde man es dadurch bestätigen –, das sich nicht mit Papieren, Aufrufen und allen Säuren der tätlichen Angriffe beeinträchtigen ließ, bedeutete für die unglücklichen Einwohner Sotondos wenigstens die Hoffnung auf eine andere Zukunft.

Darum sahen sie hin. Darum sahen sie weiter hin und schlossen abermals den Kreis, nachdem Juan die Leiche fortgeschleppt hatte, die Benignos Schwäche war, denn wie alle mächtigen Herren der Peitsche war er im Grunde schwach. Darum tobte Benigno wütend am Balkonfenster und ordnete an, daß Juan wieder auf den Platz gehen und ihn von allen Spuren – dem Blut, den Därmen, sämtlichen Überresten – säubern sollte.

«Sie haben uns einen großen Schaden zugefügt, einen sehr großen», sagte Jesusa. «Man darf diesen Leuten auch nicht ein einziges Mal die Augen öffnen.»

«Die werd' ich ihnen schon schließen!» prahlte Benigno und versuchte, sich vor seiner Schwester aufzuspielen, während sie ihn besorgt ansah.

«Ich weiß nicht, ob du das erreichen kannst», murmelte sie bedächtig. «Ach, wenn ich es wäre!»

Da ließ sich eine hysterisch frohlockende Stimme aus dem Schlafzimmer vernehmen:

«Du bist auf einen Mann gestoßen, du bist auf einen Mann gestoßen! Einen richtigen Mann! ... Es ist aus mit Benigno!»

«Halt den Mund, verdammtes Weib! Du kümmere dich ums Sterben, das ist deine Sache!»

«Meine Sache ist das Sterben, ja; aber mit Benigno ist es zu Ende!»

«Entweder du hältst den Mund, oder ich stopfe ihn dir mit dem Kissen!»

Die Stimme verstummte. Schweigend sahen die drei Ruiz-Geschwister zu, wie Juan zum Kreis der Männer zurückkehrte, sich durchdrängte, den Boden säuberte und auf dem Rückweg einen kleinen Korb trug, den er im Haus absetzte. Dann fegte er über die Spur, die er beim Fortschleppen der Leiche hinterlassen hatte, und auf dem Platz blieb kein Zeichen zurück.

Aber die Männer sahen weiter hin. Benigno stieß einen solchen Fluch aus, daß sich seine beiden Schwestern bekreuzigen mußten, und rannte die Treppe hinunter, nachdem er etwas aus der Kommode genommen und in die Tasche gesteckt hatte. Er lief auf den Platz hinaus und erreichte die Gruppe, die sich weit öffnete, so daß sich vor ihm ein Halbkreis von acht Männern bildete. Die armen heldenhaften Zeugen waren verschüchterter und ängstlicher als je zuvor. Benignos erster Blick richtete sich auf den Boden: Er war vollkommen sauber, es blieb keine Spur zurück, alles war beseitigt. Benigno plusterte sich auf:

«Was denn?... Gibt es etwas?... Los, kümmert euch alle um eure Angelegenheiten! Los, ihr elenden Kerle, weg hier! Wird's bald, daß ich nicht jemandem einen Fußtritt geben muß!»

Nur einer wagte es, ihn anzusehen, und er sagte:

«Ein Jammer ist das, Benigno. Ein so stolzes und so schönes Tier!»

«Weg hier, verdammt noch mal!...»

Die Männer liefen rückwärts, als sie sich entfernten. Dann drehten sie sich um und verschwanden in den Gassen. Aber Benigno beobachtete, daß sie beim Zurückweichen auf einen Punkt blickten, der sich rechts von seinen Beinen befand, und er erschrak. Denn neben seinem rechten Bein war gewöhnlich der ermordete Hund gelaufen. Daß er fehlte, wirkte nun weitaus schrecklicher, als es seine frühere Gegenwart gewesen war. Ja noch mehr: Der Junge stand weiter da und sah hin.

Benigno tat so, als merke er das nicht, als erlaube es das Alter dieses Zeugen, so etwas zu tolerieren. Doch als er heimkam, erkannte Jesusa seine innere Angst.

«Begreifst du das, he? Ist dir im tiefsten Inneren klar, welchen Schaden sie uns zugefügt haben?»

Benigno lief rot an, weil ihn eine heftige, jedoch kurzzeitige Wut packte.

«Laß du mich auch in Frieden; ich weiß, was ich tue!... Das werden die schon bezahlen, jawohl. Der Flößer kommt ins Gefängnis, und sie... Alle diese Schweine im Dorf sollen sie hier sehn. Die sollen sehn, wie sie mich bedient und wie sie Benignos Hemden im Fluß wäscht.» Und er schwor: «Beim Allmächtigen!»

«Dringend nötig wär's, daß du es schaffst», sagte Jesusa in sarkastischem und zweifelndem Ton. «Sonst respektiert dich hier nämlich keiner mehr.»

Benigno machte eine wütende Geste und rannte aus dem Zimmer, während seine Schwester skeptisch den Kopf schüttelte.

Unterdessen liefen Antonio und Paula auf ihrem Weg und hatten schon alles vergessen. Nur wenn sie manchmal an jenes Schlafzimmer mit dem billigen, den Schweißgeruch überdeckenden Parfüm zurückdachte, stieg wieder so etwas wie Brechreiz in ihr hoch. Nun aber umgab sie das weite, freie Feld. An der Kreuzung, von der schon der zum Fluß hinabführende Pfad abzweigte, blieb Antonio stehen.

«Ich will mich bei den Polizisten bedanken.»

«Daß du nicht zuviel redest.»

«Keine Sorge», sagte er, denn er fühlte sich wieder sicher. «Sie haben sich anständig benommen. Und außerdem sehen sie dann, daß ich vor ihnen nicht davonlaufe.»

Die Polizisten holten sie bald ein. Antonio sprach sie an.

«Glauben Sie, wir auf der Wache wüßten nicht, wer die Ruiz sind?» antwortete der Wachtmeister, nachdem er Antonio zugehört hatte. Er schwieg einen Augenblick, und leiser setzte er hinzu, wobei er Paula ansah: «Ich habe eine Schwester, dort in meinem Dorf. Genauso hübsch wie das Mädchen hier.»

«Wir haben Glück gehabt mit Ihnen», sagte Antonio.

«Vorläufig ja», lächelte der Polizist. «Aber wir müssen eine Meldung machen. Laß dir nicht einfallen, dich vom Floß zu entfernen, ohne daß du genau sagst, wohin du gehst.»

Sie verabschiedeten sich. Die zwei Bewaffneten setzten den Weg zu ihrem Wachlokal fort; der Mann und die Frau liefen zum Fluß weiter.

Nach einer Weile, als sie ein Stück vorangekommen waren, sagte der alte Polizist zu seinem Kollegen:

«Du bist Wachtmeister und hast mehr gelernt als ich. Aber du wirst schon erleben, daß sie uns fragen, warum wir diesen Flößer nicht auf die Wache geschafft haben.»

«Hast du nicht alles deutlich gesehen? Warum sollten wir ihn mitnehmen? Wenn ich es wäre, und ich höre, wie einer von meinen Leuten ruft, dann springe ich über sieben Mauern.»

«Einverstanden. Nur ist es so, ich weiß nicht, wie das kommt, aber die Armen, die über Mauern springen, sind immer Gesetzesbrecher, und die Reichen, die Mauern aufbauen, haben das Gesetz auf ihrer Seite. Im

Zweifelsfall mußt du den Armen greifen. Dann greifst du nicht daneben.»

«Und so übt man Gerechtigkeit?»

«Gerechtigkeit? Hör mal, das hier ist dein erster Posten, nicht wahr?» Der junge Mann nickte zustimmend. «Was hast du vorher gemacht?»

«Mein Vater hatte ein kleines Stück Land in Palencia. Wir waren viele Kinder. Achtunddreißig wurde ich eingezogen, und sie haben mich an die Front geschickt. Als der Krieg zu Ende war, bin ich zur Polizei gegangen. Ich wollte ein bißchen mehr verdienen. Warum?»

«Genau darum. Mein Vater war Maultiertreiber in den Bergen von Guadix, dort zwischen Granada und Almería. Ich bin viel mit ihm herumgekommen, und ich bin älter als du. Ich bin in den Schenken abgestiegen, ich habe den Fuhrleuten zugehört, den Männern, die durch die Welt ziehen. Wenn die Richter auf diesen Wegen Gottes wanderten, könnte es vielleicht Gerechtigkeit geben. Aber die Richter sehen nichts weiter als Papiere, und sobald eine Sache aufgeschrieben wird, ist sie schon Lüge. Du siehst einen Toten, nehmen wir mal an, einen, der sich selber umgebracht hat, und du siehst das auf die eine Art; danach liest du das Protokoll, und die Sache ist ganz anders. Ein Betrüger sagt aus, und du durchschaust das; aber du liest die Aussage, und die ist genauso wie die eines ehrlichen Menschen. Die Herren Richter sind vielleicht nicht schuld, aber ihre Urteile sprechen sie mit den Papieren in ihren Amtszimmern oder in diesen Sälen, die wie Theater sind. Hast du einmal eine Gerichtsverhandlung erlebt?»

«Nein.»

«Na, ich hab's dir ja schon gesagt. Wie im Theater. Jeder spielt seine Rolle. Und die des Angeklagten ist es natürlich, daß er die Schuld auf sich nehmen muß.»

«Und was», sagte zweifelnd der junge Mann, «machen wir dann?»

«Wir? Was alle Menschen auf der Welt machen: Wir schlagen uns durch. Ein paar schlagen sich durch, indem sie sich an ein Kapital halten oder an ein Geschäft, andere an einen Schleifstein, wieder andere ans lebenslängliche Zuchthaus und noch andere an eine Uniform. ‹Der Henker hält sich an den Strick und der König an die Krone›, sagte ein Onkel meines Vaters, der Schmuggler gewesen war und im Gefängnis viel gelernt hatte. Immer denke ich an diesen Satz, weil er eine sonnenklare Wahrheit ist. Worauf es ankommt: daß man tut, was man tut, wie man es tun soll. Wir hätten uns an den Flößer halten sollen; aber, na schön, wir werden eine Meldung machen, weil man die machen muß. Und andere werden es aufschreiben, weil man es aufschreiben muß. Und der Benigno wird sich einen Rechtsanwalt suchen, der sich Zeugen suchen wird, weil es Rechtsanwälte und Zeugen für die Gerechtigkeit geben muß. Und er wird sie in Benignos Haus führen, und in dem Hinterzimmer wird es nur ein erbärmliches Feldbett geben, und wir zwei werden als Betrüger oder Dummköpfe dastehen. Und sobald sie fortgegangen sind, wird man wieder das große Bett aufstellen, weil es Mädchen geben muß, die sich an ihren Körper halten, und es wird nichts weiter passieren, weil es einen wie Ruiz geben muß für die Mädchen. Wenn wir alle tot sind, kommen andere, die genauso sind wie wir und die sich an das gleiche halten. Verdammte Scheiße! Schlag dich durch, und du lernst allmählich, wo's langgeht.»

«Wenn du so denkst, müßtest du alles ruhiger hinnehmen.»

«Ja, ich denke so; aber sich durchschlagen ist hart. Mehr für die einen als für die anderen.»

«Also dann...»

«Was soll's. Nichts zu machen.»

Mit diesen Worten entfernten sich die Polizisten, während das andere Paar auf einem kleinen Hang am Rand des Pfades stehenblieb. Es dämmerte. Der Wind hatte sich gelegt, und die Kiefernwipfel ruhten in tiefem Schweigen. Zwischen den Bäumen, unter den roten Pinselstrichen der Abendsonne, konnte man eine Krümmung des Flusses sehen.

Paula hatte sich auf einen Stein gesetzt.

«Hast du's satt?»

«Was denn? Wir sind ja fast überhaupt nicht gelaufen.»

«Nein. Ich meine das andere.»

«Ach ja, diese Geschichten. Aber ich bin kein Waschlappen.»

«Das hab' ich auch überhaupt nicht gedacht. Du hast mehr Mumm als viele Männer.»

«Nicht mehr als du», sagte Paula stolz. «Du hättest dich von nichts zurückhalten lassen.»

«Von nichts. Wenn ich meinen Kopf durchsetzen muß, setz' ich ihn durch. Egal, wer auf der Strecke bleibt.»

‹Ja, so ist dieser Mann›, dachte Paula. Und leise fragte sie:

«Dann denkst du nur noch an dich?»

Er sah ihr fest in die Augen, um ihr seine Worte tief einzuprägen.

«Genau. Deshalb denke ich nur noch an dich.»

‹Bis du damit aufhörst›, dachte sich Paula; doch sie schwieg. Im Augenblick gehörte er ihr, und was zählt, ist der Augenblick.

«Hör mal, Paula...», Antonio überwand sich zögernd und stellte nun jene Frage, die ihn beunruhigte. «Hör mal, Paula, die Papiere hier...?»

Paula erklärte es lachend. Das wären die vom Tejero, der sich am Fuß verletzt hätte. Er habe sie ihr anvertraut, weil sie die mit dem Botengänger nach Hause schicken sollte, aber sie habe es vergessen. «Das war Gottes Wille», schloß sie. Antonio sah sie fest an.

«Glaubst du an Gott?»

«Natürlich. Du nicht?»

Antonio zuckte die Achseln. Nun sah Paula ihn fest an.

«Sag mal», fragte sie plötzlich. «Bist du verzweifelt?»

«Was erzählst du da?»

«Wenn man viel durchmacht, sucht man seine Zuflucht bei Gott und bei den Heiligen. Wenn die Not schon sehr groß ist, ungeheuer groß, und man ist verzweifelt, dann ist es sogar mit Gott vorbei. Aber es muß ihn geben. Das heute nachmittag hat Gott getan... Bist du sehr verzweifelt?»

«Ich bin auf der Flucht. Sie suchen mich, das hab' ich dir ja gesagt.»

«Das wußte ich schon.»

«Seit wann?»

«Seitdem du gekommen bist.»

«An der Quelle?»

Paula errötete leicht.

«Nein, an der Quelle noch nicht. An der Quelle warst du etwas anderes. Ich weiß nicht, was du warst. Du bist aufgetaucht wie jemand, der... ich weiß nicht... Das war dann, am Fluß. Deine Augen sahen sich überall um und prüften alle Gesichter, sie wirkten trotzig, aber sie suchten Schutz.»

«Das hat man gemerkt?»

«Alle haben das erkannt. Ich hab' gehört, wie sie darüber geredet haben.»

«Was sagen sie?»

«Was macht denen das schon aus? Zwei zusätzliche Arme sind eine Hilfe bei der Arbeit.»

«Also ja; ich bin auf der Flucht..., aber ich schwöre dir, daß ich kein schlechter Mensch bin.»

«Das weiß ich auch.»

«Ich konnte mich nicht beherrschen...», und er sprach weiter, nachdem er einen Augenblick überlegt hatte: «Paß auf, ich bin aus Molina...»

«Sag mir nichts, sag's mir nicht.»

«Du mußt es erfahren... Meine Mutter wurde Witwe, ohne ein bißchen Geld, mit fünf Töchtern, und ich, der Älteste, war neun Jahre alt... Wie sie uns durchgebracht hat, jede Arbeit hat sie angenommen und sich abgeplagt! Ich hab' ihr geholfen, sobald ich konnte, und meine älteste Schwester – die hatte ich am liebsten, sie ist die schönste! – hat auch eine Stellung angenommen. Es sah so aus, als sollte es uns allmählich besser gehen, da machte meine Werkstatt dicht, und ich mußte nach Valencia gehen und mir eine Arbeit suchen... Klar, damals konnte ich ihnen wenig schicken, obwohl ich von fast gar nichts lebte... Also, die Monate vergingen; es kamen Briefe, daß alles in Ordnung wäre; da ließen sie mir auf einmal ausrichten, daß meine Schwester einen Mann heiratete, der wäre schon älter... Ich war mit einem Transport weggefahren, und ich hab' den Brief erst gelesen, als ich zurückkehrte; und deshalb, obwohl ich sofort los bin nach Molina, war sie schon verheiratet, als ich ankam. Ich hab' alles erfahren: Meine Mutter war krank, sie hatten kein Geld mehr, und sie wollten es mir nicht sagen, weil das nichts geändert hätte; diesem Mann gefiel meine Schwester... Was sollte sie anderes tun, als ihm ihr Jawort zu geben? Meine Mutter lag weiter im Bett, als ich heimkam, und das wird sie noch lange, wenn sie überhaupt gesund wird!... Wenn etwas mehr Zeit vergangen wäre, dann hätte ich vielleicht auf die Frauen gehört und wäre zurück nach Valencia... Aber dieser Mann hatte das Pech, daß er nach Hause kam, als ich gerade meine Schwester fragte, wieso sie ihn geheiratet hätte, und als sie anfing zu weinen, zu weinen... Da hab' ich rot gesehen; wir haben fast kein Wort gesprochen; ich hab' das Messer rausgeholt und es ihm in den Leib gestoßen... Ich weiß nicht, was weiter passiert ist: Ich bin losgerannt, sobald ich gesehen habe, wie er hinfiel.»

«Hast du ihn umgebracht?» sagte Paula nach einer Pause.

«Das weiß ich nicht.»

«Warum hast du dich nicht freiwillig gestellt? Vielleicht hätten sie das berücksichtigt.»

«Ich mich stellen?» rief er entsetzt. «Lieber würd' ich mir das Leben nehmen. Du weißt nicht, was Gericht und Gefängnis sind, Paula. Mich haben sie ein paar Tage eingesteckt wegen einem Streit und ein paar harmlosen Schlägen, und du weißt nicht, was dort los ist. Die untersuchen dich von allen Seiten, als wärest du ein Stück Vieh; sie treiben dich von einem Raum, der wie ein Stall ist, in einen anderen; sie werfen dich wie in eine Abfallgrube, wo es Sittenstrolche gibt und Diebe... Nein, nein, die kriegen mich nicht!»

Sie schwiegen. Das rosenfarbige Dämmerlicht an der fernen Flußkrümmung hatte sich aufgelöst. Das grüne Wasser war beinahe so dunkel wie die Bäume.

«Jetzt weißt du es», sagte Antonio und blickte sie an. «Du hast noch genug Zeit.»

«Zeit wofür?... Ach, Antonio», sie war verzweifelt, als sie ihn verstand, «du hast wirklich noch genug Zeit... Ich bin wirklich schlecht.»

«Du und schlecht?» Antonio lächelte. «Das glaubst du vielleicht.»

Paula hob den Kopf und wagte es, ihn anzusehen, als würde sie von Eisenhänden dazu gezwungen.

«Und das sagen alle. Und das würdest du auch sagen, wenn du wüßtest... Laß dich nicht täuschen, Antonio; denk darüber nach: Wenn ich nicht schlecht wäre, würde ich dann durch die Berge laufen wie eine streunende Katze?... Wie eine streunende Katze, jawohl», sprach sie erregt weiter und stand auf, «wie es diese schleimige Alte gesagt hat!»

«Die Schlechten laufen auf den Straßen herum, Mädchen», sagte er und stand ebenfalls auf.

«Nein, Antonio; neulich bin ich verrückt gewesen. Es ist besser, daß du nicht mehr an mich denkst; das kann nicht sein, es gibt keine Hoffnung.»

«Bist du verheiratet?»

«Nein, Gott sei Dank», antwortete Paula erleichtert, bevor sie wieder von der Angst gepackt wurde. «Aber frag mich nicht, frag mich nicht... Ach, Heilige Jungfrau, warum sterbe ich nicht!»

«Warte, Paula...»

«Nein, nein; das ist besser für dich. Laß es, laß mich.»

Antonio begriff, daß dies für den Augenblick am besten war, da er die bedrückende Angst spürte, die aus Paulas Stimme sprach. Und er begnügte sich damit, sie wortlos zum Fluß zu begleiten, durch die Kiefernwälder, die schon mit der Nacht verschmolzen.

AZAÑÓN

Am Morgen sprachen die Männer vom Fluß weiter über das Fest, auf dem jeder sein eigenes Abenteuer erlebt und wenig von denen der anderen erfahren hatte. Kaum einer hatte etwas von der schlimmen Lage bemerkt, in die Paula geraten war; über Cacholos lustige Vorstellung hingegen amüsierte man sich glänzend. Als die große Überraschung hatte sich jedoch Negros Sprachgewalt erwiesen: Alle sahen ihn nun mit Respekt an, obwohl er sich bemühte, noch weniger als sonst aufzufallen. Der Seco war ganz einfach nicht wieder ins Lager zurückgekehrt, was den Rubio um den Schlaf gebracht hatte.

«Ob etwas mit Damián passiert ist?» fragte er.

«Und ob ihm etwas passiert ist!» lachte Cacholo. «Der hat bestimmt ein besseres Bett gehabt als dein Lager aus Kiefernnadeln.»

Schlechtgelaunt ging der Rubio zur Arbeit, und ständig blickte er suchend umher, ob der Seco zurückkäme. Das geschah erst am Mittag, als sie gerade mit dem Essen fertig wurden. Bevor er selber auftauchte, kündigte er sich durch seinen schwungvollen Gesang an:

«Erbitte nichts von den Frauen,
sie rücken nicht gern was raus;
gewaltsam mußt du sie nehmen,
und danken werden sie's dir.»

Er erschien auf der Böschung, und die Flößer brachen in schallendes Gelächter aus.

«He!» begrüßte ihn der Dámaso. «Wie war der Stierkampf?»

«Ein tolles Vieh. Gut im Fleisch, wild und kräftig.»

«Willst du was zu essen, Seco?» fragte der Chepa. «Es sind noch Brotkrumen übrig.»

«Ich und Brotkrümelchen?... Die Krumen sind für die Armen da!»

«Die werden ihn nicht wenig verwöhnt haben», sagte der Galera neidisch.

Nun äffte der Cacholo eine zärtliche Frau nach:

«Möchtest du ein paar Zuckerbrezeln? Ein Sandtörtchen für meinen Schatz? Schau nur! Schön in Wein eingetunkt, schön in Wein eingetunkt!»

Die Flößer lachten sich halbtot. Nur der Rubio nahm den Spaß widerwillig auf. Der Seco erzählte weiter:

«Verdammich, die kann sich's schon leisten! Die hat genug Land und Vieh!... Sie wollte, daß ich als ihr Verwalter dableibe!»

«Land!» wiederholte der Tuerto, und das Wasser lief ihm im Mund zusammen, wie immer, wenn er dieses Wort aussprach. «Und da bist du nicht geblieben?»

«Ich? Daß ich mich in einem Dorf einsperren lasse und nur noch für die eine da bin? Wo so viele Frauen in dieser Welt auf einen Mann warten?... Mir mußt du die freie Luft, den ständigen Trubel und überall ein neues Weibchen gönnen. Eine Frau für immer, das hält keiner aus. Gib acht auf die Tiere, die denken nicht nach, und deshalb tun sie ständig, was sie tun müssen. Wenn dich eine einzige rannimmt, dann saugt sie dir das Gehirn aus, und du taugst nichts mehr... Und dabei ist die hier..., paßt auf, wie die sein muß, wenn sie so einen Strumpfhalter trägt.»

Aus dem Gürtel nahm er einen schwarzen Gummiring mit schmalen roten Streifen, der beinahe zwei Finger breit war und dessen Ränder vom Gebrauch etwas abgerundet waren. Als der Lucas das sah, wagte er den Kommentar:

«Na, dieses Weib hat wirklich tolle Oberschenkel!»

«Oberschenkel?» lachte der Seco schallend. «Du hast Frauen bloß im Kino gesehen, Junge, und Bilder von Señoritas! Die Stuten in meinem Stall tragen den Strumpfhalter noch unter dem Knie.»

Er hielt sich den Ring an die Nase und rief bewundernd:

«Wie das riecht! Probier du's mal, Quintín!»

«Ist das ein Rasseweib!» sagte Cacholo und atmete tief ein.

«Na, wenn das erst die Wade ist, wie wird sie dann weiter oben sein?» erkundigte sich der Lucas.

«Ein paar solche Backen... Wie eine Schimmelstute... Und wie sie mich rangenommen hat: drei Jahre Witwe, und ohne daß sie sich in dem Dorf irgendwas getraut hat...!»

Cuatrodedos stand plötzlich auf und entfernte sich mit zum Himmel gewandten Augen aus dem Kreis.

«Einfach toll hat sie mich rangenommen...», erzählte der Seco weiter. «Geweint hat sie, als ich gekommen bin. Das hier wollte sie mir unbedingt schenken.»

Der Seco ließ eine alte Brosche sehen, die er am Unterhemd stecken hatte und auf der ein paar kleine Edelsteine ein goldenes Herz umgaben.

«Wie hübsch du herausgeputzt bist!» lachte der Galera. «Und für wen willst du das haben?»

«Was für eine Frage!» spottete Quintín. «Für dich, wo's überhaupt nichts zu essen ist...»

«Ach was», antwortete der Seco, «das kann ich einer andern schenken, verdammich! Wenn die sich zu sehr auf die Hinterbeine stellt. So ist das Leben.»

«Aber was gibst du ihnen?» fragte der Correa erstaunt. «Warum hast du so ein verfluchtes Glück bei den Frauen?»

Nun ließ sich der schweigsame Rubio vernehmen:

«Nichts. Den Frauen darf man nichts geben, wie es im Lied heißt. Unsereiner tut ihnen einen Gefallen.»

«Halt den Mund, du junger Spund; je hohler die Ähre, desto höher die Nase», entgegnete der Cacholo.

«Laßt ihn», griff der Seco ein, «der Junge ist nämlich auf der richtigen Spur. Du wirst noch süßen Honig kosten, mein Junge. Das sage ich dir.»

Da schlug eine boshafte Stimme zu:

«So was wie die Paula?... He, du willst doch nicht behaupten, daß sie sauer schmeckt.»

«Erstklassiger Honig, das stimmt», gab der Seco zu. «Honig vom Feinsten.»

«Und ein bißchen roter Pfeffer ist auch dabei», Dámaso ließ nicht locker, «damit's den Geschmack noch mehr reizt.»

Antonio hatte gespannt achtgegeben, als er Paulas Namen hörte. Doch lächelnd lenkte der Americano von diesem Thema ab:

«Wie deine Witwe, nicht wahr, Seco?»

«Du hast es gesagt», antwortete der und fuhr sich mit der Hand über die bärtige Mundgegend, während er sich erinnerte. «Sie hat mir leid getan, als ich sie verlassen habe. Was wird die Arme jetzt anstellen? Einmal war sie so verzweifelt in diesem Dorf, wie sie mir erzählt hat, daß sie nach Madrid gefahren ist, um auszuprobieren, ob jemand sich bei ihr eine Frechheit erlauben wollte; aber sie ist sehr zurückhaltend, und sie hatte kein Glück. Sie wußte nicht, wie man sich dort bewegen muß.»

«Was die in Madrid verpassen», spottete der Correa.

«Aber läßt sich denn in den Dörfern überhaupt nichts machen?» fragte Shannon, weil er sah, daß Dámaso zu einer weiteren giftigen Bemerkung ansetzte.

«Und ob sich da was machen läßt!» sagte der Cacholo. «Für einen notleidenden Körper gibt's immer eine mitfühlende Seele... Aber wenn die Frau ein bißchen zurückhaltend ist, fällt es nicht so leicht, weil es am Ende immer rauskommt... Ich weiß noch, das war in einem Nachbardorf...»

Nun erzählten sie Geschichten über das gleiche Thema, und Shannon, der sich vor einigen Tagen in Chaucers Welt zurückversetzt fühlte, glaubte sich nun ebenso in der Welt Boccaccios, in der herrlichen, renaissancehaften Lebensfülle der *Celestina*. Welch eine kraftvolle, urwüchsige Blütenlese ließe sich zusammenstellen, wenn man ihnen zuhörte! Sie waren treue Söhne der Erde, ihr gerade entsprossen und noch durch die Nabelschnur mit deren Innerem verbunden.

«Aber, nun ja», fragte der Correa hartnäckig, «was gibst du ihnen, Seco?»

«Was soll ich ihnen geben? Was sie von den Männern haben wollen.»

«Na dann», sagte der Tuerto, «dasselbe wie alle.»

«Ja, aber ihr macht euch mit Bitten an sie ran, weil ihr denkt, daß sie euch einen Gefallen tun. Es will euch nicht in den Kopf, daß die Frauen genauso von den Männern verrückt gemacht werden wie wir von ihnen. Wenn einer nicht begreift, was für einen großen Gefallen der Mann einer Frau tut, dann ist er kein richtiger Kerl, verdammich.»

«Wie es schon im Spruch heißt: Ein Mann ist nicht eher ein ganzer Kerl, bis er Brot aus vierzig Backöfen gegessen hat», griff der Galera ein. «Der Lorenzo denkt mehr an Brote als an Frauen.»

«Wenn man sie in kleinen Bissen genießen könnte, würde er ihnen vielleicht schneller nachlaufen!» sagte Quintín.

«Und wer hat dir dieses Rezept beigebracht?» stichelte Dámaso.

«Ach!» seufzte der Seco. «Die feinste Frau, die ich in meinem Leben besessen habe...! So was gibt's überhaupt nicht mehr.»

«Ein feines Weibsbild in den Bergen?» spottete Dámaso.

«Nein; das war in Madrid. Als mein Vater sehr krank wurde, hat der Bezirksarzt ihn nach Cuenca geschickt, aber dort stellten sie fest, daß er eine ganz seltene Krankheit hatte, und sie schickten ihn weiter nach Madrid ins Hospital General, damit sie ihn den Studenten vorführten und ihn ein Doktor untersuchte, der hieß Don Leandro und der wußte am besten darüber Bescheid. Also, ich hab' meinen Vater begleitet. Ich war damals siebzehn und größer als heute, ich war noch nicht zusammengeschrumpft. Ich hatte schon ein paar Mädchen ausprobiert, wenn ich's mal so nennen soll, denn damals bekam ich noch überhaupt nichts mit, aber ich war genauso ein Angsthase wie ihr, weil sie in meinen Augen wie Königinnen waren, die einem elenden Kerl ein Almosen gaben.

Also, meinen Vater steckten sie in einen Krankenhaussaal, und da herrschte eine Kälte wie mitten in den Bergen, obwohl die Wände so dick waren«, erzählte der Seco weiter. »Wir mußten dankbar sein, weil wir nichts bezahlten, aber das war ein Geschenk, wie alle Geschenke für die Armen sind, daß es einen hochbringen kann. Da lagen dreißig Männer, die schon halbtot waren, zahm wie Lämmer und mit allem zufrieden. Ab und zu schauten ein paar kleine Gauner rein, die waren beinahe Ärzte oder kaum aus dem Ei gekrochen, die zogen sich einen Kittel über und machten sich an einem Bett zu schaffen. ‹Siehst du's, siehst du's?› sagten sie. ‹Gib acht, wie das bei ihm ist.› – ‹Ja, aber ich weiß nicht was und wie.› – ‹Nein, Mann; paß auf, wie er den Arm bewegt.› Und da fingen sie an zu diskutieren in ihrem Kauderwelsch und schlenkerten dem elenden Kerl den Arm hin und her, damit sie genau sehen konnten, wie das funktionierte. Dann deckten sie den Mann zu und klopften ihm auf die Schulter: ‹Ihnen geht's ja viel besser.› Und wir alle wußten, daß der arme Hund bald sterben würde, und sogar er selber hatte das schon kapiert. Aber er antwortete: ‹Das weiß ich doch, ja, Señor.› Denn dort sagte man nichts weiter als ‹ja, Señor›. Ja, Señor, man muß runter in den Saal. Ja, Señor, man muß urinieren. Ja, Señor, man muß beichten... Denn das war noch so eine Sache: Die Schwestern machten sich bloß darum Sorgen, daß jeder Halbtote beichtete... Worauf ich aber hinauswollte: Also, dieser Don Leandro, und der war wirklich ein feiner Herr, hat gesagt, meinem Vater sollte es besser gehen, und er wollte ihn gut pflegen. Er brachte ihn in ein Sanatorium, das ihm gehörte, mit einem Garten dabei, und in ein Zimmer, das war sauberer als ein Altar; und als Gipfel des Ganzen, wo das so weit draußen lag, bin ich auch dorthin umgezogen, und sie haben mir ein fürstliches Leben geboten.»

«Und das Mädchen war die Tochter von dem Doktor?» unterbrach der Tuerto.

«Wenn ihr mir ins Wort fallt, halte ich den Mund... Das war ein Viertel, wo reiche Leute wohnten, weit weg von dem ganzen Krach der Hauptstadt... Dazu sag' ich euch bloß, um hinzukommen, mußte ich eine Pferdedroschke nehmen, und es war das erste Mal, daß ich in eine Kutsche gestiegen bin, und das letzte, jetzt hat man sie ja schon abgeschafft. Dort waren alle Häuser ungeheuer elegant, die hatten alle einen eigenen Garten und einen eigenen Wagen. Mein armer Vater, der immer elender aussah, hat zu mir gesagt, ich sollte einen Spaziergang machen, ich sollte nicht so eifrig an ihm festkleben, das wäre nicht gut. Jeden Morgen bin ich ganz zeitig ein bißchen ausgegangen. Und da hab' ich sie eines Tages gesehen.»

Shannon erkannte die echte, tiefe Rührung, die sich der Stimme Secos bemächtigte.

«Die war so, daß ihr's euch gar nicht vorstellen könnt. Im ganzen Leben habt ihr mit eurem Maul kein so reines Wasser gekostet. Na ja, vom Americano abgesehen, der hat bestimmt vom Feinsten probiert... Ich glaube, ich sehe sie noch vor mir, in einem blau- und weißgestreiften

Kleid und mit diesem weißen Häubchen auf dem Kopf, wie es die vornehmen Dienstmädchen tragen, und dazu ein paar neue Schuhchen mit einer hübschen hellblauen Stickerei, daß es ein Hochgenuß für die Augen war. Morgens ging sie ohne Strümpfe aus, und sie hatte das frischeste und weißeste Fleisch, das ich je gesehen habe. Ich wurde rot, bloß weil ich ihren Knöchel entdeckt hatte, als sie sich auf die Zehenspitzen stellte und einen Fuß hob, um dem Müllkutscher den Eimer hinzustrekken. Der auf dem Wagen sagte ihr zwei lustige Sachen, und sie lief lachend ins Haus zurück, ohne daß sie mich auch nur ansah. Ich hätte nicht mal mit ihr reden können, so sehr war mir die Luft weggeblieben.»

Er machte eine Pause, und dann erzählte er weiter:

«Am Nachmittag sah ich, daß sie etwas Schwarzes wie aus Seide anhatte, mit einer Schürze und einem schneeweißen kleinen Kragen. Aber sie gefiel mir besser, wie sie am Morgen war... Alle Tage ging ich hin und sah sie an. Manchmal brachte sie den Müll nach draußen, manchmal führte sie den Hund aus. Was für einen Hund! So groß, so schön und so männlich, daß ich den Eindruck hatte, er wäre ihr Begleiter... Was weiß ich, beinahe war ich sogar eifersüchtig auf den Hund, wenn er mit dem Rücken an ihren Schenkeln entlangstrich! Also, schließlich bekam sie das mit, denn ich trieb mich nur noch dort rum. Eher wär' ich gestorben, als daß ich sie angesprochen hätte. Was war ein armer Schlucker wie ich schon für dieses Prachtmädchen!... Mir fiel nicht mal ein, davon zu träumen... Und an einem Morgen sehe ich sie plötzlich nicht; an andern Tagen führt sie früh den Hund nicht mehr aus; das Haus wirkt wie verlassen; und an einem Tag kommt sie mit dem Müll nach draußen und an einem andern nicht... Ich fühlte mich nicht wohl in meiner Haut; ich dachte nicht mal an meinen Vater, der langsam starb. Bis an einem Morgen, als ich wie ein Blöder wartete, die Eisentür aufgeht und sie rauskommt und zu mir sagt, ob mir das Haus gefiele und ob ich es von innen sehen wollte. Wie sie redete! Das klang wie Musik! Wenn ich sprach, klang das im Vergleich zu ihr wie ein Grunzen... Also, ich bin ihr ins Haus nachgelaufen und hatte mehr Respekt vor ihr als vor einer Heiligen, während sie mir diese Schätze vorführte. Und so stiegen wir die Treppe hoch, und sie zeigte mir die Kleider der Señora, die wie Wolken aussahen, und dann gingen wir in den nächsten Stock. Sie machte eine Tür auf und brachte mich in ein Schlafzimmer, wie es niemand im Dorf hatte. ‹Das ist meine Stube›, sagte sie zu mir, ‹und wir sind allein. Die Herrschaften sind auf ihr Landgut gezogen, wie jedes Jahr, und die Wirtschafterin ist ausgegangen.› Als sie das sagte, funkelten ihr die kleinen

Augen voller Freude; und ich stand wie ein Blöder vor ihr. Deshalb fing sie zu lachen an, sie schloß die Tür zu und knöpfte sich das Kleid auf.»

«Verdammich!» brach es aus den Flößern hervor.

«Genau so. Diese Puppe hatte Augen wie ein Luchs, um die Männer zu beurteilen. Und mich hatte sie ganz durchschaut: was ich nach außen für einen dummen Eindruck machte, und was in mir steckte... So trieben wir's weiter alle Tage, wenn sie allein blieb. Sobald die andere ging, hängte sie einen Rock an ein Fenster, das von meinem Zimmer aus zu sehen war, und ich rannte hin zu diesem Stück Stoff, brünstig wie ein Stier... Jeden Tag zeigte sie mir was Neues: Dieses reine Wasser war tiefer als der See in Masegoso. So hab' ich gelernt, wie die Frauen sind, die haben genausoviel Verlangen wie wir. Sie hatte die feinen Manieren satt und war auf diesen dunkelhäutigen und noch ganz frischen Bauernlümmel versessen. Sie hat gesagt, die in Madrid wären Schlappschwänze und das Fleisch vom Lande gefiele ihr besser... Was für eine Frau!... Zart wie ein Reh, weiß wie Sahne, dunkel wie ein Laib Brot! Und eine Glut! Was für eine Frau!»

Der Seco machte eine Pause. Shannon spürte, wie wahrhaftig diese Geschichte war und welchen Eindruck sie auf diese Männer machte.

«Na, nichts weiter», antwortete er schließlich auf eine Frage, «damit war's zu Ende, sobald der Wind sich gedreht hatte. Sie bekam Lust auf was andres. An einem Tag hängte sie den Rock nicht raus und am nächsten auch nicht, genausowenig am übernächsten, und endlich sah ich sie, wie sie mit einem großspurigen Kerl spazierenging... Sie hat mich nicht mal angeschaut. Wenn ich weiter dortgeblieben wäre, obwohl ich ein ganz junger Bursche war, ich glaube, ich hätte diesen Kerl herausgefordert, und er hätte mir eine Menge Ohrfeigen verpaßt, na klar; aber mein Vater ist gestorben, und es war aus... Doch dieses schlaue Täubchen hatte mir schon für immer das Fliegen beigebracht. Seitdem hab' ich die Frauen angesehen wie der Hahn seine Hühner und nichts weiter; den Schnabel geb' ich allen und das Herz keiner.»

Wie sollte er das auch, dachte Shannon, wo er es jener das eine Mal gegeben hatte, und die ganze Seele dazu? Die einzige Ausnahme war ja die erste Liebe in den Bergen wie in den Klassenzimmern, der Zauber der entscheidenden Entdeckung!

Als alle zur Arbeit hinabstiegen, blieb der Negro mit dem Americano allein.

«Ich hab' es mir gründlich überlegt», sagte er ernst, «und ich gehe fort.»

Der Americano sah ihn erstaunt an.

«Wenn es wegen dem Schlag ist, den ich dir geben mußte», begann er zu erklären, «das wirst du schon verstehn...»

«Nein, nein», unterbrach ihn der Negro. «Dafür danke ich dir; vielleicht hast du mir das Leben gerettet... Aber ich hab' zuviel geredet; du wirst schon sehn, wie die Polizei hier herumschnüffelt.»

Der Americano berichtete ihm nun kurz, was Paula zugestoßen war, wie sie selbst es ihm erzählt hatte.

«Na, dann bleibt mir nichts andres übrig», sagte der Negro. «Wenn sie nämlich mit Nachforschungen anfangen, sperren sie mich ein. Ich hätte nicht so reden dürfen, aber es war stärker als ich. Seit Jahren hatte ich das nicht gemacht, und das ist mein Leben, Americano. Ich hab' keine andre Leidenschaft.»

«Das hab' ich schon begriffen, Mann; das war klar.»

«Damit hab' ich mich immer abgegeben. Schon als junger Bursche bin ich bald weg aus dem Dorf, weil es da Sachen gab, die mich hochbrachten. In der Hauptstadt hab' ich viel gelesen. Ich bin in die ‹Casa del Pueblo› zu den Sozialisten gegangen, und seitdem hab' ich mit der Politik nicht aufgehört. Aber auf meine Art, nicht wie so viele: Die Politik war für die einen Geld oder Einfluß; für die andern, daß sie etwas darstellten, daß die Leute sie verehrten und ihnen schmeichelten; für ein paar war sie sogar eine Möglichkeit, sich zu rächen. Für mich war sie immer nur eine Sache: die Massen zu lenken, sie in Bewegung zu setzen. Ich war ein Künstler auf den Versammlungen, Americano. Nie war ich der beste Redner oder der beste Führer oder der klügste, aber niemand übertraf mich, wenn's darum ging, die Leute mitzureißen. Immer wußte ich, wann sie soweit waren und wann nicht; wann man ihnen einen Peitschenhieb versetzen und wann man ihnen schöntun mußte; wann ein gepfefferter Witz und wann ein grobes Wort notwendig waren, wann Gelächter und Spott. Das ist eine Kunst, Americano; ich sag' dir, das ist eine Kunst. Das hinterläßt keine Spur, das ist nicht, wie wenn man ein Bild malt, das immer weiterbesteht. Aber es bleibt in den Köpfen. Und jede Versammlung war ein Erfolg, und jeder Erfolg machte mich ein paar Stunden lang glücklicher als Gott, nachdem er damit fertig war, die Welt zu schaffen.»

Seine Stimme begeisterte sich an den Erinnerungen:

«Weißt du was? Man organisierte eine Veranstaltung zur Unterstützung der Sozialisten oder der Republik oder für was weiß ich. Im Grunde war es mir gleich. Die Leute kamen, um laut rufen zu hören, was sie leise oder in den Kneipenecken sagten, wo diejenigen es nicht hörten, die es hören sollten. Wir kamen in das kleine erbärmliche Theater oder selbst auf den Hof, wie einmal, und wir stiegen aufs Podium. Kaum war ich dort... Ach was, vorher! Kaum war ich im Ort, da witterte ich, wie die Stimmung war: ob es leicht oder schwer sein würde. Und wenn ich auf dem Podium war, wußte ich schon genau, wie ich die Leute nehmen mußte. Jede Reaktion, die sie bei den Rednern vor mir zeigten, war für mich ungeheuer wichtig. Und außerdem die Haltung des Aufpassers, den die Regierung geschickt hatte. Dann begann ich. Und nach ein paar ersten Versuchen, bei denen ich's zu weit trieb oder zu wenig erreichte, bekam ich sie am Ende immer in die Hand. Das brachte ich nicht bewußt fertig. Die nötigen Worte ergaben sich für mich, wie sich der richtige Schwung der Hand für den Bildhauer ergibt. Ich bekam sie in die Hand, alle, die Schwärmer und die Mißtrauischen, die Genossen und die Gegner. Die Masse wurde eins, und ich wurde eins mit ihr. Dieser mystische Leib, der, wie die Pfarrer sagen, die Kirche ist, das war eine Versammlung mit mir. Manchmal wurde das nicht ganz erreicht, aber beinah immer war es ein Höhepunkt. Ich sag's dir ja, wie Gott: Die Köpfe waren das Meer, und ich ließ es aufbrausen oder abschwellen, indem ich mit der Hand darüberfuhr, wie Gott beim Gewitter... Ja, wie Gott beim Gewitter... Gestern, so war das, wenn ich ihnen befohlen hätte zu töten, so hätten sie getötet; wenn sie alles in Brand stecken sollten, hätten sie alles in Brand gesteckt; wenn sich der Ort allein gegen ganz Spanien erheben sollte, so hätten sie sich erhoben. Auch wenn es nur für ein paar Stunden gewesen wäre. Was liegt mir daran? Nach diesem Rausch ist alles gleich.»

Nach diesem schwärmerischen Aufschwung sprach er weiter:

«Du siehst ja, ich hab' nie was herausgeholt dabei. Die Genossen hielten mich für dumm. Ich war das Werkzeug, das nichts verlangt. Ich trat lediglich auf solchen Veranstaltungen auf, vor allem bei den gefährlichsten. Immer war ich bereit, eine Nebenrolle zu spielen oder eine unbequeme Reise in ein elendes Nest zu machen. Im Programm kam ich vor dem angesehenen Führer, und der nutzte für seinen eigenen Erfolg die Begeisterung aus, die ich hervorgerufen hatte. Am Anfang gaben mir einige noch den Rat, eine Karriere zu machen und Nutzen aus dieser Begabung zu ziehen. Eine Karriere! Als wenn die Anrede als ‹hochverehrter Herr› sich damit vergleichen ließe, daß man eine Masse mit der Leidenschaft erfüllt, die man haben will, und daß sie auf meine Stimme antwortete! Als ob die offizielle Politik kein verächtlicher Zirkus wäre!

Nachdem sie schließlich begriffen hatten, daß ich nicht ihren erbärmlichen Ehrgeiz teilte, entschieden sie, daß ich nicht für das hochedle Ziel taugte, den Hintern in ihren Sessel zu drücken... Tatsächlich waren sie es nicht wert, meinen Ehrgeiz zu verstehen: dieses einzigartige Wesen zu schaffen, das aus tausend Menschen zusammen besteht, es zu zähmen, es zum Löwen oder zum Hund zu machen, sein Gelächter oder seine Wut zu erregen, es nach meinem Belieben wie einen Sturmbock voranzutreiben!... Nichts weiter interessierte mich. Ich las, damit ich reden konnte, ich studierte die Leute, damit ich sie dann ansprechen konnte, und das Schauspiel, das ich am meisten genoß, war der Besuch anderer Versammlungen, damit ich andre Künstler erlebte, ihre Technik ergründete, ihre Fehler entdeckte und mich selber weiterbildete... Ich habe sie alle gehört, alle guten. Viele, die danach hochberühmt wurden; andre, denen es nicht vergönnt war, bekannt zu werden, wie einen außergewöhnlichen Genossen, den in Barcelona eine Kugel tötete, bei einem Zusammenstoß mit den offiziellen Gewerkschaften... Weißt du, wer die beste Stimme von allen war, obwohl ihm dann die Kraft fehlte? Don Melquíades Álvarez. Ja, Don Melquíades. Was für ein Künstler! Einmal hab' ich ihn in einem Saal gesehen, wo selbst die von seiner Partei gegen ihn waren und ihm den Erfolg vermasseln wollten, aus ich weiß nicht mehr welchem Grund. Na, er ist aufgestanden, hat über die Leute weggeblickt, hat Atem geholt, und er hat erst ein Wort gesagt, da haben sie schon geklatscht. Es genügte, daß er am Anfang ausrief: ‹Glaubensgenossen!› Nichts weiter; du siehst ja: ‹Glaubensgenossen›. Aber er machte aus diesem Wort das schönste der Welt, und mit ihm ließ er für einen Augenblick alle Anwesenden, sogar die Feinde, zu den Gefährten eines gemeinsamen Glaubens werden: eines Glaubens, der Don Melquíades als Propheten hatte... Immer, wenn ich daran denke: ‹Glaubensgenossen!›... Ach!...»

Er sprach das Wort noch einmal aus; sehnsüchtig, neidisch, melancholisch dehnte er die Konsonanten, als wäre es das geheime «Sesam, öffne dich», um Zugang zum verlorenen Paradies zu finden. Am Ende ließ er seine Hand auf die Schulter des Americano fallen.

«Kurz und gut, das ist vorbei. Und du hast mich gestern gerettet, weil mein Name, mein richtiger Name, auf allen Versammlungsplakaten gestanden hat, mit so großen Buchstaben wie die Namen von den Männern, die dann Minister wurden. Stell dir vor, wenn man da mit Nachforschungen anfängt!»

«Dafür mußt du mir nicht danken. Das hab' ich für alle getan.»

«Nein; wo ich dir dafür im Grunde nicht dankbar bin. Es wär' besser gewesen, einen großen Abend zu haben, einen Abend, an dem sich für diese Leute wirklich erfüllt hätte, was auf den Versammlungen versprochen wird. Ach, einen Abend wie ein Freudenfeuer zu haben und in ihm unterzugehen!... Na ja, ich will dir nicht noch eine Versammlung bieten; die hab' ich dir schon geboten. Mit Worten, wie man sie auf den Versammlungen sagt, und allem sonst: Sie klangen sogar für mich neu, wo ich sie so lange nicht benutzt hatte. Aber es ist vorbei», schloß er in bitterem Ton; «ich hatte es geschafft, mich zu verstellen, und jetzt hat die Leidenschaft mich verraten... Ich will meine Sachen holen; gepackt sind sie schon.»

Nachdenklich und traurig wartete der Americano, bis der Flößer zurückkam.

«Ich verabschiede mich von keinem; erzähl ihnen, was du willst», sagte der Negro. Und plötzlich, als mache er eine Entdeckung, setzte er hinzu: «Aber du kennst dich auch in diesen Geschichten aus, nicht wahr?»

Der Goldzahn blitzte auf, als sich der lächelnde Mund halb öffnete.

«Von Reden weiß ich nichts. Von den Massen, ja, Mann. Aber ich war kein Redner.»

«Dynamit?»

«Dynamit und sonst alles. Mir folgten die Leute wegen der Sachen, die ich machte: weil ich als erster schoß oder einen Gernegroß runterputzte oder mich in ein Wespennest hineinwagte.»

Der Negro hatte schon früher bemerkt, daß der amerikanische Akzent des Truppführers schärfer hervortrat, wenn dieser von bestimmten Dingen sprach. Er wurde jedoch schwächer, als er weiterredete:

«Aber davon erhoffe ich mir nichts mehr wie du. Die Revolution klingt für mich nicht einmal mehr nach Enttäuschung. Sie ist ganz weit weg von mir... Doch in den Tagen damals...», schloß er lächelnd. «Ja, ich versteh' dich, ich versteh' dich... Viel Glück», sagte er noch bewegt und drückte ihm kräftig die Hand.

Der Negro entfernte sich mit seinem kleinen Bündel auf dem Pfad bergauf. Als er die Spitze der kleinen Erhebung erreicht hatte und den Abstieg zur anderen Seite beginnen wollte, drehte er sich zum Truppführer um, hob den Arm und schwenkte ihn:

«Viel Glück, Glaubensgenosse!»

Der Americano sah, wie er verschwand, und traurig kehrte er an den Fluß zu seinen Männern zurück. Schon vor dem Ende des Nachmittags begriff er, wie genau der Negro alles vorausberechnet hatte, denn die Männer kamen gerade ins Lager zurück, als die Landpolizei eintraf. «Die mit dem quersitzenden Hut», wie der Cacholo sagte.

Es waren ein Korporal und der alte Schutzmann, der auch in Sotondo dabeigewesen war. Sie rechtfertigten ihren Besuch damit, daß sie die Ermittlungen vervollständigen müßten, und sie prüften wieder alle Papiere. Paula ließen sie in Ruhe, als der Americano erklärte, er sei ihr Verwandter. Antonio war unruhig, doch mit ihm beschäftigten sie sich gar nicht besonders gründlich, wenn sie ihm auch befahlen, sich nicht vom Floß zu entfernen. Sehr viel eingehender interessierten sie sich für Shannon und vor allem für den, der in Sotondo öffentlich gegen Benigno aufgetreten war.

«Ach, der Negro!» sagte der Americano. «Das möchte ich gern wissen, wo der steckt. Seit gestern hab' ich ihn nicht gesehen. Er hat nicht hier geschlafen.»

Der Korporal reagierte erstaunt und wollte mehr über den Negro erfahren. Doch niemand wußte etwas, und der Americano schlug ihm vor, er solle den Flußmeister fragen. Daraufhin entfernten sich die Polizisten stromabwärts, nachdem sie einen Schluck abgelehnt hatten, weil sie im Dienst seien.

«He!» sagte der Dámaso, als er das Schweigen und die allgemeine Unruhe bemerkte. «Ihr macht euch jetzt wohl mächtige Sorgen, ihr Engelchen. Hat jeder seine Arbeitsbescheinigung bei sich?»

«Ich? Warum?» fragte der Rubio.

«Du nicht, weil du noch nicht genug Zeit dafür hattest, sieh einer den an. Und der Lucas und der Galerilla auch nicht. Aber die andern... Ist das ein Trupp mit guten Leuten! Du, Americano, wie viele Christenmenschen hast du abserviert?»

«Ziemlich viele», erklärte der Americano ernst, «und ich bitte Gott jeden Tag um Verzeihung. Aber die suchen nicht nach mir. Das war nicht in Spanien.»

«Es ist ein Glück, wenn man im Ausland arbeitet. He! Und du, Seco? Wie viele Ehemänner hast du erledigt?»

«Umgebracht hab' ich keinen», antwortete der Seco fröhlich, «weil es nie zum letzten Kampf in der Arena gekommen ist. Ich bin niemals darüber hinausgegangen, sie mit der Capa, der Lanze und ein paar Banderillas zu reizen.»

Die Flößer lachten.

«Aber weißt du nicht, daß es jetzt ein Verbrechen ist, sich mit verheirateten Frauen einzulassen, und daß man so einen ins Kittchen steckt, wenn der Ehemann ihn anzeigt? Wie viele Jahre willst du hinter Gittern verbringen?»

«Stimmt das?» fragte der Seco verblüfft. «Da kann man ja nicht leben!... Sind die Männer etwa nicht mehr imstande, sich allein vor den Hörnern zu schützen, und müssen sie deshalb die Bullen rufen?»

«Und du, Engländer, wie viele hast du umgebracht?»

«Einige, aber im Krieg.»

«Im Krieg! Als ob die weniger tot wären, weil man dir dann eine Medaille gegeben hat... Und du, Cuatrodedos, wie viele Sakristeien hast du ausgeraubt?»

«Erzähl keinen Blödsinn. Du hast nichts als schlimme Gedanken im Kopf... Aber ja, du hast recht, Bruder. Ich auch, Bruder. Ich bin auch ein Sünder.»

«He! Alle, alle!... Wenn sie euch ins Herz schauten, wie verdorben würde es da riechen!... Na, und die Paula und der Antonio? Ein tolles Paar von entflogenen Täubchen... Und das ganze Essen, das der Galera bestimmt gestohlen hat?»

«Und du, verdammich?» unterbrach der Seco. «Und du hast nichts gemacht?»

«Ich? Ich hab' alles gemacht in meinem verfluchten Leben!»

Einen Augenblick hallte seine Stimme stolz in einem Schweigen nach, das nur die Geräusche der Löffel störten, die schon den Pfannenboden abkratzten.

«Also», spottete der Cacholo, «sie haben wegen jedem einzelnen kommen können.»

Dieser beunruhigende Satz schwebte weiter in der Luft. ‹Ja›, dachte Shannon, ‹jeder hat etwas zu verbergen, eine Schuld oder ein Verlangen. Jeder hat sein Geheimnis.› Es war kein Wunder, daß einige erst spät einschliefen. Doch was den Galera wachhielt, war nicht die Vergangenheit, um die er sich nicht im geringsten kümmerte. Am Abend hatte er die Spur eines Fischotters entdeckt, und er wollte diesem Tier eine schlaue Falle stellen. Der Fischotter war gefräßig; am Ufer waren die Reste eines stattlichen Hechtes liegengeblieben, und ein paar große Stücke fehlten. Es mußte ein fettes Tier sein, und Otterfleisch ist zwar nicht viel wert, weil es nach Fisch schmeckt, aber es ist immerhin Fleisch. Und das Fell läßt sich gut verkaufen. Das genoß er schon im voraus, als ihn der Schlaf überwältigte.

TRILLO

Das Gelände war ebener, und sie rückten inmitten von Äckern vor. Hin und wieder war ein hübsches weißes Häuschen zu sehen. Sie kamen allmählich nach Trillo, wo der Fluß noch weiter nach Süden abbiegen würde, zu den Hofgärten von Aranjuez, dem Ziel des Floßes, und hierauf zu den unendlichen atlantischen Weiten Portugals. Die Tage wurden immer länger, und an jedem Abend erwachten die Frösche zu neuem Leben: dieses Volk der Nacht, diese grünen Wasserzauberer, die Geschwister des gewundenen Wasserfadens, die ihr Lied dem Mond und ihren Göttern widmeten.

Es war noch früh. Der Rubio und der Seco hatten sich als erste auf den Weg gemacht; ohne große Mühe lenkten sie die Stämme durch das willfährige Wasser. Die Bachminze zwischen den Rohrkolben tauchte die Ufer in ihren Duft. Auf einmal entdeckten sie etwas, das auf ihrer Wanderschaft völlig neu war: eine Landstraße.

Welch ein Wunder! Für die Uferbewohner stellte diese Straße dritter Ordnung gewiß eine marterreiche Strecke voller Schlaglöcher und Erschütterungen dar, auf der sich eine Staubwolke hinter den Wagen herzog. Für die Flößer war sie nichts Geringeres als die Zivilisation.

«Verdammich!» rief der Seco. «Jetzt ist es wirklich vorbei mit unserer Plage.»

Er sah sie gerade staunend an, trat auf ihre Steinschicht und bewunderte ein riesiges Gebäude, zu dem ein kurzer Seitenweg führte, als direkt vom Flußufer, hinter der Böschung verborgen, ein Morgenlied in die Lüfte aufstieg, von einer klangvollen Frauenstimme gesungen. Die beiden Flößer liefen auf sie zu, als riefe eine kriegerische Trompete nach ihnen.

Zwei Mädchen wuschen an einer ruhigen Wasserstelle, im Schatten einer dicken alten Ulme. Sie blickten sich um, als sie die eiligen Schritte hörten.

«Sing weiter, mein Schatz», sagte der Seco. «Erschreckt nicht, wir sind keine Räuber.»

Die Frau, die gesungen hatte, hob den Kopf und sah sie an, wobei sie ein üppiges Dekolleté entblößte.

«Na so was, uns erschrecken», sagte sie. «Wovor?»

«Weil wir Flößer sind, Frau. Wo sie in den Dörfern hier immer soviel Angst haben...»

«Ach du liebe Güte, es sind Flößer!» griff die andere ein.

«Was, hast du von uns gehört?» brüstete sich der Rubio.

«Und nicht wenig», antwortete die erste, wobei sie die Hand vielsagend abschüttelte und das Gras mit Seifenschaum bespritzte.

«Schlimme Kerle, nicht wahr?» lächelte der Seco.

«Wenn Sie es selber sagen...»

«Na, ihr seht ja», beteiligte sich der Rubio. «Hier stehen zwei, und ohne daß wir jemanden auffressen.»

«Wir fressen niemanden...», betonte der Seco. «Höchstens mal ein kleiner Biß.»

«Nichts weiter?» fragte die Sängerin.

«Die haben wenig Appetit mitgebracht, Emilia», sagte die andere. Und beide lachten und plusterten sich auf, weil sie sich umworben fühlten.

«Appetit! Wie fein das klingt!» erklärte der Seco geringschätzig. «Wir Flößer haben keinen Appetit. Was wir haben, ist Hunger... und nach Fleisch!»

Die Mädchen hatten während des Gesprächs vorsorglich die Wäsche zusammengepackt und sie in zwei Körbe getan.

«Und der hier ist auch Flößer, wo er noch so ein junger Bursche ist?» fragte Emilia, die etwas jünger war.

«Hast du nichts übrig für was Zartes? Na, wir schmecken besser, wenn's ums Essen geht.»

«Ach, besser! Das hängt vom persönlichen Geschmack ab», sagte die Ältere.

«Also, wenn du einen alten Hahn möchtest, der längere Sporen hat», der Seco ging auf sie zu, «den hast du hier bei der Hand.»

«So alt wird er nicht sein, wenn ihm der Kamm schwillt», wies sie ihn zurück.

«Ein Bravo für das Mädchen, das sich nichts bieten läßt!» rief der Seco begeistert. «He, dir hol' ich die Wäsche hoch!»

«Hören Sie, hören Sie, schön vorsichtig», widersetzte sie sich.

«Ich meine doch, bis zu dir nach Hause. Die Wäsche, die du da im Korb trägst, Mädchen; denk nichts Schlechtes von mir.»

Sie tat so, als könne sie sich das Lachen nicht verbeißen. Emilia fragte schelmisch: «Und da wollen Sie Ihre armen Stämme allein lassen?»

«Die treiben schon nicht ins Meer! Ich komme mit, ich hab' dir viel zu sagen», antwortete der Rubio, den die Anwesenheit des Seco einschüchterte und zugleich anspornte.

174

Die beiden Mädchen warfen einander vielsagend spöttische Blicke zu:
«Erlauben wir's ihnen, uns zu begleiten?»

«Und wenn sie's im Haus übelnehmen, Agustina?»

«Das werden sie schon nicht übelnehmen. Viel eher denke ich», sie starrte den Seco herausfordernd an, «daß die hier den Schwanz einziehen.»

«Möglich, daß sie wirklich Angst bekommen.»

Der Seco trat nahe an Agustina heran:

«Von Angst ist keine Rede, Mädchen. Der soll sich zeigen, der mir Angst einjagt, wenn's ein Mann ist.»

Die Mädchen lachten immer lauter und reizten den Seco.

«Das ist kein Mann, nein», sagte schließlich Agustina, «sondern es sind Frauen. Aber was soll's, los, ihr Helden!»

Die beiden faßten sich an die Hand und kletterten die Böschung hinauf, während sie die Wäschekörbe den zwei Männern überließen. Oben zerzauste ihnen der leichte Wind die bloßen Haare und ließ ihre wohlgeformten Beine aus dem sie umfangenden Rock hervortreten. Die Männer nahmen jeder einen Korb und liefen den Mädchen nach. Die Körbe waren eine unbequeme Last, weil die beiden es nicht über sich brachten, sie sich nach Frauenart in die Hüfte zu stemmen oder auf den Kopf zu setzen. Doch hochzufrieden folgten sie den Mädchen.

«Wie ungeniert die Emilia auftritt!» sagte der Rubio.

«Na, mir gefällt, wieviel Mumm die andere hat. Sie ähnelt mir...»

Bald holten sie die Mädchen ein. Diese blickten sie an, wobei sie sich herausfordernd umdrehten, einander mit dem Ellbogen anstießen und mit großen Gesten lachten.

«Ist die Wäsche schwer?» rief Emilia.

«Und euch wird sie nicht schwer?» fragte der Seco. «Wollt ihr sie euch nicht ausziehen?»

Unter Gelächter näherten sie sich dem großen Gebäude, das dem Seco aufgefallen war. Es hatte hohe weißgetünchte Umfassungsmauern, und zu ihm gehörten einzelne Pavillons, die inmitten von frischgepflanzten Bäumen auftauchten... War dieses Gelände nicht in früheren Jahren unbewohnt?

«Gehn wir dorthin, Mädchen?»

«Genau dorthin.» Gelächter. «Was denn, bekommen Sie schon Angst?»

Seco antwortete nicht, und offenkundig erwachte sein Mißtrauen. Neben der Gittertür konnte man schon ein großes Schild erkennen.

«Was steht da, Rubio?»

Mühsam las der Junge:

«‹Nationales Le-pro-so-rium Trillo.› Was soll das heißen?»

Der Seco war ernst geworden. Es kam ihm vor, als hätte er so etwas schon einmal gehört, doch er wußte nicht, was es bedeutete, und Unbekanntes gefiel ihm nicht. Die Gefahren, die seine Lebensweise mit sich brachte, waren klar vorauszusehen: gekränkte Frauen, wütende Ehemänner, Stöcke, Messer, eine Jagdflinte... Die Mädchen hatten sich umgedreht und sich entschlossen vor den beiden Männern aufgebaut, und auch sie lachten nicht mehr. Der Seco und der Rubio erreichten sie, als Emilia gerade am Strick der Hausglocke zog.

«Was? Wollt ihr reingehen?»

Argwöhnisch betrachtete der Seco die ganze Anlage. So neu, so sauber eingerichtet... Aber sie wirkte wie etwas Unnatürliches, wie eine listige Falle. Der Rubio blickte ihn an und wartete auf seine Entscheidung.

«Was ist das?» fragte der Seco.

«Leprakranke. Ein Heim für Leprakranke», sagte Agustina ernst.

«Nur daß sie es hier ‹die Krankheit› oder ‹den Katarrh› nennen.»

«Die Lepra», erklärte Agustina nachdrücklich, da sie sah, daß die beiden sie nicht richtig begriffen. «Eine Krankheit, die das Fleisch zerfrißt... Erinnern Sie sich nicht an die Kranken, die Jesus Christus geheilt hat?»

Der Seco wollte gerade mitteilen, daß er wenig zur Messe gehe, obwohl er den Eindruck hatte, daß er allmählich begriff, worum es ging, als der Rubio plötzlich ausrief:

«Schwärenbedeckt wie der heilige Rochus!»

«Und noch schlimmer», sagte Agustina. «Der einen hat die Krankheit ganz langsam die Finger zerfressen. Und das ist ansteckend.»

Ihren Mund umspielte ein bitteres, hartes Lächeln. Der Seco ließ den Wäschekorb los, so daß er ihr vor die Füße rutschte. Der Rubio machte das gleiche.

«Nein», erklärte Agustina dreist, «schaut uns nicht so an, wir nicht. Wir sind Dienstmädchen bei den Ärzten. Und die sagen, daß es beinahe überhaupt nicht ansteckend ist. Die Ärzte wohnen auch da drinnen. Wir leben für uns, wir essen für uns... Alles.»

«Auf jeden Fall», sagte der Seco, nachdem Schreckensbilder von biblischen Plagen und Strafen in seinem Kopf wiedererwacht waren, «habt ihr eine tolle Arbeit.»

Die Agustina entgegnete trotzig:

«Schlimmer als die der Flößer, nicht wahr?»

«Tatsächlich würde ich das nicht für meine Plackerei eintauschen», sagte der Rubio.

«Warum gebt ihr das nicht auf?» fragte der Seco.

Agustina beugte sich zu ihm, streckte ihm ein finsteres Gesicht und einen Mund entgegen, der die Worte beinahe wie Schüsse abfeuerte:

«Wegen dem Hunger. Dem Hunger von vier kleinen Geschwistern und einer Mutter, die Witwe ist und gelähmt. Dort», zeigte sie mit einer heftigen Kopfbewegung, «bezahlen sie das Doppelte.»

«Aber zwei prächtige Mädchen wie ihr könntet ganz gut anders zurechtkommen.»

«Verflucht soll ich sein», brauste Emilia auf, «wenn ich nicht auf ehrliche Weise für meinen Hunger sorge!»

Das andere Mädchen sagte nichts dazu. Dann lud es sie noch einmal ein, nahm aber gleichzeitig seinen Korb hoch.

«Na, getraut ihr euch?»

Der Seco hätte es nicht getan, wenn da nicht der beinahe verächtliche Ton gewesen wäre, den nun die Stimme der Frau angenommen hatte. Und so etwas durfte er niemals zulassen. Daher ging er ihnen wortlos durch die grüne Gittertür nach, die gerade ein alter Pförtner geöffnet hatte. Der Seco musterte das Gesicht des Mannes. Es war einfach ein Greisengesicht.

Sie bewegten sich in den ausgezackten Schattenflecken einiger Akazien und einiger sorgfältig gepflegter Korkeichen weiter. In nicht allzu großer Entfernung, unter den Bäumen eines kleinen Platzes, liefen Frauen, die Kleider in lebhaften Farben trugen. Plötzlich wurden sie von einer entdeckt, sie teilte es anderen mit, und nun rannten sie ihnen entgegen. Nur weil der Seco sich als Mann behaupten mußte, konnte er seinen Schauder bezwingen. Und da bemerkte er einen Maschendrahtzaun, der sie absonderte. Die Frauen erreichten den Draht und sprachen sie fröhlich an.

«Hallo... Wollt ihr hierher?... Habt ihr Verwandte hier?»

Eingeschüchtert betrachteten die beiden Männer jene Gruppe. Sie bestand beinahe nur aus jungen Mädchen, die nichts Besonderes an sich hatten, ihre Gesichter jedoch machten einen merkwürdigen Eindruck. Woran lag das? Ach ja, sie sahen aus wie Chinesinnen! Nicht wegen der Farbe, sondern wegen der Augen, die etwas schräggestellt waren. Und langsamer kam nun eine weitere Frau heran, sie schob mehrere andere zur Seite und stellte sich in die erste Reihe, packte mit beiden Händen den Rand der Absperrung. Gründlich, sehr gründlich starrte sie die beiden an, und diese sahen fasziniert, wie Vögelchen vor einer Schlange, die rotgefärbten, beinahe violetten Gesichtszüge, die bis zur Unkenntlichkeit angeschwollen waren, so daß die Nase zwischen den entzündeten Wangen klein wirkte. Ihr Blick war genauso boshaft wie ihre Stimme:

«Was, habt ihr Angst vor mir?»

Diesmal bewegte sich der Seco nicht, weil er es nicht vermochte. Aber Agustina nahm ihn am Arm und drehte ihn in die andere Richtung:

«Los, geh. Wir haben schon gesehen, daß du Mut hast.»

«Na, gerade jetzt ist es so, daß ich dich nicht mal küssen könnte», gestand der Seco und sah sie an. Und im Hintergrund erblickte er die Tür, die noch nicht ganz geschlossen war, und das freie Feld... Welch ein Paradies!

Sie lächelte sanft, während sie ihn zum Ausgang begleitete.

«Um das zu sagen, braucht man auch Mut, muß man ein ganzer Mann sein wie du... Natürlich hättest du mich nicht reingelegt... Los, geh ruhig. Es gibt keinen Mann in ganz Trillo, der imstande wäre, mich bis hierher zu begleiten.»

Sie packte ihn wieder am Arm, und ihm kam es so vor, als betaste sie seinen Bizeps. Aber er war nicht in der richtigen Stimmung für solche Geschichten, da er immer noch im Bann des Erlebten stand. Ohne daß er wußte, wie ihm geschah, befand er sich auf einmal vor der Tür und bemerkte, daß auch der Rubio draußen war, ein Stück von ihm entfernt. Die Emilia war drinnen geblieben. Agustina sprach weiter:

«...aber wir schlafen außerhalb, im Dorf. Um sechs kommen wir nach draußen. Wenn ihr uns begleiten wollt...»

Der Seco hatte die Augen niedergeschlagen, und sein Blick erfaßte nur, wie sich die Frauenbrust hob und senkte. Die Stimme gelangte weiter in sein Ohr, scharf, von der Seite, während die Finger etwas fester den Arm umklammerten.

«Ich habe es satt, weißt du? Ich habe es satt. Ich brauche nur einen Mann, der ein ganzer Mann ist und der mir ohne Not durch diese Tür nachgegangen ist... Ich habe es satt», sagte sie noch einmal wie gehetzt.

«Was hast du satt?» murmelte der Seco.

«Daß ich auf ehrliche Weise für meinen Hunger sorge», ließ sie plötzlich hören, bevor sie sich hinter die Tür zurückzog.

Die beiden Flößer entfernten sich, ohne sich umzublicken, und sie gaben sich Mühe, nicht loszurennen. Als sie die Landstraße erreichten, wischte sich der Seco den reichlich fließenden Schweiß ab und fand endlich die Sprache wieder:

«Immer hab' ich gesagt, daß die Weiber bei den Sachen, die nichts mit Kraft zu tun haben, mutiger sind als die Männer, verdammich!»

Der Rubio antwortete nicht. Sie waren zum Fluß hinausgelangt, der schon mit Holzstämmen bedeckt war. Jemand lenkte sie ungehindert weiter. Ihr Gefährte rief ihnen vom anderen Ufer aus zu:

«Wo habt ihr gesteckt?... Schon eine Liebschaft, Seco?»

Doch der Seco sah dem Rubio nach, der flußabwärts davonrannte. Erstaunt lief er hinter ihm her und entdeckte, daß er sich in aller Eile auszog. Als der Seco ankam, war der Rubio schon im Wasser und plätscherte laut hin und her. In der trägen und geruhsamen Strömung der Ebene hatten die Holzstämme diese Stelle noch nicht erreicht.

Der Rubio schrubbte sich nun im Wasser ab. Schließlich kam er heraus, und die Behandlung hatte bewirkt, daß er über und über rot war, während ihm noch die Tropfen am Körper hinabbrannten, bis zu den Füßen, denen der Uferschlamm ein erdhaftes Aussehen verlieh. ‹Er gleicht dem Bild eines heiligen Michael›, dachte der Seco. ‹Was für eine Figur, um eine Frau verrückt zu machen! Schneeweiß ist er an den Stellen, wohin die Sonne nie gekommen ist!› Doch sofort stellte er ihn sich vor, wie er ganz schwärenbedeckt gleich dem heiligen Rochus im Dorf wäre und ein Gesicht wie jene kranke Frau hätte. Er verzog den Mund, und er wurde wütend, als er das merkte. Er fuhr den Jungen an:

«Verdammich! Was hat dich auf einmal gepackt?»

«Ich bade gern, das weißt du doch.»

«Schon gut... Du scheinst kein Flößer zu sein. Aber zieh dich an, du zitterst ja vor Kälte.»

Der junge Gott fröstelte beinahe. Er sah den Gefährten an:

«Ehrlich, Seco... Ich fürchte mich. Ich fürchte mich, diese Sachen anzuziehn.»

«Daß du dich nicht blamierst, Mann!... Mir ist das auch in die Knochen gefahren, aber... Was denn, was denn», setzte er freundlich hinzu, «und die beiden, die jeden Tag da hineingehen?»

«Na ja... auf einmal hab' ich daran gedacht... Und wenn es eine Lüge ist? Und wenn sie auch...? Die Emilia hat mich an die Hand genommen, und ich hab' sie einen Moment um die Taille gefaßt, so!»

Fest, ganz fest blickte ihn der Seco an:

«Als die Agustina mit mir geredet hat, draußen vor der Tür, da hat sie nicht gelogen. Das sagt dir Damián Serrano.»

Der Kleine – er wirkte jünger als je zuvor, beinahe wie ein Halbwüchsiger – senkte den Blick. Und nun sah er, daß er nackt war wie bei der Austreibung aus dem Paradies, und er griff zum erstbesten Kleidungsstück, um es sich anzuziehen.

«Ich glaube dir, Seco.»

Er hob den Kopf und setzte beinahe schelmisch hinzu:

«Und du verstehst das!»

«Ob ich das verstehe!... He, siehst du nicht, wie mir der Schweiß runterläuft?... Hör auf, dich zu schämen. Diese Angst wird geheilt, und weißt du wie? Indem wir heut nacht in dieses große Dorf runtergehn und uns das Herz mit Wein aufmuntern.»

Das Gelächter des Rubio kam aus dem Hemd hervor, das er sich gerade überstreifte. Am Mittag erzählten sie ihr Abenteuer, und Shannon beruhigte sie vollständig, als er versicherte, eine Ansteckung komme sehr langsam und sehr schwer zustande, im Gegensatz zu dem, was man im Altertum geglaubt hätte. Die Flößer diskutierten über dieses Problem, alle waren jedoch einverstanden, daß die Ankunft im ersten Ort mit einer Landstraße und «dem ganzen Drum und Dran» mit einem kräftigen Schluck Rotwein gefeiert werden müsse.

Der Americano hatte nichts dagegen und empfahl lediglich «ein bißchen anständiges Benehmen». Halbtot vor Lachen gelobten ihm das alle. Als der Abend kam, wurde die Arbeit beim Floß eingestellt, und die meisten Männer des Trupps, die der Seco führte, betraten die Straße, um nach Trillo zu laufen, jenem Ort, dem sie sich während des Tages weiter genähert hatten. Der Americano blieb zurück, ebenso wie der Chepa, der Küchenjunge und der Cuatrodedos. Der Cuatrodedos war entschlossen, einen doppelten Rosenkranz für die Sünden zu beten, die diese Leute begehen würden. Shannon hielt Lucas zurück, weil er den Unterricht fortsetzen wollte, der es dem Jungen allmählich schon erlaubte, mit dem Lesen zurechtzukommen. Hin und wieder blickte Shannon über dessen Kopf hinweg, der sich auf das Buch hinabbeugte, und sah Paula an. Ihr zusammengepreßter Mund wirkte mädchenhafter als sonst, und ihre Augen schienen entrückt. Manchmal antwortete sie auf Shannons Blick mit einem Lächeln, doch dann betrachtete sie wieder den Findling, der schweigend dalag. Die übrigen waren unterwegs zur «Hauptstadt der Stromschnellen», wie der Quintín das Dorf nannte, womit er auf die Stufen anspielte, über die sich mitten im Ort der Río Cifuentes hinab in den Tajo ergießt.

Bei der Brücke kam die Gruppe an den beiden Mädchen aus dem Sanatorium vorbei, die von der Arbeit heimkehrten. Der Seco trennte sich von seinen Gefährten und ging zu den beiden.

«Ihr seht es ja, Mädchen», sagte er, als würde sich das ganz von selbst verstehen. Doch er fühlte sich unsicher. «Nichts zu machen. Sie haben beschlossen, daß wir alle zusammen ausgehn.»

Agustina musterte ihn mit einem harten und direkten Blick.

«Das wußte ich schon. Wir haben nicht einen Augenblick gewartet.»

Aber der Mann wußte, daß es nicht stimmte, weil es schon zu spät war, wenn sie um sechs nach draußen gekommen waren. Emilia, die abgewartet hatte, ob auch der Rubio aus der Gruppe vortreten würde, konnte ihre Enttäuschung nicht verbergen: «Ich hab' es eilig, Agustina. Adiós.»

Und sie entfernte sich, ohne länger zu warten. Agustina sah dem Mann noch einmal fest ins Gesicht und sagte abweisend:

«Also, was, jag' ich dir Angst ein? Na, dann sag's und geh endlich. Du mußt dein Wort nicht halten.»

Der Seco betrachtete diese starke Frau, die auf den Mann gewartet hatte, und er fühlte Mitleid. Gerade, weil er nicht zu ihr gehen wollte. Die Frauen, die er besuchte, bedauerte er niemals: Dafür gab es keinen Grund.

Sie starrte ihn herausfordernd an, und sie gab ihre Verachtung zu erkennen: «Und ich dachte, du machst einen anderen Eindruck! Ich weiß nicht, warum heut morgen dein Blick und deine Pranken so auf mich gewirkt haben, daß ich meinte... Da hab' ich wohl geträumt», ein Schluchzen erstickte beinahe ihre Stimme. «Aber nichts! Alt bist du, das ja; nur ein Hahn bist du nicht!»

Sie sah prachtvoll aus, ihre Stimme klang metallisch, das Weiße in den Augen trat im dunklen Torweg ungeheuer intensiv hervor, und der leidenschaftlich erregten Brust entrang sich ein merkwürdiges Keuchen. Der Seco geriet außer sich, er packte sie und preßte seine Lippen mit solcher Gewalt gegen die ihren, daß er bald einen leichten Blutgeschmack spürte. Erschaudernd sog er das Blut ein, als wäre es Gift, und ließ die Frau los.

«Da siehst du, ob ich Angst hab' vor dir», sagte er. «Jetzt bin ich schon wie du.»

Sie kümmerte sich nicht darum, den feinen Blutstrahl aufzuhalten, den Secos Reißzahn geritzt hatte. Stärker als je zuvor glänzten ihre Augen und keuchte ihre Brust: das fieberhafte Atemholen eines Tieres in der Dunkelheit.

«Ja, du bist es, ja, mein Hahn!» gestand sie. «Und darum hab' ich auf dich gewartet und gewartet, als diese alberne Emilia gehen wollte. Und auf Knien würde ich auf dich warten!... Aber jetzt warte ich nicht mehr, laß mich nicht warten, ich kann nicht warten.»

Sie hatte sich ihm an den Hals gehängt, sie blies ihn mit ihrem heißen Atem an, sie streckte ihm das weiße Gesicht, die verletzte Lippe entgegen. Doch der Seco verlor seine Unerschrockenheit; er erkannte sich selbst nicht wieder. Nein, das war nicht wegen der Lepra oder wegen hundert anderer Plagen. Das kam, weil diese Frau über ihn hinauswuchs, ihn bändigen würde. Und er wollte bestimmen, wie immer.

«Ich komme danach, mein Mädchen. Jetzt warten die Freunde auf mich.»

Die Luft in dem kleinen Torweg verlor auf einmal ihre Wärme, als paßte sie sich schlagartig der eisigen Reaktion der Frau an.

«Willst du mich verrückt machen?» Und da sie sah, daß der Mann sich umdrehte, während sie sich gerade ein zweites Mal hingeben wollte, packte sie ihn am Arm und warf ihm diese Worte wie einen Feuerschwall an den Kopf: «Du weißt ja nicht, wozu ich fähig bin! Du weißt nicht, was Verzweiflung ist, was Hunger ist! Hundertmal hab' ich daran gedacht, auf die Straße zu gehen, hörst du das? Und ich hab' es nicht über mich gebracht, weil ihr Männer einen anekelt... Und da kommst du! Bist du vielleicht genauso?»

«Nein.» Der Seco drehte sich um, im Innersten getroffen. «Geh du voran; ich komme dir nach und sehe, wo du dann auf mich wartest. Sobald ich mit den Freunden fertig bin, werd' ich dort sein.»

Wieder hoffnungsvoll sah sie ihn an. Sie bemerkte, daß sie ihn unbeabsichtigt an der richtigen Stelle gepackt hatte: Er wußte, daß er ein ganzer Mann war, und er wußte, daß wenige Männer es wirklich sind. Sie zupfte sich die Bluse zurecht, ordnete sich das Haar und lief los.

Der Seco ging ihr durch ein paar bergauf führende Gassen nach. Als sie beinahe aufs freie Feld hinausgelangt waren und ein paar Tennen und Mistgruben zu sehen waren, blieb sie vor der Tür eines kleinen Gehöfts stehen. Sie drehte sich um und wartete auf ihn, mit dem Rücken zur Tür, mit ausgestreckten, halb gekreuzten Armen. Sie bot ein rührendes Bild. Der Seco kam heran. Sie waren allein.

«Hier warte ich auf dich. Ich gehe jetzt ums Gehöft und vorne hinein», sagte sie. «Wenn du nicht kommst..., na ja, dann lies die Zeitungen.»

Der Seco lächelte gleichsam nachsichtig, aber sie sprach weiter:

«Du glaubst es nicht, ich weiß schon... Du weißt nicht, was neun-undzwanzig Jahre ohne Herzensfreude sind, und das in dem Dorf hier. Du weißt nicht, wie weh es tut, daß man denen nicht das Herz zer-reißen kann, die ein armes Mädchen ausnutzen wollen. Du weißt nicht, wie bitter man die Frauen beneidet, die anständig sein dürfen, ohne daß es ihnen an etwas fehlt... Was weißt du schon!» schloß sie und entzog ihren Mund den Küssen, mit denen der Seco sie beruhigen wollte, der in Versuchung geriet dazubleiben. Aber er mußte bestim-men, verdammich! Und mit ein paar weiteren zärtlichen Worten ent-fernte er sich.

Doch nach wenigen Schritten hielt sie ihn zurück und sagte ihm von der Tür aus:

«Hör zu, wie heißt du, damit ich dich tausendmal verfluchen kann, wenn du kein Mann bist?»

Und aus tiefstem Herzen kam ihm der Name über die Lippen. Es fiel ihm nicht ein, wie bei anderen Gelegenheiten zu lügen. Nein; nicht bei dieser Frau.

«Damián... Aber man kennt mich als den Seco.»

Nun vernahm er ein Lachen, ein kaum hörbares Lachen, das jedoch erregt klang, äußerst erregt, beinahe obszön...

«Seco... Du heißt Seco... Du und so ein Name...»

Verdammich, wenn es nicht vor allem darum ginge, sie zu bändigen! Und er rannte auf der Straße nach unten davon.

Als er zu dem kleinen Platz kam, wurde eine Tür, an der ein grüner Zweig den Weinausschank ankündigte, heftig aufgestoßen und spuckte zwei Bauern aus.

«Raus!» schrie es von innen. «Habt ihr nicht das Floß gesehn, das schon beinah im Dorf ist? Heut wird dieses Haus für die Flößer be-schlagnahmt.»

Jählings gelangte der Seco aus der reinen Luft des Platzes in starken Weindunst und Öllampenrauch. Er beruhigte sich: Das hier war seine Luft. Im trüben Licht der Flamme sah er, wie der Correa und der Ca-cholo einen ganzen Weinschlauch in einen Kübel leerten. Die Flüssig-keit sprudelte, als laufe sie aus einem Messerschnitt in der Brust, und sie bespritzte die Hände der Männer. Plötzlich bückte sich der Galera und hielt den Rüssel unter den Strahl, um geräuschvoll zu schlürfen. Der Seco drängte ihn mit einem heftigen Stoß zur Seite, und mit rotge-färbtem Maul rollte der andere auf die Erde. Neben dem Kübel strei-chelte ein Männchen den immer schlafferen Weinschlauch; es trug ein

Tuch um den Hals und bemühte sich vergebens, sich mit seinen Protesten durchzusetzen.

«Es wird alles ausgeschenkt, was Sie haben möchten, aber so nicht, so nicht ... Diebe!» Das Männchen empörte sich, als es sah, daß niemand es beachtete. «Schlimmer als Diebe! ... Ich muß meine Sachen nachmessen, ich muß Buch führen! ... Diebe!»

Das Männchen verlor den Kopf und ging so weit, den Seco am Arm zu packen. Der Flößer drehte sich mit einer brutalen Bewegung um. Der Tuerto trat einen Schritt vor und zog den Mann zurück, wobei er ihn in sehr ernstem Ton warnte:

«Besser, du läßt es sein, Constantino. Da kann man nichts machen.»

Mit feuchten Augen betrachtete der Mann die Unordnung im Zimmer. Eine Bank war schon umgekippt. In einem Winkel stapelten sich die Hakenstangen. Die Theke war ein einziges Durcheinander, und aus einer umgefallenen Flasche tropfte Wein. In der kurzen Zeit hatten sie ihm den Fußboden so zugerichtet, als wäre ein ganzer Trupp Maultiere darüber hinweggetrampelt. Das Regal enthielt keine Gläser mehr, und die einzige überlebende Flasche mit Rautenschnaps wurde in diesem Augenblick von einem Mann gepackt. Der Galera hatte die von der Decke hängenden Knackwürste heruntergezogen und den Haken ausgerissen. Er verschlang eine ganze Wurst mit der Pelle. Die übrigen umringten den Kübel, in dem der Weinschlauch verblutete; ein paar hielten Trinkgläser in der Hand, einer das Meßglas. Der Mann entdeckte kein einziges freundliches Gesicht, nicht eine wohlwollende Geste, außer jener des Flößers, der ihm soeben Geduld angeraten hatte. Ganz und gar niedergeschlagen wich er zurück, bis er mit der Schulter an die dunkelste Wand stieß.

«Du!» rief der Cacholo dem mit der Flasche zu. «Laß den Schnaps sein, der haut einen zu schnell um.»

«He! Das ist Rautenschnaps, und der bekommt dem Wanst gut.»

«Na, dann iß die Raute.»

«Das stimmt», antwortete Dámaso. Und er schlug den Flaschenhals am Thekenrand ab, holte das drinnen steckende Kraut heraus und fing an, es zu zerkauen. Ein Zweiglein schaute ihm aus dem Winkel des Faunsmundes hervor, als er zu den Männern an den Kübel trat.

Der Raum, der rund um das zuckende Flämmchen im Dunkeln lag, war nicht einmal schmutzig. Er war einfach elend und erbärmlich wie jede andere von diesen bescheidenen öffentlichen Zellen, in denen der Arme auf dem Lande geboren wird, ißt, liebt und stirbt. Er hatte nur zwei Öffnungen: das winzige Fensterchen und die Glastür, deren eine Scheibe durch ein Stück Pappe ersetzt war, das man aus einem Reklamekalender ausgeschnitten hatte. Im Hintergrund führte eine Treppe zur Wohnung im Obergeschoß. Die mit einem Wachstuch bedeckte Theke, das Kiefernholzgestell für die Weinschläuche, der lange Tisch mit zwei Bänken, das Zinkbecken zum Gläserabspülen, die an der Wand stehenden Regale und ein paar Hocker: Das war das gesamte Mobiliar. Zwei Fliegenfängerstreifen waren mit den Fliegenleichen des letzten Sommers bedeckt. Der kalte Ofen, die schmierige Rauchspur an der Wand, rund um die Öllampe. Das war alles, abgesehen von den vier oder fünf Tabakpäckchen im Regal und einem Hufeisen an der Tür. Ach ja, und einem dunkel verfärbten Foto, das man aus einer Zeitschrift gerissen und an den vier Ecken an die Wand genagelt hatte – der einzige kleine Ausblick auf Luxus in dieser Welt aus Kalk, Erde und Kiefernholz. Auf dem Bild entkleidete sich ganz ungezwungen ein junges Mädchen, wahrscheinlich in irgendeiner Filmszene. Sie stand und hielt den Körper in der Taille gebeugt, ließ die Kombination zu den Füßen gleiten, so daß sie nur noch die Schuhe und die beiden letzten Teile der Unterwäsche anhatte. Ihre raffinierte Haltung und die Ausstattung des Schlafzimmers, in dessen Hintergrund ein Märchenbett stand, wirkten sinnlos in dieser Umgebung, wohin sie nun verpflanzt waren.

Um den Kübel erhob sich Siegesgeschrei.

«Wir sind fertig mit ihm!» rief der Cacholo und hielt den Weinschlauch mit beiden Händen hoch.

«Kommt alle ran!» befahl der Seco.

Sogleich war zu hören, wie die Gläser und sonstigen Gefäße in den Kübel eintauchten. Im nächsten Augenblick sah der Kreis der Köpfe zur Decke hinauf, und der Kreis der Kehlen stellte das Auf und Ab des Adamsapfels zur Schau. Dunkelviolette Rinnsale bewegten sich von den Mundwinkeln nach unten und blieben in den Bartstoppeln hängen. Die mit den besten Manieren fuhren sich mit dem Handrücken über die Lippen. Manche stießen einen tiefen Seufzer aus.

«Das heißt leben!» schrie der Galera, bevor er wieder einen großen Bissen Knackwurst verschlang.

Der Rubio stimmte ein Lied an, und bald sangen alle bei jedem Versende mit:

«Es heißt, daß die Flößer, verdammich!,
mit einem Bein im Grab stehn, verdammich!,

ob sie dort stehn oder nicht, verdammich!,
ein Flößer ist mein Ehemann, verdammich!
Was der für Geschichten erzählt, verdammich!,
mit seiner tollen Stimme, verdammich!,
wenn wir allein sind, verdammich!,
wir beide ganz allein, verdammich!,
wir beide!«

Die zwei letzten Schreie klangen bestialisch. Constantino saß gekrümmt auf ein paar Körben in einer Ecke und protestierte nicht mehr. Doch da ertönte eine Stimme, die kraftvoll genug war, um das Gelächter, die Weinplanscherei, das Keuchen und Grunzen zum Schweigen zu bringen.

«Was ist hier los? Gibt es keinen Anstand mehr oder was? Wird denn nichts respektiert in der Welt?»

Eine Frau war gerade oben an der Treppe erschienen. Sie trug eine Öllampe. Diese beleuchtete ihr rundes Gesicht, ihren wütenden Blick, ihre üppige Büste eines frischen und gesunden Frauchens, das noch nicht die Vierzig erreicht hatte. Als erster reagierte Constantino, der schnell zur Treppe lief.

«Ich hab' dir gesagt, du sollst nicht runterkommen, Manuela! Ich hab' dich gebeten, daß du nicht runterkommst!»

«Und sollte ich das etwa die ganze Nacht aushalten? Und sollen sich die ehrlichen Leute so überfallen lassen? Gibt es kein Gericht für diese Diebe?»

Schon stand auch der Seco am Fuß der Treppe:

«Ein Hoch auf die mutigen Frauen!»

Die Frau musterte ihn von oben bis unten:

«Sind Sie es, der bezahlt?»

«Hier bezahlen wir alle... Wir, die Besten, die's bei den Flößern gibt. Und sei nicht mißtrauisch, mein Täubchen; seit Monaten haben wir Geld gespart.»

«In den Bergen gibt nicht mal der was aus, der seinen eigenen Vater verkauft hat!» sagte Cacholo.

«Da kann man ja jedem trauen... Dieser Wein war mindestens dreihundert Reales wert.»

«Und die Gläser, und der Weinbrand, und die Wurst?» wimmerte Constantino.

«Die Wurst?» Der Galera verschluckte sich. «Die war aus Eselsfleisch, nichts als Esel!»

«Halt den Mund!» schnitt ihm der Seco das Wort ab. «Was du sagst, ist ein Befehl, Königin... He, Quintín, jeder soll seinen Anteil an der Zeche auspacken!»

Sie beschlossen, daß jeder sechzig Reales beizusteuern habe, und Cacholo sammelte das Geld mit seinem Hut ein.

«Da kommt mehr als genug zusammen», sagte die Wirtin und stieg die Treppe hinab, bis sie beim Seco stehenblieb. Dieser antwortete ihr, wobei er sein Gesicht sehr nahe an das ihre hielt:

«Was übrigbleibt, ist für ein Tuch. Das schenke ich dir. Mich nennen sie den Seco, falls du meinen Namen einsticken möchtest.»

Die Frau wich etwas zurück, doch sie musterte ihn weiter herausfordernd:

«Ich brauche keine Tücher. Ich hab' schon jemanden, der mir welche schenkt.»

Der Seco blickte die Frau fest an und sagte, auf den leidgeprüften Constantino hinweisend:

«Ist der das, der dir beim Nasenputzen hilft?»

Die Frau schlug die Augen nieder. Das ließ den Flößer lächeln, und er setzte hinzu:

«Paß auf, Constantino, ich will einen Trinkspruch auf deine Hochzeit ausbringen. Wann habt ihr geheiratet?»

«Im Dezember.»

Der Flößer betrachtete prüfend die Taille der Frau. Sein Lächeln wurde deutlicher:

«Und wann ist die Taufe?»

Constantino sagte nichts. Die Frau wich dem Blick des Seco aus. Dieser machte ein paar Schritte nach vorn, bis er sich zwischen das Paar stellte und bei der Treppe die Frau an die Wand drängte.

«Was ist?» fragte der Seco hartnäckig.

«Wir wissen es noch nicht», antwortete die Frau, wobei sie sich vergebens um einen energischen Ton bemühte.

«Das kann nicht sein!» spottete der Seco. Und vielsagend fügte er hinzu: «Wo du so prächtiges Fleisch hast.»

«Du siehst ja..., solche Sachen...»

«Nimm dir's nicht zu Herzen», betonte der Flößer, der schon ganz eng bei ihr war. «Noch hast du Zeit... Vielleicht.»

Die Frau hielt es nicht mehr aus und ließ einen Seufzer hören. Einen unermeßlichen Seufzer, der damals im Dezember aufgekeimt war und der wuchs und immer weiter wuchs, bis er ihre Brust erfüllte und sie beinahe erstickte. Und nun stieß sie ihn endlich aus, obwohl ihn außer ihr selber kaum jemand hören konnte. Doch auch der Flößer vernahm ihn und erfaßte dessen ganze Bedeutung.

«Ja», sagte sie. «Noch hätte ich Zeit.»

Der Seco näherte sich weiter und erklärte behutsam:

«Nimm dir's nicht zu Herzen, Frau... Für alles gibt es eine Lösung.»

«Manuela. Manuela!»

Eine Stimme, die wie die einer Grille klang, meldete sich hinter dem Seco.

«Was willst du?» antwortete sie barsch, ohne die kleinste Bewegung zu machen, um sich ihrem Mann zu nähern und den Kreis zu durchbrechen, in dem der Flößer sie einschloß.

«Na ja... Komm; der Mann da bringt schon das Geld.»

«Das Geld?... Nimm du es!»

«Aber, Manuela...»

Der Seco unterbrach ihn, ohne sich fortzurühren:

«Störe nicht, Constantino... Siehst du nicht, daß ich mich um eine Herzensangelegenheit kümmere?»

Der Ehemann blieb verblüfft stehen, und sie machte eine vage ablehnende Geste.

«He!» rief der Dámaso ganz nahe. «Scheuchen wir ihn weg, Seco?»

«Nein, Mann; der gehört doch zur Familie.»

«Aber der wird uns nicht in Ruhe lassen... He, Rubio, Galera, wir wollen ihn abservieren!»

Der Ehemann wußte nicht, was ihm drohte, und er versuchte, die Treppe zu erreichen, doch Dámasos Pranke packte ihn, während er ihm ein paar freundliche Worte sagte. Und bevor er reagieren konnte, durchbohrten ihm mehrere Hakenstangen den dicken Kragen der Cordsamtjacke und hoben ihn in die Luft. Der kleine Mann wagte es nicht, mit den Beinen zu zappeln, um nicht auf den Boden zu fallen, während Dámaso, Galera und Rubio ihn so hoch hielten, daß der Kopf dicht unter die Zimmerdecke gelangte. Die übrigen lachten. Die Frau entrüstete sich:

«Banditen! Laßt den armen Kerl in Frieden.»

«Wo sie ihm doch nicht weh tun», sagte der Seco beruhigend. «Wo sie bloß spielen.» Und leiser setzte er hinzu, während er sie um die Taille faßte: «Ein Unrecht ist auch, was er mit dir macht.»

Die Frau schwankte:

«Aber es ist nicht gut, so etwas vor mir zu machen.»

Da neigte sich der Seco über sie. Er krümmte sich in einem unglaublich sanften Bogen. Und er sprach mit einer Stimme, die, so rauh sie auch war, flüstern konnte:

«Du hast recht, meine Maurenkönigin. Besser, daß du es nicht siehst.»

Er hielt sie weiter um die Taille gefaßt und trug sie zur Treppe, ohne daß das entsetzte, an den Hakenstangen hängende Hampelmännchen auch nur einen Laut von sich gab. Überwältigt drückte sie sich an den Mann:

«Ach, du Dieb! Denke ja nicht, daß ich immer so bin! Aber seitdem mein Ehemann gestorben ist, und dann dieser arme Kerl...!»

Der Seco wurde seiner Rolle gerecht; es war die altgewohnte. Sie jedoch beging den Fehler, daß sie weitersprach:

«Du weißt nicht, was es bedeutet, wenn man die Nächte vorbeigehen und vorbeigehen sieht..., ach!»

Der Seco hörte ihr nicht mehr zu. Er blieb stehen, von diesen Worten wie von einem Blitz getroffen: Sie erinnerten ihn an andere, echtere und tiefere Worte. Er sah die Frau, wie sie war: rundlich, selbstzufrieden, mit ihrem Schmollmündchen und ihrer Ziererei, entschlossen, in ihrem Leben noch einen neuen Leckerbissen zu genießen...

«Du weißt wirklich nicht, was es heißt, Hunger zu haben...! Entschuldige, Täubchen», fügte er hart und spöttisch hinzu, «aber ich gehe.»

Ungläubig starrte ihn die Frau an. Sie ließ sich auf eine Treppenstufe fallen und begann zu weinen. Der Seco sah, daß sie grotesk und kläglich war, wie eine Rotznase, die ihr Spielzeug verloren hat. Als er zur Tür lief, wollte ihn der Dámaso zurückhalten:

«Wohin gehst du? He! Bringst du nicht die Ernte ein?»

«Die sollen die Vögel fressen! Ich bin verabredet.»

Die Männer lachten, die Frau weinte weiter, dem Hampelmännchen zerriß die Jacke, und es landete auf der Erde, wo es anfing zu schreien. Der Seco schlug die Tür zu, und damit ließ er das alles augenblicklich hinter sich. Und inmitten der Nacht fühlte er, daß ihn starke und echte Dinge umgaben. ‹Wie ich›, dachte er in seinem Unterbewußtsein, ohne daß es ihm selbst klar wurde.

Die reine und durchdringende Nachtluft, die Ruhe und die Sternenferne des Himmels über dem kleinen Platz besänftigten bald Damiáns Gedankenwelt. Er war, wer er war, er ging, um das zu tun, was er tun mußte. Ja, nun wußte er, daß er gehen würde. Vielleicht zum erstenmal bei so vielen ähnlichen Gelegenheiten dachte er nämlich, dies werde nicht das Gläschen für den lasterhaften Geschmack, sondern der

Quell für den verzweifelten Durst sein. Und das, obwohl es nicht deutlich in sein Bewußtsein trat, besaß die Würde des Lebens. Darum lief er mit der gleichen Sicherheit die Straße bergauf, mit der sich die Flüsse voranbewegen.

VIANA

In Trillo nahm der Chepa einen anderen Kühlkrug; ein weiteres Zeichen für die neue Jahreszeit. Er verzichtete auf den schweren und dunklen, fast zylindrischen, wegen der Außenglasur undurchlässigen, der aus Cuenca und gut für den Winter war, und kaufte einen weißen, dickbauchigen, klangvollen und porösen mit dem Stempel der besten Krüge aus Ocaña. Am ersten Tag, als das Wasser mit Branntwein vermischt war, damit es den Tongeschmack verlor, nahm man häufiger einen Schluck. Und immer, wenn sie den Krug benutzten, erinnerte das Gefühl, mit den Händen feuchte Erde und nicht wie früher eine Glasur zu berühren, sie wieder daran, daß sie den Winter hinter sich gelassen hatten.

Drei Tage nach Trillo gelangten sie gerade zu La Vuelta Ancha, wo sich der Flußlauf einmal beinahe ganz zurückwindet, als man vom Lager aus einfältig singende Kinderstimmen hörte.

«Was ist das?» fragte Paula und blickte von ihrer Arbeit auf.

«Da kommt die Fähre», sagte Santiago, nachdem er einen Augenblick hingehört hatte. «Geh und sieh dir's an. Ich mache das hier fertig.»

Paula lief der Fähre von El Molino entgegen, einem rechteckigen Fährschiff, das den Fluß an einem zwischen den Ufern gespannten Seil überquerte. Die von den Kinderkehlen laut und unsauber gesungenen religiösen Lieder näherten sich ihr. An der Böschung erschien bald eine sonderbare kleine Prozession, die sich von Himmelsblau und Sonne abhob. Die Stimmchen verloren sich rasch in der unermeßlichen Weite der glühenden Luft.

«Na so was!» sagte Cacholo. «Das ist doch eine Kommunion!»

«Natürlich», kommentierte Cuatrodedos respektvoll. «Heute ist Christi Himmelfahrt.»

Das waren zweifellos Kinder von Arbeitern des Staatsgutes, die nach Viana de Mondéjar unterwegs waren, einem Ort, der sich hinter seinen beiden berühmten Hügeln verbarg und etwas über eine halbe Stunde von der Fähre entfernt war. Eine Kleine hatte ein weißes Kleid an und war darauf sehr stolz. Die übrigen Mädchen trugen lediglich über ihrem Sonntagskleidchen einen Tüllschleier, der sich sehr auffällig von den braunen und sommersprossigen Gesichtchen abhob. Die Jungen steckten alle in grauen oder marineblauen Sachen, damit man den Anzug auch später benutzen konnte; und die meisten trugen eine weiße Schleife am Arm und eine abscheuliche Krawatte. Die zu engen Kragen waren ihnen lästig, und verzweifelt reckten sie die Köpfchen mit dem kurzgeschorenen Schädel empor. Sie sangen, ohne daß sie sich darüber Gedanken machten, ohne die mindeste Andacht. Nur bei dem weißgekleideten Mädchen, das im Mittelpunkt der Aufmerksamkeit stand, was es genau wußte, konnte man das Bemühen um einen gekünstelten Gesichtsausdruck wahrnehmen, wie er jenem der Bilder in der Kirche glich. Die Gesichter der anderen zeigten, daß sie das Ganze als eine außergewöhnliche Unterhaltung empfanden, und vor allem die Kleinsten ließen erkennen, daß sie irgendeinen Lausbubenstreich ausheckten.

Cuatrodedos äußerte laut sein Entzücken über das weißgekleidete Mädchen.

«Heilige Mutter Gottes! Die sieht ja wie eine Braut aus! Eine Braut des Herrn!»

«Nicht wahr?» sagte die Begleiterin, eine schon reife Frau, die das braune Gewand der Karmelitinnen und Schuhwerk trug, aus dem die großen Zehen hervortraten und das mittelhohe schiefe Absätze hatte.

Fröhlich betrachteten die Kleinen das unerwartete Schauspiel, das ihnen die Flößer boten. Einer, der eine blaugrüne Krawatte trug, sagte einem anderen, wobei er in seinem singenden Tonfall den Anfang der letzten Silben scharf betonte:

«Ob sie ein ebenso gutes Frühstück wie im letzten Jahr rausrücken? Der Teodoro hat ganz allein vier Milchbrötchen aufgegessen.»

«Ich glaube, soviel gibt's nicht. Meine Mutter hat gesagt, die Señoritas hätten Geld für einen neuen Baldachin spenden müssen, der wäre ganz dringend nötig gewesen.»

«Und was soll das sein?»

«Was weiß ich, verdammich? Das kann dir der kleine Sakristan erzählen! Aber deshalb bekommen wir keine Milchbrötchen.»

Die Fähre glitt langsam näher, von den Stößen vorwärtsgetrieben, mit denen die Frau, die das Schiff lenkte, sich am Halteseil entlangbewegte.

«Ich würde gern hingehen», erklärte Paula auf einmal. «Ich würde gern die Kirche besuchen.»

«Dann tu es, Mädchen», sagte der Americano. «Möchte dich jemand begleiten?»

Cuatrodedos erklärte sich eilig einverstanden. Shannon wäre auch gern hingegangen, aber wenn zwei Männer gefehlt hätten, wäre das zuviel gewesen, und er wußte, wieviel die Zeremonie für Cuatrodedos bedeutete. Darum kamen nur Cuatrodedos und das Mädchen auf die Fähre.

«Wollt ihr nichts mitnehmen?» rief ihnen der Americano nach.

«Wir sind am Mittag zurück!» antwortete Paula, während der Wasserstreifen zwischen Ufer und Fähre allmählich breiter wurde.

Die Frau freute sich, daß sie den Weg in guter Gesellschaft fortsetzen konnte. Der Cuatrodedos war ihr gleich sympathisch, und sie nahm Paula herzlich und ohne indiskrete Fragen auf. Der Weg wurde nicht lang. Die Frau redete unaufhörlich:

«Der Herr Bischof von Sigüenza wollte kommen, aber, man sieht es ja, Seine Hochwürden hat so viele Amtsgeschäfte... Das ist schade, weil wir einen kostbaren Baldachin einweihen. Den hatte unsere Pfarrkirche unbedingt nötig: Wir waren ohne Baldachin, ohne Baldachin... Gott möge mir vergeben, aber der vorige Herr Pfarrer war verlottert. Es heißt, er hat getrunken und so weiter; das glaube ich nicht. Wer wirklich getrunken hat, das war seine arme Mutter, sie möge in Frieden ruhen. Aber verlottert, das glaub' ich schon, daß er's war. Der Baldachin ist im Krieg verlorengegangen, und er hat behauptet, es gebe Sachen, die dringender wären. Ich weiß nicht, welche das sein könnten, wenn es nicht darum ging, daß die Kindchen in der Christenlehre alles verputzt haben. Alles ging für Milch drauf, die er ihnen gab; denn er selber, das stimmt schon, hat nichts für sich behalten... Die Milch, das war seine fixe Idee, und wo die hier schwer zu beschaffen war, hat er wahrhaftig eine Kuh gekauft. Er sagte, in England gebe man den Kindern Milch in der Schule; da sehen Sie ja. Als müßten wir hier die Protestanten nachmachen, um richtig zu leben! Natürlich, in England, wo es ständig regnet; aber hier, mit dieser herrlichen Sonne, da werden die Kinder fast ohne Essen groß... Offen gestanden, ich glaube, solche Menschen sollten nicht Priester werden und das anderen überlassen, die für die Schönheiten des Gottesdienstes berufen sind... Am Ende haben sie den guten Mann in einen anderen Ort geschickt, und jetzt haben wir einen Priester, der nur an die Kirche denkt. Er hat sie so hergerichtet, daß man stolz ist, sie zu sehen. Und mit einer kleinen Hilfe, die wir alle im Dorf geleistet haben, und mit dem täglichen Verkauf der Kuhmilch haben wir also schon unseren Bal-

dachin, Gott sei Dank... Das war eine Schande bei den früheren Fron-
leichnamsprozessionen, wenn man die geweihte Hostie schutzlos in der
Sonnenhitze sah, ganz einfach so... Wahrhaftig, unser Dorf schien kein
Ort von guten Christen zu sein!»

Das Geplauder der guten Frau – die sich von Cuatrodedos' tiefem
Verständnis angespornt fühlte, während Paula unterwegs kaum etwas
sagte – bewirkte, daß sie den Ort erreichten, bevor es ihnen bewußt
wurde. Sie liefen zwischen den armseligen Häusern weiter, deren erdige
Wärme sich an den bunten, aus den winzigen Fenstern hängenden Bett-
decken noch deutlicher erkennen ließ. Sie kamen zum Platz, und dort
vereinigte sich die kleine Gruppe mit anderen Kommunikanten aus dem
Ort, die im allgemeinen besser gekleidet waren. Sie wurden von einigen
Señoritas beaufsichtigt, die Bänder und Medaillen um den Hals trugen.

Die Glocken erklangen, als sie eintrafen, und mit gekreuzten Armen,
in zwei Reihen geordnet, liefen die Kinder in die Kirche; zuerst die weißgekleideten Mädchen, danach die übrigen Mädchen und zum Schluß die
Jungen. Die Zeremonie begann, und als der Priester sich wenig später
umwandte, um die kurze Predigt zu halten, widmete Paula ihm ihre
ganze Aufmerksamkeit, wobei sie gerührt an den Pfarrer von Oterón
zurückdachte.

Doch die Worte, die sie hörte, waren nicht jene, die sie gebraucht
hätte, selbst wenn sie die medaillengeschmückten Mädchen glückselig
lächeln ließen. Der Priester bemühte sich, auf den Verständnishorizont
der Kinder einzugehen, um einen tieferen Eindruck in ihrem Herzen zu
hinterlassen, und er plagte sich damit ab, ihnen die Bedeutung dieses
überaus schönen Tages zu erklären, an dem Jesus ganz von Liebe durchdrungen in ihre kleinen Seelen herabsteige. «Und wißt ihr, was ‹ganz
durchdrungen› heißen soll, liebe Kinder? Habt ihr einmal gesehen, wie
ein Stück Zucker, das man an irgendeine Flüssigkeit hält, beispielsweise
Kaffee oder selbst Wasser (das Wasser, das so durchsichtig ist und so
rein), nun denn, wie es, sobald man es an diese Flüssigkeit hält und diese
lediglich berührt und das auch nur an einer kleinen Ecke, plötzlich die
Flüssigkeit einzieht, sie aufsaugt, um sie so in sich aufzunehmen, und das
ganz tief, damit diese es durchfließt, damit sie ganz durch und durch
dringt, wobei das Stück Zucker sie gleichsam mit wahnsinniger Begierde
empfängt, bis man nicht mehr weiß, was die Flüssigkeit ist und was der
Zucker, so gründlich sind sie ineinander aufgegangen? Nicht wahr, das
habt ihr wirklich gesehen, liebe Kinder? Wer hat nicht schon einmal
diese Erscheinung gesehen, die so einfach und so alltäglich ist, die den

Naturgesetzen gehorcht, wie der Schöpfer sie eingeführt hat! Nun denn, mit diesem Beispiel kann ich euch verständlich machen, was heute in eurem Inneren geschehen wird. Wie Wasser, wie ein christlicher Quell, wie ein Ozean wird der Herr zu diesem Stückchen Zucker kommen, das jetzt euer Herz ist...»

Paula fühlte, daß in ihrem Inneren diese Worte nicht den geringsten Widerhall fanden. Und die Kinder langweilten sich maßlos. Als es ein Junge nicht mehr aushielt, kam er auf die Idee, unter der Bank seinem Vordermann einen Fußtritt zu geben. Der Angegriffene drehte sich nicht um, sondern stieß blitzartig mit der Faust nach hinten, doch er traf einen Unschuldigen, der nun mit aller ihm möglichen Schlagkraft reagierte. Es stellte sich eine gewisse Unruhe ein, die der an solche Situationen gewöhnte Herr Lehrer schnell unter Kontrolle brachte, indem er dem Störenfried eine Kopfnuß gab, die nicht von schlechten Eltern war. Durch die Bestrafung des auserwählten Sündenbocks kam die Herde zur Vernunft, und nunmehr blickte sie aufmerksam zum Altar. Einer zählte die Kerzen, ein anderer stellte Berechnungen an, ob er mit der Schleuder eines von den goldenen Kügelchen ganz oben mit einem einzigen Schuß herunterholen könnte – verdammich, das wäre kein schlechter Treffer! –, ein dritter fand, daß das Gesicht des bösen Schächers dem von Onkel Cepas ähnelte, und ein paar gaben sich sogar Mühe, diese ganze Geschichte mit den Zuckerherzen zu begreifen.

Auf einmal wurde die Sache interessant. Unter den sechs weißgekleideten Mädchen, für die man Betschemel in der ersten Reihe bestimmt hatte, saß auch die Kleine, die von jenseits des Flusses gekommen war, und plötzlich stürzte sie zu Boden.

«Sie ist ohnmächtig geworden!» sagte aufgeregt eine Señorita und eilte ihr gemeinsam mit anderen Gefährtinnen zu Hilfe. Doch mit wütendem Gesicht und zerknittertem Schleier stand das Mädchen allein auf, und es zeigte auf das wurmstichige Bein des Betschemels, das gerade zerbrochen war. Der Ärger der Señoritas über eine derart prosaische Erklärung legte sich indes bald, denn ein zweites Mädchen fiel zwar nicht in Ohnmacht, versicherte aber, daß sich ihr der Kopf drehe, und man mußte sie in die Sakristei schaffen. Dies ermutigte den Priester, der kurzen Predigt einen lyrischen Abschluß zu geben, der die Reinheit be handelte, denn die Jungen und Mädchen müßten von diesem Augenblick an danach trachten, deren weiße Blume stets makellos zu erhalten. «Eher sollt ihr sterben, als eure Reinheit zu besudeln.»

Die Frau im Karmelitinnengewand, die neben Paula saß, wischte sich geräuschvoll schnaubend ein paar Tränen ab, die zur Nase hinabgeglitten waren. Hinter ihnen strebten die Klänge einer einfältigen, auf einem zerfallenden Harmonium gespielten Musik dem Himmel entgegen. Während das Holz knarrte und die Pedale knirschten, ließ das Register der *Vox caelestis* einige Arpeggien hören, um den Einzug der Sängerinnen zu begleiten. Trotz der drohenden Gesten des Herrn Lehrers drehten sich die Kinder um und schauten nach hinten, sobald die ersten Geräusche zu hören waren. Die Kirchenlieder sprachen davon, sich Jesus darzubringen und sich von der heißen göttlichen Glut durchdringen zu lassen, und als schließlich das Glöckchen ankündigte, daß der große Augenblick unmittelbar bevorstehe, machten einige Kinder ein angespanntes Gesicht, weil es sie Mühe kostete, sich zu erinnern, ob man jenes Etwas auf einmal hinunterschlucken oder im Mund zergehen lassen solle und ob man es mit den Zähnen berühren dürfe oder ob das Sünde sei, und wenn ja, von welcher Art.

Als die Messe endlich vorbei war, wurden die Kleinen in die Schule geführt, ohne daß man ihnen eine allzu strenge Ordnung aufzwingen konnte. Die Schulbänke hatte man an die Wände gelehnt, um Platz für ein paar Tische zu schaffen, die schon fertig gedeckt waren. Als der Junge mit der blaugrünen Krawatte durch die Tür spähte, stieß er einen Triumphschrei aus:

«Es gibt Milchbrötchen!»

«Ja», sagte sein Kamerad, «aber bloß eines für jeden!»

Alle galoppierten zu den Tischen. Als einer die kleine, mit Farbdrucken geschmückte Papierserviette vor sich liegen sah, rief er staunend aus:

«Mann, ist das eine geile Serviette!»

«Kind, so etwas sagt man nicht», tadelte eine Señorita. «Siehst du nicht, daß der Herr Pfarrer gerade den Tisch segnet?»

«Und das Frühstück, wann geht das los?»

Bald ging es los. Und angesichts des dampfenden Schokoladenstroms konnte ein Mädchen seine Begeisterung nicht zurückhalten:

«Es lebe der Lehrer!»

«Mädchen, man sagt ‹der Herr Lehrer›.»

Schon ließ sich die lärmende Freude nicht mehr unterdrücken, obwohl eine Alte knurrte, die in dieser Disziplinlosigkeit beinahe den Grund für alle Übel des Vaterlandes sah. Paula und der Cuatrodedos konnten indes diese Szene nicht genießen, weil sie bereits auf dem Rückweg waren. Unterwegs spürte Paula eine große Leere, eine unermeßliche Enttäuschung, während Cuatrodedos' Seele von dem ergreifenden Er-

lebnis aufgewühlt war. Außerdem hatte er seine Sünden im Jordan der
Buße abgewaschen, und davon fühlte er in diesem Augenblick sein Herz
durchdrungen.

Sehr nahe beim Fluß begegneten sie dem Correa. Er wollte ins Dorf,
um Proviant zu holen. Der Chepa hätte diesen Weg nicht wie sonst übernommen, weil *Canalejas* sich einen Dorn in den Fuß getreten habe und
etwas hinke; daher habe der Americano ihm diesen Auftrag gegeben,
weil er mit einem kleinen Sack auf dem Rücken hinabsteigen könne.

«Jetzt ist doch alles zu», warnte Cuatrodedos.

«Mann», entgegnete Correa, unerschütterlich wie immer, «jemand
wird mir schon diesen Gefallen tun.»

Und gerade deshalb hatte ihn der Americano losgeschickt, weil er es
mit seiner ruhigen Überzeugungskraft verstand, die Leute am Ende um-
zustimmen. Er wollte sich im Dorf irgendein kleines Mittagessen besorgen und am frühen Nachmittag zurückkommen. Solange die Stämme am
Mittag festgebunden waren, würde man ihn ja weniger vermissen.

Paula und Cuatrodedos liefen zum Fluß weiter. Der Correa setzte seinen Weg fort, und am Dorfeingang ging er zu einem neuen Haus, weil er
fragen wollte, in welchem Laden man ihn bedienen könne. Über einer
großen, an das Haus angebauten Einfahrt stand: «J. Almazán. Kistenfabrik». Das Tor war offen.

Er schaute hinein, doch bevor er eintreten konnte, erhob sich lautes
Stimmengewirr, das von einer festlich aussehenden, im Hof versammel-
ten Gruppe kam. Ein Mädchen in vollem Staat kam auf ihn zu:

«Sie sind nicht von hier, das stimmt doch?»

«Nein, aber...»

Doch sie rannte schon zum Haus und rief dabei diese Worte, die
Correa verblüfften:

«Vater, Vater! Da ist ein Mann Gottes!»

Sofort kam ein sonntäglich gekleideter und eine Krawatte tragender
Mann herunter. Die Kragenspitzen standen hoch und machten ihn nervös, doch er lächelte zufrieden. Er sei der Hausherr, und er verheirate
eine Tochter. Sie wollten gerade zur Kirche gehen, und in der Gegend
gebe es den Brauch, wenn zufällig ein Fremder aus irgendeinem Grund
eintreffe, daß man ihn wie den vornehmsten Gast behandeln müsse.
Denn er sei der «Mann Gottes» und kündige eine glückliche Ehe an.

«Davon weiß ich nichts! Ich muß Proviant für meine Gefährten holen!» sträubte sich Correa.

«Sie müssen uns zur Hochzeit begleiten», der Mann ließ nicht locker.

«Das mit dem Proviant regeln wir schon. Vor kurzem habe ich diese Kistenfabrik aufgemacht, weil ich an die Konserven gedacht habe, die sie hier produzieren werden, wo es die Bewässerung durch die neuen Stauseen gibt, und meine Tochter heiratet den Mann aus La Rioja, den ich als Geschäftsführer hergebracht habe. Sie sind der Glücksbringer für das Haus, Freund.»

«Aber ich muß zum Floß zurück...», widersprach Correa hartnäckig.

«Also gut, wenigstens kommen Sie bis zur Kirche mit», entschied der Mann, den alle im Chor unterstützten.

‹Es ist das erste Mal, daß sie einen Flößer so empfangen›, dachte der Correa, während er die enge Treppe hochstieg. Das war eine lustige Geschichte. Er war an mehreren Mädchen vorbeigekommen, deren Anblick einem das Herz im Leibe lachen ließ. ‹Welch eine Gelegenheit für den Seco, wenn ihm das passiert wäre!› dachte er weiter.

«Darf man hinein?» rief der Brautvater an der Tür. «Hier ist der Mann Gottes!»

«Ja», antworteten sie von innen. «Sie ist schon angekleidet.»

Sie traten ein und schlossen geräuschvoll die Tür, denn nur der Vater und allenfalls der «Mann Gottes» durften das Mädchen am Hochzeitstag vor der Trauung sehen. Sie waren in einem Schlafzimmer, wo ein Metallbett und ein Wandgestell standen, vor dem sich ein kleiner geblümter Vorhang befand, der aufgereihte Kleider verdeckte. Durch das kleine Fenster schien die Sonne herein, und ein Zweig Basilienkraut erfüllte den Raum mit seinem Duft. Doch in diesem Augenblick öffnete eine dicke, schwarzgekleidete Frau ein Fläschchen Kölnischwasser, um die Braut ausgiebig zu besprengen. Dieser fehlte nur noch der Schleier. Sie sah hübsch aus, dachte der Correa. Sie trug ein sehr enges, weißes Kleid, das ihr Fleisch fest umschloß, und darüber erhob sich das dunkelbraune Gesicht mit den roten Wangen. Außer der Dicken konnten noch drei Frauen da drinnen geschäftig hin und her laufen, obwohl der Raum sehr klein war.

Der Vater und Correa blieben bei der Tür stehen, denn es war unmöglich, weiter vorzudringen. Nun blickte das Mädchen sie an.

«Willkommen, Señor!» sagte sie gerührt.

«Hast du ein Glück, Mädchen!» rief eine Alte. «Seitdem die Crescencia geheiratet hat, ist das im Dorf nicht mehr vorgekommen.»

Die Dicke hielt einen Schleier in der Hand, und die Sonne drang mit kräftigem hellem Glanz durch den Tüll. Sie wartete, bevor sie ihn dem Mädchen aufsetzte, und plötzlich bemächtigte sich des kleinen Zimmers eine zutiefst feierliche Stimmung. Die Dicke stieß das Mädchen an, und es wurde auf einmal ernst und bleich, als es zu dem Mann ging:

«Den Segen, Vater», sagte es verwirrt.

Der Mann wirkte unschlüssig, als wäre er überrascht. Doch er faßte sich und segnete seine Tochter. Danach küßte er sie auf beide Wangen und erklärte tiefbewegt:

«Gott gebe dir eine gute Ehe.»

Die Frauen brachen in Tränen aus.

«Ach, Mutter!» sagte die Tochter weinend und umarmte die dicke Frau, die unaufhaltsam schluchzte.

«Du zerknitterst den Schleier, du zerknitterst den Schleier!» reagierte als erste die Schwester und trocknete sich sogleich die Tränen ab.

Unverzüglich löste sich die Braut von der Mutter und beugte den Kopf, um das Anbringen des Kopfputzes zu erleichtern. Sie hielt sich das Taschentuch an die Augen, und als der Vater endlich wieder sprechen konnte, wollte er einen Scherz machen, um seine Überlegenheit den Frauen gegenüber zu zeigen:

«Los, Tochter, sie werden dich ja nicht umbringen!... So schlimm ist es nicht... Und hier steht der Freund, um die Dinge in Ordnung zu bringen.»

Der Correa ließ sich mitziehen, und er trat zur Seite. Sie machten die Tür auf, und die Braut stieg die Treppe hinunter. Aus dem Hausflur kamen laute Hochrufe.

«Wie ist Ihr werter Name?» fragte der Vater.

«Sixto Correa.»

Sie ließen ihn unmittelbar hinter der Braut hinabsteigen, was ihn einigermaßen verwirrte. Hierauf gingen die Eltern und weitere Familienangehörige nach unten.

Sie liefen durch den Ort bis zur Kirche, und die Trauung war eine kurze Zeremonie, bei der allerdings der Pfarrer, den der am Morgen errungene Erfolg anspornte, eine gefühlvolle Predigt hielt. Allgemeine Aufmerksamkeit erregte der neue Baldachin, der zusammengefaltet neben dem Altar lag, damit die Gläubigen ihn betrachten konnten. Am Taufbecken, nahe bei der Tür, spielten ein paar kleine Kinder, die schließlich die Treppe hochsprangen und auf die Empore entwischten. Nunmehr war zur großen Verzweiflung des Sakristans von dort das laute Knacken von Holz zu vernehmen.

Nach der Zeremonie besichtigten sie das neue Heim. Dort konnte die Dorfjugend, die neugierig und äußerst dreist auftrat, ihrem Tatendrang freien Lauf lassen. Die Leute waren im Eßzimmer, wo alles höchst sauber und ordentlich aussah, als auf einmal ein junger Mann erschien und ein Triumphgebrüll hören ließ. In der hochgereckten Hand hielt er den Nachttopf, den er soeben im Schlafzimmer erbeutet hatte und den er den Anwesenden zur Prüfung vorwies. Unter Gelächter und zum großen Schrecken der Braut wurden die Kennzeichen des Geräts, seine Widerstandskraft und Haltbarkeit, seine Bequemlichkeit und die Zukunftsaussichten gewürdigt, deren es sich erfreuen würde. Die Kommentare wurden immer anzüglicher, und einem keinen Widerspruch duldenden Brauch folgend drangen weitere junge Burschen in das Schlafzimmer ein und ließen sich nacheinander in das «vernickelte» Bett fallen (wie einer von ihnen sagte, womit er die weiße Farbe des Metalls meinte), um mit mächtigen Sprüngen seine Federkraft und Behaglichkeit zu prüfen. Der Mann aus La Rioja nahm das allmählich übel, doch der Schwiegervater besänftigte ihn und riet, die Spaßvögel gutwillig zu ertragen, damit die unangenehme Episode möglichst schnell zu Ende ginge. Tatsächlich bekamen sie die Sache schließlich satt und ließen das Paar allein in seinem Haus, damit sie sich vor dem Essen umziehen konnten.

Der Correa nutzte die Gelegenheit und erklärte, gleich nach dem Essen müsse er mit dem Proviant los, und deshalb sei es notwendig, daß er vorher seine Einkäufe mache. Doch sein Gastgeber wollte nichts von Ladenbesuchen hören.

«Sie kommen jetzt mit uns allen zum Essen mit. Sie sagen mir, was Ihr Trupp braucht, und im Haus läßt sich das alles finden... Nichts, nichts, auch die Flößer sind zur Hochzeit eingeladen!»

Wenn er ein Bauer wäre, hätte er wohl nicht so freundlich über die Männer vom Fluß gedacht. Aber er gehörte zu einer anderen Klasse, war ein rühriger, sympathischer, friedfertiger Mann. Dem Correa gefiel er immer besser.

Als sie zusammen mit der ganzen Gesellschaft in das Haus zurückkehrten, entdeckten sie einen Arbeiter, der gerade in einem offenen Schuppen ein paar Kisten zusammenzimmerte. Der Correa blieb stehen, um es sich genauer anzusehen, und schüttelte mißbilligend den Kopf.

«Natürlich, ich weiß ja, daß heute ein Festtag ist», sagte der Herr; «aber mir blieb nichts anderes übrig, Mann. Das war ein dringender Auftrag, und ich habe noch zu wenige Kunden, als daß ich es mir leisten könnte, mich nicht um sie zu kümmern.»

«Nein, ich beschwere mich doch gar nicht, daß gearbeitet wird, sondern darüber, wie er das macht. Hör auf, laß mich ran», sagte er schließlich und schob den Arbeiter zur Seite.

Wenig später bildeten die eingeladenen Landleute einen wortlos staunenden Kreis. Der Correa nahm ein paar Nägel in den Mund und noch ein paar in die linke Hand sowie einen Hammer in die rechte, und nun schlug er die Nägel schwindelerregend schnell ins Holz. Er hielt den Nagel senkrecht, und hierauf genügten ihm zwei treffsichere Schläge: ein behutsamer Schlag, um den Nagel ins Holz zu treiben, so daß er die Finger wegnehmen konnte, und ein zweiter, wuchtiger und zuverlässiger, um den Nagel ganz zu versenken. Es war eine Demonstration meisterhaften Könnens.

Als er die Auftragsarbeit in wenigen Minuten beendet hatte, blickte er auf und sagte herausfordernd:

«Was denn? Gibt's noch mehr zu tun?»

Der Hausherr brach in Gelächter aus:

«Ich wußte nicht, daß die Flößer so geschickt mit Nägeln umgehen.»

«Ich bin Flößer, weil ich keine andre Arbeit gefunden habe, als sie meine Fabrik in Valencia zumachten. Aber mein Beruf ist das Nageln. Und im Akkord. Ich hab Rosinenkampagnen in Málaga mitgemacht, Aprikosen- und Pfefferkampagnen in Murcia, Obstkampagnen in Logroño, Fischkampagnen im Norden, Apfelsinenkampagnen in Valencia... Bei dieser Arbeit kenne ich mich überall aus.»

«Das geht ja wie geschmiert bei Ihnen. Ich habe in einer Fabrik gearbeitet und Bretter gesägt, und ich habe gesehen, wie man nagelt, aber wenige können das wie Sie.»

«Es gibt auch wenige», sagte Correa stolz. «Wissen Sie, bei solchen kleinen Kisten, die alle sechsunddreißig Nägel haben, hab ich vier- oder fünftausend Nägel am Tag eingeschlagen. Und die saßen richtig fest, ohne daß einer rausstand oder innen in eine Dose stach... Mal sehn, wer's besser kann.»

Und zufrieden sah er seine Hände an, während sich alle Anwesenden anerkennend über seine Arbeit äußerten.

«Es hätte mir gefallen, daß mein zukünftiger Schwiegersohn Sie gesehen hätte; ach was, das ist ja schon mein Schwiegersohn», lachte der Hausherr, «der versteht mehr davon... Hören Sie», setzte er plötzlich hinzu, «warum bleiben Sie nicht hier und arbeiten bei mir? Sie würden zufrieden sein. Ich will gute Leute, aber ich bezahle die Arbeit so, wie ich auch gern für meine Arbeit bezahlt wurde.»

Correa blickte sich um. Das Haus war neu, und mehrere Geißblatt-pflanzen verschönerten den frisch geweißten Innenhof. Der Herr gefiel ihm, seine Frau war gemütlich, der Bräutigam aus La Rioja machte einen offenherzigen und aufrichtigen Eindruck, die Jungverheiratete sprühte vor Leben... Er dachte an seine Frau und seine Tochter, die noch ein ganz junges Mädchen war. Das Land hier war weniger hart, der Ort größer, die Leute waren fröhlicher... Er seufzte:

«Ich muß meinen Vertrag erfüllen.»

«Natürlich! Aber wenn da unten das Holz herausgeholt wird, be-ginnt hier gerade die Hauptarbeit.»

Correa betrachtete vom großen Tor aus die sanften Hügel in der Ebene ringsum, und er verglich sie mit seinen heimatlichen Bergen. Hier gäbe es ein milderes Klima für die alten Tage, einen weiteren Ho-rizont für die Tochter. Er seufzte erneut, diesmal zufrieden. Ob er es nun machte oder nicht, doch was er war, hatte überall seinen Wert und wurde anerkannt. Das war gut. Die Welt war gut. Nun ja, das hatte er immer gedacht.

«Überlegen Sie sich's nicht zweimal, Freund. Sie sind heute der ‹Mann Gottes› gewesen. Ein Glücksbringer für alle und auch für Sie selber. Das wird eine Riesenfreude für meinen Schwiegersohn! Wissen Sie was? Wenn alles richtig für uns läuft und die bewässerten Felder gute Erträge bringen, wollen wir Konserven herstellen.»

«Also, hören Sie zu; ich sage nicht nein. Das hier gefällt mir, und offen gestanden, Sie als Chef gefallen mir auch.»

Der Mann lachte. Correa sprach weiter:

«Wenn mein Vertrag in Aranjuez endet, komme ich hier auf dem Heimweg vorbei, und wir reden miteinander. Wenn wir uns verste-hen...»

«Wir werden uns nicht verstehen, Mann, wir werden uns nicht ver-stehen!»

Correa, der Unerschütterliche, konnte sich das Lachen nicht ver-beißen.

«Also ja, ich glaube ja.»

«Nun gut, ich rechne mit Ihnen... Und jetzt langen Sie kräftig zu, während man ein Bündel mit dem Essen für die Flößer zusam-menpackt, weil die auch zur Hochzeit Eloísa Huetes eingeladen sind.»

Und vor allen anderen, mit größter Würde und von den Anwesenden einmütig anerkannt, betrat der Nagler Correa den Hauptsaal der Fabrik, wo man die Tische aufgestellt hatte, und während jenes schönen Nachmittags in den ersten Junitagen ließ er sich den besten Festschmaus seines Lebens schmecken. Er genoß seine Würde und seine neue Hoffnung.

LA ESPERANZA

«Die armen kleinen Tiere!» sagte das Mädchen mit den blonden Zöpfen. «Warum nähen Sie denen das Maul mit einem Draht zu?»

Der Eidechsenfänger von Mantiel, der stolz war, daß er die Bewunderung dieser Gruppe von Badegästen erregt hatte, lachte laut.

«Weißt du, wie die beißen, Mädchen? Wenn du ihre Zähne sehen könntest! Und so ist Ruhe damit!» schloß er und hielt sich die Lippen mit Daumen und Zeigefinger zusammen.

Die Eidechsen zappelten hin und her; sie waren an den Gürtel des Mannes mit Schnüren gebunden, die sie am schmalsten Teil des Unterleibs fesselten. Sie waren groß; einige erreichten fast zwei Spannen, wenn man den langen Schwanz mitrechnete. Sie hatten einen einzigartig schönen, beinahe phosphoreszierenden Rücken mit lebhaften grünen, goldenen, blauen, violetten oder dunkel purpurroten Flecken. Doch das – überaus intensiv zinnoberrote und feucht glänzende – Maul mit der weißen, ungemein flinken Zunge öffnete sich niemals: Ein kleiner Draht durchbohrte ihre Kiefer und klemmte sie fest.

«Na, drehen Sie ihnen doch den Hals um», sagte eine Alte. Sie gehörte zu denen, die hier vom Rheuma genesen wollten. «Dann leiden sie nicht mehr.»

«Ich töte sie bei mir zu Hause, ich ertränke sie in einem Eimer. Wenn ich sie erschlagen würde, geht die Haut kaputt, und ich bekomme weniger Geld dafür. Die Haut wird ihnen abgezogen und gegerbt... Wie bei den Kaninchen.» Der Mann lachte.

Sie standen bei der Badeanstalt, im Schatten von El Umbriazo, in einem weiteren Engpaß, den der Tajo durchfloß, bevor er endgültig in die Ebenen von Madrid und Toledo, zum mittleren Teil seines Laufs, gelangte. Runde und kerzengerade Kermeseichen kündigten bereits die noch weit entfernten Steineichen der Estremadura an. Hier blieben es indes die Kiefern und Wacholderbäumchen, der Rosmarin und die Buchsbäume, die für kräftiges Grün auf dem Berghang sorgten. Am

Fluß strebten die Erlen im Wettstreit mit den Felsen nach oben. Eine überaus wilde Landschaft, der jedoch die Menschenfeindlichkeit des kalten Gebirges fehlte. Die Berge hier gaben sich mit ihrer Größe und ihrer prallen Fülle zufrieden, doch sie waren großmütig ohne Heimtücke wie die Starken.

Die alten Leute aus der Umgebung – von Peralveche bis Yélamos, von Trillo bis Sacedón – kamen hierher, um sich mit einer neuntägigen Kur (länger hält man es nicht aus, denn das Wasser wirkt sehr stark) gegen die rheumatischen Beschwerden des Winters zu wappnen. Sie hatten schon ganz früh ein Bad genommen, und während ihre Begleiter für sie kochten, ruhten sie im Schatten und betrachteten den Fluß. Der Wind bewegte die leicht erregbaren Blätter der Erlen, und ihr Rauschen vermischte sich mit dem des Wassers, das dort lauter dröhnte, wo der Fluß in das Staubecken hinabstürzte, das für die Bewässerung bestimmt war.

Der Eidechsenfänger war eine kleine Ablenkung im eintönigen Lauf der Stunden, doch daran dachte man überhaupt nicht mehr, als an diesem Nachmittag die Fischerjungen mit einer Nachricht eintrafen. Es kamen zwei Brüder, die einen Beutel mit vielerlei Fischen brachten: Märzlingen, Wolfsbarschen und Barben. Diese waren nicht groß, dafür aber frisch, und sie machten das Essen ein wenig abwechslungsreicher. Man kannte die beiden Jungen; sie waren die Enkel des Covejas aus Durón, der früher sein sehr gutes Auskommen mit einem schönen Laden hatte, mit dem es aber bergab ging, seitdem sie den Mann während des Kriegs eingesperrt hatten. Der Vater der Kleinen schlug sich durch, so gut er konnte; unter anderem verdiente er sich sein Brot damit, daß er mit dem Netz fischte und die Kleinen losschickte, den Fang im Bad zu verkaufen.

Die alten Frauen feilschten, wie es sich gehört; und die Kinder verteidigten sich: wo doch alles sehr teuer sei; wo ein Kaninchen doch viel mehr koste; wo der Fang in diesem Jahr sehr klein sei, weil andere Kokkelskörner und Sprengladungen in den Fluß werfen... Bis der ältere Junge plötzlich mit einem unerwarteten Argument herausplatzte:

«Na, dann können Sie die Fische vergessen, weil das hier die letzten für einen Monat sind.»

«Gebt ihr das Fischen auf?»

«Wir müssen. Die Flößer sind bald da.»

Das interessierte die alten Frauen so sehr, daß sie mit dem Feilschen aufhörten. Die Kleinen mußten es genauer erklären. Nun ja, die Flößer seien schon bei Los Portillos, und vielleicht würden sie am Abend eintreffen. Die Frauen glucksten zufrieden. Obwohl sie am Fluß wohnten, gefielen ihnen die Flößer. Der üble Ruf, den sie bei den Landleuten hatten, war eigentlich nur unter den Männern verbreitet, während das andere Geschlecht diese Abneigung lediglich nach außen hin bekundete. Im Grunde verkörperte der Flößer das Kraftvolle, Gewaltsame, Unerwartete in einem Leben, das sich von der Wiege an genau vorhersehen ließ. Und wenn die Flößer sie, als sie junge Mädchen waren, mit einem wonnevollen Schauer geängstigt hatten, konnten sie nun als alte Frauen von ihnen nur noch Unterhaltung und irgendeinen ungeheuerlichen Schelmenstreich erwarten, der sie zum Lachen und nach so vielen Jahren vielleicht, vielleicht zum Erröten brachte. Die eine oder andere dachte insgeheim: ‹Ob der eine immer noch kommt?›

Den ganzen Tag hielt die ungewöhnlich aufgeregte Stimmung der Leute an. Vielleicht wirkte es deshalb enttäuschend, als endlich ein paar sehr spät eintrafen. Ein armer Buckliger, ein Mädchen, ein kleiner Junge, ein Esel und ein Hündchen. Die Gruppe, die lediglich die Lagerausrüstung brachte. Der Santiago hatte nach dem Abendessen entschieden, sie schon an diesem Tag zu dem neuen Platz zu schaffen: Er lag etwas unterhalb der Badeanstalt, stromabwärts, wo man ein paar Tage bleiben würde, weil der Fluß hier einige Krümmungen machte. Jedenfalls lud man die Gruppe ins Haus ein, in den großen zentralen Korridor, der sich zwischen zwei Zimmerreihen befand und wo die Kurgäste abends oder bei schlechtem Wetter zusammenkamen. Die Männer starrten neugierig das schweigsame Mädchen an, das natürlich in einem den Frauen vorbehaltenen Raum schlafen sollte. Die jungen Mädchen, die als Begleiterinnen hier waren, wußten nicht, ob sie ihre Altersgenossin beneiden oder bedauern sollten, und sie schwankten zwischen beiden Gefühlen hin und her. Und die alten Frauen fragten Santiago aus. Ja, er war der Koch. Ja, die übrigen würden noch morgen kommen. Nein, nicht heute abend. Die Leute seien erschöpft, es koste Mühe, Los Portillos zu überwinden.

Shannon, der von den Flößern soviel lobende Äußerungen über das Bad gehört hatte, betrachtete verblüfft diesen «Kurort». Die «Anstalt», in der man Bäder nehmen konnte, lag am Flußufer; sie bestand aus einem rechteckigen Häuschen, dessen Seiten vier Meter lang waren. Die Leute wohnten in einem einstockigen Gebäude, das mehr nach einem Gehöft als nach etwas anderem aussah und ungefähr fünfzig Schritt weiter oben lag. Für jemanden, der das Wort «Kurort» mit der Vorstellung von einer vornehmen französischen Kurstadt verband, war der Schock ungeheuer groß, sosehr man auch zuvor seine Phantasie im Zaum gehalten hatte.

«Und der Arzt, wohnt der hier?» fragte er den Seco und zeigte auf das Haus, das sich nicht in einem allzu guten Zustand befand.

Der Seco lachte über das ganze Gesicht.

«Arzt? Wozu einen Arzt? Jeder weiß doch sowieso, was er hat! Du kannst dich nicht rühren? Na dann, auf ins Bad!»

«Und..., nun ja..., ich verstehe nicht... Wieso genehmigen sie das?» Der Seco lachte noch unbändiger.

«Nein, wo sie's überhaupt nicht genehmigen. Das hier ist gegen das Gesetz, und das ist das Gute daran. Der Boden und die Quellen gehören einem armen Schlucker. Er lebt von dem hier, aber er kann nicht alle diese Häuser bauen, wie die Reichen sie haben, wenn sie eine Kur machen. Ach, wenn er so was bauen würde! Dann würde niemand woanders hingehn; das hier sind die besten Heilquellen der Welt fürs Rheuma. Aber das kann er nicht, und hier gibt's keinen Arzt, kein Licht, keine feinen Sachen oder sonstwas. Besser so, dadurch ist es billig für die Armen und unbequem für die Reichen, die einen Arzt haben müssen. Obwohl es die im Badeort La Isabela ärgert, ständig erstatten sie Anzeige, weil das hier ihnen Kundschaft wegnimmt. Aber dort kassieren sie ungeheuer viel Geld, und hier kannst du für fünf Pesetas pro Nase ein Zimmer benutzen, und sie geben dir sogar einen eignen Strohsack und ein Kopfkissen. Was du sonst noch haben möchtest, das bringst du mit, und dann kannst du dir's gemütlich machen.»

«Und das Essen?»

«Verdammich, das Essen! Billiger geht's nicht. Das Essen besorgst du dir auch selber. Ein paar bringen Kaninchen mit und andere lebende Hühner; sie binden ihnen einen bunten Faden ans Bein, damit sie ihre von den andern unterscheiden können, und sie lassen alle frei im Hof rumlaufen. Man bringt einen Beutel voll Brot mit, und man trägt einem, der nach Mantiel geht, ein paar Bestellungen auf, das ist ja nicht weit, und schon fängt das gute Leben an... Was denn, kannst du dir das nicht vorstellen? Natürlich, bestimmt hast du andre tolle Sachen in der Welt gesehn...! Aber das Wasser, das einen gesund macht, ist das hier. Komm, wir besuchen die Quelle.»

Nahe beim Ufer, zwischen den Bäumen verborgen, stand ein offener Schuppen mit einem Ziegeldach, und darunter war ein Wasserbecken zu sehen. Sie begrüßten den Badewärter. Aus dem Wasser stiegen schwache weißliche Dämpfe auf und blieben in den Zweigen hängen. Shannon hatte diese Dämpfe von weitem für den Rauch eines halberloschenen Lagerfeuers gehalten.

«Das Wasser kommt glühendheiß nach oben», sagte der Seco. «Du siehst ja: und das dreißig Schritt vom Fluß, der so kühl ist. Was es für Sachen auf der Welt gibt! Nicht wahr?»

«Und Sie halten es nicht aus, wenn Sie die Hand reinstecken wollen», erklärte der Wärter nachdrücklich. «Ohne Haut würde man die rausziehn. Wenn man ein Ei in das Wasser taucht, wird es gekocht wie auf dem Feuer.»

«Welche Temperatur hat das Wasser?» fragte Shannon.

«Oh, wer das wüßte! Ich glaube, das würde die Thermometer zum Platzen bringen.»

«Siehst du nicht?» machte ihn der Seco aufmerksam. «Es kocht beinahe. Gib acht, wie es brodelt.»

Tatsächlich stiegen Blasen an die Oberfläche, doch sie sahen eher wie entweichendes Gas aus.

«Ganz, ganz heiß ist es», betonte der Wärter noch einmal. «Schauen Sie, es läuft durch dieses Rohr, das von dort zu den Badewannen führt, und obwohl es dabei viel Wärme verlieren muß, halten es viele sogar dann noch nicht an ihrem Körper aus. Kommen Sie, kommen Sie und sehen Sie sich's an. Ich merke schon, daß der Herr hier von auswärts ist. Gefällt Ihnen das Flößen?»

«Er sagt das, ja», erklärte der Seco lachend. «Wenn ich an seiner Stelle wäre, da würde man mich bald nicht mehr am Fluß sehn!»

«Und wer sollte dann das Holz ins Tal schaffen?» fragte im Spaß der Wärter, der den Seco aus früheren Jahren kannte.

Sie liefen zu dem kleinen Haus, wo immer noch sieben oder acht Leute auf ein Bad warteten. Der Seco machte ein paar Späße mit den alten Frauen und ging ihnen kräftig um den Bart, und sie plusterten sich vor Vergnügen auf.

Das Häuschen hatte einen zentralen kleinen Raum, von dem an jeder Seite eine Tür zu den Bädern für Männer oder Frauen abging. In diesem Augenblick kam ein Alter, der sich noch ein Tuch umgewickelt hatte, mit rotem Gesicht heraus. Der Wärter nutzte die Gelegenheit, um sie eintreten zu lassen. Es war eine schmucklose kleine Zelle, wo es drei oder vier Nägel gab, an denen man die Kleidung aufhängen konnte, und auf dem Boden stand eine Badewanne, die wie billige Küchenspülen aus Kunststein war. Die junge Tochter des Wärters, die sich um die Sauberkeit kümmerte, erschien mit einem Scheuerlappen und einem Eimer Seifenwasser. Sie wischte das Becken ab, drehte den Wasserhahn kurz auf, um die Seife fortzuspülen, und hierauf stöpselte sie den Abfluß zu und ließ die Wanne vollaufen. Nun war sie bereit für einen anderen Alten, der hereinkam und sich schon die Hose aufknöpfte.

«Ganz stark ist es, ganz stark», betonte der Wärter wieder.

«Oh!» sagte eine Alte. «Nach den neun Bädern hat man mehrere Tage einen solchen Schmerz in den Gelenken, daß man es nicht aushält. Aber sehen Sie: Früher hab' ich den Winter ganz krumm zugebracht, so, hier hat es mich gepackt. Jetzt lauf' ich genauso gerade wie damals, als ich fünfzig war.»

Der Chor der Leute, die ihr Vertrauen zur Heilkraft der Quelle bekundeten, wurde von einem Mädchen unterbrochen:

«Die Polizei! Die Polizisten kommen.»

Der Wärter machte sich nicht allzu viele Sorgen:

«Los, lauf zu meiner Frau, die soll sie hinhalten, während die Leute hier fertig werden. Ich komme gleich hoch.» Er wandte sich zu Shannon und warnte ihn: «Sie, Fremder, hüten Sie sich zu verraten, daß man hier Bäder nimmt, he?» Er lief zu dem Haus, und Shannon fragte erstaunt:

«Weiß das die Landpolizei etwa nicht?»

«Wie soll'n die das nicht wissen, wie soll'n die das nicht wissen!» lachte eine zahnlose Alte. «Aber denen bleibt nichts andres übrig, als herzukommen und nachzusehn. Wo sie die Anzeigen von diesen Kerlen in La Isabela bekommen!»

«Das ist ihre Pflicht», brachte mühsam ein Großvater hervor, der eine schwarze Schirmmütze trug. «Und Pflicht ist Pflicht.»

«Und was machen sie dann?»

«Was soll'n sie machen? Sie gehn weg und erklären, hier gäbe es bloß Leute, die am Fluß vespern. Das sehn sie als einziges. Solange sie eine Frau wie mich nicht direkt im Bad erwischen!»

«Wer ein Bulle sein könnte und Sie nackt schnappte!» platzte der Seco heraus.

«Glauben Sie ja nicht, glauben Sie ja nicht», sagte sie halbtot vor Lachen, «ich hab' noch meine Angebote.»

«Wer hatte und es nicht vergessen hat», erklärte der Großvater, «hat etwas fürs Alter übrigbehalten. Und die Águeda hatte einiges... Ich glaube, sie haben sie Águeda genannt, weil sie solche Brüste wie die heilige Agatha hatte!»

«Mann, als ich gerade auf die Welt kam, gab's dafür noch keinen Grund!»

«Nun ja, nun ja, aber die Brüste... Die Brüste..., he?... Die hattest du, Frau, die hattest du...»

«Genug, genug, du alter kleiner Angeber», sagte eine andere, «ein bißchen mehr Anstand, sonst erzählt der Herr hier noch, daß es bei uns bloß unverschämte Kerle gibt.»

Shannon hatte sich noch nicht ganz mit dieser so typisch spanischen Situation abgefunden: daß die gesetzliche Ordnung vom Einfallsreichtum des Lebens vereitelt wurde. Wie es ihm der Seco auf dem Weg zum Haus erklärte: «Ja, man weiß doch, daß es Gesetze für Heilquellen gibt, aber damit wischen wir uns hier den Hintern ab, wenn man die nämlich einhalten würde, dann könnten alle an Rheuma sterben! Verdammich! Sind diese Gesetze schließlich nicht dazu da, die Gesundheit der Leute zu schützen? Na also, hier schützen wir uns alleine, und fertig. So wird weniger Stempelpapier verbraucht.»

Unter solchen Bedingungen waren die Landpolizisten, wenn sie kamen, von vornherein auf einen Mißerfolg gefaßt. Sie wußten ganz genau, daß ein Korporal, der sich vor einigen Jahren darauf versteift hatte, das Gesetz anzuwenden, den Badebetrieb nur zwei Wochen unterbrechen konnte, und danach ging alles wieder von vorn los. Außerdem sind die Dinge nun einmal, wie sie sind, und das hier zu schließen würde bedeuten, die Leute um ein angenehmes Alter zu bringen, ohne daß es jemandem nützte. Ach was, mit ernsteren Problemen mußten sich die armen Polizisten herumschlagen, wenn sie die Berge hoch- und hinunterkletterten, bevor sie ein paar Alte aufs Korn nahmen, die nicht eher sterben wollten, bis sie ein einziges Mal gebadet hatten, wie der jetzige Korporal erklärte!

Zu den ernsteren Problemen gehörte beispielsweise dieser verdächtige Ausländer. Denn Shannon wirkte bei diesem Kontrollgang als das fremde Element, das in dieser Landschaft und bei diesen Leuten fehl am Platz war. Sie verhörten ihn, sie verlangten seine Papiere, sie drehten das englisch geschriebene Dokument mit den spanischen Stempeln mehrmals hin und her, sie notierten sich verschiedene Angaben und konnten sich seine Anwesenheit immer noch nicht logisch erklären. Doch da der Seco und andere bekannte Flößer uneingeschränkt für ihn bürgten, war das eine ausreichende Garantie. So blieben sie denn eine Weile im Schatten stehen und rauchten bedächtig eine Zigarre, redeten über das Wetter, kommentierten ein paar lokale Neuigkeiten, stellten im Zusammenhang mit der Anzeige mehrere Fragen, deren Antwort sie sich im voraus denken konnten, und sie zogen ab, nachdem sie Shannon erklärt hatten:

«Entschuldigen Sie, aber hier gibt es Partisanen, und natürlich sieht man nicht alle Tage Engländer in der Gegend.»

Als sie fortgingen, löste sich die Gruppe auf, und die Flößer stiegen zum Fluß hinab. Die Kinder warfen ihnen begeisterte Blicke zu, und Shannon sah, daß ein Junge mit einer alten Münze spielte. Er untersuchte sie und entdeckte, daß es ein römischer Bronze-As war, auf dem ein Bildnis und einen Stier zu erkennen waren.

«Den hab' ich gestern genau hier gefunden», sagte der Kleine.

Ja, die Römer hatten schon zweitausend Jahre zuvor in den Thermalquellen des Tajo gebadet. ‹Zweitausend Jahre, und alles geht weiter wie immer›, dachte Shannon und betrachtete die Landschaft, die rudimentäre Architektur, die urwüchsige Haltung der Leute. Wie natürlich war diese Welt, wie jung war sie noch, mitten im Europa der zweiten Nachkriegszeit dieses Jahrhunderts!

Als die Flößer im Lager aßen, suchten ein paar alte Leute deren Gesellschaft, und ebenso war am Morgen die eine oder andere Frau gekommen, um – wie sie behaupteten – den Köchen ein wenig zu helfen, und nebenbei könnten sie so die Abwechslung bringende Neuigkeit genießen. ‹Die Neuigkeit!› dachte Shannon. Wie lebensnotwendig war sie in der jahrtausendealten unwandelbaren Existenz dieser Leute! Man brauchte etwas, was sich erzählen, weitersagen, als außerordentlich im Gedächtnis behalten ließ, damit man es später anhören und feiern konnte. Am merkwürdigsten war, daß diese Neuigkeit, sobald man sie kennengelernt hatte, beinahe sofort den stereotypen Mustern angeglichen wurde. Nachdem sie sich ihrer bemächtigt hatten, kommentierten, wiederholten und diskutierten sie das Geschehene: Das war ihre Art, es sich anzueignen, es in endlosen Gesprächen, gemeinschaftlichen Wertungen und den Meinungsäußerungen jedes einzelnen festzuhalten. Deshalb machte es vom ersten Augenblick an einen altvertrauten Eindruck, da man es ständig mit vorgeprägten Sätzen behandelte, dafür Sprichwörter oder geläufige Redensarten verwendete. Es klang bekannt, noch bevor es Gleichgültigkeit und Vergessenheit anheimfiel oder, wozu es selten kam, zur Verklärung und in die Legende gelangte.

Shannon wollte Paula finden, nachdem das Mittagessen vorbei war. Er entdeckte sie flußabwärts. Sie hielt die Füße ins Wasser. Als sie ihn kommen sah, verbarg sie die Beine wieder unter dem schwarzen Rock und setzte sich auf den Felsen. Nur ein paar weiße Zehen schauten hervor, die von den kalten Wellen ein wenig gerötet waren.

«Wie schwer es ist, mit dir zu reden, Paula! Als ob du mir aus dem Weg gehst; wir sehen uns beinahe überhaupt nicht mehr», sagte er melancholisch.

«Wir sehen uns jeden Tag, oder nicht?» Sie lächelte und strich sich eine Haarsträhne aus der Stirn.

«Das meine ich nicht», entgegnete Shannon. «Aber schließlich bin ich wenigstens jetzt genau zur richtigen Zeit gekommen.»

«Warum sagst du das?» Sie wurde vorsichtig.

«Es geht um nichts, was dir Kopfschmerzen machen könnte. Weil ich dir das hier geben möchte. Nicht wahr, die wirst du brauchen? Ich habe sie in Trillo gekauft. Ich weiß nicht, ob sie dir gefallen. Aber wo du sie in dem Gestrüpp hier so stark abnützt...»

Er redete unaufhörlich, wie man es bei Kindern macht, um sie zu beruhigen. Doch Paula blieb weiter vorsichtig. Endlich nahm sie das Päckchen, und als sie es auswickelte, kamen Hanfschuhe und dicke schwarze Baumwollstrümpfe zum Vorschein. Neben ihr auf dem Felsen lagen die Strümpfe, die sie getragen hatte, und man konnte deutlich erkennen, wie oft sie gestopft waren.

«Die hätte ich noch mal hinkriegen können...», wollte sie sich rechtfertigen.

«Unglaublich, daß du mir so etwas sagst, Frau», unterbrach Shannon. «Mir, wo ich nichts verlange. Das weißt du nur zu gut.» Er blickte sie an.

In Paulas Gesicht erschien ein Ausdruck, der wie ein Vorbote von Tränen wirkte. Doch als Reaktion darauf begann sie zu lächeln und hielt die neuen Strümpfe über den Rock, strich sie mit der Hand glatt. Einen Augenblick lachte sie sogar, und dann sagte sie:

«Die gestopften Stellen haben mich schon ungeheuer gestört...! Ich hab' probiert, ohne alles zu laufen, aber daran gewöhne ich mich nicht... Es ist noch nicht sommerlich genug.»

Ihr Gesicht mit den kindlichen Lippen betrachtete Shannon sanft, und sie sprach weiter: «An alles denkst du, Royo. Andre Männer merken nie, daß ein Strumpf zerreißen kann. Nicht mal, wenn sie welche verschenken. Aber du...»

«Ja, ich weiß schon. Ich bin der Mann, der an alles denkt. Das ist das Schlechte im Leben: denken.»

Seine Stimme verriet Trauer. Sie schwiegen einen Augenblick.

«Und warum hast du sie mir nicht früher gegeben? Du siehst ja.» Sie schämte sich nicht mehr, als sie nun auf die alten Strümpfe zeigte. «Gerade vorhin hab' ich gegrübelt, wie ich sie ausbessern kann.»

«Ich wollte es nicht vor den anderen tun.»

«Da hast du recht. Sofort würden sie glauben... Aber, warum müssen sie immer etwas Schlimmes denken?»

«Außerdem war ich auf einen Augenblick aus, in dem ich so mit dir zusammen sein kann... Das hab' ich mir vorgestellt und gewünscht... Du merkst es ja; es stimmt nicht, daß ich nichts dafür verlange. Ich verlange ein paar Worte.»

Paula wartete ab. Man könnte nicht sagen, daß sie eine feindselige Haltung zeigte, und trotzdem...

«Siehst du?» sprach Shannon weiter. «Ich habe diesen Moment vorausgeplant; ich habe mich sogar der falschen Hoffnung hingegeben, daß du mir vieles sagen würdest und daß ich derjenige wäre, der dich endlich von deinem Kummer befreit... Aber da komme ich und merke, daß es etwas anderes in deinem Inneren gibt... Ich weiß nicht, als hättest du das gar nicht nötig... Was ist los, Paula? Warum hast du dich verändert?»

«Ich? Ich bin dieselbe wie immer.»

«Ja, das ist wahr, aber du hast mir nicht geantwortet. Du bist nicht die, die du an meiner Kapelle warst, und du bist auch nicht die, die mich hergebracht hat... Und du hast mich hergebracht, ich bin gekommen, weil ich dir folgte, weil ich mich um dich kümmern wollte, als hätte es das Schicksal so bestimmt. Ich bin deinetwegen hier...»

Er konnte nicht weitersprechen. Jeder Fels stand da als ein Beweis, wie vergeblich sein Drängen war. Solche Sachen sind wie Steine, und Worte verändern sie nicht. Er betrachtete Paula, die dort saß. Still, fast demütig, beinahe wirkte das sogar, als gäbe sie sich hin... Aber verschlossen wie ein Stein. ‹Und so verschließt sich nur jemand, der ein Geheimnis bewahrt›, dachte er. Oder vielleicht war es einfach ihre wilde Natur, die nach dem inneren Leid wieder zum Vorschein kam. Aber – was für ein Leid? Wenn sie es verbarg, könnte sie wenigstens ihm...! Hatte sie sich wirklich verändert? Wenn sie sich verändert hatte, konnte er nichts tun... Doch bis er nicht sicher war, bis das nicht unwiderruflich feststand... Wieviel Zeit war seit ihren letzten Worten vergangen? Wie lange saß sie schon schweigend da, ohne ja oder nein zu sagen, ohne Reue oder Trotz zu zeigen? Sie glich einem Stein, unempfindlich gegen die Worte, die wie Wasser an ihr abglitten. Und er dachte nach, wie immer, und analysierte...

«Entschuldige, Paula; ich bin ein Dummkopf.»

«Nein, Royo, nein. Du bist sehr gut; darum geht es.»

Shannon versuchte zu lächeln, während er versicherte:

«Das ist das gleiche.»

Paula senkte den Kopf, doch sie hob ihn sogleich wieder, von einem plötzlichen Entschluß getrieben. Ihre Augen blickten aus einer größeren Tiefe als je zuvor. Ihre Lippen waren nun nicht die eines Mädchens; doch sie wirkten auch nicht sinnlich. Sie waren hart gegen die Zähne gepreßt.

«Ja, ich will es dir sagen. Ich halte es nicht länger aus. Wenn ich es verschweige, scheint es ein Betrug zu sein; deshalb gehe ich allen aus dem Weg. Und dir nicht; nein, dir nicht. Außerdem, wenn du siehst, wie schlecht ich bin, wirst du nicht mehr nach mir suchen.»

«Du und schlecht?»

‹Auch Royo glaubt es nicht›, dachte Paula, bevor sie antwortete.

«Oder unglücklich, was weiß ich. Aber unterbrich mich nicht, hör zu. Ich bin aus Peñalén, und ich hab' unten in Cuenca eine Stelle angenommen. Ein... Einer... Na ja, ich hab' den Kopf verloren... Als er erfuhr, daß ich ein Kind von ihm bekommen würde, hat er mich sitzenlassen, ohne daß er noch etwas von mir wissen wollte... Dieser Hurensohn! Erst dann hab' ich gesehn, wie er wirklich war, und eher wär' ich gestorben, als meinem Kind einen solchen Vater zu geben... Nein, nachdem ich ihn durchschaut hatte, war das vorbei, selbst wenn er zurückgewollt hätte!... Meine Tante hat meiner Mutter geschrieben und es ihr erzählt, und sie ist aus dem Dorf runtergekommen. Sie haben mich ins Haus der Tante gesteckt, am Rand von Cuenca, und... bis der Junge geboren wurde.»

Das Mädchen schwieg. Ihr fehlte die Luft. Sie hatte die Worte überstürzt hervorgestoßen. Shannon wollte etwas finden, um sie zu trösten, doch sie hielt ihn zurück, indem sie seinen Arm drückte.

«Der Junge oder das Mädchen. Sie haben mir gesagt, es wäre ein Junge, aber ich hab' ihn nie gesehn... Meine Tante», es kostete sie unendliche Mühe, das zu sagen, doch sie sagte es, «meine Tante hat ihn getötet...»

Der Druck ihrer Hand hinderte Shannon wieder am Sprechen.

«Ja, ich bin sicher... Als ich das Kind bekam, hab' ich halb die Besinnung verloren, aber sein Weinen hat mich wieder geweckt... Nein, das war keine Täuschung», sie quälte sich, die Fäuste an die Schläfe gepreßt, «ich hab' es noch einmal gehört, als ich ganz munter war, und dann noch einmal... Und nie wieder, nie wieder. Bald darauf kamen die beiden in mein Zimmer, sie waren ganz weiß, ganz weiß und zitterten. Ich hab' nach meinem Kind verlangt, und meine Tante hat gesagt, es wäre eine Totgeburt gewesen. Meine Mutter hielt den Mund und hatte nicht den Mut, mich anzusehn. Ich merkte, daß es eine Lüge war; ich wußte, daß es eine Lüge war... Wie mein armes kleines Kindchen geweint hat! Wie es geweint hat, bis... und Schluß...!»

Sie konnte ein jähes Schluchzen nicht unterdrücken. Doch hart und aggressiv sprach sie weiter:

«Sie wollten nicht, daß ich entehrt ins Dorf zurückkäme; natürlich, das war ich. Sie hatten schon einen, mit dem sie mich dort zusammenstecken wollten. Aber sobald sie mich nach Hause geschafft hatten, bin ich ausgerückt, ohne daß ich wieder ein Wort mit meiner Tante geredet habe. Dieses gottverdammte Weib! Ihr ist es eingefallen, daß..., weil sie im Haus hinten ein paar Schweine hatten..., und dort hat es geweint, dort!... Ich hätte es noch mehr geliebt!» erzählte sie nach einer Pause weiter. «Ich hätte es gewaschen, ich hätte es angezogen... Wie alle Mütter!... Nicht wie alle, nein; meine hat es nicht für mich verteidigt!... Wie es geweint hat!...»

Sie schwieg. Und als Shannon traurig nach oben blickte, fand er in der Höhe nur die fühllosen Felsen und runde weiße Wolken, die in glückseliger Fahrt dahinglitten.

«Ich bin zu den Flößern geraten», schloß Paula und trocknete sich ruckartig die Tränen ab. «Genauso hätte ich in den Fluß selber geraten können und wäre für immer dort geblieben... Genauso werd' ich an irgendeinen Ort geraten, den ich nicht kenne... Nach Hause komme ich nie zurück; nie...»

Shannon wartete, daß ein wenig Wind, ein wenig Flußwasser, ein wenig Zeit vorüberzogen. Was konnte man hierauf sagen? Dann fragte er mit einer Stimme, die so sanft, so unpersönlich wie möglich war:

«Und was willst du tun?»

Es blieb keine Zeit für die Antwort. Von einem Felsen heruntergestürzt oder vielleicht von der Erde ausgespien – wie sollte man das wissen –, brach der Dámaso hervor und schwang die Hakenstange.

«He! Ich hab' euch Angst eingejagt, was?»

Die beiden standen auf.

«Nein, du jagst mir keine Angst ein», sagte Paula. «Selbst wenn du Gift spuckst.»

«Was ist los?» Shannon ging auf ihn zu.

«Nichts, nichts... Wir hatten einen Flößer vermißt, und wir bekamen Probleme... Ein paar dachten schon, daß du ertrunken wärest. Ich wußte, das stimmt nicht, denn ich hatte dir ja keinen Stoß gegeben... So hab' ich gemerkt, daß auch das Täubchen fehlte, und ich hab' mir gesagt, na ja, da braucht man bloß zu suchen...»

Während er redete, bewegte er sich von einer Seite zur anderen und sah sie prüfend an:

«Nanu! Das sieht ja so aus, als wär' heute Gründonnerstag… Wenigstens hast du, Engländer, eine Fußwaschung vorgenommen wie ein Bischof, he!»

«Geht dir denn nicht ein sauberer Gedanke durch deinen schmutzigen Kopf?» schleuderte ihm Shannon ins Gesicht.

«Etwas Saubereres gibt es nie, höchstens als Tarnung.»

«Ob es das nun gibt oder nicht, du läßt Paula in Frieden.»

«Das sagst du wohl auch deinetwegen, nicht wahr, du Witzbold?» fragte der Dámaso in gefährlichem Ton.

«Du wirst sie in Ruhe lassen», wiederholte Shannon, nahm ihn am Arm und zog ihn stromaufwärts.

«Weil du ja weißt», erinnerte ihn drohend der Dámaso und blickte zu Paula zurück, «was wir abgemacht haben: entweder für keinen oder für alle… Und ich stehe in der Schlange!»

Trotzdem ließ er sich mitziehen, und sie verloren Paula aus den Augen. Nun lief Shannon nicht weiter und sah dem anderen direkt ins Gesicht. Er bemühte sich um Ruhe:

«Aber verstehst du nicht, daß nichts passiert ist?»

Dámaso ließ ein lautes Gelächter hören:

«Na klar weiß ich das ganz genau! Man brauchte euch beiden, dir und ihr, ja bloß ins Gesicht zu schauen. Viel Gerede und nichts weiter. Aber was heißt das, nichts!… Dafür vergißt sie bestimmt nicht den Schrekken, den ich ihr eingejagt habe, was?»

Shannon packte ihn wütend am Kragen des Kittels:

«Deshalb hätte ich dich umbringen können, du Hundesohn.»

«Ich hab' keine Angst. Du bist nicht schlecht genug.»

Wenn er es geringschätzig gesagt hätte, wäre Shannon mit Schlägen über ihn hergefallen. Doch er äußerte es mit einer so kaltblütigen Überzeugung, als stellte er eine unbestreitbare Tatsache fest, die gar nichts mit dem Iren zu tun hätte. Etwas so Objektives, daß es ihn besänftigte:

«Ja, das rettet dich, daß keiner von uns so schlecht ist.»

«Nein, du bist es nicht. Wenn du es wärest… He!» Und er zwinkerte mit den Augen, wozu er den Kopf senkte, als wollte er mit einem Blick über die Schulter auf jenen Ort hindeuten, den sie soeben verlassen hatten.

Shannon tat so, als sähe er das nicht. ‹Man muß ihn umbringen oder ihn gehen lassen›, sagte er sich, und es war schlimmer, ihn aufzustacheln und ihn vielleicht dadurch zu verleiten, Verleumdungen zu verbreiten, die Paula schaden konnten. Er rechtfertigte sich vor sich selbst, indem er sich sagte, daß ihn nur diese höchst vernünftige Überlegung davor zurückhielte, den Dámaso anzugreifen. Doch was im Grunde wirklich seinen Zorn abgekühlt und ihn zu einem ruhigen Benehmen veranlaßt hatte, war jener endgültige Urteilsspruch: Nein, er war nicht schlecht genug. Und dagegen gab es kein Mittel.

Die an der Spitze treibenden Stämme gelangten schon zu dem Häuschen; der Rubio und der Cacholo lenkten sie mit den Hakenstangen. Der Cacholo vereinbarte mit dem Badewärter, in den Tagen, da ihm dies möglich wäre, ein paar Bäder zu nehmen. Der Wärter hatte zugestimmt, und er wollte von ihm nicht die zwei Pesetas kassieren.

«Aber um sich gut zu erholen», erklärte er, «müssen es neun Tage sein.»

«Ich werd' schon sehn, ob ich das kann!» antwortete Quintín. «Und wenn mir das Wasser schließlich nicht die beiden Beine kuriert, soll es mir bloß eines kurieren. Paß auf, wenn es dieses Wunder vollbringt, bade ich im nächsten Jahr das andre Bein, und ich lasse hier eine Tafel anbringen, wo das zu lesen ist.»

Tatsächlich gab es merkwürdige Inschriften an dem Häuschen: «Hier wurde Jenaro García geheilt», und darunter stand der Namenszug nach Art eines notariellen Namensschnörkels. «Wo es dieses Wasser gibt, soll man das ganze verdammte Wasser der übrigen Welt vergessen»; und darunter war in einer anderen Handschrift hinzugefügt: «Wo es schlechten Wein gibt, soll man dieses Wasser vergessen.» Und es gab sogar Loblieder in Versen:

> «Hat das Rheuma dich gelähmt
> vom Kopf bis zu den Füßen,
> soll gleich man dich bringen
> nach Mantiel in die Bäder.»

«Es gibt keinen Tanz!» rief gerade der kleine Sohn des Wärters, der atemlos zwischen den Bäumen angerannt kam.

«He! Sollte es einen Tanz geben?»

«Das ist gut!» sagte Quintín. «Und ich melde mich als erster an, weil ich eine *Jota serrana* mit diesen Damen tanzen will.»

Die alten Frauen lachten. Der Wärter fragte seinen Sohn aus, den er losgeschickt hatte, um den Musiker zu benachrichtigen.

«Was für einen Musiker?» erkundigte sich Correa und kam näher. «Einer mit zwei Trommelschlegeln und einer Pfanne?»

«Oh, eine Pfanne!... Und dazu kommt auch das Akkordeon des kleinen Einarmigen. Der lebt in diesen Tagen nicht weit von hier auf den Bergen, dort beim Förster, der ist ein Onkel von ihm. Weil er ja einem Mädchen nachläuft, das seine Mutter ins Bad gebracht hat, der Kleinen, die Delfina heißt...»

«Donnerwetter, ein Akkordeon!» rief Cacholo. «Was für großartige Sachen man sich in den Bädern hier leistet!»

«Und meine Frau wollte Zurra machen. Zwei Korbflaschen voll», setzte der Wärter großspurig hinzu. «Was ist passiert?»

«Daß der kleine Einarmige heute nach Sacedón runtergegangen ist und zu spät zurückkommt. Aber morgen kann er hiersein.»

«Na gut», gab sich der Wärter zufrieden; «damit ist nichts verloren. Wir heben die Zurra für morgen auf.» – «Was ist Zurra?» wollte Shannon wissen. «Limonade. Wein mit Zitrone, Zucker und Zimt und was weiß ich noch. Aber die werden wir schon noch trinken. Wer wartet, hat nichts verpaßt.»

Tatsächlich verpaßte man nichts. Nach dem Abendessen, als die Nacht ganz hereingebrochen war, liefen die Flößer durch die dunklen Berge zum Haus hinauf. Die Luft trug den Geruch feuchter Erde mit sich, der sich mit Harzduft und dem Rauschen fließenden Wassers vermischte. An der Tür waren drei oder vier schattenhafte Gestalten zu sehen. Unter den nahen Bäumen lachte ein kleines Mädchen. ‹Es ist eine ganz junge Stimme›, dachte Shannon, ‹doch schon läßt sie die Nacht mit ihrem Lachen erglühen.› Sie lehnten die Hakenstangen an die Wand, machten die Tür auf und betraten den weißgetünchten zentralen Korridor, an dessen zwei Seitenwänden sich in regelmäßigen Abständen, wie bei einem Klostergang, Türen befanden. Am Ende des Korridors führte eine weitere große Tür in die Gemeinschaftsküche und aufs freie Feld. An den Wänden hingen weit voneinander entfernt drei Öllampen, in deren Licht man kaum die groben Umrisse erkennen konnte. Den Korridor entlang standen ein paar Bänke. Und das war alles.

Alles, außer dem Durcheinander und dem Lärm. Geschrei, noch mehr Geschrei und viele Gestalten. Es roch nach einer Menschenherde. Am Ende des Korridors legte die Frau des Wärters gerade ein kleines Tischtuch auf ein dort stehendes Tischchen.

«Nehmen Sie das feine Zeug weg, Señora!» rief der Tuerto. «Wir machen Ihnen das noch kaputt, wo wir so grobe Kerle sind.»

216

«Aber nein, aber nein. Wie werd' ich Ihnen das Tischchen hinstellen ohne irgendwas drauf, Mann? So was ist gut für die Wildnis.»

Trotz der Warnungen konnte sie das Tischtuch auflegen, und darauf stellte sie eine große Korbflasche und ein paar Gläser.

«Ach! Gibt es doch Zurra?»

«Heute Zurra und morgen Tanz», erklärte die Frau lächelnd. «Sie war schon fertig... Und so gibt es zwei Feste.»

«Redet nicht soviel, und die Botas sollen die Runde machen!» riefen sie von einer Bank.

Schnell kam Leben in die Versammlung. Das waren insgesamt nicht einmal drei Dutzend Leute, doch im spärlichen Öllampenlicht brachten sie einen unbeschreiblichen Krach hervor, weil sie sich schreiend unterhielten und dazu hin und her liefen, weil die Kinder herumtobten und sich zwischen den Älteren versteckten, weil sich die Flößer unverschämte Streiche erlaubten. Es war die ungehemmte und lebensfrohe Ausgelassenheit von Leuten, die ständig von allem in Schranken gehalten wurden: von den streng festgelegten Gesprächen, vom Mangel an Vorstellungskraft und wirtschaftlichen Möglichkeiten, von der unerbittlichen Wachsamkeit aller Nachbarn und von den gesellschaftlichen Zwängen; und all das zügelte höchst lebendige Instinkte. Und jetzt und hier war man mitten in den Bergen, in der tiefen Nacht; da war das zwanglose Benehmen der Flößer, an dem niemand schuld hatte, wenn es sich äußerte, und da war die Nachsicht armen Kranken gegenüber, die mit einem Fuß im Grabe standen; da waren das Gelächter der zahnlosen Münder und die harmlose Geilheit jener, die nichts mehr leisten können. Gewiß gab es hier ein paar junge Mädchen und ein paar Männer; doch im allgemeinen Gedränge würde nichts Entscheidendes passieren. Es herrschte die Freiheit einer besonderen Situation, und sie waren vor übler Nachrede sicher, weil alle als Komplizen auftraten.

Niemals hatte Shannon erlebt, daß die Leute sich so frei offenbarten. Wie er sich selber sagte, war es im Grunde so, daß es keine Regeln für diese beinahe vorsintflutliche Situation gab, die der eines mittelalterlichen oder römischen Badeortes glich, mit seiner urtümlichen Badeanstalt, seinen bunt zusammengewürfelten Leuten und Speisen, seiner gemeinschaftlichen Benutzung der Küchen und Hühnerhöfe. Und da es hierfür keine erlernten sozialen Regeln gab, kehrte man zu den Regeln der Natur zurück: zum Vergnügen der Kehle am Gewürzwein (tranken sie nicht gerade den Hypokras der Gastmähler Chaucers?), zur Freude der Beine, zum Genuß der Hand, wenn sie anderes Fleisch berührte zum Gelächter, zum Lärm, jenem Getöse, mit dem sich die armen Menschen einen Augenblick betäuben können, während die unbegreifliche Ewigkeit am einen und anderen Ende ihres vergänglichen Lebens steht...

Da gab es eine Gruppe von Alten, die sich in Erinnerungen vertieften; zwei oder drei Mädchen, die sich in einer Ecke vor den Zudringlichkeiten des Rubio und anderer Flößer verteidigten; eine reife verheiratete Frau, die ihren Vater begleitete und die der Seco belagerte; einige Flößer, die sich mit dem Trinken begnügten; Shannon selbst, der beobachtete, und den Wärter und seine Frau, die sich ebenfalls ruhiger verhielten, als wären sie an so etwas gewöhnt. Paula war nicht gekommen; sie war zusammen mit dem Chepa im Lager geblieben, denn sie hatte es vorgezogen, nicht in einem Haus zu schlafen. Der Findling war etwas später eingetroffen, doch nun saß er auch bei den Trinkern, obwohl er sich vorsichtig zurückhielt und zunächst die Gesichter der Kurgäste eingehend geprüft hatte.

Schließlich lenkte Quintín mit seinen Sprüchen und Witzen die allgemeine Aufmerksamkeit auf sich. Er erntete großen Beifall. Das ermunterte einen Mann – der im Verhältnis zu den Greisen noch ein junger Bursche war, denn er zählte erst sechzig Lenze –, und er kündigte an, daß er Theater spielen wolle. Er zog sich in ein Zimmer zurück, nachdem er insgeheim mit der Wärterin gesprochen hatte, die ihm ein paar sorgfältig verborgene Sachen brachte, und kurze Zeit versetzte er die Leute in gespannte Erwartung. Auf einmal machte er die Tür halb auf und rief von innen:

«Klingling, klingling, klingling! Der Vorhang geht auf!»

Er kam heraus und pflanzte sich mitten vor der Gruppe auf. Er hatte sich die Hosenbeine bis zum Knie hochgekrempelt und die lange Unterhose darunter wie ein asturisches Beinkleid zurechtgemacht; die Jacke hatte er ausgezogen und nur die Weste anbehalten; auf dem Kopf trug er eine gefaltete Zeitung als Mütze, die entfernt an eine Tuchmütze erinnerte, und unter dem Arm hielt er ein kleines rotes Kissen zusammengedrückt, während er sich einen Stock an den Mund setzte, als wäre er eine Flöte.

Ein Kind fragte erstaunt:

«Großmutter, was für eine Rolle spielt der?»

«Den Kerl, der die Reklame für den Apfelwein macht, du Dummer», sagte die Alte, die sich zweifellos gut in der Welt auskannte und wußte, daß auf manchen Flaschen ein Flötenspieler zu sehen war.

Und tatsächlich kündigte der Künstler an:

«Meine Damen und Herren oder was Sie sonst sind... Jetzt kommt das Gedicht *Der Hirtenflötenspieler aus Gijón* von Don Ramón de Campo-amor.»

Wie wurde er bejubelt und beglückwünscht, als er fertig war! Woher kannte er das so gut? «Das hab' ich bei der ‹Fahne› gelernt», sagte er bescheiden, «für den Namenstag des Königs.» Erneuter Jubel! Plötzlich wurden die drei Öllampen gleichzeitig von den Flößern ausgepustet, und alles lag im Dunkeln. Das Stimmengewirr, das Lachen und das Kreischen der Frauen erreichten den Höhepunkt. Während die Badewärterin in die Küche lief, um Licht zu holen, und man einige Feuerzeuge anzünden wollte, nutzte Shannon die Gelegenheit und ging hinaus aufs freie Feld.

Dort umgaben ihn auf einmal die Frische, der Wohlgeruch, die sanften Geräusche und der Frieden des Beständigen. Das, was bleiben würde, wenn all jene kleinen Stimmen, die sich gegenseitig betäubten, für immer vergessen wären.

Er stieg zum Ufer hinab, wo das Mondviertel, das gerade erst aufgegangen war, das dunkle Wasser lediglich mit einigen Lichtpunkten erhellte. Die Feuerstelle im Lager war kaum noch ein Haufen glühender Asche. *Loli*, das Hündchen, sprang schnell auf und spitzte die Ohren, doch es legte sich wieder hin, als es ihn erkannte. Shannon setzte sich und betrachtete jenseits der Glut die schwachen rötlichen Reflexe auf seinem Schlafsack, der von Paulas Körper ausgefüllt wurde. Er schaute und schaute, ließ die Zeit vergehen, damit irgendeine Entscheidung – er wußte nicht welche – feste Gestalt in ihm annahm, und er wollte nicht aktiv an dem mitwirken, was sich in seinem Inneren vollzog; er wollte nicht denken. Schließlich wickelte er sich in seine Decke und schlief ein, ohne daß ihm bewußt wurde, irgend etwas entschieden zu haben.

Hatte er wirklich nichts entschieden? Als er am Nachmittag des folgenden Tages ins Lager kam, fragte er den Galerilla, wo Paula sei.

«Sie ist nach unten gegangen, zu der Kapelle, die, wie es heißt, der Hoffnungsreichen Mutter Gottes geweiht ist.»

Die Hoffnungsreiche... Shannon krampfte sich das Herz zusammen. Die Hoffnung – «La Esperanza», wie man sie hier nannte! Eine Kapelle, immer war eine Kapelle der Schauplatz für die Wendepunkte seines Lebens. Eine Kapelle in Italien, eine Kapelle in La Buenafuente und auch jetzt eine Kapelle: La Esperanza.

La Esperanza! Er lief den Fluß hinab, wobei er zu Galerillas großem

Erstaunen fast rannte. Er kümmerte sich nicht darum, was man später darüber reden mochte, er durfte sich den Augenblick nicht entgehen lassen, wenn er nicht schon unwiederbringlich vorüber war... Vielleicht, doch dieses Wort spornte ihn an: «La Esperanza». Schon rannte er und suchte sich einen Weg zwischen den Felsen und dem Fluß, und er gelangte über die ersten Holzstämme hinaus, was nun auch den Cacholo erstaunte; und begierig hielt er Ausschau nach einer Stelle, wo eine Kapelle sein könnte.

Endlich erblickte er sie: weiß, halb im Laubwerk verborgen. Unverkennbar war sie es mit ihrem spitzen Glockenturm und ihrem Kreuz. Ja, aber auf der anderen Seite des Flusses.

Der Fluß trennte ihn von ihr, der Fluß trennte ihn von ihr... Warum hatte er das nicht vorher herausgefunden? War das ein Zeichen, war das etwas Unabänderliches? Auf einmal hörte er Paula lachen, und er verlor die Nerven. Er lief ins Wasser hinein.

«Nein, nein!» rief sie erschrocken. «Zur Brücke, zur Brücke!»

Er blickte flußabwärts. Er war nicht einmal zweihundert Meter von einer Brücke entfernt. Er erreichte sie, überquerte sie, kletterte wieder den Hang hinauf... An der Kapelle stand Paula und lachte, lachte wie ein Mädchen. Zwei schwarzgekleidete Frauen, die aus dem nahen Ort Durón heruntergekommen waren, um hier zu beten, sahen sie verwundert an. Shannon bemühte sich, vernünftig aufzutreten:

«Wir hatten Angst um dich bekommen, wir glaubten, du wärest in den Fluß gefallen... Na ja», sprach er weiter, während er sich erinnerte, daß er gerade den gleichen Vorwand benutzte, mit dem Dámaso am letzten Nachmittag aufgetreten war, «wir dachten...»

Er schwieg, ohne daß er wußte, was er sagen sollte; und er sah erleichtert, daß die beiden frommen Frauen zwischen den Sträuchern auf dem Weg bergan verschwanden. Paula und er waren allein an einer Kapelle; nicht viel anders als beim vorigen Mal. Da sie merkte, wie verwirrt er war, lachte sie nicht mehr.

«Paula, ich bin lächerlich, nicht wahr?» brachte er schließlich hervor.

«Was erzählst du da?»

«Ja, ich bin lächerlich, das weiß ich, aber es ist so, daß... Nun ja, ich habe nachgedacht, gestern abend habe ich nachgedacht... Ich weiß schon, daß man nicht nachdenken soll, aber so bin ich... Gestern hast du mir nicht geantwortet, erinnerst du dich?»

«Woran, Royo?»

«Oh, an deine Worte! An alle deine Worte! Du hast mir nicht geantwortet, der Dámaso ist aufgetaucht... Sag mir, was willst du tun? Was wirst du machen, wenn das Floß nach Aranjuez kommt?»

Paula wurde traurig.

«Das weiß ich nicht. Solange ich hier bin, denke ich nicht nach.»

Shannon war gerührt. Sofort fühlte er, wie jener Entschluß in seiner Brust endgültige Form annahm.

«Hör zu, Paula, und versteh mich richtig... Ich... Mit mir müßtest du nicht mehr nachdenken, müßtest du dir um nichts mehr Sorgen machen... Ich, dürfte ich mich um dich kümmern, Paula?»

«Royo!» rief sie erstaunt.

«Warte, antworte nicht. Ich weiß, daß ich nichts wert bin; bei diesen Leuten fühle ich mich unreif. Aber ich schwöre dir, du würdest mich zu einem ganzen Mann machen, aus Stein und Erde, wie es der Americano oder der Seco ist. Das ist schwer, in meiner Welt bringen uns alle nur bei, etwas zu tun, und nicht, etwas zu sein. Aber ich bin wie die anderen, und wenn du mir einen Stoß gibst... Antworte noch nicht; selbst wenn du mich nicht verstehst, ich schwöre dir, daß du mir glauben kannst: An deiner Seite werde ich ein Mann wie ein Baum, wie eine Felswand. Ich weiß das, weil du schon viel mit mir gemacht hast; weil ich schon den Tod und das Brot verstehe, das Lachen und das Messer. Weil ich schon weiß, daß ich wegen nichts gelitten habe und daß ich jetzt wegen etwas Notwendigem leide, deinetwegen, wegen einer Frau, wegen der einzigen Frau, wegen Paula...»

Sie war zwei Schritte zurückgewichen und hatte sich langsam auf die Steinbank der Kapelle gesetzt, wie damals, und niedergeschlagen ließ sie die Hände auf die Knie sinken. Der junge Mann blieb gelähmt stehen, doch er konnte weiterreden:

«Ich weiß schon, daß du mich nicht verstehst, daß das albern klingt, aber so ist es... Es ist so, wie es ist... Glaub mir, Paula, und sag mir... Sag ja...»

Nach und nach hob Paula die Augen. Bekümmert zog sie die Brauen hoch, und ihr Mund, der sich leicht verzerrte, wirkte unglaublicherweise gleichzeitig – gleichzeitig und mehr als je zuvor – sinnlich und mädchenhaft.

«Ich versteh' dich sehr gut, Royo, obwohl ich mich nicht so ausdrükken kann wie du. Ich versteh' dich, und ich danke dir dafür so sehr, so sehr... Hör zu, das werd' ich nie vergessen, nie... Aber uns trennt so vieles: Ich, ich bin nichts wert... Und du irrst dich», Shannon, der unfähig war zu sprechen, schüttelte verneinend den Kopf; «ja, ja, mit mir ist etwas passiert; ich glaubte, das wäre das ganze Leben, und in einem Augenblick... Daran möchte ich überhaupt nicht mehr denken... Ich... Du wirst schon sehn...»

«Nein», sagte Shannon schließlich ruhig; «ich irre mich nicht. Es stimmt, daß wir verschieden sind, aber ich würde mich dir gleichmachen, du würdest dich mir gleichmachen; das weiß ich, weil ich damit schon angefangen habe. Deshalb sage ich dir, daß ich mich nicht irre... Nein, ich irre mich nicht!... Aber», seine Stimme wurde brüchig, «das ändert nichts.»

«Royo!»

«Nein, tröste mich nicht... Ich will es sehen, wie es ist. Und ich will es ganz genau sehen.»

Er schwieg. Er blickte die weiße Wand an, die Luke in der Tür, die offenstand, damit man dort Bittgebete verrichten konnte... Der Name dieses Heiligtums kam ihm in den Sinn, als gelangte er aus weiter Ferne zu ihm. Er redete weiter:

«Sag mir nur eins: Denkst du an einen anderen? Vielleicht noch an den in Cuenca?...»

Mit einer Geste wies Paula diese Möglichkeit entschieden zurück. Shannon wagte es, die Lippen zu verziehen und sich um ein Lächeln zu bemühen:

«Dann bewahre ich wenigstens die Hoffnung... Erzählt man nicht, sie sei das letzte, was man verliert?... Nein, sprich nicht», schnell wehrte er eine weitere Geste Paulas ab; «sag nichts. Laß mir so die Hoffnung... Und jetzt laß mich gehen, ich möchte allein fort...»

Er zog sich ein paar Schritte zurück und betrachtete sie von weitem, eine kleine düstere Silhouette an der winzigen Kapelle. Ob sich auch seine Hoffnung verdüstert hatte? Er wurde traurig und betrachtete noch einmal das Bild. In welch engen Raum paßte eine ganze Welt, die Welt eines Menschen! Sie blickte ihn mit leicht seitlich geneigtem Kopf an, und die Gesichtszüge spiegelten melancholische Gelassenheit; die eines mitfühlenden Geschicks. ‹Ja, mitfühlend›, sagte er sich selbst noch einmal. ‹Auf keinen Fall unerbittlich›, präzisierte er, um sich mit seiner Hoffnung zu trösten.

Er machte eine Handbewegung und entfernte sich flußabwärts.

Sie sah zu, wie er fortging und verschwand. Sie dachte, ob sich mit ihm nicht auch ihre eigene Hoffnung entfernte. In einem solchen Fall war es gerecht, daß es keine Hoffnung für eine verlorene Frau gab. Dagegen der arme Royo... Wie hart war das Leben! Er war zu gut, solche

Menschen gab es sonst überhaupt nicht. Wenn es ihr möglich wäre, ihm zu antworten... Aber – wie hätte sie das tun können?... Ach! Warum hatte er nicht früher so zu ihr gesprochen, in La Buenafuente? Danach, obwohl sie den anderen traf, hätte sie ihn niemals getäuscht... ‹Nein, nein, Heilige Jungfrau!› erschauerte sie. Damals hätte Royo sie haben können, aber sie hätte sich verzehrt. Nein, nein! Doch wenigstens hätte sie ihm sagen dürfen, ohne ihn anzulügen, daß es keinen anderen gebe. Während jetzt... Sie seufzte. Die Sonne sank, die Schatten legten sich so deutlich über den Engpaß des Flusses, als wären sie ein zarteres Wasser. Trotz des schönen Wetters fror sie. Wieder wandte sie sich der Luke in der Kapellentür zu, wieder betete sie einen Augenblick zu diesem Bild der Hoffnung, das schon unsichtbar im Hintergrund entschwunden war, und dann lief auch sie flußaufwärts.

Auf einmal blieb sie wie angewurzelt stehen und zitterte am ganzen Körper. Sie hielt es für ein Traumbild, das die beharrliche und peinigende Macht ihrer Grübeleien heraufbeschworen hätte. Doch es war Antonio, der sich wieder einmal so unerwartet eingefunden hatte, der mit demselben Ungestüm, mit demselben Trotz gegen die menschlichen Verhaltensregeln wie immer aufgetaucht war. Wie beim ersten Mal lächelte er und zerkaute einen Grashalm zwischen den weißen Zähnen. Und Paula fühlte, daß dieser Blick sie durchbohrte.

Er war es, es war seine Stimme. Ebenso ruhig und sicher wie immer: «Du hast mit dem nichts zu reden. Das weißt du schon...»

Freudige Glut durchströmte sie. Doch sie wagte es auch nicht, das zu glauben. Sie träumte gerade, sie träumte.

«Aber, Antonio...»

«Wenn du reden willst, dann mit mir.»

Der Mann machte zwei Schritte und blieb bei ihr stehen. Das Bild konnte laufen, es übertrug ein Feuer... Aber sie träumte gerade, sie träumte.

«Weißt du nicht, daß du mir gehörst? Weißt du das etwa nicht?»

Worte, die explodierten. Ein Feuerwerk. Staunend öffnete sie halb den Mund, wie beim blendendweißen abschließenden Feuerregen.

«Hab’ ich dir das nicht schon gesagt?»

Er packte sie an den Armen mit seinen beiden Männerhänden, die wie glühende Eisen brandmarkten, die kein Traum sein konnten, weil ein Mann bei einer Frau alles sein kann, nur kein Traum. Schmerz und Wonne und Gewalt und Tod und Seligkeit, aber kein Traum. Wie wahrhaftig er war! Paula ließ den Kopf nach hinten sinken und flüsterte:

«Ich konnte es nicht glauben...»

Sie sah, wie er lächelte, sie sah, wie ihm der Grashalm aus dem Mund fiel, sie sah die zu ihr drängenden Lippen, und sie konnte nichts mehr sehen. Sie roch, saugte, schmeckte, biß; doch heftig, gequält schloß sie die Augen, damit sich dies niemals verflüchtigte... Und plötzlich erinnerte sie sich an etwas: Das war ein früheres Leben, ein fremdes Leben, eines, das nichts mit ihr zu tun hatte, doch sie mußte es erzählen. Sie fiel auf die Knie, während auch er seine Selbstsicherheit verloren hatte und wieder sagte:

«Du gehörst mir, mein Täubchen; und jetzt wirst du mein.»

«Nein!» schrie sie entsetzt. «Vorher mußt du mir zuhören! Du weißt nicht alles, du weißt nicht, was ich war!»

Er ließ sich zu ihr hinabsinken und umarmte sie weiter.

«Laß mich... Danach könnte ich es nie mehr; und du würdest denken, daß ich dich belogen habe...»

Er rang mit ihr. Sie verloren das Gleichgewicht und fielen zusammen ins Gras. Sie bekam keine Luft mehr. Diese Hände! Die zahllosen, leidenschaftlichen Finger hatten schon Besitz von ihr ergriffen. Und die Augen drangen ihr in die Seele, und der Mund war wie ein Feuerbrand, an ihrem Hals, ihrem Ohr, ihren Schläfen.

Ganz weit entfernt, doch hörbar, gelangte eine Stimme heran, die ihren Namen rief:

«Paula!...»

Es gab noch mehr Menschen auf der Welt...! Sie vermochte sich loszureißen und stand auf. Und auch er sprang auf und sagte noch einmal:

«Jetzt... Den bring' ich um, egal, wer das ist...»

Doch Paula hatte schon wieder festen Boden unter den Füßen und beharrte auf ihrem Willen:

«Nein, so ist es besser. Wir dürfen sie nicht betrügen; du nicht und ich auch nicht. Sie haben uns aufgenommen.»

Der Mann machte immer noch ein finsteres Gesicht.

«Alle? Geht's nicht um einen?»

Sie lachte wie wahnsinnig, ohne daß man auch nur das Geringste hörte. Und sie umarmte den bewegungslosen Mann und küßte ihn.

«So. Damit du's bestimmt weißt. Selbst wenn sie mich sehn.»

Sie ließ ihn los und wartete, daß der Rufer näher kam. Jetzt merkte sie es: Es war der Junge. Sie antwortete:

«Lorenzo!»

Mit strahlendem Gesicht drehte sie sich zu Antonio um und sagte:

«So ist es besser. Ich werd' dir alles sagen, alles, und wenn du mich dann noch haben willst...»

Er lächelte und drückte ihre Taille:

«Haben wollen ist viel zuwenig...»

Nervös nahm er wieder einen Grashalm und steckte ihn in den Mund. Er löste sich von ihr.

Zwischen den Sträuchern tauchte der Galerilla auf. Er keuchte. Beunruhigt blieb er stehen und blickte die beiden an.

«Was denn!» Er machte eine Pause. «Hast du mich nicht gehört? Sie suchen nach dir.»

«Ich hab' sie auch gesucht», sagte Antonio. «Aber wo du jetzt gekommen bist, geh' ich zum Seco und helf' ihm beim Festbinden.»

Der Galerilla sah ihm nach und fragte dann argwöhnisch:

«Wollte der dir was antun? Du bist ja ganz zerzaust!»

Sie strich sich das Haar glatt.

«Da hat mich bestimmt ein niedriger Zweig auf dem Weg gestreift.»

«Du zitterst am ganzen Körper.»

«Es ist ein bißchen kühl durch den Wind vom Fluß.»

«Du sagst mir nicht die Wahrheit, Paula.»

Trotz ihrer Aufregung, trotz der wilden Unruhe, die ihre Brust erfaßt hatte, bemerkte Paula, daß die Stimme des Kindes wie die eines Erwachsenen klang, und sie erriet, daß sich die Kindheit von einem sehr tiefen Ahnungsvermögen leiten ließ. Daher wollte sie jede Gefahr einer Entdeckung abwenden:

«Was erzählst du da, du Dummerchen?»

Sie versuchte, ihn an sich zu ziehen, mit einer Geste, die den Kleinen so oft besänftigt und gewonnen hatte. Doch auf einmal war das Kind hellhöriger als ein erwachsener Mann.

«Du willst ihn nämlich decken, weil du gut bist und nicht möchtest, daß etwas Schlimmes passiert. Aber wenn dieser Mann dich noch einmal belästigt, sagst du's mir.»

Paula blickte ihn lange an. Nein, das Benehmen des Kindes war nicht komisch. Vielleicht war es pathetisch wie alles frühreife Leben.

«Sieh mich nicht so an, verdammich! Ich weiß schon, daß ich mit den Fäusten nichts gegen ihn ausrichten kann, aber ich werf' ihm einen Stein an den Kopf oder lass' einen Felsblock von oben auf ihn runterstürzen... Und wenn ich ihm nicht den Schädel einschlage, dann bringen ihn die übrigen um, sobald sie davon erfahren.»

Das war die Wahrheit, die schreckliche Wahrheit. Alle Vorsichtsmaßnahmen waren noch zuwenig. Sie mußte nicht nur sich selbst zurückhalten, sondern auch Antonio, sie mußte für ihn sorgen, auf ihn achtgeben..., und ihr Herz wurde von einem Strom mütterlicher Gefühle erfaßt. Damit überschüttete sie den Galerilla und umarmte ihn. Nun ließ es der Kleine mit sich geschehen.

«Du bist schon ein ganzer Mann, Lorenzo.»

«Was bleibt mir andres übrig!» erwiderte er treuherzig. «Bei dem Vater, den ich habe!»

Was für ein Jammer! Diese Worte kamen ihr aus tiefster Seele: «Aber du hast ja mich, nicht wahr?»

Der Junge antwortete nicht, doch er küßte ihre Hand. Während sie liefen, streichelte sie ihm weiter den Kopf. Ihr traten Tränen in die Augen. Sie hatte Lust, allein zu bleiben und vor Freude zu weinen. Aber man mußte sich sehr in acht nehmen; wenn der Dámaso dahinterkäme... Wenn ihnen etwas entschlüpfte, wenn man es ihnen anmerkte... Und wie sollte man es ihnen nicht anmerken? Das würde so schwer sein!

Aber man mußte sich entsprechend verhalten. Darum ging sie an diesem Abend zum Tanz in die Badeanstalt. Außerdem war sie dazu verpflichtet: Alle hatten erklärt, daß sie mit ihr tanzen wollten.

Als sie dort eintraf, beruhigte sie sich. Unmöglich konnte man ihr in diesem Halbdunkel etwas anmerken, und darüber hinaus war das eine Gelegenheit, um ihre Freude auszuleben, ohne aufzufallen. Alle machten das; ganz gewiß ließ sich das keiner entgehen. Plötzlich hob eine geschickt geführte Hakenstange einen Frauenrock hoch, oder aus einer Bota spritzte ein kräftiger Limonadenstrahl. Einmal traf er die rote Wange eines Mädchens, und dessen Tänzer fuhr mit der Zunge über die Wange, um diesen Gottessegen nicht zu vergeuden, womit er eine derbe Ohrfeige verdient hatte. Kurz und gut, das Übliche.

Das Akkordeon des kleinen Einarmigen ließ seine Melodien hervorsprudeln, und unter den Öllampen drehten sich die Paare. Die Alten hatten ihre Träume wie die Jungen, vor allem wenn ein sechzigjähriges Paar bestellte, man solle mit dem «geschlossenen» Tanz aufhören, und ob man den «offenen» Tanz mit einer *Jota* beginnen könne. Ja, sie tanzten auch das.

Die Blicke erglühten noch heißer. Und in einem armseligen Haus inmitten einiger kleiner Berge, in einem kleinen Land auf einem kleinen Planeten stürmten ein paar armselige Leben, die zu Millionen von anderen Leben gehörten, dem Mittelpunkt der Welt entgegen und eroberten ihn für einen flüchtigen Augenblick mit ihrer grenzenlosen Freude. Sogar der Chepa konnte mit Paula tanzen, ohne daß das Lachen verletzte. Nur Shannon blieb durch seine eigene Entscheidung ausgeschlossen. Dachte Paula vielleicht einen Augenblick an ihn? Die übrigen fanden eine Erklärung: Er gehörte zu anderen Leuten. Während er den nächtlichen Fluß betrachtete und, wenn manchmal die Tür aufging, einen Schwall des Lärms hörte, was ihn danach in noch größere Stille zurückstieß, dachte er vergebens, daß diese Betäubung etwas Vergängliches sei, daß Leid und Enttäuschung auf all unseren Wegen warten, daß es töricht wäre, Schutz für die Menschen inmitten der unermeßlichen Nacht, der eisigen und gleichgültigen Natur von ein paar schwachen Mauern und ein paar Ziegeln zu erhoffen. Vergebens bemühte er sich, die anderen als Lämmer in einer Schafhürde anzusehen, die munter umherhüpften, ohne etwas vom Schlachthof zu ahnen; vergebens wollte er sich von jener armseligen Freude rühren lassen. Weil ihm kein Mitgefühl für irgend jemanden übrigblieb; weil er sein ganzes Mitgefühl für sich selber brauchte, obwohl seine Lippen fortwährend und verzweifelt das Wort «Hoffnung» wiederholten.

ENTREPEÑAS

Die Drucklufthämmer ließen die ganze Schlucht erbeben. Ihr Gedröhn prallte von den Steinen ab, erschreckte die Vögel, drang in die Schlupflöcher der Kaninchen und Eidechsen ein, betäubte die Erde und mißhandelte den ganzen Raum wie eine riesige, in eine geologische Höhlung vorstoßende Zahnbohrmaschine. Die Stahlstangen durchschlugen den Fels und erleichterten seine Zerstückelung, die sich so unbarmherzig von jenem äußerst langsamen Werk des Flusses unterschied, der das Gestein abschliff und die Schlucht in Jahrtausenden ausgewaschen hatte. Die Männer stemmten sich mit ihrem Gewicht auf den Handgriff, und die gewaltige Vibration dehnte sich über den Körper aus, bis sie die Gesichtszüge verzerrte. Wie es so oft geschieht, wenn der Mensch die Maschine benutzt, schienen sie eher gemarterte, ins Joch der Maschine gespannte Knechte als Beherrscher der Stahlmasse zu sein. Der Staub umhüllte sie und blieb an Kleidung und Haut haften, die mit Mineralfett beschmiert war. Und zusammen mit dem Schweiß wischten sie sich einen Kitt von der Stirn, an den sie gewöhnt waren, den sie jedoch wie ein Brandmal mit einem dunklen Haß betrachteten.

Das war die Hauerkolonne, die an den ersten Bauarbeiten der Talsperre von Entrepeñas teilnahm. Schon immer, seit den ältesten Zeiten, hatte man diese Gegend ausgesucht, um Stauanlagen im Fluß zu errichten, weil der schmale Engpaß sich hierfür außerordentlich gut eignete. Es gab bereits arabische Mühldämme, die sich vielleicht über römischen Anlagen erhoben, und dann das Wehr einer mittelalterlichen Mühle. Später kamen Walkmühlen, die für die Tuchfabriken in Pastrana und Brihuega arbeiteten. Die aufkommende Stromerzeugung gab den Anstoß zur Errichtung des Stauwehrs. Und nun ging es um ein viel ehrgeizigeres Projekt: Man wollte den Damm erhöhen und einen künstlichen See schaffen, der bis Durón oder noch weiter hinauf reichen sollte. Die Leute fragten sich, welche Ortschaften im Wasser untergehen und welche anderen überleben würden.

Vom Gipfel der Anhöhe aus begann man schon mit den vorbereitenden Arbeiten, den Steinbrüchen, Steinbrechmaschinen, Siebmaschinen, Sandmühlen und Mischern, und man baute Silos und Förderbänder für den Beton auf. Aufgereiht am gegenüberliegenden Hang lagen die Baracken der Arbeiter, die Lagerräume und Büros. Schmale Schienenwege drängten auf Bahndämmen voran und quietschten unter dem Gewicht der Loren. An einem Kabel, das sich von einem Hügel zum anderen spannte, wurden Arbeiter und Material durch die Luft befördert. Und unten, nahe beim alten Wehr, öffneten sich große Vertiefungen, die bereits für die ersten Fundamente bestimmt waren. Die Leute aus der Gegend kamen her und bestaunten dieses geschäftige Treiben; sie fragten sich, welche Auswirkungen die Umgestaltung des Flusses auf ihr Leben haben würde. Es gab Pessimisten und Optimisten. Und auch diese zweiten betrachteten indes die wilde Schlucht der Picknicks, der Ausflüge und der sentimentalen Erinnerungen mit Augen, die das alles vielleicht zum letzten Mal erblickten. Doch das war den Baggern und Bohrmaschinen einerlei, die ächzen, knarren, eindringen, zerbrechen und das Tal ohne sanfte Geräusche und ohne Vögel zurücklassen.

Für die Männer mit den Drucklufthämmern verschmolzen die wirren Geräusche unverzüglich. Sobald die Spitze des Bohrers in den Fels drückte, gab es für sie nur noch ein einziges Getöse. So vergingen die Stunden, während die Männer sich über ihre Werkzeuge beugten, die wie Maschinengewehre auf das Gestein schossen und vom ohrenbetäubenden Schlag zum sanfteren Kolbentakt des Kompressors überwechselten. Die Männer schwitzten, machten ab und zu eine Pause, fluchten und drehten sich eine Zigarette. Sie redeten nicht, sie sangen nicht: Diese mechanische Welt behinderte die menschliche Kommunikation während der Arbeit allzusehr, außer wenn es um Anweisungen und Verwünschungen ging.

Plötzlich sah der Kolonnenführer auf seine Armbanduhr. Die Männer blickten hoch. Am Mast vor der kleinen Bürobaracke stieg ein verblaßtes Fähnchen nach oben. Der Kompressormotor stand still. Die Arbeiter legten die Hämmer auf die Erde. Die Essenspause war gekommen. Marcos wischte sich den Schweiß ab.

«Verflucht noch mal! Ist das eine Hitze!»

«Zieh dir die Jacke aus», sagte ein anderer, während er den schneeweißen Steinstaub abschüttelte.

«Damit man den ganzen Nachmittag friert. Oder damit der Wind von diesen verdammten Bergen einem durch und durch geht und man sich eine Lungenentzündung holt.»

«Na, dann hast du ein herrliches Leben im Krankenhaus. Jetzt, wo's diese Sulfonamide gibt...», mischte sich ein dritter ein.

«Keine schlechte Idee. Hauptsache, für mich ist Schluß mit dem hier...! Eine tolle Verbannung wär' das!»

«Jammere nicht. Jetzt ist schönes Wetter. Und sonnabends schaffen sie uns doch nach Sacedón runter. Wo's dort ein Amtsgericht gibt und auch sonst alles.»

«Das stimmt. Ich hab' ganz vergessen, daß ich dem in der Kneipe die Fresse polieren muß.»

«Schlag nicht zu hart zu», sagte sein Kollege und sah dabei auf Marcos' ungeheuer breite Schultern. «Man muß jemand übriglassen, der für Nachwuchs bei diesen Bauerntrotteln sorgt.»

«Dafür können wir genausogut sorgen», lachte Marcos. «Außerdem, wenn man keine Schläge austeilt, was haben wir dann hier zu suchen? Wenn's richtige Frauen gäbe! Aber die leben ja hinterm Mond!»

Langsam kletterten sie die Wände der Grube hinauf. Einer rutschte aus und rollte mehrere Meter auf Knien und Händen über den Kies. Seine Gefährten lachten sich halbtot.

«Wie eine bleierne Ente! Lustig hast du ausgesehn, Mann», amüsierte sich Marcos.

Der Gestürzte stand wieder auf. Es war ein schmalbrüstiger Mann mit eingefallenen Wangen. Er warf dem Kolonnenführer einen schiefen Blick zu, doch er begnügte sich damit, den Weg nach oben fortzusetzen.

«Achtung!» rief Marcos, als er den Kopf über das alte Wehr hinausstreckte. «Es gibt was Neues.»

An der Flußkrümmung erschienen einige Holzstämme im Wasser, und ihre Zahl nahm zu. Das waren keine ausgerissenen Bäume, wie die Strömung sie manchmal mitführte.

«Das Floß», sagte jemand.

«Wird so was immer noch gemacht?» kommentierte Marcos geringschätzig. «Wenn man daran denkt, daß es gute Lastwagen gibt...! Sind die rückständig! Wo man das bloß noch im Kino sieht.»

«Also, bis zum Krieg kamen die alle Jahre den Tajo runter... Und da hast du's. Vielleicht ist das hier das letzte, wenn's den Staudamm gibt», erklärte ein älterer Arbeiter.

«Wie können die ein paar arme Hunde für so eine Arbeit finden?... Analphabeten, die reinen Analphabeten.»

Und sie kletterten weiter hinauf.

Die Flößer betrachteten staunend die Baustelle; allerdings machten sie sich überhaupt keine Sorgen. Immer hatte es Mühlen und Wehre gegeben, doch immer waren die Flöße auf den Überlaufrinnen der kleinen Wehre und auf den Kanälen der großen Stauanlagen wie der von Bolarque durchgekommen. Das ging sogar leichter als im alten Flußbett. Aber die hier würde größer als alle anderen sein. War das eine Höhe!

In der langsamen Strömung des gestauten Wassers waren die ersten Stämme noch nicht zum Damm gelangt, als schon der Americano zusammen mit dem Seco und anderen herankam, um den Weg des Floßes vorzubereiten. Doch am Einlaß der kleinen Wasserrinne entdeckten sie, daß die Mündung des Betonbetts infolge der Bauarbeiten mit Steinbrocken und Erde verstopft war.

«Verdammich!» kommentierte der Seco.

In nicht allzu großer Entfernung von ihnen liefen einige Arbeiter auf die Baracken zu, wo sie essen wollten. Nun waren sie stehengeblieben, um die Flößer neugierig und geringschätzig zu betrachten. Der Americano ging zu ihnen.

«Guten Tag», grüßte er. «Wo ist der Ingenieur?»

«Hoi, der Ingenieur! Wer will ihn denn sprechen?»

«Der Ingenieur ist in Madrid, Mann. Er hat euch heute nicht erwartet.»

«Na, dann den Chef oder den Meister oder sonst jemand», entgegnete der Americano, ohne zu zeigen, daß er die gehässigen Bemerkungen verstanden hatte.

«Was gibt's denn, du, was gibt's denn!» sagte ein kräftiger Mann in einer Lederjacke. «Wir wollen uns um den Freund kümmern.»

«Schon ist Marcos eingestiegen», flüsterte einer. «Da werden wir unseren Spaß haben mit diesen Trotteln.»

Aufmerksam betrachtete der Americano den Mann, der sich eingemischt hatte. Ein kleiner Muskel zog ihm kaum wahrnehmbar die Lippe hoch, und er entblößte ein goldenes Fünkchen.

«Ich bin nicht dein Freund, Nachbar. Und du bist nicht der Chef.»

«Ha, ha, das ist aber zum Lachen! Und du, woher weißt du das?»

«Wenn man Chef sein will, muß man die Menschen kennen. So wie ich.»

Der Kolonnenführer wußte nicht, was er antworten sollte. Das brachte ihn in Wut, und er schrie:

«Also, auf jeden Fall wirst du mir sagen, was du willst.»

«Ich habe nichts dagegen. Ihr sollt diesen Kanal von Steinen säubern.»

«Habt ihr das gehört, Jungens? Los, laßt die Arbeit auf dem Bau liegen und gehorcht dem Herrn! Er will den Kanal hier blitzblank haben.»

«Genau das, Nachbar», antwortete der Americano, der einen stärkeren mittelamerikanischen Akzent als je zuvor hatte. «Dieser Kanal unterliegt der Wegegerechtigkeit, und alle Betriebe am Fluß haben die Pflicht, ihn in gutem Zustand zu erhalten.»

«Ach so. Also muß ihn die Gesellschaft alle Tage für dich saubermachen, nicht wahr?»

«Nicht mehr und nicht weniger.»

«Ihr habt es ja gehört», erklärte der stämmige Mann noch einmal, der plötzlich den Mund in einer spöttischen Grimasse aufgerissen hatte.

Das hatte auch seinen guten Grund: Ihm war eine Idee gekommen. Und außerdem eine Idee, die ihm großen Spaß machte. Unverzüglich platzte er mit ihr heraus, wobei er sich laut an den Americano wandte:

«Damit ihr dort Pipi machen könnt?»

Das Lachen erstarb ihm in der Kehle, als der Americano ihn an der Jacke packte und er mit einem Blick über die Schulter erkannte, daß sich die drei Männer vom Fluß mit ihren Hakenstangen näherten.

«Gib ihm den Rest», schrie der Seco, «wir sind bei dir!»

Und sein Schrei war so wild, daß er alle lähmte.

Doch eine andere Stimme stieß sogleich in diese drückende, gespannte Atmosphäre hinab:

«Haltet Frieden, meine Brüder.»

231

Ein Mönch war erschienen. Wie konnte diese demütige, sanfte Stimme, die sich nicht im geringsten um einen Schrei bemühte, von jenen wutentbrannten Männern vernommen werden? Wie konnte sie so tief in ihr Inneres dringen? War es die Überraschung oder sogar das Unglaubliche an dieser Aufforderung zum Frieden, bei einem Konflikt, der kurz vor dem Ausbruch stand? Jedenfalls wurde die Gewalt zurückgehalten. Als sich der Americano später daran erinnerte, sollte er sagen: «Seltsam war nicht, daß wir die Stimme hörten. Was unmöglich gewesen wäre: daß wir sie nicht gehört hätten.»

Übrigens: Woher war dieser kleine Mönch aufgetaucht, der plötzlich dastand, als wäre er der Erde entstiegen? Er hatte einen winzigen Körper und trug die braune Kutte des heiligen Franziskus, die bloßen Füße steckten in Sandalen, die Hände waren in den Ärmelaufschlägen verborgen, und außer der Tonsur war der ganze Kopf kahlgeschoren. Er erhob sich wie ein Bildnis über der Brüstung des alten Wehrs, beim Schleusentor des Floßgrabens. Neben ihm sah man einen zweiten Mönch, der auf der Erde stand, einen Wanderstab in der einen Hand und einen kleinen Bettelsack in der anderen hielt. Beide unterschieden sich jedoch stark voneinander: Derjenige, der mit durchdringender Stimme gesprochen hatte, war eine Gestalt, die sich viel klarer, schärfer und deutlicher abhob, obwohl sie zugleich auch sehr zart aussah. Im Vergleich zu ihm wirkte sein Gefährte beinahe farblos, als sähe man ihn durch einen Trauerflor. Wohl war er dicker, doch Gesichtszüge und Kutte wirkten weniger bunt und lebhaft. Nein, eigentlich traf das nicht genau die Wahrheit; diesen Eindruck hatte indes der Americano.

«Friede sei mit euch, meine Brüder...», wünschte der kleine Mönch noch einmal.

Der Americano hatte den stämmigen Mann losgelassen, der ihn herausgefordert hatte. Dieser machte eine Geste, als wollte er jähzornig reagieren, doch der Mönch trat zu ihm. War er von der Brüstung heruntergestiegen oder gesprungen? Der Americano hätte es nicht sagen können.

«Habt ihr ein Almosen, um Gottes willen? Wir sind Mönche aus Pastrana und haben nichts.»

«Was macht ihr dann dort?» erwiderte Marcos schroff, weil er sich wahrscheinlich so von jenem sonderbaren Eindruck befreien wollte.

Der kleine Mönch sprach mit unerschütterlicher Sanftmut weiter:

«Wir bereiten uns auf das jenseitige Leben vor.»

«Ach was, das Jenseits... Man wird ja noch sehn, was es damit auf sich hat.»

«Wenn es kein jenseitiges Leben gibt, Bruder, dann gibt es überhaupt kein Leben. Ist denn das Leben, was man hier auf Erden hat? Ist das nicht ein langsames Sterben?» Der Mönch lächelte.

«Wie wahr er spricht!» murmelte der Tuerto.

«Brüder», sagte der Truppführer, «wenn Sie weiter flußaufwärts gehen, werden Ihnen meine Leute etwas geben, obwohl wir auch arm sind. Verlassen Sie diesen Ort und laufen Sie dorthin, denn hier ist es nicht allzu sicher.»

«Wir sind alle arm in dieser Welt, und an keinem Ort ist der Mensch sicher», erwiderte der Mönch. «Aber an allen Orten ist Gottes Auge. Wollt ihr wegen ein paar Steinen verdammt werden? Wo die Steine doch gut sind! Es sind Lämmer, Lämmchen Gottes.»

Der kleine Mönch hob die Augen zum Himmel und lief zum Schleusentor des schmalen Kanals. Stumm und unerschütterlich folgte ihm sein Gefährte; die übrigen sahen ihnen sprachlos zu. Was wollte er tun, wo doch das eiserne Drehkreuz zwischen einem Floß und dem nächsten einrostete und zwei starke Männer notwendig waren, damit man es allmählich bewegen und das Schleusentor hochziehen konnte? Außerdem waren da noch die in den Kanal gefallenen Steine... Aber der kleine Mönch packte das Rad mit der rechten Hand. Und er begann, es zu drehen, wozu er unablässig lächelte. Das aus starken Brettern bestehende Tor hob sich langsam in seiner Führung, und als das Wasser stürmisch eindrang, sahen alle verblüfft, wie die großen Steinbrocken von der Strömung mitgerissen wurden und diese das Kanalbett von selbst freispülte. Schon könnten die Stämme ungehindert weiterschwimmen.

Alles war so einfach gewesen! Die Männer kamen nicht aus dem Staunen heraus. Niemand sagte etwas. Endlich hörte man einen Schrei:

«Ein Wunder!» rief Cuatrodedos, stürzte zu dem Mönch und kniete vor ihm nieder. Aber der Mönch nötigte ihn sofort, wieder aufzustehen.

«Sieh nicht im Übermaß, denk nicht im Übermaß, urteile nicht im Übermaß», sagte er und blickte den zurückweichenden Flößer eindringlich an; und mit demütiger Stimme sprach er weiter: «Alles, alles ist ein Wunder. Der Bruder Stein ist ein Wunder und auch die Kraft des Bruders Fluß. Jeder Mensch ist ein Wunder.»

«Was soll das schon für ein Wunder sein!» widersetzte sich der Kolonnenführer. «Das Wasser, das hat die Steine durch das Gefälle mitgerissen, und fertig.»

«So ist es», sagte der Mönch und blickte den Arbeiter an. Doch auf einmal riß er die Augen weit auf und betrachtete ihn prüfend, als hätte er etwas Sonderbares entdeckt, und seine Miene drückte innigstes Mitgefühl aus. Hierauf sprach er weiter: «Aber du darfst die Steine nicht verachten. Liebe sie. Siehst du nicht, daß dich, der den Felsen zerschmettert, eines Tages der Felsen zerschmettern kann?»

Es trat ein tiefes, sehr tiefes Schweigen ein. Der Mönch drehte sich zum Americano um.

«Vielen Dank für deine Barmherzigkeit. Wir laufen flußaufwärts weiter und werden euch für euer Almosen dankbar sein.»

Er wandte sich an die ganze Gruppe und hob die Hand:

«Unser Vater Sankt Franziskus möge euch alle segnen.»

Er streckte den Arm nach oben. Cuatrodedos fiel wieder auf die Knie. Die Hand machte das Kreuzeszeichen, und der kleine Mönch verabschiedete sich.

«Friede sei mit euch.»

Danach ging er fort. Er schlug den Weg ein, auf dem die Flößer gekommen waren. Sein Gefährte, der wie immer kein Wort sagte, folgte ihm. Niemand reagierte, bis der Americano eingriff.

«Seco, schließ das Tor», ordnete er an. «Das Wasser darf bis morgen nicht zu weit sinken. Geht dann nach oben.»

Und er rannte den Franziskanern hinterher, während er hörte, daß ein Arbeiter sagte, sie hätten ein Almosen geben sollen. Als er keuchend die Stelle erreichte, an der die beiden verschwunden waren, wunderte er sich, weil er feststellte, daß sie schon ziemlich weit entfernt waren: Beinahe unglaublich schien, daß sie, obwohl sie ein so ruhiges Benehmen zeigten und die Kutten beinahe überhaupt nicht bewegten, derart schnell vorankommen konnten. Er versuchte, das schnelle Lauftempo beizubehalten, doch es fiel ihm schwer, ihnen zu folgen. Er überwand sich und rief ihnen zu:

«Brüder!»

Die Mönche drehten sich um und warteten auf ihn. Erschöpft gelangte der Americano zu ihnen. Der kleine Mönch lächelte, und seine Gestalt wirkte noch durchsichtiger als vorher. Er hatte außerordentlich graue, außerordentlich unschuldige Augen.

«Was wünschst du?»

«Ich...»

Der Americano schwieg verwirrt. Er hatte den Grund für seine plötzliche Anwandlung vergessen; er hatte sogar vergessen, ob es einen konkreten Anlaß gab, daß er ihnen auf diese Art nachgerannt war. Er senkte den Kopf und murmelte demütig:

«Ich weiß es nicht.»

Er strengte sich an. Er erinnerte sich an nichts. Da er das Lächeln des Mönchs sah, wiederholte er noch demütiger:

«Ich weiß es nicht... Verzeihen Sie mir: Ich habe Sie aufgehalten, und ich weiß nicht, was ich wollte.»

«So etwas kann uns geschehen, Bruder: daß wir nicht wissen, was wir wollen... Das ganze Leben kämpfen wir und machen mit bei einem Kinderspiel...»

«Einem Kinderspiel...», sprach ihm der Americano nach.

«...Und wir leiden wegen Dingen, auf die es nicht ankommt», sagte der Mönch weiter, «und am Ende ruft man uns, daß wir in das Haus der ernsten Dinge eintreten...» Seine Stimme wurde mitfühlend, als er hinzufügte: «Du weißt nicht, was du wolltest, du weißt nicht, was du wollen mußt, und du bist müde.»

Er schwieg einen Augenblick und lächelte nicht mehr. Sehr ernst erklärte er:

«Aber du wirst es erfahren. Schließlich wirst du es erfahren. Du wirst bei den Vögeln leben, und du wirst Frieden finden.»

«Frieden?» fragte der Americano sehnsüchtig.

Der Mönch nickte wortlos. Und der Americano rief aus:

«Pater, ich möchte beichten. Jetzt.»

«Ich bin kein Priester, Bruder», sagte der Mönch sanft. «Kann ich etwas anderes für dich tun?»

«Nein, sonst nichts», murmelte er. «Doch, doch... Wie heißen Sie?»

«Bruder Justino.» Der Mönch lächelte. «Gott segne dich.»

Der Americano sah ihnen nach, als sie mit geruhsamen und doch so seltsam schnellen Schritten losliefen, wie es für sie eigentümlich war. Selbst der weiße Strickgürtel bewegte sich nicht. Der Americano ließ sich auf einen Stein fallen und blieb dort einige Zeit weltentrückt sitzen, ohne daß er genau wußte, woran er dachte, bis ihn schließlich seine drei Gefährten erreichten.

Der Seco und der Tuerto hatten das Schleusentor mit vereinten Kräften wieder geschlossen. Die Arbeiter waren zum Essen gegangen, ohne sie noch einmal zu belästigen. Alles war in Ordnung... Hatte der Americano gemerkt, was für sonderbare Mönche das waren? Ja, er hatte es gemerkt. Und der Cuatrodedos sprach nicht wieder von Wundern. Unterwegs war er schweigsamer als jemals sonst.

Bald kamen sie im Lager an. Paula war allein. Ja, zwei Mönche seien schon vor einer Weile hiergewesen. Sie habe ihnen etwas Brot gegeben, und sie seien sofort weitergezogen, ohne etwas anderes anzunehmen. Nein, sie habe nichts Besonderes an ihnen bemerkt.

Doch als der Americano sie am Abend hartnäckig ausfragte, antwortete sie:

«Ja, sie waren sehr sonderbar. Der eine hat nichts gesagt, und der andere...»

«Der kleinere, nicht wahr? Was?»

«Er hat mir etwas über mich gesagt, was keiner auf der Welt wußte. Nein, niemand wußte es. Aber er hat mich gesegnet und mir die Angst genommen... Wer war das, Francisco?»

Der Truppführer antwortete nicht. Nur diese Worte brachte er schließlich langsam hervor:

«Bruder Justino... Er hieß Bruder Justino.»

ANGUIX

«Der beste Tropfen auf der ganzen Reise», versicherte der Seco. «In dieser Gegend lohnt sich nur der Wein, den man in diesem Haus ausschenkt. Später, wenn wir in die Mancha runterkommen, ist das schon was andres, du wirst ja sehn. Aber hier...»

Er ging zusammen mit dem Rubio auf einem staubigen Pfad, an dessen Seiten schon die großen grünen Sommerdisteln beträchtlich gewachsen waren. Nachdem sie Entrepeñas hinter sich gebracht hatten, folgten weniger mühevolle Tage, was bis Bolarque so bleiben würde; und als sie zu der auf einem hohen Felsen liegenden Burg von Anguix gelangt waren, hatten sie dem Seco gesagt, die beiden sollten im Haus der Mönche vorbeischauen, wie sie es nannten, um eine Bota zu füllen.

«Das war nämlich das Landgut von irgendeinem Kloster», erklärte der Seco seinem Gefährten, «und vielleicht konnten sie deshalb besser mit den Weinstöcken umgehn. Dann, vor Jahren, hat ein vornehmer Herr das Gut gekauft, aber mit der Familie ging es bergab. Die haben fast kein Land mehr, abgesehn von den paar Weinbergen. Siehst du die nicht auf der Anhöhe dort? Die gehn dann auch auf der andern Seite weiter. Von dort stammen die Reben, aus denen sie den Wein machen... Aber sie verstehn es nicht, ihn richtig an den Mann zu bringen; wenn diese Weinstöcke mir gehörten, würd' ich eine Riesenmenge Geld

rausholen... Oder ich würd' alles alleine austrinken, was weiß ich...»
Er lachte. «Das sind ein paar arme Schlucker; feine Pinkel, die sich zugrunde richten. Wenn sie Knechte einstellen, werden sie von ihnen betrogen, wenn sie Dienstmädchen nehmen, machen die Schmu beim Einkaufen... Sie sind beinahe immer allein, die halbblinde Alte und ihr kümmerlicher Sohn... Die sind ruiniert... Aber der Wein? Den wirst du bald erleben, bald! Als wär's Klosterwein! Es heißt, der Hügel hinterm Haus wäre durch und durch voller Weinkeller, mit Tunneln wie die Madrider Metro.»

Sie unterhielten sich lebhaft und waren schon etwas verschwitzt, als sie zum Bogentor in der Hofmauer gelangten. Oben, in einer Nische, stand ein Bild des heiligen Martin von Hinojar, der Schutzheiliger des Mönchsguts war. Sie liefen über einen breiten Hof. Plötzlich zeigte der Rubio erstaunt auf einen Streifen, der mit Blumen bepflanzt war und sich an der Wand entlangzog.

«Hast du nicht erzählt, das wär' ein Trümmerhaufen?»

«Verdammich! Ob sie es verkauft haben?»

Da der Seco außerdem entdeckte, daß die Mauern frisch geweißt waren, setzte er mit offenstehendem Mund hinzu:

«Ach was, sie haben verkauft.»

Um die Überraschung vollzumachen, erschien eine Frau auf dem Treppenabsatz an der Tür. Auch der Blick des Rubio zeigte, daß er beeindruckt war. Wie sehr unterschied sie sich von den Gebirglerinnen! Sie war nicht groß, doch sie hatte so wohlgerundete Formen, daß sie wie eine Puppe aussah; eine etwas füllige Puppe, aber straff und fest. Sie hatte blondes Haar und helle Augen. Die Haut war von einem zarten Weiß, was einen deutlichen Kontrast zu den fröhlichen Farben des gemusterten Kleides bildete, auf dem auch noch eine schneeweiße Schürze leuchtete. Ihre ganze Erscheinung wirkte so sauber und gepflegt, wie man es bei einer Bäuerin der Gegend nicht vermutet hätte.

«Guten Tag, Señorita», reagierte der Seco und legte die Hand an die Hutkrempe. «Hat Ihre Familie das Haus gekauft?»

«Nein. Ich bin die Frau des Besitzers.»

«Von... von diesem Federico?»

«Genau.»

«Verdammich!... Und wo steckt Ihr Mann, damit man dem gratulieren kann?»

Die Frau lächelte. Sie hatte etwas spitze, etwas katzenhafte Zähne, was an eine andere Persönlichkeit denken ließ, die sich hinter ihrem sanftmütigen, beinahe apathischen Aussehen verbarg. Wenn sie die Wangen verzog, bildeten sich flüchtig zwei Grübchen unter den Augen.

«Er ist nach Guadalajara hinunter, um ein paar Papiere in Ordnung zu bringen... Aber kann ich Ihnen etwas anbieten?»

«Na ja, wir sind da, weil wir einen Schluck nehmen wollen. Alle Jahre lassen wir die Flößerstangen am Fluß stehn und kommen her, um Wein zu kaufen.»

«Dann treten Sie näher. Ich bediene Sie. Viele kommen deshalb her. Wo das hier so berühmt ist!»

Sie ließ sie in den Hausflur eintreten. Der Steinfußboden war sauberer, als ihn der Seco jemals gesehen hatte. Das Kruggestell glänzte. Auf einem Küchenbord stand bemaltes Steingut. Es war gewöhnliches Geschirr, doch die Reflexe, die von seiner Glasur ausgingen, gaben der Wand ein heiteres Gepräge.

«Das muß man gesehen haben...! Wie nötig war eine Frau in diesem Haus! Das ist ja nicht wiederzuerkennen! Sie haben goldene Hände! Ach, so jemanden hätte ich nötig, ohne daß ich etwas Schlechtes von meiner Engracia sagen will!»

Die Frau ließ ein Lachen hören, während sie die beiden zu einem strahlend blanken Kiefernholztisch führte. Er stand unter einem Fliegenfängerstreifen, und dieser hing tadellos sauber, ohne ein einziges Insekt, von einem Balken. Ihr Lachen war eine Flut des Lebens.

«Herrgott, wieviel dieser Mann redet!» sagte sie. «Und Sie?» Sie lächelte den Rubio an. «Sind Sie stumm?»

«Überhaupt nicht!» mischte sich der Seco ein. «Das kommt, weil er nie so eine Frau gesehn hat, und das hat ihm die Sprache verschlagen.»

Die Frau deutete eine ungläubige Miene an, während sie sich dem Rubio näherte und zugleich eine ausweichende Bewegung machte, als wollte sie sich entziehen. Der Junge schluckte, und es gelang ihm zu sprechen, wenn seine Stimme auch etwas heiser klang, weil er sich bemühen mußte, ruhig zu wirken.

«So ist es: Niemals hab' ich eine Frau wie Sie gesehn.»

«Vielen Dank», antwortete sie sanft und lächelte ihn an. «Gleich bringe ich Ihnen den Wein hoch.»

Sie ging durch ein niedriges Türchen hinaus. Der Seco gab dem Rubio einen gewaltigen Schlag auf die Schulter.

«Kopf hoch, Junge. Man darf sich von keiner ins Bockshorn jagen lassen.»

«Das ist, weil... Warum hast du ihr von deiner Frau erzählt, Seco?»

«Diesen feinen Puppen», sagte der Seco mit leiserer Stimme, «gefallen die ernsthaften Männer. Du mußt dich an sie ranmachen, indem du ihnen von deiner Frau und deinen Kindern erzählst, und wenn du erklärst, daß du die sehr gern hast, ist es noch besser. Dann können sie das höher schätzen, was du später mit ihnen anfängst... Du mußt lernen, Gregorio! Du mußt lernen, daß auch der Anstand etwas wert ist!»

«Bilde dir nichts ein, Seco... Wir sind doch viel zu erbärmliche Kerle für diese Frau.»

«Ich nicht, du Grünschnabel», entgegnete der Seco.

«Na, ich ja... Ach, wenn sie mich nur ihren Knecht sein ließe, damit ich sie zu jeder Stunde sehen könnte!»

Die Frau kam mit einem Krug und zwei Gläsern zurück. Die Gläser waren sauber, sie aber rieb sie noch einmal mit einem Tuch ab und hielt sie prüfend gegen das Licht, bevor sie beide auf den Tisch stellte.

«Ich habe Ihnen den besten geholt, den von El Corrillo Alto, wie er genannt wird», erklärte sie und beugte zu ihnen den züchtig den Blicken entzogenen, jedoch äußerst aufreizend wirkenden Busen hinab. «Das macht vier Reales für einen Schoppen.»

«Verdammich, wie der Preis hochgegangen ist!» reagierte der Seco. «Von zwei Reales...»

«Dafür würde es den schwachen geben!» erwiderte sie mit einem höchst überzeugenden Lächeln. «Wenn Sie wollen, hole ich den.»

«Lassen Sie's sein», brachte der Rubio hervor, wobei er sich wieder große Mühe geben mußte.

«Von dem hier haben wir nur noch eine ganz kleine Bota, und wir müssen schon etwas dafür verlangen.»

Der Seco kostete ihn und zwinkerte mit einem Auge:

«Ich würde schwören, das hier ist genau der für zwei Reales..., aber erzählen Sie's nicht der Herrin des Hauses», sagte er und erstickte damit lächelnd einen Protestversuch der Frau.

«Ich sage es ihr nicht. Und ich mache Sie darauf aufmerksam, daß es ein sehr guter Preis ist. Niemand hält das für teuer.»

«Selbstverständlich, wenn Sie ihn verkaufen!» konnte der Rubio sagen, nachdem er einen großen Schluck genommen hatte.

«Was denn, was denn! Sie sind ja gar nicht stumm!» Sie lachte. «Warum trinken Sie nicht ein Glas mit?»

«Ich kann nicht; ich habe viel zu tun»; sie seufzte, als sie sich daran erinnerte.

«Wir gehn gleich... Machen Sie schon, bringen sie noch einen Krug hoch... Den da und einiges mehr schluckt unsere Bota.»

«Ich will hier keine Betrunkenen haben, he?» warnte sie lächelnd und wandte sich zur Tür.

«Machen Sie sich keine Sorgen», rief ihr der Seco nach. «Wir Flößer halten eine Menge aus.»

«Ach, wer ein König wäre und sie zur Königin machen könnte!» seufzte der Rubio aus tiefstem Herzen.

Wenig später kam die Frau mit einem anderen, größeren Krug wieder hoch. Die Augen der Männer verfolgten begierig ihre Bewegungen.

«Machen Sie schon, bringen Sie ein Glas her.»

Sie nahm eines vom Küchenbord und stellte es auf den Tisch. Doch sie goß sich sehr wenig ein und setzte sich nicht. «Um Sie nicht zu beleidigen», erklärte sie. Der Rubio wollte heimlich ihren Anblick bewundern, doch wie er entdeckte, kam es selten vor, wenn er die Frau ansah, daß nicht ihre Augen auf ihn gerichtet waren. Und sie verzog etwas die Lippen, was indes kein Lächeln und auch kein Spott war. Das wirkte, als wolle sie auf einmal etwas sagen.

«Na, bestimmt haben Sie viel zu tun... Wie ist Ihr werter Name? Damit ich immer an Sie denken kann.»

«Oh, immer!» spottete sie. «Ich heiße Nieves[8].»

«Dieser Name paßt wahrhaftig gut zu Ihnen. Und Sie sind nicht von hier: Sie sprechen anders.»

«Ich bin aus Valencia.»

«Auf Ihr Wohl, Nieves», sagte der Seco und hob das Glas. Und als er es wieder hinsetzte, erdreistete er sich, sie zu fragen: «Wie haben Sie den Federico geheiratet?»

«Beim Pfarrer. Wie alle.»

«Na ja, aber ich meine...», wollte der Seco hartnäckig auf seine Frage zurückkommen, da ihm die Erinnerung an jenes Männlein nicht aus dem Sinn ging, das in diesem Haus lebte und das mit der Frau so schlecht zusammenpaßte. Doch sie fiel ihm ins Wort:

«Als ich herkam, hab' ich fast den Mut verloren. Aber Sie sehen ja, nach und nach bringen wir das hier in Schuß. Das erste war, das Haus ein bißchen herzurichten und ein paar Blumenbeete anzulegen... Hier hat man keine Freude an Blumen, das ist nicht wie in meiner Heimat.»

---

[8] «Schnee» (von dem am 5. August gefeierten Fest Mariä Schnee abgeleiteter) spanischer Frauenname (Anm. d. Ü.).

Der Seco nickte zustimmend und dachte an die dunkelbraunen Frauen in den erdfarbigen Dörfern seiner Gegend.

«Und jetzt ist mein Mann nach unten, weil er ein paar Geräte und Knechte hochholen möchte. Wir wollen die Felder hier bestellen. Mein Mann hat etwas von einem Onkel geerbt, der in meiner Heimat gelebt hat, wissen Sie? Aber wenn ich nicht hier wäre, um ein bißchen ein Auge auf alles zu haben... Und dabei ist noch soviel nötig!... Der Boden ist fruchtbar, nur wie lange das dauert!»

«Ist das ein Wein!» sagte der Seco genießerisch, das eingetretene Schweigen nutzend. «Sie haben recht, wenn Sie viel dafür verlangen. So helfen wir Säufer Ihnen alle ein bißchen.»

«Wenn ich Geld hätte», stieß der Rubio impulsiv hervor, «würd' ich Ihnen alles auf der Stelle geben. Damit das hier so hergerichtet wird», setzte er hinzu, «daß Sie hier richtig leben können.»

«Sagen Sie das im Ernst?» Sie lächelte und schaute ihn mit großen Augen an, ohne mit der Wimper zu zucken, während sich die zum Lächeln verzogenen Lippen unmerklich öffneten. «Vielen Dank... Das wird alles, mit der Zeit. Jetzt haben wir schon drei Schweine. Bildschön sind die! Mein Mann wollte irgendwelche kaufen, solche schwarzgestreiften. Aber ich habe drei weiße ausgesucht, ganz weiße. Und sie haben runderes Fleisch.»

In dieser Schilderung der Tiere klang Sinnlichkeit mit, gewissermaßen ein Gefühl für die Gleichheit des Lebendigen, für die Schönheit der biologischen Rundungen bei einem Spanferkel wie bei einer Frau.

«Und sie haben», fügte sie in kindlichem Ton hinzu, beinahe wie ein kleines Mädchen, das von seinem Spielzeug spricht, «goldgelbes Flaumhaar, ganz goldgelb, daß es eine wahre Wonne ist, wenn die Sonne darauf scheint... So wie bei dem jungen Mann hier.»

Während sie das sagte, streckte sie den Finger unverhofft der Brust des Rubio entgegen, durch dessen aufgeknöpftes Hemd man die weiße Haut und vereinzelte helle Haarlocken sah. Dem Rubio stockte der Atem; das wirkte, als brandmarke ihn dieser Finger wie ein glühendes Eisen. Der Seco machte ein finsteres Gesicht.

Sie seufzte, und wie das aus dem Traum erwachende Milchmädchen in der Fabel setzte sie hinzu:

«Aber das wird alles noch lange dauern; bis ich erlebe, daß dieses Haus in Ordnung gebracht ist...»

«Die Kinder werden helfen», äußerte der Seco anzüglich, der weiter auf seiner fixen Idee vom Ehemann beharrte.

Sie stieß einen noch tieferen Seufzer aus, verstummte einen Augenblick hilflos, und trotzdem reagierte sie schnell genug, um sich dem Rubio gegenüber nicht zu verraten:

«Genau das; die Kinder werden mithelfen. Aber bis dahin...»

«Wird's noch lange dauern?» ließ der Seco durchblicken.

«So lange, bis sie groß sind», antwortete sie in unbefangenem Ton; und sie trank ihr Glas aus. «Na ja, ich gehe jetzt an meine Arbeit.»

Der Seco nahm Geld aus dem Gürtel und legte es auf den Tisch. Eine zusätzliche Peseta behielt er in der Hand und zögerte einen Augenblick, doch der Rubio schüttelte energisch den Kopf, und die Peseta wanderte in den Gürtel zurück.

«Danke», sagte die Frau zum Rubio, denn sie hatte seine Geste bemerkt. «Und wenn sie ein andermal wieder Durst haben, hier gibt es Wein.»

«Aber wenn Sie zu tun haben und andere bedienen, dann fehlt dem Wein das gewisse Etwas», erklärte der Seco, der schon an der Tür stand.

«Am späten Nachmittag», erwähnte sie beiläufig, «ruhe ich mich immer ein wenig aus, und dann kann ich mich um die Kundschaft kümmern.»

«Na dann, adiós», verabschiedete sich der Seco und lief los.

«Adiós», sagte auch der Rubio. Und da er sah, daß sie ihm die Hand hinhielt, drückte er sie. «Adiós, Señora Nieves. Ich...», fügte er hastig hinzu, «ich heiße Gregorio.»

«Das wußte ich schon», sagte sie lächelnd und mit leiserer Stimme.

Sie hatte ihnen zugehört! Dem armen Rubio schlug das Herz zum Zerspringen. Doch schnell holte er den Seco ein, ohne daß er es wagte, sich umzusehen.

Nach dem kühlen Halbdunkel der Wohnung schien die Sonne noch heißer zu brennen. Die Welt draußen war rauher; es wehte ein unbarmherziger Wind und beugte die Sträucher nieder, als wollte er den Frühling versengen. Im Haus hingegen diente alles zum Schutz des Menschen.

«Was hat sie dir gesagt?» fragte der Seco.

«Nichts.»

Dem Seco mißfiel diese Zurückhaltung.

«Die redet zuviel», kommentierte er geringschätzig. «Wie deutlich man merkt, daß sie keine feine Frau aus den Bergen ist! Diese Valencianerinnen aus dem Tiefland werden alle zu zart. Die sind nichts für richtige Männer, meinst du nicht auch?» wollte er ihn zu einer Antwort drängen.

«Mir hat sie gefallen», entgegnete der Rubio gleichmütig.

Er wollte sich nicht davon ablenken lassen, an Nieves zu denken. ‹Nieves› – wie wunderbar paßte dieser Name zu ihr! Wieviel weißer Glanz, wieviel Frische und wieviel Leben barg er in sich. So sagt es das Sprichwort: «Ein Jahr mit Schnee wird ein gutes Jahr.» Und Mariä Schnee-Feier ist ja im August; es hat schon seinen Grund, daß man dieses Fest in die Zeit des Weizens und des heißen Sommers gelegt hatte.

«Na, dann kannst du sie für immer behalten», sagte der Seco, ohne daß der junge Mann reagierte, der ihm kaum zugehört hatte.

Und der Ältere lief zum Fluß weiter. Den ganzen Tag hatte er schlechte Laune, was eigentlich nicht seine Art war.

Der Rubio hingegen wirkte, als wäre er weltentrückt, doch auch fröhlich. Hin und wieder wurde ein Anflug von Ungewißheit und Sorge schnell von einem glücklichen leichten Lächeln ausgelöscht. Was den Seco am meisten erbitterte: Dieses Lächeln schien ihm zu gelten. Verdammich! Ob sich der Rubio über ihn lustig machte? Sollte dieser Bursche ihn verspotten? Na, der mußte noch viel von einem erfahrenen Mann lernen. Der sollte merken, daß es der Seco auch verstand, solche zarten Frauen zu erobern. Wie undankbar er war! Warum sagte er ihm nicht, ob er am Abend hingehen wollte oder nicht? Wo er doch auf nichts anderes wartete, als dem Jungen einen ermunternden Schubs zu geben! Wo er doch in seinem Leben übergenug Frauen gehabt hatte, als daß er ihm die eine nicht überlassen würde! Aber nicht, wenn der hinter seinem Rücken handeln wollte, verdammich! Nicht still und heimlich! So pfuschte man dem Seco niemals ins Handwerk!

Den ganzen Tag belauerte er den in sich gekehrten Rubio, und zufrieden stellte er fest, daß die Unsicherheit immer mehr die Oberhand über das Lächeln gewann; daß sich dieses allmählich kaum noch zeigte; daß eine düstere, eindeutig düstere Miene schließlich in der Dämmerstunde vorherrschte. ‹Der ist noch grün hinter den Ohren!› sagte sich der Seco triumphierend. ‹Er bringt nicht den Mut auf.› Und er war sich seiner Sache sicher, als er nach dem Abendessen sah, daß sich der andere in seine Decke wickelte und einschlafen wollte. Na, dann würde er jetzt den entscheidenden Schlag führen, damit er ihm ein für allemal einbleute, was das Leben ist! Er würde sie gefügig machen und sie ihm schon gezähmt übergeben. So würde er lernen, sich von keiner blenden zu lassen.

Deshalb legte er sich nicht hin, sondern entfernte sich mit gleichgültiger Miene ein paar Schritte. Er lief zum Fluß. Andere machten es ebenso: An diesem Abend hatten wenige Lust zu schlafen. Der Americano schärfte seine Hakenstange mit einem Stein und brachte dabei einen leisen Ton hervor, der wie das Zirpen einer weiteren Grille klang. Rechts davon war eine Zigarette zu erkennen, die, wenn sie bei einem Zug heller aufleuchtete, das Gesicht des Tuerto hervortreten ließ, der ständig grübelte und ständig mit einer Handvoll Erde spielte. Und in größerer Entfernung gab es andere Flößer oder Schatten, weil diese Nacht offenbar voller Erscheinungen war. Nach und nach schlich der Seco stromaufwärts davon, bis er hinter die Flußbiegung gelangte und die übrigen ihn aus den Augen verloren. Nun überquerte er das Wasser auf den Holzstämmen. Er kroch die Böschung auf allen vieren hoch, und sobald er sich inmitten der Felder befand, lief er in aller Seelenruhe weiter.

Selbstsicher lächelte er. Das war jedoch kein Hochmut, keine Überheblichkeit, die sich auf persönliche Vorzüge verließ. Es war eine tiefere Zuversicht in die maßgebliche Ordnung der Dinge und der Welt; jene Ordnung, die der Erfahrung zum Sieg über die Jugend verhilft, die der Weisheit der Jahre die Kunst vermittelt, sich an den gewonnenen Früchten zu erfreuen, während es die jungen Leute nur verstehen, solche Früchte in ihren Fingern zu zerdrücken, bevor sie sich diese zum Munde führen, so daß sie ihnen jeden Reiz nehmen. Diese maßgebliche Ordnung hatte alles geregelt; sie gestattete ihm, ohne Übereilung zu handeln, die Dinge unterwegs im voraus zu genießen, während über ihm die unerschütterlichen Sterne leuchteten. Nein, er durfte nicht rennen; es war nicht angebracht, zu schnell einzutreffen. Er mußte ankommen, wenn die Schwiegermutter schon fest in ihrem Bett schlief. Daher setzte er sich und drehte eine Zigarette. Der Wind hatte sich gelegt, die Luft liebkoste ihn mit ihrer beinahe wohligen Wärme. Der Seco war zufrieden.

Er wurde fertig und schaute zum Himmel. Die Sterne hatten den Kleinen Bären schon etwas weiter umkreist. Nun war der Augenblick gekommen. Die Stunde, in der, wie bei so vielen anderen Gelegenheiten, der Seco über die Mauern fremder Gehöfte gesprungen war. Manchmal warteten sie dort auf ihn, mit oder ohne Ehemann oder Vater unter demselben Dach. Bei anderen Gelegenheiten, wie diesmal, brach er überraschend ein. Doch für ihn war es keine Überraschung.

Er mußte nicht einmal über die Mauer springen. Das große Tor unter dem Bild des heiligen Martin war lediglich angelehnt. Durch den Spalt konnte man den einsamen Hof sehen. Direkt an der Hausecke leuchtete eine Glühlampe, die sie gewiß während der ganzen Nacht nicht ausmachten, denn im Inneren lag schon alles in tiefem Schlaf.

Er wollte gerade das Tor aufstoßen, als ihn auf einmal ein leises Geräusch – vielleicht der Instinkt – erkennen ließ, daß er nicht allein war. Durch den Spalt erspähte er einen regungslosen Körper, der hinter einem Holzstoß steckte. Er wartete. Der Körper richtete sich eine Sekunde auf, und dann kehrte er wieder zu seiner unbequemen geduckten Stellung zurück. Verflucht noch mal, der Rubio! Auf welchem Weg hatte er ihn wohl überholt?

Der Zorn machte ihn blind. Das war ja der verräterische Streich eines Judas, wenn man so tat, als schlafe man ein, um darauf ihm zuvorzukommen. Unter Freunden! Und sich dann noch hinter dem Holz zu verstecken und auf seine Ankunft zu lauern, um ihn hinterrücks anzugreifen! Ihn, den Seco, der ihn wie einen Sohn liebte, der ihm den Weg ins Leben zeigte! Dieser Schweinehund...!

Und schnell wie ein rasender und gewalttätiger Blitz, ohne an Stille oder Überraschung zu denken, riß er schlagartig das Tor auf, und er lief nicht zum Haus, sondern stürmte zum Holzstoß. Der Rubio brauchte nur den Bruchteil einer Sekunde, bis er begriffen hatte; und er rannte ihm entgegen, um sich ihm zu stellen. Doch als erstes versuchte er, mit ihm zu reden, und dazu ließ ihm der Seco keine Zeit. Mit einem heftigen Stoß warf er ihn zu Boden, wo er besinnungslos liegenblieb.

Langsam kam er wieder zu sich. Ihn umgab ein Licht, das allmählich heller wurde. Er spürte vor allem starke Kopfschmerzen, die zum Nakken ausstrahlten. Dann spürte er auch das Licht, das Licht, das immer mehr zunahm. Er befand sich in einer weißen Welt... Nein, das waren Wände. Wenn er den Kopf drehte, tat ihm das weh... Ja, Wände; die eine war sehr nahe, rechts..., nein, links...; eine andere war sehr weit weg und hatte einen schwarzen Fleck; ja, dort gab es eine Tür...; eine dritte stand ihm gegenüber, die war noch weiter weg, und dort gab es einen weißen und einen schwarzen Fleck; ein Fenster und eine Tür..., nein, und einen Schrank..., einen Schrank und ein Fenster, das die Lichtquelle war.

‹Wo bin ich?› dachte er plötzlich. In einem Bett. Groß, weich, mit einem behaglichen Kopfkissen, wie man es sich nach so vielen Monaten in den Bergen kaum vorstellen konnte. An der Wand hing ein Bild. Das war die Frau, die ihm an diesem Morgen begegnet war, die weiße und begehrenswerte Nieves, an der Seite eines mageren und schüchtern wirkenden Mannes. Da erinnerte er sich an alles: selbst an den Schlag, der ihn am Kopf traf, als der Seco ihn zu Boden stieß.

Der Seco! Dieser Heuchler, dieser Schweinehund! Die vielen Ratschläge, das viele großmäulige Getue, die vielen Beteuerungen, wie sehr er ihn liebe, und dann der Verrat! Wie gut er sich das ausgedacht hatte und wie prächtig er den anderen damit hereingelegt hatte, daß er so tat, als schliefe er ein, und wie er ihm zuvorgekommen war und im Hof auf ihn gewartet hatte! Aber der alte Fuchs hatte es fertiggebracht, einem Kampf auszuweichen... Das sollte ihm nichts nützen: Es würde einen Kampf geben, und dann könnte man ja sehen, was jeder wert war.

Wie ihm der Kopf weh tat...! Wie groß das Fenster war, im Vergleich mit den Handtuchfensterchen im Gebirge! Und wie freundlich es aussah mit seinen Pflanzen und seiner grünen Jalousie hinter den Scheiben! Die Nieves hatte es so schön zurechtgemacht...! Die Nieves! Er fühlte sich den Tränen nahe, als ihm plötzlich einfiel, daß er sie verloren hatte. Ja, er hatte sie verloren: Jetzt konnte es nicht sein, selbst wenn sie gewollt hätte. Wo er verletzt war und sie es aus Mitleid tun würde, das ging auf keinen Fall. Nachdem der andere – dachte er bitter – sie in den Armen gehalten hatte, niemals, niemals. Der war ganz der Richtige, ihr mit Lügengeschichten zu kommen, als er anstelle des Rubio aufgetaucht war. Denn es war ja klar, daß sie den jungen Mann erwartete, falls sie jemanden erwartete. Nicht ohne Absicht, wie sollte er so etwas glauben? Damit sie ein bißchen reden und sich sehen könnten. Hatte sie ihm an diesem Morgen nicht zugelächelt und ihm die Hand gegeben? Trotzdem hätte er es niemals gewagt, in der Nacht zu kommen, wenn er sie nicht vor dem Seco und seinen Tricks schützen wollte.

An diesem Morgen? Er hatte in der Nacht die Besinnung verloren, und die ins Fenster scheinende Sonne stand sehr hoch, beinahe senkrecht. Auf einer Kommode war ein Wecker: zwanzig vor vier. Er würde aufstehen und sich davonmachen. Wie sollte er so, als Versager und Geprellter, die Dreistigkeit haben, der Nieves unter die Augen zu treten? Sie würde ihn wie einen kleinen Jungen behandeln, und das mit Recht. Wie könnte er ihr beweisen, daß man ihn heimtückisch fertiggemacht hatte? Aber dieser Verräter, verflucht noch mal...

Als er sich aufrichten wollte, nahmen die Schmerzen zu. Jedenfalls erhob er sich weiter, um irgendwie wegzukommen, doch da bewegte sich die Türklinke, und das hielt ihn im Bett fest. Langsam ging die Tür auf, und es erschien eine gekrümmte Alte mit runzligem und hagerem Gesicht.

Was sollte er ihr erklären, was hatten sie wohl gesagt, als sie ihn hier aufgenommen hatten? Wußte sie überhaupt, ob er hier war? Er wartete, daß die Alte ihn ansprach, doch sie schien ihn nicht zu sehen. Sie ging von der Tür geradewegs zum Schrank und machte ihn auf, um etwas zu suchen. Der Rubio dachte schon, er müsse etwas sagen, als Nieves eilig hereinkam. Da sie sah, daß der Flößer sich halb aufgerichtet hatte, stieß sie einen Freudenschrei aus: «Endlich!»

Sie stürzte zum Bett und drückte ihn an sich.

«Ich dachte, du würdest nicht wieder erwachen», sagte sie angstvoll. «Seit gestern nacht, seit gestern nacht, als wir dich hergeschafft haben... Wie oft bin ich hochgestiegen und habe nach dir gesehen...! Als du schliefst, warst du noch hübscher! Aber du bist nicht wieder zu dir gekommen! Was ich für einen Tag erlebt habe!»

Und während sie sprach, streichelte sie ihm das Haar, küßte ihn auf die Stirn, drückte ihm den Kopf an ihre makellose und nach tiefverborgener Haut duftende Brust. Endlich konnte der Rubio sie auf die Alte aufmerksam machen, die unerschütterlich im Schrank herumhantierte. Nieves lachte.

«Mach dir keine Sorgen: Meine Schwiegermutter ist taub wie ein Stein und fast ganz blind... Alte Hexe!» rief sie. «Scheren Sie sich zum Teufel, denn das hier ist nicht Ihr Sohn...! Siehst du?» Triumphierend drehte sie sich zu ihm um.

Sie bemerkte den Vorwurf, der aus den Blicken des Rubio sprach, und sie erklärte:

«Ich hasse sie, ich verabscheue sie... Wenn du alles wüßtest, würdest du mir recht geben... Ständig erzählt sie ihrem Sohn, ich wäre schlecht... Noch schlimmer wäre es, wenn er das ernst nähme!... Aber laß sie... Wie fühlst du dich, mein Schäfchen? Du wirst sehen, wie deine Nieves dich pflegt. Den alten Kerl soll der Schlag treffen!»

«Ich muß zurück; die werden nach mir suchen.»

«Zurück, du Dummerchen! Sie wissen schon, daß du hier bist; ich habe ihnen ausrichten lassen, daß du dich am Kopf verletzt hast und daß wir dich gefunden und aufgenommen haben. Du bleibst so lange hier, wie es nötig ist...» Sie warf ihm einen leidenschaftlichen Blick zu und sprach weiter: «Mein Mann kommt erst übermorgen zurück... Willst du fort, ohne daß du erfährst, wie die Nieves pflegen kann?»

Auf einmal wurde sie von jäher Unruhe ergriffen. Nervös, aufgestört setzte sie sich an den Bettrand, ganz nahe zum Rubio.

«Oder liebst du mich etwa nicht mehr?» sagte sie und brachte ihr Gesicht dicht zu ihm. «Hast du nicht gestern erklärt, du möchtest mein Knecht sein, damit du mich sehen kannst? Wolltest du nicht König werden, um mich zur Königin zu machen? Das habe ich alles gehört, hinter der Tür! Also, jetzt mache ich dich zu meinem König, und ich bin deine Magd... Wie du mich gestern angesehen hast! Was hast du den ganzen Tag gedacht, mein Schäfchen? Bist du immer noch stumm, schnürt es dir immer noch die Kehle zusammen? Leide nicht mehr, mein Herz! Ach, mein braunes Schäfchen!»

Und sie umarmte ihn, drückte ihm den Kopf an ihre Schulter, zu ihrer weiblichen Haarflut. Während die Frau ihn aufs Ohr küßte, sah der Rubio, daß sich die am Schrank stehende Alte umdrehte und sie mit ihren ausdruckslosen, trüben Augen starr ansah.

«Bist du hier, Nieves?» fragte sie mit brüchiger Stimme.

«Ja, hier bin ich, zusammen mit meinem Liebling im Bett Ihres Sohns», antwortete Nieves fröhlich.

«Bist du hier?» fragte die besorgte Alte noch einmal. Und mit ausgestreckten Armen ging sie auf das Bett zu.

Nieves sprang aus dem Bett, trat zu der Alten und nahm sie an die Hand.

«Oh!» brachte die entkräftete Stimme hervor, «ich hab' mir schon gesagt, daß etwas zu spüren ist... Ich weiß nicht, wie das kommt, aber ich spüre es... Ach, diese Augen, diese Ohren... Ständig hat man Angst, daß etwas passiert und man es nicht merkt.»

Nieves bewegte die Hand der Greisin mehrmals hin und her, während sie sich mit lächelndem Gesicht zum Rubio umdrehte.

«Ja, ja», beharrte die Alte. «Wann kommt Federico endlich!»

Und unerwartet drängte sie sich zum Bett, wobei sie um Nieves einen Bogen machte. Ihre sehnigen Hände, die wie Wurzelbündel aussahen, berührten den Bettrand.

«Hast du das Bett immer noch nicht gemacht?» Sie wurde wütend. «Mädchen, Mädchen! Ein ungemachtes Bett ist eine Schande für eine Frau.»

Nieves brachte den Mund an das rechte Ohr der Alten und schrie sie an:

«Ich hatte es heute morgen eilig beim Aufstehen! Als der Fuhrmann kam! Viel Arbeit!»

«Entschuldige dich nicht, nein... Ach, mein armer Federico.»

Die Alte warf mit unvorhergesehener Heftigkeit die Decke und die Laken auf den Boden, um das Bett zu machen. Rubio, der fast nackt war, sprang an einer Stelle auf die Erde, wo er entwischen konnte, und lief zu dem Stuhl, auf dem seine Sachen lagen. Leicht betäubt streifte er sich die Hosen hoch. Nieves rang mit der Alten und wollte sie daran hindern, das Bett zu beziehen, bis sie sah, daß der Rubio plötzlich schwankte und sich auf den Stuhl setzte. Mit einem Sprung war sie bei ihm.

«Es geht mir schon wieder gut, es geht mir gut», sagte der Rubio.

«Diese Hexe wird uns nicht in Frieden lassen!» rief sie gereizt und drückte wieder den Kopf des Flößers an ihre Brust. Und der Rubio hatte diesen Körper so nahe bei sich, die begierigen Lippen kitzelten ihn so lebhaft am Ohr, daß er sie trotz seiner Vorsätze eng um die Taille faßte. Es war festes und starkes Fleisch, das, als es die Hände des Mannes spürte, kräftig wie der Hals eines Pferdes zuckte, wenn der Reiter es tätschelt.

«Mir war ein bißchen schwindlig», gestand der Rubio und legte den Kopf an ihre Brust, wie ein Kind, das sich gern verwöhnen läßt. «Es geht mir schon wieder gut.»

«Du mußt stark sein», sagte die Frau und neigte den Kopf zu ihm hinab. «Dich habe ich erwartet, weißt du das nicht? Dich... Ich wußte, du würdest kommen, ich hatte es so nötig, daß du kamst... Wenn du wüßtest! Mein Leben ist eine Qual! Eine Qual!»

Ihre Stimme wurde von Tränen bedroht. Der Rubio drückte sie noch enger an sich. Doch wieder suchte ihn die Erinnerung heim:

«Ja, aber er ist gekommen», erklärte er bitter, während er sah, wie die Alte die Laken über das Bett flattern ließ, sie glattstrich, sie sorgfältig unter beiden Matratzenseiten einschlug.

«Na und?» sagte Nieves. «Ich habe dich erwartet! Dich, mein Schäfchen!»

«Aber er ist gekommen, und während ich mit kaputtem Kopf dalag, habt ihr...»

Die Nieves löste sich aus seinen Armen und sah ihn gekränkt an.

«Mit diesem alten Kerl? Bist du verrückt? Für wen hältst du mich?»

Und mit getrübten Augen wich sie zurück und ließ sich auf einen anderen Stuhl fallen. Sie holte ein kleines Taschentuch hervor, hielt es sich an die Augen und begann zu schluchzen.

«Bist du da, Nieves?» schrie die Alte wieder, die schon das Bett ordentlich gemacht hatte. «Bist du nach unten gegangen?»

249

Einige Augenblicke fuchtelte sie suchend in der Luft herum. Endlich lief sie zur Tür, und wenig später knarrten die Treppenstufen unter ihrem Gewicht.

Der Rubio war sprachlos. Er hatte den Sieg des Seco für so sicher gehalten! Trotzdem, man brauchte diese Frau ja nur anzusehen, die so weiß war, so rein, wie eine Blume...

Er stand auf und fiel vor ihr auf die Knie. Nieves wies ihn zurück:

«Fort, verlaß mich... Ich möchte nicht, daß du mich weinen siehst... Du kannst schon gehen... Was für Männer sind das, was für Männer!»

«Verzeih mir, verzeih, Nieves... Das kommt, weil der Seco... Er hat mich hinterrücks fertiggemacht, weißt du? Wenn's nämlich offen und ehrlich zugeht, schlag' ich ihm den Schädel ein... Und dann hat er auch soviel Glück bei allen Frauen...»

«Vielleicht bei anderen... Siehst du nicht, wie ich bin?»

«Das hab' ich gesehn, Nieves, das weiß ich; ich hab' es ihm gestern früh gesagt. Hast du's nicht gehört?»

Ein Lächeln huschte um ihre Lippen.

«Ja, du hast ihm gesagt, ich wäre nicht für ihn... Deshalb habe ich angefangen, dich zu lieben, weißt du. Weil du nicht bist wie er. Aber was du jetzt zu mir gesagt hast...»

Der Rubio faßte sie wieder um die Taille.

«Ich war eifersüchtig und wütend; ich war verrückt... Und glaub ja nicht, daß er mich fertigmachen kann.»

Endlich umarmte ihn Nieves.

«Eifersüchtig bist du, mein Lämmchen? Auf wen und warum? Aber wo ich doch nur dir gehöre, seitdem ich dich gesehen habe!»

Dem Rubio kochte das Blut. Er umarmte sie, küßte sie, zerzauste ihr Haar in der Erregung, knöpfte ihr Kleid auf, zerkratzte ihr eine Schulter. Er keuchte, stammelte wirre Worte, ein heiseres Ächzen entrang sich seiner Brust... Auf einmal machte er sich frei von seiner Angst, seiner Wut, seinem Zorn, seiner Eifersucht; auf einmal fühlte er sich als Mann, als ganzer Mann, als Mann der Tat und nicht nur mit dem Mund oder vom Hörensagen... Die Nieves seufzte in diesen Armen, nervös lachte sie, sträubte sich; doch schließlich konnte sie sich überwinden.

«Jetzt nicht, jetzt nicht... Später ist es besser, wenn wir Ruhe haben.»

Unter großen Mühen löste sie sich von dem jungen Mann, der sie bis zur halben Treppe verfolgte, wo schon die Alte zu sehen war, die am Herd saß, neben der zum Hof gehenden, offenstehenden Tür. Nieves schärfte ihm ein, er dürfe das Obergeschoß nicht verlassen, denn niemand außer der Alten könne dort hinaufkommen. Der Rubio blieb im Halbdunkel oben auf der Treppe stehen und blickte ihr durch die Geländerstäbe nach. Sie lief unten hin und her, um ihre Arbeiten zu erledigen. Ab und zu schaute sie zur Treppe, und als sie den Rubio dort entdeckte, der ständig bereit war, sich zu verstecken, wenn jemand hereinkäme, winkte sie zärtlich und tadelnd zu ihm hinauf.

Was für eine Frau! Nicht einmal die Paula mit ihren dunklen Augen und ihrem wohlgeformten Körper ließe sich mit diesen weißen Reizen, mit diesen festen und üppigen Rundungen vergleichen! Welche Frau war ihm da in die Hände geraten! Das Fieber klopfte ihm in den Schläfen, daß er eine so lange Wartezeit aushalten mußte! Und gleichzeitig war sie rein wie eine Blume: keine von diesen Frauen, die den Seco berühmt gemacht hatten.

Plötzlich merkte er, daß sie die Treppe heraufkam. Sie trug ein Tablett: Sie brachte ihm ein paar Scheiben Schinken, ein großes Stück Brot, ein Gläschen mit geschlagenem Eigelb und einen kleinen Krug Wein.

«Du stehst ja immer noch hier, du Verrückter», zankte sie ihn aus, doch sie konnte nicht verhindern, daß er sie umarmte. «Und wenn dir wieder schwindlig wird?»

«Jetzt bin ich schon stärker als ein Fels», widersprach er und lief ihr ins Schlafzimmer nach. «Mir wird nur noch schwindlig, wenn du zu mir kommst.»

«Los, los, du hast bestimmt Hunger.»

«Hunger nach dir», sagte er und umarmte sie, packte sie fest, drückte sie mit der Taille an die Tischecke und bog sie nach hinten, sah ihr von oben in die Augen, betrachtete den lachenden Mund und drückte seinen darauf...

Die Frau entschlüpfte ihm wieder – obwohl sie nicht so aussah, war sie flink und lebhaft –; sie erreichte die Tür und schloß sie von außen ab. Der Rubio preßte sich an die Tür und klopfte. Zärtlich antwortete sie ihm von der anderen Seite:

«Man kann dich nicht bändigen, ich muß dich gefangenhalten.»

«Das hast du ja schon», sagte er und gab nach.

«Sei lieb, mein Schäfchen. Und warte ruhig auf mich.»

«Dabei brenne ich vor Ungeduld, ich brenne.»

«Es dauert nicht mehr lange», sagte sie leiser.

Und der Rubio hörte das Schmatzen eines Kusses und das Knarren der Treppenstufen. Er fand sich mit seinem Käfig ab. Er verschlang den Imbiß. Verzweifelt sah er aus dem Fenster und betrachtete die Felder. Gleich vor ihm lagen der Hof, über den er hereingekommen war, und die Ecke einer Giebelwand, die in einen Glockenturm ausging, der keine Glocke mehr hatte. Dahinter kamen der Pfad, der bis zum Fluß hinabreichende Kermeseichenwald und die Linie frischen Grüns, die auf den Wasserlauf hinwies. Jenseits davon waren der schroffe Felsen, auf dem die Burg stand, und die gelben Weizen- und Gerstenfelder bei Anguix. In der Ferne ragten wieder mit dunklen Kermeseichen bestandene Anhöhen empor, und darüber erhob sich schließlich der Himmel. Alles war einsam, alles staubbedeckt, voller Durst unter der Sonne.

Er kam auf den Gedanken, den Schrank zu öffnen, und damit vergnügte er sich wie mit einer Vorfreude. Dort waren alle Kleider der Frau und daneben Männersachen, die er verächtlich zur Seite schob. Niemals hatte er solche Wäsche kennengelernt, denn die Frauen im Gebirge waren altmodischer. Er breitete die Kleidungsstücke auf dem Bett aus, sah sie bewundernd an, hängte sie wieder weg... Und seine Erregung wuchs, während das Sonnenlicht gleichsam mit entmutigender Langsamkeit über den Feldern herabsank. Ab und zu gaben ihm einige Geräusche unten eine Vorstellung, was Nieves machte. Einmal sah er sogar, daß sie auf den Hof hinausging und gleich zum Fenster blickte. Sie warf ihm eine Kußhand zu, als sie ihn entdeckte, und danach schüttete sie den Tieren durch die Luke des Schweinestalls das Fressen hin. Hierauf holte sie Brennholz: Ihr Körper neigte sich mit verheißungsvoller Anmut, und in ihrer Haltung gab es ein noch stärker erregendes gewisses Etwas, zweifellos, weil sie sich beobachtet fühlte. Bevor sie ins Haus ging, widmete sie ihm einen vielversprechenden Blick.

Endlich war der Tag vorbei, und das Licht an der Giebelwand ging an. Nieves kam heraus; sie machte das Tor halb auf – wie in der letzten Nacht –, und sie lachte, als sie sah, daß er am Fenster sehnsuchtsvoll die Arme ausbreitete. Dann betrat sie wieder das Haus. Und eine lange, lange, lange Zeit verging. Und die Sterne erglänzten, und Kälte strömte durch die offenen Scheiben herein, und es war zu hören, wie Nieves der Alten etwas ins Ohr schrie. Und er vernahm die schweren, langsamen, altersschwachen Schritte der Greisin auf der Treppe, und man merkte, wie sie auf dem Treppenabsatz stehenblieb. Und ihre Hände berührten die geschlossene Tür.

«Nieves!» schrie sie, und der Argwohn in ihrer Stimme ließ einem das Blut erstarren. «Mädchen! Warum ist euer Zimmer abgeschlossen?»

Nun hörte man, wie Nieves schnell treppauf rannte und sehr laut rief: «Abgeschlossen...? Das stimmt! Das habe ich sicher vorhin abgeschlossen, ohne daß ich es gemerkt habe!»

«Und warum hast du den Schlüssel abgezogen?»

«Ich? Den habe ich nicht abgezogen... Ach! Der ist hier, auf der Erde!»

Der Schlüssel knirschte, und die Tür ging auf. Die Alte erschien an der Schwelle. Ihre leblosen Augen richteten sich auf den Rubio.

Die Alte atmete etwas keuchend, als hätte sie Angst.

«Federico», sagte sie fast weinerlich, «bist du das?»

«Diese Hexe», stieß Nieves hervor; und dann rief sie lauter: «Wie soll Federico dasein, Señora, wenn er erst morgen kommt? Hier ist niemand!»

«Ist niemand da?» fragte die Alte sich selbst, ohne sich von der Schwelle fortzurühren.

«Wer soll denn nach Ihrer Meinung hiersein?» schrie Nieves barsch. «Ach was! Legen Sie sich ins Bett und schlafen Sie! Ich gehe nach unten und mache alles für die Nacht fertig!» Sie zog die Alte am Ärmel, damit sie sich umdrehte, und stieß sie zur Tür gegenüber. Dann wandte sie sich zu ihm und sagte: «Ich komme gleich, mein Schatz. Rühr dich nicht fort; rühr dich nicht!»

Sie verschwand zusammen mit der Alten und lief die Treppe hinab. ‹Rühr dich nicht!› hatte sie gesagt. Und wie konnte er das aushalten? Der Rubio lief langsam nach unten, und er entdeckte sie, als sie, nachdem sie die Außentür abgeschlossen hatte, ein großes Tablett reichlich mit allem vollstellte, was das Haus an Bestem zu bieten hatte, und dazu kam ein großer Krug Wein. Der Mann umarmte sie von hinten, und wieder atmete er begierig den Duft ihrer Haare ein und biß sie sanft in den Hals.

«Laß mich, laß mich, du Verrückter... Los, bring das nach oben, ich komme sofort... So werden wir eher fertig.»

Sie drückte ihm das Tablett in die Hand und stieß ihn zur Treppe, während sie gleichzeitig die das Obergeschoß beleuchtende Glühbirne anmachte. Der Rubio stieg hinauf, und als er oben angekommen war, freute er sich noch mehr darüber, daß er das Zimmer verlassen hatte: Die argwöhnische und ruhelose Alte war abermals in das Schlafzimmer eingedrungen und tastete es überall suchend ab. Der Rubio wartete auf der

Treppe, und nach einer Weile sah er, daß die Greisin herauskam und über den Absatz zu ihrem Zimmer lief. Er hörte, daß sie den Riegel vorschob und einen Stuhl zur Tür schleifte. Furcht, Sorge und trostlose Ohnmacht hatte man in ihrem Gesicht lesen können.

Der Rubio ging ins Schlafzimmer und stellte das Tablett auf den Tisch, ohne Licht anzumachen. Er hörte Nieves' Schritte. Er wollte sich umdrehen, doch da sah er in der Nacht, daß das Hoftor langsam aufging. Die Frau erreichte ihn von hinten und umarmte ihn, raunte ihm mit sorgsam verhaltener Leidenschaft ins Ohr:

«Schon ist deine Nieves da.»

Aber er reagierte nicht. Er starrte weiter auf jenes Tor. Gerade hatte er entdeckt, daß der Seco dort heimlich hineingeschlichen und auf den Hof gekommen war.

Über seine Lippen drang ein Brüllen, und er riß sich von der Frau los. Nun blickte sie auch aus dem Fenster und bekam Angst.

«Geh nicht hinaus, geh nicht hinaus! Ich bringe ihn dazu, daß er verschwindet, ich...», rief sie.

Doch der Rubio lief schon zur Tür und sagte schneidend:

«So siehst du, wer mehr ein Mann ist!»

Und er sprang die Treppe hinunter. Als er durch die Küche kam, entdeckte er ein Hackmesser für das Fleisch. Er packte es, was ihm beinahe überhaupt nicht bewußt wurde. Jäh riß er die Tür auf und stellte sich direkt davor.

Von der Hofmitte aus blickte ihn der Seco erstaunt an.

«Bist du's, Junge?» begann er freudig. Er stockte jedoch, als er dessen Gesichtsausdruck und das Hackmesser erkannte. «Verdammich! Willst du mich umbringen?»

«Wolltest du mich gestern nacht nicht umbringen, du Lump?» brüllte er.

Doch in sein Bewußtsein gelangte etwas, was ihm zuvor nicht richtig klargeworden war: Dieser Mann war der Seco. Und er schwang ein Messer vor seinem alten Freund.

«Ich dich umbringen?» sagte der Seco ruhig und verwundert. «Du mußt stockblind sein, mein Sohn; aber so blind du auch bist, du wirst doch nicht annehmen, daß der Seco den Rubio umbringen wollte.»

«Gestern war dir das egal... Egal war's dir, Hauptsache, du konntest mir die Nieves wegschnappen.»

«Du hast keine Augen im Kopf... Ich hätte dich nicht wegen einer Frau umgebracht. Unglücklich gefallen bist du.»

«Wegen einer Frau nicht, dafür aber wegen der Nieves.»

«Die sind alle gleich, mein Sohn.» Der Seco lächelte. «Die Nieves...»

Unverzüglich fiel ihm der Rubio ins Wort, und was er sagte, ließ den anderen plötzlich erblassen:

«Die Nieves ist reiner als die Sonne, du Schleimer, du Hurensohn.»

«Laß meine Mutter in Frieden, sonst bringen wir uns beide um!» zischte der Seco in scharfem Ton.

Als der Rubio diese Stimme hörte, wuchs er voller Zorn über sich hinaus. Er trat einen Schritt vor.

«Auf der Stelle sagst du, daß die Nieves anders ist. Du sagst das, du sagst das ganz laut, oder...» Ihm zitterte der Arm, und er trat noch weiter vor, so daß er dem anderen gegenüberstand.

«Vorsicht, Rubio!» warnte der Mann. «Wenn du mich anfaßt, wenn du mir drohst, dann mußt du mich umbringen! Dann geb' ich dir keine Ruhe, wenn du mich am Leben läßt!... Und was ich jetzt sage, ist nicht dasselbe, was ich dir vorhin sagen wollte. Die Nieves hat einen Ehemann, und sie hat dich im Bett. Streite das ab.»

«Das stimmt, aber dir hat sie gestern die Tür vor der Nase zugeschlagen.»

Der Seco schwieg einen Moment.

«Mir hat sie die Tür vor der Nase zugeschlagen? Mir? Schau sie dir an...»

Anklagend streckte er einen Arm aus. Der Rubio sah sich um und entdeckte, daß Nieves, die sich an die Tür gelehnt hatte, schluchzend im Inneren des Hauses verschwand. «Ich hätte den Mund gehalten», sprach nun der Seco mit bedächtiger, bitterer, melancholischer Stimme weiter, «ich hätte es zugelassen, daß du mich für einen Lügner hältst, aber ihretwegen sollten sich zwei Männer zugrunde richten, und das darf nicht sein... Es tut mir leid, Junge.»

Es trat ein schmerzliches Schweigen ein. Der Rubio hätte gern geglaubt, daß der Seco log; gern hätte er gedacht, daß dies ein von der Angst eingegebener Trick wäre, aber so etwas tat der Seco nicht. Und sie hatte nicht protestiert, sie war geflohen... Die Waffe fiel ihm aus der Hand.

«Du hast recht, Seco... Gehn wir.»

«Gehn wir?» wiederholte der andere verblüfft. «Wohin?»

Der Arm des Rubio zeigte zum Fluß. Hätte er gesprochen, so hätte er weinen müssen. Er hätte geweint, verflucht noch mal!

«Das hat dich mit einem Schlag erwischt, Junge», sagte der Seco; er

255

legte die beiden Hände auf die Oberarme des anderen und packte sie fest. «Das ist das Schlimme. Aber früher oder später würdest du drauf kommen, daß wir Männer und Frauen so sind... Was hast du gedacht, daß wir Heilige wären? Was haben dann du und ich hier zu suchen? Warum willst du sie verachten, verdammich, wo du genauso bist wie sie? Wenn du sie jetzt sitzenläßt, dann sag' ich dir, daß du verrückt bist. Solche Sachen passieren im Leben, Junge. Ich geh' zurück, du bleibst und liebst sie – und kein Wort mehr!»

Der Rubio lief zum Hoftor. Der Seco holte ihn ein und drückte ihn auf eine Steinbank. Die Mauer hüllte sie in Schatten; sie waren im Dunkeln.

«So reden junge Mädchen, wenn sie sich mit ihrem Freund zanken, mein Sohn. Und du bist ein richtiger Mann, das hat man ja schon gesehn. Außerdem bist du heut nacht ganz erwachsen geworden», setzte er bitter hinzu. «Was willst du tun? Fortlaufen? Ins Haus gehn und sie verprügeln? Das würd' ich machen, wenn ich so alt wär' wie du. Aber nutz die Erfahrung, die ich in meinem Alter habe, und hör zu. Warum willst du sie schlagen? Was bist du denn mehr als sie?... Möchtest du eine Zigarette?»

«Ich habe keine Lust auf Zigaretten. Gehn wir.»

«Ich weiß, Mann. Verdammich! Und nimm die Zigarette. So sieht sie, daß wir ganz friedlich rauchen. Außerdem, Rauchen beruhigt.»

Mitten in der Nacht entzündeten sie zwei flackernde Lichtpünktchen. Der Seco sprach weiter:

«Bevor du etwas tust, mußt du kapieren, damit du's nicht bereust. Wenn ein leichtes Mädchen...»

«Ein leichtes Mädchen?»

«Ja, verdammich, was die Nieves gewesen ist, und erschrick nicht! Als wenn ich dir gesagt hätte, sie wär' eine Königin; immer hat es welche gegeben, die beides waren! Sie spielen ihre Rolle; wie ich die als Flößer, und es gibt gute Flößer wie dich und schlechte wie den Seco.»

Unwillkürlich lächelte der Rubio. Der Seco fühlte, daß ihm das Freude machte.

«Also, wenn so eine Frau zufällig einen Kerl wie den Federico heiratet, warum nimmt sie ihn? Na, weil sie's satt hat, weil das kein Leben ist, weil das Gott weiß wie angefangen hat; so was passiert, wenn man sich nicht auskennt. Weil sie einen Mann für sich allein haben will, selbst wenn er einer wie der Federico ist; weil sie ein Zuhause haben will: Sieh nur, wie sie schon diese Ruine hochgebracht hat. Er dagegen, warum heiratet er? Aus Angst, verdammich, aus Angst. Der Federico..., stell dir vor: eine Null. Und die Alte, die ihn piesackt, daß er heiraten muß, und was soll aus dem Gut werden, und was die Leute in der Gegend reden, und sonst noch alles. Und der Federico hat Angst vor einem richtigen Mädchen, die was von ihm verlangen kann, und er geht nach Valencia und holt sich die Kleine raus, weil er denkt, daß die alles ertragen wird und daß man der schon einen ausreichend großen Gefallen getan hat. Gibt es ein Recht, so was zu tun? Aber sie heiratet, sie will weg von der Straße, egal wie, und sie meint es ehrlich, als sie dem Vertrag zustimmt. Nun vergeht aber mehr und mehr Zeit, und sie hält es nicht mehr aus. Und sie hält es nicht mehr aus, verdammich, genau wie du und genau wie ich! Und sie macht es wie jede andre, wenn ihr Mann kommt, denn das bist du gewesen!»

«Ich?» sagte der Rubio, dem nur noch der sarkastische Ton übrigblieb. «Verflucht noch mal, also stimmt es doch, daß gestern nacht...!»

«Gestern nacht hat sie auf dich gewartet. Sie hat dich erwartet, nicht mich. Einen Jungen, der anders war, der sie mit andern Augen ansah, der sie respektierte, der sie verteidigte. Den ganzen Tag hat sie an ihre Nacht gedacht und auf sie gewartet. Und sie macht auf, und ich bin's. Wenn du da ihre Augen gesehn hättest! Wenn du erlebt hättest, wie sie mir zu schaffen gemacht hat! Sieh mal», er streifte sich einen Ärmel hoch und zeigte einen blauen Fleck am Unterarm, «den hat sie mir eingeklemmt, als sie die Tür zuschlagen und mich rauswerfen wollte! Aber was sollte sie machen? Sie dachte, du hättest dich nicht getraut, daß du nicht mehr kommen würdest...»

«Hast du ihr das gesagt, du Schuft?»

«Ich hab' ihr den Gedanken nicht ausgeredet.» Der Seco lächelte. «Ich hab' einige Erfahrungen.»

«Verflucht noch mal! Da hast du ungeheuren Mut gezeigt, wo du wußtest, daß ich besinnungslos dalag!»

«Eine Kopfwunde bringt keinen Flößer um, verdammich. Was sollte ich denn auch machen, wo die Frau so nah bei der Hand war?... Aber danach sind wir gleich rausgekommen... Wenn du gesehn hättest, wie wütend sie wurde, als sie dich entdeckte! Sie hat sich auf mich gestürzt wie eine Löwin; sie hat mich mit den Fäusten geschlagen, mich gebissen... Und wenn ich sie nicht auf den Gedanken bringe, sich zuallererst um dich zu kümmern, dann hätt' ich mich ernsthaft wehren müssen... Also haben wir dich raufgeschafft, und ich bin los, um den Kumpeln zu erklären, daß du hingestürzt bist und daß sie dich ins Dorf hochgebracht haben, damit sie hier nicht vorbeischaun, und jetzt, na ja, bin ich bloß gekommen, weil ich sehn wollte, wie's dir geht.»

Der Rubio antwortete nicht. Seine Zigarette war halb aufgeraucht, und er betrachtete ihren winzigen Lichtkreis zwischen seinen Fingern. Nachdenklich hielt er den Kopf gebeugt.

«Ich hab' dir gesagt, du sollst nicht verrückt sein», setzte der Seco leise und nachdrücklich hinzu. «Ich gehe, und du sollst sie lieben. Weise sie nicht zurück, denn das verdient sie nicht.»

«Sie lieben? Das kann ich nicht.»

«Mehr als alles in der Welt, du wirst schon sehn. Aber nicht für immer.»

«Das ist sehr hart, Seco.»

«So ist es. Das schlucken wir alle nach und nach; das Schlimme ist, daß es dich mit einem Schlag erwischt hat.»

Der Rubio schüttelte den Kopf. Und dennoch erinnerten ihn seine Arme an jene Frau, die sie schon umfangen hatten; sein Ohr bebte noch, weil sie es berührt hatte. Was hatte sein Körper mit irgendwelchen moralischen Vorstellungen zu tun? Seine Arme und sein Ohr hatten – ganz für sich allein – eigene Ideen. Doch er schüttelte den zwischen den Schultern eingesunkenen Kopf und hielt die Arme auf die Oberschenkel gestützt, während die Zigarette langsam verglomm.

«Paß auf, damit du dich überzeugst... Ich hab' dir doch gesagt, wir sollten rauchen, damit sie leidet, wenn sie sieht, wie friedlich wir uns benehmen? Na, das war, weil du ruhig sein solltest, verdammich, denn sie hat uns nicht einmal gesehn. Sie ist weggerannt und hat in einer Ecke geweint, weil die Welt für sie zusammengebrochen ist. Sie hat uns nicht mal angeblickt und denkt auch nicht mehr, daß du zurückkommst. Und wenn sie dich zurückkommen sieht, glaubt sie, das wäre bloß, um sie zu verprügeln. Merkst du nicht, daß sie in ihrem Leben mehr Quälereien als Zärtlichkeiten abbekommen hat?... Mach die Probe, und wenn ich recht habe, bleibst du bei ihr; wenn nicht, gibst du ihr eine Ohrfeige und läufst mit mir zum Fluß... Ich warte einen Augenblick auf dich. Wenn du nicht rauskommst, geh' ich.»

Der Rubio stand auf.

«Ich werd' ja sehn», sagte er. «Mal sehn, ob es stimmt.»

«Verdammich, du wirst es schon erleben! Wenn einer soviel in diesem erbärmlichen Leben rumgekommen ist!... Aber paß auf: Sag ihr danach nicht, daß wir uns unterhalten haben und daß ich dir das alles erzählt hab'... Sag ihr, daß du mich rausgeworfen hast, daß du mich fertiggemacht hast, daß ich den Schwanz eingezogen hab', was du willst... Sie hat Wut auf mich.» Er lächelte. «Und diese Freude machst du ihr. Und hör zu... Rede anständig mit ihr. Bei solchen Frauen ist es am besten, sie so zu behandeln, wie du's gestern früh gemacht hast: Man muß mit ihnen reden, wie's sich gehört. Das übrige, das kann jedes Tier.»

Der Rubio warf die Zigarette weg und lief zum Tor, das immer noch offenstand und dessen Dunkelheit tiefer als die der Nacht war. Der Seco sah, daß er anhielt, um das Messer aufzuheben, und daß er hierauf zögernd und langsam weiterlief. ‹Er ist als junger Bursche herausgekommen und geht als Mann hinein›, dachte er. ‹Diese Nieves...› Nun, erinnerte sie ihn nicht an jenes kleine Mädchen aus seiner Jugend? Die war auch weiß, rein, rund und begehrlich gewesen. Wie das Leben vergeht, wie bitter das ist! Aber noch hat man Kraft, wenn man den Dingen direkt ins Gesicht sieht.

Wie er es vorausgesehen hatte, kam der Rubio nicht nach draußen. Der Seco schnipste die Kippe fort und lief zum Fluß, ohne einen einzigen Augenblick zu warten. Als ob er nicht wüßte, wie sich solche Dinge abspielten! Doch es zu wissen bedeutet, daß man alt wird; wenn man Lehren erteilt und sich als Vater fühlt, heißt das, daß es mit einem schon bergab geht. Deshalb befiel ihn unterwegs Melancholie. Bis er auf einmal den Kopf hob und fester auftrat. Hinter ihm blieb sein Leben zurück, das er in vollen Zügen gelebt hatte. Er hatte es nicht sinnlos vertan, nein. Verdammich!

Der Flur war dunkel. Der Rubio wollte die Treppe hochgehen, als er unterdrücktes Schluchzen hörte. Von ihm geführt kam er zu dem Türchen, durch das sie nach unten gegangen war, um die Krüge zu holen. Im Finsteren erriet er eine kleine Kammer, die von kräftigem Weindunst erfüllt war. Das Schluchzen kam aus einem Winkel. Er fühlte sich gerührt, und daher störte ihn plötzlich das Hackmesser. Er legte es auf einen Tisch, an den er mit dem Oberschenkel gestoßen war. Er stützte die Hand an den Türpfosten und ertastete einen Lichtschalter. Er drehte ihn.

Die armselige Glühbirne, die so plötzlich aufleuchtete, erglänzte wie eine Sonne. Nieves öffnete die Augen und mußte sie sofort schließen, während sie errötete. Sie war in eine Ecke gekauert, wie eine kaputte Puppe zu Boden gestürzt. Ihre saubere Schürze hatte sich mit Staub bedeckt. Als sie den Rubio erkannte, weinte sie nicht mehr; sie verschränkte die Arme über dem Kopf und wartete auf die Schläge. Eine Sekunde hörte man ihre keuchende, gequälte Brust, und der Rubio konnte diese beinahe vor sich sehen, obgleich er sie nie erblickt hatte. Ihn überwältigte ein großes und unerklärliches Mitgefühl für das Fleisch – für das Fleisch aller Menschen und für das dieser Frau. Er lief zu ihr, beugte sich hinab, ergriff ihre Hände und hob die Frau zu sich hinauf.

Nieves machte erstaunt die Augen auf. Sie riß sie noch weiter auf, als sie Rubios Gesichtsausdruck sah. Doch plötzlich wurde sie über und über rot, rannte in einem Satz zum Schalter und machte das Licht aus. Dort, im Winkel neben dem Schalter, zog sie sich in sich selbst zurück. Der Rubio ging wieder auf sie zu und umarmte sie ganz sanft, ganz liebevoll.

«Aber... hat er's dir nicht gesagt?» war ihre demütige, wunderbar traurige Stimme zu hören, obwohl es auch einen entfernten Anklang jener Hoffnung gab, von der wir nicht zu glauben wagen, daß wir sie verdient hätten.

Bei Licht hätte der Rubio vielleicht nicht lügen können. Doch nun wollte er es tun. Sie ließ ihm indes keine Zeit:

«Hast du ihm nicht geglaubt?» Auf einmal brach sie in Tränen aus. «Es stimmt, es stimmt, daß er bei mir war! Verflucht soll ich sein, es ist wahr!... Laß mich, Goyo!»

Nun fiel es dem Rubio sehr leicht, denn wegen jener Worte liebte er sie noch mehr. Das heißt, er liebte sie. Sanft umarmte er sie fester und nahm ihr so den freien Raum, wo sie den verwirrten Kopf gebeugt hielt. Seine Arme, seine Brust waren jetzt im Einklang mit seinen Vorstellungen. Sie hatten recht; der Seco hatte recht. Doch die Frau löste sich von ihm und drehte ihm den Rücken zu; in den Winkel gedrückt weinte sie, das Gesicht mit den Händen verdeckend.

«Dieser elende Kerl hat gestanden», sagte der Rubio. «Ich weiß, wie er dich belogen hat.»

«Ja, er hat mich belogen, ich schwör's dir! Er hat gesagt, du hättest es mit der Angst bekommen!»

‹Der verdammte Seco!› dachte er einen Augenblick. Doch dieser kurze Wutanfall drängte ihn nur noch mehr zu ihr. Er näherte sich ihr von hinten, hielt ihr die Finger ans Kinn und zwang sie, den Kopf zu heben, damit er besser in das Ohr der Frau, inmitten der fieberhaft zitternden Haare flüstern konnte:

«Jetzt hat er es mit der Angst bekommen... Erwähnen wir den nicht mehr... Schließlich wußte ich ja, daß du verheiratet bist...»

Er suchte den Mund in dem abgewandten Gesicht, und das war, als stiege ihnen der Lebenssaft beider zu Kopfe und trüge die ganze fruchtbare Erde mit sich. Und während er sich in der glühenden Dunkelheit vorwärts tastete, fand seine Hand eine Brust, und die andere Hand stillte sogleich ihr Verlangen.

Plötzlich spürte er, daß sich jener von ihm bedrängte Körper ängstlich aufbäumte. Sie drehte sich um, schaltete das Licht ein, packte ihn an den Schultern und starrte ihn erschrocken an:

«Du hast ihn doch nicht...»

Er beruhigte sie mit einem kurzen Satz, bevor er sie wieder küßte, bevor er Besitz von ihr ergriff, sie mitten in diesem Weindunst wie eine Traube preßte:

«Er hat sich davongemacht.»

Noch hatte die Nieves einen Augenblick lang soviel Verstandesklarheit, daß sie das Licht ausdrehte.

So begann jene Mannesnacht, die der Rubio niemals vergessen sollte. Andere würden kommen, doch das wäre nicht das gleiche. Andere, von denen er sogar mehr im Gedächtnis behalten könnte; doch wenn er sich an diese erinnerte, sollte ihr Freudenfeuer alle Lichter der übrigen auslöschen: die Kerzen, Öllämpchen, Laternen, Leuchten. Es würden die Abenteuer kommen, die Ehefrau, die Kinder, das Alltagsleben, das Alter, der Tod; und dies sollte weiter sein Geheimnis sein; die große unsichtbare Perle, die selbst in seinem Leichnam fortdauern würde. Denn das war keine Liebe, die er im Flug erhascht hatte, wie ein Spatz die Brosame auffängt, ohne die Flügel ruhen zu lassen oder sich auf die Erde zu setzen; das war auch nicht die Frau, die sich jeden Tag an unserer Seite verzehrt, während wir uns selbst verzehren; sie war nicht die Illusion, sie war keine Täuschung, sie war keine Notwendigkeit und auch keine vernünftige Entscheidung. Sie war die Offenbarung, und sie war es mit einemmal ganz: das Jugendalter, das er gerade erst verlassen hatte und das noch wie ein bereits gefangener Schmetterling in der Brust flatterte; die ungeheure Fruchtbarkeit der Gebeine; die Bitterkeit der traurigen Entdeckungen, die uns die Erfahrung bereitet; die Erkenntnis, daß uns von der süßesten Frucht ein harter und nach Erde schmeckender Stein im Mund zurückbleibt. Diese letzte Wahrheit, die wir erst unter der feinen Schale vieler Wahrheiten finden, wie sie nach und nach ineinander verborgen sind; diese Wahrheit der Steine und der Toten gelangte in jener Nacht zur Reife, mitten im Blut, im wunderbaren Fruchtfleisch, im Windhauch, in den Tränen, im Feuer, in den Grundkräften des Lebens.

Später, als sie sich schon im Obergeschoß befanden und das erste Verlangen ausgekostet hatten, waren sie frei für die subtilen Einzelheiten, für die kleinen gegenseitigen Entdeckungen der Liebe, für die Erkundung und Nutzung des Gewonnenen, für das Spiel der Zwischentöne, das die großen ungestümen Taten, die großen purpurroten Flecke bereichert... Später tauschten sie wonnevolle Geständnisse aus. Wie sehr sie einander gefielen; wie sehr sie einander begehrt hatten; wieviel sie gelitten hatten, wieviel in diesen Stunden... So wanderten die ruhigeren und dennoch gierigen Hände eingehend, geruhsam und aufs Geratewohl über den Körper des anderen, so erfreuten sie sich gerührt an den Palästen, die das Blut anstelle der trügerischen, von den Steinen der Wahrheit umgestürzten Kartenhäuser errichtet hatte. Als sie gerade dabei waren, öffnete sich auf einmal die Schlafzimmertür mit einem traurigen Knarren, und sie spürten – im späten Mondlicht sahen sie es sogar –, daß die besessene Alte hereinkam. Sie lief wie ein Gespenst, hielt die tastenden Arme ausgebreitet, die aus dem sie verhüllenden Hemd hervorsahen. Ein schrecklicher kalter Schwall drang durch die Tür und senkte sich so auf die beiden herab, wie sie nun auch die Hände sinken ließen. Ruhig schob Nieves ihren Mann zur Wand, an die andere Seite, und sie blieb auf dem Bettrand sitzen.

«Was gibt es?» schrie sie die Alte an, als sie diese in der Nähe hatte.

«Ich weiß nicht, ich weiß nicht...», sagte die brüchige Stimme mit unerklärlicher Angst. Und auffahrend und vorwurfsvoll sprach sie weiter: «Ave Maria! Warum schläfst du ganz nackt? Schämst du dich nicht?»

«Wo ich allein bin, Señora!»

«Das macht nichts, das macht nichts...; anständige Frauen...»

«Ich bin nicht anständig!» rief Nieves wie eine rebellische Trompete. «Und das haben Sie gewußt, Sie haben ihm zugeraten!»

«Sag nicht solche Sachen! Wenn dich jemand hört!»

«Wer soll das hören?»

Die Alte stieß einen tiefen Seufzer aus und verstummte. So wirkte sie riesenhaft, wie ein großer weißer Fleck, der sich aus der Finsternis erhob, während das Dunkel den Kopf auslöschte, als wäre sie die Erscheinung einer Enthaupteten. Sie war die Hexe, die den Federico anspornte, die seine Nieves peinigte, dachte der Rubio in diesem Augenblick, und fest umarmte er den Körper, der an seiner Seite hingestreckt war und der, als er dies spürte, sich genießerisch an den Körper des Mannes preßte.

«Ist die Tür unten abgeschlossen, Nieves?»

«Natürlich!»

«Das wirkt, als käme ein Wind herauf...»

Die Alte verstummte wieder, während die Liebenden einander noch fester umarmten.

«Wollen Sie da schlafen, im Stehen?» rief Nieves ironisch.

«Nein, nein...; ich weiß nicht, was los ist, ich weiß nicht, was ich heut nacht rieche.»

‹Das kommt, weil das ganze Haus gebebt hat›, dachte der Rubio hingerissen. ‹Selbst die Hexe hat das gemerkt. Nachdem es sich jahrelang nicht gerührt hat. Und selbst die Erde: ganz Anguix. Selbst der Fluß. Selbst die Flößer, selbst die Paula werden ein Auge aufgemacht und sich hin und her gewälzt haben, weil sie daran denken, was in dieser glühenden Nacht geschieht.› Die Nieves erklärte es mit einem lauten Ruf:

«Das ist der Frühling, Señora, das ist der Frühling...»

«Ich spüre ihn nicht, ich spüre ihn nicht mehr... Los, los, deck dich zu, Mädchen...»

Die Krallenhand stieß hinab, um nach der Bettdecke zu suchen... Der Rubio war so dreist, daß er nicht die Hand zurückzog, die er um Nieves' Taille gelegt hatte. Die seit langem verdorrte Hand der Alten umklammerte die Decke und breitete sie über das Bett, ohne etwas zu bemerken, und sie schob sie zu Nieves' Schultern hoch.

«Wo es so heiß ist...», protestierte sie. «Ist Ihnen nicht heiß?»

«Ich mit meinen Knochen..., die sind schon so alt...»

«Aber meine sind jung, Großmutter! Meine brennen! Mir brennen die Knochen, Großmutter!»

Die Alte fuhr hoch, von schlimmstem Argwohn gepackt:

«Warum nennst du mich Großmutter?»

«Weil Sie es werden müssen.»

«Weißt du etwas?»

«Nein, aber wir machen Sie dazu! Es ist Frühling!»

Die Alte schüttelte traurig den Kopf.

«Es wäre nötig, daß dich morgen mein Federico von dieser Hitze befreit, die du hast...»

Das Gespenst stieß einen tieferen Seufzer aus und verschwand durch die Tür. Diese knarrte noch immer, als die brennenden Gebeine schon auf andere trafen, die ebenfalls brannten.

«Hast du gehört, was ich zu ihr gesagt habe?» brachte Nieves viel später hervor, als sie wieder sprechen konnte.

«Was denn?»

«Daß... daß ich nicht anständig bin... Womöglich», setzte sie hinzu und wich dabei seinem Blick aus, «hast du das schon gemerkt.»

«Nein», antwortete er. «Ich... ich hab' nicht viel Erfahrung.»

«Deshalb liebe ich dich. Mit dir kommt es mir so vor..., daß ich jetzt auch erst damit anfange. Aber ich will dir alles erzählen, du sollst mich kennenlernen, als würdest du mir auch dein Herz ausschütten, mein Schäfchen. Was ich der Alten gesagt habe, ist wahr.»

Sie sagten einander die Wahrheit, ja, ganz offen. Wenn man nämlich zu bestimmten Gipfeln – oder Abgründen – gelangt ist, kommt es auf das gleiche heraus, eine Tugend oder ein Verbrechen zu gestehen. Die Aufrichtigkeit hat keine Bedeutung mehr – und welchen Sinn hätte es, sich zu verstellen? Vergangenheit und Zukunft sind viel zuwenig im Vergleich mit der Gegenwart. Darum mußte sie es ihm erzählen. Es war eine von jenen Geschichten, wie man sie immer in solchen Fällen zu hören bekommt; eine von jenen Geschichten, die nicht als Rechtfertigung vor einem Richter dienen können – sie lassen immer einen Spalt offen, so etwas wie «das hätte anders kommen können», ja –, doch einem Menschen, der seine Jahre gut genutzt hat, einem Menschen, der etwas erlebt hat, verschlagen sie die Sprache, so daß er nicht urteilen kann; sie machen ihm jeden Kommentar unmöglich, der nicht Verständnis ausdrückt. Ja, vielleicht war sie schuld, wie immer; doch ohne Zweifel hatte sie auch recht wie immer. Und schließlich war es so, wie der Rubio sagte:

«Und was macht das mir aus? Wahrer als diese Nacht kann es nicht sein. Und auch nicht wahrer als das andre, was du gesagt hast: das mit dem Kind.»

«Das ist ganz bestimmt wahr, Goyo; mein größter Wunsch ist, daß ich eins bekomme... Jetzt, wo es eins von dir sein wird...» Sie sah, daß der Rubio einen kurzen Augenblick zögerte, und schnell setzte sie hinzu: «Deins und nur deins, da kannst du sicher sein. Was ich heute gefühlt habe, das habe ich nie zuvor gefühlt. Ich weiß schon, an wen du denkst; aber paß auf, den alten Kerlen bleiben nur ihre Gerissenheit und ihr großes Mundwerk: Wenn du ihnen das wegnimmst, stürzt du sie in den Tod. Du, wo du Jugend und Kraft hast, mein Schöner, laß sie reden.» Sie seufzte, und dieser Ruf kam ihr aus tiefster Seele: «Du stellst sie alle in den Schatten! Niemals hat Nieves jemandem so wie dir gehört, wie heute!»

Und endlich umfing sie der Schlaf, der dem Rubio das Wunder bescherte, daß er als erster erwachte und den Anblick jener gelöst daliegenden Frau genoß, mit der schwarzen Blume, die in der Achselhöhle wuchs und eher sanft für die harten, an die Hakenstange gewöhnten Finger und eher abweisend – wie geschmeidige Drähtchen – für die begierigen, beinahe kindlichen Lippen war. Und dieser Wohlgeruch einer erwachsenen Frau! Nichts machte seinen Sinnen besser klar, was diese Frau war, als ihr intensiver und wohlig warmer weiblicher Geruch. Plötzlich fiel ihm ein, daß er fortgehen würde, daß er sie verlassen müßte, und ihm krampfte sich das Herz zusammen. Sie erwachte, als hätte sie das durch eine geheimnisvolle, die beiden verbindende Schnur gespürt. Sie sah, daß er traurige Augen hatte, und sie erriet den einzigen Grund, der sie in diesem Moment trüben konnte. Sie umarmte ihn aufs neue und zwang ihn zu vergessen. Zu vergessen, soweit ein Mann das vermag; stets weniger als eine Frau. Zu vergessen, ohne daß sie bei ihm jene männliche Leidenschaft ganz auslöschen konnte, die – trotz allem von Männern vergossenem Blut – die Melancholie ist.

Und schließlich wurde es spät, erbarmungslos spät. Und sie mußte nach unten gehen. Obwohl die Alte schon Feuer gemacht hatte und in der Küche umherlief, stieg auch der Rubio nach unten.

«Ich möchte dich ständig sehn», sagte er zu ihr. «Immerhin könnte ich erklären, daß ich jetzt vom Fluß gekommen bin.»

Es war eine melancholische Freude, daß er nun auch die geringfügigen Einzelheiten ihres Lebens teilte, ihren Alltag. Zusammen mit ihr ging er zum Schweinestall («Siehst du, daß sie das gleiche Flaumhaar haben wie du?» sagte sie); er begleitete sie beim Holzholen («Wie hast du soviel tragen können, Mädchen?» – «Der Frühling bekommt mir gut, Großmutter»); er half ihr, Wein in die kleine Speisekammer am Flur hochzubringen, wo sie auf die Schläge gewartet hatte (der riesige Weinkeller der Mönche ließ die Küsse frisch und nach Weinhefe schmecken); und sie röstete für ihn ein paar Brotschnitten.

«Als ich klein war», ließ der Rubio sie wissen, «arbeitete mein Vater als Müllerbursche. Er stand sehr früh auf, und im Winter kam er mit Brotschnitten zu uns ans Bett; er vertrieb sich die Zeit damit, sie für uns zu rösten, nachdem er sie in Öl oder Weißwein getaucht hatte... Sieh mal, wie die hier.»

Sie erwiesen einander kleine Aufmerksamkeiten. Bis am Ende... Er wollte sich mit einem Schlag losreißen und lief zur Tür. Doch sie kam nach draußen gerannt und umarmte ihn. Bisher hatte sie seinen Aufbruch nicht mit einem Wort erwähnt. Nun umschlang sie seinen Hals und sagte:

«Du kommst zurück, du kommst zurück, mein Schöner... Das soll nicht für immer sein... Verlaß mich nicht so.»

In den Küssen schmeckte der Rubio die Tränen, die bis zu den Lippen herunterrannen. «Ich kann morgen kommen und übermorgen... Aber danach... Der Fluß trägt uns Flößer weiter.»

«Komm wieder, wenn du fertig bist, im Sommer... Verlaß mich nicht für immer... Wir werden Arbeit auf den Feldern haben, und du kannst als Knecht hiersein. Oder ich laufe zusammen mit dir fort, wie du willst... Aber geh nicht fort für immer; nicht für immer...»

Sie konnte nichts anderes sagen. Sie nahm die Schürze ab und entfernte sich zusammen mit ihm auf dem Weg. Als sie zu den Bäumen gelangten und der Fluß schon zu nahe war, trennten sie sich endlich.

«Morgen, wenn es Abend wird, an der Mauer dort, die gehört zum Friedhof der Mönche... Nachts fürchtet sich Federico vor dieser Stelle... Und wenn du zurückkommst, wenn die Ernte eingebracht ist», fügte sie stolz hinzu, «wirst du mir beinahe schon deinen Sohn ansehen... Ach, Goyo, mich vergißt du vielleicht; aber deinen Sohn werde ich dir so schön machen, daß du ihn nie vergessen kannst!»

«Unseren Sohn», flüsterte er und gab ihr einen Kuß.

Er löste sich aus der Umarmung. Mit beklommenem Herzen, doch unerschütterlichem Gesicht lief er zum Floß davon, das ihn stromab mitreißen würde. Nun aber hatte er das Herz eines Mannes. Eines schon reifen Mannes, der an seinen Sohn dachte.

ZORITA DE LOS CANES

Während der Tajo die kleine Bergkette von Sacedón in südlicher Richtung durchquert, nähert sich ihm vom Osten, durch die wahrhaft königliche Landschaft der Bäder von La Isabela, der Río Guadiela. Doch eine mächtige Felsmauer – die Sierra de Enmedio – schiebt sich dazwischen, und nun verändert sich der Río Guadiela dramatisch: Er wechselt plötzlich die Richtung und wendet sich scharf nach Norden, um sich dort geradewegs in den Tajo zu ergießen. Bereits gemeinsam und wegen des heftigen Zusammenpralls noch lauter brüllend, durchbrechen sie endlich die kleine Gebirgskette und stürzen über den Wasserfall von Bolarque zu den neukastilischen Ebenen des südlichen Teils der Provinz Guadalajara hinab, die ein Vorläufer der Ebenen von Toledo und der Estremadura sind.

So verabschiedet sich der Tajo von seinem Oberlauf mit einer von seinen größten Stromschnellen. Schon vor Jahren wurden die wilden, schäumenden Katarakte und die wütenden Strudel durch die Stauanlage des Wasserkraftwerks gebändigt, und die bequeme Talfahrt des Floßes auf dem Überlaufkanal, der hinter dem Maschinenhaus nach unten führt, hat die Gefahren früherer Zeiten vergessen lassen. Inmitten der bezwungenen Wassermassen tauchten sogar die malerischen «Picknickplätze des Königs und der Königin»[9] empor und schufen eine Landschaft, die geradezu für Ausflügler bestimmt schien. Dennoch verdüsterten die rauhen und steilen Berge und die grauen Abgründe das Wasser, und das enge Flußbett zwischen den Felsen beeindruckte Shannon schließlich so, als sei der Tajo nach den sanfteren Landschaften der Region La Alcarria, die bis Entrepeñas und Bolarque reichen, in den Schoß seines Ursprungsgebirges zurückgewichen.

Unterhalb des Wasserfalls begann eine Gegend voller historischer Reminiszenzen, die selbst von Shannons rudimentären Kenntnissen der Hispanistik wachgerufen wurden. In diesen Gefilden der Komturei von Zorita war die Erinnerung an Alvar Fáñez, den Gefolgsmann des Cid, sowie an die Ritter des Calatravaordens beheimatet; und dazu kamen die von den Mudéjares[10] hinterlassenen Spuren, die einst ein eigenes Viertel in Almoguera hatten, und die der Moriscos[11], die aus der Region Las Alpujarras stammten und die man nach La Pangía gebracht hatte, um dort die orientalische Seidenindustrie einzuführen. Wenn zuvor die Wiederkehr des Gebirges nach der Ebene verwundert hatte, so überraschte nun, wie eng die elektrische Energie mit den mittelalterlichen Burgen zusammen lebte. Kein Wunder war es, daß die trockene und glühende Luft durch die Spannung so vieler zusammenprallender Elemente vibrierte. Das gewaltige Kraftwerk von Bolarque und die stolzen Burgtürme von Zorita de los Canes waren die beiden entgegengesetzten Pole in diesem Kraftfeld, in diesem Weiterwirken der Geschichte, an diesem Kreuzweg der Rassen und der Menschen.

Und die Flößer lagerten gerade bei Zorita, nicht weit von diesem win-

---

[9] «Merenderos del Rey y de la Reina»; im Volk so genannt, weil König Ferdinand VII. und seine Gattin diese Gegend besucht hatten (nach einer Information des Autors) (Anm. d. Ü.).

[10] Mauren, die unter christlicher Herrschaft lebten (Anm. d. Ü.).

[11] Getaufte Mauren, die in Spanien nach dem Ende der christlichen Rückeroberung geblieben waren (Anm. d. Ü.).

zigen Ort. Er war kaum mehr als eine kleine Häusergruppe am Fuß der Anhöhe, die von der ungeheuren Burgruine beherrscht wurde. Mitten im Fluß ragte eine riesige Steininsel empor, der Überrest einer Brücke, die das heutige Dorf mit einem großen, inzwischen verschwundenen Ortsteil verbunden hatte. In Shannons Gedächtnis stellten sich tiefe Nachklänge spanischer Dichtkunst ein, während er diese «einsamen Gefilde» und diese «düstere Höhe»[12] betrachtete und in einer nahe gelegenen Töpferwerkstatt den Jahrtausende überdauernden zerbrechlichen Ton bewunderte: wie das Leben der Hände – die, wenn sie mit der beinahe flüssigen keramischen Masse bedeckt waren, gleichfalls aus Ton schienen – auf der unsterblichen Töpferscheibe die Rundungen der Krüge lebendig werden ließ. Man zeigte ihm die Lagerstätten mit den verschiedenen Erden und dem seifengrünen Ton, die Öfen und Holzschuppen, den kühlen Keller, wo die Kalkbröckchen an den gebrannten Stücken gelöscht wurden. Zur Mittagsstunde kehrte er ins Lager zurück.

Sie wurden gerade mit dem Essen fertig, als sich ihnen ein alter Mann näherte. Er lief auf der von Sayatón kommenden Straße und stützte eine Hand auf die Schulter eines kurzgeschorenen kleinen Jungen, der pfiffige Augen und krumme Knie hatte. Der Kleine blieb vor der Gruppe stehen, und der Alte hob das Gesicht, das von der Krempe des ramponierten Huts beschattet und von den Haarzotteln und einem großen Bart halb bedeckt wurde. Aus dem vorderen Beutel seines Quersacks sah der Schnabel einer Dolzflöte hervor. Die rechte Hand stützte sich auf einen Hirtenstab.

«Ein schönes Fest wünsche ich Ihnen, meine Herren, und helfen Sie mir armem Blinden mit einem kleinen Almosen», begann er seine Litanei.

Aber der Blindenführer unterbrach ihn grob:

«Halten Sie den Mund, Großvater! Das sind Flößer!»

«Ach, Flößer!» sagte der Alte. «Ich hab' das Feuer gespürt und dachte, es wären Leute, die sich einen Imbiß schmecken lassen.»

Seine Stimme hatte zunächst beinahe geringschätzig geklungen, doch gleich darauf wurde sein Ton herzlicher und zeigte eine gewisse spöttische Komplizenschaft:

«Um so besser; schließlich hat es unsereiner schon satt, ein paar Dummköpfen ein Klagelied vorzusingen, obwohl sie was rausrücken. Genauso könnt ihr mir helfen und mir was zu futtern geben, weil ich

[12] Aus dem «Lied auf die Ruinen Italicas» von Rodrigo Caro (Anm. d. Ü.).

auch zu den schwarzen Schafen gehöre. Stimmt das etwa nicht?» fragte er endlich zynisch und hob den Kopf mit einer gewissen theatralischen Selbstgefälligkeit, als könnten seine verklebten Augen etwas sehen.

Die Flößer lachten.

«Verdammich, dieser Alte, wie fein der sich aufs Betteln versteht!»

«He!» sagte der Dámaso. «Kommen Sie ran zum Essen, Großvater, man sieht ja schon, daß Sie einer von denen sind, die mit einem guten Giftzahn zubeißen.»

«Zugebissen habe ich früher, mein Sohn, früher. Aber wo jetzt das Alter und die Augen zusammenkommen, denn ohne die gibt es keinen guten Wolf...»

Mehr noch als jede Prahlerei ließ seine vorgetäuschte Bescheidenheit auf größere Gaunereien schließen. Der Kleine führte ihn zu einer Stelle, wo er sich setzen konnte. Danach ging der Junge beiseite und näherte sich dem Galerilla. Auf einmal machte der Alte ein besorgtes Gesicht.

«Romancillo, mein Sohn, wo bist du?»

«Hier», brüllte ihn der Junge beinahe an.

«Bist du sicher, daß es Flößer sind?»

«Klar sind wir's; da können Sie ruhig sein», teilte ihm der Cacholo mit.

«Und was haben dann Frauen hier zu suchen?»

Paula hatte nichts gesagt und sich auch nicht bewegt. Alle staunten.

«Großvater, wieso wissen Sie, daß hier eine Frau ist?»

«Der wittert sie», mischte sich der Blindenjunge vorlaut ein.

Der Alte setzte eine überlegene zynische Miene auf.

«Verdammich, ist das ein Kerl!» sagte der Seco bewundernd.

«Ihr, die sehen könnt, genießt ein großes Glück, aber auch mit dem Rüssel hat man seine Freude... Das liegt in der Luft, und es hat mich angeweht. Ihr seht es ja: Ich sage euch jetzt, daß sie kein altes Weib ist.»

«Das merken Sie auch?»

«Alte Weiber riechen schärfer; ähnlich wie ein Ziegenbock. Junge Mädchen riechen mehr nach Kuh.»

«He!» fragte der Dámaso spöttisch. «Und ist sie blond oder dunkelhaarig?»

Der Alte machte ein vergnügtes Gesicht und schnupperte gründlich mit hochgereckter Nase.

«Also, gleich sag' ich's dir, mein Sohn, gleich... Wo sie nicht schwitzt, ist das nicht leicht; aber ich meine, ich meine... Ist sie weit weg?»

«Ungefähr zehn Schritt.»

«Also, dunkelhaarig, würde ich sagen.»

Erstaunte Rufe waren zu hören.

«Also, wenn sie schwitzen würde, verdammich, dann würden Sie sogar die amtliche Personenbeschreibung aus ihr rausholen.»

Der Mann sprach jetzt in lehrhaftem Ton. Shannon genoß diese dem klassischen Schelmenmilieu entstammende Szene.

«Was dir nicht der Schweiß einer Frau verrät, darauf kommt es auch nicht an. Was den Mann interessiert, erfährt man, wenn man sie beriecht. Und auch so noch, wenn sie bloß ein bißchen näher kommt, könnte ich euch vieles erzählen.»

«Los, Paula!» bat der Cacholo neugierig.

«Nein!» antwortete sie scharf.

Der Alte riß erstaunt den Mund auf.

«Eine tolle Frau! Wie die redet!»

«Na schön, Sie alter Geschichtenerzähler», unterbrach ihn der Cacholo, «glauben Sie ja nicht, daß wir Ihnen das abnehmen.»

«Deine Sache, wenn die Ohren dir zu nichts nützen. Mir erzählen sie auch viel», er wurde nachdenklich und sagte begierig: «Wenn das Mädchen ein bißchen dichter zu mir käme, wüßte ich's gleich, gleich!»

«Ohne sie anzufassen?» Der Dámaso lachte.

«Das ist so sicher wie das Amen in der Kirche», schwor der Blinde.

«Mach schon, Paula, geh zu ihm», sagte der Seco belustigt.

«Nein!»

«Laßt sie in Frieden», griff der Correa ein.

«Was kann man da machen!» gab es der Blinde auf. «Es ist ja klar, daß junge Mädchen nicht zu den Alten kommen wollen.»

«He! Du bist ein toller Köder, daß sie bei dir anbeißen, was?»

«Verrate mich nicht, mein Sohn.» Der Alte lachte. «Es stimmt wirklich, daß sie manchmal an die Angel gehn... Sie können sich nicht vorstellen, wieviel man mit der Nase entdeckt... Wo ich beinahe sehe! Was brauche ich da noch Augen! Die taugen doch nur dazu, jemanden zu täuschen, weil sich alle schon darin auskennen, die Augen zu täuschen! Man deckt zu, was zu sehen ist, und fertig. Aber was riecht, läßt sich nicht zudecken.»

«Sind Sie blind geboren?» fragte der Tuerto neugierig.

«Nein. Ich hab' mich mit achtzehn Jahren selber geblendet.»

«Sie haben sich geblendet?»

«Warum nicht? Es tut kaum weh. In meiner Gegend gibt es viele Trachomkranke, und manche Eltern stecken ihre Kinder damit an, um ihnen etwas Gutes zu tun: Sie kassieren ihre Rente, und los geht das schöne Leben, ohne daß man einen Finger rührt. Ich hatte auch schon lange Zeit daran gedacht, und schließlich hab' ich mich entschieden.»

«Warum?»

«Es stank mich an, daß ich zur ‹Fahne› sollte... Was weiß ich. So bin ich draufgekommen.»

«Und dadurch sind Sie untauglich geworden?»

«Ich und untauglich? Wofür?» wies er das sofort zurück. «Für die Arbeit? Vorher war ich Tagelöhner und schuftete mir den Rücken krumm, weil ich von früh bis spät die Erde umgrub. Danach hab' ich gelernt, die Hirtenflöte zu spielen und meinen Vers mit kläglicher Stimme aufzusagen; und nun kannst du mir erzählen, was besser ist. Für das übrige bin ich vollständig tauglich.»

«Aber, verdammich!» Der Seco ließ nicht locker. «Und wieso wissen Sie, daß die Blonden so riechen und die Dunkelhaarigen so?... Weil ich nämlich merke, daß sie riechen, bloß genauso.»

«He! Dir gefallen sie alle.»

«Und was glaubst du, Sohn? Daß ich keine gehabt habe, seitdem ich nichts mehr sehe? Womöglich mehr als viele andere! Blind zu sein ist ein großer Vorteil in dieser Welt!»

«Warum?»

«Erzählen Sie's nicht dem hier, Großvater», erklärte der Cacholo, «der ist imstande, sich die Augen auszureißen.»

«Warum soll das nicht so sein? Dadurch haben sie mehr Vertrauen... Du kommst in ein Haus, der Ehemann ist nicht da, aber sie ahnen nichts Böses, weil ein armer Kerl ohne Augen keinen Schaden anrichten kann. Wenn du sie in einem günstigen Moment erwischst? Na, dann ist ihnen ein unglücklicher Blinder lieber; so wird er die Frau nicht erkennen, wenn sie ihm auf der Straße begegnet... Das ist, als wüßte niemand davon; beinahe, als wäre nichts passiert. Und außerdem», schloß er lachend, «vollbringt man damit sogar eine barmherzige Tat.»

Die Flößer brachen in Gelächter aus.

«Was ich meine», erzählte der Alte weiter, «daß man so besser dran ist... Den Leuten jammere ich vor, was für ein Elend das ist, aber euch nicht, wo ihr zur gleichen Sorte wie ich gehört. Mir ist zum Ausgleich für die Augen mancher gute Bissen zugefallen!»

«Aber Sie müssen mit viel mehr Gefahren fertig werden: Sie können hinstürzen, stolpern...», sagte der Cacholo.

«Gibt es keine Gefahren, wenn man Augen hat? Da habt ihr die Geschichte an der Talsperre da oben, wo ich vor ein paar Tagen durchgekommen bin.»

«Ist etwas passiert?» fragte der Americano beklommen.

«Einen Arbeiter hat ein Steinblock begraben, als er bei der Arbeit war. Sie hatten ihn noch nicht hervorholen können.»

Die drei Flößer, die in Entrepeñas zusammen mit dem Americano zu dem kleinen Floßkanal hinabgestiegen waren, sahen einander an. Cuatrodedos erkundigte sich gespannt: «Hieß er Marcos?»

«Ich weiß nicht, wie er hieß. Ganz egal, die Augen haben ihm wenig genützt.»

Es trat ein Schweigen ein, das der Dámaso unterbrach:

«Ich hole die Bota, die hat schon viel zu lange Ruhe gehabt.»

Und unter diesem Vorwand ging er zum Gepäck, suchte kurz und kam mit Paulas kleinem Schultertuch zurück, das sie nicht mehr benutzte, seitdem es warm geworden war.

«He! Mal sehn, Großvater, riechen Sie an dem hier.»

«Nein! Ich will nicht!» protestierte Paula abermals und versuchte erfolglos, ihr Tuch zurückzubekommen.

«Dámaso!» brüllte Antonio und lief zu ihm.

Der Americano richtete sich auf und war ebenfalls beunruhigt.

«Ach verdammich!» griff der Seco ein. «Was hast du hier zu befehlen? Wir machen Spaß!»

Antonio wagte es nicht, sich zu verraten, und gehorchte einem Blick Paulas.

«Hab keine Angst, meine Tochter», sagte der Blinde, «ich kann mich benehmen... Hm...» Er beschnüffelte das Kleidungsstück. Und er ließ ein erneutes «Hm...» hören, wobei er sich das ganze Gesicht mit dem Tuch bedeckte.

Kurze Zeit schwieg er. Schließlich begnügte er sich mit dem Ausruf:

«Ach! Wenn man der junge Mann sein könnte, wenn!»

Mit einem Sprung war Paula bei ihm und entriß ihm das kleine Tuch. Sie war wütend.

«Sie Lästermaul! Wenn ich keine Rücksicht nehmen würde...!»

«Wer, wer?» fragte der Seco aufgebracht. «Verdammich! Auf der Stelle beriechen Sie uns alle, einen nach dem andern!»

«Gib dir keine Mühe, Seco», mischte sich Shannon ein und versuchte, das Ganze ins Lächerliche zu ziehen. «Es macht ihm bestimmt keinen Spaß, Männer zu beriechen.»

«Ganz bestimmt nicht.» Der Alte lachte.

«Ach was!» Der Cacholo sprang auf. «Merkt ihr nicht, daß sich dieser Kerl über uns lustig macht? Mal sehn, ob er aus dem Geruch wirklich soviel erfahren kann!»

«Natürlich nicht», erklärte der Blinde in gespieltem Ernst, um sich Probleme zu ersparen, «aber irgend etwas muß man doch zum Lachen haben. Und wenn das Mädchen sich über den Spaß geärgert hat, bitte ich sie um Verzeihung. Als Entschädigung dafür und für den Wein, den ich trinken werde (und der riecht wirklich gut), will ich ein bißchen Musik für Sie machen.»

«Ja, ja!» stimmte der Cacholo freudig zu.

Der Blinde warf die Bota in die Luft und demonstrierte, daß er wenigstens für das Trinken tatsächlich nicht untauglich war. Er schnalzte mit der Zunge, fuhr sich mit der Hand über den Mund, holte die Dolzflöte aus dem Quersack, befestigte das Mundstück, und plötzlich ließ er wie ein klangvoller Quell die lebhaften Noten einer kastilischen *Jota* hervorsprudeln. Cacholo begleitete ihn bald als Tamburinspieler, indem er mit den Fingern auf den leeren Topf trommelte, und sofort zog fröhliche Stimmung ein.

Der Americano stand auf und ging zu dem kleinen Dorf. Ihm gefiel der Blinde nicht; der vibrierende Klang der Flöte war ihm unangenehm; das von Musik und Wein bewirkte Gelächter nahm ihm die Luft; die Heftigkeit des Seco machte ihm Sorgen, und ihm war klar, daß die Erregung, mit der dieser wissen wollte, wer Paulas Freund war, unbefriedigt blieb. Schließlich beunruhigte ihn alles, was ihn umgab: der stille Fluß, die Untätigkeit des Trupps und die sich hieraus ergebende Lässigkeit, das nichtige Geschwätz, die wehmütige Erinnerung an den Schatten in der Sonnenhitze, die Anwesenheit Paulas... Kurz gesagt: Er fühlte sich von der steigenden Flut des Sommers bedrängt, die in den Adern pulsierte und die Begierden anschwellen ließ. Das kam wie erwartet, denn drei Tage zuvor hatten sie den einundzwanzigsten Juni, den offiziellen Sommeranfang, hinter sich gebracht. Doch dies war das Gegenteil des Friedens, den ihm Bruder Justino versprochen hatte.

Sollte jenen Kolonnenführer mit der Lederjacke wirklich ein Steinblock zerquetscht haben? Das war nicht unmöglich. Schließlich war an jenem Tag in Entrepeñas nichts Unmögliches, nichts wahrhaft Unmögliches vorgefallen. Und dennoch war das alles so sonderbar! Wie mühelos jener Mann das eingerostete Schleusentor hochzog, wie gründlich das Wasser die Steinbrocken wegspülte, wie schnell er lief, ohne sich anzustrengen, wie einfach er den Frieden durchsetzte... Nichts war unmöglich; und dennoch war jene ätherische Schwerelosigkeit unglaublich, die alle Dinge rings um Bruder Justino besaßen. Und obgleich nichts an jenem Tag im strengen Sinne ein Wunder gewesen war (doch hatte jener Mann nicht schon gesagt, alles sei ein Wunder?), fühlte der Americano darum im Herzen die feste Hoffnung, daß der verheißene Frieden eintreten würde. Jener Mönch mit den hellen Augen konnte kein einziges unnützes Wort aussprechen. Deshalb zog sich der Flößer aus dem Kreis der brünstigen Männer zurück, in deren Nähe sich der Frieden nicht leicht finden ließ; deshalb hatte er den kleinen Ort durch das Eingangstor betreten und befand sich nun auf dem winzigen Platz, der schweigsam im Schutz der Burg dalag.

Auf niedrigen Bastrohrsesseln, unempfindlich gegen die Sonne, saßen drei alte Frauen an der Straßenecke, und mit den schwarzen Kopftüchern, die das Gesicht einfaßten, glichen die drei einander beinahe vollständig. Die älteste spann, eine andere spulte Garn, und die letzte, die mit den vier Stahlnadeln in ihren knotigen und verkrümmten Fingern strickte, hatte eine Schere auf dem Schoß liegen.

«Wie sich die Zeiten ändern!» sagte eine. «Niemand spinnt mehr außer der hier; und beinahe keine strickt mehr.»

«Die jungen Mädchen, die geben sich mit diesen neumodischen Wirkwaren ab. Und her mit den grellen Farben und noch mehr grellen Farben!»

«Vielleicht müssen wir das auch noch lernen... Gibst du mir die Schere, Schwester?»

«Da, nimm... Aber glaub ja nicht, daß wir das lernen. Für uns bleibt nur wenig übrig. Eines schönen Tages geht es uns so wie dem Americano.»

«Der Arme! Der war noch nicht so alt wie wir. Wer hätte dem vorausgesagt, daß er so bald sterben würde?»

Der Americano, der geistesabwesend herangekommen war, wurde hellhörig, als er seinen Namen vernahm, und so konnte er, da er sich alarmiert mit allen Sinnen konzentrierte, die unglaubliche Nachricht von seinem eigenen Tod erfahren. Der Schock ließ alles, was seine Augen sahen, plötzlich äußerst unwirklich und zugleich ganz handgreiflich werden: die Straßenecke, die Sonne, die drei alten Frauen als schwarze Flecke; die eine spann, die andere spulte Garn, und die dritte hatte die Schere... Alles ließ sich anfassen, doch das war, als bestünden die Wände aus Papiertapeten und die Alten aus Wachs.

Er trat zu ihnen, weil er annahm, er hätte sich verhört:

«Von wem sprechen Sie, Señoras?»

«Vom Americano. Von einem, den sie ‹den Americano› nannten.»

«Der, der gestern gestorben ist», präzisierte die mit der Schere und sah ihn unbefangen an.

«Gestern?»

«Ja; sie haben ihn im Turm gefunden, als er schon beinahe in den letzten Zügen lag.»

«Die Teresa, die hat ihm ein bißchen Gemüse gebracht.»

«Und obwohl sie ihn zum Arzt hinuntergeschafft haben, konnten sie ihn nicht retten.»

«Er starb in Frieden wie ein Heiliger.»

«Ganz heiter, ganz ruhig! Er war wirklich ein Heiliger.»

«‹Laßt mich, laßt mich!› soll er gesagt haben. ‹Versperrt mir nicht den Weg, denn endlich gehe ich dorthin!›»

«Ein friedliches Gesicht hatte er!»

«Genau das, genau: ein friedliches Gesicht.»

«Das haben alle gesagt: ein friedliches Gesicht.»

«Noch ist er auf dem Friedhof aufgebahrt: Die vierundzwanzig Stunden sind erst heute um.»

Der Americano unterbrach die Alten und fragte sie aus, und so konnte er erfahren, daß man seinen Beinamen in Zorita für einen Eremiten benutzte. Er hätte in Amerika gelebt; daher käme dieser Name, weil er niemals seinen Familiennamen angeben wollte. Nicht einmal die Polizei hätte ihn herausbekommen, und selbst während des Krieges hätten die Milizsoldaten ihn in Ruhe gelassen, weil sie sagten, er sei verrückt. Er wäre vor zehn Jahren in den Ort gekommen, und er hätte sich in einem Turm eingerichtet, der dem Telegrafenamt gehörte. Niemand habe ihn gekannt, aber er habe nur Gutes getan. Er betete viel, wie es hieß. Er habe lediglich gegessen, was er erbettelte, wenn er nach unten gekommen sei – «Ach, ein ganz kleines bißchen!» –, und wenn man ihm mehr gegeben hätte, so habe er es den Ärmsten im Dorf gebracht. Am Anfang hätten ihn ein paar Leute besucht und ihm Kranke vorgestellt, und sie hätten Wunder von ihm erbeten, doch er sei zornig geworden und habe gesagt, er sei nichts weiter als ein Sünder. Bis man sich schließlich damit abgefunden habe, ihn in Ruhe zu lassen, und sich daran gewöhnte, ihn im Dorf zu sehen, wenn er zum Betteln gekommen sei.

«In welchem Teil Amerikas ist er gewesen?» fragte der Flößer.

«Das weiß man nicht. Nie hat er etwas von sich erzählt. Wir wußten nicht einmal, wer er war.»

«Es heißt, sie haben an seinem Körper einen geschlossenen Briefumschlag gefunden, und der Bürgermeister soll ihn genommen haben, um ihn an die angegebene Adresse zu schicken.»

«Kümmern Sie sich nicht darum, Señor. Die Leute haben solche Einfälle. Uns hat er oft besucht, und er hat immer gesagt, er wolle keine Erinnerung hinterlassen, er sei eine wandelnde Leiche, und sein einziger Wunsch sei es, endlich in Frieden zu sterben. ‹Dieses Leben ist ein langsames Sterben›, hat er ständig wiederholt. Und wie recht er hatte! Jetzt wird er bei Gott im Himmel sein.»

Der Americano erkundigte sich nach dem Weg zum Friedhof und lief weiter, während er zum letztenmal das scharfe «Ratsch!» der Schere hörte. Er gelangte zu dem kleinen eingefriedeten Gelände. Es sah wie ein Hof aus, dessen Mauern aus Luftziegeln bestanden, die schon ihren Kalkanstrich verloren hatten. Er stieß die beinahe aus den Angeln gefallene Tür auf. Die winzige Kapelle befand sich im Hintergrund. Rechts stand die Tür zu einem kleinen Raum offen, der als Leichenhalle diente, und ihm gegenüber befand sich noch ein zweiter für die Werkzeuge und Seile. Dort, auf einem Tisch aus Mauerwerk, in einem weißen Kiefernsarg, lag der Tote.

Es herrschte ein verschwiegenes Halbdunkel, wie es dies im Sommer gibt und wozu ein Bodensatz goldenen Lichts und außerordentliche Stille gehören. Es roch nach schattigem Stein, Erde und abgeschlossenem Raum, ohne den geringsten Verwesungshauch. Dort ruhte unversehrt der Körper, mit einer wunderbaren Gleichgültigkeit gegen alles ringsum, in eine Aura der Ferne gehüllt. Den Americano überraschte es, daß der Tote wie jeder Landbewohner mit einer Hose und einer schwarzen Cordsamtjacke bekleidet war, die ihm wahrscheinlich jemand geschenkt hatte. Der einzige Unterschied bestand darin, daß er anstelle eines Hemdes ein braunes Leintuch auf der Brust hatte, und darüber hing ihm am Hals ein kleines Kreuz, das aus zwei zusammengebundenen Zweiglein bestand. Er war ein großer und früher gewiß korpulenter Mann gewesen; die Wangen waren jedoch eingefallen, und die Hände bestanden aus Sehnen und Knochen. Die Fingernägel nahmen allmählich eine schwarzblaue Farbe an, doch sie zeigten keinen Schmutz; friedlich waren die Finger verschränkt.

Der Americano betrachtete das Gesicht des Toten, das von den weißen Haaren und dem dichten Bart eingerahmt war. Die Haarsträhnen hingen ihm wirr ins Gesicht, waren aber makellos sauber. Und obwohl in den knochigen Zügen langsam die Kanten der Augenbrauenbögen und der Wangenbeine schärfer hervortraten, war in ihnen keinerlei Spannung und auch nicht jene Anstrengung zu spüren, die mitunter den Leichen anzusehen ist, wenn es Mühe gekostet hat, ihnen Augen und Mund zu schließen. Alles wirkte natürlich wie bei einem ruhigen Schlaf. Vor allem die Lippen zeigten, daß sie sich sanft nach einigen letzten, friedlichen und tröstenden Seufzern geschlossen hatten.

Der Americano hatte ihn niemals gesehen. Vergebens durchforschte er dieses Gesicht, denn er wußte zwar nicht warum, doch er hatte gehofft, ihn wiederzuerkennen. Deshalb war er auf den Friedhof gegangen, und trotzdem, so eifrig er auch Menschen und amerikanische Streifzüge heraufbeschwor, der Tote ließ sich nicht in seine Erinnerungen einordnen. Wieder und wieder betrachtete er dieses Gesicht, während er sich – allein in der stillen Zelle – in Frieden fühlte und selber jene Weltentrücktheit genoß, die von dem Leichnam ausging. Kein Problem drang durch diese Mauern; nichts von dem, was man «Probleme» nennt.

Nachdem der Americano den anderen lange Zeit angestarrt hatte, beschlich ihn ein Gefühl, als entdecke er bei ihm irgend etwas vage Bekanntes. Ja, irgendwo hatte er dieses Gesicht schon früher erblickt. Man mußte ihn sich natürlich zehn Jahre jünger vorstellen, oder vielleicht noch mehr... Wie alt mochte wohl jener Mann sein? Das herauszubekommen war schwierig: Dieses Gesicht hatte noch vor dem Tod außerhalb der Zeit gestanden. Er konnte fünfzig Jahre alt sein: Er konnte zwanzig Jahre älter sein. Trotz alledem, je länger er grübelte, die Ähnlichkeit – mit wem das auch immer war – trat deutlicher hervor. Die mühevolle Erinnerungsarbeit ließ schon Schweiß auf den Schläfen des Americano hervortreten. Jener Mann, zehn oder fünfzehn Jahre früher...! Wie hätte er ausgesehen...? Wenn er nicht diesen Bart und auch kein so langes Haupthaar hätte...

Lieber Gott, das war unmöglich! Angesichts dieses Mysteriums empfand er einen unbestimmten Schrecken und zugleich eine tiefe Ruhe. Denn jener Mann glich genau dem, wozu er selbst geworden war, der Francisco, der Flößer, den sie «den Americano» nannten. Es gab keinen Zweifel: Je länger er jenes schlafende Gesicht betrachtete, je eindringlicher er die das Gesicht einfassenden Haare anstarrte, um sich ohne sie das Kinn, die Lippen und den Gesichtsrand vorzustellen, desto deutlicher erkannte er sich selbst, wie er damals gewesen war. Mehrere Jahre hatte er ein Foto aus jener Zeit aufgehoben, und es blieb kein Zweifel.

Das war unglaublich, aber war er etwa nicht im tiefsten Grunde – dachte der Americano – hergekommen, um etwas Derartiges zu suchen, das Schwierige und Sonderbare?

Warum hatte er es nicht gleich bemerkt, im ersten Augenblick? Wo er das selber war! Der von der Anstrengung hervorgerufene Schweiß bedeckte ihm die Stirn, während er sich bemühte, angesichts dieser drohenden Verwechslung zwischen ihm selbst und dem Toten die Fassung zu bewahren. Auf einmal hatte er einen Einfall. Es kostete ihn große Überwindung, aber er mußte es tun. Es war die einzige Möglichkeit, um sich von den Zweifeln zu befreien, um nicht verrückt zu werden.

Er bat innerlich um Verzeihung und streckte die Hand zu dem Gesicht aus. Er wollte die Oberlippe an einer Seite hochschieben. Sie war schon etwas erstarrt; sie widersetzte sich und glitt ihm aus den Fingern. Beinahe wütend wiederholte er den Versuch, und nun zog er so kräftig an ihr, daß es ausreichte, um das Gebiß zu entblößen. Nein, eine Verwechslung war unmöglich. Kein Goldzahn war an der Stelle zu entdecken, wo man ihn sehen müßte.

Er nahm die Hand weg. Die Lippe, die den Mund zu einer schrecklichen Grimasse entstellt hatte, als er sie hochgehoben hatte, glitt in ihre alte Lage zurück und verlieh dem Gesicht wieder einen friedlichen Ausdruck. Und sogleich bemerkte der Americano, daß sich die vermeintliche Ähnlichkeit verflüchtigt hatte. Dieses Gesicht glich dem seinen nicht mehr als das anderer Männer, die eine weitgehend ähnliche Gestalt und ein entsprechendes Alter hatten. Dieses Gesicht war ganz einfach das eines Mannes, der viel erlebt und am Ende die Lösung gefunden hatte. Er hatte sich von allem abgewandt, weil nichts Bedeutung besitzt, und er war in Frieden gestorben. Nun entdeckte er sogar, daß sich unter dem Bart eine Narbe abzeichnete. Ja, sie stammte aus der Zeit, als dieser Mann am Krieg teilgenommen hatte. Nichts anderes war die Leiche, und was er gedacht hatte – oder was er einige Augenblicke lang beinahe nicht zu denken gewagt hatte –, war unmöglich. Dies ließ sich als eine Illusion erklären, und hervorgerufen hatten sie die Hitze, die ungewöhnlichen Ruinen von Zorita und der Eindruck, den das Gespräch der alten Frauen gemacht hatte. Aber ... Sie waren drei: Die eine spann, die andere spulte Garn, und die dritte zerschnitt den Faden ... Warum konnte es nicht so sein, daß endlich sein anderes Ich ganz gestorben wäre, der ruhelose Americano der früheren Jahre? Vielleicht hatte er ihn gerade jetzt ein für allemal begraben, genauso einfach, wie Bruder Justino die Felsblöcke lenkte oder beinahe in der Luft lief.

Er kniete nieder und betete andächtig für den Unbekannten, der – und dessen war er sich wirklich sicher – einige Augenblicke lang jene Lebensmaske getragen hatte, die der Americano bei den Flößern benutzte. Als er aufstand, kam ein alter Mann mit einer Schaufel und einer Hacke herein. Er war erstaunt, da er den Flößer erblickte, und dieser erklärte: «Ich habe gehört, daß er gestorben ist, und ich bin gekommen, um ihn anzusehen. Ein Bruder von mir ist vor acht Jahren verschwunden, wissen Sie? Und ich wollte mich überzeugen, ob es womöglich er ist.»

«Der hier hat mindestens zehn Jahre in seinem Turm zugebracht.»

«Dann kann es nicht sein... Hören Sie», fragte er noch einmal nachdrücklich, «aber glauben Sie nicht, daß er mir ein bißchen ähnlich ist?»

Der Alte blickte mehrmals vom Gesicht des Toten zu dem des Lebenden.

«Das würde ich nicht sagen... Mann, wenn's um die Ähnlichkeit geht, dann ähneln wir uns alle ein bißchen. Und kann sein, als Tote noch mehr... Aber das würde ich nicht sagen.»

«Nein, wenn er hier zehn Jahre zugebracht hat, kann es nicht sein. Schließlich, wer's auch immer ist, er ruhe in Frieden.»

«Das ist sicher... Sehn Sie das nicht ganz deutlich? Und wie er jetzt daliegt, genau wie er war, nur Haut und Knochen!»

Der Totengräber wartete auf seinen Sohn, der ihm helfen sollte. Aber dieser steckte wohl noch bei seinem Jungen, der zur Kommunion gegangen war. Der Americano bot sich an, und mit vereinten Kräften erledigten sie die Arbeit, wie der Alte sagte. Schließlich ließen sie ein weiteres Häufchen Erde zurück, inmitten der anderen, die sich auf dem kleinen Friedhof erhoben.

«Der Herr Bürgermeister konnte sich nicht entschließen, weil er ja nicht wußte, ob dieser Mann überhaupt getauft war, aber der Herr Pfarrer hat gesagt, man sollte ihn hier begraben, denn als guter Christ hätte er unter den Leuten im Dorf gelebt.»

Der Totengräber hatte ihm den Turm gezeigt, wo der Verstorbene gehaust hatte. Er war keine Wegstunde entfernt, und der Americano lief schnell. Der Nachmittag war schon zur Hälfte vergangen, noch aber leuchtete die Sonne kräftig über den Kermeseichenwäldern und den gelben Feldern, auf denen die Gerste goldener zwischen dem Weizen hervorglänzte, und sie beschien auch die schmale grünliche Linie des Flusses und seiner Auenwäldchen, die sich inmitten der Hügel entlangwand, bis sie den Blicken entschwand.

Der Americano bewegte sich im Zickzack einen nicht allzu steilen Abhang hinauf, und als er den Turm erreichte, jagte er einige kleine Vögel in die Flucht, die aufgeregt vor der Tür umhersprangen.

Es war ein viereckiges, nicht sehr altes Bauwerk, das jedoch schon die ersten Spuren des Verfalls zeigte. Es hatte aus einem Erdgeschoß und einem oberen Stockwerk bestanden, das vor einiger Zeit eingestürzt war. Das Dach hingegen hatte sein Balkenwerk und seine Ziegel ziemlich gut erhalten, abgesehen von einem großen Loch in einer Ecke.

An diesem Ort blieb kaum ein Zeichen zurück, daß hier ein Mensch gelebt hatte. Zusammen mit dem Sterbenden hatte man wohl seine persönlichen Gegenstände hinunter ins Dorf gebracht. Daß hier die Hand eines Menschen eingegriffen hatte, zeigte sich jedoch daran, daß es eine Mauernische und auch eine Rauchspur gab, die sich in einem Winkel bis nach oben hinaufzog und schließlich durch das Loch im Dach entwich. Etwas anderes fand der Americano nicht, obwohl er danach suchte. Was für ein armseliger Hausrat das gewesen sein mochte! Zweifellos hatte der Mann auf der Erde geschlafen und dazu höchstens eine Decke gehabt.

Auf einmal sah er etwas. Zwischen zwei Mauersteinen, in einer Höhe, die wohl eine Entdeckung durch diejenigen verhindert hatte, die nicht so groß wie er oder der Tote waren. In der Ecke, die der Feuerstelle gegenüberlag, wo ein mit Kohle gemaltes Kreuz auf das Kopfende einer Lagerstatt hinzudeuten schien. Dort befand sich die Medaille. Nein, es war eine Münze, wie er feststellte, als er sie nahm. Es war – das Herz klopfte ihm schneller – ein mexikanischer Centavo. Lange betrachtete er die Vorderseite sowie Adler und Kaktus auf der Rückseite.

Seine Schritte führten ihn zur Tür, während er in tiefes Nachdenken versunken war. Die unbeirrbaren Vögel, die wieder herangekommen waren, zogen sich vorsichtig in angemessene Entfernung zurück, als sie einen Unbekannten sahen. Aber sie flogen nicht fort. Und mit ihrem Piepsen machten sie den Mann auf sich aufmerksam.

Natürlich warteten sie auf etwas! Der Americano setzte sich auf den Absatz an der Tür. Er hatte ein Stück Brot dabei, und ruhig begann er, es zu zerkrümeln und die Brosamen auf die Erde zu streuen. Unter wahnsinnigem Gekreisch, das beinahe kindlich klang, stürzten sich die Vögel auf das Festmahl. Mit kleinen Sprüngen, die eine gute Geländekenntnis verrieten, näherten sie sich der Tür, packten eine Krume mit dem Schnabel und trugen sie schnell fort, da sie dem Unbekannten noch mißtrauten. Sie kamen wieder, holten sich eine andere und entfernten sich, obgleich sie ihren Argwohn immer mehr überwanden. Bis einer sitzen blieb und sie an Ort und Stelle verspeiste, zwei Schritt vom Americano entfernt. Es war ein kleiner hinkender Spatz. Das eine Bein fehlte ihm vollständig, und das Hüpfen fiel ihm schwer. Er ruhte aus, indem er sich auf den Unterleib setzte, und manchmal mußte er das Gleichgewicht auf dem Boden mit einem Flügelschlag aufrechterhalten... Doch er war der erste, der sich näherte, vielleicht, weil ihn das Losfliegen größere Mühe kostete. Erst danach kamen – hüpfend, pickend, piepsend – die übrigen...

Inzwischen drehte sich rasend schnell der Planet und wanderte zusammen mit der Sonne durch den Raum. Auf seiner Oberfläche vervielfachten sich die ehrgeizigen Bestrebungen, die Triumphzüge, Morde, Erfindungen, Torturen, Epidemien und Jubelschreie. Dort aber, beim Turm, ging die Sonne so gemächlich unter, daß sie unbeweglich schien; die Vögel zwitscherten, das Brot fiel wie ein wohltuender Regen langsam aus den knochigen Händen. «Wenn Gott die Vögel unter dem Himmel nährt...» Gott öffnete und schloß die Hände, die ihm gehörten, er fuhr mit den Fingern über das Brot und ließ die Brosamen fallen. Und alles war so einfach, daß das ganze Leben sich als leicht erwies; alles war so vergänglich, daß es ewig erschien. Der Mann atmete Frieden.

Auch in der Ferne, über Burg und Dorf, senkte sich der Abend herab. Ein sanftes goldenes Licht blieb an den zerfallenen Zinnen zurück, doch die kleine Siedlung lag schon im Schatten. Und der Blinde lief gerade über den Platz – weil er zum Lager der Flößer wollte, wo er zum Abendessen eingeladen war und dafür musizieren sollte –, als ihn ein Mann anhielt und ihn unter dem Eingangstor des Ortes ansprach, direkt am Rathaus. Dort ließ er ihn längere Zeit nicht los.

Hierauf lief der Blinde nachdenklich weiter. Er mußte den Auftrag gut erledigen, und das würde nicht leicht sein. Dieses Mädchen war argwöhnisch und wild. Zum Glück war er am Morgen nicht so weit gegangen, alles zu sagen, was der Geruch des kleinen Tuchs verriet... Trotzdem würde es überhaupt nicht einfach sein, mit ihr ins Gespräch zu kommen und ihr die Bestellung jenes Mannes auszurichten. Wie hatte der wohl erfahren, daß er bei den Flößern gewesen war?

«Hör zu, Romancillo, mein Sohn», sagte der Blinde. «Was war das für ein Mann, der mit mir geredet hat? War der aus der Hauptstadt?»

«Nein, Großvater; der sah aus wie vom Dorf, aber er muß ein hohes Tier sein.»

«Hat er eine Krawatte getragen? Eine Kette? Ringe?»

«Eine Krawatte nicht, dafür aber eine Kette. Und einen dicken Ring am kleinen Finger.»

Wie hatte er es herausbekommen? Ach ja, wegen der Flöte! Er war wohl ums Lager herumgestrichen und hatte ihn gehört; und dann, als er ihn gesehen hatte, hatte er es sich selbstverständlich zusammengereimt... Der interessierte sich sehr für das Mädchen; aber das war ein merkwürdiges Interesse... Keine Leidenschaft des Herzens.

«War er jung?»

«So mittel. Nicht jung und nicht alt.»

Ein reifer Mann. Und dennoch war es im Grunde keine Leidenschaft des Herzens. Nein, das war es nicht. Der Blinde kannte die Stimme der wahnsinnig Verliebten ganz genau! Aber dem kam es ungeheuer darauf an, daß sie ihn treffen sollte, ungeheuer kam es dem darauf an. Fünfzig Pesetas für eine Bestellung, das will schon etwas heißen. Nun mußte er sich überlegen, wie er ihr die Bestellung ausrichtete. Ach was, für ihn gab es keine Probleme!... Verdammich, wie schlimm er mit dem Fuß umgeknickt war und wie übel er sich an einer Steinkante gestoßen hatte!

«Verfluchter Kerl! Wo entlang führst du mich?»

«Das ist ganz egal! Spitze Steine gibt's viele.»

«Na, dann paß auf, wo wir laufen... Ach, ich rieche schon den Rauch der Ziegelei! Und den Wind, der vom Fluß kommt, wenn's Abend wird.»

«Wir sind schon nahe.»

«Gib genau acht, wo du mich hinbringst. Du weißt ja, was ich dir gesagt habe: Ich muß sehen, wie ich mit dem Mädchen reden kann.»

«Jetzt ist sie am Brunnen, Großvater!»

«Allein?»

«Ja!»

«Na, dann führ mich schnell hin, verfluchter Kerl.»

Mühsam folgte der Alte dem rennenden Jungen, bis er den Wasserstrahl hörte, der in die Öffnung eines Krugs lief und diesen schon halb gefüllt hatte. Er verlangsamte den Schritt, um sich nicht anmerken zu lassen, daß er es eilig hatte. Er begrüßte das Mädchen, und freundlich erwiderte sie den Gruß. Der Alte sagte mit seiner angenehmsten Stimme:

«Verzeih mir den Spaß von heut morgen, Mädchen. Aber von mir hat niemand etwas erfahren.»

«Was soll man denn erfahren?» fragte Paula schroff und verbarg ihre Angst. Und der Blinde merkte das.

«Das wirst du wissen, ob du's sagen willst und wann, denn jeder bestimmt schließlich über seine Person... Aber was ich nicht möchte: eine gute Tat mit etwas Bösem zu vergelten.»

«Es ist ja nichts passiert», sagte Paula.

Das Quellwasser plätscherte jetzt oben an der Krugöffnung. Der Blinde stieß den jungen Begleiter an, damit er sich entfernte.

«Und es müßte auch nichts passieren», erklärte er in überzeugendem Ton, «wenn du nämlich wolltest, dann würde er es in Ordnung bringen, das weiß ich.»

«Wer – er?»

«Der Mann, der nach dir sucht.»

Das Wasser strömte über den Rand. Er hörte, daß Paula den Krug hochnahm. Und beinahe konnte er auch hören, wie sie angestrengt grübelte, um eine Möglichkeit zu finden, sich gegen diese Andeutungen, was sie sagen müsse, zu verteidigen.

«Niemand sucht nach mir.»

«Na, von Sotondo ist er hergekommen.»

Der Krug schlug laut auf den Stein, als sie ihn absetzte. Hätte sie das noch ein bißchen kräftiger gemacht, so wäre er zerbrochen.

«Wozu sind Sie hergekommen? Was sind das für schlimme Neuigkeiten? Welches Gift haben Sie mitgebracht?»

Der Blinde richtete sich auf:

«Werd nicht wild, Mädchen, ich bin nicht wegen irgendwas gekommen, und sobald ich alles gesagt habe, geb' ich keinen Mucks mehr von mir. Warum sollte ich dir schaden wollen, einer feurigen Blume wie dir? Aber – sind wir allein? Also werd' ich klar und deutlich reden, und du machst dann, was du für richtig hältst.»

«Genau das. Reden Sie klar und deutlich, und werden Sie bald fertig.»

«Ich sag' dir bloß eins: Als ich im Dorf um Almosen gebettelt habe, hat mich ein Mann angehalten, um mit mir zu reden. Er heißt Benigno.»

«Dieser Mistkerl!»

«Das ist nicht meine Sache. Er wußte, daß ich heut morgen mit euch zusammen war, und er hat mich gefragt, ob ich wieder zu euch gehe. Ich hab' ihm gesagt, daß ich ein Abendessen als gutes Almosen bekommen würde. Er hat mich gefragt, ob du bei ihnen wärest, und als ich ihm mit Ja geantwortet habe, hat er mir eine Bestellung aufgetragen.»

«Ich will keine Bestellungen von diesem Menschen.»

«Und was hast du davon, wenn du's nicht erfährst? Wenn du dich nicht darum kümmern willst, hast du immer noch genug Zeit. Und wenn er was Böses gegen dich vorhat, dann ist es um so besser, je mehr du von ihm weißt... Er bittet dich nur, daß du ihn triffst.»

«Daß er mich noch mal in die Falle lockt?»

«Das mußt du wissen. Ich hab' es schon ausgerichtet. Er sagt, er kann dich bei Gericht anzeigen...»

«Soll er's machen.»

«Dich... und deinen Freund.»

Das Mädchen schwieg, und der Blinde erkannte, daß dies ihre verwundbare Stelle war. Wenn der Benigno es schlau anstellte, mußte er dort zum Angriff ansetzen. Wenn er ihm das verriete, wäre das bestimmt weitere fünfzig Pesetas wert. Oder hundert.

«Und was will er anzeigen?»

«Das werdet ihr wissen. Ich bin ein armer Botengänger. Aber irgendwas wird's schon geben.»

«Gegen uns liegt nichts vor.»

«Na, wenn nicht, dann wird er etwas erzählen, ob's stimmt oder nicht. Und wenn die Justiz erst mit ihren Ränken beginnt, solange die Ermittlungen dauern...»

Das Mädchen hielt den Mund. Es mag unglaublich klingen, daß man ein verzweifeltes und stilles Händereiben hören kann, doch der Blinde hörte es. Und etwas mehr.

«Vorsicht, es kommt wer.» – «Das hab' ich schon gemerkt.»

Er hörte, daß sie den Krug hochnahm und ihn nirgends absetzte. Gewiß war er an ihre sanfte Hüfte gedrückt.

«Kommen Sie mit.»

Sie machten ein paar Schritte, liefen an jemandem vorbei und gelangten unter ein paar Bäume, wo abendliche Kühle herrschte.

«Also gut, und was will er?»

«Mit dir reden. Er muß dir etwas sagen.»

«Na klar, er will mich in ein andres Haus stecken, das er schon eingerichtet hat...»

«Du irrst dich. Bis Mitternacht bleibt er beim Tor an dem Platz. Du gehst vorbei. Du gehst vorbei, und wenn du willst, hältst du dort an, und wenn nicht, läufst du weiter, dann kommt er dir nach, bis zu der Stelle, wo du auf ihn wartest. Es geht nur ums Reden.»

«Aber, wo ich mit ihm nichts zu reden habe!»

«Also, er ja. Koste es, was es wolle, das sag' ich dir. Dazu ist er fest entschlossen. Er hat gesagt, wenn du nicht kommst, sucht er weiter nach dir, selbst wenn er das Lager betreten muß.»

Paula lachte sarkastisch, zum erstenmal selbstsicher.

«Nie im Leben! Das getraut er sich nicht!»

«Allein vielleicht nicht», gab der Blinde von sich aus zu verstehen. «Aber mit der Polizei...»

Und erneut bemerkte er die Angst. Und wenn ein so mutiges Mädchen sich ängstigt, dann konnte es überhaupt nicht um sie gehen; das mußte wegen des anderen Mannes sein. Ja, das war ihr wunder Punkt, an dem sie sich getroffen zeigte.

«Hör zu, Mädchen», sagte er am Ende, «ich habe schon meine Pflicht getan. Du weißt ja, wo er ist, und von mir soll niemand etwas erfahren. Schluß damit», er kreuzte Daumen und Zeigefinger und küßte sie, «ich hab's vergessen, das schwöre ich. Gott soll mir das Augenlicht nehmen, wenn ich mein Wort breche!» erklärte er im Spaß. «Und jetzt erlaub mir, daß ich als alter Mann dir einen Rat gebe.»

«Gute Ratschläge wird ein Mann geben, der solche Bestellungen ausrichtet», sagte sie geringschätzig.

«Sachte, sachte! Und keine Beleidigungen. Ich führe nichts im Schilde, und das ist eure Angelegenheit. Und wenn ich das übernommen habe», fügte er giftig hinzu, «so war das nicht aus Eigennutz, sondern weil ich eine Familie zusammenführen wollte, wie es ein gottgefälliges Werk ist. Ja, ich hab' mir gedacht, dieser Benigno wäre der Vater.»

Wie es scheint, läßt sich nicht nur die Angst, sondern auch das Erblassen hören.

«Wollen Sie damit sagen...?»

«Unterbrich mich nicht, denn mich führst du nicht hinters Licht. Die Frauen, die Mütter gewesen sind, schwitzen anders als die jungen Mädchen... Aber mach dir keine Sorgen, Kleine», sprach er mit vorgetäuschter Güte weiter, als er spürte, wie niedergeschlagen sie war, «bei mir ist das, als wüßte niemand davon. Wenn ich mich geirrt habe, und das ist ein anderer, sollst du deshalb nichts Schlechtes von mir denken, denn meine Absicht war gut... Und jetzt, ganz zum Schluß, hör meinen Rat: Dieser Benigno hat keinen Mumm, keinen Mut, verstehst du mich? Du wirst besser mit ihm fertig, wenn du ihm offen entgegentrittst, wie du es verstehst, als wenn du vor ihm davonläufst. Also, jetzt hab' ich schon mit dir geredet, wie ich es mit meiner Tochter machen würde. Nun mußt du sehn, wie du dich entscheidest.»

Das Mädchen schwieg. Er hörte, wie sie schluckte. Und wie sie sich dann anstrengte, um mit beinahe natürlicher Stimme zu sagen:

«Na schön, sie warten auf uns.»

Sie nahm ihn am Arm und führte ihn in die Richtung, aus der das Lagerfeuer und das Essen zu riechen waren. Als sie ankamen, sagte der mit der Teufelsstimme gerade:

«Also, wenn der Chef nicht da ist, hat er Pech gehabt! Wir essen jetzt, denn es ist Zeit! He! Sogar der Musikant ist eingetroffen, zusammen mit der Königin der Flößerei!... Her mit der Bota, und das Fest soll beginnen!»

Der Americano konnte nicht bei ihnen sein, obwohl er nicht allzuweit entfernt war. In diesem Augenblick kehrte er von der Klause des Einsiedlers zurück und begann den Aufstieg zur Burg, vielleicht, weil er die Sehnsucht hatte, sich weiter in der Höhe zu fühlen, frei von dem irdischen Getriebe ringsum. Sobald er oben war, ging er unter einem Gewölbebogen durch, und plötzlich stand er auf dem Waffenplatz, der von Mauerruinen und Zinnenresten umgeben war. Dort entdeckte er Shannon, dessen Gestalt sich vom bleichen Nachthimmel abhob: Er sah zu, wie der Mond über dem Bergkamm aufging. Ein Mond, von dem wegen seiner riesigen Größe und seiner blutroten Farbe eine dramatische Wirkung ausging und der zusehends weiterwuchs, dessen ursprünglicher einfacher Bogen zu einer immer größeren runden Fläche wurde, bis er einen vollkommenen Kreis bildete, der sich ganz von der Erde gelöst hatte.

«Sie auch...», sagte der Americano gelassen.

«Was, ich auch?» fragte Shannon lächelnd, während er sich nicht übermäßig erstaunt umdrehte.

«Ich weiß nicht... Sie laufen davon, entweder lassen Sie sich herlocken, oder Sie suchen Zuflucht... Aber auch hier... Die übrigen sind unten.»

Sie schwiegen, während der Mond bleicher wurde, als er am Himmel aufstieg. Sein Licht verdichtete sich auf dem Platz zwischen den Mauern, bis es ihn inmitten der Ruinen in einen Mondsee verwandelte.

«Hier ist die Burg, schon ohne Leben...», sprach der Americano weiter, «unten sind die Männer und die Paula...»

‹Und der unermüdliche Fluß mit seinem lebendigen Wasser›, dachte Shannon. ‹Und in der Mitte das sterbende Dorf: Zorita, das so viel war und das so wenig ist.›

Die Mauerflächen erhoben sich kraftvoll in ihrer schwarzen Tiefe und im Silberglanz; das auftreffende Sternenlicht machte aus jedem glatten Stein eine kleine Mondblume.

«Hier und jetzt», sagte Shannon, «scheint es, daß es die so ungewöhn-

nicht. Man hat mich hier mit den Füßen auf die Erde gestellt, und hier bleibe ich. Ich habe nicht danach verlangt, ich bin nicht schuld, aber ich nehme die Herausforderung des Himmels an, und darin besteht die Größe des menschlichen Erdenkloßes: daß er ganz aufrecht die Verantwortung für das Leben auf sich nimmt, das man mir aufgeladen hat, ohne daß ich danach verlangt habe. Genau das ist die Würde: daß man die Bürde des Lebens ohne Schicksalsergebenheit, doch auch ohne Verzweiflung annimmt... Das habt ihr mich gelehrt. Du und deine Männer. Ihr, die ihr immer mit den Füßen fest auf eurem Platz steht... Ich weiß schon, daß sie sich nicht damit abfinden und protestieren, aber das gehört zu ihrer Rolle. Wie auch dazu gehört, daß ihre Freuden so armselig und schrill wie die Flöte sind, die gerade erklingt. Getreulich erfüllen sie ihr Geschick, und sie wissen es nicht, weil sie als bewundernswerte und kenntnislose Teilchen dieses großen, von uns gebildeten Universums die ursprüngliche Unschuld bewahren... Zu sein, was man ist: ein Mensch. Welche Würde ist das!... Von ihr erhoffe ich den Frieden.»

Als Shannon geendet hatte, trat Schweigen ein.

«Ich habe auch meine Hoffnung», murmelte endlich der Americano.

«O nein, nein!» protestierte Shannon heftig. «Du hast die Gewißheit, du hast schon den Frieden, während ich noch leide. Das ist keine hohle Phrase, nein; recht oft tut mir das Herz wirklich weh. Aber das ist meine Rolle, das fühle ich in meinem Inneren. Laß mir die schwache, ungewisse, zerbrechliche und stärkende Hoffnung. Meiner Hoffnung habe ich es zu verdanken, daß ich mich jetzt fest auf den Füßen halte. Wie sie.»

Er zeigte erneut in die Tiefe, wo die große Schlange des Flusses bereits ganz aus Silber war und wo das Licht die Luft verzauberte und mit seinen verstreuten Schlaglichtern die Landschaft erfüllte: die Ecke der Töpferwerkstatt, eine Hälfte der Bäume, den verstümmelten Brückenpfeiler. ‹Alles ist von diamantener Klarheit und Deutlichkeit›, dachte Shannon. Die Nebel jener Nacht, in der er die Schwelle der Berge überschritten hatte, waren verflogen.

In diesem Augenblick wurden die schwarzen Gestalten, die sich so eifrig am Dorfeingang hin und her bewegten, plötzlich rot, und im klaren Licht stieg die ungestüme Flamme eines Freudenfeuers zum Himmel auf.

«Die Johannisnacht», erinnerte sich der Americano.

Tatsächlich war es die Verkündigung des lebensprühenden Sommers, die Zaubernacht, da der Sommer seine Fesseln sprengt und die Macht erhält, sich auszubreiten, um die Erde in Brand zu stecken.

‹Des Feuers würdig sein›, sagte sich Shannon, ‹das ist die Frage.›

Von einer Mauerzinne aus erblickte er nun auf dem schimmernden Steinfeld des Flußufers eine gedankenverlorene Frauengestalt. Die Freude wollte ihm die Brust sprengen, sie raubte ihm die Sprache. Wenn Paula sich absonderte, wenn sie die Einsamkeit vorzog, wenn sie am Fluß vielleicht jene erste gemeinsame Nacht im Mondlicht heraufbeschwor..., bedeutete das nicht, daß sie sich ihm näherte? Strebten beide nicht dem endgültigen Zusammentreffen entgegen?

Darum sagte er noch einmal, die Hand an das unmäßig klopfende Herz legend, das ihn schmerzte:

«Ja, ich leide. Aber ich habe nicht vor, irgendeine Tür zu schließen. Im Gegenteil, ich öffne mich ganz weit für die Hoffnung.»

Die beiden Männer machten sich auf den Rückweg. Hinter sich ließen sie die Burg, die im Bann des Mondes, der Vergangenheit, der gegenwartslosen Zeiten ruhte. Und sie stiegen zum Ufer hinab, wo die Flamme prasselte, wo die Menschen aus Feuer waren, wo sich ein gewaltiger Brand weit in den Lüften ausdehnte.

LI

ist der Blitz, das Feuer,
die brennende Sonne, die Lanze,
die Dürre, der Galopp,
der Dolch, der Skorpion.

Ist der Osten,
dem Sommer entgegen.

(Kommentare zum I KING,
dem «Buch der Wandlungen»)

MAZUECOS

Einige Tage später schien sich stromabwärts das Feuer von Zorita vor Shannons Augen zu wiederholen: in einem brennenden Dornbusch. Die hohen trockenen Sommerdisteln flackerten verzweifelt wie ungeheure Kerzen; der Brand knatterte wie ein fernes Maschinengewehr, und manchmal wirkte es, als verlösche er auf der geschwärzten Erde; bald erwachte er jedoch wieder zum Leben, wenn er neue Opfer erreichte. Und darüber schwebte dichter, düsterer Rauch wie eine Verhöhnung der Sonne. Doch ein in Flammen stehender Dornbusch war auf dieser schon vom Sommer ausgeglühten Erde etwas Normales, und Shannon hörte in aller Ruhe dem Cacholo zu. Dieser erklärte ihm einen Brauch, der im nächsten Ort gepflegt wurde: ·

«Das machen sie schon», sagte er, «seit dieser Schlacht von Lepanto gegen die Mauren. Darüber weißt du sicher mehr; ich glaube, die hat ein gewisser Don Juan gewonnen, ein großer Angeber, der in Villarejo de Salvanés gelebt hat, dort flußabwärts, und der war ein Königssohn zur linken Hand... Jedes Jahr am vierundzwanzigsten Januar führen sie draußen ihre Prozession vor, wie ich's dir erzählt habe, mit ihren Soldaten von damals und ihrem Hauptmann, mit einer Fahne, die nicht die von heute ist und auch nicht die der Republik.»

Sie waren im Gebiet von Mazuecos, in einer lieblichen Landschaft zwischen Los Castillejos und dem Pico del Aguila, dessen steiler Abhang den Fluß in ein tiefes und enges Bett zwängte und so die Strömung verstärkte. Der Tag war wie alle anderen: ein strahlender Morgen und hierauf eine stillstehende, glühende, peinigende Luft, bis die Dämmerung eine etwas mildere Temperatur brachte. An solchen Tagen suchte man nach schattigen Stellen bei der Arbeit, überließ das Floß beinahe ganz dem Strom, der es friedlich auf seinem Rücken trug, und man entzog sich dem sommerlichen Feuer, das jedoch die Zeichen seiner Herrschaft auf der Erde vervielfachte: das Zirpen der Grillen, das einen zwanghaft verfolgte; die Weizenfelder, die sich unerschrocken der Sonne aussetzten, um sich vergolden zu lassen; der Dunst, der von der staubigen und ausgedörrten Erde aufstieg; das Keuchen der durstigen Tiere; der Schweiß auf der eigenen Haut; die Glut der erregten und unbefriedigten

Sinne. Und das steigerte sich immer mehr, immer mehr. Noch mußte der August die Türen seiner Glutöfen öffnen.

Alle zeigten sich oft gereizt; leicht kam es zu jähzornigen Ausbrüchen. Nur Shannon zog sich lieber in das Schweigen zurück und versenkte sich in seine innere Welt; und er ahnte, daß in ihr Wandlungen nahe bevorstanden. In der mondüberglänzten Burg von Zorita hatte er, angetrieben von der machtvollen Spannung, die in jener Zaubernacht wirkte, sich selbst zugehört, wie er Behauptungen aufstellte, an die er nie zuvor gedacht hatte; und nun suchte er nach deren geheimen Quellen, um seinem Leben durch jene tiefverborgene Schicht von Überzeugungen, die er sich selbst offenbart hatte, eine festere Grundlage zu geben.

Wenn er andererseits wieder mit Paula sprach, war es nur zu einem Austausch von trivialen Sätzen gekommen; und außerdem glaubte er zu bemerken, daß sie ihm auswich, als wäre es auch ihr lieber, die Dinge nicht gewaltsam voranzutreiben. Daher lebte der Ire beinahe abseits, in sein Schweigen eingekapselt; allenfalls suchte er die Gesellschaft der einfachsten Flößer, wie es sich in diesem Augenblick mit dem Cacholo ergeben hatte.

Plötzlich geriet dieser Tag, der wie alle begonnen hatte, vollständig aus den Fugen. Nie erfuhr Shannon, was zuerst kam: vielleicht jener Schrei, vielleicht die hastigen Schritte. Jedenfalls merkte er, daß er auf einmal zusammen mit Quintín zu der Krümmung rannte, wo der Fluß zahlreichere Strudel bildete, während er die einander widersprechenden Rufe hörte.

«Die Stange! Wirf ihm die Stange zu!»

«Da ist er, da kommt er hoch!»

«Halt dich fest!... Die Hand!»

Mitten im Fluß stieg eine Hand hervor und hielt sich an einem Baumstamm fest, während Galerillas verängstigtes Gesichtchen einen Augenblick auftauchte: mit aufgerissenem Mund, den bald eine Welle überspülte. Doch der Stamm drehte sich um sich selbst, und das Kind verschwand.

Shannon fiel ein, daß die meisten Flößer nicht schwimmen können. Er verlor keine Sekunde. Die Jacke zog er sich noch im Laufen aus, denn er befürchtete, eine Hakenstange könne mit dem Kleinen das gleiche, was dem Tuerto geschehen war, oder etwas Schlimmeres machen. Während er in den Fluß hineinrannte, vernahm er undeutlich das allgemeine Geschrei. Er arbeitete sich weiter voran, damit er dem Kind den Weg abschnitt, auf dem es wahrscheinlich entlangtrieb, und er nutzte es aus, daß ein Stamm halb quer lag, um sich gegen die anderen zu sichern, die heranschwammen. Er hörte, daß der Americano die Anweisung gab, die Stämme weiter oben festzubinden, und er sah, daß der Flößer sich mit der Hakenstange näherte, um ihn bei seinem weiteren Vordringen zu schützen. Dann verlor er den Grund unter den Füßen; er ging unter, und die heftige Bewegung der Strömung brauste ihm in den Ohren. ‹Wie in Sulmona›, war sein erster Gedanke, als er das kalte Wasser spürte.

Er machte es sich zunutze, daß er untergetaucht war, um die Umgebung abzutasten, weil er kaum etwas wahrnehmen konnte. Ohne das Geringste gefunden zu haben, stieg er nach oben, wobei er sich von den unbeständigen Flecken des Sonnenlichts zwischen den Stämmen leiten ließ. Zum Glück kam er an einer größeren freien Stelle hoch. Dort holte er Luft, um dann wieder hinabzutauchen. So bewegte er sich mehrmals hinauf und hinab, und als er gerade ein letztes Mal untertauchte, schien es ihm, als höre er einen warnenden Ruf, und er kehrte sofort nach oben zurück. Nun vermochte er in seiner Nähe einen kleinen Kittel oder etwas Ähnliches zu entdecken, das gleich wieder verschwand. Er tauchte auf dieses Etwas zu und berührte es, ohne es festhalten zu können; hierauf machte er einen weiteren verzweifelten Schwimmstoß und packte den Galerilla an den Kleidern. Er spürte, daß der Sog eines sehr nahen Strudels auf ihn wirkte, doch er überwand ihn, ohne den Kleinen loszulassen, obwohl er dabei im Wasser versank. Die Beine stießen auf den schlammigen Grund, und das trieb ihn mit seiner Beute nach oben; da er jedoch fast keine Luft mehr hatte und sich ihm die Augen trübten, kam er heraus, wo ihm das gerade möglich war. Kaum hatte er den Mund aufgerissen und versucht, den Galerilla besser zu packen, als er drängende Rufe hörte; und er erkannte, daß ein Stamm mit der Spitze voran auf seinen Kopf zustürzte. Von seiner Bürde behindert, tauchte er nicht schnell genug unter, und das linke Bein bekam den Schlag zweier zusammenstoßender Stämme ab. Beinahe ohnmächtig vor Schmerz sah er eine Hakenstange in seiner Nähe und ergriff sie mit einer Hand, ohne sich darum zu kümmern, daß er sich verletzen konnte, während er das Kind mit der anderen Hand festhielt. So gelang es dem Seco, den Iren zusammen mit dem Galerilla an Land zu ziehen. Obwohl der Americano und die übrigen sich bemühten, die beiden zu schützen, indem sie die Stämme aufhielten oder mit den Hakenstangen ablenkten, war es in der Tat unerklärlich, daß sie nicht noch von einem anderen Stamm erreicht wurden.

Als Shannon aus dem Wasser stieg, konnte er sich nicht auf den Füßen halten. Sie mußten ihn an den Schultern packen und zur Böschung schleppen, wo sie ihn neben den leblosen Körper Galerillas setzten.

«Er ist tot», sagte jemand in seiner Nähe.

«Wieso soll er tot sein!» brauste Shannon auf. Und, sich selbst vergessend, wollte er zu ihm gehen, doch der Schmerz im Bein lähmte ihn. Er wischte sich mit der Hand das Wasser aus den Augen und blickte ringsum. Beinahe alle standen hier, und dazu noch unbekannte Leute. Einer erklärte:

«Das ist im Handumdrehn passiert... Der Junge ist reingestürzt, dieser Mann ist ihm nachgesprungen und hat ihn sofort rausgeholt.»

‹Sofort?› durchfuhr es Shannons Kopf wie ein Blitz, und er wunderte sich. Doch etwas anderes drängte ja viel mehr, so daß er rief:

«Platz, Platz!... Bring ihn dorthin, Seco... Zieh ihm die Jacke aus!»

Wie weh ihm das Bein tat! Der Flößer führte unterdessen Shannons Anweisung erstaunt aus. Der Seco hielt die Jacke in der Hand, ohne daß er wußte, was er tun sollte. Doch der Americano hatte verstanden: Er drehte Galerillas Körper, der die feuchte Spur eines Ertrunkenen zurückließ, auf den Bauch und drückte ihn, damit er soviel Wasser wie möglich ausspuckte.

«Genau so!» rief Shannon und beobachtete, wie sich rund um sie ein weiter auseinandergezogener Kreis bildete. Er erkannte, daß diese Geste von der Achtung vor den Toten diktiert wurde, und er lehnte sich noch mehr gegen die Möglichkeit eines solchen Unglücks auf. «Roll die Jacke zusammen, Seco!... Es reicht schon, Francisco; er spuckt nichts mehr aus! Dreh ihn jetzt auf den Rücken!... Leg ihm die Jacke unter... Nein, unter den Rücken; da, unter die Schulterblätter! Das verfluchte Bein!... Genau so!... Den Hemdkragen, den Gürtel... Alles aufmachen!»

Der Americano, der neben dem Kleinen kniete, folgte Shannons Anweisungen. Der Galera weinte. Ja, dieser rohe Kerl hatte Tränen. Paula drang erschüttert in den Kreis ein und starrte sie an. Ihr erster Blick fiel auf Shannon. Ihre Augen blieben an der blutigen Wade haften, doch sie begnügte sich damit, die Hände auf dem Schoß zu verschränken.

«Mach ihm den Mund auf, Seco, und pack die Zunge mit deinem Taschentuch, damit du sie draußenhalten kannst, wenn ich es sage! Schnell!»

«Aber wo er nicht atmet, verdammich!» sträubte sich der Mann. «Wo das Herz nicht schlägt!»

Ein Gemurmel lief durch die Reihe der Leute. Shannon merkte, daß sie ihn für beinahe übergeschnappt hielten und daß ihnen das alles wie grober Unfug vorkam, wie eine unmenschliche Grausamkeit, als wäre das so etwas wie Leichenschändung. Aber der Americano unterstützte ihn.

«Tu es, Seco, tu es!»

In aller Eile erklärte ihnen Shannon die künstliche Beatmung, und die zwei Männer begannen, Shannons Kommandos folgend die entsprechenden Bewegungen auszuführen. Mit schmerzverzogenem Gesicht zählte er:

«Eins, zwei...; eins, zwei...; eins, zwei...»

Der Wind rauschte, die Stämme stießen zusammen, das Wasser schäumte, es sangen Vögel, jemand rannte auf dem Pfad her... Aber alles war unermeßliches, verängstigtes Schweigen rund um diese immer noch keuchende, zuweilen verzerrte Stimme, die Rechnung über Leben und Tod führte:

«Eins, zwei...; eins, zwei...»

Wie ein riesiges Herz, wie der Zeitzünder einer Bombe, wie die Schläfen eines zum Tode Verurteilten, wie Glockengeläut, wie Hackenschläge in Schächten und Zwischenschächten, wie der den Baum mordende Axthieb, wie alle maßgebenden Pendel der Welt.

«Eins, zwei...; eins, zwei...; eins, zwei...»

«Im Handumdrehn», erklärte flüsternd wieder der Mann, der alles gesehen hatte. Ja, das war sehr schnell vor sich gegangen; jetzt aber wurde der Augenblick beinahe zur Ewigkeit, und alles blieb in der Schwebe. Am Anfang hatte sich Shannon beim Zählen nach seiner Uhr gerichtet – der wasserdichten Uhr, die er auch in Sulmona hatte –, doch nun folgte er einem unfehlbaren Rhythmus: dem des Blutes, das ihm schmerzhaft in der Wunde pulsierte. Jetzt pochten ihm schreckliche Hammerschläge im ganzen Bein, wie wenn sich sein Herz als guter Oberbefehlshaber des Körpers in das Gefahrengebiet begeben hätte. Und dieser Rhythmus, diese biologische Uhr, dieser hämmernde Widerhall der Welt im menschlichen Körper, gebot über das Leben des kleinen Jungen. ‹Ja›, erregte sich Shannon, während seine Stimme sich getreulich den von der Wunde gegebenen Befehlen unterwarf, ‹mein Blut lenkt seine Rückkehr ins Leben; als liefe es durch seinen Körper und erweckte ihn vom Tode. Denn es muß ihn wiedererwecken; es ist meines, ich bin es, der ihn rettet, ich bin es, der mich rettet.› Diese Vorstellung ergriff Besitz von ihm und versetzte ihn in einen übermenschlichen Taumel:

‹Ich bin es, der mich rettet; dieses Leben ist meine Erlösung.› Und seine Gedanken glühten und erhellten alles – seine Vergangenheit, seine Zukunft, sämtliche Dinge in seiner Umgebung –, während der Mund, vom animalischen Rhythmus des Blutes inspiriert, unermüdlich zählte: «Eins, zwei…; eins, zwei…; eins, zwei…»

Paula legte ihm etwas Wärmendes um die Schultern… Ja, wirklich, er fror in der durchnäßten Kleidung. Oder war das Schweiß…? Darauf kam es nicht an, und auch nicht auf das gebrochene Bein… Ja, das gebrochene Bein, denn es war der Kompaß für die Rückkehr ins Leben! Das Bein war gebrochen, damit er das mächtige, unwiderstehliche Blut besser spüren konnte! Er würde ihn retten!

Auf einmal trafen ihn Blicke aus zwei Augenpaaren, was ihn so beeindruckte, daß es ihn beinahe aus seinem Rausch riß: der bestürzte Blick des Seco, der äußerst unsichere Blick des Americano. Und das Gemurmel der Leute nahm zu… Um Gottes willen! Sollten diese Leute auch zu einem Problem werden? Er spürte, daß ringsum gleich einer magischen Flut all jener Respekt anwuchs, den die Primitiven für das empfinden, was im Buch des Schicksals geschrieben steht; all jener – ungerechtfertigte und furchtbare, doch vielleicht deshalb nur noch unerbittlichere – Haß auf die menschlichen Prometheusgestalten, die den Göttern trotzen; all jene Last der jahrtausendealten Ergebenheit gegenüber dem Unglück, den eng vertrauten und den Hohenpriestern, dem, was man nur zu leicht «den Willen Gottes» oder Schicksal nennt. Und das spornte seine Entschlußkraft immer mehr an: Seit Italien hatte er sich nicht als ein so grenzenlos entschiedener Kämpfer gefühlt. ‹Bei Gott!› dachte er. ‹Beim wahrhaftigen Gott, dem des wahrhaftigen Willens!› Sollte es etwa all jenen urväterlichen, sklavischen Ängsten gelingen, ihn von der Rettung eines Menschenlebens abzuhalten? Sein ganzer Elan, sein ganzes Blut, das in der Wunde wie eine Kriegstrommel dröhnte, seine ganze Überzeugung, daß es um ihn selbst ging, gaben ihm das Gefühl, unbesiegbar zu sein. Es würde kein Zurückweichen geben, so hart auch der Kampf sein sollte.

Denn selbstverständlich würde er hart sein. Sogar der Americano schwankte. Er wußte, wie er später erklärte, was künstliche Atmung sei, doch er habe sie niemals selber vorgenommen. Und die halbe Stunde, die inzwischen vergangen war, schien ihm mehr als ausreichend, damit man es nun aufgeben könne. Die übrigen waren ohnehin von Anfang an dagegen. Doch Shannon hielt vor allem den Blicken des Truppführers stand, die dessen wachsende Ratlosigkeit zeigten:

«Mach weiter, Americano, mach weiter! Wir fangen gerade erst an!... Eins, zwei...; eins, zwei...; eins, zwei...»

Als der Galera ihn hörte, brach er zusammen:

«Laßt ihn endlich in Ruhe, laßt ihn!» schluchzte er hemmungslos.

«Halt den Mund, Galera!»

«Der arme Kleine!... Wo's so besser ist! Wo er so ein Leben ertragen muß, ist der Tod besser für ihn! Das ist besser! Laßt ihn endlich in Frieden!»

Erschüttert stimmten die Leute zu. Ja, das nahm Shannon wahr: Alle verurteilten das Sakrileg, das in den entweihenden Eingriffen bestand, in der Anwendung der Technik bei einem Toten, was wie Maschinen in einem Tempelbezirk wirkte.

«Gott hat ihn zu sich genommen!» murmelte eine Alte, die irgendwoher aufgetaucht war. Und sie bekreuzigte sich.

«Eins, zwei...; eins, zwei...; eins, zwei...», beharrten Shannons Blut und Stimme noch nachdrücklicher.

Niemand antwortete. Doch wenn zwischen «eins» und «zwei» vorher Schweigen geherrscht hatte, so hörte man jetzt – vielmehr erriet man es – ein sonderbares Raunen. Shannon ließ sich nicht beirren. Mühsam schleppte er sich zu dem kleinen Körper, ohne mit dem Zählen aufzuhören. Er wußte, wenn diese ganz und gar lebendige Stimme verstummte, so wäre das wie das Erlöschen eines Leuchtturms: Leben und Hoffnung würden im Dunkel enden. Der arme Galerilla mit seinem unbeweglichen Kehlkopf, seinen an der kleinen entblößten Brust hervortretenden Schlüsselbeinen, seinen toten Augen und der ihn umgebenden Wasserpfütze gab kein Lebenszeichen von sich. Shannon setzte sich direkt neben ihn, und während er immer weiter zählte, sah er den Kreis der Leute herausfordernd an. Wenn er den Blick auf einem anderen ruhen ließ, schlug dieser die Augen nieder, und das Gemurmel hörte auf. Doch hinter ihm raunte es weiter.

«Besser wär's gewesen, man hätte den Herrn Pfarrer holen lassen», murrte jemand.

«Wo er nun mal nicht da ist, wir sind auch Christen», sagte die Alte von vorhin. Und das Gemurmel wurde plötzlich lauter. Sie beteten. Es gab nur noch eine Möglichkeit, damit fertig zu werden. Und er unterbrach den lebenswichtigen Rhythmus: «Paula! Bete du auch!» rief er. «Damit er lebt!... Eins, zwei...; eins, zwei...; eins, zwei...»

Die beiden Männer, die den Kleinen beatmeten, verhielten sich weiter passiv. Der Americano hatte den Hut abgesetzt, und Schweiß lief ihm über die Stirn. Shannon sah auf die Uhr: vierzig Minuten. Die Leute beteten schon ganz offen, nur ein paar Flößer nicht. Der Galera wirkte ruhiger. Aus dem ganzen Stimmengewirr hörte man heraus, daß Paula ihre Zuversicht im Gebet äußerte. Und es schien Shannon, als entdecke er auch beim Seco etwas Zuversicht. Der Cuatrodedos hatte die Hände gefaltet und die Augen zum Himmel erhoben; was er aber betete, war das *De profundis*. Shannon, der unablässig jene angstvolle Zeit maß, hielt die Leute mit dem Blick zurück, wie es Dompteure mit Raubtieren machen.

Allmählich begriff er jedoch, daß dies nicht mehr lange dauern konnte. Und wenn der Kampf auf diesem Schlachtfeld – Galerillas Körper – schon im voraus verloren war? Und wenn sie sich nicht um Fleisch und Blut, sondern bereits um Knochenkalk und Grabeserde bemühten? Er bückte sich und berührte das Kind. Wenigstens schien es trotz des Wassers nicht kalt zu sein. Seine Hoffnung lebte wieder auf.

Diese Hoffnung galt allerdings nur für ihn. Die allgemeine Feindseligkeit war schon deutlich spürbar. Jeden Augenblick könnte irgendwer, vielleicht sogar der Seco, jene Worte sagen, die Nacht, Resignation und Grab bedeuteten. Jeden Augenblick könnte das Ringen enden, würde man Prometheus wieder einmal in Ketten legen, und der Ritus käme in Adlergestalt, um die Sorge für einen Toten zu übernehmen und die Eingeweide eines Helden zu verschlingen. Da hörte man Hufgeklapper auf dem Weg, und ein Reiter beugte seine Gestalt über das Pferd und blickte über den Kreis der Leute hinweg. Eine lebhafte, sichere, gesunde Stimme fragte in überlegenem Ton:

«Was geht hier vor?»

Shannon bemerkte, ohne die Berechnung seiner rhythmischen Kommandos zu unterbrechen, daß sich der Kreis öffnete und das Gemurmel verstummte – nur Paula betete weiter –, daß ein schwarzgekleideter Mann auf ihn zukam. Der Mann blieb stehen. «Das ist Don Pedro», hörte Shannon.

«Was sehe ich da?» rief der gerade Eingetroffene in herzlichem, übertrieben erstauntem Ton, der fast spöttisch wirkte. «Habt ihr euch endlich entschlossen, etwas Gutes zu lernen?... Ach, Sie sind das!... Ich wußte ja schon, daß denen so etwas nicht eingefallen ist.»

«Er ist tot, Don Pedro», sagte ein Bauer und nahm die Baskenmütze ab.

«Was weißt du schon, du Tölpel! Wo du nicht einmal weißt, ob du selber lebst!... War er lange im Wasser?»

Der Americano schüttelte verneinend den Kopf, und Shannon setzte sein Werk fort, mit größerer Zuversicht als je zuvor. Außerdem fühlte er, daß das Problem schon in seinen eigentlichen menschlichen Bereich versetzt war. Die bloße Stimme dieses Mannes hatte ein Klima entstehen lassen, das einer natürlichen Aufgabe entsprach, und so den magischen Kreis der Leute gesprengt. Das war kein Problem von geheimnisvollen Ideen oder von Symbolen; das war eine einfache Frage von Leben oder Tod. Wie das jeden Tag geschah. Und eine allgemein anerkannte Persönlichkeit hatte sich mit ihm verbündet.

«Haben Sie schon lange angefangen?» fragte er weiter und zog sich die Wildlederhandschuhe aus.

«Eine Stunde», sagte der Americano.

«Weniger», explodierte Shannon und kehrte unverzüglich zu seiner Rechnung zurück.

Der Mann kniete nieder und schob den Seco zur Seite:

«Geh aus dem Weg.»

Er nahm das Taschentuch und zog an der Zunge, wobei er viel gewissenhafter als der Flößer verfuhr. Mit der anderen Hand berührte er den Körper des Kindes.

«Er ist nicht kalt», bestätigte er.

Das hatte Shannon schon bemerkt. Doch es hätte nichts genützt, wenn er es vorhin gesagt hätte. Die Erklärung eines Don Pedro hingegen ließ das Gemurmel verstummen. Das Schweigen war nur noch von Paulas Gebet erfüllt. Andere Stimmen schlossen sich ihr an; nun aber, um sie in ihrem Bemühen zu unterstützen: daß er leben sollte. Und Shannon hob die Augen zum Himmel. Der weiße Leib einer Wolke wirkte wunderbar heiter wie die Pausbacken einer Putte zu Füßen einer Heiligen Jungfrau, wie der rosenfarbene Nabel einer Amorette an der Hüfte einer Göttin. Der Sieger begriff, daß es sich nur noch um eine Frage der Zeit handelte.

«Lucas», ordnete er nun an, «bring ein Kognakfläschchen aus meinem Rucksack her.»

Der Junge verließ den Kreis. Don Pedro warf einen Blick auf Shannons Bein.

«Gebrochen?»

«Unwichtig», sagte der Ire.

«Der Quico», erklärte Don Pedro, «bringt das in Ordnung. Holt ihn her», befahl er, sich an alle wendend.

«Nachher!» rief Shannon und begann wieder zu zählen. «Eins, zwei...; eins, zwei...; eins, zwei...»

301

Er sah auf die Uhr: sechsundfünfzig Minuten. Und als er aufblickte, sah er, daß Don Pedro den Kopf über Galerillas Mund gebeugt hielt, und er hörte, daß er dem weiter in der Nähe stehenden Seco in unbefangenem Ton sagte:

«Du, zieh ihm die Schuhe aus und reib ihm kräftig die Füße... In Ordnung», setzte er lediglich hinzu.

‹Ich bin gerettet›, dachte Shannon in einem ungeheuren inneren Aufschrei... Von nun an folgte alles in einem entfesselten Rhythmus aufeinander.

«Er lebt!» rief der Seco.

«Natürlich», sagte Don Pedro lächelnd.

Und die elektrische Spannung der Massen entlud sich in der Runde: «Ein Wunder! Ein Wunder!»

Der Galera erhob sich. Paula kniete schluchzend nieder. Cuatrodedos hörte mit dem Beten auf, veränderte aber seine Haltung nicht. Der Kreis drängte sich um sie zusammen, und bei den Worten Don Pedros, die wie Peitschenhiebe klangen, wich er wieder zurück. Shannon stellte das Zählen ein. Auf einmal war er heiser und erschöpft. Er hätte kein einziges Wort aussprechen können.

«Er ist auferstanden... Ein Wunder... Was das Wissen ausmacht...», sagte der Chor. Und der Seco, der an Shannons Seite war, rief aus:

«Verdammich! Was für Esel wir sind!»

Nun kam Lucas. Don Pedro schüttete etwas Kognak in den Mund des Kindes. Es bewegte sich, hustete heftig und machte die Augen auf, doch sogleich schloß es sie wieder. Der Americano stand auf und trocknete sich den Schweiß mit dem Ärmel ab. Shannon spürte, daß ihn starkes Zittern ergriff. Er hörte auch, wie Don Pedro sprach, als käme dessen Stimme aus weiter Ferne, und nach Decken verlangte, um den Kleinen einzuwickeln. Und nichts mehr, weil er genau in dem Augenblick das Bewußtsein verlor, als der Greis seine letzte Anweisung gab:

«Und den da in die Salinen!»

Shannon war nur ohnmächtig geworden, weil seine inneren Regungen so stark waren. Bald reagierte er, und als er die Augen öffnete, sah er, daß man ihn auf einer Bahre durch die Felder trug; ein großer Sagenheld mit seinem Triumphzug. Die Sonne strahlte und durchströmte seinen nassen Körper mit Wohlbehagen. Eine Sklavin hielt einen Sonnenschirm, um sein Gesicht zu beschatten. Ein Minister, der eine schlanke Gestalt, einen großen weißen Schnurrbart, schwarze und intelligente Augen hatte, lief auf der anderen Seite. Dahinter kam das Gefolge der unzähligen, tiefgerührten Leute...

Paula sah besorgt Don Pedro an, während sie weiter den Hut über das Gesicht des Verletzten hielt.

«Er hat fiebrige Augen», sagte sie.

Als Shannon sie hörte, entspannte er sich. Ja, er hatte Fieber, aber ein geistiges Fieber: eine bloße Erregung des Blutes wegen seines Siegs über den Tod, weil er sich mit der Rettung eines Menschenlebens von seiner Mitschuld in Italien befreit hatte, und vor allem, weil er sich selber in den Scheiterhaufen gestürzt und von dessen Grund das Heil heraufgeholt hatte. Was kam es da auf das schmerzende Bein und auf das Rütteln der improvisierten Trage an! Er lächelte so glückselig, daß Don Pedro zu Paula hinüberblickte und sich dann über ihn beugte:

«Wie geht's denn so?»

«Wunderbar», antwortete Shannon und stellte amüsiert fest, daß der alte Herr eine schwarze Seidenhalsbinde anstelle einer Krawatte trug.

«Kopf hoch, wir sind schon da.»

Tatsächlich kamen sie an einem Bogen vorbei, der zu einem großen Hof führte, und sie betraten das Haus. Eine junge Frauenstimme erklärte, der Quico wäre gekommen, und alles sei bereit.

Sie brachten Shannon zu einem Bett. Der Americano und der Seco zogen ihn gemeinsam aus, wobei sie sich bemühten, ihn so wenig wie möglich zu bewegen.

«Geben Sie acht auf das Amulett!» sagte Shannon auf einmal zu Don Pedro, der die Kleidung zusammenfaltete. «Daß es nicht verlorengeht!»

«Was für ein Amulett?»

«Dort, am Gürtel; es ist an einer kleinen Schnur festgebunden!... Eine Korallenhand... Es muß dasein!»

Don Pedro suchte erfolglos. Das Amulett war im Kampf mit dem Fluß verschwunden. Doch als er sich umdrehte und es dem Verletzten sagte, der sich so heftig für diesen Gegenstand interessierte, sah er, daß dieser keine verärgerte, sondern eine zufriedene Geste machte.

‹Natürlich›, dachte Shannon, ‹es hat schon seine Aufgabe erfüllt.› Und dann, sobald er im Bett war, fragte er:

«Wohin haben Sie mich gebracht?»

«Fühlen Sie sich wie zu Hause, machen Sie sich keine Sorgen», antwortete Don Pedro. «Los, Quico, sieh dir diese Wunde an... Haben Sie keine Angst; von gebrochenen Knochen versteht dieser Hirt mehr als ein Arzt. Der kuriert die Beine der abgestürzten Schafe so, als hätten sie sich die niemals gebrochen. Und ohne Röntgenstrahlen, nicht wahr, Quico? Wie ein Zauberer.»

«Das ist sehr gut zu sehn», stellte der Alte mit brüchiger Stimme eine Diagnose, bevor er mit der Untersuchung begann. «Wenn es den Knochen nicht in zuviel Kleinholz zerlegt hat, wird das sehr gut verheilen, weil die Kniescheibe bildschön aussieht.»

Die schwieligen Hände tasteten ihn ab. Shannon nahm trotz aller Schmerzen wahr, wie diese gekrümmten Klauenfinger es verstanden, die empfindlichen Stellen zu suchen.

«Was meinst du, Quico?» fragte Don Pedro.

«Eine ganze Kleinigkeit... Bloß das Schienbein ist entzweigebrochen, und ganz sauber... Einer soll von oben festhalten... So... Ich will das von hier aus einrenken; du, hilf mir... Halte durch, Freund, denn mehr hat Christus an der Martersäule gelitten.»

Die Hände des Hirten packten Shannons Knöchel, während der Americano ihn am Oberschenkel festhielt. Nun zog der Hirt ganz, ganz sanft. Shannon verkrampfte sich. Er spürte, daß der Schmerz seine Stirn erfaßte, während er gleichzeitig im Nebel ein paar Gesichter, ein Stück des Flusses und einen herrlichen Berg wahrnahm... Hatte er nicht eine rötlichgelbe Farbe, wie jener Berg, der ihm als erster das Tor nach Spanien öffnete?... Ach!... Und auf einmal schnellte in seinem Bein etwas wie eine geschmeidige Sprungfeder zurück... Lebhafter Schmerz breitete sich in seinem Körper aus, doch er war bereits etwas anderes.

«Schon erledigt», sagte der Quico. «Halten Sie fest, so, Don Pedro. Ich will ihn verbinden.»

Man unterhielt sich im Flüsterton. Der Americano schickte die Flößer los, weil sie sich wieder um das Floß kümmern und den wahrscheinlichen Stau beseitigen sollten. «Den auferstandenen Galerilla müssen wir von nun an ‹den kleinen Lazarus› nennen», scherzte Cacholo. Doch Shannon achtete nur auf die feuchten Augen Paulas. ‹Wie sonderbar›, dachte er. ‹War früher der Blick dieser Frau nicht viel wichtiger für mich?›

Nachdem Quico die Wunde gesäubert hatte, legte er ein paar Kräuter auf, die er gerade zerdrückt hatte, und danach stellte er das Bein mit Rindenstreifen und Schienen ruhig.

«Mal sehen, wie du es schaffst, Quico!» sagte Don Pedro. «Der Fremde soll die Hirten kennenlernen, die wir hier zu bieten haben.»

«Weil's für Sie ist, Don Pedro, werd' ich das Beste nehmen, was ich kenne... Diese Kräuter wirken ungeheuer stark gegen das Fieber. Und ich hab' sie beim ersten Mondviertel gesammelt.»

Shannon spürte den kühlen Saft der zerdrückten Pflanzenstengel. Nun bemerkte er, daß ein schlankes und etwas blasses Mädchen bei ihnen war: mit seinen zarten Gesichtszügen und Händen beinahe noch ein Kind, das auf einfache, provinzielle Art gekleidet war, was rührend anachronistisch wirkte.

«Großvater! Was ist geschehen?»

«Nichts weiter, Cecilia. Dieser Herr hat einen jungen Burschen gerettet, und er hat sich das Bein gebrochen, weil es zwischen zwei Holzstämme geraten ist.»

Das Mädchen sah Shannons Blick und lächelte ihn an, wobei sie leicht errötete.

«Fertig», verkündete der Quico. Und da ihn Don Pedro fragend ansah, fügte er beruhigend hinzu: «Das wird eine kurze oder eine lange Woche dauern. Er hat leicht heilendes, kerngesundes Fleisch. Zeigen Sie mal die Zähne.» Shannon machte den Mund auf. «Und das Knochenmark ist auch gut.»

Mit den Fingern schob er Shannons Ober- und Unterlid auseinander und prüfte aufmerksam die linke Pupille, sah sie scharf mit seinen ganz schwarzen, ganz kleinen, ganz lebhaften Augen an.

«Ja, das Auge glänzt sauber wie ein Spiegel... Was ich gesagt habe, eine kurze oder eine lange Woche.»

Shannon spürte eine gewisse Besserung, obwohl das Bein stark entzündet war. Er sah sich im Mittelpunkt eines Kreises von Blicken, wobei er Zuneigung in Galeras Augen fand, was ihn überraschte. Er entdeckte den Galerilla, der, in eine Decke gehüllt, in einem Lehnstuhl saß. Der Junge hatte die Augen geöffnet, und sie waren nun die eines seinen Herrn anblickenden Hirschkälbchens oder Hündchens. Das Kind aber war es, worauf es Shannon ankam.

«Hallo, Engländer!» sagte der Kleine lediglich.

«Hallo, du kleiner Spitzbube!» antwortete Shannon und betrachtete strahlend sein Werk. «Was treibst du hier und lebst wie ein Fürst?»

«Sie lassen mich nicht laufen», erwiderte der Junge.

«Er soll aufstehen!» befahl Don Pedro. «Wo er schon endgültig auf die Welt gekommen ist! Sie haben ihn ja aus dem Bauch des Flusses gezogen.»

Die Leute im Zimmer lachten. Der Kleine sprang auf den Boden, legte die Decke ab und lief zu Shannon:

«Geht's dir sehr schlecht?» fragte er.

«Nichts weiter.»

«Sie», unterbrach Don Pedro, «müssen ausruhen, denn nachher werden Sie sich schwächer fühlen. Und ihr übrigen geht jetzt und laßt ihn in Ruhe. Kommen Sie. Wenn Sie etwas wollen, dort haben Sie eine Klingel.»

Die Leute gingen hinaus, und der Americano half ihm gemeinsam mit Don Pedro, sich bequem hinzulegen. Hierauf ließen sie ihn allein und nahmen seine nassen Sachen mit. Wenig später verlor er das Bewußtsein.

Als er aus einem sehr langen und tiefen Schlaf auftauchte – das glich dem Erwachen der Schmetterlingspuppen, wenn sie die Augen öffnen und auf dem Rücken das Wunder der Flügel spüren –, kam er sich selbst so sonderbar vor, daß er sich analysieren mußte.

Er stellte fest, daß er bei vollkommen klarem Verstand war. Es fiel ihm sehr leicht, sich an die Ereignisse des vergangenen Tages – oder welcher Tag das auch immer gewesen war – zu erinnern, als er in die Abgründe des Todes hinabgestiegen war und zusammen mit dem Kind gerettet wurde. Aber danach, danach... Was war während der folgenden Stunden in seinem Leben geschehen? In seinem Geist bewahrte er zum Teil reale Vorstellungen von einem Don Pedro und einem Mädchen, die in Nebel gehüllt waren, von Schweiß und Kälte und von einer schrecklichen Uhr, die sich am Grund des Ganzen befand und mit schmerzhaften, aus seinem Bein aufsteigenden Schlägen die Zeit anzeigte. Wenn er mit einem solch sonderbaren Gefühl ins Leben zurückkehrte, so war es daher nicht wegen der Dinge, die außerhalb von ihm geschehen waren, sondern es ließ sich auf jene schöpferischen, machtvollen, sinnverwirrenden Traumbilder zurückführen. Er fühlte, daß sie aus großer Tiefe hervorgetreten waren, daß sie lange gedauert hatten und verworren gewesen waren, daß sie die Stunden und die Ereignisse seines ganzen Lebens durcheinandergewirbelt und auf neue Grundlagen gestellt hatten. Es war jedoch unmöglich, sich an sie zu erinnern. Kaum blieb ihm der Eindruck von großen finsteren Massen, die an den Wegseiten auseinanderwichen wie ein Rotes Meer aus Felsgestein; kaum blieb ihm wie ein letzter Bodensatz des Traums – ein Bodensatz, den er an der Schwelle des Erwachens aufgefangen hatte – der Eindruck von einem dunklen und geologischen schöpferischen Ringen. Nichts weiter. Keine Einzelheit, außer der absoluten und wirkkräftigen Gewißheit, daß das weggeräumte Gebirge dort in seinem eigenen tiefsten Inneren fortbestand, in größerer Ferne als die sich vortastende Erinnerung, daß es ebenso glaubwürdig und wahrhaftig wie geheimnisvoll war.

Wenn er sich an etwas erinnern könnte, dachte er, so hätte er sich selbst klar erkannt. Traf das tatsächlich zu, oder gaben ihm das nur die Reste seiner Erregung und ein so überaus symbolischer, wenn auch derart geringfügiger Vorfall ein, wie es der Verlust des Amuletts war? Nein, nein; etwas Entscheidendes war geschehen, ein Zauber war gebrochen, einige Bindungen hatten sich hergestellt. Darum erwachte er so, in einer Gegenwart, die ihm innere Sicherheit und tiefes Wohlgefühl gab, obwohl das Blut unter dem Knie schmerzhaft stechend pulsierte. Das war nicht nur wegen des weichen Betts nach so vielen Monaten, und weil sich alle aufmerksam um ihn bemühten, sondern das bedeutete etwas Wertvolleres, wie ein großes Ausruhen als Krönung des grundlegenden Werks. Nun betrachtete er alle Dinge wie von einem einzigartigen inneren Gipfel: den angenehmen Schatten, in den die halb geschlossenen Fenster das Zimmer tauchten, die riesige Kommode mit dem Heiligenbild unter der blumengeschmückten Glasglocke, den Bronzezierat des Betts, den großen Spiegel... Da hörte er die alte Tür knarren, obwohl man sie sehr vorsichtig und nur halb öffnete. Als die Frau sah, daß er wach war, machte sie ganz auf und rief fröhlich:

«Nanu! Sie haben ja schon die Augen offen!»

Sie ging wieder hinaus, und Shannon hörte, daß sie nach ihrem Fräulein rief. Bald erschienen Don Pedro und das Mädchen, und sie fragten ihn, wie er sich fühle.

Da er mit fester Stimme sprach und kräftig aussah, machten sie das Fenster weiter auf; das Licht überflutete das Zimmer und ließ es kleiner wirken. «Es ist schon fast Mittag», sagten sie. Seit dem frühen Morgen habe er tief geschlafen, davor hätte er sich jedoch sehr unruhig verhalten.

«Cecilia hat sich um Sie gekümmert», sagte Don Pedro, «und dann habe ich sie abgelöst, bis ich gesehen habe, daß Sie normal schliefen.»

Shannon dankte dem Mädchen, womit er sie zum Erröten brachte, und er fragte sie, ob er ihr sehr zu schaffen gemacht hätte.

«Sie hatten Fieber, und Sie haben phantasiert. ‹Wir sind quitt, wir sind quitt›, haben Sie immer wieder gesagt. Und Sie haben Sachen aus Italien erzählt, aber das war sehr konfus.»

«Sie haben auch hartnäckig auf etwas anderem bestanden», erklärte Don Pedro lachend, «wie Cecilia mir berichtet hat. Los, sag's ihm.»

Die Schamröte des Mädchens steigerte sich bis zum äußersten.

«Sei nicht böse, Großvater», sagte sie.

Der alte Mann lenkte das Gespräch auf ein anderes Thema. Was der Verletzte jetzt nötig habe, sei ein gutes Mittagessen, und das brächten sie ihm gleich. Cecilia setzte sich ans Bett und reichte ihm alles, was er brauchte, um ihm Bewegungen zu ersparen, die das schmerzende Bein in Mitleidenschaft ziehen könnten. Er erfuhr, der Edelmann heiße Don Pedro Salcedo, und das Haus gehöre zu einem Salinengelände, das ebenfalls in seinem Besitz sei. Als Shannon mitteilte, er sei Doktor der Philosophie, stellte Don Pedro sich als Kollegen vor: Er habe als Gymnasiallehrer in Cuenca gearbeitet, bis zu seiner Pensionierung im Jahre 1931. Ja, er habe Psychologie und Logik unterrichtet, und dazu noch ein anderes Fach mit einem endlosen Namen: «Ethische und staatsbürgerliche Pflichten und Grundlagen des Rechts».

Shannon zeigte sich erkenntlich, indem er einige Angaben zu seiner Person machte. Für ihn war es ein sehr fröhliches Mittagessen. Er redete überschwenglich, und tatsächlich, die ihm zuteil gewordenen Aufmerksamkeiten versetzten ihn gewissermaßen in jenen angenehmen und lässigen Zustand eines Erwachsenen, der das kranke Kind spielt; andererseits verspürte er ungehemmte Lebenskraft. Selbst der hartnäckige Schmerz in dem geschienten Bein diente als beständiger Ausgangspunkt, um sein Gefühl zu bestärken, daß er sich auf eine magische Weise lebendig fühlte, ebenso wie das Ticktack einer Uhr das Schweigen verdichtet. Schließlich war die Sonne vom Fenster verschwunden, und nun machten sie einen Balkon auf, der zu einer überdeckten Veranda führte. So drang plötzlich ein harziges Aroma herein, das mit ländlichen und häuslichen Geräuschen vermischt war.

Don Pedro und seine Enkelin gingen zum Mittagessen, nachdem sie ihm mitgeteilt hatten, daß später Besucher für ihn kämen, die sie bisher abgewiesen hätten, um seine Ruhe nicht zu stören. Die Flößer hatten sich mehrmals gemeldet und nach ihm gefragt, und selbst die Leute aus den Salinen und dem Ort waren neugierig auf diesen Ausländer, der einen Ertrunkenen vom Tode erweckt hatte. Sie würden gleich erscheinen, gleich.

Wie angekündigt stellten sich am Nachmittag nacheinander mehrere Gruppen ein. In manchen Momenten war das Zimmer voll, und Shannon kam es merkwürdig vor, als er sah, wie sich beinahe ein ganzer Flößertrupp schüchtern und zurückhaltend benahm, die Stimmgewalt und das Ungestüm bezwang. Jetzt, in diesem gemütlichen Raum mit dem weichen Bett, dem Heiligen unter der Glasglocke und dem romantischen Stich, der den Brand Karthagos darstellte, konnte Shannon am besten den Gegensatz zur erdverwurzelten Kraft der Flußwelt ermessen, in der er so viele Wochen gelebt hatte, vor allem, wenn er sie von der Höhe seiner Wiedergeburt aus betrachtete.

Diese neue Höhe wurde vielleicht nur von Paula wahrgenommen. Im Kreis der Männer vom Fluß sagte sie nichts und schaute den Iren so an wie nie zuvor. Früher hatte sie ihn herzlich, sogar zärtlich angeblickt, vor allem, wenn sie allein waren, in den wenigen Momenten innigen Austauschs. Was jetzt in ihren Augen zu lesen war, drückte aus, daß sie etwas Neues entdeckte, als sähe sie gerade etwas, woran sie noch nicht ganz glaubte. Shannon, der Verletzte; Shannon, der unbeweglich ans Bett Gefesselte; Shannon, der dem Schmerz Unterworfene, hatte für sie trotzdem beinahe heitere Blicke. Ja noch mehr, er sah sie wie ein Mädchen von vielen an. ‹Ob er es gemerkt hat?› dachte sie.

Die Besuche wiederholten sich, solange sich der Spitzentrupp nicht allzuweit von den Salinen entfernte, obwohl er den Lagerplatz wechselte. An einem Nachmittag kam auch der Flußmeister zu Besuch, und er begrüßte Shannon mit einer Anrede, die diesen beeindruckte.

«Hallo, Flößer! Wie geht's dem Bein?»

«Gut, Meister», sagte er schließlich. Und ernst setzte er hinzu: «Und vielen Dank, weil Sie mich Flößer genannt haben. Das gefällt mir sehr. Sogar ... das bekommt mir sogar gut, das heilt mich ein bißchen.»

«Ich nenne dich so, weil du es bist. Gehörst du etwa nicht zu uns, wo du uns einen neuen kleinen Flößer gegeben hast?»

Tatsächlich kamen weitere Männer vom Fluß, die er nicht kannte, und sie redeten zu ihm als Gefährten; sie erzählten Geschichten, wie die eines Mannes, der ertrunken war und den man, wenn Shannon dabeigewesen wäre, vielleicht gerettet hätte. Natürlich kam auch der Quico und sah nach der Wunde. Die Heilung verzögere sich etwas, was am Mond liege, der noch nicht so weit sei, daß das Blut herabsteigen könne. «Der Mond, das ist ja bekannt, lenkt das Meer, das Blut und die Weiber.» Don Pedro bot ihm außerdem an, den Arzt aus Mazuecos zu holen, obwohl sie keine großen Freunde seien; doch Shannon hielt das für unnötig.

Am Nachmittag des zweiten Tages verabschiedete sich der Trupp. Lucas schenkte ihm seine Hakenstange. «Du hast mir das Lesen beigebracht, ich hab' dir beigebracht, die Hakenstange zu gebrauchen», sagte er, und Shannon war gerührt. Die Männer machten nicht viele Worte, doch sie drückten ihm kräftig die Hand.

«Los, los!» sagte der Americano und trieb die Abschiednehmenden zur Eile, «wir werden ja nicht heute sterben. Bis bald.»

«He!» rief Dámaso. «Der da nimmt jetzt einen andern Weg.»

«Ich gehe nach Aranjuez und warte auf euch, weil ich sehen will, wie man das Floß herausholt», entgegnete Shannon, den jedoch die metallische Stimme beeindruckt hatte, als hätte sie eine Prophezeiung ausgesprochen.

«Genau, verdammich!» fiel der Seco ein; «diese Arbeit fehlt ihm doch noch, damit er den ganzen Beruf kennt.»

«Und sonst», erklärte der Americano, als er ihn verließ, nachdem alle hinausgegangen waren, «such mich dort in dem Turm zwischen Zorita und Almonacid.»

«Ich verspreche dir, daß ich komme», antwortete Shannon. Er blieb allein und betrachtete die Hakenstange, die in der Ecke lehnte wie die Lanze eines Ritters von Zorita, mochte dieser nun ein Waffengefährte des Alvar Fáñez oder ein Ritter des Calatravaordens sein.

Paula kam am nächsten Morgen, um sich allein zu verabschieden. Shannon war verwirrt, obwohl er sie erwartet hatte. Einen Augenblick lang sagten sie kein Wort, während Cecilia sich diskret zurückzog. Sie hatte sich in den Sessel gesetzt, der dem Bett am nächsten stand. Der kleine weiße Fleck des Knöchels hob sich von dem schwarzen Kleid ab, wie an dem Tag, als sie am Fluß miteinander gesprochen hatten. Shannon ließ sich von der Erinnerung rühren. Ja, Paula war noch wichtig für ihn... Doch als er es zu sich selbst sagte, dachte er auch daran, daß dieses «noch», das er so spontan in seine Überlegung einbezogen hatte, eine bedeutsame Offenbarung war. Er war gerührt, ja; aber eher wie jemand, der als Zuschauer auf seine eigenen Erinnerungen zurücksah.

«Du hörst mir ja gar nicht zu, Royo», sagte sie lächelnd, doch leicht ungehalten. «Ich hab' dir gesagt, daß es dir schon sehr gut geht. Du hast sogar ein andres Gesicht... Ich weiß nicht; irgendwie reifer.»

«Das kommt, weil ich dich angesehen hatte, Paula.»

Ihr Lächeln verschwand, und sie sagte melancholisch:

«Siehst du? Sogar Komplimente machst du schon. Das konntest du vorher nicht; jetzt machst du Komplimente wie alle... Ja, du bist ein andrer... Wie schnell du dich geändert hast!»

«Glaubst du, Paula?»

Sie nickte.

«Und liebst du mich deshalb?» sagte er, obwohl er sich sofort selber fragte, warum.

«Nein», erwiderte sie noch trauriger. «Deshalb liebst du mich nicht.»

Shannon lehnte sich einen Moment gegen diese bedauernden Worte auf:

«Und was macht das dir schon aus, wo du mich nicht geliebt hast?» sagte er bitter. «Ach was! Immer diese Frauen...!»

Einem plötzlichen Impuls folgend, fuhr Paula aus dem Sessel hoch und hielt ihm die Hand vor den Mund, um ihn zum Schweigen zu bringen. Sie sah ihn betrübt an, als sie erklärte:

«Nein, Royo, sag nicht solche Sachen. So bist du auch nicht. Nicht wie alle. Und ich auch nicht. Es tut mir leid, denn das war..., ich weiß nicht, wie ich's ausdrücken soll, ich kann nicht reden.»

Sanft küßte Shannon die Finger, die auf seinen Lippen ruhten. Paula zog die Hand zurück und setzte sich wieder hin.

«Du hast recht, Paula. Verzeih... Und wenn du mir noch Hoffnungen machtest...»

Sie schwieg. Er richtete sich auf dem Ellbogen auf.

«Hörst du?... Wenn du mir noch Hoffnungen machtest...»

«Das kann ich nicht», entgegnete sie ernst. «Deshalb hab' ich dir an dem Nachmittag damals keine gemacht.»

Shannon brauchte einen Augenblick, bis er verstanden hatte.

«Gibt es einen anderen?»

Paula nickte wortlos.

«Warum hast du mir das nicht gesagt?»

«Wozu?... Heut bin ich deshalb gekommen... Ja, ich hätt' es dir auf jeden Fall gesagt, selbst wenn du der alte geblieben wärst... Aber es ist besser, daß du dich verändert hast.»

Während sie sprach, ließ er die Flößer an seinem geistigen Auge vorüberziehen. Denn natürlich war es einer von ihnen. Mit einemmal wurde er auf bestimmte geringfügige Kleinigkeiten aufmerksam, deren Bedeutung sich nun klar offenbarte. Und so kam es, daß er einen Augenblick lang peinigende Eifersucht auf jenen Mann verspürte, der stets seiner selbst so sicher war, ohne daß er irgendeine Prüfung durchlitten hatte.

«Antonio?»

Paula nickte wieder.

«Aber wie? Wann?»

«Sobald ich ihn gesehn habe», antwortete sie lediglich.

Ja; das reichte als Erklärung vollständig aus.

«Und hattest du kein Vertrauen zu mir, um es mir zu sagen? War es dir lieber, mich zu betrügen, uns alle zu betrügen?»

«Betrügen?» sagte sie in einem sanften Ton, der mehr als Zorn schmerzte. «Wo's überhaupt nichts gibt, Royo! Nichts weiter, als daß er mich mit sich nehmen wird, wohin er Lust hat; ich weiß nicht, warum mir das nicht mal was ausmacht. Sollte ich zu dem besten Menschen rennen, den ich kennengelernt habe, und ihm das sagen? Dem einzigen Menschen, der gut zu mir gewesen ist?... Er wird nie so gut sein zu mir wie du...»

«Dann...»

«Und was soll ich machen? Was hat das damit zu tun? Bevor ich ihn gesehn hab', ich weiß nicht, hätt' ich sogar dein sein können, ganz wie du wolltest, wenn du mit mir geredet hättest... Aber jetzt nicht mehr...», in einer ohnmächtigen Geste ließ sie die Arme sinken.

Was ließ sich da machen? Shannon sagte betrübt und zärtlich:

«Paula...»

«Ich werd' dich nicht vergessen, Royo. Nie werd' ich einen andern Mann wie dich finden. Und ich hätte nicht mal gedacht, daß es jemand wie dich gibt!... Mit dir wär' ich glücklich gewesen, hätt' ich zufrieden leben können... Aber so bin ich. Er hat mich in seiner Gewalt, ich gehör' ihm blind.»

Shannon ergriff ihre Hand, und sie überließ sie ihm. Und er sprach, während er ihren Mund ansah, der mädchenhafter als je zuvor wirkte:

«Ich werde dich auch nicht vergessen, Paula. Nie. Und ich werde auch keine andere Frau wie dich finden. Weißt du was? In den Städten, in meiner Welt, findet man sie nicht. Inmitten all der verlogenen Komödien dort würden sie ersticken. Du bist so sehr Frau! So unschuldig und so schuldig, so sanft und so wild... Du bist eine Taube, die tötet, Paula. Was soll ich dir sagen? Du bist eine ganze Frau. Nicht einmal du selbst weißt, was du mehr bist: Mutter oder Liebende.»

Sie erstarrte im Sessel.

«Ärgere dich nicht. So ist es. Und ich... liebe dich weiter, Paula», schloß Shannon ganz leise.

«Auf eine andere Art, Royo», flüsterte sie.

Es trat ein tiefes freundschaftliches Schweigen ein. Ein tiefes Schweigen voller Stimmen, die Shannon auch nicht vergessen würde, vor allem die beiden stetigsten: die des Windes in den Kiefern und die des Flusses inmitten der Felsen.

«Es war hübsch, nicht wahr?» sagte Paula mit Mädchenstimme.

«Ja», bekannte Shannon. «Zu hübsch. Du konntest nicht für mich sein. Ich habe dich nicht verdient.»

Er drückte einen einzigen, langen Kuß auf die Hand des Mädchens. Auf diese Hand, die für das eiskalte Wasser, die glühende Liebe, die Leidenschaft des im wohlig warmen Nest der Brüste verwahrten Messers geschaffen war.

«Paula...», sprach er dann langsam aus. «Nie werde ich diesen Namen vergessen.»

«Ich möchte dir eins sagen: So heiße ich nicht. Als ich auf das Floß gestoßen bin, hatte ich den Einfall, mir diesen Namen zu geben, damit sie mich nicht entdecken. Den Namen trug eine Verwandte, die schon tot ist. Niemand weiß meinen Namen... Nicht mal Antonio», setzte sie ganz leise hinzu. Und sanft sagte sie endlich: «Ich heiße Beatriz.»

«Beatriz!» Shannon kostete diesen Namen einen Augenblick aus.

‹Der Name einer Paradiesführerin›, dachte er. Und auch der Name einer bescheidenen Magd, die in einem von Vives geschriebenen Dialog dem Sohn des Hauses antwortet, als dieser sie häßlich nennt: «Nenn mich, wie du willst, aber nicht häßlich.» Er ließ sich indes nicht vom Zauber dieses Wortes gefangennehmen.

«Das freut mich», sagte er. «Weil das Floß sein Ziel erreicht, und du kommst zu deinen Leuten heim und heiratest... Ja, ja..., und für das alles mußt du Beatriz sein. Man wird Paula vergessen, die es nicht gegeben hat; alle werden vergessen, nur ich nicht. Denn die wirkliche Frau ist für mich Paula gewesen... Paula für mich allein, für immer! Wie ich dein Royo sein werde, was auch nicht mein Name ist.»

«Ja, wie du mein Royo bist...»

Sie schwiegen. Die Frau stand auf. In einem einzigen Augenblick hatten sich ihr die Augen mit Tränen gefüllt. «Adiós, Royo. Und danke für alles.» – «Adiós, Paula. Und vielen Dank, weil du die Wahre bist.»

Er sah, wie sie das Zimmer verließ; er hörte sie auf der Treppe. Er schloß die Augen und sah sie noch lange Zeit vor sich, mit ihrem lebhaften und natürlichen Gang, wie sie auf den Pfaden durch den Kiefernwald lief. Ihn schmerzte die Erinnerung, ihn schmerzte die Vergangenheit; doch – durfte er sagen, daß ihn die Gegenwart schmerzte? Eben erst, wenn sie noch gewollt und ja gesagt hätte... Und dennoch hatte ihm dieses Gespräch einen anderen Nachgeschmack zurückgelassen, der sich von dem der früheren unterschied, und es hatte ihn in eine andere Stimmung versetzt.

Als er die Augen öffnete, erschrak er: Sie war immer noch da!... Nein, es war nicht sie. Es war Cecilia.

«Entschuldigen Sie», sagte das Mädchen errötend, «ich wollte vorhin nicht hereinkommen, aber jetzt bin ich hier, falls Sie einen Wunsch haben... Das Mittagessen ist schon soweit.»

Der immer noch erschreckte Shannon brachte keine Antwort hervor. Sie verstand das falsch.

«Werden Sie nicht traurig», sagte sie lächelnd. Und sie selbst war traurig, als sie das sagte. «Sie werden sie schon wiedersehen... Ihre Esperanza ist sehr hübsch!» gab sie beinahe seufzend zu.

«Meine was?... O nein! Sie heißt Paula. Warum sagen Sie das?»

Nun war das Mädchen verwirrt.

«Das ist wegen der Nacht neulich... Was ich mich nicht getraut habe, Ihnen vorgestern morgen zu erzählen, als das mein Großvater wollte.»

«Wie bitte?»

«Ja; was Sie gesagt haben, als Sie im Delirium lagen... Sie haben ständig nach ihr gerufen: ‹Esperanza, Esperanza›, das haben Sie immer wieder gesagt... Und ich habe natürlich gedacht... Verzeihen Sie, ich bin sehr dumm.»

«Machen Sie sich keine Sorgen, Cecilia... Aber ich habe an etwas anderes gedacht. Sie heißt nicht Esperanza, und sie ist auch nicht mein.»

Ja, entdeckte er erstaunt, während das Mädchen sich beeilte, um hinauszukommen, damit sie nicht zeigte, daß sie noch rötere Wangen als sonst hatte: Es hatte sich erwiesen, daß die Hoffnung – «La Esperanza» – etwas anderes war.

Die Tage vergingen, während das Floß seinen Weg fortsetzte. Shannon sah es von der Veranda, wo er Platz nahm und dabei das Bein auf einen anderen Stuhl legte, denn er konnte sich schon mühelos bewegen. Die Männer grüßten ihn vom Fluß aus, und Shannon bemerkte, welch lebhaftes Treiben am Salinenhaus herrschte, obwohl er selbst so isoliert und ruhig dasaß. Denn wie viele, wie viele Dinge gab es auf der Welt, die alle von demselben Lebensdrang erfüllt waren! Vom ersten Krähen des Hahns bis zum letzten dumpfen Schrei eines Uhus, der sich in jeder Nacht auf einen Baum nahe bei seinem Fenster setzte, waren jedes Geräusch, jede warme Strömung, jede Geste ein kleiner Kondensator des Lebens, ein Mikrokosmos, der das Universum zusammenfaßte... Es kam nicht darauf an, ob es nur ein kleiner Alter war, der mit rheumagebeugtem Rücken vorüberkam; oder ein Kindchen, das weinte, weil es hingefallen war; oder die weiße Eselin, die sich freudig im Staub wälzte, als sie ihr das Geschirr abnahmen... Alles hatte, absolut gesehen, den gleichen Wert; alles war eine Geste des unermeßlichen, ewigen gemeinschaftlichen Lebens. Desselben Lebens, das in Shannons Bein pulsierte und sich durch die Stollen seiner verheilenden Knochen bewegte, wo der Kalk sich Molekül um Molekül ansammelte, beinahe wie die Stalaktite in den Höhlen der Mutter Erde.

Das Floß war ganz vorübergezogen, mit seinem Trupp, der die Nach-

hut bildete und das einriß, was der Americano und seine Männer aufgebaut hatten. Dieser Trupp holte auch die Schrickhölzer zusammen,
wenn welche zurückgeblieben waren; das heißt diejenigen Stämme, die
einige pfiffige Bauern nachts mit Steinen beschwerten und versenkten,
um sie sich anzueignen, nachdem das Floß vorüber war. Am letzten
Nachmittag, während Shannon sah, daß sie das Lager abbrachen, das
alle Trupps nacheinander geerbt hatten, entdeckte er, daß ein Flößer auf
das Haus zukam. Sie brachten ihn auf die Veranda. Es war ein Junge wie
der Lucas.

«Hör zu, Engländer», sagte er, «vom Spitzentrupp haben sie das für
dich geschickt.»

Und während er Shannon ein Papier in die Hand drückte, setzte er
hinzu:

«Und von unserm Truppführer und von uns allen soll ich dir wün-
schen, daß du bald gesund wirst.»

Der Junge, den dieses Haus einschüchterte, ging gleich wieder fort.
Shannon sah sich an, was er in der Hand hielt.

Es war ein braunes und rauhes Papier, das man von einem Lebensmit-
telbeutel abgerissen und dann sorgfältig glattgestrichen und rechteckig
zugeschnitten hatte. Auf ihm stand eine mit Bleistift in Kinderschrift
gekritzelte Mitteilung:

«Glück unt gesuntheit wünscht dir jemant,
der dich nicht fergist,
Lucas Martín.»

Shannon füllten sich die Augen mit Tränen. Gewissenhaft faltete er die
Botschaft zusammen und verwahrte sie in der Brieftasche, während ihn
eine Flut von Gefühlen überwältigte. Das bedeutete, daß sich ein Kreis
schloß und ein anderer öffnete; das bedeutete, daß der Vater Fluß keine
Amulette raubte, sondern die Korallenhand gegen dieses Schriftstück
austauschte – den Aberglauben gegen die Lektüre -; das bedeutete, daß
Shannon nicht nur ein Leben gerettet hatte, sondern auch einen Verstand; das bedeutete, daß die Welt ein Übermaß an Dingen bot, die noch
zu bewältigen waren und mit denen sich zahlreiche Menschenleben füllen ließen; das bedeutete... so viele, viele Dinge, die sich alle in einem
großen Stolz, einer tiefen Demut vereinten.

Während der Junge auf dem Pfad davonlief, sang er:

«Die Flöße kommen,
die Flöße ziehn weiter,
und wir werden weiterziehn
und kommen nie wieder.»

Das Liedchen hallte in der Abendluft nach, während Shannon sah, daß der letzte seiner bisherigen Gefährten, der Männer vom Fluß, hinter einer Flußkrümmung verschwand.

BUENAMESÓN

Das Auto stoppte im Schatten eines Baums und schaukelte wegen des scharfen Bremsens. Die Staubwolke, die es hinter sich hergeschleift hatte, wirbelte den aussteigenden Fahrgästen beinahe direkt ins Gesicht.

Es waren zwei Paare. Die Frauen hatten leichte gemusterte Kleidchen an. Die Männer trugen blaue Segeltuchschuhe, enge Hosen und sommerliche Windjacken. Sie hatten nach hinten gekämmtes und stark pomadeglänzendes Haar.

Der Fahrer machte den Kofferraum auf und legte Gepäckstücke auf die Erde. Ein Mädchen, das jüngere, war in das Wäldchen vorangelaufen. Als sie schon nahe am Fluß war, streckte sie entzückt die Arme in die Höhe.

«Kommt her, Kinder, kommt her! Wie hübsch das ist!»

Ihre Gefährtin tauchte unter den Bäumen auf. Sie trug einen Segeltuchstuhl und einen Korb. Sie war etwas älter und ein bißchen fülliger. Sie hatte sich ziemlich auffallend geschminkt.

«Siehst du? Und dabei wolltest du nicht mit, Consuelo! Aber jetzt hilf ein bißchen, meine Hübsche, dann ist noch genug Zeit, um sich hier zu rekeln.»

Zu viert schleppten sie einen Haufen Sachen heran, bis sie sich fertig eingerichtet hatten. Es war eine Ausrüstung, die amerikanische Warenzeichen und Beschriftungen hatte. «Restbestände aus dem Krieg», wie der Autobesitzer sagte. «Diese Amerikaner haben mehr Komfort bei der ‹Fahne› als hier ein Urlauber.» Auf einmal ließ sein Gefährte ein Pfeifen hören:

«So ist's richtig, Juanita! Ein Hoch auf die starken Frauen!»

316

Die Ältere hatte sich das Kleid hochgehoben und zog es sich über den Kopf. Darunter trug sie einen Badeanzug.

«Na klar!» rief sie, mit dem Erfolg zufrieden. «Wozu soll ich mir das Leben schwermachen? Jetzt zieh' ich mir die Hose an, und fertig.»

«Zieh dir nichts an, Mädchen! So siehst du prima aus.»

«Wo ich das mache, weil der Badeanzug zerknautscht wird, wenn ich mich auf die Erde setze. Und das ist ein Jantzen.»

«Den hab' ich aus Tanger mitgebracht, nicht wahr?» sagte der Fahrer, der auf einem Segeltuchstuhl saß und die braunen Oberschenkel des Mädchens betrachtete. Denn die kurze Hose war tatsächlich kaum groß genug, um den Badeanzug zu bedecken.

Das andere Mädchen kam zwischen den Tamarisken hervor; es trug eine lange blaue Hose und ein weißes Blüschen, dessen Ärmel bis zum Ellbogen reichten. An dem schlanken Körper zeichneten sich sanft die Brüste ab.

«Aber, Consuelo, willst du so frische Luft schnappen?» fragte die Freundin lachend. «Und hast du nicht vergessen, daß du dich auch noch in den Mantel einpacken mußt?»

Der Fahrer wandte den Kopf, und über die Schulter blickend sprach er seinen Freund an:

«Hör zu, Manolo, entweder bringst du die bald auf Trab, oder man kann euch nirgendwo mehr mit hinnehmen. Die macht sich zum Affen!»

«Überhaupt nicht... Noch ein paar Ausflüge, und sie hat gelernt, was das Leben ist, du wirst schon sehn.»

«Trinken wir etwas?» sagte Juanita, um von diesem Thema abzulenken, denn sie schämte sich ein bißchen, als sei sie für die fehlende Lebensart ihrer Freundin verantwortlich.

Doch nun kam Tanzmusik aus dem kleinen Radio, an dem Arturo herumstellte. Lachen und Händeklatschen waren zu hören, und Juanita und Arturo umschlangen sich. Manolo ging zu dem anderen Mädchen, das allen übrigen den Rücken zudrehte und den Fluß betrachtete.

«Halt mich fest, es gibt Musik», sagte er. Und da er sah, daß das Mädchen die ersten Schritte ohne übermäßige Begeisterung machte, sprach er weiter: «Hör zu, was ist los mit dir? Warst du nicht ungeheuer zufrieden und hast gesagt, es würde dir so prächtig auf dem Land gefallen?»

«Ja, ja», antwortete das Mädchen mit einem heimlichen Seufzer. «Das Land gefällt mir sehr gut.»

«Na, dann nutze es aus, du Dummerchen», erklärte er und schmiegte

317

sich enger an. «Was du brauchst: daß wir ein bißchen den Wein probieren.»

Und da geschah es, daß der Chepa zusammen mit dem Galerilla auftauchte, *Canalejas* am Halfter führend. Sie waren dem Floß vorausgelaufen, um in diesem Wäldchen bereits das Lager aufzubauen, weil es am Ufer das beste Gelände war, das sich gegenüber der Fähre von Buenamesón und außerhalb des dortigen Landguts befand. Als der Chepa feststellte, daß der Platz besetzt war, wich er ein paar Schritte zurück; und sie begannen mit den ersten Arbeiten in dem kleinen schattigen Gebiet, das noch übrigblieb.

«Das macht uns alles kaputt!» sagte Juanita, nachdem sie die anderen entdeckt hatte, und sie versuchte, sich dem Tanz zu entziehen. Doch Arturo hielt sie fest und drehte sich mit ihr weiter.

«Gib nicht auf, Mädchen. Was gehn uns diese Leute an.»

Der Chepa lief neben den Tänzern über das Gras, weil er am einzigen Zugang zum Fluß, der dort an der Böschung zu finden war, einen Eimer mit Wasser füllen wollte. Danach kam er wieder an ihnen vorbei und fing an, dem Esel das Gepäck und das Geschirr abzunehmen. Der Galerilla unterhielt sich damit, daß er die Paare beobachtete, wobei seine Neugier besonders von jenem Musikkasten gereizt wurde. Unbeweglich, mit aufgestellten Ohren, saß das Hündchen neben ihm.

Als Juanita sah, daß Santiago ein Lagerfeuer anzündete, blieb sie auf der Stelle stehen.

«Na aber, werden wir hier zusammen leben, oder was? Wo uns diese Trottel ausräuchern wollen!»

«Sei still, Frau», sagte Consuelo ängstlich.

«Aber wo die sich nicht benehmen können. Das ist die reine Bosheit, das macht denen nämlich Spaß, den Leuten auf die Nerven zu gehen.»

«Es stimmt, daß sie uns die Party vermasseln», sagte Manolo leise zu seinem Freund. «Weil hier, mit den Mädchen... Wer soll dann zu seinem Mittagsschläfchen mit denen kommen?»

Das überzeugte Arturo, der nun zum Chepa ging und ihn fragte, warum sie ausgerechnet dort lagerten, und ob sie nicht gesehen hätten, daß der Platz besetzt sei.

«Deshalb bin ich ja hier geblieben», entgegnete Santiago. «Sie vier wollen doch wohl nicht den ganzen Schatten im Wäldchen für sich alleine haben.»

«Aber Sie stören, Mann; Sie stören. Sehn Sie nicht, daß Sie uns stören?»

318

«Angeberei stört mich auch, und ich sag' nichts», sprang der Chepa hoch und pflanzte sich vor dem anderen auf.

«Aber hast du das gesehn? Wo er jetzt auch noch frech wird!» sagte Arturo wütend zu seinem Freund. «Wenn ich nicht Rücksicht darauf nehmen würde, daß es ein armer Buckliger ist...»

«Einen Buckel haben sie deiner Mutter vorne angehängt, du Mistkerl!» Santiago wurde blind vor Wut und packte Arturo am Hals.

Consuelo kreischte auf. Santiago drückte und drückte, wobei er die Faustschläge des anderen über sich ergehen ließ, als plötzlich der Americano erschien und in den Kampf eingriff, in den sich auch schon Manolo gestürzt hatte, um seinen Freund herauszuhauen. Die vier Männer standen sich nun paarweise gegenüber. Der Chepa sagte nichts, er war sehr blaß und keuchte heftig. Arturo hatte ein hochrotes Gesicht, und Drohungen sprudelten ihm über die Lippen:

«Bestien, schlimmer als Bestien! So rückständig ist dieses Spanien! Sobald die jemand sehn, der gut angezogen ist, kommen sie in Wut und respektieren nicht, daß Señoritas anwesend sind.»

«Warum respektieren die sich nicht selber», sagte der Americano lächelnd, «anstatt mit zwei unverschämten Kerlen rumzulaufen?... Hat die da sich etwa das Kleid ausgezogen, damit man sie mehr respektiert?»

«Hören Sie zu...», wollte Arturo protestieren.

Aber der Americano ließ ihn nicht weiterreden.

«Weg!» Und seine Stimme schüchterte ein wie eine Geschützsalve. «Weg!» wiederholte er jähzornig und schwang die Hakenstange. «Weg mit euch auf der Stelle, oder das stoße ich einem durch den Leib!»

Er hatte den Arm hochgestreckt und hielt die Stange waagerecht wie ein griechischer Krieger. Seine Lippen krampften sich zusammen, so daß er den Goldzahn zeigte. Arturo blieb bewegungslos stehen. Juanita packte ihn und riß ihn zurück. Der Americano hatte so viel Gewalttätigkeit in sich angestaut, daß er sie nicht beherrschen konnte. Der Arm schoß nach vorn, die Hakenstange zischte wie ein Wurfspieß und stieß in eine Erle, und der Schlag hallte im ganzen Wäldchen wider. Die Stange hielt sich einen Augenblick waagerecht und fiel dann zur Erde, von ihrem Gewicht nach unten gezogen.

Die beiden Ausflügler hatten allen Mut verloren. Diesen Wilden gegenüber rieten sie sich gegenseitig zur Vorsicht, während Consuelo immer wieder sagte: «Gehn wir, gehn wir.» So packten sie denn ihre Sachen zusammen und liefen zum Wagen. Juanita mußte noch als letzte einsteigen. Blind vor Zorn rannte sie auf den Americano zu:

«Wenn ich ein Mann wäre», sagte sie, «würden Sie im Fluß landen. Hurensohn!»

Der immer noch finster gelaunte Americano musterte sie eingehend von unten bis oben und deutete ein hartes Lächeln an:

«Soweit ich sehen kann, Señorita, sind Sie kein Mann.»

Das Mädchen spuckte ihm wütend ins Gesicht, bevor sie zum Auto zurückrannte, wo die Freunde nach ihr riefen. Endlich fuhr der Wagen los und entfernte sich auf dem staubigen Weg.

Der Chepa hatte sich wieder an die Arbeit gemacht, ohne ein Wort zu sprechen. Der Americano sagte traurig:

«Ich habe etwas Schlechtes getan, ich habe mich schlecht verhalten... Dieser Stolz, dieser Stolz, den ich habe... Ich bin schlecht.»

«Schlimmer wär's gewesen, wenn die andern gekommen wären, Chef», sagte Santiago. «Wenn die erst die strammen Beine von dem Mädchen sehn, hätt' es genausogut sein können, daß die sich an sie ranmachen.»

«Ja, das stimmt... Aber ich tauge nichts. Da glaubt man, daß man schon so ist, wie es sein sollte, und... du siehst ja.»

Etwas später, als der Americano bereits zu seinen Leuten zurückgekehrt war, näherte sich auf der Straße aus Fuentidueña ein Junge. Er war so groß wie der Lucas und ging zu den Flößern, die etwas weiter flußauf arbeiteten. Der Cacholo glaubte, ihn wiederzuerkennen, und tatsächlich sagte der Junge, er komme aus Sotondo.

«Ach!» sagte Quintín. «Du warst der, der dem Negro auf der Versammlung geantwortet hat, nicht wahr? Du standest mit diesem Alten zusammen.»

«Ja», antwortete der Junge und hob den Kopf. «Ich bin der Pascual. Und deshalb bin ich hergekommen.»

«Was ist passiert?» fragte der Seco.

«Was soll passiert sein? Ich will arbeiten. Und ich will mit dem Flößer von damals zusammen sein.»

«Mit dem Negro?»

«Ich weiß nicht. Mit dem, der dort gesprochen hat. Der das gesagt hat.»

«Der ist weg... Wir wissen nicht, wohin. Über die Berge.»

Der Junge verstummte. Der Americano blickte ihm direkt ins Gesicht, doch der andere ließ lediglich den Kopf sinken. Wenn er eine Enttäuschung, eine tiefe Gemütsbewegung erlebt hatte, so gab er das nicht zu erkennen. Hart war dieser Junge. Er würde viel tun, würde viel leiden, sich allem mit ganzer Kraft widmen. Warum suchte niemand ausschließlich nach Frieden? Aber jedenfalls stand er dort, mit seinem ungebrochenen Rebellengeist.

«Und Arbeit, bekomm' ich die?» fragte er endlich.

Der Truppführer wartete etwas, bevor er antwortete.

«Warum bist du hergekommen?»

Der Junge zuckte die Achseln.

«Wenn Sie mir keine geben können, geh' ich.»

Der Americano betrachtete die abgenutzten Riemenschuhe, die zerlumpte Kleidung, den leeren Rucksack.

«Warte, Mann, willst du mir nicht sagen, was für einen Grund du hast?»

«Es ist keine Schande», er hob den Kopf, «daß sie mir dort alle Türen vor der Nase zugeschlagen haben. Niemand will mir Arbeit geben, und bei mir zu Hause haben wir auch nichts zu tun. Der Benigno hat gesagt, daß ich ein Querkopf bin und daß Leute wie ich überflüssig im Dorf sind... Ich dachte, hier würde man mir helfen.»

«Natürlich helfen wir dir. Jetzt bleib erst einmal zum Abendessen da.»

«Ich brauche nichts. Was ich will, ist arbeiten.»

«Sehr gut, also sollst du arbeiten. Ich habe den Negro und den Iren verloren. Da kommt ein neuer Mann gerade richtig.»

«Danke», sagte er und legte endlich die dünne Decke ab, die er auf dem Rücken, über dem abgeschabten Rucksack, getragen hatte. «Kann ich das bei Ihren Sachen lassen?»

«Selbstverständlich. Du gehörst schon zu uns.»

Seine Augen glänzten.

«Ich werd' es gleich lernen, Sie werden schon sehn. Das mit der Stange gefällt mir am meisten...!»

Als er am Mittag, zusammen mit den übrigen, zum Lager kam und Paula entdeckte, rief er glücklich:

«Ist das eine Freude, Sie zu sehn, ist das eine Freude! Ich hab' mich nicht mal getraut, nach Ihnen zu fragen, für den Fall, daß die Sie mitgenommen hätten.»

«Wer?»

«Die Bullen.»

«Warum sollten die mich mitnehmen?» erkundigte sich Paula und ahnte eine neue Gefahr voraus.

«Der Benigno hat herumerzählt, Sie haben ihm irgendwas aus Gold gestohlen, während Sie bei ihm zu Hause gegessen haben, und er wollte Sie anzeigen und von zwei Polizisten bewacht zurückbringen lassen. Er hat erzählt, alle würden dann sehn, wer er ist; und wo er gleich darauf nach Sacedón gegangen ist, na ja... Dann hieß es im Dorf, er hätte die Bemerkung gemacht, daß er Ihnen verzeihen würde, wenn Sie bei ihm als Dienstmädchen anfangen wollten, damit Sie's abarbeiten.»

«Dieser Dreckskerl!»

«Ich wußte schon, daß es nicht stimmen konnte; daß Sie nicht stehlen und daß es hier Männer gibt, die so was nicht zulassen», sagte der Junge und hielt die Angelegenheit für erledigt, weil das ja übles Gerede war.

Aber Paula begriff allmählich das Manöver, mit dem ihr Benigno in Zorita drohen wollte. Da sie nun außerdem wußte, daß er öffentlich den Mund vollgenommen hatte, war sie sicher, daß er wieder nach ihr suchen würde, wahrscheinlich in Aranjuez. Sie beschloß, ihm allein entgegenzutreten und die Sache zu klären, ohne Antonio hineinzuziehen. Auch der Findling hatte gehört, was der Junge erzählte; und bei der ersten günstigen Gelegenheit an diesem Nachmittag sagte er zu Paula, sie solle nach dem Abendessen in der Seifensiederei auf ihn warten, einem Gebäude, das nahe bei Villamanrique liege, etwas weiter flußabwärts.

Die Nacht kam, doch sie dämpfte kaum den im Glutofen des Tages entzündeten Feuerbrand. Außerdem geschahen seltsame Dinge. Nach dem Abendessen beschäftigte sich zum Beispiel der Americano damit – was er auch sonst häufig machte –, seine Hakenstange mit einem Flußstein zu bearbeiten. Hätte man aber genau aufgepaßt, so hätte man gesehen, daß er die Spitze nicht schärfte, sondern mit dem Stein gegen sie hämmerte, um sie platter zu schlagen.

Doch niemand kümmerte sich allzusehr um die übrigen. Die Leute waren von der Hitze abgestumpft. Sie schliefen erst spät ein; sie lagen verstreut, wo sie sich zufällig hingestreckt hatten, und sie wälzten sich hin und her. Endlich übermannte sie die Müdigkeit. Nur der Americano, der sich Sorgen machte, weil er sich am Morgen so heftig benommen hatte, was er für einen seelischen Rückschlag hielt – ‹Werde ich denn nie meinen Jähzorn beherrschen?› fragte er sich –, bemerkte, wie Antonio und Paula davonschlichen, sie ein wenig früher, und wie die beiden sich bemühten, unbemerkt fortzukommen. Er beschloß, sie genauer zu beobachten. Er wußte, wenn ein Funke die leicht erregbaren Gemüter in Brand steckte, könnte er die Leute nicht unter Kontrolle halten.

Der Mond hatte sich zu einer außerordentlich schmalen Sichel verkleinert, beinahe war Neumond; und es fiel nicht schwer, heimlich über die

Felder zu laufen. Das auf die Tageshitze folgende ungewöhnlich inten-
sive Nachleuchten des Himmels reichte nicht aus, um deutlich zu sehen,
und die unzähligen Geräusche der Erde – die Frösche, die Grillen, das
Wasser, die tausend seltsamen, unerklärlichen Berührungen und knir-
schenden Laute – übertönten die Schritte. So verfolgte er Antonio zu ein
paar Ruinen, die nicht weit vom Fluß lagen. Sie waren sehr ausgedehnt
und unübersichtlich: Sie gehörten zu einer früheren Seifen- und Öl-
manufaktur, die viele Meilen im Umkreis den Markt beherrscht hatte,
wobei es ein geschäftiges Hin und Her zahlreicher Lastwagen und Fuhr-
werke gegeben hatte, bis die traditionellen Verfahren von den modernen
verdrängt wurden und die Besitzer nicht imstande waren, sich darauf
einzustellen. Doch die großen Scheunen, die riesigen, für die Spindel-
pressen schraubenförmig bearbeiteten Balken, die gewaltigen Mahl-
steine, die ungeheuren Hebebäume, mit denen der auf die kleinen Körbe
ausgeübte Druck der Gewichte vervielfacht wurde, die geräumigen Pferdeställe und Wagenschuppen gaben immer noch eine Vorstellung, wie
bedeutend das Unternehmen gewesen sein mußte.

Antonio drang durch einen Portikus ein, der zwei dorische Säulen aus
weißem, in Colmenar gebrochenem Stein hatte, und er lief schräg über
einen und noch einen Hof. Paula erwartete ihn am Eingang eines sonderbaren Raums, durch dessen teilweise eingesunkenen Boden man riesige
Tonkufen sehen konnte. Diese waren alle mehr als mannshoch, und der
ganze Keller stand voll mit ihnen. Ihre Öffnungen reichten bis an den
Fußboden jenes Raums heran, damit man sie leichter mit Öl füllen und
wieder entleeren konnte.

Paula blieb keine Zeit, ihm etwas zu erklären, denn sie hatten kaum ein
paar Worte gewechselt, als kräftige Schritte zu hören waren.

«Wer ist da?» fragte Antonio und stellte sich vor Paula.

«Nicht schießen, Kumpel», sagte eine spöttische und zugleich melancholische Stimme: die des Americano. Und beim Näherkommen setzte
er hinzu: «Was hat das zu bedeuten?»

Paula senkte den Kopf. Antonio blickte auf.

«Das ist unsere Sache», entgegnete er.

«Nein, Kumpel», widersprach der Americano. «Das ist *unsere* Sache», betonte er, «die von uns allen. Und wenn ich heut morgen nicht
etwas begriffen hätte, wenn ich nicht jeden Tag mehr ein anderer sein
möchte, dann würde ich dir sagen, daß es eine Sache von uns beiden ist,
von dir und mir... Halten Männer so ein Versprechen, das sie gegeben
haben?»

323

«Francisco!» bat Paula flehentlich.

«Und seit wann betrügt ihr uns?»

Paula trat schnell auf ihn zu.

«Es ist nichts passiert, Francisco», sagte sie nachdrücklich. «Sieh mir in die Augen: Es ist nichts passiert.»

Das bleiche Gesicht, das sich ihm in der Nacht entgegenstreckte, rührte ihn:

«Du hast so schwarze Augen, daß man sie jetzt überhaupt nicht erkennen kann, Mädchen. Aber ich höre deine Stimme, und paß auf, obwohl ich sehe, was ich sehe, glaube ich dir immer noch, denke ich immer noch, daß du nicht falsch sein kannst... Aber, Täubchen», seine Stimme erstarrte, «mir, der sich dir gegenüber wie ein Vater benommen hat, mir hast du nichts gesagt? Warum? Hätte ich es nicht verdient, das von dir zu erfahren?»

Das Mädchen ließ einen unwillkürlichen Seufzer hören.

«Ich hab' daran gedacht, Francisco, ich hab' daran gedacht... Doch ich konnte mich nicht entschließen. Ich weiß, daß du mich gern hast. Aber du bist ein Mann, und... ich hab' den Mund gehalten.»

Der Americano schwieg. Dieses Mädchen hatte ihn tiefer durchschaut als er sich selbst. Wenn es nicht den Zwischenfall am Morgen gegeben hätte, der ihm bewies, wie sehr er seinen Leidenschaften mißtrauen mußte – wie hätte er sogar jetzt noch reagiert? Sein Schweigen dauerte sehr lange.

«Warum muß ich Schaden anrichten? Warum?» klagte Paula.

«Ach was, ach was...», wollte er sie beruhigen. «Das ist gefährlich, das ist Wahnsinn. Wenn der Trupp es erfährt, kann weiß Gott was passieren... Wäre es nicht sowieso bald zu Ende, so würde ich dir sagen, daß du gehen mußt, Mädchen. Aber wenn du jetzt bleibst, dann ist Schluß mit den Treffen; ihr dürft fast überhaupt nicht miteinander reden, habt ihr das begriffen? Nur gerade soviel, damit ihr nicht auffallt... Verstanden, Junge? Wirst du diesmal zu deinem Versprechen stehn wie ein Mann? Paß auf, das ist kein Versprechen mehr, das du allen gibst und bei dem du bloß den Mund zu halten brauchst, sondern du sagst es mir ins Gesicht, und das laut!»

«Ja, Chef. Ich schwör's... Und entschuldigen Sie.»

Der Americano zuckte verständnisvoll die Achseln. Er entschied, daß Antonio und er gemeinsam losgehen würden, um zusammen im Lager einzutreffen und so jedem Verdacht zuvorzukommen, während Paula vor der Rückkehr noch kurze Zeit in den Ruinen bliebe.

So machten sie es. Doch als Paula schon zum Ausgang lief, hörte sie, daß ein Steinchen herunterrollte. Sie hob den Kopf und erbebte. Auf einer Mauer, die zum früheren Strohboden hin lag, über den alten Ställen, zeichneten sich Dámasos affenartige Umrisse scharf vom Himmel ab.

«Erschrick nicht, mein Täubchen», sagte seine metallische Stimme. «Ich bin's. He! Der Schönste von allen.»

Und bevor Paula an Flucht denken konnte, ließ er sich mit einem Sprung hinab und pflanzte sich vor dem einzigen Ausgang auf.

«Ich hab' euer Treffen mitbekommen», sprach er weiter, «und ich hab' mir gedacht, ich sollte ein paar ernste Worte mit deinem Bauernlümmel reden... Aber der Americano ist mir zuvorgekommen, und wo der ein guter Kerl ist», betonte er geringschätzig, «ist dabei rausgekommen, daß es hier nichts gegeben hat, und das Pärchen kann sich abküssen und den Flößern weiter Hörner aufsetzen...»

Paula suchte verzweifelt nach einem Ausweg, einer Zuflucht.

«Na, jetzt wird's hier doch was geben, aber bloß, damit der Dámaso sein Vergnügen hat. Die andern, die sollen sich selber ein Täubchen suchen... Na los, mein Herzblatt, laß dich nicht lange bitten.»

«Bei deiner Mutter, Dámaso!» rief Paula ängstlich, während sie von dem vordringenden Mann immer enger eingekreist wurde.

«Die hab' ich nicht gekannt, also... Sie haben mich an die Kirchentür gelegt, wußtest du das nicht? Eine Nachbarin hat mich aufgenommen, und gesäugt hat mich eine Ziege. He! So ist das aus mir geworden! Ein paarmal bin ich in ein Haus geraten, und dann haben sie mich wieder in einem andern festgehalten; und seitdem ich laufen konnte, schlag' ich mich allein durch!... Ein tolles Leben, das ich abgekriegt hab'. He! Ich hab' alle erschreckt, die ich gesehn hab', damit ich selber die Angst loswerden konnte... Aber du brauchst keine Angst zu haben, denn was ich mit dir machen werde, das ist nichts Schlimmes.»

Paula spürte, daß sie mit dem Rücken an die Wand stieß. Sie fuhr mit der Hand zwischen die Brüste, holte das Messer heraus und rief:

«Da mußt du mich umbringen!»

Doch schnell packte der Dámaso das Handgelenk, bevor sie die Waffe aufklappen konnte. Obwohl Paula sich wehrte, verdrehte er ihr die Hand, bis er sie zwang, das Messer auf die Erde zu werfen. Nun hielt er sie fest in den Armen. Sie fühlte, daß sie zu Stein erstarrte, als sich ihr das Faunsgesicht entgegenstreckte und sie mit seinem dichten Bart am Halsansatz kratzte. «Ich bring' dich um, aber bloß ein bißchen... He! Danach erwacht man wieder von den Toten.»

Und auf einmal, als ihn der Widerstand plötzlich in Wut versetzte, stieß er aus, während er sie mit seinem glühenden Atem anhauchte: «Aber, zum Henker, was macht das dir noch aus? Hast du nicht schon ein Kind?»

Paula blieb bewegungslos stehen: Das hätte sie niemals erwartet. Dieser Teufel wußte alles. Wozu hätte sie versuchen sollen, ihn anzulügen?

«Der Blinde hat's mir gesagt», erzählte der Mann weiter. «An deinem Tuch hat er's gerochen... Das wußtest du, nicht wahr?... So gefällst du mir, hübsch sanft... Du wirst schon sehn, so schlecht bin ich nicht... Verdammich!»

Paula war ihm entwischt. Sie reagierte, sobald sie die Erklärung erfuhr, und da ihre Regungslosigkeit den Dámaso getäuscht hatte, entzog sie sich ihm mit einer Drehung des Körpers. Doch der Ausgang war versperrt, und sie mußte in den alten Lagerraum zurückfliehen, wobei sie den Löchern im Boden auswich. Sie entdeckte ein niedriges Fenster, das sich zu einem anderen Raum öffnete, und sie wollte ihn erreichen, um dort einen Ausgang zu suchen. Doch bevor sie hingelangte, stand da schon der unglaublich gewandte Dámaso. Er stieß einen Siegesschrei aus und schnellte mit einem Sprung auf sie zu, und vor Paula versank er in der Tiefe. Und in demselben Moment verschwand er, als hätte ein Wunder des Himmels bewirkt, daß ihn die Erde verschlang. Paula sah, wie er unter großem Getöse und in einer magischen Staubwolke blitzschnell vor ihren Augen untertauchte. Sie kniete nieder und dankte weinend der Heiligen Jungfrau.

Dámaso war auf den morschen Deckel einer Kufe gesprungen, und mit seinem ganzen Körpergewicht hatte er ihn zerbrochen und war auf den Boden des riesigen Gefäßes gestürzt.

Einen Augenblick war nur Paulas Schluchzen zu hören. Doch bald dröhnten laut aus der Höhlung die kräftigen Fußtritte und Faustschläge des Flößers: Er versuchte, den dicken Ton zu durchschlagen, den die Jahre steinhart gemacht hatten. Und hierauf waren Dámasos wahnwitzige Lachsalven zu vernehmen, die größeres Entsetzen als alles andere verbreiteten und vom Echo vervielfacht wurden.

«Paula! Hörst du mich?» Paula näherte sich vorsichtig, so weit, um festzustellen zu können, daß der Mann nicht die Öffnung erreichte und ihm auch kein Entkommen möglich war. «Ach! Da bist du ja... Das ist wirklich ein starkes Stück! Wenn ich in einer Kufe sterben muß, hätt' es schon eine mit Wein sein können. Aber nein, da war Öl drin, und das ist ganz eingetrocknet. Wie's sich von selbst versteht für den Dámaso!»

«Bist du verletzt, Schiefmaul?» fragte sie mitleidig, doch ihre Stimme zitterte noch vor Entsetzen.

«Ich und verletzt? He! Aber hier komm' ich nicht raus, hier läßt sich niemand blicken, und bei der Hitze und ohne was zu trinken werd' ich so lange braten, bis ich zum Teufel gehe.»

Und er lachte weiter. Paula lehnte sich noch mehr nach vorn. Das Nachtdunkel machte es unmöglich, in dieser Höhlung irgend etwas zu erkennen, was so wirkte, als hätte sie eine Zauberstimme.

«Warte, ich helf' dir.»

«Mädchen!» schrie er. «Wenn du mir eine Hand hinstreckst, zieh' ich dich nach unten, und auf der Stelle mach' ich, was mir gefällt... Du würdest nicht davonkommen, nein!»

«Sei nicht so, Mann, sei nicht so!»

«Und wie soll ich sein? Hab' ich dir nicht erzählt, was mein Leben gewesen ist? Für die andern ist das einfach!»

«Ich hol' dich raus, wenn du mir schwörst, daß du den andern nichts sagst... Da siehst du ja, ob ich Vertrauen habe!» setzte sie bitter hinzu. Und schließlich erklärte sie: «Vielleicht bin ich verrückt, aber ich lass' dich nicht da drin.»

«Ob ich rauskomme oder nicht, ich würd' nichts sagen. Wozu? Daß die andern Krach schlagen und sich einen Spaß machen? Ich arbeite für mich!»

«Also, dann warte.»

«Nein! Das andre mach' ich wirklich! Wenn ich dich zu packen kriege, lass' ich dich nicht los!» schrie er weiter, als er sah, daß Paulas Kopf sich von der Kufenöffnung zurückgezogen hatte.

Das Mädchen zögerte. Sie glaubte, dazu wäre er durchaus imstande. Sie dachte schon daran, ins Lager zu gehen und Hilfe zu holen, als sie sah, daß Dámasos Hakenstange an der Wand lehnte; und sie hatten einen Einfall. Sie nahm die Stange und ging zur Kufe.

«Da hast du deine Stange. Wenn du die am Rand festhakst, kannst du schon hochklettern. Nachher, wenn du rauskommst und mir meine Hilfe übel vergelten willst, dann mach, was du willst. Drück dich hier an die Seite, denn jetzt werf' ich sie runter.»

Sie hörte, daß der Schaft gegen die dunkle Wand stieß, und auch die letzten Worte Dámasos, die sie nicht erwartet hatte und die ihr das Herz vor Kummer zusammenschnürten.

«Ach, Mädchen, wenn jemand wie du mich geliebt hätte!»

Doch sie rannte, rannte hastig über die Felder. Sie verletzte sich an den Steinen und den Disteln, rang heftig nach Atem, weil ihr der Lauf und noch mehr die Angst zusetzten, was wohl der Dámaso am nächsten Morgen machen würde. Sie konnte nicht einschlafen, nicht einmal, nachdem sie gehört hatte, daß er ankam und sich hinlegte, als wäre nichts gewesen.

Aber der Dámaso sagte niemandem etwas.

EL REGOLFO

«Ich weiß nicht, was für ein Tag heute ist», erklärt Shannon.

«Wieso nicht?» Don Pedro entscheidet kategorisch: «Heute ist Sommer.»

Cecilia läßt ihre Handarbeit einen Augenblick ruhen und lacht.

«Großvaters fixe Idee... Keine Uhren zu haben, keine Kalender zu haben.»

«Natürlich. Ich will nichts von offiziellen Zeiten wissen; nichts. Das Leben bestimmt die Zeit, das Leben. Ich habe keine Lust, mich warm anzuziehen, wenn die Zeitung erklärt, es sei Winter, sondern wenn ich friere.»

Ja, das weiß Shannon schon. Ihm ist nichts anderes übriggeblieben, als das zur Kenntnis zu nehmen. Im ganzen Haus gibt es nur eine große Uhr: die Standuhr mit dem alten, buntbemalten Gehäuse auf dem Treppenabsatz. Aber sie funktioniert nicht. Wie die Sebastiana erklärt: «Sie zeigt neun Uhr an, und das immer.» Sebastiana als einzige richtet sich ein wenig nach dem, was Don Pedro «die Madrider Uhr» nennt. Um sagen zu können, daß Mittag ist, wartet sie ab, bis sie das mittägliche Wetterläuten der Kirchenglocken hört. Und dennoch – doch so etwas weiß Sebastiana nicht – ist auch das nicht die Madrider Zeit, weil man sich im Dorf nicht an die offizielle Sommerzeit hält. Sie war zu kompliziert für die ländlichen Verhältnisse: Das Zugvieh blieb nicht um zwölf stehen, weil es um elf war. Darum macht sich Don Pedro über Sebastianas Zeit lustig.

So wird denn die Zeit wie vor dem Maschinenzeitalter gemessen: durch den Wandel der Dinge. So lernt man zum Beispiel die Vielfalt der Alltagsklänge schätzen, wobei man am Morgen mit den frühesten Weckgeräuschen beginnt: Hähne, kleine Singvögel, Täuberiche, das Austreiben des Viehs, Holzhacken, Wasserschütten, Lieder und Fegen auf dem Hof. Ebenso ist es mit dem langsamen Farbwandel der Mauern, des Himmels, des Lichts. Und vor allem mit dem unmerklichen – aber auch unerbittlichen – Voranschreiten des Schattens.

Diese Schattenuhr kann man gerade dort am besten würdigen, wo sie sich jetzt befindet: an Don Pedros Lieblingsort, dem alten Kreuzgang in den Salinen, die vorzeiten zum Kloster von Pastrana gehörten. Dieser abgeschlossene Hof – nur an zwei Seiten sind die Bögen und Pilaster erhalten – ist wie ein Abgrund der Zeit. Die Tage ziehen vorbei, immer und immer wieder, und jeder hinterläßt seine Schattenfolie wie einen Pinselstrich. Die ewige Sonne zieht vorbei, immer und immer wieder; jedesmal hinterläßt sie eine Zeitschicht an den Wänden, auf dem Boden aus kleinen Steinen, in den Gartenbeeten. «Schichten und Schichten aus Zeit, endlos», erklärt Don Pedro: «Das heißt die Ewigkeit.»

Der Strudel des Unfalls unterbrach gewaltsam Shannons Marsch flußab, der einer unerbittlichen zeitlichen Bewegung vom Winter zum Sommer, vom Gebirge in die Ebene gehorcht hatte. Und nach einigen Stunden der Ungewißheit, die von Schmerz und Schlaf ausgefüllt wurden, warf ihn der Strudel an diese Küste der Tage zurück, die einander in ihrer Abfolge so vollkommen gleichen, und das in einem Umkreis, der so unwandelbar wie eine Brunnenwand und ihr Halbdunkel ist. Shannon weiß, daß er lebt, weil sein Blut pulsiert, doch nicht etwa, weil sich die Zeit für ihn bewegt. Er atmet in einer unerschütterlichen Gegenwart. Es kommt nicht darauf an, daß jeder Augenblick eine Veränderung bewirkt, daß er Licht, Farbe, Geräusche und Gerüche bringt, die für ihn charakteristisch sind: Die zyklische Wiederkehr dieser feinen Unterschiede schwächt das große Beharrungsvermögen der Gegenwart nicht mehr, als das Wogen der Wellen die ganz unverrückbare Tiefe des Ozeans beeinträchtigt.

«Außerdem», erklärt Shannon seinen Freunden weiter, «für mich ist der Gegensatz noch größer. Weil ich von einem Weg kam, und zwar von einem Weg, der immer weiter führt, wie es der Fluß ist. Jetzt bin ich in einen Seitenarm geraten, wie in das Stauwasser einer stillstehenden Mühle. Reglos spiegelt es die Bäume und die Wolken, als bewegten sich weder das Wasser noch die Luft oder die Zweige. Das ist ein ungewöhnliches Gefühl... Sie können das nicht nachempfinden.»

«Und ob ich das kann!» sagt Don Pedro, während er sich mit der Hand über den Schnurrbart streicht und die Luft kurz und geräuschvoll ausstößt. «Jedesmal, wenn wir nach Guadalajara fahren, und reden wir gar nicht erst von Madrid, wird mir schwarz vor den Augen! Mich macht das verrückt, mich macht das verrückt.»

«Ich fühle mich dort nicht wohl», sagt Cecilia, ohne von ihrer Handarbeit aufzublicken.

«Deshalb schätze ich das hier», erklärt der Edelmann kategorisch und stößt mit seinem Stockdegen mehrmals in die Erde. «Und Sie brauchten das, jawohl. So denkt man nach, man sondert das Hohle und Oberflächliche aus; der Geist konzentriert sich auf das Wesentliche, das Wichtige.»

«Sicherlich. Aber was wird aus mir werden, wenn sich das Schütz des Mühlwehrs öffnet und das Leben mich wieder in die Strudel dieses Flusses stürzt, der uns trägt? Eines Tages wird das sein; ich kann nicht immer so bleiben.»

Niemand sagt ein Wort. Vor allem Don Pedro verharrt in einem Stillschweigen, das zweifellos einen bestimmten Sinn hat, weil er das Gespräch in eine andere Richtung lenkt:

«Sebastiana! Bring mir die Zeitung!»

«Ich hole sie, Großvater. Willst du eine alte oder eine von heute?»

«Die Tageszeitung, Frau, die Tageszeitung. Man muß Bescheid wissen über das Tagesgeschehen.»

Don Pedro lacht und blickt Shannon bedeutsam an. Das ist ein altgewohnter Scherz, denn was Don Pedro «die Tageszeitung» nennt, ist niemals weniger als einen Monat hinter der Zeit zurück. Wenn sie ihm das Tageblatt – das der Provinz, nicht das von Madrid, wo sie noch offizieller sind, ohne die Anekdoten aus dem kleinen lokalen Lebenskreis – von der Post bringen, so legt Sebastiana es unter einen Haufen, und von der Spitze dieses Haufens nimmt man welche für die Lektüre.

«So mache ich mir überhaupt keine Sorgen um alle Drohungen mit Kriegen und Katastrophen. Einen Monat später erinnert sich niemand an die apokalyptische Rede des Präsidenten X oder des Generalissimus Y.»

«Eines Tages wird der Krieg losgehen und Sie überraschen», scherzt Shannon.

«Der nächste wird einem keine Zeit lassen, daß man überhaupt etwas erfährt. Andererseits überrascht mich nichts mehr. Der Mensch ist ein so unbegreifliches Tier...»

«Da, nimm», sagt Cecilia, als sie zurückkommt. «Ihnen habe ich eine alte mitgebracht; wo Sie sagen, daß die Ihnen gefallen...»

Tatsächlich interessiert sich Shannon für die Zeitungen von vor zehn,

zwanzig, fünfzig Jahren... Don Pedro hat viele; er kauft sie als Einzel-
exemplare in den Antiquariaten von Madrid. Er kümmert sich nicht
darum, ob sie in vollständigen Jahrgängen vorliegen oder nicht. Nachdem Shannon in sieben Nummern von *La Ilustración* die Briefe und
Zeichnungen Pellicers vom Kriegsschauplatz verfolgt hat, konnte er daher nicht erfahren, ob der tapfere Osman Pascha, der in Plewna von den
Russen belagert wurde, sich 1877 schließlich ergeben hatte oder nicht.

«Was habe ich Ihnen heute mitgebracht?» fragt Cecilia. «Ist das in
Ordnung?»

«Nun ja... der Flug des *Plus Ultra*. Das war Ihr Lindbergh, nicht
wahr? Donnerwetter, er ist mit fast zweihundert Stundenkilometern ge-
flogen.»

«Herrgott!» ruft Cecilia verwundert aus. Und sofort besinnt sie sich:
«Also, jetzt werden sie schneller fliegen.»

Ja, die zeitliche Perspektive der Dinge wird durch eine derartige
Lektüre ausgedehnt und zusammengezogen wie ein Akkordeon. Alle
Ziel- und Bezugspunkte verschmelzen. Gestern der Tod Canalejas'; vorgestern die Ausrufung der Republik... Und alles überlagert sich, und
alles ist das gleiche, und alles führt dazu, jenes einschläfernde und zugleich beunruhigende Gefühl einer unendlichen Gegenwart zu schaffen.

«Sie fliegen schneller, ja, und jetzt kommen uns die Flugzeuge von
damals wie Spielzeug vor. Aber Sie werden schon sehen, Cecilia, welchen Eindruck unsere Flugzeuge in zwanzig Jahren machen.»

«Mann Gottes», greift Don Pedro ein, ohne von seiner Zeitung aufzublicken oder sich den Kneifer abzusetzen, «wann duzen Sie endlich die
Kleine? Wo sie noch ein Kind ist!»

«Sobald sie es mir erlaubt, Don Pedro. Denn sie ist kein Kind; sie ist
eine Frau. Und eine reizende kleine Frau.»

Cecilia errötet sehr heftig und antwortet nicht. Shannon betrachtet
den tief nach unten gebeugten Kopf und sieht eine schwere, dicke Träne
fallen. Sie tropft hallend auf die im Stickrahmen gespannte Leinwand
wie auf ein dumpfes Trommelfell. Shannon wird unruhig.

«Bitte, Cecilia! Habe ich Sie beleidigt? Verzeihen Sie! Ist das im Spanischen nicht richtig ausgedrückt?»

Cecilia sagt, doch, das sei es. Dann hebt sie den Kopf mit den feuchten
Augen und zeigt ein Lächeln. Sie erklärt, so gut sie es vermag, und be-
müht sich dabei, ihre Stimme zu beherrschen: Ja, das sei ganz in Ordnung, er dürfe sie jederzeit duzen; aber sie sei so dumm! Sie könne es
nicht ändern, solche Sachen gebe es bei ihr, sie wisse nicht, wie jemand

sie ertrage… Und Shannon tröstet sie und sagt zu ihr, sie sollen sich beide duzen, damit sie einander näherkommen. «O nein! Ich Sie, niemals! Ich kann nicht!» erklärt Cecilia schnell.

Don Pedro hat nichts gesagt, anscheinend ist er ganz in sein provinzielles Zeitgeschehen von vor einem Monat vertieft. Der stets reglose Schatten hat sich vom Rosenstrauch zum Fuß eines Pilasters verschoben. ‹So vergehen die Stunden, die Tage›, denkt Shannon. Und es würden die Monate, Jahre, Jahrhunderte aufeinanderfolgen, ohne daß etwas geschähe. Alles bliebe sich gleich: die Berge, der Himmel. Ja, natürlich, die Menschen würden vorübergehen; doch auf diese Weise kommt man schließlich dahin, an so etwas in aller Ruhe zu denken.

Nichts geschieht, außer kleinen Zwischenfällen, wie etwa der Reaktion, die Cecilia gezeigt hat. Allerdings bedeutet Shannons Satz kein banales Kompliment. Das Mädchen ist in keiner Hinsicht hübsch; sie erregt keine Aufmerksamkeit; beim ersten Blick achtet man nicht auf sie. Doch wenn man an ihrer Seite ist, bemerkt man schließlich etwas wie den sanften, beinahe verborgenen und ganz wahrhaftigen Wohlgeruch einer namen- und ruhmlosen Blume. Ihre braunen, alltäglichen Augen leuchten nicht und sind auch nicht ausdrucksvoll, obwohl sie manchmal Heiterkeit spiegeln und dann wieder mild zum Himmel aufblicken, um sich an etwas zu erinnern. Was für Lippen hat sie? Man weiß es nicht; im Gedächtnis behält man nur ein gesittetes Lächeln und ein Beben, wenn sie Rührung zeigt. Nachdem man mit ihr ein Jahr zusammen gelebt hätte, würde man die Augen schließen, und es wäre einem unmöglich, sich ihr Gesicht vorzustellen. Man würde sie indes vermissen. Allerdings nicht immer, korrigiert sich Shannon. Doch so wäre es beim Spazierengehen, in der Abendstunde, beim ruhigen und behaglichen Sitzen im Lampenlicht. Aber danach, wenn das Reich der Nacht in die Schlafzimmer einzöge? Daran zweifelt Shannon. Als sich Cecilia einmal, ohne darüber nachzudenken, hochgereckt hat, weil sie ein Insekt töten wollte – ihre fixe Idee ist peinliche Sauberkeit, und sie verabscheut «das Ungeziefer» –, sah Shannon ungewollt etwas von ihren Oberschenkeln, und das rief in ihm nur züchtige und zärtliche Gefühle hervor. Gerade eben, auf dem Hof, hat sich indes eine Fliege auf die Wade des Mädchens gesetzt, und sie klettert sehr schnell hinauf, eilt der Handbewegung voraus, mit der Cecilia das Tier verjagen will; und dabei hat sich Shannon versucht gefühlt, sie zu streicheln… Deshalb, wer weiß? Jedenfalls, obgleich das Weib in ihr nicht die Liebende ist – und wie auch, wo die Frucht noch nicht zur Reife gelangte –, drückte Shannons Satz aufrichtige Bewunderung für den Liebreiz des Mädchens aus. Es spielt keine Rolle, daß es der Liebreiz eines alten Porträts ist, dem man eine Frau vorzöge, die weniger bezaubernd, aber lebendig wäre.

Es kommt der Moment – ohne daß man weiß, wie, denn die Zeit vergeht ja nicht –, da Shannons Gesundheit sich so weit gebessert hat, daß er es wagt, mit einem Stock etwas herumzulaufen, weil Quicos Verband schneller wirkt als Gipsbinden, indem er die Periode der Unbeweglichkeit und somit der langwierigen Rekonvaleszenz verkürzt. Wenige Tage später hat der Quico schon angefangen, ihn vorsichtig zu massieren und ihm andere Kräuter aufzulegen. Shannon kann sich durch die Küche bewegen; er setzt sich auf eine Steinbank, die direkt an der geweißten Wand steht und mit einer kleinen Matte bedeckt ist; und es macht ihm Spaß, der Sebastiana zuzuhören, die sich ganz von felsenfesten Grundsätzen leiten läßt und ein flinkes Mundwerk hat.

«Unglaublich, was das für ein Schwof war! Zum Kuckuck; alles mögliche nennen die ja einen Tanz!» läßt sie sich über das aus, was sie an einem Sonntagabend beim Dorftanz durchs Fenster gesehen hat. «Ich hab' reingeschaut, und da war die Carola, die vom Fausto, die, von der es heißt, daß sie so gut tanzt. Mit den Hüften hat die gewackelt! Und für die Männer muß die wirklich gut tanzen. Wo die sich so bewegt! Die macht alles, unglaublich.»

Es gefällt ihr, mit Shannon zu reden, weil sie so einen neuen Zuhörer für ihre alten Geschichten hat. Und sie erzählt ihm Don Pedros Geschichte:

«Eigentlich ist er gar nicht der Großvater der Kleinen, sondern der Bruder ihrer Großmutter, aber sie nennen sich Großvater und Enkelin. Nein, er war nie verheiratet. Damals, das war... na ja, vor dem andern Krieg; aber das war der ganz andre Krieg, der im Ausland, damals wollte er sich mit einer aus Almoguera gut verheiraten. Mit einer von den Villegas, die waren schon immer eine sehr geachtete Familie. Aber, was soll's, wegen seinem Studium ist er einen Monat nach Paris gegangen; und es war ein Unglück, daß er's getan hat. Es gab keine Hochzeit oder sonstwas; er kam als andrer Mann zurück. Ich meine, die Franzosen haben ihn eingewickelt; der Herr Pfarrer hat recht, wenn er sagt, die sind alle ein paar..., ich erinner' mich nicht, wie er das nennt.»

«Filous?» souffliert Shannon lächelnd.

«Nein, das ist es nicht... Ach ja: Wüstlinge! Jedenfalls fuhr er alle Jahre nach Paris zurück und hat alte Wälzer gelesen und viele Briefe geschrieben; bis dieser Krieg damals losging. Und der hatte kaum angefangen, da ist er schnell nach diesem Paris, wie ein Verrückter; ich erinner' mich, daß alle zu ihm gesagt haben, auch der Arzt und der Herr Pfarrer, der hieß damals Don Epifanio, und der hinkte ein kleines bißchen, ein ganz kleines bißchen, daß sie schon überlegt hatten, ob sie ihn weihen könnten oder nicht, also die haben zu ihm gesagt, es wär' sehr gefährlich, und er ist los und dort gewesen und zurückgekommen; na ja, und dann war alles aus. Er ist nie wieder hingefahren und hat sich hier eingeschlossen. Und dann ist er nach Cuenca, aufs Gymnasium, und dann wurde er pensioniert und ist wieder hergekommen.»

Das Bein verträgt allmählich schon ein paar Stöße, und gestern – oder wann war das...? Was bedeutet hier schließlich das Wort «gestern»? – hat Don Pedro die beiden in der kleinen Kutsche ins Dorf mitgenommen. Fest und zugleich sanft führt der alte Herr die Zügel, und in der Mitte sitzt Cecilia und schützt Shannon vor der Sonne mit einem weißen Schirm, der eine durchsichtige Schattenglocke entstehen läßt. Das Klingeln der Schellen belebt den Abend. Die Dorfstraßen sind alle gelb und glänzen, da ein Strohteppich sie bedeckt: Es ist Erntezeit. Sechs Wochen später werden sie alle eine dunkelviolette Farbe annehmen, und der junge Most wird während der Weinlese selbst die Wände bespritzen. Sie besuchen einen sehr guten Freund Don Pedros: den General García Pioz, der zurückgezogen im Dorf lebt, in einem geräumigen Steinhaus, dessen glatte Fassade kaum Öffnungen hat, außer dem großen Tor und ein paar Fensterchen unter dem Vordach – und selbstverständlich einem breiten Erker mit dem Wappen daran. Nun ja, er ist nicht mehr General. Im Juli sechsunddreißig hatte er den Oberbefehl in Bilbao, und er glaubte, seine Pflicht sei es, zu gehorchen und die Disziplin zu wahren. Ihn rettete, daß er nichts unternahm und daß er bis zur Republik ein adliger Offizier im Dienst Seiner Majestät gewesen war. Der General – für sie und für das ganze Dorf ist Señor García Pioz weiter der General – lädt sie höflich ein; er unterhält sich mit Shannon in korrektem Englisch, stellt sie seiner Schwester vor, die eine außerordentlich liebenswürdige Dame ist, und sie alle zusammen bilden eine höchst angenehme Plauderrunde. Doch bei der Rückkehr, auf dem Weg durch die Olivenhaine, als die Sonne schon untergegangen und der Himmel im Westen tief purpurrot ist, wird Shannon von einer Melancholie ergriffen, die ihn nicht verläßt, bis er einschläft.

Diese Melancholie sucht ihn am nächsten Tag wieder heim, als er in der Veranda seines Zimmers sitzt und auf einmal eine altmodische Musik hört, die auf einem bejahrten Klavier gespielt wird: ein langsamer und romantischer Walzer, sehr *Fin de siècle*. Er läuft die Treppe hinunter, wegen seines Beins nicht schnell genug. Als er gerade ankommt, ist die Musik zu Ende.. Das Klavier steht in Cecilias Schlafzimmer; es ist dasselbe Schlafzimmer, das ihrer Mutter gehört hatte. Die Tür geht auf, und das Mädchen kommt heraus; sehr, sehr ernst. Sie legt den Finger an die Lippen, als sie Shannon erblickt. Sie wagt es sogar – da sie so besorgt ist –, ihn am Arm zu packen und zum Kreuzgang mitzunehmen; das heißt: in den Hof.

«Das überkommt ihn manchmal», erklärt sie, «wenn er den General besucht. Dann bittet er mich, daß ich diesen Walzer spiele: *Fascination* von Marchetti. Er setzt sich in meinen kleinen Sessel und stützt den Kopf in die Hände. Er sagt nichts. Wenn ich fertig bin, mache ich das Fenster halb auf und lasse ihn allein... Der General kennt nämlich die Geschichte: Er war Militärattaché in Paris. Das war neunzehnhundertzehn... Habe ich Sie traurig gemacht? Nicht wahr, das ist traurig? Aber das muß wohl auch hübsch sein...»

Plötzlich errötet sie, da sie über ihre ungeheure Kühnheit bestürzt ist; und sie erklärt:

«Ich meine... Was weiß ich, ich armes Mädchen! Aber das ganze Leben, das ganze Leben...»

Damit Shannon etwas anderes zu sehen bekommt, nimmt sie ihn mit, um die Lagerhalle der Saline zu besuchen. Obwohl sie nur ein paar Schritte entfernt liegt, ist er nie bis dorthin gelangt. Es lohnt sich, die hohe Halle zu besichtigen, mit ihren Mauern, die innen mit einer dicken Holzschicht bedeckt sind, mit den großen Türen ohne Angeln – denn das Salz zerfrißt Eisen, und nur Holz hält ihm stand –, mit Scharnieren, die auch aus Holz sind, und mit den Bergen aus festem, salzigem und kräftig riechendem Schnee... Darüber liegt tiefer Schatten, und Shannon stützt sich beim Laufen auf den Stock... Sie durchqueren die Halle, und von der anderen Tür aus sehen sie die Salinen, die im Sonnenlicht die Augen blenden. Die glatte Fläche ist in Kästen oder kleine quadratische Becken unterteilt, damit dort das Wasser aus der Salzquelle verdunsten kann, die in der Schlucht entspringt. Und das ist ein Schachbrettmuster aus kleinen Spiegeln: Bei den einen ist die dünne Wasserschicht verhältnismäßig trübe, andere sind schon weiß durch das Salz, und wieder andere blenden vollständig mit ihrem hellen Glanz. Wie sonderbar dieser Schnee im flüssigen Sonnenfeuer wirkt! Auf dem Rückweg muß Cecilia Shannon den Arm reichen, weil sie befürchtet, daß er stolpert. Für den Mann wird der Geruch nach Salz und Schatten von der sanften Nähe des

Mädchens intensiver überlagert. Sie gehen zurück, ohne ein Wort zu sagen, und sie finden einen heiteren, äußerst lebhaften, beinahe jugendlichen Don Pedro vor. Er genießt für sich allein die Vorfreude auf einen großartigen lustigen Streich, der ihm eingefallen ist und den er dem General spielen will. Er erklärt, worin er besteht.

«He? Wie ist das?» sagt er zum Schluß. «Was Ramón lachen wird!» Er lacht so heftig, daß er husten muß. Seine vorgespielte Freude wirkt pathetisch.

‹Ja›, denkt Shannon, ‹aber diesen Eindruck würde sie noch mehr außerhalb dieses Raums machen, wo alles seine festen Konturen in der Teilnahmslosigkeit der aufgehobenen Zeit verliert.› Wie kann er selbst sich so gleichmütig an Paula erinnern, wenn ihn der Name dieser Frau auch noch manchmal beunruhigt? Wie vereinbart er, daß in seinem Inneren das zur Reife gelangt, was er bei den Flößern gelernt hat, und daß er an sie mit überraschender Entfremdung zurückdenkt? Die Proportionen und die Maße der Dinge verwischen sich, sie alle haben vor dem Hintergrund einer immerwährenden Gegenwart ihre Körperlichkeit verloren.

Wieder erscheint nach jeder Nacht der gleiche Tag. Auf einmal tritt überraschend ein anderer Geruch auf. In die eintönige Hitze der Luft mischt sich ein sehr lebhafter Duft. Was ist geschehen? Ach, sie haben den Lagerraum mit dem Lavendel geöffnet! Hinter dem Haus beginnen sie mit der Destillation des Öls. Die Sonne glänzt auf der riesigen, kupferfarbenen Kalebasse des Destillierkolbens, dessen Verbindungsstellen mit Lehm abgedichtet sind, und die Luft riecht nach zusammengepreßtem Bergwald. Shannon erinnert sich an jene letzten Tage im Gebirge, als es bereits dem Frühling entgegenging und der wenige Sonnenschein den Rosmarin, den Thymian und den Lavendel belebte. Und die Erinnerung an den Bergwald verstärkt sich im Geplauder mit dem Quico, der das Wetter an Hand der «Cabañuelas»[13] voraussagen kann.

«Und bald muß ich schon genau aufpassen, damit ich sehe, was kommt», sagt der Alte. «Wie der erste August sich neigt, so der nächste Jänner sich zeigt, das kann man merken; und genauso ist's bei jedem Tag für jeden Monat.»

«Dann ist es bestimmt einfach.»

«Nie im Leben! Und was im Monat selbst kommt, wie soll man das erfahren? Man muß Wind und Wetter in jeder Stunde prüfen, und ob die

---

[13] Bäuerliche Wetterregeln, mit denen man auf Grund der Witterung der ersten vierundzwanzig Augusttage das Wetter des ganzen folgenden Jahres vorhersagt (Anm. d. Ü.).

Wolken Männchen oder Weibchen sind und ob sie sich gegenseitig suchen oder voreinander fliehn... Und noch mehr Sachen...! Das ist
nicht einfach, nein, Don Pedro. Da muß man sich viel Geschichte aufgeladen haben, wie ich... Die Geschichte, das ist alles, jawohl, damit Sie
mich verstehn... In der Wissenschaft kenn' ich mich nicht aus; aber in
dem, was ich erlebt hab'... Natürlich, jeder Mensch hat seine eigene
Würde.»

Sie unterhalten sich weiter. Der Hirt kann nicht schreiben, doch mit
dem Messer kerbt er Zeichen in einen Stab ein, die das Wetter des folgenden Jahres angeben; und wie Don Pedro sagt, trifft er ziemlich genau das
Richtige. Schließlich geht der Quico nach Hause, und Shannon kommt
auf jenen Satz zurück, den er bereits vom Cacholo gehört hatte: «Jeder
Mensch hat seine eigene Würde.»

«Man sieht, wie wichtig für diese Leute eine solche Würde ist, die ich
nicht genau bestimmen kann. Ein König und ebenso ein Bettler kann sie
haben oder nicht: So ist das hier auf dem Land, so ist das in der spanischen Literatur. Wann hat man sie? Warum verliert man sie? Dabei geht
es nicht um den äußeren Schein und nicht einmal um den Erfolg. Man
kann Schiffbruch erlitten haben und trotzdem kein ‹armer Teufel› sein,
wie man es hier nennt, was beinahe wie eine Beleidigung klingt; man
kann auch so noch diesen Mantel der menschlichen Würde bewahren,
dieses geheime Zeichen, daß man weiter das ist: ein Mann.»

«Das kommt, weil der Erfolg hier von geringem Interesse ist», erklärt
Don Pedro. «Im Grunde wirkt er beinahe verdächtig. Seneca sagt das
sehr gut, und Seneca ist für mein Volk das Musterbeispiel eines Gelehr-
ten. Ich erinnere mich, und verzeihen Sie es dem alten Lehrer, was er in
einem Brief an Lucilius schreibt: ‹Handeln wir so: daß unser Leben, wie
die wahrhaft wertvollen Dinge, nicht glänzt, sondern wiegt.›»

«Gerade in dieser Zeile gibt es den Geist moderner Dichtung.» Shannon erinnert sich: «Das ist wie Werfels Ausspruch: ‹In jedem Menschen, der geboren wird, ist uns die Wiederkunft des Heilands verheißen.› Oder wie in den Versen Rilkes, die so großen Einfluß auf meine
Jugend hatten: ‹Sie wollten blühn, / und blühn ist schön sein; / doch wir
wollen reifen, / und das heißt dunkel sein und sich bemühn.›[14]... Ja, das
Leben muß wiegen, man muß sich unablässig bemühen, es ist lebens-
wichtig, daß man einer Sache dient, die gleichsam eine allgemeingültige

---

[14] Zit. nach: Rainer Maria Rilke, Gedichte, Erster Teil; Insel-Verlag, Frankfurt am Main
1987; «Im Saal», S. 521 (Anm. d. Ü.).

Richtschnur ist. Aber welcher? Mit den herkömmlichen Zehn Geboten vermag ich nichts anzufangen: Ein Mörder kann Würde haben, und er kann sie nicht haben.»

«Für mich ist das ganz klar», sagt Don Pedro lächelnd. «Man lebt mit Würde, wenn man in der Wahrheit lebt. Dem geheimen Wesen treu sein. Darum sind die Zehn Gebote etwas anderes, weil von ihnen alle in dieselbe Richtung gewiesen werden, während die Wahrhaftigkeit von jedem einzelnen verlangt, daß er zu dem wird, was er ist. Vor einem wahren Mann fühlen wir uns wie vor einem Block, vor einem vollendeten Werk; wir sagen, daß ‹er es versteht, seinen Platz einzunehmen›. Deshalb begreift man, wie tief die Landleute verwurzelt sind, im Gegensatz zur tänzerischen Sprunghaftigkeit des Stadtmenschen.»

Shannon würde gern klarer sehen, weil sie das mit Worten einkreisen, was er sich bei den Flößern angeeignet hat. Darum fragt er beharrlich weiter:

«Ist das nicht ein bißchen orientalisch, Don Pedro? Ob die Araber nicht zu lange in den Gegenden hier geblieben sind? Diese Vorstellung, die Sie von der Würde haben, ist das nicht Fatalismus?»

«Ein grober Irrtum, lieber Freund, ein grober Irrtum!» protestiert der alte Herr. «Die Würde beruht auf dem Gegenteil: auf dem freiwilligen Dienst am Schicksal, nicht auf seinem unvermeidlichen Geschehenlassen. Für den Fatalisten wird nichts unwürdig sein, denn alles ist unabänderlich. Der Fatalist findet sich mit den Worten ab: ‹So stand es im Buch des Schicksals geschrieben›; der Wahrhaftige erhebt sich und sagt: ‹Ich habe es getan›… Worum oder um wen es auch immer geht: um den Mörder oder den Selbstmörder, den Lüstling oder den Heiligen. Alle können würdig sein, weil die Schöpfung nicht von uns verlangt, daß wir Heilige sein sollen. Schließlich wurden Gift und Bazillen von der Vorsehung selbst geschaffen… So hat alles einen Sinn.»

‹Ja, so muß es sein›, dachte Shannon. Nur so ließen sich die Ereignisse in Italien hinnehmen. Nur so war zu erklären, daß ein gewisser schrecklicher Spott ihm schließlich sogar menschlich vorkam, als er ihn miterlebte. Davon erzählte er Don Pedro, während sie auf dem Weg heimliefen, der an den im Berghang ausgehauenen Weinkellern vorbeiführte. Diese hatten Türchen, die durch die Ritzen zwischen ihren Brettern einen kräftigen Geruch nach frischer Erde, Kalkstein und Weinhefe entweichen ließen.

«Es kommt mir so vor, als sähe ich es vor mir. Sie hatten einen Mann durch die Straßen geschleift, der schuldig war, während seiner Amtszeit

Straßen und einen Brunnen angelegt und aus Notwendigkeit drei oder vier Leute ins Gefängnis geschickt zu haben. Natürlich waren nicht das seine Verbrechen; was sich nicht verzeihen ließ: daß er das alles getan hatte, während er ein Hemd von einer bestimmten Farbe trug. Deshalb schleiften sie ihn im Namen des Rechts und weiterer großer Worte durch die Straßen; andererseits waren das dieselben Worte, die der Hingerichtete in seinen früheren Ansprachen beschworen hatte... Zuletzt brachten sie ihn so zu seinem Haus und hängten ihn an eine Laterne, die direkt an der Hauswand befestigt war, und hierauf beschlossen sie, eine Ehrentafel von der Wand zu reißen, die dem, der nun tot war, die dankbare Bürgerschaft an dessen Geburtstag gewidmet hatte. Im Haus blieben nur ein Dienstmädchen und die Mutter übrig, die sehr alt und blind war. Ein Mann lehnte eine Leiter an die Wand und fing an, sie mit Hammerschlägen zu bearbeiten, um die Gedenktafel abzureißen. Als die Alte diese Leute hörte, kam sie auf den Balkon, und sie kippte beinahe über das Geländer, weil sie versuchte, den Schänder der Gedenktafel zu erreichen. Die Menge schrie, die Alte auch, und sie fuchtelte ungeheuer aufgeregt herum. Die Leiche ihres Sohns, das konnte sie nicht sehen, hing an der Laterne. Der Mann machte weiter, und endlich gab die Tafel nach, während jemand rief: ‹Die Alte bringt sich gleich um!› Beinahe wäre sie hinuntergestürzt, und die Aufregung erzwang Schweigen. Der Mann auf der Leiter, der die Tafel schon in der Hand hielt, schrie die Alte an: ‹Gut, Großmutter, also, wir reißen sie nicht ab, ach was.› Und lachend stieg er nach unten. Die Leute fingen auch zu lachen an, und alle zogen vorbei. Das Dienstmädchen konnte die Alte ins Zimmer ziehen und den Balkon schließen. An der Wand blieb die Stelle zurück, wo der Putz abgebröckelt war, und an der Laterne hing, als groteskes Schauspiel für eine ausdauernde Gruppe von Neugierigen, die Leiche des Mannes, der jenes Hemd trug... Das war ein roher, ein komischer Anblick..., der aber auch merkwürdig menschlich wirkte», schloß Shannon.

«‹Menschlich›», betont Don Pedro noch einmal, «das bedeutet ja nicht nur gütig, gehorsam, treu... Das ist auch alles, was das ganze Gegenteil und am schlimmsten ist. Darum kann der Wahrhaftige seine Würde aus jeder Wurzel ziehen: der giftigen oder der fruchtbringenden.»

Als sie zum Haus gekommen sind, hat Don Pedro die Topfhändlerin begrüßt, die mit ihrem Wägelchen umherzieht und Steingut verkauft oder gegen Lumpen und Schrott tauscht. Die Sebastiana kauft gerade einen Wasserkrug bei ihr.

«Hat der hier nicht ein Loch?» sagt sie und mäkelt an der Ware herum, damit sie diese billiger bekommt.

«Und hast du nicht auch eins, Sebastiana, und du bist nicht zu verachten?»

Endlich einigen sie sich, und die Topfhändlerin bricht ein bißchen von der Tülle ab, wobei sie zwei Münzen benutzt, damit sie das Loch für den Wasserstrahl erweitert, wie es die Sebastiana gern haben möchte.

An demselben Nachmittag sitzen die drei auf der sonnenbeschienenen Veranda. Durch die ruhige Luft gelangt von den Tennen das rhythmische Schlagen der Getreideschwingen zu ihnen. Ein Zug Lasttiere kommt vorbei; sie tragen große Weidenkörbe, die übervoll mit goldenem Getreide sind. Der Fluß glänzt wie ein Spiegel zwischen den Ulmen und Erlen, bis er sich den Blicken entzieht, als er sich um die Anhöhe windet. Die Sonne geht hinter einer durchsichtigen Perlmuttwolke unter, und schließlich färbt sich der Himmel gelb, purpurrot, dunkelviolett, um dann zu verblassen. Zwei Federkronen schweben nach oben durch die Luft, beinahe vereint. Ein paar weiße und schwarze Schafe laufen erschöpft über die Stoppelfelder.

Wieder sprechen sie über das gleiche: Für Shannon hat das wesentliche Bedeutung, und Don Pedro, der sonst immer allein lebt, freut sich über einen Gesprächspartner, der ihm gewachsen ist. Wieder gehen sie vom Begriff des Menschlichen aus: Für Don Pedro ist es die Achse des Ganzen.

«Das will ich meinen!» betont er noch einmal. «Der Mensch ist das Maß aller Dinge, wie der klassische Philosoph gesagt hat. Doch jetzt hat man die fixe Idee, ihn zu vergessen, ihn unter einer Lawine von Dingen zu begraben. Man muß mit einer Kodak reisen, denn es geht darum, daß die Kamera sieht; man wird krank, weil man sich als Versager fühlt, wenn man keine Papiere auf der Bank oder kein eindrucksvolles Automobil hat; das Leben erschöpft sich darin, daß man Rechtstitel, Peseten, Bändchen, Plunder, Erwähnungen in den Zeitungen anhäuft... Als ob das Wesentliche nicht gerade das Gegenteil wäre: den Dingen einen menschlichen Umkreis zu geben!»

«Ja, viele Dinge ringsum sind für uns überflüssig», stimmt Shannon zu. «Deshalb sind meine Flößer so wahrhaftig, vielleicht, weil sie so ursprünglich sind. Deshalb sind die Armen immer wahrhaftiger als die Reichen.»

Don Pedro will sich einverstanden erklären, man sieht, daß er hierzu ansetzt; doch auf einmal zögert er, und seine Stimme bebt ein bißchen.

Oh, ganz leicht! In einer anderen, lebhafteren Atmosphäre hätte man es nicht wahrgenommen.

«Im allgemeinen, ja; obwohl manchmal... Ich erinnere mich an eine große Dame... Mit überaus verwöhntem Geschmack, stets brauchte sie hunderttausend Bagatellen in ihrer Nähe, Handschuhe, Tuch, Sonnenschirm, Umgangsformen... Ach, sie war bewundernswert!»

Zusammen versuchen sie, dieses Gedankenbild genauer zu erfassen. Shannon legt behutsam nahe – er begreift, welch unsicheren Boden er betritt –, daß jene Frau vielleicht eher als Kunstwerk bewundernswert wäre, ihre Wahrhaftigkeit also darin bestehe, daß sie ihr eigenes Leben künstlerisch gestaltet habe.

«Nun ja, das ist möglich...», erkennt Don Pedro an, mehr von dem Wunsch getrieben, sich dem Thema zu entziehen. «Und ich gebe zu, daß der Reiche im allgemeinen, besonders, wenn er sein Vermögen geerbt hat, immer unechter, weiter von der elementaren Wahrheit, von Brot und Hand, Haus und Gefährten entfernt ist. Das läßt sich schwer erklären, weil es etwas ist, was das Leben betrifft; und das Leben ist keine erklärbare Technik, es ist nicht rational. Ein jeder erfindet das Leben für sich, selbst wenn er lernt und nachahmt; immer muß jeder selbst das Mittelmeer entdecken. Und natürlich», seine Augen leuchten auf, «damit gelangen wir zur Wurzel des Problems, zum eigentlichen Ursprung der Wahrhaftigkeit.»

Seine Stimme hat sich belebt, und während er eine verheißungsvolle und etwas rhetorische Pause macht, blickt Cecilia heimlich auf und lächelt Shannon zu. Sie kennt den Großvater, wenn ihn in der Gesellschaft des Generals diese Stimmung befällt.

«Ja», Don Pedros Ton ist ein wenig deklamatorisch, «die Wurzel des Problems: die Freiheit. Denn man wird unmöglich der innerlichen Gestalt treu sein, wenn man nicht über das eigene Verhalten bestimmen kann; das heißt, wenn es keine Freiheit gibt. Freiheit! Sie ist die einzige Möglichkeit, wahrhaftig zu sein, sich zu vollenden, sich zu verwirklichen. Sie ist also die einzige mögliche Quelle für die Würde.»

Shannon ist einverstanden, doch er vermag nicht, ein Lächeln zurückzuhalten. Don Pedro bemerkt es und lächelt auch. Er lacht offen; er streicht sich über den Schnurrbart, und die Äuglein glänzen, während er seine Erinnerungen beschwört.

«Entschuldigen Sie, ich dachte, ich stünde vor der Klasse. In Cuenca, im Gymnasium, war meine letzte Unterrichtsstunde in jedem Schuljahr berühmt. Das Klassenzimmer füllte sich nicht nur mit den Kindern, sondern auch mit Leuten aus der Stadt, die miterleben wollten, was sie meine ‹Marotte› nannten. Denn am Ende, nachdem ich meinen ganzen Unterricht zusammengefaßt hatte, kam ich zu einem Kapitel, das ich in lyrischem Ton vortrug, bis ich mit einer Anrufung des hochheiligen Wortes ‹Freiheit› den Höhepunkt erreichte, und genau in dem Moment, wenn ich dieses Wort aussprach, ging an meinem Revers ein grünes Glühlämpchen an, das mit einer Batterie verbunden war, die in meiner Tasche steckte... Ja, sie lachten über mich, sie nannten mich ‹den schrecklichen Liberalen›. Und ich lachte über sie, weil ich Jahr für Jahr den Leuten dieses Wort einhämmerte, und das auf eine so ungewöhnliche Weise, daß sie es unmöglich vergessen konnten, so lange sie auch leben würden... Es war die Art, ihnen die Pille zu verabreichen; ohne die Marotte hätten sie es mir verboten, zum Beispiel während der Diktatur. So kommt es, weil ich ja eine Marotte habe, daß ich weiter das hochheilige Wort rufe: ‹Freiheit!›» Er spricht stehend zu Ende, mit heiterem Gesichtsausdruck, der eine gewisse Rührung verbirgt.

«Diesmal hat Ihre Beleuchtungstechnik versagt, Don Pedro», scherzt auch Shannon.

«Bei Ihnen ist das nicht nötig. Sie sind auf meiner Seite.»

«Hm... Ich bin nicht so sicher, ein schrecklicher Liberaler zu sein.»

«Wieso nicht? Donnerwetter, das ist unerträglich! Überzeug ihn, Cecilia.»

«Ach, ich!» sagt das Mädchen mit einer Geste, als wollte sie erklären: ‹Diese Männer, ohne das kleinste bißchen gesunden Menschenverstand.› «Was ich machen werde: Ich schaue nach, wie weit das Abendessen ist.»

«Kümmert sich Sebastiana nicht darum?»

«Sie macht alles, Großvater, das weißt du ja; aber sie wird böse auf mich, wenn ich nicht ab und zu kontrolliere, ob sie es macht, und wenn ich nicht so tue, als hätte ich zu bestimmen», setzt sie sanft hinzu.

Es herrscht Stille, während der alte Herr mit gerührtem Blick seiner Enkelin nachsieht. Die Dämmerung löst allmählich die letzten Lichtreste in der Nachtluft auf. Die Dorfhäuser, die auf der Anhöhe hervortreten, haben ein paar winzige gelbe Lichtchen angezündet.

«Nein, ich habe nicht gesagt, daß Sie ein Liberaler sind; ich habe gesagt, daß Sie auf meiner Seite sind. Ich verstehe, daß ein Mann wie Sie nicht so sein kann wie ich.»

Er schweigt, während er anscheinend Ereignisse aus seinem Leben in der Luft vor sich sieht.

«Es gab eine Zeit, da hielt ich es für äußerst dringend, einen neuen Namen für die Idee zu finden; ein Etikett, das die jungen Leute nicht abschreckte, das nicht allzusehr verbunden wäre mit dem Gehrock, dem Zylinderhut und... und, nun ja, den grünen Glühlämpchen. Aber das reicht nicht aus; die Krise ist zu tief. Ich sehe, daß die Institutionen viel zu sehr versagen. Das erkennt man überdeutlich, wenn man von den Zeitungen aufblickt, die sie uns als Scheuklappen zumuten, und wenn man vergleicht, was sie in einem Jahrhundert geschrieben haben... Ich kann nicht mehr ein anderer werden; ich bin in meiner Zeit verwurzelt. Doch von ihrem Standpunkt aus sehe ich Hunger, Unwissenheit und Leiden, und ich finde mich nicht mit der feigen Entschuldigung ab, daß es dies immer geben werde; damit beruhige ich mich nicht, das verrät zu sehr Bequemlichkeit bei uns, die wir kein Elend erdulden. Außerdem sehe ich, daß viele Übel schon gelindert wurden oder daß wenigstens die von gestern verschwunden sind; also muß man sich mit den heutigen beschäftigen, bis man sie beseitigt hat. Nein, es nützt nichts, wenn man sagt, daß dann morgen andere, neue kommen und daß der Mensch immer unglücklich sein werde; das entlastet mich nicht, das befreit mich nicht vom Gefühl der Mitschuld. Nun denn, falls das System nichts mehr taugt, weg mit dem System...! Das sage ich Ihnen», setzt er nach einer Pause hinzu, «damit Sie mich nicht für einen verknöcherten alten Mann halten. Ich kann mich nicht mehr ändern; aber ich bin sogar bereit, mit allem zusammen unterzugehen. Das ist genug, glauben Sie mir, verachten Sie mich nicht.»

«Don Pedro, ich bitte Sie! Wo ich Sie bewundere!» protestiert Shannon so aufrichtig, daß er die abwehrenden Gesten im Keim erstickt. «Und jetzt noch mehr, noch mehr... Denn trotz meiner Jugend wage ich mich nicht so weit vor wie Sie, kann ich das nicht akzeptieren, was Sie zuletzt gesagt haben... Sollen wir etwa mit dem Zerstörungswerk beginnen, ohne vorher einen Entwurf der Zukunft zu schaffen?»

«Und wie soll man einen solchen Entwurf schaffen, wenn man von der herrschenden Betrachtungsweise ausgeht, wo sie doch als erstes das Zukünftige behindert? Architekten entwerfen im voraus Projekte; das Leben nie. Der Plan des Kolumbus ist Asien, und die Geschichte übergibt ihm Amerika. Der Plan der Französischen Revolution ist die Republik Catos, und heraus kommt Napoleon; und Napoleon, dessen Plan das Kaiserreich ist, verbreitet überall den Liberalismus... Haben die Barbaren etwa geplant, eine neue Weltordnung einzuführen? Ach was! Rom taugte nichts mehr, und fertig: Sie haben es zerstört, und man hat dessen

Trümmer benutzt, um mit dem Aufbau Europas zu beginnen. Hätte man auf die römischen Senatoren hören sollen, die zur Geduld rieten, solange man die Dinge innerhalb der bestehenden Ordnung regeln würde?»

«Ihre Ansicht erinnert mich an die Bauern in einem italienischen Dorf, die anstelle der üblichen Losungen ‹Abbasso Mussolini› und ‹Abbasso il Fascio›, die wir sonst auf unserem Vormarsch fanden, riesengroß das schreckliche ‹Abbasso tutto!› an die Wand geschrieben hatten.»

«Ausgezeichnet, ausgezeichnet... Ist das ein gutes, urspanisches Motto: ‹Abbasso tutto!›»

«Aber Don Pedro, ist denn kein Leuchtturm in Sicht? Können wir niemandem vertrauen, wenn wir handeln wollen?»

«Dem Menschen, dem Menschen! Seiner Würde, die auf seiner Wahrhaftigkeit beruht und sich in seiner Freiheit beweist. Diese Systeme versagen? Na, dann zurück zur Quelle, zum Menschen als Urstoff, als Backstein der Geschichte! Ohne ihn vorher an das zu fesseln, was nur deshalb gültig scheint, weil es dies einmal gewesen ist; ohne aufgepfropfte vorgefaßte Meinungen. Der Mensch soll voranschreiten, wie es seinem Innersten entspricht! Er wird schon ankommen!»

«Wo?»

«Das weiß der Himmel! Haben Sie die Absicht, das zu erfahren?... Der Mensch, der Mensch! Das ist meine Hoffnung!»

Es ist schon Nacht. Um die angezündete Glühbirne flattern die Insekten. In weiter Ferne bellt ein Hund. Shannon schweigt. Was soll er sagen?

«Ja, so ist es», bekennt er. «Im Grunde war das auch meine Hoffnung, noch bevor ich entdeckt hatte, daß sie ‹der wahrhaftige Mensch› heißt... Wissen Sie, warum ich in Spanien an Land gegangen bin?» setzt er erregt hinzu. «Das Schiff, das die aus der Armee Entlassenen transportierte, lief eines Abends den Hafen Alicante an. Ich war allein, ließ mich ganz von meiner damaligen Verzweiflung einnehmen... Auf einmal merkte ich, daß ich schon eine Weile einem alten Fischer zusah, der ruhig auf der Mole saß. Allein der Anblick, wie er ganz gemächlich das Brot schnitt, bekundete seine innere Selbstsicherheit. ‹Na, schmeckt der Imbiß?› fragte ich ihn, einem nicht zu unterdrückenden Impuls folgend. ‹Brot und Messer›, antwortete er beinahe ohne jede Freude, während er das trockene Brot seiner Armut genoß... Nein, trocken war es nicht: Es kam die Würze der Stahlklinge hinzu. Brot und Eisen, Nahrung und Tod als Gefährten; gemeinsam machen sie den Geschmack des typisch spanischen Lebens aus. Welch ein Unterschied zu Brot und Spielen, dem römischen Ideal...! Ich spürte die Sehnsucht, wie jener Mann zu werden, mich auf die letzten Wahrheiten von Brot und Messer zu beschränken, das Geheimnis seines Lebens zu erfahren...! Deshalb bin ich in Spanien an Land gegangen. Doch bis heute hatte ich es nicht völlig verstanden... Danke, Don Pedro.»

Nun versteht er tatsächlich, daß seine Liebe oder sein Verlangen zwar Paula heißt, seine Hoffnung jedoch einen höheren Namen hat: der Mensch und seine Wurzeln, seine Kraft und seine Rebellion, sein Geist und seine Freiheit.

Von unten ruft sie Cecilia zum Abendessen. Die beiden Männer drücken einander die Hand und steigen von der nächtlichen Höhe hinab zum ruhigen Lampenlicht des Speisezimmers, zum alltäglichen Lebenskreis, der keine Flammen sprüht, zu Cecilias sicherem Refugium.

Dann, in der Nacht, fragt sich Shannon, ob Paula für ihn Liebe oder Verlangen bedeutet. Oder ob es beinahe Neid ist, daß er nicht auch ein unbezwingliches, elementares, unverfälschtes, starkes Holzscheit für den Feuerbrand des Lebens ist. Er kann es nicht endgültig aufklären: Paula ist alles, wie die Erde. Sie ist die Frau aus Fleisch und Blut und auch der eigentliche Geist des Floßes; jener erste Bote der Götter an dem Tor, das sich in den Bergen auftat.

Als Cecilia später – nach einem Tag, einer Woche? – jenes lange Gespräch erwähnt, fragt sie:

«Ermüdet Sie mein Großvater nicht?»

Sie machen einen kleinen Spaziergang zu der Schlucht, in der die Quelle entspringt. Shannon läuft ziemlich gut – ist schon soviel Zeit vergangen? –, obwohl er sich vorsieht. Der Pfad schlängelt sich an der hölzernen Rinne entlang, in der die Sole zwischen zwei nackten und grauen Hügeln fließt, wo die Sonnenstrahlen sich zerstreuen und funkeln, wenn sie auf die Gipskristalle treffen, als wären diese Lerchenspiegel.

«Warum? Im Gegenteil. Er ist ein so außerordentlicher Charakter!»

Plötzlich erweitert sich das Gelände, ohne daß es einen Ausgang gibt, und der Boden ist glatt und weiß wie ein polierter Marmorblock. Das sei der «Hungerstein», erklärt Cecilia, das Natriumsulfat, das von der winterlichen Kälte verfestigt werde, sobald das Wasser aus der Quelle rinne, während das aufgelöste Chlorid nach unten fließe und in den Becken gewonnen werde, indem man das Wasser verdunsten lasse.

«Das sieht mitten in diesen Hügeln wie Schnee aus, nicht wahr?» sagt

Cecilia. «Für mich ist es eine schöne Abwechslung, wenn ich hier herkomme.» Shannon fühlt plötzlich Mitleid.

«Aber Ihnen würden doch sicher andere Zerstreuungen gefallen... Wo Sie hier allein sind, immer mit zwei alten Leuten zusammen... Für ein Mädchen in Ihren Jahren...»

«Mich zerstreuen?» Sie blickt ihn mit weit aufgerissenen Augen an, da sie ihn nicht begreift. «Ach ja; Picknicks, Filme, Tanz...! Das lohnt sich nicht. Ich komme gut aus mit meinem Großvater. Er ist so gut! Und obwohl er manchmal von Dingen redet, die ich nicht verstehe, höre ich ihm auch gern zu.»

Sie steigen in einem anderen Engpaß hinab, in einer ausgetrockneten Bergwasserschlucht. Ein Vogel tiriliert auf einer einsamen Ulme, dem einzigen Grün auf der sonnenbeschienenen Höhe. Wenn man nach oben blickt, entdeckt man nur grünes Gezweig und blauen Himmel. Die Blätter zittern; sie sind dunkel, haben jedoch ein gelbliches Nervengerüst. Das sieht Cecilia, bevor sie weiterspricht: Es ist unmittelbar, grün, bebend, flüchtig; fern, blau, unerschütterlich, ewig.

«Wissen Sie was...? Wenn mein Großvater nicht mehr bei mir ist, werde ich Nonne...»

An diesem Abend kommt es Shannon so vor, als verstärke sich der Duft des Mädchens, während sie hastig und errötend hinzufügt:

«Um Gottes willen, sagen Sie es ihm nicht, sagen Sie es nicht! Das würde ihn so traurig machen!»

«Ich sage es ihm nicht», antwortet Shannon ernst. «So haben wir zwei unser Geheimnis», erklärt er zum Schluß.

Und das Mädchen errötet noch mehr und neigt den Kopf zu ihrer bebenden jungen Brust.

Als Shannon später nachdenkt, glaubt er jedoch, daß er Don Pedro informieren muß.

«Das überrascht mich nicht», sagt der alte Mann bekümmert. «Ich habe es angenommen, oder genauer gesagt, ich habe es erwartet. Was kann dieser Kleinen auch einfallen, mit ihrem sanften Gemüt und ihrer Erziehung in einer Klosterschule? Ich hätte sie gern in eine andere Schule geschickt, aber mit Pensionat gibt es hier nur die bei den Nonnen... Ich», fügt er plötzlich hinzu und sieht Shannon direkt an, «hatte mir Hoffnungen gemacht, als Sie gekommen sind. Wo sie sich beinahe sofort verliebt hat!»

«Don Pedro, es würde mir leid tun...», setzt Shannon verlegen zu einer Erklärung an.

«Ich weiß, ich weiß; Sie sind nicht schuld... Aber – hatten Sie das nicht gemerkt? Doch, natürlich, obwohl Sie an eine andere denken! Ja, das habe ich auch gesehen...! Kurz und gut, ich habe mir Illusionen gemacht: Es war so hübsch, sich vorzustellen, hier bei Ihnen beiden zu sterben... Bald habe ich die Hoffnung aufgegeben, selbstverständlich. Sie würden sich nicht verlieben. Das kindische Gefasel eines alten Mannes!»

«Nein, ich habe mich nicht in Cecilia verliebt, und es tut mir leid», sagt Shannon. Und auf eine Geste Don Pedros reagiert er mit der zusätzlichen Erklärung: «Das ist keine Höflichkeit, das ist die Wahrheit. Ich glaube, mit Cecilia würde ich am Ende glücklich werden. Man schätzt sie immer höher, je mehr Zeit vergeht. Und an ihrer Seite ist alles so einfach!»

«Ja», seufzt Don Pedro, «aber das ist etwas anderes, und das wissen Sie.»

Shannon stimmt durch sein Schweigen zu. Der alte Mann erzählt in einer plötzlichen Anwandlung weiter:

«Liebe ist etwas anderes. Kommen Sie. Ich möchte nicht, daß Sie so fortgehen; ich muß es Ihnen sagen, und das ist der richtige Augenblick.»

Er nimmt ihn in sein Zimmer mit. Die weißgekalkten, nackten Wände beherrschen alles, wie in einer Zelle. Ein Bücherregal, ein Eisenbett, ein alter Sessel, ein antiquierter Mahagoni- und Zitronenholzschreibtisch als einziger Luxus. Er holt einen Schlüssel heraus und öffnet ein Schubfach. Es enthält nichts außer einem kleinen Ölbild in einem Ebenholzrahmen. Er zeigt es Shannon, als wäre es eine Reliquie.

Auf dem Bildchen im Stil Monets ist eine lächelnde Frau mit Wespentaille zu sehen, deren Gestalt sich von einem sanft ansteigenden, mit Gras und Mohn bewachsenen Hang abhebt; sie trägt ein grünes Kleid mit schwarzen Accessoires und hat einen Sonnenschirm in der Hand, der ebenfalls grün ist. Sie ist hübsch, aristokratisch, und ihr Gesicht zeigt eine besondere, sanft schelmische Anmut. Hinten, auf dem Holz, ist zu lesen: *«A Perico, mon âme pour toujours. Solange.»*

«Pericó, hat sie den Namen ausgesprochen», sagt der alte Herr mit einer Stimme, die vor Erregung zittert. «Pericó... Warum erzähle ich Ihnen davon? Im Grunde sicher, weil ich weiß, daß Sie fortgehen und nicht wiederkommen... Das wirkt lächerlich, nicht wahr? Das Leben für ein Bild. Wäre ich doch zur Fremdenlegion gegangen und vierzehn gefallen...! Ach, welche Tragödie ist das Überleben! Die Familien gehen unter, und wie von den Burgen bleibt ein zerklüfteter Turm stehen,

347

man weiß nicht, warum… Ich hätte verschwinden sollen. Ja, als Gehrock und Zylinderhut verschwunden sind.»

Shannon sagt schonungsvoll, während er das Porträt zurückgibt, das der alte Mann sorgsam verwahrt:

«Und was wäre aus Cecilia geworden?»

«Ja, ich bin das einzige, was sie hat. Doch manchmal frage ich mich, ob ich ihr nicht geschadet habe, anstatt ihr zu nützen. War ich am besten geeignet, sie zu erziehen? Wenn man nicht zu dieser Zeit gehört…»

«Nein, Don Pedro», unterbricht ihn Shannon, da er vollständig vom Gegenteil überzeugt ist. «Sie gehören zu allen Zeiten. Sonst hätten Sie mir niemals gesagt, was Sie gesagt haben. Sie sind wahrhaftig. Mit Ihrem Gehrock, wie Sie es nennen, haben Sie mir gezeigt, weiter zu sehen, als ich es konnte, Sie sind mir vorangegangen… Und hören Sie, als ich vor ein paar Tagen über Sie nachgedacht habe, fiel mir wieder ein Beispiel ein, das ich immer angeführt habe, wenn jemand sich dem Neuen widersetzte und dafür den Vorwand benutzte, man müsse die Tradition bewahren. Da haben Sie Goya. Es gibt keinen echteren Spanier; kein schwülstige Reden haltender Traditionalist ist urspanischer als er. Und dennoch, nun kommt das Wesentliche: Er versteht den neuen europäischen Geist, den die Franzosen bringen, und er stirbt in der Emigration.»

«Welch ein Lob, welch ein Lob!» ruft der alte Mann und gestikuliert lebhaft, um eine Träne zu verbergen, die er jedoch nicht vergießt, als er sich wehmütig an ein bestimmtes Bild erinnert. «Ach was! Nachdem dieser aragonesische Bauer die königliche Familie so sah, wie er sie gemalt hat, wie sollte er da denken, daß Spanien mit den Nachkommen der Familie irgend etwas werden könnte, das Bedeutung verdiente… Ein tolles Bildchen!… Nein, ein solches Lob verdiene ich nicht.»

Sie verlassen die Zelle. Doch Shannon denkt allmählich daran, daß selbst in diesen Brunnen, in dieses stille Wasser eines Mühlbachs das zersetzende Wirken der Zeit eindringt. Am Abend, im Hof, kann er das zuverlässig feststellen. Wenn nämlich die Tage einander mit ihrer glühenden Hitze gleichen, so gilt das nicht für die Nächte. Gerade steigt ein runder, gewaltiger Mond auf, der Haus und Feld mit dem magischen Weiher seines Lichts überschwemmt, wie der Mond in Zorita. Melancholisch erklärt Shannon:

«Die Tagesstunden unterscheiden sich durch die Geräusche und den Schatten voneinander; die Tage des Monats durch den Mond… Aber die Jahre, wirken sie hier nicht völlig gleich, weil sie denselben Zyklus wiederholen? Woran erkennt man, daß sie vorübergehen?»

«An den Knochen», seufzt Don Pedro. «An meinen, die immer härter werden; an meinem Blut, das immer kälter, immer langsamer wird. Ich weiß schon, was es für mich bedeuten wird, an das Ende dieses stillen Wassers zu gelangen, wie Sie es nennen: ganz einfach sterben.»

‹Und für mich?› überlegt Shannon weiter. ‹Wie wird sie aussehen, die Rückkehr in die Strömung dieses Flusses, der uns trägt? Wann hebt sich das Schütz des Wehrs und reißt meinen Körper fort, damit er weiter zwischen den Mühlsteinen des Lebens zerrieben wird?›

Es vergingen nicht viele Tage, bis er eine Antwort auf seine Frage erhielt. Der Götterbote war diesmal ein einfacher Bauer, der eine Cordsamthose, eine Weste und ein Hemd mit hochgekrempelten Ärmeln trug. Ja, aber für diesen feierlichen Anlaß hatte er sich seine betreßte Mütze aufgesetzt. Und in der Hand schwenkte er ein Schriftstück mit dem Stempel des Amtsgerichtes Chinchón (Madrid), worin ein Mann namens Royo Shannon vorgeladen wurde, zu einem bestimmten Termin als Zeuge der Vorkommnisse in Sotondo auszusagen. Wenn er verhindert sei, am genannten Tage zu erscheinen, wofür er als Gründe angebe usw., so habe er die betreffende Dienststelle in Kenntnis zu setzen usw.

Shannon las das Schriftstück noch mehrmals durch. Mit diesem Boten war die offizielle Zeit in das stille Wasser eingebrochen. Die Fristen, die Kalender, das Stempelpapier, das Räderwerk, die Organisation. So öffnete die sonnengebräunte Hand des Gerichtsdieners von Mazuecos das Schütz des Wehrs.

Und der Fluß stürzte hinab, und sein Strudel packte Shannon und trug ihn zum reißenden Strom, der einen Augenblick innegehalten hatte, als wollte er wieder zu Atem kommen, bevor er mit noch größerem Ungestüm weiter vordrang.

ARANJUEZ

Zufrieden betrachteten die Männer ihr letztes Werk. Der letzte Durchlaß am letzten Wehr: dem der Mühle von Aranjuez, direkt beim königlichen Park Jardín de la Isla. Eine sehr leichte Arbeit, um die Stämme zu der kleinen Überlaufrinne zu leiten. Sie führt fast in der Mitte des alten

Wehrs entlang, dessen große, mit Fadenalgen bedeckte schiefe Ebene von der überfließenden dünnen Wasserschicht in heiter schimmerndes Licht getaucht wird. An einer Seite steht die Mühle; an der anderen sieht man die Freitreppe und eine weiße und rosenfarbige Ecke des Königsschlosses mit seinem anmutigen, kuppelförmigen Bleidach.

«Kumpels, ist das eine Freude», lachte der Cacholo. Sie saßen an der Böschung bei der Mühle, während sie auf die Ankunft des Flußmeisters warteten.

«Das weiß man ja», erklärte der Tuerto bedeutungsvoll. «Sobald man die Burg von Oreja vor Augen hat und in die Flußaue kommt, fühlt man sich wie im Himmel. Was für ein Boden, was für ein Boden! Der gibt her, was man von ihm haben will, und mehr.»

Ja, das Floß zu führen war von diesem Augenblick an ein angenehmer Spaziergang am Flußufer, im Schatten der dichtbelaubten Bäume, die sich über den Strom beugen, als wollten sie zusehen, wie ihre toten Gefährten vorbeiziehen. Man überquert die Brücke der Straße Calle de la Reina, und links beginnen die Parks und Gärten des Jardín del Príncipe. Dann kommt man an der Anlegestelle des kleinen Schlosses Casa del Labrador vorbei, und hierauf gelangt man zur Casa de Marinos, wo die königlichen Barkassen aufbewahrt werden, mit denen Könige und Königinnen ihre Lustfahrten unternommen haben. Weiter vorn zeigt sich das Kastell, das ganz mit grünem Efeu überwuchert ist, und das Parterre mit seinen Schießscharten und Schilderhäusern aus in Colmenar gebrochenem Stein, gewissermaßen eine reizvolle Festung zum Schutz der Liebesspiele und der Hofintrigen... In der Luft schweben dort, so scheint es, immer noch die galanten Flüsterreden und Lustbarkeiten des Königsschlosses von Aranjuez. Da gibt es gleichsam eine dichtere und zugleich lebhaftere Atmosphäre, die von Leidenschaft und Schelmerei erfüllt ist. Die Flößer wittern das deutlich, obwohl sie den Grund nicht kennen. Welch ein Unterschied zum warmen Lufthauch und Korngeruch der vorherigen Landstriche!

Als sie bereits zum Ende des Weges gelangt sind, begegnen sie außerdem den Booten, die zu den Barkassen und der Casa del Labrador fahren; sie erfüllen den Fluß mit Motorenlärm und dem ungezwungenen, beinahe festlichen Geschrei der Ausflügler. Wie der Seco im Kreis der Wartenden sagte:

«Seit ich das sehe, verdammich!, werd' ich schon ganz scharf bei den vielen bunten Kleidchen und den vielen nackten Ärmchen und den vielen geschminkten Gesichtern... Erinnert ihr euch an die beiden Frauen, die gestern ‹adiós! adiós!› gerufen haben... Verdammich, was für Grauchen das waren! Was für ein Paar Eselchen, um einen Spazierritt zu machen!»

Überdies spürten die Flößer, daß sie im Mittelpunkt der Aufmerksamkeit standen. Immer wurde ihre Arbeit von Neugierigen bewundert, die sich auf der Hängebrücke einfanden. Und das machte sie zu etwas Besonderem, wie der Cacholo sagte.

«Na, du wirst ja sehn, das wirst du», betonte der Seco nachdrücklich, «in der größten Vormittagshitze, wenn die feinen Pinkel genau hierher, zum Mühlgraben, kommen und baden... Da sollt ihr sehn, was für Mädchen es hier gibt, das sollt ihr. Jede Menge stramme Beine und Mordsbusen, daß man gleich... Außerdem, verdammich!, gut gepflegtes Fleisch, weiß und mit parfümierter Seife gewaschen: das, was mir immer gefallen hat.»

So reagierten sie ihre Erregung ab, als der Flußmeister zusammen mit allen Truppführern eintraf, um die letzte und traditionelle Zeremonie der Floßfahrt auszuführen. Die Männer standen freudig auf, und alle begrüßten einander feierlich inmitten der Späße.

«Mal sehn, ob wir erleben, daß Sie eingeweicht werden, Señor Julián!» sagte der Cacholo – ein Scherz, zu dem ihn das langjährige Vertrauensverhältnis der beiden berechtigte. «Für Sie hat der Fluß doch überhaupt kein Wasser!»

«Der hatte schon welches in meiner Jugend, Quintín; viele Jahre bin ich naß geworden. Schließlich», sagte er beim Stiefelausziehen, «jetzt wird man ja sehn, ob ich etwas von meinem Handwerk behalten habe.»

«Wer hatte und es nicht vergessen hat, wie es heißt, hat etwas fürs Alter übrigbehalten.»

«Na, brauchen werd' ich's», sagte der Flußmeister und stand auf, nachdem er sich ein Paar Bastschuhe angezogen hatte. «Her mit einer guten Stange.»

Er probierte mehrere aus, wog sie in der Hand, packte sie nachdenklich, stieß dann mit jeder einzelnen die Stämme an, die der Böschung am nächsten waren. Endlich wählte er eine aus und ließ den Blick über das hölzerne Plankenwerk schweifen, womit das Wasser bedeckt war.

Das war ein wichtiger Moment. Die Tradition verlangte, daß in Aranjuez, am letzten Wehr, der Flußmeister den ersten Stamm hindurchbrachte, wobei er auf dem Holz selbst das Gleichgewicht halten mußte, während er die kleine Rinne entlangglitt. Gewissermaßen ehrte man so die Autorität des Anführers, doch das war auch eine neue Prüfung seiner lebenswichtigen Tauglichkeit, es zu sein, und für ihn persönlich eine Möglichkeit, sich vor den Augen seiner Leute hervorzutun. Wenn er ins Wasser fiel, wie es manchmal geschah, kletterte er am Wehr hinauf und fuhr auf einem anderen Stamm wieder hinab, bis er glücklich ankam.

«Der da», sagte er auf einmal.

Er zog die Jacke aus, schnallte sich den Gürtel enger, krempelte die Hosenbeine hoch und lief über die dahintreibenden Hölzer zu dem großen Stamm, den er ausgesucht hatte.

«Lassen Sie nicht die Kette und die Uhr da?» rief ihm Quintín nach, was allgemeine Heiterkeit bewirkte. «Denken Sie dran, wenn die naß wird, geht sie nicht mehr!»

«Das wird nicht nötig sein!» versicherte der Meister.

Er stand schon auf dem großen, geraden, langen Stamm mit den dunklen Rindenresten. Er drehte ihn etwas unter seinen Füßen und versuchte, ihn in die stabilste Lage zu bringen. Hierauf lenkte er ihn zwischen den anderen Stämmen hindurch zum Tor der Rinne: Es bestand aus zwei großen Brettern, die in Steinrillen saßen. Dort waren der Correa und der Rubio, einer an jeder Seite, um im richtigen Augenblick den Durchlaß zu öffnen.

Der Stamm gelangte zur Eingangsöffnung, und auf ihm stand der sich fest gegen das Holz stemmende Flußmeister.

«Gebt das Wasser frei!» ordnete er an.

Sie hoben zunächst ein Brett, und der Fluß ergoß sich in die kleine Rinne. Dann das andere, und ungestüm füllte der Wasserstrom das steinerne Grabenbett. Die beiden Männer verhinderten mit ihren Hakenstangen, daß andere, in der Nähe schwimmende Stämme vor dem des Flußmeisters in die Überlaufrinne trieben. Dieser wartete inzwischen darauf, daß sich die Geschwindigkeit des hinunterfließenden Wassers normalisierte, nachdem der heftige erste Schwall vorüber war. Schließlich drückte er den Hut tief in die Stirn, wobei er spürte, daß alle seine Leute ihn aufmerksam beobachteten.

«Ich komme!» rief er.

Wie ein Gondoliere stieß er den Kiefernstamm ab, auf dem er dahintrieb. Die Spitze des Holzes drang in den Kanal ein und blieb einen Moment außerhalb des Wassers, während es weiterschwamm; doch endlich schwankte es, erreichte die Gefällestrecke, und das Wasser riß es rasend schnell mit. Der Flußmeister, der sich nach hinten geworfen hatte, um die Neigung auszugleichen, und der die Unebenheiten der Bastsohlen seiner Schuhe fest in den Stamm drückte, während er das

Gleichgewicht mit der Hakenstange ausbalancierte, blieb während der ganzen Talfahrt unerschütterlich stehen. Zu guter Letzt konnte er auch über den gefährlichsten Augenblick hinwegkommen, in dem das erreichte Gleichgewicht verlorengeht, weil der Stamm in den Gischt hinabstößt. Schließlich schwamm er ruhig unterhalb des Wehrs. Allein auf dem Wasser hatte er den Tajo gebändigt, den Fluß besiegt.

Ein gewaltiger Schrei verkündete die Begeisterung seiner Männer. Der Meister winkte, brachte den Stamm unterhalb des Wehrs nahe zum Ufer und kletterte den Hang hinauf, bis er zur Böschung kam.

«Ihr könnt schon anfangen», rief er. Und nachdem er die Glückwünsche aller entgegengenommen hatte, sah er zu, wie die beiden Flößer am Wehr die Stämme in die Rinne lenkten, während andere Flößer hinabstiegen, um das Holz ein letztes Stück als Hirten zu hüten: die kaum fünfhundert Meter lange Strecke, die am Jardín de la Isla bis zum Sandstrand Arenal de los Correcher vorbeiführt, wo schon die Maultiergespanne und die Fuhrleute warteten, um das Holz herauszuholen.

«Ein schöner Tag, was?» sagte der Americano im Kreis der Truppführer.

«Weil es hier schon keinen Sommer mehr gibt oder sonstwas. Das ist ein Schlaraffenland.»

Und das stimmte. Das sengende und knisternde Sonnenfeuer war nur eine Erinnerung an jene ausgedörrten Landstriche, wo die Stoppelfelder brennen, wo es nach Stroh riecht, wo die Menschen sich abmühen und gegerbte und schwarzgebrannte Haut haben, wo die Orte graubraun sind. Hier roch es frisch, die Leute hatten weiße Haut, der Boden war unter dem Grün der Gärten und der reifen Früchte nicht zu sehen, überall rauschte das Wasser anstelle der trockenen Flügelschläge der Luft, das Feuer hatte sich in einen Zustand verwandelt, der beinahe Lethargie war, eine feuchte, zu Schlaf, Trägheit und Vergessen einladende Mattigkeit. Und alle gaben sich ihr hin. Sogar der Americano dachte, daß die Sorgen und die Verantwortung für ihn zu Ende wären, ohne daß er wirklichen Grund zu Befürchtungen hätte.

Niemand erinnerte sich, daß im Paradies die Schlange versteckt ist, daß Vertrauensseligkeit die Gefahr anlockt. Über dem Blätterdach wütete weiter das Feuer, die Klaue des Sommers; unter den Steinen schärften die Skorpione ihren Giftstachel. Doch niemand dachte daran, daß Schatten und Feuchte die Falle verbargen, daß sie dazu dienten, die Erregung und die Wachsamkeit zu vermindern. Als sie es bemerkten, hatte das verheerende Feuer sie schon unerbittlich erfaßt.

Vielleicht war es der arme Bucklige – den die Krankheit auf magische Weise mit den unterirdischen Gewalten verband –, der als erster Verdacht schöpfte. Dort, direkt auf der Böschung, bereitete er gerade die Feuerstelle des letzten Lagerplatzes vor, da fragte er auf einmal, als hätte er etwas gewittert:

«Und Paula?»

Alle entdeckten, daß sie seit einiger Zeit fehlte. Die Talfahrt des Flußmeisters hatte sie abgelenkt; bis Santiago fortging, hatte nicht einmal er bemerkt, daß sie fehlte. Nun aber fehlte Paula. Paula fehlte, und das ohne Grund.

Der Americano suchte nach Antonio, der stand jedoch da und machte ein besorgtes Gesicht. Er fragte sich, was wohl geschehen sei, als der Dámaso auf den Cuatrodedos zeigte, der in seinem Benehmen offenbarte, daß ihn zweifellos etwas aus der Fassung gebracht hatte.

«He! Frag den da», sagte die metallische Stimme.

Cuatrodedos ließ seinen scheuen und wässerigen Blick über die Gruppe schweifen.

«Ich hab' nichts gemacht, ich hab' nichts gemacht!» schrie er. «Ich bin nichts weiter als das Werkzeug des Herrn. Gott ist mein Zeuge...»

Antonio stürzte sich mit erhobener Faust auf ihn, doch der Americano trat dazwischen.

«Was hast du getan? Rede!»

«Nichts, nichts», wimmerte der Cuatrodedos. «Ich hab' ihr die Bestellung ausgerichtet und ihr einen Rat gegeben... Übermut tut niemals gut... Man muß die reinigende Strafe annehmen...»

Seine Stimme wurde schärfer, seine Glieder zitterten, und die Augen starrten manchmal ins Leere.

«Was für eine Bestellung, was für eine Bestellung?» drängte der Americano, da er die Wahrheit herausbekommen wollte.

Doch das hatte schon keinen Zweck mehr. Der Cuatrodedos hörte ihn nicht. Er zitterte immer heftiger, verdrehte die Augen und hatte Schaum vor dem Mund, als er von Zuckungen gepackt zu Boden fiel, während er kreischte, bis ihm die Stimme versagte:

«Sie war die Sünde, seit sie gekommen ist; sie war die Sünde... Sie mußte fort, das hab' ich ihr gesagt... Gottes Hand, Hand..., ich...»

Der Cacholo und andere rannten zu ihm und hielten ihn fest. Quintín sagte, während sie ihm seinen Holzlöffel zwischen die Zähne steckten, damit er sich nicht auf die Zunge beißen konnte:

«Der Arme! Solche Anfälle packen ihn zu Haus, im Dorf...»

«Der Arme?» brüllte Antonio verzweifelt; er beschimpfte den Cuatrodedos und versuchte, ihn mit Fußtritten zu treffen. Doch der Americano hielt ihn zurück, während er sich bemühte, die verworrenen Andeutungen des Kranken richtig zu verstehen.

In diesem Augenblick zog der Galerilla den Truppführer an der Jacke und hob zu ihm die hellen Augen, das melancholische Gesicht.

«Heut morgen hat der Cuatrodedos mit einem aus der Fabrik gesprochen.»

Der Americano überließ es den anderen, sich um Cuatrodedos zu kümmern, und rief Antonio und den Dámaso zu sich. Zusammen mit ihnen und dem Galerilla rannte er am Mühlgraben entlang, durch die Gruppe von jungen Leuten, die sich als erste zum Baden eingefunden hatten und die das Geschehen mit großem Erstaunen verfolgten. Auf der anderen Seite, zwischen den Maschinen, zeigte ihnen der Kleine einen Mann, und dieser erklärte, daß ihn am Vorabend jemand beauftragt hätte, einem Mädchen eine Bestellung auszurichten, das bei den Flößern des Spitzentrupps sei. Da er sie nicht gesehen hätte, habe er es einem anderen Flößer ausgerichtet, und mehr wisse er nicht.

«Ein kräftiger und kleiner Mann, mit einer goldenen Kette, der den Mund vollnimmt?» fragte Antonio.

«Genau. Er hat mir gesagt, er wäre ein Onkel von ihr.»

«Benigno!» murmelte der Americano. «Schnell, was für eine Bestellung?»

Der Mann wiederholte sie; und die drei rannten hinaus. Das Kind folgte ihnen. Der Americano spürte in seinem Kopf so etwas wie einen Katarakt aus zerrissenen Wassermassen, die auf einmal losstürzen.

Ja, Paula hatte die Nachricht erhalten, die mit Cuatrodedos' aufstachelnden und empfehlenden Worten verbrämt war. Sie hatte Stillschweigen bewahrt, weil sie entschlossen war, Benigno allein entgegenzutreten, um Antonio zu retten, und wenn sie sich selbst opfern müßte. Deshalb entfernte sie sich heimlich von den Flößern, lief an der Mühle vorbei und überquerte dann den Tajo, um sich dem Ort zu nähern. Auf der Hängebrücke blieb sie einen Moment stehen und betrachtete in der Ferne die Männer, mit denen sie in diesen Monaten zusammen gelebt hatte. Ob sie ihnen wiederbegegnen würde? Unter welchen Umständen? Ach, dort stand ihr Mann und sah zu, wie sich der Flußmeister auf seine Aufgabe vorbereitete!

Sie kam am Jardín de la Isla vorbei. Durch das Gitter war der weiße Springbrunnen zu sehen, an dem ein Mann mit einem anderen ringt und ihn in den Armen erdrosselt. Hierauf betrat sie die weite Plazuela de San Antonio mit den Arkaden aus Natur- und Backstein, der klassizistischen Kirche im Hintergrund und dem Brunnen Fuente de la Mariblanca. Man hatte ihr gesagt, wenn man rechts durch die Bogenreihen gehe, gelange man zu einem großen Hof, einem von denen, wo einst die Leute des Königs lebten, und dort sei Benigno.

Ja, dort stand er. Er wollte den starken Mann spielen, doch innerlich war er weich. Paulas Blut geriet in Wallung, und sie griff an. Sie war hergekommen, um ihren Mann zu retten.

«Hier bin ich», sagte sie und pflanzte sich vor ihm auf. «Sag schnell, was du zu sagen hast, du Schleimer.»

Sie waren allein auf dem stillen und weiten Hof. Der Benigno machte eine Geste.

«Wenn du gleich mit Beleidigungen anfängst, Mädchen, können wir nicht miteinander einig werden. Und ich komme, um Frieden zu schließen.»

«Ich muß überhaupt nicht mit dir einig werden, das weißt du ja.»

«Na, dann mußt du mit der Polizei einig werden.»

Der Benigno hatte seine Karte ausgespielt. Doch seine innere Unsicherheit hinderte ihn daran, es mit der notwendigen Energie zu tun, um den gewünschten Eindruck zu machen.

«Ich? Zeig mich an, und dann werden wir ja sehn! Ich weiß schon, daß du gesagt hast, ich hätt' dich bestohlen, obwohl das eine Lüge ist. Also los, gehn wir zum Gericht; und da werden wir erleben, daß du nichts beweisen kannst, du Gauner.»

«An Beweisen wird's nicht fehlen», sagte er und versuchte, das Feld zu behaupten. Und er fügte hinzu, wobei er den Rat für sich nutzte, den ihm der Blinde gegeben hatte: «Außerdem werden dann andere Sachen aufgeklärt. Dein Freund würde nicht ungeschoren davonkommen, nein. Daran brauchst du gar nicht zu denken.»

Paula erblaßte und verlor ihren ganzen Mut, ihre ganze Fähigkeit, leere Drohungen von wirklichen Gefahren klar zu unterscheiden. Der Benigno merkte das und wuchs über sich selbst hinaus: Er hatte sie in der Hand.

Nun bot er seine ganze Beredsamkeit auf. Er wolle ihr wirklich nichts Böses antun; aber er dürfe nicht die Achtung des Ortes verlieren. Sie müßten sie dort sehen, selbst wenn es zwischen ihnen beiden nichts gebe; er schwöre ihr bei seinen verstorbenen Eltern, daß er sie respektieren werde – und als er sah, daß Paula eine abwehrende Geste machte, verbesserte er sich –; nun ja, er wisse schon, daß sie imstande sei, sich zu verteidigen, das wisse er schon. Aber darum gehe es nicht, er wolle niemandem Gewalt antun. Wenn sie nicht einverstanden sei, na, dann Schluß damit. Was er als einziges nicht machen könne: ohne sie zurückzukehren; so dürfe er sich nicht im Ort blicken lassen. Wenn sie wolle, könne sie auch eine Schwester oder einen anderen Familienangehörigen mitnehmen; sie würden zusammen ankommen, sie würde ein paar Tage in seinem Haus verbringen, und danach würden sie drei vor aller Augen fortgehen... Das sei nicht zuviel verlangt bei dem Schaden, den sie ihm zugefügt hätte.

Paula hörte zu, ohne genau zu begreifen, weil sie verzweifelt nach einem Ausweg suchte. Doch allmählich wurde ihr einigermaßen klar, daß dies nicht zuviel wäre, daß es weniger war, als sie befürchtet hatte und wozu sie bereit gewesen wäre, wenn sie nur jede Gefahr von Antonio abwenden könnte. Das Angebot mochte bedenkliche Konsequenzen haben, doch es war unerwartet maßvoll. Der Benigno redete weiter, wobei er sich außerdem in acht nahm, Paula nicht merken zu lassen, daß er überhaupt keine Ahnung von Antonios Vergangenheit hatte, daß er lediglich eine bloße Vermutung des Blinden ausnützte. Paula ließ sich schon langsam auf das Geschäft ein – und die Sache ähnelte allmählich einer Verhandlung von Bauern, die sich in ihren Abmachungen schrittweise einander annähern –, als die drei Flößer auf den Hof stürmten.

Wenn der Benigno einen klaren Kopf gehabt hätte, so wäre er anders gewesen. Aber er hatte seine schreckliche Schwester Jesusa nicht vergessen, die ihm nachrief, als er auf die Reise ging: «Komm nicht ohne sie wieder! Du bist kein Mann, wenn du sie nicht mitbringst!» Und nun, da es beinahe schon geschafft war, brach alles zusammen! Ihn packte der Jähzorn des Schwächlings, vor allem, als er die mordlustigen Blicke Antonios wahrnahm, der zu denen gehörte, die auf ihn zurannten.

Alles geschah blitzschnell. Benigno gab Paula einen heftigen Stoß und holte eine Pistole heraus. Ihm blieb nur Zeit, zweimal zu schießen: Die Hakenstange, die Dámaso geworfen hatte, traf ihn an den Schläfen und streckte ihn besinnungslos zu Boden.

Die übrigen sahen sich gegenseitig an. Nichts. Doch... ja. Der Americano blieb mitten im Lauf stehen, als erinnerte er sich, daß er etwas vergessen hätte. Er drehte ein wenig den Kopf, als hätte man ihn von hinten gerufen. Paula sah, daß er ein sonderbares Gesicht machte; das Gesicht eines Mannes, der die Stirn runzelt, weil er angestrengt nach einer Erinnerung sucht – diese Stimme, diese Stimme! –; sie sah, daß er lächelte, wie jemand, der etwas wiedererkennt, und gerührt nahm sie das Pünktchen des Goldzahns wahr...

Doch den Americano rief niemand. Auf dem Hof gab es nur den Widerhall der Schüsse und das Geräusch eines Fensters, das erschrocken knarrte, als es aufgestoßen wurde.

Niemand rief ihn: nur die Erde. Er fiel der Länge nach hin, von einem Gewicht beschwert, das mehr als der eigene Körper wog, als zöge ihn die Erde plötzlich an sich. Er fiel nicht auf die Erde, vielmehr zu ihr, als stürzte er in ihre Arme. Zur ewigen Erde; der Mutter und dem Grab der Menschen.

Paula und Antonio knieten neben ihm nieder. Dámaso lief zu Benigno, und als er sah, daß dieser mit den Augen blinzelte, zog ihm ein unbeschreibliches, teuflisches Lächeln den Mund breit. Schnell packte er die Hakenstange und hielt sie ganz senkrecht, drückte die Spitze an die Brust des Gestürzten. Allmählich erwachte dieser aus der Betäubung, und in dem Nebel, der ihm vor den Augen schwebte, sah er, daß ein Pfahl, eine Eisenspitze, ein abscheuliches Gesicht hervortraten: das des messerbewehrten Stiers! Nun sah Dámaso, der mit eiskalter Leidenschaft abwartete, bis sein Opfer das volle Bewußtsein wiedererlangte – Paula und Antonio kümmerten sich nur um Francisco –, daß Benignos Augen sich weit vorwölbten, daß ihm Schweiß auf die Stirn trat, der flüssig wie Wasser war...

Dann drückte er mit seinem Gewicht auf die Hakenstange, während er unverwandt nach unten blickte. Ein in der Todesnot hervorgestoßener Schrei ließ den Hof erbeben. Dámaso spürte in den Händen, von Eisenspitze und Schaft übertragen, wie die gebrochenen Rippen krachten, er nahm das schwammig weiche Gebilde der Lunge wahr und bemerkte, daß etwas größeren Widerstand leistete. Da hielt er inne, um die letzten Zuckungen des Herzens rund um die Eisenspitze zu erfassen, an die es sich scheinbar wie ein seltsames Tierchen klammerte. Und als die Zuckungen aufhörten und der Benigno schon verstummt war, während Paula, Antonio und das Kind vor Entsetzen erstarrten, stieß er noch einmal kräftig mit dem Holz zu und durchbrach wieder den Brustkorb, bis er spürte, daß die Spitze der Hakenstange hinten austrat und sich in die Erde bohrte.

«Das ist für dich, Hurensohn!» keuchte er und ließ das Holz los, das steil emporgereckt blieb und den Benigno auf dem Boden festnagelte. «Wie schade, daß man bloß Gerechtigkeit übt, wenn man dich umbringt!...»

Langsam lief er zum Americano, der die Augen öffnete und mit der Hand an die Seitenwunde faßte. Daß Paula und sogar Antonio ihn mit Entsetzen anstarrten, nahm er als eine Ehrung auf, und dem Galerilla schrie er zu, während er auf den Toten zeigte:

«Du mußt lernen, die Hakenstange zu gebrauchen, Junge! He! Dieses schlechte Holz hat der Fluß erledigt!»

MEIN LEBEN MIT DEN FLÖSSERN

Nachwort von José Luis Sampedro

Mein Leben mit den Flößern ist eine lange Geschichte. Sie begann 1930, als meine Familie nach Aranjuez übersiedelte und ich als Dreizehnjähriger im Sommer oft zum Tajo kam, weil ich – den königlichen Gärten gegenüber und beinahe im Schatten des Palastes – baden wollte. Auch an einem Tag im August suchte ich diesen Platz auf, doch es stellte sich heraus, daß man nicht tauchen und schwimmen konnte. Der Fluß trug eine Plankendecke, er war mit Holzstämmen überzogen. Das waren Kiefern, die man Anfang März da oben in den hohen Bergen von Cuenca und Guadalajara ins Wasser geworfen hatte und die monatelang flußabwärts getrieben waren, bis sie ihren Bestimmungsort in Aranjuez erreicht hatten, wo man sie herausholte, um sie zu trocknen und Bretter und Balken aus ihnen zu machen.

Mit staunendem Blick entdeckte ich nun ein paar Männer, die den Fluß überquerten und dabei auf den hin und her rollenden Baumstämmen das Gleichgewicht hielten; mit einem Haken, der am Ende eines wie eine Lanze aussehenden Schaftes befestigt war, stießen sie die Stämme weiter zu dem kleinen Kanal, den diese schnell hinunterstürzten, um so das Hindernis des Stauwehrs zu überwinden. Die Männer waren die Hirten jener Herde von Baumstämmen; sie waren die Flößer.

Es war eine Liebe auf den ersten Blick. Ich ließ mich für immer von ihrer Gewandtheit und vor allem von ihrer Sicherheit, ihrer Sorgfalt, ihrer echten Ursprünglichkeit fesseln. Mit einem Wort: von ihrer Mannhaftigkeit. Wir – die Gymnasiasten und die Touristen, die sich ans Gartengeländer lehnten und ihnen zusahen, wie auch die Fußgänger, die über die Brücke liefen – waren im Vergleich zu ihnen unsichere, verschwommene Gestalten, gleichsam halbfertige Wesen. Sie hingegen wirkten vollkommen, endgültig, stark, als Blöcke aus Blut und Muskeln wie in Granit gehauen.

Ich konnte nicht baden, solange das gesamte Flößholz nicht das Stauwehr passiert hatte, doch ich kam Tag für Tag wieder, um ihnen zuzusehen, wie sie auf dem Fluß liefen, und um ihren Rufen zu lauschen, wenn sie sich gegenseitig warnten oder bestimmte Manöver verabredeten, bis ich meine ganze Neugier in Fragen an jene legte, die sich meinem Ufer näherten, weil sie eine Erholungszigarette rauchen wollten. Sie fanden Gefallen an diesem Jungen, der solch lebhaftes Interesse zeigte, und sie gaben mir sogar die gerösteten Brotwürfel zu kosten, die sie an Ort und Stelle zubereiteten, wenn sie am Mittag die Stämme festgebunden hatten, um essen zu können. Sobald ich bei ihnen war, fühlte ich mich in ihrer urwüchsigen und elementaren Welt zu Hause, wo alles war, was es war, einfach so, endgültig und fest.

Ich sah sie jedes Jahr bis 1935 wieder, als ich Aranjuez verließ; doch die Erinnerung an sie hat mich niemals verlassen. Ich dachte weiter an sie als die rechtmäßigsten Bewohner unserer Landstriche, die dem Felsboden der Hochebene selbst entsprossen waren, wie die Kiefern, die sie dann flußabwärts als Hirten behüteten. Noch wußte ich nicht, daß ich ihre Geschichte schreiben würde, sie aber blieben im Gedanken bei mir.

Ich überlebte den Bürgerkrieg, und schließlich führte mich der Zufall gerade in das Land der Flößer zurück, wo auch sie überlebten, obwohl die neuen Transportwege und die Holzknappheit ihren Beruf zugrunde gerichtet hatten. Ich unterhielt mich mit einigen, ich lernte sie in ihrer Umgebung kennen, und mehrere Tage erlebte ich sogar das Treiben in einem geheimen Badeort des Gebirges. Er war geheim, damit er für die Armen erschwinglich blieb, solange es dort keinen Arzt und keine Einrichtungen, nicht einmal elektrisches Licht gab, wie ich es in diesem Roman beschreibe.

Die Rührung und die Erinnerungen überwältigten mich, und deshalb begann ich ungefähr 1950, den Roman zu schreiben. Neun Jahre lang durchstreifte ich die Landschaften am Fluß, von der Umgebung Tragacetes und Molina de Aragóns bis nach Aranjuez selbst. Die Leute, denen ich begegnete, die Gegenden, die ich entdeckte, und die Abenteuer, die mir auf meinen Wanderungen zustießen, gehören zu meinen eindrucksvollsten Erlebnissen. Und die Liebe, die ich als junger Mann für die Welt der Flößer empfunden hatte, wurde zu Bewunderung und endgültiger Leidenschaft.

Nun, sechs Jahrzehnte nach jener ersten Begegnung, hat das Leben mir die Möglichkeit geboten, sie wieder leibhaftig vor mir zu sehen, weil man Filmaufnahmen mit ihnen machen wollte. Gerade in den Landschaften, wo mein Roman spielt, am Fuß der hohen Steilhänge von Peralejos und an anderen Stellen, die der Tajo immer noch durchfließt, ohne verseucht zu sein. Es sind nicht die Menschen von 1930, doch jene, die sie im Film verkörpert haben, vermochten mein Herz zu rühren, weil sie mich in die Gefühlswelt meiner Jugend zurückversetzten. Ich habe mit Paula, mit dem Americano, mit Shannon, mit allen gesprochen: Ich habe meine Erinnerungen wieder erlebt, ich habe die Welt zurückgeholt, wo der Mensch am wahrhaftigsten ist.

Hoffentlich gelingt es meiner Schilderung, dem Leser den wilden Zauber solcher Landschaften und Leute nahezubringen, auch wenn meine bescheidene Feder nur ein blasses Abbild von ihnen geben kann! Hoffentlich weckt sie den Wunsch, jene hohen Berge kennenzulernen, wo der Fluß, der uns trägt, weiter glasklar ist und wo die Menschen noch immer – ja, noch immer – edelmütig, herzlich und zutiefst menschlich sind!

J. L. Sampedro

INHALT

Lesezeit

Barbara Krause
Das Glück ist eine Insel
Irische Reise
Band 4524
Eine Frau erfüllt sich eine Lebenssehnsucht. Per Fahrrad erkundet sie die rauhe und verzauberte irische „Anderswelt".

Ruth Pfau
Das letzte Wort wird Liebe sein
Ein Leben gegen die Gleichgültigkeit
Band 4513
Die deutsche Lepraärztin erzählt von ihrer Arbeit, ihren Krisen und von ihren Träumen.

Elizabeth Heller
Das kleine Liebesbuch
Band 4500
Leute zwischen 8 und 82 erzählen hier – klug, witzig und tiefsinnig – ihre erfrischend einfache Philosophie der Liebe.

Liebeserklärungen
Hrsg. von Annegret und Georg Langenhorst
Band 4441
Eine Einladung zum Stöbern für brennend Verliebte, sehnsüchtig Hoffende und schmunzelnd oder traurig Nachdenkende.

Marjorie Kellogg
Sag, daß du mich liebst, Junie Moon
Roman
Band 4426
Drei ungewöhnliche Menschen voller Macken und Mut, jeder ein Außenseiter und liebesbedürftig. Verfilmt mit Liza Minelli.

HERDER / SPEKTRUM

Jorge Amado
Der Gestreifte Kater und die Schwalbe Sinhá
Eine Liebesgeschichte
Band 4337
Ein zartes Märchen vom großen Poeten Lateinamerikas.

Ramon Llull
Das Buch vom Freunde und Geliebten
Übersetzt und herausgegeben von Erika Lorenz
Band 4094
Ein Juwel abendländischer Mystik: „Llull spricht überwältigend schön über die Liebe" (Neue Zürcher Zeitung).

Mircea Eliade
Hochzeit im Himmel
Roman
Band 4056
„Ich träumte von einem Liebesroman, der ganz anders sein sollte als alles, was bis dahin geschrieben worden war" (Mircea Eliade).

Marie Luise Kaschnitz
Zeiten des Lebens
Band 4029
„Zum Wiederentdecken und Sicheinlassen auf die leisen unaufdringlichen Töne" (Buch-Journal).

José Luis Sampedro
Das etruskische Lächeln
Roman
Band 4022
Erst wenn man wirklich gelebt hat, überdauert das Lächeln auch den Tod. „Eine lesenswerte zeitgemäße Familiensaga!" (Münchner Merkur).

HERDER / SPEKTRUM